贾大山
文学作品
全集

典藏版

上卷

贾大山 ◎ 著
康志刚 ◎ 编

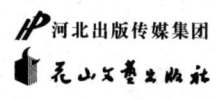

河北出版传媒集团
花山文艺出版社
河北·石家庄

图书在版编目（CIP）数据

贾大山文学作品全集：典藏版：上下卷 / 贾大山著；康志刚编. -- 石家庄：花山文艺出版社，2023.4
ISBN 978-7-5511-6231-9

Ⅰ.①贾… Ⅱ.①贾… ②康… Ⅲ.①中国文学－当代文学－作品综合集 Ⅳ.①I217.2

中国版本图书馆CIP数据核字(2022)第146058号

书　　名	贾大山文学作品全集典藏版（上下卷）
	Jia Dashan Wenxue Zuopin Quanji Diancang Ban Shang Xia Juan
著　　者：贾大山	编　　者：康志刚
出 版 人：郝建国	统　　筹：邱明杰　李　爽
责任编辑：梁东方　贺　进	责任校对：杨丽英
美术编辑：王爱芹	
出版发行：花山文艺出版社（邮政编码：050061）	
（河北省石家庄市友谊北大街330号）	
销售热线：0311-88643299 / 96 / 17 / 34	
印　　刷：北京一鑫印务有限责任公司	
经　　销：新华书店	
开　　本：880毫米×1230毫米　1/32	
印　　张：21.25	
字　　数：600千字	
版　　次：2023年4月第1版	
2023年4月第1次印刷	
书　　号：ISBN 978-7-5511-6231-9	
定　　价：138.00元（上下卷）	

（版权所有　翻印必究·印装有误　负责调换）

目 录
CONTENTS

上 卷

小 说

"容膝" ………………………… 003

林掌柜 ………………………… 009

钱掌柜 ………………………… 016

王掌柜 ………………………… 024

西街三怪 ……………………… 032

老底 …………………………… 046

老曹 …………………………… 050

游戏 …………………………… 052

莲池老人 ……………………… 056

妙光塔下 ……………………… 060

好人的故事 …………………… 066

书橱 …………………………… 071

门铃 …………………………… 074

水仙 ……………………………… 079
担水的 …………………………… 083
卖小吃的 ………………………… 086
腊会 ……………………………… 090
智县委 …………………………… 094
村宴 ……………………………… 099
夏收劳动 ………………………… 108
临济寺见闻 ……………………… 110
黄绍先 …………………………… 112
童言 ……………………………… 114
聋子 ……………………………… 118
傅老师 …………………………… 120
老拙 ……………………………… 124
京城遇故知 ……………………… 128
花生
　　——梦庄记事之一 ………… 136
老路
　　——梦庄记事之二 ………… 141
干姐
　　——梦庄记事之三 ………… 146
定婚
　　——梦庄记事之四 ………… 153
离婚
　　——梦庄记事之五 ………… 159

梁小青
　　——梦庄记事之六 ················ 167
黑板报
　　——梦庄记事之七 ················ 175
俊姑娘
　　——梦庄记事之八 ················ 182
丑大嫂
　　——梦庄记事之九 ················ 188
沙地
　　——梦庄记事之十 ················ 194
杏花
　　——梦庄记事之十一 ··············· 203
坏分子
　　——梦庄记事之十二 ··············· 209
钟声
　　——梦庄记事之十三 ··············· 213
梆声
　　——梦庄记事之十四 ··············· 217
枪声
　　——梦庄记事之十五 ··············· 221
亡友印象
　　——梦庄记事之十六 ··············· 227
云姑
　　——梦庄记事之十七 ··············· 236

孔爷
　　——梦庄记事之十八 ………… 241
飞机场上
　　——梦庄记事之十九 ………… 247
会上树的姑娘
　　——梦庄记事之二十 ………… 254
写对子
　　——梦庄记事之二十一 ……… 258
杜小香
　　——梦庄记事之二十二 ……… 260
迎春酒会
　　——梦庄记事之二十三 ……… 264
喜丧 ……………………………… 267
电表 ……………………………… 277
阴影 ……………………………… 283
贺富 ……………………………… 288
东关武学 ………………………… 292
眼光 ……………………………… 303
失望 ……………………………… 318
拜年 ……………………………… 324
白大嫂 …………………………… 332

下　卷

二姐 ……………………………… 341

村戏 ………………………………… 346

醒酒 ………………………………… 355

午休 ………………………………… 364

一句玩笑话 ………………………… 373

花市 ………………………………… 376

友情 ………………………………… 382

鼾声 ………………………………… 387

拴虎 ………………………………… 392

赵三勤 ……………………………… 400

小果 ………………………………… 407

中秋节 ……………………………… 413

年头岁尾 …………………………… 421

钟 …………………………………… 427

早 期 小 说

瞬息之间 …………………………… 457

劳姐 ………………………………… 461

弯路 ………………………………… 470

乡风 ………………………………… 477

三识宋默林 ………………………… 491

分歧 ………………………………… 504

春暖花开的时候 …………………… 514

正气歌 ……………………………… 522

香菊嫂 ……………………………… 536

取经 ·· 542

炉火 ·· 552

窑场上 ·· 560

散 文 随 笔

我的简历 ··· 567

邵思农先生

　　——古城忆旧 ························· 569

灯窗笔记（七题）···························· 572

募捐启

　　——实用散文 ····························· 576

读书随想 ··· 578

两种小小说 ····································· 580

一点儿感想

　　——纪念《小说月报》创刊200期··· 581

关于小小说 ····································· 582

创作随想 ··· 584

读《曼晴诗选》

　　——文艺学习札记 ···················· 587

《小城风流》序 ································ 592

《正定古诗选注》序 ························ 594

我读《枯井》 ···································· 596

多写一点儿 写好一点儿 ················ 598

写作《取经》的体会 ························ 600

创作《花市》的前前后后 ················· 603
金色的种子 ···························· 608

报告文学

敢为天下先
　　——记正定电子元件厂厂长张士龙 ··· 615

剧　本

半篮苹果（河北梆子） ················ 625
比翼双飞（河北梆子） ················ 637
年头岁尾（河北梆子） ················ 654

贾大山
文学作品全集典藏版

小说

"容　膝"

东门里有个大觉寺，寺内有一方青石，上刻两个大字"容膝"；又刻一行小字"晦翁书"。原来这块石刻放在一个大殿的角落里，尘封垢染，无人问津。到了八十年代，寺内的工作人员把它拓片装裱，竟能重金出卖，以文补文。先是文人墨客喜爱，后来平常百姓也争着买。于是"容膝"拓片除了在寺内零卖，也批发到"四宝斋"。

"四宝斋"就在大觉寺的对面，卖文房四宝，名人字画，也卖泥塑陶器，玉雕古玩。"四宝斋"的主人是一对来自农村的年轻夫妇，一个叫文霄，一个叫玉素，一个能写一个爱画。改革开放后，别的买卖不做，一心开个"四宝斋"。他们说开办"四宝斋"的目的不是为了赚钱，而是为了繁荣古城文化。其实，古城文化繁荣了，钱也赚下不少。要不一座青砖青瓦、古色古香的小楼，怎么会盖起来？

不过，他们做买卖，确有与众不同之处。譬如：明知"容膝"拓片畅销，偏不肯多进货，每次只进三五幅，一幅挂起来，其余藏在柜台下面。有人买"容膝"拓片，先把人家上下打量一遍，然后交谈几句，好像是要考查一下人家的道德学问，配不配买一幅"容膝"拓片似的。

正月里，满城观不尽的繁华热闹，"四宝斋"的顾客仍然不多。文霄站在柜台后面，应酬两个看砚台的老人，玉素在后面的小屋里作画儿。"四宝斋"不是饭馆,不是百货商店,平时生意就很"清淡"——这里卖的都是高雅贵重物品,一天卖两三件,就能获得不少利润。

卖绿萝卜的老甘却是这里的常客。老甘是个种田人,认不得几个字,但是非常喜欢"四宝斋"。他说全城里的买卖,哪一家也不如"四宝斋"的买卖做得文雅,买的文雅,卖的也文雅。每天,他把放着半笸箩绿萝卜的小车朝"四宝斋"门口一撂,就钻到店堂里去了,一边取暖,一边瞅摊,一边看文霄夫妇做买卖。

看砚台的走了,老甘望着装裱精致的"容膝"拓片,问了一句:

"那个黑片子,卖多少钱?"

"七十。"文霄告诉他。

"呀,好贵也!"老甘吐吐舌头,悄悄说。——老甘嗓子野,站在城门洞里吆喝一声"绿萝卜",十字街里都能听见;但是到了"四宝斋",说话总是悄悄的,好像是怕嗓门儿大了,破坏了这里的文雅似的,并且时常动用"之乎者也"一类的字眼。

"写字的人贵。"文霄也很喜欢老甘,生意不忙了,爱和老甘聊天儿。他说"晦翁"不是别人,就是朱熹,南宋的大哲学家。宋宁宗庆元年间,朱熹因为得罪了一个姓韩的大官,遭到排斥,被贬官了。一天他到大觉寺拜佛,要求借宿一夜。大觉寺东侧有个专供香客借宿的院子,名叫雨花堂,大小十间房屋,大的两方丈有余,小的只能容纳一人,香客所住房屋大小,以向寺内施舍财物多少而定。住持僧看他青衣小帽,穷困潦倒,便把他安排到一间最小的屋子里去了。晚上,他躺在草苫上,思前想后,心里很不是滋味,长叹一声,便在石砌墙壁上挥笔写下"容膝"二字。他去世后,皇上因念他的功德,追封他为信国公,并诏令天下搜集他的墨迹。"容膝"二字成了国宝,住持僧便请匠人刻下来了……

"老朱有两下子!"老甘说,"这两个字,写得是不赖!"

"其实,'容膝'是陶渊明的话。"老甘正赞叹着,一个戴眼镜的中年人走进来,谈吐也很文雅。

玉素在后面的小屋里说:

"对,是陶渊明的话。"

"是《桃花源记》里的话吧?"文霄向屋里问。

"不,是《归去来兮辞》里的话。"眼镜背诵,"'倚南窗以寄傲……'"

"'审容膝之易安。'"玉素在屋里接了下句。文霄一拍手说:

"对,是有这么两句!"

柜台里面一句,柜台外面一句,屋里一句,三个人津津有味地谈论着"归去来兮"。老甘努力听着,像听外国话,但也听清个大概意思:老陶在什么地方做了八十多天官,便辞官归田了,写了一篇文章叫《归去来兮辞》。"审容膝之易安",是说他回到老家,不嫌房子小,容下膝盖儿就行了。

他们越谈越投机。眼镜问到"容膝"拓片的价钱时,文霄十分友好地说:

"别人买七十,你买……"

"我买一幅,也优惠优惠吧!"文霄还没说完,走进来一个胖老头儿,淡淡的眉毛,疏疏的胡子,披一件细毛羊皮袄,玩两个健身球儿。他说他最喜欢名人字画,客厅里挂了一幅"难得糊涂",卧室里挂了一幅"吃亏是福",书房里想挂一幅"容膝"……

"三间房屋?"眼镜问。

"四间,吃饭屋里就不挂什么了。"

"几口人?"

"两口,我和老伴。孩子们,我谁也不跟,他们那里人来人往,又有电话,麻烦!"

说完笑了，笑得十分得意。

文霄不知胖老头儿的来历，正要取货，"没货了。"——玉素从屋里走出来，似笑非笑地打量着胖老头儿说：

"这位先生也有书房？"

"有哇，人老了没事做，就爱读一点儿书——'有好友来如对月，得奇书读胜观花'呀！"说完又笑了。

"你读什么书？"玉素又问。

"刚读完了《笑话大全》，最近在读《麻衣相法》。"

文霄、眼镜都笑了。玉素也笑了，指着一幅国画说：

"我看你不如买了这幅《八骏图》吧，你看这八匹马，奋蹄扬鬃，一匹一个模样儿，多么精神！"

"多少钱？"

"一百。"

"行，它更名贵！"

胖老头儿买了《八骏图》，刚刚走出店门，玉素就把嘴一撇，说：

"哼，两口人四间房屋，好大的膝盖儿呀！"

"他买《八骏图》最合适了！"眼镜忍不住，噗噗笑了，"他那屋里可以跑马！"

笑了一回，玉素望着眼镜说：

"同志在哪儿工作？"

"县政府。"

"什么机关？"

"小机关。"

"机关再小也有名字。"

"地名办公室。"

"噢——"玉素看看文霄,"还有这么个办公室?"

"无权无势,清水衙门!"眼镜的脸红了,通红通红。

"住哪儿?"玉素又问。

"梁家胡同。"眼镜的脸又白了,寡白寡白,"一家三代五口人,住在两间平房里,一间不到九平方米……"

"看看看,"老甘两手一摊,"读'归去来兮'不如读《麻衣相法》!"

"这就叫苦乐不均!"眼镜嚷了一声,然后对玉素说,去年儿子考上大学,闺女当了文艺兵,老太太也去世了,才得松快松快。他也想买一幅朱子珍迹,在屋里挂一挂,冲冲晦气。玉素笑了笑说:

"真的没货了。"

"这一幅……"眼镜指指挂着的拓片。

"那是样品,不卖。"

眼镜望着那拓片,待了一会儿,只好走了。老甘看看文霄,看看玉素,奇怪地问:

"怎么,两位都不卖给?"

"一位有贪心,一位有怨心,都不适合挂'容膝'。"玉素说。

"谁挂才适合呢?"

"你挂最适合了。"玉素笑笑说,"你们老两口儿,两间小茅屋,屋前一棵垂柳,屋后一片菜畦,无忧无虑无争无求地过日子,多么安闲快活?'审容膝之易安',最不容易做到的是那个'安'字,你做到了。"

"不也不也,我也没做到!"老甘摇摇手,也咧着大嘴笑了,"天一暖和,我也要盖新房了,不要那么大,也不能那么小,客厅、书房用不着,只能'容膝'也不行。老伴嚷着买洗衣机哩,买了放在哪儿? 其实,老朱和老陶,也没做到。老陶不嫌房子小,住下就是了,写'归去来兮'干吗? 老朱更不安分了,半夜三更,不好好睡觉,又是朝墙上写字,又是唉声叹气,折腾吗哩?人生在世,贪心不可有,怨心不可有,但是哪儿能无所求呢?你看我现在就有所求了——"

外面过来一群红男绿女,老甘慌慌走出,野着嗓子吆喝起来:

"绿萝卜!又甜又脆的绿萝卜!"

文霄和玉素,听着那洪亮的叫卖声,相对无语。听了一会儿,两人一齐说:"老甘,大觉人也!"

林　掌　柜

　　府前街是个丁字街。丁字那一横是条繁华的东西大街，丁字那一竖是条僻静的南北小街。丁字街口朝北一点儿，面南蹲着一对石头狮子，面北蹲着一对石头狮子，四只石头狮子龇牙咧嘴，同心协力地驮着一座古旧的木牌坊，上书四个大字"古常山郡"。木牌坊南边是我家的杂货铺子，木牌坊北边就是林掌柜的"义和鞋庄"了。

　　"义和鞋庄"不大，只有两间作坊，两间门市，黑漆板打门。那时的铺子都是板打门：门脸儿下面一道石槽，门脸儿上面一道木槽，中间那一扇扇活动的黑漆木板，叫"板打"。日出开板打，日落上板打。上板打是一种沉重的体力劳动，为了上得严丝合缝，每上一扇都要努力碰一碰。于是，天黑的时候，整个城里就会响起一片巨大的啪啪、啪啪的声音，此起彼落，经久不息，显示着一种繁荣，充满了一片生气。

　　不知什么原因，林掌柜的作坊是"闲人免进"的，更不许孩子们到里面玩耍。他家的门市我记得却很清楚：一排货架子，陈列着各式各样的鞋，让人想到一片干净周正的脚；门口的柜台上，放着算盘、笔砚、账簿，还放着一把特制的铡刀。那把铡刀小巧玲珑，好像一个古董，又像一个玩具。据说，只要顾客问一声："掌柜的，鞋底里面，垫的是纸是布呀？"林掌柜便微微一笑，一手接过鞋，一手抬起小铡刀，咔嚓一声，把鞋铡作两截，送到顾客眼皮下看——林掌柜又叫"铡刀林"。

林掌柜五十来岁，长得方脸方口，硕大的鼻头也是方的。夏天，一条黑布裤子，一件白布褂子，总是刮洗得光头净脸；冬天，灰布棉袍，豆包靴头，一顶帽壳。他给人的印象：方方正正，干干净净，和和气气。跟人说话时，不论贫富长幼，总是一脸笑容，满口的"好，好，好"。有一年冬天，邻居一个孩子身穿重孝，趴在他的柜台前面磕了个头，然后说："我娘没了。"他也说："好，好，好。"——惯了，和气也不看什么时候。

因了那把小铡刀，林掌柜的生意格外好。每当他家门前顾客多起来的时候，我便凑过去，很想看他铡一双鞋。可是，在我的记忆里，那把小铡刀从来没用过，只是那么放着，并且总是擦得明晃晃的。

一天，我正骑着石头狮子玩耍，杨跛子过来了，一跛一跛地走到林掌柜的柜台前面，说：

"买鞋！"

那天顾客不少，林掌柜见他来了，赶忙拿出几双鞋，让他挑选。他拿起一双鞋，朝柜台上一扔：

"铡一双看看！"

林掌柜望着他，笑而不语。

"不敢铡？"

"敢铡。"

"不敢铡就不是好货！"

"这么着吧，爷儿们！"林掌柜拿起那双鞋，一面用纸包着，一面笑着说，"这双鞋，拿去穿，钱，不忙给；鞋底磨通了，鞋帮穿烂了，好货赖货一看便知。"话儿也柔和，手儿也利落，话说完了，鞋也包好了，朝他怀里轻轻一扔，"别客气爷儿们，拿着，穿坏了再来拿！"

杨跛子真的不客气，白白拿走一双鞋！顾客们都很气愤，林掌柜却依然笑着，说是："只当铡了一双。"

杨跛子住在后街里，土改的时候，表现很积极，后来不知什么原因，贫农团开会不再叫他了。他没有职业，但是整天泡茶馆子，泡戏园子，泡澡堂子。买卖人都很讨厌他，林掌柜为什么对他那么客气呢？晚上我问父亲，父亲笑着说：

"要不怎么叫'义和鞋庄'呢！"

父亲和林掌柜是至交。遇到下雪下雨的天气，或是生意不忙的时候，林掌柜便来我家铺子里闲坐。他总是叫我父亲"老鸟"，我父亲也叫他"老鸟"。直到今天，我只知道那是一个戏称，但不知道"老鸟"的真实含义。

两个"老鸟"到了一起，就要喝一点儿酒，"老鸟，喝点儿？""喝点儿，老鸟。"他们到里间屋里，在炕上放个小桌，对面坐了，慢慢地喝。——我家卖酒，也卖松花、咸蒜、豆瓣酱。林掌柜非常欣赏我家做的豆瓣酱，吃到一个姜丝儿，不住说"好"。每次分别的时候，两人总要互相奉承一句：

"我最佩服你的豆瓣酱。"

"我最佩服你的小铡刀。"

我也深深喜爱林掌柜的小铡刀。有一次，他们喝着酒，我问：

"林大叔，你那小铡刀快不快呀？"

"快呀，飞快飞快。"

"一年铡多少鞋？"

"早先铡一些，后来就不铡了。"

"既然不铡了，要它干什么？"

"放着。"父亲说，"世界上有些东西，一定得有，用到不用的时候，便是用好了。"

林掌柜乐了，举起酒杯说：

"知我者，老鸟也！"

他们每次喝酒，总是这么快活。

后来，很有一阵子，林掌柜不到我家铺子里来了。父亲也很忙，不断到什么地方去开会。人们都说城外的庄稼人已经到了社会主义社会，城里的买卖人也准备向那里迈进了。

林掌柜最后一次到我家铺子里来，是在那年腊月，一个下雪的晚上。那时候买卖家已经不再进货了，关门也早，大家怀着各种不同的心情，等待着敲锣打鼓那一天。

那天天很晚了，父亲站在货架子前面，正自盘算什么，林掌柜把门一推，头上顶着几片雪花进来了。父亲说：

"你也没睡？"

"睡了，又起来了。"林掌柜结着扣子说，"我想看看你。"

"看我什么？"

"有人说工商业者黑夜哭白天笑，我看看你哭哩笑哩？"

父亲低下头，说话变了嗓门儿：

"我也不哭我也不笑，只是心里麻烦……"

"你有'蛰财'？"

"没有。"

"你能变成'亨茂号'？"

"休想，那是大买卖。"

"这不得了！"林掌柜把手一拍，"那你麻烦什么？"

父亲抬起头，眼里含着泪说：

"老鸟，以后挪了窝儿，咱们还能坐在一起摆个龙门阵不？"

"就为这个？"

父亲点点头。

"能摆，什么时候也能摆个龙门阵！"林掌柜说着，哈哈笑了。

父亲擦擦泪,也笑了:

"你不麻烦?"

"我不麻烦。"

"你不麻烦起来干什么?"

"我想喝两盅。"

"没菜。"

"有菜!"

林掌柜自己下手,弄了一碟韭菜花儿,弄了一碟豆瓣酱,然后从酒坛里舀了一小壶酒,说是一醉方休——林掌柜心地坦和,总是那么快乐。

可是,他刚抿了一口酒,突然皱起眉头:

"酒里掺水了?"

"没有。"父亲一愣。

他又抿了一口,红着脸嚷起来:

"掺水了,肯定是掺水了!"

父亲尝了一口,脸也红了,急得拍着桌子说:

"咦,这就奇了!"

"你从哪儿进的酒?"

"专卖处!"

"最近,谁来打过酒?"

"昨天,前天……杨跛子!"

"披一件破大袄?"

"披一件破大袄!"

"要赊账?"

"要赊账!——三斤的瓶子灌满了,提下柜台,才说要赊账。我说不赊账,他就不打了……"

"酒呢?"

"我又倒回去了!"

"坏了!"林掌柜仰起脖子,咯咯咯地笑起来,笑得没了声音没了眼睛。他说,杨跛子打酒,惯用此法:他的破大袄里另外藏着一只瓶子,里面装满凉水……

父亲听了,也被气笑了:

"你说,这半坛酒……"

"洒了!"

"洒了?"

"再卖倒字号。"

"快关门了,还怕倒字号?"

"人也有字号。"

"半坛酒,总有七八斤呀……"

"不喝了,睡觉!"林掌柜好像生气了,起身要走,父亲赶忙拦住他:

"怎么了,老鸟?"

"你不听朋友劝告!"

我赶紧开开门,抱起酒坛子,把"酒"洒到街里去了。林掌柜拍着我的头顶笑了笑,说是:"这小子长大了做买卖能发财。"我要去给他们打好酒,他说不用了,父亲也说不用了,催我去睡觉。

我不想睡觉,躲在灯光照不到的地方,看他们喝酒,听他们说话。他们的话题很散漫,脸上的表情很复杂,一会儿谈到城里,一会儿谈到乡下……父亲脸上刚刚有了一点儿欢快的颜色,林掌柜却把嘴一撇,瞅着那两碟小菜哭起来了。父亲好生奇怪:

"老鸟,醉了?"

"我也麻烦!"

"你有'蛰财'?"

"没有。"

"你能变成'永泰昌'?"

"休想,那是大鞋庄。"

"这不得了!"父亲也把手一拍,"刚才怎么劝我来?"

林掌柜抬起头,眼里含着泪说:

"老鸟,以后见了面儿,还能吃上这么好的豆瓣酱不?"

"就为这个?"

林掌柜点点头。

"能吃,什么时候也有卖豆瓣酱的!"父亲说着,忍不住笑了。

林掌柜擦擦泪,也笑了。

雪悄悄下着。一阵阵寒风,不时把一两片雪花从板打缝里扔到柜台上来。鸡叫头遍了,他们的话还没说完,最后三举杯,倾注了半生的情意:头杯酒,三十年打早摸黑,苦巴苦干,两家都有吃有穿,没饿着没冻着,喝了;二杯酒,两家相识相知,老不哄少不欺,谁也没有做过亏心的买卖,喝了;最后一杯没有喝,他们把酒洒在地上,敬了天地财神、算盘和秤,还有那把小铡刀。

钱　掌　柜

一棵古槐，树干已经空朽了，枝叶依然茂盛，葱葱茏茏像把大伞，半遮半掩着一个杂货铺——公私合营第四门市部。

这个门市部，两人经营着，一个是我父亲，一个是钱掌柜。钱掌柜是组长，我父亲是组员，一官一兵。

钱掌柜比我父亲大两三岁，看上去却比我父亲年轻得多，精神得多：一头黑发两只笑眼，肥头大耳满脸光气。公私合营前，他在十字街上开一小铺，名叫"荣盛源"，买卖越做越小，但他一点儿也不着急。黑夜上了板打，小铺里照例飞出一台戏："我说苏三走动啊！""苦哇！""仓台七台仓台七台仓台七台台仓——""喂呀！忽听得唤苏三我的魂飞魄散，吓得我战兢兢不敢向前……"又是丑又是旦，又是哭又是笑，又有京胡伴奏，又有口念的锣鼓点儿，唱到精彩处，"好！"——还会爆发叫好的声音。站在门外乍一听，不知屋里有多少人，其实就他自己。

公私合营后，他仍然爱唱，门市后面的小屋里经常挂着一把京胡。一天晚上，他正唱得热闹，零售经理部的李书记来了。李书记说："老钱，怎么啦，这么高兴？"他哈哈一笑，嘴里竟然冒出一句妙语："有人说工商业者黑夜哭白天笑，那得看谁。李书记，我老钱可是自拉自唱着进入社会主义的！"李书记听了，十分欢喜——他当门市组长，大概就是得益于这句妙语。

但是,他这个门市组长,很少在门市上待。他一上任就说:"老贾,我这个人太浪荡,坐不住,重活我干,责任我负,守门市靠你啦。"于是,他们这里不是组长指挥组员,而是组员指挥组长。组员说没醋了,他便拉上小车去拉醋;组员说没点心了,他便去拉点心——早晨出去中午回来,中午出去晚上回来,一走就是半天。有时组员也批评他两句,他总是哈哈一笑说:"我这个嘴好呱呱,熟人又多,碰见谁不得呱呱几句?"——"好呱呱",就是好说话。

有一天,他去拉醋,早晨出去,次日中午才回来。弄得组员哭不是笑不是:"老钱老钱,我当把你丢了呢!"

"丢不了,昨天黑夜我到石家庄去了一趟。"

"拉醋用到石家庄?"

"尚小云来了,我看了看尚小云。"说着,拿起鸡毛掸子,扭动胖大腰身,学起尚小云来。

钱掌柜平时浪荡,到了关键时候,真干。

钱掌柜果然犯了错误。反右派的时候,虽然没有戴上帽子,但被狠狠"挂"了一下,遭到了辩论。他的主要错误是丑化党的领导,具体言论是:"你看咱们李书记,上身长下身短,穿上什么衣服也不顺眼。"——他说是"不合体",群众揭发是"不顺眼",辩论了好几个回合,他才抱头痛哭,承认是"不顺眼"——果然是吃了"好呱呱"的亏!

钱掌柜犯了错误,不再"呱呱"了,但是依然爱唱——胡琴筒里塞块毛巾,小声唱。一天父亲中了暑,让我去请假,他正坐在柜台后面眯着眼睛哼哼着唱哩。他说他用旧曲调,编了新唱词,全是歌颂"大跃进"的;又说国家提出了"超英赶美"的口号,他也不能落后,他要赶超尚小云……

"老钱,不忙啊?"

他正向我讲解怎样赶超尚小云,一个又黑又瘦的中年人走进来,行唐口音。他赶紧打整精神,笑脸儿相迎:

"哎呀,李书记,你真稀罕!"

原来在我想象中,李书记是个非常严肃、非常厉害的人。其实,他很随和,也很朴素,穿一件肥大的圆领背心,拿一把破旧的芭蕉扇子,像个卖西瓜的;钱掌柜虽然犯了错误,但是他的眼光里,没有一点儿冷漠和歧视。他看了看货架上的货物,摇着芭蕉扇子说:

"老钱,最近县里要开全面跃进誓师大会,你对咱们公司的跃进规划有什么意见,提提吧!"

李书记是来征求意见的,跃进指标如何,具体措施怎样,群众有什么反映,都问到了。不管他问什么,钱掌柜总是笑呵呵地说:"挺好。"

"对我个人有什么意见也可以提一提。"李书记又说,"比如,思想方面的,干劲方面的,工作作风方面的,都可以提——我们现在的主要任务就是反对右倾保守和本位主义思想,扫清跃进的障碍!"

李书记的扇子向前一推,做了个扫清障碍的姿势,然后坐下了——看来一时半会走不了。钱掌柜拍着脑袋想了想,笑着说:

"那我就提一条!"

"提吧。"

"我也是听反映。"

"反映也行。"

"不一定对。"

"错了也没关系。"

"要说你李书记,哪一方面都好,就是太爱喝酒了……"

"什么?"

"一喝就是一斤半!"

"我？"

"喝醉了就骂人——这是不是跃进的障碍？"

"别的呢？"

"没有了。"

李书记哈哈笑了，钱掌柜也哈哈笑了。两人哈哈笑了一阵，李书记走了，一边走还一边笑。

李书记走远了，钱掌柜指着他的背影对我说：

"小子，你看他是不是上身长下身短？"

"像。"我问，"他真能喝一斤半酒？"

"他有肝炎，滴酒不沾。"

"那你……"

"这叫技术。"他笑了笑，嘴巴对着我的耳朵说，"领导征求意见，不提不行，提对了更不行，瞎提没事儿——你看他乐了不是？"

那一次，他给我留下的印象很不好。他的一举一动，一言一笑，好像不是原来的钱掌柜了！

那年秋天，大炼钢铁的熊熊烈火遍地燃烧起来的时候，父亲被调到焦化厂小卖部工作，我也上了中学。一晃两年，我和父亲都没见过钱掌柜，也听不到关于他的消息了。春节到了，他把年货预备得非常齐全，天天顶门市，不到天黑不关门；中秋节到了，他便拉上小车带上胡琴，下乡卖月饼，走一村唱一村："八月十五月光明，老钱送货出了城，社会主义无限好，老钱的月饼甜得不行。"——十分招人喜爱；县里检查卫生了，他便亲自收拾门市，打扫库房，看见一只苍蝇，举着蝇拍儿从屋里追到院里，从院里追到街里，直到消灭为止……于是，不到一年光景，四门市的墙壁上便挂了不少小红旗。每领一面小红旗，他便自己掏腰包，请我父亲吃一顿。他说这些成绩的取得，全是我父亲努力的结果，鼓励我父亲戒骄戒躁，再接再厉——真像一个领导干部似的。最难得的是，父亲跟他搭了将近两年伙计，从来没有发生过错账短款之类的事故。父亲常说，跟老钱打伙计，身子虽然"拴"得慌，可心里踏实。

我也喜欢钱掌柜。每次看望父亲的时候，他见了我总是朝后一指，悄悄地说："小子，到屋里等着去。"我刚走到屋里，他便跟进来了，塞给我一块槽子糕，一块"大八件"，让我"咪希咪希"。他这么做的时候，总是蹑手蹑脚，满脸贼笑，但是"贼"得可爱。

一天晚上，我问父亲什么是"咪希咪希"？父亲说那是一句日本话，就是吃的意思。我听了很惊奇："钱大伯会说日本话？"

"他跟一个日本人学了两句。"父亲说，日本人占领县城时，钱掌柜因为贩卖了两箱火柴，被抓到贾村据点，那是杀头的罪过。受审时，他见日本人屋里也挂着一把京胡，便说："你们让我唱一段，再杀行不行？"日本人竟然答应了。他一拉一唱，日本人大喜，不但没杀他，还请他吃了一顿饭，跟他交了朋友。

"哎呀，那不变成汉奸了吗？"我问。

"别瞎说，不是汉奸。"父亲板起脸说，钱掌柜不但不是汉奸，他还忍着羞辱，保护过一群中国孩子。有一天，那个日本人来到"荣盛源"，让他拉胡琴。一群孩子看见了，冲着日本人骂："操你娘！"日本人不懂这句话，便问钱掌柜，那是什么意思？钱掌柜告诉他，那是祝你长寿。后来，那个日本人见了钱掌柜，总要彬彬有礼地说一声："钱先生，操你娘。"钱掌柜只好点头微笑："谢谢，谢谢。"——钱掌柜能是汉奸吗？

原来，我不相信真有其事，可是后来不断看到人们这样逗他：

"钱掌柜，那年你给日本人唱了一段什么呀？"

"《打渔杀家》，小口儿！"他津津乐道。

"日本人也会拉京胡？"

"唉，吱呀吱呀的，像推碾子！"

"你真会说日本话？"

每当这时，父亲便看他一眼，重重咳嗽一声。但他并不理会，叽里咕噜来几句日本话，然后洋洋得意地说：

"怎么样？地道的东京味儿！"

于是，父亲开始埋怨他了，嫌他"嘴松"，嫌他不会小声说话，嫌他喜欢炫耀自己。他呢，嘻嘻哈哈，满不在乎，我行我素。

一天，他又让我"咪希"，父亲急忙赶到屋里说：

"老钱！别让他吃了，犯错误！"

"犯错误不在吃东西。"他说。

"在什么？"父亲问。

"在说话。"他好像预感到了什么，沉下脸说，"老贾，你瞅着，我迟早得犯错误。"

"怎见得？"

"我这个嘴好呱呱。"

"既然晓得了，就要注意。"

这一回，他认真地听着，不再嬉皮笑脸的了。

最后一次见到钱掌柜，是在那个饥饿的冬天。那是一个下雪天，我到焦化厂看望父亲，路过四门市，看见钱掌柜仍然在柜台后面坐着。他看见我，笑着向我招了招手，我走到柜台前面，他把嘴一伸，小声说：

"小子，怪饥不？"

"不饥。"我说。

"不饥是假的。"他看了看点心匣子，两个手指一撇，比了个"八"字，"八块钱一斤了，不能'咪希'了。"

想起当年情景，我不禁笑了：

"钱大伯,如今还唱戏吗?"

"唱,就是进步不大。"他说,"咱们国家没有赶上英国,我也没有赶上尚小云。"说完也笑了。

钱掌柜老了,头发稀稀的白了一半,眉毛也开始变白了;他的脸色像干菜,"胖"得难看,牙齿也脱落了好几颗。他过去不吸烟,那天手里夹着个烟嘴儿,烟嘴儿上按着个烟头,吸一口咳嗽半天。我问:

"钱大伯,你不是不吸烟吗?"

"不吸不给烟票。"

"如今买烟也要票?"

"嘿,买什么不要票?"

"你不吸烟,何必要烟票呢?"

"不兴烟票不吸烟,兴了就得要,不要白不要。"

说着,把烟嘴儿叼到嘴里,烟头朝天像个小高射炮。他刚吸了两口,两眼一怔,忽然站起来了:

"你听,又一个!"

一片哀哀的哭声,簇拥着一辆马车过来了,马车上拉着一口棺材。马车前面,一个孩子身穿重孝,扛着一个白幡,马车后面跟着死者的亲属。钱掌柜好像看清了什么,从点心匣里抓了两块饼干,傻了似的走到街门口上,肃然而立。一片纸钱飘飘摇摇落在他的肩上,他都没有察觉……

送葬的队伍过去了,我问:"钱大伯,谁死了?"

他不说话,呆呆望着飘走的白幡,好像遥望自己的归宿。白幡看不见了,他才轻轻叫了一声"老李",把两块饼干扔到街心里去……

"哪个老李?"我问。

"我们李书记……"

"他?"我也一惊,"那年整你,不就是他吗?"

他摇摇头,不让我再说下去。他说老李人不错,大家浮肿了,他也浮肿了;病重的时候,天天还到食堂打饭吃,买个馒头,照样拿细粮票……说着,他拼命吸了两口烟,烟头早已熄灭了。他一挥手,连烟嘴儿也扔了,我说:"钱大伯,你的烟嘴儿……"

"不要它了,困难时候,凑什么热闹呢……"

他拍拍身上的雪花,擦擦眼泪,又到柜台后面坐着去了。

后来我下乡了,再也没有见过钱掌柜。

我只听说,在那动乱的时候,他到食品公司开办的养猪场里喂了两年猪,挨了两年批斗,最后死在一个学习班里,罪名是"日本特务"。后来平反,又说他不是"日本特务"了。

王　掌　柜

王掌柜其实是个农民，半辈子种菜卖菜。年轻的时候，他在大街上卖菜，买菜的人们叫他一声"老乡"，他便不高兴，说是："一个卖烟卷的，卖瓜子的，都称'掌柜'，我的买卖难道不比他们大？"人们投其所好，便叫他"王掌柜"了，一直叫到现在。

王掌柜住在南仓，紧挨着城角楼。古时候，正定府是个兵马重镇，南仓是聚草屯粮的地方。南仓居民半农半商，以农为主，种粮又种菜。这里出产的大白菜很有名望，到了清代，地以物传，干脆就叫"南仓大白菜"了。这种白菜棵大叶肥，颜色白嫩，里面的叶子互相重叠，外面一叶满球包顶，不但好看好吃，而且好熟，所以又叫"开锅烂"。早先，这种菜籽运销湖北、湖南、山东、山西，半个中国都晓得"南仓大白菜"——王掌柜种的就是这种大白菜。

自从山里修了水库，南仓虽然还种大白菜，但已不是"南仓大白菜"了。南仓原来属于"二阴地"，分布着不少水塘，用王掌柜的话说：碱从水来，水随气散，淋下的东西是什么？硝。——种植"南仓大白菜"需要含硝的土壤。一修水库，滹沱河断了水，水塘没有了，硝也不复存在了。再说，这种白菜喜大水肥，不能用化肥"催"，只能用粪干"奶"，还要施以豆饼、茅渣、鸡毛。那时候"以粮为纲"，谁还费这个劲呢！

可是，城里的老人们，谁也没有忘了"南仓大白菜"。王掌柜分到责任田，老人们一见他就说：

"王掌柜，我们可等着哩！"

"等着什么？"

"等着吃'南仓大白菜'呀！"

王掌柜听了，摇摇头，笑笑说：

"不种啦，老啦，歇啦！"

王掌柜六十来岁，老倒不老，但是真的"歇"了。不歇，孩子们不行。三个媳妇到了一起，时常念叨：婆婆受了一辈子苦，没得早，现在只有这么一个老人了，又赶上好时候，应该让他享些福。媳妇们说到做到，庄稼活抢着干，好吃东西抢着买。王掌柜的小屋里，奶粉、罐头、麦乳精，什么都有，手里没有断过零花钱——三个儿子都当工人，个个都给钱。

王掌柜喝了一阵麦乳精，街上卖小吃的便多起来了。一天，他把三个媳妇叫到屋里，指着那些食品说：

"往后你们别花这个闲钱了，我也不服这些洋东西。'花花正定府，锦绣洛阳城'，咱们正定府的好吃东西多着哩。改革开放了，市面一天天火爆起来，好吃东西都得出来。你们上街的时候，看见什么好吃东西出来了，回来报告一声，就算你们尽了孝心——钱，不让你们花。"

三个媳妇一齐说："行！"

正定府的好吃东西确实不少。尤其是才解放那几年，一个十字街上就蹲了七八个饭庄，布篷小摊，肩担小贩，比比皆是。"正定府三大宝，扒糕、粉浆、豆腐脑"，那是为了念着顺口，其实，比"三大宝"更精美的食品有的是：糖麻花、蜜麻叶、豆花糕、煎素卷，做法南北罕见；鸡丁、崩肝、肥胁、肘花，味道天下少有。单说炸麻糖，就有多少样："对拼""白片""盘算""有饧""荷包""二水"……可惜到了后来，只剩下一样：

"油条！"

王掌柜在大街上卖菜时，见得多，吃得也多。因为好吃，由贫农"吃"成了中农。"四清"复议阶级成分，实行自报公议。王掌柜没有这方面的经验，自报的时候，竟然吹起来了，他说："我老王从小种菜卖菜，靠劳动吃饭，凭力气干活。大福咱没享过，大罪咱也没受过。山珍海味吃不起，烧饼麻糖油炸糕，他吆喝什么咱吃什么……"他还没有说完，"四清"工作队的同志便黑下脸说："行啦，别说啦，中农！"那时尚且如此，如今有了经济条件，没了思想顾虑，更该吃了，他想。

春天，槐花开放的时候，老大媳妇报告来了：

"爹，卤鸡出来了！"

"谁家的？"

"马家的。"

王掌柜说了声"好"，悠悠打打上街去了。

正定卤鸡自古有名，马家卤鸡尤其地道：生鸡洗净，一只翅膀别向背后，一只翅膀叼在口中，脖颈弯回，爪入膛内，形状宛如小琵琶；卤煮要用老汤做底，作料不下二十种：丁香、桂皮、砂仁、豆蔻、白芷、三奈、花椒、大料、葱、姜、色酱等——按比例下作料、看鸡龄定火候。鸡煮好了，黄里透红，颜色鲜亮，不破皮不脱骨，不塞牙不腻口。据说，光绪二十七年十二月，西太后从西安回京驻跸正定，吃了马家卤鸡，都说鲜、香、嫩！老马掌柜卖卤鸡时，王掌柜是老主顾了。

现在卖卤鸡的是小马掌柜。小马掌柜眼睛有工夫，一看行人脸色，便知谁想吃鸡：

"王大伯，尝尝！"

王掌柜离他的摊子还很远，他便用筷子扎起一只卤鸡，响亮地招呼——他的卤鸡好像不是卖的，而是供人"尝"的。

王掌柜走过去，撕了一点儿鸡皮，扔到嘴里说：

"老汤煮的？"

"没有老汤，能是这个颜色？"

"多少年不煮了？"

"我六岁上关的门。"

"从哪儿得的老汤？"

"关门的时候，老掌柜留下一罐老汤，用黄蜡封了，埋在地下了。"

"好，老掌柜能掐会算，知道有今天！"

王掌柜说着，咂巴了几下嘴唇，忽然皱起眉毛。小马掌柜忙问：

"味道怎么样？"

"好像缺料？"

"哎呀，大伯真是神嘴！"小马掌柜红着脸说，"丈母娘来了，一闻见砂仁、豆蔻味儿，就头疼，所以这一锅……"

"那就不该煮！"王掌柜毫不客气。

"她明天就走……"

"我明天再吃！"说罢扬长去了。

小马掌柜不但不生气，心里反倒十分喜欢。第二天中午，真材实料煮好一锅鸡，特意给王掌柜送去两只，说什么也不要钱。

王掌柜问："为什么不要钱？"小马掌柜说："就因为你认识我们马家卤鸡。"王掌柜夸奖他会做生意，他称赞王掌柜嘴巴神奇。

王掌柜哈哈一声说："全是你爹培养的。"

过了几天，王掌柜刚刚做好午饭，老二媳妇报告来了：

"爹，豆腐脑儿出来了！"

"什么豆腐脑儿？"

"什么豆腐脑儿都有。"

王掌柜说了声"好",悠悠打打上街去了。

正定豆腐脑儿有三种:一种是"老豆腐脑儿",卤水点豆浆做成的,吃时放韭菜花、辣椒酱;一种是"石膏豆腐脑儿",石膏点豆浆做成的,吃时放姜末、蒜泥;一种是"卤豆腐脑儿"——石膏豆腐脑儿浇卤。王掌柜最爱吃"卤豆腐脑儿",并且专吃老牛掌柜的"卤豆腐脑儿"。碗大是次要的,主要是卤好:金针、木耳、粉条、面筋,什么都有,一撮香菜,俩大香油珠子,看着就醒脾!

现在卖豆腐脑儿的是小牛掌柜。小牛掌柜不如小马掌柜,做买卖散散漫漫,精气神儿不行。他给王掌柜盛了一碗豆腐脑儿,放在地桌上,竟然忘了拿小勺儿。

王掌柜看着那碗豆腐脑儿,不由皱起眉毛:

"这就是卤豆腐脑儿?"

"错不了,吃吧!"

"金针呢?"

"没金针。"

"木耳呢?"

"改革了,没木耳。"

"面筋呢?"

小牛掌柜一愣,眨眨眼睛:

"什么叫面筋?"

"你贵姓?"

"姓牛。"

"多少钱一碗?"

"三毛。"

王掌柜掏出三毛钱,放在地桌上,一口没吃,走了。走到十字街里,回头嚷了一声：

"哼，不知什么是面筋，你也敢姓牛！"

后来，未经媳妇们报告，自己上街吃了几回东西，结果都不满意。吃了一回饸饹，怀疑不是真正荞麦面做的，煮的也"糟"；吃了一回馄饨，埋怨没有"高汤"，白水煮的；吃了两回崩肝，一回嫌崩得太老，一回嫌崩得太嫩。想喝一碗豆沫儿，贵贱没有卖的——那东西利皮儿薄，没人做了。于是什么也不吃了，天天坐在院里的槐树底下喝茶，想念过去的好吃东西。

一天，他正喝茶，老三媳妇报告来了：

"爹，刘掌柜的烧卖出来了！"

"哪个刘掌柜？"

"老刘掌柜，你的好朋友！"

他的眼睛一亮，立刻站起来了。

早先，城里卖烧卖的不下五六家，哪一家的烧卖也不如刘掌柜的讲究。剁馅儿，只用牛的"中肋"，别处一概不取，那地方一层肉丝儿一层花油，香；拌馅儿，葱花、鲜姜、黄豆酱，花椒、大料、小茴香水，还必须得用小磨香油。包子出笼了，用荷叶裹了卖，肉香、油香、荷叶香，吃到嘴里清香清香，味道绝了！——刘掌柜的包子馆就叫"得味长"。

王掌柜上街去了，不大一会儿就回来了。老三媳妇问：

"爹，吃了吗？"

"不吃了！"他坐在院里的捶布石上，脸色很不好看。他说，老刘掌柜赚钱也赚糊涂了，卖烧卖也用塑料袋，竟然没了荷叶，没了荷叶还叫什么"得味长"！

晚上，妯娌三个坐在房上乘凉，老三媳妇发起牢骚：

"咱爹的嘴头儿真刁，往后咱不给他报告了！"

"你才知道？"老二媳妇说，"不光嘴头儿刁，耳朵也刁。大嫂，你把那年剁饺子馅儿的事儿,给她讲讲!"

"我早忘了,"老大媳妇不愿背后议论老人,笑着说,"该报告了,还得报告。"

"你不讲我讲!"老二媳妇忍着笑说,"那年腊月二十九,我正和大嫂打扫院子,咱爹从屋里出来了。他说今儿几啦?我说二十九啦。他说怎么不剁饺子馅儿?我说饺子馅儿早拌好啦。他说怎么没有听见剁?我说我买了个绞肉机。他把脸一沉,那不行,饺子馅儿就得剁,噔噔噔噔的,听着瑞气。院子里不闹个动静儿,像过年吗?我说绞的快当,他说剁的热闹;我说绞的剁的一样吃,他说味道不一样。咱大嫂孝顺,赶紧说:'爹,你等着,我再买二斤肉去,给你闹个动静儿!'——白说又买了二斤肉,给他'噔噔'了半后晌!"

说完,妯娌三个都笑了。

这时候,王掌柜正在房檐底下坐着喝茶,听见她们的话,也偷偷地笑了。

转眼秋风凉了,三个媳妇忙着秋收种麦,顾不上向他报告了。一天中午,王掌柜熬了一锅稀溜溜的大米绿豆粥,切了一碟绿萝卜咸菜,用香油拌了,"请"她们过来吃饭。

她们一进门,满院子清香,一直香到街门口上去了。她们走到屋里,王掌柜指着扣在饭桌上的一张大荷叶说:"吃吧!"她们揭开荷叶一看,哈,烧卖!一个个热腾腾、油滚滚的小包子儿,皮儿又薄,馅儿又大,模样儿又俊,很像一个个小石榴。她们拿起筷子,一人夹了一个,咬一口,顺嘴流油,但是一点儿也不腻口——有那荷叶的清香呢!

老大媳妇说:"好吃!"

老二媳妇说:"真好吃!"

老三媳妇说:"就是好吃!"

王掌柜好像得了理,捏了个小包子儿,托在手心里说:

"凡是好东西，谁也消灭不了，就怕自己消灭了自己。改革？那得看怎么改，改什么，马家的卤鸡，改了老汤行不行？刘家的烧卖，改了这张荷叶行不行？行是行，可就不是那个味道了！"

吃着饭，他给媳妇们布置了两项新的任务。一、打听一下哪里还有"三桩包头大白菜"籽；二、赶集买硝，看见就买，贵贱都买。他说明年不歇着了，他要振兴"南仓大白菜"了。

西街三怪

城里西街上，居住着三位老人，人称"西街三怪"。他们是于老、杜老和黄老。于老外号"药罐子"，杜老外号"火锅子"，黄老外号"神算子"。他们的故事，琐屑荒唐，没什么意义；刊物约稿，记个梗概，讨人一笑而已。

药 罐 子

于老喜欢生病。——不，应该说是时常生病。他是食品公司的退休职工，按照规定，看病应到商业局诊所，或是县医院。但他生了病，从来不到指定的地方治疗，一定得请李先生。

于老生在富人家，早先是"永茂酱园"的少掌柜。他从小多灾多病，一直仰仗李先生：六岁肚里生虫子，请的是李先生；十二岁长秃疮，请的是李先生；二十一岁打摆子，请的也是李先生。李先生去世了，以后看病，还是请李先生——李先生的儿子也行医，也是李先生。奇怪的是，"文化大革命"中，李先生戴了一顶帽子，他十年安然无恙，百病不生；新时期到来，李先生的诊所一开张，他的病就又来了：今天上火，明天肠干，伤风感冒不断，去了咳嗽添了喘，三天两头抓药、熬药，于是得了"药罐子"

的外号。

于老个子小，嗓门儿高，禁不得半点儿病痛。身上稍有不适，便哼哼唧唧，大呼小叫，甚至还要嚷着给在西安工作的女儿拍电报。李先生一到，就更"蝎虎"了，脑袋一耷拉，说：

"哎哟，我不行了！"

"不行了"的病症，一剂"小柴胡汤"喝下便好，他就越发崇拜李先生了，硬说李先生是"东垣老人"的后代。人们不知"东垣老人"是谁，他便到处介绍：

"东垣老人，姓李名杲，字明之，晚号东垣，大金朝名医，咱县人氏！李东垣名扬天下，李先生错得了吗？你们看着李先生那相貌，天庭饱满，地阁方圆，高鼻梁大眼睛，活像东垣！"

他好像还懂相法，又像真的见过李东垣！

李先生究竟是不是"东垣老人"的后代，街上无人真正知道。但是，李先生人缘极好，确是人人称道。晚上，尤其是冬天的晚上，他的小诊所里总是歇半屋子人，谈天说地，十分热闹。李先生从来不嫌麻烦，白开水满足供应，和大家又说又笑。

一天晚上，大家正谈得热闹，"阿嚏！"——一个大喷嚏，于老来了。他穿得很厚，戴一顶皮帽子，围一条毛围脖，一个大口罩上面，只露着一对小眼睛。他说他又不行了，喉咙发干，四肢无力，浑身冷紧紧的。李先生赶忙给他倒了一杯开水，让他坐下，然后打开药橱，用小勺取出一粒药，放在桌上让他吃，服务热情而又周到。

李先生也很喜欢于老，称他是"模范病号"。平时看病，李先生怎么说，他就怎么办，一点儿也不含糊。李先生说"不要着凉"，夏天也得烧烧炕；李先生说"多喝白开水"，他一定得问清楚一天喝几壶才好。至于吃药，更是一丝不苟，谨遵医嘱。可是，今天却有些反常，相面似的瞅着那粒药说：

"这是什么？"

"'康泰克'，一种西药。"李先生告诉他。

"我不吃西药！"他说，"我这辈子，凡是挂'西'字的东西都不吃，西药治标不治本！"

说着，鼻子一皱，"阿嚏！"——又是一个大喷嚏！卖烧饼的老温吓了一跳，说：

"好家伙！听这声音，真是'不行'了！"

大家都笑了。

外号"火锅子"的杜老也在这里歇着。杜老爱抬杠，听出漏洞，当仁不让地说：

"老于，西瓜，吃不吃？"

"吃！"

"西红柿吃不吃？"

"吃！"

"西葫芦呢？"

于老知道上了当，不再言语。杜老看看大家说：

"我听人说，西瓜来自非洲，西红柿、西葫芦来自南美洲，西红柿又叫'番茄'，西葫芦又叫'美国南瓜'，都是挂'西'字儿的！"

大家又笑了。

李先生也笑了，像哄孩子似的，给他讲了一番道理。他说中、西两医，各有所长，各有所短，不能妄加褒贬；又说中医本身也是不断发展的，并非千古不变。东垣老人熟读《内经》《难经》，但又结合医疗实践，提出了自己的见解，创造了许多著名方剂。假如人云亦云，陈陈相因，怎么会有"内经说""脾胃论"？哪来的"补中益气汤""升阳益胃汤""沉香温胃汤"呢？他的"小柴胡汤"也是因症配伍的，君臣佐使，不断变化。所以，医家和病家，也应解放思想，破除迷信，不可拘泥一法，死认一门……

于老喝着水，望着李先生说：

"试试？"

"试试吧！"老温说，"这种药不错，电视上说了，打喷嚏流眼泪，一吃就好！"

"这种药是不错！"木匠老杨说，"今年春天，我们老爷子闹感冒，吃了一粒，立时见效。老爷子吃馋了，如今身上一不舒服，就吃'康泰克'，不吃别的药了！"

"那也不好。"杜老笑着说，"我们不能迷信旧东西，但也不能盲目崇拜新东西。盲目崇拜新的，就会迷信旧的。李先生说是不是？"

"极是！"李先生说，"天下万物，无旧不成新，无新不变旧嘛！——老于，吃了么？"

于老看看桌子上说：

"吃了！"

"喝水！"李先生又给他倒了一杯水，然后分析"康泰克"的好处。他说这种药研制得很科学，一个胶囊里面，既有速释小药丸，又有缓释小药丸，速释药丸可以很快发挥作用，缓释药丸可使药效持续十二小时。于老越听越科学，颇有兴趣地问：

"这种药是哪儿出的？"

"天津，中美史克制药公司。"老杨说。

"多少钱一粒？"

"六毛！"老温说，"一粒药，顶三个烧饼！"

"噢，怪不得呢！"于老站起来，突然嚷了一声。李先生问他感觉如何，

他嘿嘿一笑,眉毛也舒展了,眼睛也亮堂了,模仿着电视广告说:

"不错,'确实好多了'!"

大家望着他那焕然一新的样子,好像打了个胜仗,一齐笑起来。李先生也笑了说:

"好好睡一觉,效果更好。"

"睡两个钟头行不行?"

"行。"

"睡三个钟头呢?"

"也行,你看着睡吧!"

李先生把他送到院里,人们又听见他说:

"不错不错,科学就是厉害!"

走到街里,又说:

"妈的,到底是中美史克!"

李先生送他回来,大家又有一番议论。老温说,"药罐子"相信了"康泰克",真不容易;杜老说,李先生不仅治好了他的病痛,而且解放了他的思想,真是回春妙手!李先生呆呆望着桌子底下,好像发现了什么重要情况,怅然一笑说:

"唉,我在他心目中,也不过是一粒'康泰克'!"

说着,从桌子底下捡起一个什么东西,让大家看。

大家看清了,哈哈笑了——于老喝水的时候,那粒药滚到地下去了,根本就没吃到肚子里。

火 锅 子

于老爱吃药,杜老爱吃饭。

杜老和于老同岁，虽是种田人，长得却富贵：高高的身材，圆圆的肚子，浑身上下都很丰满。个子虽大，干活却没力气，土地集体耕种的时候，一天挣八分半，顶个妇女劳力。

那时候，种田人吃不饱饭，他却不断"吃'火锅子'"——和于老一起"吃"。两人一见面，便说：

"老于，吃了么？"

"吃了。"

"吃的什么？"

于老知道他爱吃，也爱吹，便和他吹起来了：

"唉，这年头儿吃什么呀，半斤猪头肉，二两酒呗！"

"我不吃猪头肉，我嫌太凉。我吃的是'火锅子'……"

"我也是。我中午吃猪头肉，晚上吃'火锅子'——一个小铁锅儿，朝小火儿上一坐，白菜、豆腐、粉条一咕嘟，哎哟，美死了！"

"我吃'火锅子'，光有白菜、豆腐、粉条不行，还得切几片儿红烧肉。开了锅，夹一片儿，颤悠颤悠的，用嘴一吸溜，哎哟，香死了！"

"我吃'火锅子'，光有红烧肉不行，还得撒一把虾仁儿，哎哟，鲜死了！"

"我吃'火锅子'，光有虾仁儿不行，还得放点儿海参，哎哟……"

于老摇摇头，甘拜下风：

"行了行了，我的'火锅子'，不如你的'火锅子'！"

因为"吃'火锅子'"，两人挨了一次批判：大家忙着革命，你们吃"火锅子"！一人请"神算子"写了一篇检查，才算完事。

从此以后，再也不"吃'火锅子'"了。

如今天下太平，杜老什么都不怕了，随心干活，大胆吃饭。他没有儿子，只有两个闺女，大闺女做了随军家属，二闺女招了个上门女婿。闺女、女婿心眼好，老伴也贤惠，每天都要给他做差样儿的饭：家里人吃馒头，给他烙饼；家里人吃青菜，给他炒鸡蛋。

最近，每隔几天，女婿还要给他买两个猪爪子吃。女婿说，猪爪子含胶质物，吃了可以软化血管，还可以美容。吃了一阵，血管虽然不见软化，但他心里却十分温暖，无比幸福！

吃罢早饭，他喜欢上街转一转。碰见熟人，总要问人家一声：

"吃了么？"

"吃了。"

"吃的什么？"

"小米粥、油条。"

"我家吃的也是小米粥、油条。——不过我那油条，是用豆腐皮儿裹了吃的！"

"噢，你比我强！"

他便乐了。

吃罢午饭，喜欢在门口站一站。熟人过来，也好问问他：

"吃了么？"

"吃了。"

"吃的什么？"

"面条儿。"

"一锅饭？"

"一锅饭。——不过我那碗面条儿里面，藏了两个白果儿！"

"什么叫白果儿？"

"鸡蛋。"

"嘿，你比我强！"

他又乐了。

吃罢晚饭，喜欢到李先生的诊所里坐一坐。人们知道他的毛病，故意把自己的晚饭向好处说：包饺子、炸酱面、炒肉丝儿、大米饭……他听了，笑眯眯地说：

"你们猜我吃的什么？金黄的玉米面、蒸了几个窝头，一碟小葱拌豆腐，一碟水萝卜丝儿，一碗杂面。"

"嘿，真素净！"

他又乐了——还是比别人强！

其实，在西街上，杜老是生活水平比较低的人家。街上的种田人，除了种田，几乎都做小买卖。他不做，也不让闺女、女婿做。闺女、女婿时常在他面前念叨：卖烧饼的老温发财了，卖凉粉的老吴发财了，卖豆芽的叶大嫂也发财了……杜老虽然粗俗，但在"政治夜校"学过哲学，晓得从两方面看问题。吃饭时，便给老伴讲他的"哲学"，其实是让闺女、女婿听的：

"如今的年轻人，眼皮儿太薄，比这个比那个，甚至还比外国人！说什么外国人的生活水平高，中国人的生活水平低；还说什么外国人生活节奏紧张，中国人自由散漫……扯淡！知足常乐，自由散漫也是一种享受，咱要那么紧张干什么呀？"

杜老一如既往，每天到畦子里转一转，然后喝茶、聊天儿，吃闺女做的"差样儿饭"。

可是，一到春节，他便有些反常。整天少言寡语，食欲也明显下降。如果有人问他吃的什么饭，便说：

"正月里，吃什么饭！"

听那语气，便是受了虐待似的！

女婿怀疑他得了什么病症，便到诊所去问李先生。李先生听了，朝给病人扎针的小床上一指，笑着说：

"这得请教黄老先生!"

黄老先生就是"神算子"。他闭着眼睛坐在小床上问:

"你们平常吃什么饭呀?"

"家常便饭呗。"

"他呢?"

"他老了,我们做小的总得给他弄点儿差样儿的东西吃,也就是炒个鸡蛋、买个猪爪子什么的……"

"正月里,还给他炒鸡蛋吗?"

"不啦。"

"还买猪爪子吗?"

女婿摇头笑了说:

"正月里,又是鱼又是肉,又是鸡又是鸭的,还炒什么鸡蛋,买什么猪爪子呀?"

"问题就出在这儿了。"黄老说,"你那老泰山,有一种心病:口说知足常乐,心想高人一等。平常和你们吃的不一样,他就高兴;现在一样了,他就不高兴了。神州大地,芸芸众生,或轻或重都有这种心病。所以社会主义是个相当长的历史时期,实现大同,早着哪!"

李先生哈哈笑了说:

"黄先生有什么妙方不?"

"有。"黄老睁开眼睛,捋着胡须想了一下,对杜老的女婿说,"你们吃饭时,不要叫他。你们吃饱了,把剩下的菜呀、肉呀,朝锅里一倒,热了给他吃。"

女婿愣了一下说:

"让他吃剩菜?"

"不是剩菜,那叫'折罗'。"黄老一再叮嘱,"记住,得说'折罗'!"

正月十五晚饭，闺女、女婿如法做了，杜老果然吃得高兴！晚上观灯，于老碰见他问：

"老杜，吃了么？"

"吃了！"

"吃的什么？"

"你猜！"

"包饺子？"

"不对！"

"大米饭？"

"不对！"

"莫非摆酒席了？"

"也不对！"他呵呵一笑，说，"'火锅子'！'折罗'！"

于是，"火锅子"的外号就又叫起来了。

神　算　子

黄老是西街上的知识分子。早年卖字画，后来坐在邮局门口代写书信。他读过不少古书，很有学问，可惜生不逢时，一直没有施展的机会。到了"不惑"之年，一颗明珠才放出光彩，引起了人们的注目。

那是一个令人兴奋的时代。全县的农业生产合作社刚刚实现人民公社化，村村街街又办起了公共食堂；县委召开了"学河南，赶河南，超河南"的誓师大会，提出了鼓舞人心的高产口号；城里城外到处是炼铁的高炉，东西南北天天有报喜的锣鼓声音。黄老不是农业人口，除了到街道食堂吃饭，不受别的拘管，仍然坐在邮局门口代写书信。街上几个闲人，不断凑到他的摊子前面，谈论一些新闻：

"北关的麦子,一亩地打到两千斤了!"

"你猜西关是多少?六千!"

"东关里八千了!"

闲人们大惊小怪,黄老却说:

"不行,太低。"

果然,过了几天,闲人们又得到消息:南关的小麦亩产超过了一万斤!黄老听了,仍说:

"不行,低。"

果然,秋天,西街上放出一颗更大的"卫星":粮食亩产三万斤,棉花亩产一千六百一十五斤,得了一台拖拉机,一面大红旗,敲了半天锣鼓,放了半天鞭炮!黄老听了,轻轻一拍手说:"好了!"人们不解其意,他说:

"好便是了,了便是好。"

果然,那年冬天,县委派来工作组,开会反"五风"。西街上的粮食亩产仍然是三百一十九斤,棉花亩产仍然是三十九斤——果然是一"好"便"了"。

黄老说话有准儿,开始有了威信。晚上,他的小茅屋里,时常歇着几个面黄肌瘦的人,谈论生死大事:

"黄先生,咱街上饿死人了!"

"饿死几个?"

"饿死一个还不行?"

"不行。"他说。

果然,过了几天,街上一下死了三个人!大家惊慌失措,他却镇定自若,仍说:

"不行,定数未满。"

"死人还有定数?"

"天地之间，什么没有定数？"

果然，上级虽然采取了很多措施，但终未能改变定数。有一天，西街上死了十一个人，其中还有这样一个情况：儿子埋了父亲，从坟上回来也就死了。黄老又说了一声"好了"，没过多久，食堂便散了，各家的屋顶上又升起炊烟！

消息传开，全街轰动，他便得了"神算子"的美名。人们说，黄先生开了"慧眼"啦，能看到未来的事情，人家知道粮食亩产到了三万斤，棉花亩产到了一千六百一十五斤，就该反"五风"了；又说人家早有预言，食堂要散，街上一天得死十一个人，多一个也不行，少一个也不行……

有了这样的名声，"文化大革命"中必然有事。他不是地主，不是富农，也没什么破坏活动，定个"牛鬼蛇神"正好。他戴了十年帽子，扫了十年街道，吃了不少苦头。好在批斗他时，人们只是比划一下，并不真斗——人们不知哪位神仙附在他的身上，怕斗狠了，于自己不利。

木匠老杨说，黄老戴着帽子，还显过一次灵异。那时老杨才二十多岁，偷做木匠活。公社革命委员会的主任让他做了一套家具，既不给工钱，也不给料钱。

快过年了，老杨去要账，那位主任又升到县里了，人也见不着。大年三十黑夜，老杨憋着一肚子气，偷偷去找黄老，一进门就说：

"黄先生，你说这叫什么世道，坏人上天，好人入地！"

黄老问他谁又上天了，他便攻击那位主任，历数那位主任的劣迹。黄老一点儿也不生气，拿出两个爆竹，让老杨去放。他说这种爆竹很别致，地下一响天上一响，同时还散一片烟花，十分美丽。老杨没有心思放爆竹，他便自己放。"砰，啪！"——果然散了一片烟花！他朝天上一指，刚刚说了一句："响亮辉煌处——"吧唧，炮皮落地了，又说："便是落地时。"果然，不到一年，中央出了事，揪出四个人，那位主任也"落地"了。

老杨这么一传，黄老很快就摘了帽子。街干部说，这得算点儿事迹！

黄老真正受到人们的重视，是在人们刚刚分到责任田的时候。人们穷怕了，一举一动都想卜个吉凶。例如：今年地里种什么好，政策会不会变，做买卖朝哪个方面走顺利，都要问问他。他开始很惊讶，忙说自己不善此道。人们便说黄老别客气，时代不同了，我们需要你。他心里一高兴，便"开放"了：玄门真言、禅门偈语、毛主席教导、阴阳八卦，熔百家于一炉，给人们指示方向，解难析疑。先是无偿服务，后来变成有偿服务了。

自从变成有偿服务，他的打扮便有些怪异：一件破褂子，一把破扇子，故意趿拉着鞋。没人找他的时候，他便四处转悠。看见谁家盖房子，便说："哎呀，这房子怎么这么盖？"看见谁家娶媳妇，便说："哎呀，谁看的日子？"说罢哈哈一笑，扬长而去。人们渐渐讨厌他了，常常望着他的背影说：

"别理他，半疯子！"

首先对他这套发生怀疑的，竟是于老。一天晚上，大家正在李先生的诊所里歇着，他来了，于老便问：

"老黄，你什么时候学会算卦了？"

"哪个算卦了？"他说，"我那一套，全是哲学！"

大家哈哈笑了，杜老说：

"哲学家，你看我的晚运如何？"

"你三十挨刀，四十挨炮，五十遭雷打，六十被火烧！"

"哎哟，我今年都六十四了！"

在一片笑声中，他灰灰地走了。大家想起昔日的黄老，觉得很惋惜：黄老那么有学问，如今怎么变成这样一个人了？于老皱着眉头想了一下，说：

"我看都怨大家！"

"怎么怨大家?"

"老黄本来是个很有学问的人,智慧也不小。他过去预言的那些事情,自有他的道理——'物极必反'嘛!后来大家一捧他,他便忘乎所以了,自己把自己弄得妖里妖气,结果也落了个'物极必反'!"

"嘿,于老也是个哲学家!"木匠老杨说,大家又笑了。

"我看不能怨大家,首先得怨他自己!"杜老说,"外因是条件,内因是根据嘛!李先生说是不是?"

李先生点点头,看看于、杜二位,也笑了说:

"唉,咱街上净出怪人,又净出哲学家!"

老　底

　　辛未岁末，老底又要请客了，仍然是请"四大名人"。所谓"四大名人"，一个是老牛，县中医院的医师；一个是老赵，县京剧团的琴师；一个是老聂，县文物保管所的古建工程师；一个是我。老底称我们为"四大名人"，一半是抬举我们，一半是开玩笑的意思。

　　老底是个回民，生得又白又胖，天生一副好嗓子。早先没有固定职业，经常夹着一把菜刀给人操办酒席。他会做菜，也会应酬，懂得各种民间礼仪。市场一开放，自己开了个饭馆，卖酒、卖菜、卖牛肉饸饹，冬天有全羊锅子。他的饭菜干净实惠，我们有了客人，总是到他那里吃饭，慢慢成了朋友。

　　老底的饭馆在南大街上，门前有棵大槐树。门脸不大，门楣上方横着一块匾额，上写两个小字："清真"，三个大字："又一村"。前面是店堂，摆着几张餐桌，后面一溜三间小屋，是"雅座"。小屋粉刷得雪白，一间屋里挂着一幅国画："太白醉酒""八仙庆寿""渔翁垂钓"，淡墨褐笔，很是雅致。老底虽然不通文墨，求人墨宝，却是不惜钱财。他时常向人吹嘘，"又一村"三个字，是请省里一位书法家题写的，一个字一百块——那个"一"字也不例外！

　　老底爱热闹，逢年过节的时候，总要请我们到他的饭馆里聚一聚。他请我们没有别的目的,说是爱听我们说话。于是我们喝着他的酒,吃着他的菜,就不停地给他说话。老牛说扁鹊、说华佗,我说"竹林七贤""唐宋八大家",老赵说梅、尚、程、荀、马、言、谭、奚。他最爱听老聂说话了,老聂不但对于县城里的文物和古迹了如指掌,而且晓得天安门是谁设计的。我们说话的时候,他插不上嘴,但是听得兴味盎然,听到稀罕处,轻轻拍一下掌,笑骂一句:"妈的,你们真能叫唤!"(由于喜爱,他把我们比作鸟类了)然后到厨房里炒个热菜。酒到七分醉,唱戏。——老赵吃请时,总是夹着一把京胡。他唱花脸,唱《捉放曹》:"恨董卓,专权,乱朝纲……"两句西皮原板,几句快板,别的不会。他唱完了,总得问问老底:"兄弟,味道如何?"老底说:"行,不错,过油肉味儿。"酒足饭饱,说笑一回。我们走的时候,他还要向我们表示感谢:"各位大驾光临,小店四壁生辉,谢谢谢谢谢谢谢!"一直把我们"谢"到门外。

老底请我们,从来不在店堂,总是占"雅座"。那天晚上,我们到齐了,餐桌上已经摆好几个凉菜,一壶酒。老赵喝了三杯酒,拿起胡琴就定弦儿:"来,恨董卓,恨完散伙,年底谁家没有一点儿事做。"老底说别慌别慌,赶忙去炒热菜。

我们和老底的友谊,已经到了可以互相"攻击"的程度。老聂望着那一桌丰盛菜肴,得了便宜卖乖,说:"老底,你个酒保,总是巴结我们干什么?我们可是知识分子!"

"球!"老底也不客气,"知识分子有什么了不起?"

"哎,知识就是力量呀!"

老底出去了,拿来一瓶"剑南春"酒,朝桌子上一蹾,说:"今天的酒钱谁拿?"我们一见那贵重东西,吓得咋舌,忙说囊中羞涩,囊中羞涩,老底说:"这不得了,你们有知识,没力量。"我们听了拍手叫绝,仰面大笑!

确实是到年底了，我们都想早些散去，于是抓紧说话。可是老底不让我们说话了，他自己说。他说最近他在回忆一个传统席面——全羊席。那是一个盛大的席面，很多菜肴没人做了，他想——拾起来。一只羊分三品：头、腰、尾，上、中、下，一品能做三十六道菜，做全了是一百单八道菜，一菜一味，百菜百味，清香酥烂、麻辣酸甜，尽在其中。我们问他都是一些什么菜，他眯着眼睛想了一下，说：

"烧羊头。"

老聂说他吃过。

"扒羊头。"

老赵说他见过。

"扒金冠。"

我和老牛听说过，但没见过。

"扣麒麟顶。"

我们都没听说过。

于是，他扳着手指，尽情地"叫唤"起来：烧羊头、扒羊头，是一般的菜；糟羊头、熏羊头，也是常见的菜。烧云子是烧羊脑，烧明珠是烧羊眼，县城里就少见了。"望峰坡"是什么？羊的鼻梁肉。"芙蓉顺风"是什么？羊耳朵。上下嘴唇也是一道菜"爆猩唇"。上下眼皮儿也是一道菜："明开夜合"。清汤燕窝没有燕窝，用羊的磨档肉。肉泥鱼翅也没鱼翅，用羊的扁担肉。辣子"鸡"不用鸡，糖醋"鱼"不用鱼，"蟹"黄肉丝、"蟹"黄肉片也不用蟹——全是瘦羊肉。全羊席的巧妙功夫，在羊头、羊尾、羊蹄、羊骨、羊脏腑，而不在羊肉。炖羊尾、溜尾球、蜜汁羊尾、拔丝羊尾，属羊尾；熘排骨、炸排骨、奶汤排骨、红烧羊背，属羊骨；烧肚板、烧肚仁、烧肚条、烧散丹、烧卖穗肚、套花肚块，全是肚子上的事；烧羊蹄、扒羊蹄、蒸羊蹄、烹羊蹄、干炸蹄花、烧假鱼翅，全是蹄子上的事。至于羊肉的做法，那就太多了：菠萝肉、枇杷肉、荔枝肉、葡萄肉，肉竹、肉蕉、肉枣、肉藕……洋洋洒洒，口若悬河，既说刀工又说火工。最后又让我们猜，扒金冠、扣麒麟顶是什么？我们猜不着，他把围腰一抖，到厨房里去了，一阵油爆勺响，端上两大盘菜，一盘通红，一盘金黄，那红的配着两朵小黄花，那黄的配着两朵小红花，热气腾腾，清香四溢。他指指那两盘菜，拍拍自己的脑袋，说：

"羊头，也是羊头，白毛羊头！"

说罢，望着我们笑了，显得既有知识，又有力量。

老　曹

　　不知是什么时候留下的风俗，县城里的元宵年年是正月初七早晨上市，正月十五掌灯落市，一共卖九天。可是这一年，人们刚刚吃过"腊八粥"，大街上就有了几个卖元宵的摊子。那元宵颜色鲜亮，个头儿匀实，不像手工"摇"的，很像模子扣的，三十二个准是一斤。我问一个卖元宵的姑娘，这是谁家的元宵？姑娘说是曹家的元宵。我又到别的摊子上问了问，也说是曹家的元宵——他们是庙后街的农民，谁也不会做元宵，老曹是他们的技术指导，不能埋没了人家的字号。

　　我想了一下，不由得笑了——他们说的竟是"瞎子"老曹。

　　老曹是副食品工厂的退休职工，退休前看大门。我家紧挨那个工厂，那时经常借用他们的电话，我们就熟了。他瘦得像只虾米，戴一副近视眼镜，摘了眼镜，眼睛是个坑，什么也看不见。他整天坐在收发室的小窗后面，负责收发报纸信件，电话铃响了，叫人；也负责一个清洁区，也卖邮票，兼做安全保卫工作（晚上关大门，早晨开大门）。没事干了，站在门口看街，或是坐在屋里喝茶——夏天喝青茶，冬天喝花茶，很是逍遥。

　　这个工厂不大，内部斗争却很复杂，不断更换厂长。我打完电话，有时也想打听一下工厂的情况，可是一开口，他便看看窗外，给我倒一杯茶说："喝茶，喝茶，茶不错。"

老曹从不论人是非，只管做自己的事，喝自己的茶。无论谁当厂长，对他印象都很好，年终评模范，人们争持不下，有人就提他的名字。于是皆大欢喜，大家夸他，他便擦着眼镜子谦虚一句："瞎干，瞎干。"他年年弄个小奖状，到了退休年龄，就退休了。在我印象里，老曹是个一无所长的"模范"，自从有了这个工厂，好像就是看大门的。那天我从一个卖元宵的小贩口中才知道，公私合营前，他是有买卖的，名叫"顺兴号"，他不但会做元宵，还会做糕点、酱菜、中秋月饼。

曹家的元宵做得好，买卖也做得"俏"。春节前，副食品工厂的元宵还没上市，他们卖白糖馅儿元宵；春节后，副食品工厂的白糖馅儿元宵上市了，他们卖豆沙馅儿元宵；副食品工厂有了豆沙馅儿元宵，他们又卖红果馅儿元宵、什锦馅儿元宵、巧克力馅儿元宵（用巧克力粉做的）。他们的买卖好极了，白天卖，晚上也卖，后来他们又出动了几辆三轮车子，到"四关"卖，到火车站卖，到石家庄郊区卖，卖得他们人困马乏，眉开眼笑……正月十五擦黑，县城里又热闹起来了，满街是灯笼，到处放着烟花，卖元宵的掀起了最后一个高潮。老曹也出来了，他不守摊子，笑眯眯地站在买元宵的人们身后，像个顾客，又像一个视察工作的首长。人们一挤，他的眼镜不见了，我看见他蹲在地上摸了半天，也没摸到。我笑着走上前去说："曹师傅，过年好啊？"

"好啊好啊。——你也来了？"

"来了。"

"你是谁呀？"

"仔细瞧瞧。"

他努力看了看我，突然对卖元宵的姑娘喊道：

"喂，拿些元宵，叫厂长尝尝！"

他把我看成厂长了，真是瞎得可以！

游 戏

两个老袁是邻居,两家只有一墙之隔。北院老袁是局长,南院老袁是工人——那是过去。现在北院老袁不是局长了,南院老袁也不是工人了,一个离休了,一个退休了,两人都歇了。

南院老袁退休后,种了一些花儿,养了两缸鱼,弄得满院花色水汽。早晨捞鱼虫,晚上看电视,白天浇了花儿,就到街上看下棋。北院老袁就不同了,离休以后,很少出门,时常站在院里的枣树底下,观看树上的枣子。实在麻烦了,就到南院说些闲话,有时两人还要喝半日的茶。

中秋节到了,北院老袁的心里更是麻烦。尤其到了晚上,满街的汽车不住叫唤,听见就烦。他骂了一句人,就到南院去了——南院的院子深一点儿,或许听不见。

南院老袁正在屋里看电视,见他来了,赶忙沏了一壶茶。那是一台黑白电视,很小,屏幕上净"雪花"。北院老袁看了一会儿,就说:

"以后到我那里看去吧,我那里是彩色,清亮。"

"一样一样,你那里演什么,我这里也演什么。"

"客气什么,说去就去。"

两人手牵手,一同到北院。

彩色电视果然好看,南院老袁看了一回,由不得天天来看,从"节目预告"一直看到"再见"。北院的老袁有些烦了,就说:

"电视不能天天看,天天看对身体不利,尤其是对眼睛不利。"

"你说哪天看?"

"有好节目看,没好节目不看,最好是有个计划。"

"怎么计划?"

"我有电视报。"

"你计划,我计划?"

北院老袁眼睛一亮,忽然来了一个灵感。他说这样吧,以后来了电视报,我先让你看,你想看哪些节目,就在哪些节目前面画一个圆圈儿,我看可以了,到时一起看。南院老袁觉得这个办法不错,就答应了。过了两天,墙头上果然放了一张电视报。南院老袁打开一看,报头上还写着两行字:

电视报已到。下周拟看何节目,请速标出。老袁同志阅办。

南院老袁拿着电视报,登上鸡窝,扒着墙头,问北院老袁:

"什么叫'阅办'?"

"阅办,就是让你看了以后去办。"

南院老袁指着那个"拟"字,又问:

"这个字念什么?"

"nǐ。"

"什么叫'拟'?"

"拟,就是想、准备、打算的意思。"

南院老袁明白了,拿着电视报,到屋里看了一遍,标出了拟看节目。然后又登上鸡窝,扒着墙头,对北院老袁说:

"节目标出来啦,你看行不?"

"别问,写,咱用文字说话。"

"那何苦呢?"

"歇着也是歇着,咱俩只当做游戏。"

南院老袁为了看彩电,只得依了他,在报头上写了一句话:

节目标出来啦,你看行不?

北院老袁看了,摇头笑了说:

"不行不行。头一句就不合文法,这个'啦'字尤其不能用。'你看行不'也不行,应写:'当否,请批示。'"

"什么叫'当否'?"

"当否,就是恰当不恰当、合适不合适、可以不可以的意思。"

"请谁批示?"

"你说呢?"

南院老袁明白了,便去改写。

南院老袁在北院老袁的辅导下,经过一个月的努力,学会了不少字眼,掌握了一定文法,居然也能写出一段像模像样的文字来了:"下周节目已标出,拟看京剧《铡美案》、河北梆子《大登殿》,《动物世界》《曲苑杂坛》,似也可看。当否,请批示。"北院老袁看了十分满意,挥笔写上"同意"二字,退给南院老袁。南院老袁按照批示,到时就来看电视。

明天地方台要播《聊斋》了,南院老袁慌得不行。他看过一回这个片子,一小段一小段的,很是好看。可是电视报送去好几天了,一直不见批示,便去北院找老袁:

"老袁,明天要播《聊斋》了!"

"哪个台?"

"你还没看电视报?"

"这两天比较忙啊!"

北院老袁点着一支烟,朝沙发里一躺,干燥的脸上出现了一种少有的幸福的光泽。南院老袁着急地说:

"哎呀,你快给批了吧,明天就要播了!"

"哎呀,我得看看呀。"

"哎呀,你快看呀!"

"哎呀,慌什么呀?"

他越着急他越沉着。南院老袁想起了自己的黑白电视,就说:

"你到底批不批吧?"

"批,批,你先回去,我争取抓紧看,抓紧批。"

南院老袁出得门来,哭不是笑不是,他想:一个做游戏,干吗这么认真呢?老袁别是得了什么病吧?这么玩了一阵,南院老袁就不耐烦了,鸡窝也踩坏了。以后看见电视报,也不及时拿,北院老袁便批评他的拖拉作风。他不吃他的批评,两人吵了一次嘴,就掰了瓜——他看他的彩色,他看他的黑白。

春节快到了,南院老袁也买了一台彩色电视,乐得不住哼小曲。他在房上安装天线的时候,看见北院老袁孤影悄然地站在院里,心里不由得一颤,觉得自己高兴时,应该高姿态,不应哼小曲,老朋友爱做游戏,就还跟他做吧,又不花钱。他到街上买了一张电视报,标出拟看节目,用了半日脑筋,想了一段很漂亮的话:

彩色电视我已买到,颇清晰,在你认为方便的时候,欢迎莅临观看。下周节目安排当否,请批示。又及。

北院老袁看了,潸然泪下,从此两人言归于好,情同莫逆,只是不再做那游戏了。

莲池老人

庙后街，是县城里最清静的地方，最美丽的地方。那里有一座寺院，寺院的山门殿宇早坍塌了，留得几处石碑，几棵松树，那些松树又高又秃，树顶上蟠着几枝墨绿，气象苍古；寺院的西南两面是个池塘，清清的水面上，有鸭，有鹅，有荷；池塘南岸的一块石头上，常有一位老人抱膝而坐，也像是这里的一个景物似的。

寺院虽破，里面可有一件要紧的东西：钟楼。那是唐代遗物，青瓦重檐，两层楼阁，楼上吊着一只巨大的铜钟。据说，唐代钟楼，全国只有四个半了，可谓吉光片羽，弥足珍贵。只是年代久了，墙皮酥裂，木件糟朽，瓦垄里生满枯草和瓦松。若有人走近它，那位老人就会隔着池塘喝喊一声：

"喂——不要上去，危险……"

老人很有一些年纪了，头顶秃亮，眉毛胡子雪一样白，嗓音却很雄壮。原来我不知道他是干什么的，后来文物保管所的所长告诉我，他是看钟楼的，姓杨，名莲池，1956年春天，文保所成立不久，就雇了他，每月四元钱的补助，一直看到现在。

我喜欢文物，工作不忙了，时常到那寺院里散心。有一天，我顺着池塘的坡岸走过去说：

"老人家，辛苦了。"

"不辛苦,天天歇着。"

"今年高寿了?"

"谁晓得,活糊涂了,记不清楚了。"

笑了一回,我们就熟了,并且谈得很投机。

老人单身独居,老伴早故去了,两个儿子供养他。他的生活很简单,一日三餐,五谷为养,有米、面吃就行。两个儿子都是菜农,可他又在自己的院里,种了一畦白菜,一畦萝卜,栽了一沟大葱。除了收拾菜畦子,天天坐在池边的石头上,看天上的鸽子,看水中的荷叶,有时也拿着工具到寺里去,负责清除那里的杂草、狗粪。——这项劳动也在那四元钱当中。

他不爱说话,可是一开口,便有自己的思想,很有趣味的。中秋节的一天晚上,我和所长去看他,见他一人坐在院里,很是寂寞,我说:

"老人家,买台电视看吧。"

"不买,太贵。"

"买台黑白的,黑白的便宜。"

"钱不够。"

"差多少,我们借给你。"

"不买。"他说,"那是玩具。钱凑手呢,买一台看看,那是我玩它;要是为了买它,借债还债,那就是它玩我了。"

我和所长都笑了,他也笑了。

那天晚上,月色很好,他的精神也很好,不住地说话。他记得那座寺院里当年有几尊罗汉、几尊菩萨,现在有几通石碑、几棵树木,甚至记得钟楼上面住着几窝鸽子。秋夜天凉,我让他去披件衣服。他刚走到屋门口,突然站住了,屏息一听,走到门外去,朝着钟楼一望两望,放声喊起来:"喂——下来,哪里玩不得呀,偏要上楼去,踩坏我一片瓦,饶不了你……"喊声未落,见一物状似狗,腾空一跃,从钟楼的瓦檐上跳到一户人家的屋顶上去了。我好奇怪,月色虽好,但是究竟隔着一个池塘呀,他怎么知道那野物上了钟楼呢?他说他的眼睛好使,耳朵也好使,他说他有"功夫"。

我不知道这是一种什么"功夫"。他在池边坐久了,也许是那清风明月、水汽荷香,净了他一双眼睛,两只耳朵吧?

可是有一天,我忽然发现他死了。那是正月初三的上午,我到城外给父亲上坟时候,看见一棵小树下,添了一个新坟头。坟头很小,坟前立了一块城砖,上写:"杨莲池之墓"。字很端正,像用白灰写的。我望着他的坟头,感到太突然了,心里想着他生前的一些好处,就从送给父亲的冥钱里,匀了一点儿,给他烧化了……

当天下午,我怀着沉痛的心情,想再看看他的院落。我一进门,不由得吃了一惊,他的屋里充满了欢笑声。推门一看,只见几位白发老人,有的坐在炕上,有的蹲在地下,正听他讲养生的道理。他慢慢念着一首歌谣,他念一句,大家拍手附和一声:"吃饭少一口。"

"对!"

"饭后百步走。"

"对!"

"心里无挂碍。"

"对!"

"老伴长得丑。"

老人们哈哈笑了,快乐如儿童。我傻了似的看着他说:"你不是死了吗?"

老人们怔住了,他也怔住了。

"我在你的坟上,已烧过纸钱了!"

"哎呀,白让你破费了!"

他仰面笑了,笑得十分快活。他说那是去年冬天,他到城外拾柴火,看中那块地方了。那里僻静,树木也多,一朝合了眼睛,就想"住"到那里去。他见那里的坟头越来越多,怕没了自己的地方,就先堆了一个。老人们听了,扑哧笑了,一齐指点着他,批判他:好啊,抢占宅基地!

天暖了,他又在池边抱膝而坐,看天上的鸽子,看水中的小荷……

有人走近钟楼,他就喝喊一声:

"喂——不要上去,危险……"

他像一个雕像,一首古诗,点缀着这里的风景,清凉着这里的空气。

清明节,我给父亲扫墓,发现他的"坟头"没有了,当天就去问他:

"你的'坟头'呢?"

"平了。"

"怎么又平了?"

"那也是个挂碍。"

他说,心里挂碍多了,就把"功夫"破了,工作就做不好了。

妙 光 塔 下

南门里头，一排高低错落的民房中间，矗立着一座古塔，那便是慧云寺的妙光塔了。慧云寺早已断了香火，妙光塔也明显地倾斜了，酥裂了，像一个人到了风烛残年。平时人们一走近它，就会听到老街长的呼喊：

"喂，闪开些，小心砸着了，那里危险！"

老街长就住在慧云寺旁边的一个栅栏小门里，看着这座古塔，不知呼喊了多少年，如今头发霜白了，还在不断地认真地呼喊。这天晚上，月亮刚刚出来，人们又听见他在庙台上呼喊，不过内容变了，声音也很柔和：

"乡亲们，大热的天，钻在家里干什么，出来凉快凉快吧！"

听见呼喊，一群孩子首先跑过来了。他们知道，老街长很会讲故事，也很喜爱孩子们。他们众星捧月似的坐在他的身边，有的趴在他的背上，嚷着要他讲故事。

老街长摇着芭蕉扇子，笑眯眯地望着孩子们问：

"你们想听什么故事？"

"我们想听神话故事！"孩子们一齐说。

老街长望着古塔，稍微想了一下，就给他们讲起来了。他说当年造塔时，来了一个乞丐，坐在寺外监工，工匠们遇到难题就去问他。可那乞丐从不说话，工匠们问什么，就在地上画什么。他说那个乞丐就是八仙中的吕洞宾……

"老街长，又在讲吕洞宾呀？"

这时候，大人们摇着扇子，拿着板凳儿，也凑过来了。老街长对着他们笑了笑说：

"呵，讲着玩哩。"

大人们坐下了。又说：

"最近，吕洞宾又来了，要修这座古塔了，晓得了么？"

人们想起来了，那是一天下午，一辆黑色轿车停在这里。车上下来一个姑娘，一个官员，最后下来一个清清瘦瘦、头发稀稀的老头儿。那老头儿戴一副金丝眼镜，脖子上挎着照相机，一口北京话。他们在慧云寺里整整看了一个下午，谈了一个下午。从那天起，老街长天天光着脊梁到寺里去，拔寺里的野草，清寺里的狗粪，中午也不休息……人们望着古塔，高兴地说：

"早该修一修了，这座古塔，是城里一景哩！"

"塔刹呢，塔刹哪里去了？"

"四座小塔修不修？早先还有四座小塔哩，环绕着大塔，乾隆爷看了都喜欢……"

"修。"老街长摇着芭蕉扇子，对大家说："大塔也修，小塔也修，大殿也修。不过，那个北京老头儿说了，要把那些丢了的古砖找回来，才能修哩。他说这叫'修旧如旧'……"

"哼，抽风哩！"宰牛的马老大蹲在庙台上，冷冷地说，"从前叫拆庙，如今又要修庙，修就修吧，还要'修旧如旧'！"

一阵凉风，从东边的菜地里吹过来，把大人们的笑容吹走了。孩子们不管大人的事情，一心想着吕洞宾：

"老街长，吕洞宾画了一些什么呀，你还没讲完哩！"

"往上看，"老街长指着塔上说，"他的作品，塑到塔上去了。"

"在哪里，怎么看不清？"

"在那里，仔细看……"

老街长正给孩子们指点，卖菜的蒋五婶忽然插了一句：

"老街长，你这么大年纪了，还负责看塔呀？"

"嗯。"老街长点点头。

"白干？"

"不，有补助。"

"一个月多少钱？"

"四块钱。"

"噢，四块钱！"蒋五婶扑哧笑了一声，又说，"这么多年了，又炼钢铁，又破'四旧'，那些古砖怕是早失灭了，到哪里去找呀？"

"好找好找，那些古砖没有走远……"一个瘦长的影子，摇摇晃晃走到庙台上来。蒋五婶眼尖嘴快，立刻冲着那人说：

"王老婆，你说古砖没有走远，你家藏着多少？"

"我家藏着炸弹，没有藏着古砖。"王老婆说着，哈哈地笑了。

王老婆自从摘了富农的帽子，天天喝得醉醺醺的，说话也很尖刻。那年在庙台上批斗他，有人说他藏着武器，他便招认了，他说他家后头院里埋着一支手枪，埋着一颗炸弹……

今天他又喝了酒，打败蒋五婶，笑吟吟地望着老街长的脸说：

"老街长，那些古砖，要是垒了猪圈呢？"

"拆。"老街长说。

"要是垒了厕所呢？"

"拆。"老街长又说。

"要是盖了房子呢？"

老街长看看大家，迟疑了一下说：

"也拆。"

大人们低下头，谁也不说话了。孩子们好像明白了一点儿什么，偷偷观察着他们的脸色。静了一会儿，不知是谁小声说：

"那个北京老头儿真古怪，偏偏稀罕那些烂砖……"

"烂砖？"老街长仿佛生了气，望着那人脊背说，"那是唐砖！"

"唐砖，就是唐朝的砖。"王老婆脱了鞋，大模大样地坐在庙台上，装出一副知识渊博的样子说，"一块唐砖，拿到美国，值好多美元哩……"

"王老婆！"马老大忍不住了，大喝了一声，"你什么时候到过美国？"

"我，我是听说……"

"我们说话，你不要多嘴多舌！"马老大不客气地说。

王老婆怔了一下，笑吟吟地说：

"我的帽子已经摘了，我们是一家人了……"

"你们是一家人，你们歇着吧，我走！"蒋五婶拿起板凳儿，真的走了。

两个老头站起来，也说要走，王老婆赶忙说：

"好了好了，我走我走，你们歇着……"

王老婆蹬上鞋，灰灰地走了。

两个老头儿又坐下了。

蒋五婶转了个圈儿，又回来了。

"拆，也不白拆。"老街长依然摇着芭蕉扇子，对大家说，"那个北京老头儿说了，只要能把那些古砖收回来，拆你一个旧猪圈，赔你一个新猪圈，拆你一个旧厕所，赔你一个新厕所……"

"要是拆我两间旧房子呢？"蒋五婶问。

"那就赔你两间新房子。"老街长说。

"真的？"

"真的。"

蒋五婶笑了,马老大也笑了,许多人都笑了。大家笑着夸共产党好,夸那个北京老头儿不错……

"这么说,大家都要住新房子了。"从前种地,现在仍然种地,一向不爱说话的陈大爷发言了,"那年我盖房子,打根脚的时候,也用了寺里的古砖——我也要住新房子了。不过,我有一个问题还没想清楚:国家该不该赔偿我们呢?"

"怎么不该?"马老大站起来,用手拍打着芭蕉扇子,在人们脸前跳来跳去说,"法律保护私有财产!法律……"

孩子们看着有趣,哈哈笑起来了。老街长也笑了:

"马老大,刚才你说什么,你再说一遍。"

在孩子们的笑声里,马老大抬头看看那座古塔,话到嘴边又咽下去。这时候,圆圆的月亮游到塔尖儿上去了,照得古塔更清晰……

"要不,我们自己拆了吧,省得心里上不下不的……"

"不要赔偿了?"

"不要了,那些古砖本来就是老祖宗的东西……"

"那,那得拆多少房子呀?"

"是呀,我们的损失……"

人们正讨论着,菜地那里忽然传来了说话的声音:

"老婆叔,干什么去来?"

"我呀,列席了一个会议。"

"哪里开会呀?"

"那不是,贫下中农正在讨论修塔的问题……"

王老婆哈哈笑着走远了。

大人们急了,一齐望着那个方向,骂王老婆不是东西!

老街长好像并不关心这些事情，耐心地回答着孩子们的问题。一个小姑娘问：

"老街长，人们怎么晓得那个乞丐是吕洞宾呢？"

"塔造好了，那乞丐要走了，人们问他的姓名，他便走到路南的茶馆里喝水去了。你们猜怎么喝？他躺在地上，张开嘴，从壶嘴儿里接了一滴开水喝……"

"哎呀，不烫？"

"不烫。"

"那就晓得是吕洞宾了？"

"你们想啊，上面一个壶嘴儿，下面一个人嘴，嘴，又叫什么呢？"

"口！"孩子们一齐说，"两个口……"

"中间还有一点水呢？"

孩子们"啊"了一声，拍着手笑了，都说有趣、有趣。

大人们没有那兴致，继续着那个沉重的话题：

"老街长，你看怎么办好呢？"

"怎么办怎么好，怎么好就怎么办吧。"老街长困了，打了个哈欠说，"大家要是觉得国家不该赔偿呢，就自己拆了，把那些古砖送回寺里；大家要是觉得国家应该赔偿呢，那个北京老头儿也放下话了，拆你一个旧猪圈，赔你一个新猪圈，拆你一个旧厕所，赔你一个新厕所……究竟怎么办好，大家再想想吧。呵，我要睡了。"

说完，回家去了。

待了一会儿，大人们也散了，低着头去想办法。

孩子们没有散，他们依然仰着头，静静地注视着那座古塔。明净的月光里，他们终于看清了，塔身上那一块块酥裂了的泥巴，竟是一幅幅美丽的图画：那是一头狮子，那是一只大象，那是一尊菩萨，那是一朵莲花……

好人的故事

后街里住着一个退休老人，姓石，人们都说那是一个真正的好人。人们不大清楚他的历史，只爱谈论他的故事。那年他在一个工厂里当收发员时，负责卖邮票，谁买邮票只许一张一张地买：

"老石，买张邮票。"

"八分。"

"再买一张。"

"八分。"

"再买一张。"

"八分。"

你若一下买三张，不卖。——他怕弄错账目，给国家造成损失。

"四清"的时候，街上来了工作队，他家的西屋里也住了两名工作队员。工作队撤走那天，他拿着一个小纸包，追了半道街：

"同志，你们丢东西了。"

"什么东西？"

"药。"

工作队员一看，是两片四环素，就笑了说：

"我们不要了，扔了吧。"

"真不要了？"

"真不要了。"

"真不要了，我就吃了。"

"你又没病，吃药干什么？"

"有病没病，吃了总没坏处——国家造的东西。"

脖子一仰，真的吃了。——他不昧人东西，也不糟蹋东西。

那年县里成立了火化场，没人愿意到那里工作，领导上就把他调去了，让他烧火。走上新的工作岗位，心里很不平静，一夜没睡好觉，大清早就去问领导：

"一个人，得烧多大时辰？"

"一个钟头吧。"

"胖人呢？"

"也是一个钟头。"

"瘦人呢？"

"你看着烧吧！"

倒把领导问烦了。

一天下着雨，一个死人正要入炉，一个活人把他叫到一边叮嘱：

"烧好点儿，这是个局长！"

他愣了一下，放下扒拉钩子，又去请示领导：局长怎么烧？领导大笑，他便请了另外一位经验丰富的师傅一同去烧，自己不敢烧。

干了两年，领导看他忠诚可靠，想培养他入党。一天领导和他谈话：

"一个人入了党，得听党的话。"

他点点头。

"党指向哪里，得奔向哪里。"

他又点点头。

"是刀山也得上。"

他吃了一吓,眼都直了:

"哎呀——"

"怎么了?"

"做不到,做不到。"

他不欺骗自己,更不欺骗领导,做不到就是做不到。

那年他退休了,文保所下属的天宁寺雇清洁工,把他雇去了。白天让他打扫寺院的院落,晚上让他在寺院里睡觉。所长向他交代:这座寺院是国宝,一定注意防火防盗,睡觉也得睁一只眼。干了两天,他就瘦了,所长问他:

"老石,病了?"

"没有,睡不着觉。"

"怎么睡不着觉?"

"睁一只眼睡不着觉。"

其实他是不敢睡觉。

有一天,他上街买笤帚,看见商场卖彩券,他也买了一张,不料竟然中了奖,得了一辆摩托。他被吓坏了,推着那辆摩托,一定要给了所长。所长当然不要,他就急了,急得满头是汗地说:

"那钱不是我的!"

"你中的彩,是你的。"

"买彩券的钱不是我的!"

"不是你的,是谁的?"

"那是买笤帚的钱,公款!"

所长望着那辆摩托,倒被愁住了。

后来,天宁寺里招收了一些待业青年,他就不干了,彻底歇了。

彻底歇了,但是日子并不寂寞。街上死了人,总是请他去给死者穿衣服、净面。他给死者穿衣服,手儿很轻,像给婴儿穿衣服;他给死者净面,鼻孔、耳孔都净,手指甲、脚指甲也要细心剪一剪。他还会用金纸银纸马粪纸给死者糊个电视,很像。街上的老人们都很尊重他,见面就说:

"老石,我死了,也得劳动你啊!"

"好的,好的,没有问题。"他总是这么说。

他给死者穿了衣服,净了面,丧事办完了,死者的家属便要酬谢他。给他酒,不要,他不会喝酒;给他烟,也不要,他也不会吸烟。别的礼物,更不收。他看人家实在不落意,就说:

"走,我到你家吃碗杂烩菜吧。"

无论谁劳动他,都是一碗杂烩菜。

我看见这位老石,是在他很老了的时候。

那年夏天奇热,晚上人们爱到开元寺里歇凉,他也去。他个子偏矮,稍胖,脸很大,没有胡子,不笑,见了人不打招呼。他总是坐在距离人们稍远一点儿的地方,瞅着天空听人们说话,偶尔也插一句嘴,像是自语。

人们说物价又涨了,他说工资也涨了;人们说现在的东西尽假的,他说京九铁路是真的。不喜不怒,散淡安闲,一副天下什么事也没有的样子。

一天晚上,我提起关于他的一些故事,问他是否真有其事?他笑了,举起手里的棍子,象征性地打了我一下说:

"没有的事。"

去年冬天,他不能出门了,街上的人们天天去看他。人们称颂他的德行,埋怨社会风气,都说,假如人人都像他这么活着,该多么好啊,哪里会有假冒商品,哪里会有车匪路霸,哪里会有卖淫的、嫖娼的、买官的、卖官的……

他听着听着,笑了,他笑着说了一句颠三倒四的话:

人人都像我,世界就好了

　　人人都像我,世界就坏了

那天后半夜,他就死了——这也是传闻,不知真假,但是那辆好像应该属于他的摩托确实还在天宁寺里扔着。

书　　橱

　　冯老师退休了，念他执教三十余年，又是高级教师，领导上在他六十寿庆的时候，给他解决了一套房子：四单元，二楼，三居室。

　　冯老师原来住在一条偏僻的小胡同里，一出独院，三间旧屋，是他的祖业老宅。儿子结婚前，他和老伴住东屋，一明两暗，儿子住西屋；儿子结婚时，两间东屋让给了儿子，自己去住西屋。校长、局长每次看望他，都说他的房屋太小了，他却总是笑着说："室雅何须大，花香不在多。不小不小。"

　　冯老师在老家居住时，大家都可怜他的房屋过于狭窄，迁入新居后，就更可怜了：一张桌子，两把椅子，一个立柜，一张床，三间屋子空空荡荡，看不见什么东西。孩子们看着不像话，都劝他做几件家具：两个女儿让他做个尺寸大一些的写字台，再做几个书橱；儿媳妇希望他做一对沙发，一张席梦思床，一套时兴的组合柜。儿子迷着两个歌星，不操这份心，只说父亲想做什么就做什么吧。

　　冯老师想做几个书橱。他一辈子没有别的嗜好，吃穿也不讲求，就喜欢买书。文、史、哲、儒、释、道，诸子百家，唐诗宋词，见书就买。他说财帛是身外之物，唯有把书读在肚子里，终生受用不尽，大则用以济世，小则可以修身。他爱书如命，家中一切东西，都可外借，唯有藏书一概不借——他有一套心爱的书籍，共十册，忘了是谁借去一册，至今未还，每到夜深人静的时候，便想此人是谁，苦苦想了两年。藏书不借，又不断买，日积月累便有了可观的数目。只是这么多年，由于房子太小，也委屈了那些先哲时贤：桌上桌下，床头柜顶，全是书籍！

太平街的张木匠听说冯老师要做书橱，主动找上门来，一定要揽这宗活儿。他一再表示：价格优惠，质量第一，尺寸式样，全听冯老师的。

冯老师根据屋子大小，经过一番精心设计，决定做四个书橱。每个书橱高一点九米，宽零点九五米，上面是四层书架，下面设暗橱，紫檀色，大开扇，铜环拉手，扇子上"起线"，暗橱上"起鼓"，腿上饰以空雕花沿儿——不用亮油，一定要用大漆。

冯老师要做仿古书橱，张木匠的兴致更高了。张木匠是祖传的手艺，曾经在一个京剧团里做过几年布景道具，专爱琢磨古色古香的东西。冯老师也算是地方名流，正好露一露自己的手艺。可是，正要下料，冯老师让人捎来口信：不做了。

张木匠若有所失，当天黑夜去找冯老师。冯老师不在新居，正在老家整理书籍。张木匠声音柔柔的，近于乞求。他说冯老师，料都下好了（其实还没下料），怎么又不做了呢？做吧，质量、价格，保你满意……冯老师摇摇头，笑了笑，朝东屋一指，没有言语。张木匠走到院里，东屋里开着收录机，正放一支流行歌曲。歌星的嗓音很低，两口儿说话的嗓音也很低。

"你真的支持咱爹做书橱？"

"做就做，不做就不做。"

"做书橱干吗用？"

"放书呗。"

"他有什么书？"

"嗬，多啦。"儿子说，"有孔子、孟子的书……"

"封建！"

"有佛教、道教的书……"

"迷信！"

"还有马列的书……"

"极左！"媳妇说，"咱爹死了，他做的书橱归谁？"

"自然是归咱们。"

"咱们要那玩意儿干吗用？"

"你问过多少遍了？"儿子好像不耐烦了，"盛碗！"

冯老师不做书橱了，也不藏书了。青少年们向他借书，他都乐于借给，并且一再嘱咐不用还了。青少年们感到奇怪，他便笑着念一首打油诗：

老夫藏下几本书，

哪个喜欢哪个读；

但愿身前散干净，

免得书橱变碗橱。

门　铃

夏局长家安着个门铃。轻轻一按，叮咚作响，奏一曲电子音乐，十分好听。可是，那悦耳的声音一响，老夏就要把脸一沉，小声说一句：

"麻烦！"

总是老伴去开门。

老夏本来不会做官，只会作画儿。他做梦也没想到，机构改革那年，一定要让他当局长。组织部门和他谈话，他总是说干不了，最后惊动了县委书记。县委书记有文才，也有口才，先讲改革的意义，又讲人生的价值，最后引用了古人一句话：天地生才有数，若有济世之才，竟自遁世，岂不辜负了天地生才之心吗？老夏被感动了，但是仍不明白，自己除了画画儿，究竟有什么才能？后来才知道，那时配备领导班子，大学生要占一定比例——他有浙江美术学院的文凭。

老夏领导的局没有经济任务，压力并不大。上班谈工作，他不怕，吹拉弹唱，画画儿照相，指导民间艺术，保护文物古迹，他都不外行。他最怕下班回家，最怕门铃响。

老伴刚刚做好饭，门铃响了，是下属单位的一个女会计："夏局长，你说吧，我和老崔谁的贡献大！"他知道，评工资关系着每个人的切身利益，自己虽然上过大学，但不知道怎样回答这样的问题，只好说都大都大。

刚刚送走女会计，门铃又响了，是老崔。老崔是老同志，怠慢不得，赶忙拿烟、沏茶。老崔不吸烟，不喝茶，黑着脸摆贡献，从抗美援朝一直摆到改革开放……

评工资不结束，门铃天天响。后来不评工资了，门铃响得更频繁——评职称开始了。星期天，刚刚铺下一张宣纸，想画一幅画，门铃响了，是老杜、小胡和小吴。小吴要求评"初职"，小胡要求评"中职"，老杜要求评"高职"，人人都有充足的理由。老夏说，评"初职"没问题，评"中职"要争取，评"高职"得会一门外语。老杜便急了，他说他会外语——八格牙噜咪希咪希不是外语？老夏便笑了，耐心告诉他，那不算会外语。老杜也笑了，原来他知道，那不算会外语。

评过职称，门铃声仍然不断，白天响，晚上也响。有要求调动工作的，有要求安排子女的，也有嘴上说什么事情也没有，其实是想要个一官半职的。老夏明知不能有求必应，但是答复一定得圆满。于是，有时需要金蝉脱壳，有时需要顺水推舟，有时需要大智若愚……他把"三十六计"至少发展到了四十八计，仍然有的满意、有的不满意。满意了的千恩万谢，不满意的指桑骂槐——当然，送一条烟，送两瓶酒，也是有的。送礼的刚刚走了，叮咚叮咚，又来了告状的……

老夏好静，早就厌烦了这种生活。客人一走，他便收了笑容，又对老伴说一句：

"麻烦！"

"麻烦什么？"

"天天有人！"

"人世界，能没人吗？"老伴总是这么说。——她是站柜台的，天天和人打交道，惯了。

老夏的门铃响了七八年，终于不响了。领导上根据他的请求，免去了他的局长职务,让他当了调研员。领导上一再声明,不是老夏同志犯了错误,而是为了给他腾出时间,让他集中精力为人民创造更多更好的精神财富。

老夏当了调研员,老伴也很高兴。老夏每天到局里晃一下(不晃也行),就可以回家了,除了看书、画画儿,还能做做家务活。她每天上班时,总要给老夏交代一些任务:

"该添火了记着添火。"

"水开了倒在暖瓶里。"

"中午喝粥也行吃面也行。"

老夏欣然答应着。除了完成老伴交代的任务,他还种了两盆花草,养了一缸金鱼,每天把屋里收拾得窗明几净。然后坐在窗前,看书,画画儿,有时还读几句诗。他爱读这样一首诗:

"吾心似秋月,碧潭清皎洁,无物堪比伦,教我如何说……"

可是,这样过了不到半月,他便坐不住了。他爱画画儿,哪能天天画画儿?他爱读书,也不能总是读书。楼道里一有脚步声,他便凝神细听,等候着那个悦耳的声音。脚步声消失了,门铃终于没有响。

一天,他望着门铃,对老伴说:

"拆了它吧?"

"为什么拆了它?"

"又不响。"

"拆了更不响,安着吧。"

门铃没有拆去,但是总也不响。小吴和小胡,怎么也不来玩一会儿呢?他卸任的时候,小吴、小胡曾经充满感情地说:

"夏局长,你在职时,我们不便多去看你;现在好了,你不在职了,我们可就去得勤了,你可别嫌麻烦……"

他呆呆地坐着,想着,门铃忽然响起来了,叮叮咚咚,清音绕梁,无比新鲜，十分美好！开门一看，不由得大失所望，是老伴回来了。他问：

"没带钥匙？"

"带着哩。"

"带着钥匙还按门铃？"

"你不是嫌它不响吗？"老伴笑着说，"我给你闹个动静儿。"

老伴看出了老夏的心情，近来话也多了，笑也响了，努力活跃家庭气氛，改善老夏心情。

以后听见门铃响，老夏便不理睬了。响了两遍，老伴用钥匙打开屋门，走到老夏跟前说：

"没听见？"

"听见了。"

"听见了怎么不开门儿？"

"我知道又是你！"

"知道是我更该积极开门儿。"

老夏精神不好，身体也不如以前了，胸闷、厌食、嗜睡，吃了几盒山楂丸，也不见效。一天傍晚，他正蒙头昏睡，门铃又响了，猜想是老伴，便不理睬。门铃响了好几遍，听见有人问：

"夏局长在家吗？"

是个女的，北京口音！

老夏立刻爬起来，从头顶到脚心，浑身热乎乎的。是小胡吧？小胡是北京人。小胡虽然没有评上职称，住房问题却是自己在职时解决的。不是小胡，小胡是男的，不是女的。是小燕？小燕不是北京人，但说普通话。这孩子很聪明，自己在职时，培养她当了会计。也不像小燕，小燕才二十多岁，那声音有些老。莫是戏校的宋校长？性别、年龄都对，声音也像……

老夏深深感动了。人们都说宋校长恃才傲物，孤芳自赏，平常很少与人来往，想不到自己离职后，头一个来按门铃的竟是她！

老夏用毛巾擦了擦脸，赶紧去开门。定睛一看，不由得嚷了一声：

"唉，又是你！"

老伴笑着撇起京腔来了：

"不是我是谁呀？莫非另有相好的吗？你呀，有麻烦嫌麻烦，没了麻烦也麻烦，你还'吾心似秋月'哩！"

放下菜篮，又说：

"洗菜，炸酱面！"

说罢，小围裙一抖，系在腰间，到厨房里和面去了。

老夏洗着菜，回想着老伴的表现，身上顿觉一阵清凉，胜吃山楂丸。好个老伴，处上不晕，处下不卑，忙乱心不烦，清闲心不寂，她的心才是清静如碧潭，皎洁似秋月呢！

老夏吃了三碗炸酱面。

水　仙

　　每年冬天，我都要养一盆水仙。"小雪"前后，把两颗鳞茎用水泡了，春节正好开花。我养的水仙叶茂花荣，那花盆也很考究：细瓷黑釉，三条粗壮的腿，整个造型像一块树根。这个花盆，以及每年的鳞茎，都是小丁送我的。

　　小丁是个企业家，他领导的工厂，是电子行业中的著名厂家。原先我们见了面，只是点一下头，并无深交。有一年冬天，一个下雪的晚上，他拿着一堆稿子，突然找到我家里。他说他用业余时间，写了一些诗，请我指点一下。我翻了翻那堆稿子，全是古体诗，我说："准备发表？"

　　"不，现在的刊物不要古体诗。"

　　"那你写它干什么？"

　　"玩呗。"他笑了一下说，"我们这些整天和机器打交道的人，心里也该有几首诗。真的，心里有了诗，就像炎热的夏天，头上有了一片树凉；就像寒冷的冬天，屋里养了一盆水仙。"

　　小丁三十多岁，谈吐举止，不像一个厂长，倒像一个文人。初次交谈，他没有表示多少热情，也不显得生疏，好像和我神交已久了似的。我留下他的诗稿，答应看一看。

　　一天晚上，我拿着他的诗稿，到他家里谈意见时，看见他的桌子上真的养着一盆水仙。他屋里并不暖和，但那水仙已抽出一把芽子，一片鹅黄，夹着翠绿，十分精神！我说："啊，真好看！"

"老师也喜欢它？"我虽然只会"论"诗，不会作诗，但他对我却以师礼相待了，一口一个"老师"，叫得很亲切。

我点点头，他一定要把那盆水仙送给我。我不肯收，他想了一下说：

"这样吧，明年我买水仙时，一定给老师捎一盆儿！"

第二年冬天，他果然给我送来一个花盆，两颗鳞茎，同时又放下几首诗。我想留他吃顿饭，他不肯，他说明天要来两位日本客人，进行商务谈判，他得回去准备准备。

自从有了这盆水仙，我们便有了不断的联系。晚上，夜深人静时，他常常给我打来一个电话："老师，我是小丁。"

"呵，听出来了。"

"发芽了吗？"

"发了。"

"发了几个？"

"六个。"

"精神吗？"

"精神得很，像一组诗。"

"我的诗看了吗？"

"看了，像一盆水仙。"

"记着换水，别烂了根子。"

后来，我们之间像是有了一种感应，我一想念他，电话铃就响了："老师忙什么？"

"看水仙。——最近没写诗？"

"顾不上啊！"

"忙？"

"我们也疲软！"

他却放声笑了。他笑得很响亮，充满一种战胜寒冷、克服困难的信心和力量，风格似水仙。

一连几年，几乎是在一定的时间，他总要送我一盆水仙。我把它养在屋里的窗台上，让暖和的阳光照着它，让树上的小鸟歌唱它，让漫天大雪做它的背景。它长大了，翠绿的叶子，洁白的花朵，以及小丁晚上的电话，给我晚年的生活增添了不少乐趣。

只有一年，那是前年吧，眼看到了"大雪"，小丁还没露面。我心里有些急躁，对老伴说："这个小丁，什么时候了，还不送水仙！"

老伴哧地一笑，说："人家小丁该你水仙？"

"'季布无二诺，侯嬴重一言'，他是懂诗的呀！"

就在当天下午，我收到一封电报，是小丁从浙江拍来的。电报内容是，他出差水仙之乡，半月方归，今年的水仙已在途中培养，嘱我勿念。我把那电报念了又念，好像看见那盆水仙，带着江南的营养，已是满盆新绿了！

一盆水仙，给我带来了快乐，也给我招惹了一些麻烦。街上的人们遇到有求于小丁的事情，便来跟我说。例如，谁家办喜事，想借一辆轿车；又如，谁家的孩子在车间干累了，想朝科室活动活动。我告诉他们，我和小丁不是那种交情，他们不信，便在背后埋怨我不肯助人，甚至招来一些咒骂。

有一年，大年三十的下午，我和老伴贴上对子，打扫干净院落，老伴忽然对我说："正月里，咱也请请客吧！"

"请谁？"

"请小丁。"她说她有个侄儿，在机械厂工作，那个厂越来越不景气，想往小丁那里挪一挪。小丁胃口大，刚刚吃了两个工厂，听说要成立"企管办"了，正是添人的时候。

我说："往年可没请过小丁呀！"

"孩子已把请客的东西拿来了，你就破破例吧！"

我正犹豫，电话铃响了，猜想是小丁，果然是小丁："老师，花开了吗？"

"没哩。"

"街上的爆竹响了！"

"听见了。——你的开了吗？"

"我的也没开，也快开了，就要开了……啊，开了开了！"

我仿佛看见，一个花苞，在喜庆的爆竹声中，倏地一爆，在他案头灿烂地开放了。恰在这时，我的花盆里也有个花苞咧了嘴，雪白的花瓣儿，嫩黄的黄心儿，吐着淡淡清香，向我展开新春的微笑。我赶忙告诉他：

"我的也开了！"

我们都笑了。

那年正月，我没有请小丁。不但没请小丁，我还做了一个似乎不近人情的规定。我不许任何人在我屋里吸烟喝酒，也不许家人在我屋里吃饭，因为我的窗台上，盛开着一盆清丽动人的水仙花。我怕那烟雾酒肉，熏了它，醉了它，腥了它。

担 水 的

老魏是个担水的，一条担杖两只木筲，是他吃饭的家当。

那时没有自来水，城里的每一条街道上，有两眼公用水井，每天早晨和黄昏，井台上就站满了人，有担水的，有抬水的。那些没有劳力的人家，或是有劳力，自己懒得担水、抬水的人家，就雇一个担水的，一担水二百钱（旧币，等于现在二分钱）。担水也是一种职业。

老魏在西大街担水。西大街路北里，有一眼古井，东北两面是人家的墙壁，西南两面，短墙环绕，亭台似的；井台上青石墁地，井口的石头上，有两道深深的沟，是井绳和岁月留下的痕迹。——井很深，水也甜，老魏就从这里打水。

老魏高大身材，重眉大眼，脸上有一些络腮胡子；夏日赤膊，冬天穿一身薄薄的黑布棉衣，肩上总是搭着一块抹布似的手巾。他的年岁不小了，可是气力很充足，干活利落又热闹。朝井里"放筲"的时候，手不挨辘轳把儿，任那辘轳自己欢快地旋转着：格啦格啦格啦格啦，筲到水面了，用手把井绳猛地一逮，一摆两摆，噗通一声，一筲水就灌满了。担起水来，眼睛显得更大了，虎视眈眈的，一副奋勇向前的模样儿……

老魏供应着许多人家吃水，除了西大街，府前街上也有雇他担水的。有一年夏天，我家房东也想雇他担水：

"老魏，给我担水吧，一天十担。"

"十担？"

"浇花儿，近，钱不少给。"

我家房东是个财主，土改的时候，"愿"了不少房屋，保留下一座小花园。那座花园就在井台对面，里面有一座假山，种着一些花木。老魏想了一下，不干，他说他只伺候人，不伺候花儿。

老魏依然给人们担水，路近的二百钱一担，路远的也是二百钱一担。

吃老魏的水，不用付现钱，十天结算一次也行，半月结算一次也行。谁家雇他担水，他便扔下一句话：

"账，你记吧！"

"你也记吧，以防差错。"

"错不了，一个凉水！"他说。

老魏没有账簿，用户也没有账簿。所谓记账，就是他担一担水，用户拿粉笔画一道杠儿，有的画在墙上，有的画在树上，有的画在水缸上。结算完了，擦掉，重画。

夏日的中午，我们放学回家的路上，经常碰见他担水。我们一嚷口渴，他就把担子放到一个树凉里，让我们喝水。我们喝足了，他就把那担水泼掉了，再去打一担。我们谢他，他呵呵一笑，还是那句话：

"不谢不谢，一个凉水！"

他所卖的，好像不是力气，只是凉水。

老魏除了担水，还管给人捞筲。那些自己担水、抬水的人家，不小心把筲掉到井里了，就去请老魏。他有一副捞筲钩子，形状像船上的锚，系在一条绳子上。井台上不忙了，他就把那捞筲钩子抛到井里，手握绳端，慢慢地打捞。那也真是一种技巧：闭着眼睛，屏着气息，一会儿捞上一只，一会儿捞上一只——那些沉落井底一两年的铁桶、木筲，也出人意外地重见天日了。他把它们捞上来，用水冲洗干净，打满水，一字儿摆在井台上，等待失主认领。失主们给他钱，他不要，一定要给，他就急了，嚷，我是担水的，担水的不挣捞筲的钱！

如果给他一点儿吃的，他就要了。

老魏没有妻室，没有拖累，净吃好的。他天天早晨坐在麻糖铺里，吃麻糖、喝豆浆，中午吃马蹄儿烧饼、喝豆沫。他最爱吃马蹄儿烧饼了，一买就是五六个。那些游手好闲的人（那时叫作懒婆懒汉），看见他吃马蹄儿烧饼，就说：

"老魏，你的生活倒不错呀！"

"是，"他说，"咱们城里头，遍地是马蹄儿烧饼，你得卖力气！"

他相信自己的力气，更敬重那眼水井。每年腊月底，他总要到我父亲的小铺里，买一张黄纸，一股高香，一对蜡烛。他把那黄纸在柜台上裁了，让我父亲洗了手，写几个毛笔字："井泉龙王之神位"。除夕把那神签贴在辘轳石上，焚一股香，点一对蜡烛，摆一些供果。黑暗里，那香着得欢欢的，像一朵静静开放的莲花……

担水的没有行会，但是到了除夕，他们都会这么做的，像粮行供奉火神，药行供奉药王，木匠行供奉鲁班，理发行供奉罗祖。

可是，后来人们不雇担水的了，全是自己担水吃，或是抬水吃。原因是解放好几年了，雇人担水，像雇"洋车"一样，有压迫、剥削劳动人民的嫌疑。

老魏不担水了，井台上显得冷清了许多，再也听不到那欢快的格啦格啦的声音了。

卖小吃的

我小的时候,我们的县城里有许多卖小吃的,布篷小摊,肩担小贩,到处都是。那时的小贩都会吆喝,至今我还记得他们的声音。

早晨,街上还很安静的时候,卖饼子的出来了:

"卖饼子,热乎饼子……"

他们推着小车,到处吆喝着。有卖棒子饼子的,有卖黍米饼子的,也有卖扁豆饼子、枣饼子的,这里一声,那里一声,像鸡打鸣,弄得早晨更像早晨,古城更像古城。

观前街的李掌柜,出来得晚一些。那是一个干净、随和的老头儿,太阳出来了,他才推着小车自东向西而来。小车上放着一个笸箩,笸箩上盖着一条被子,车头上立着一根筷子,筷子上扎着一个饼子——那是"幌子"。他卖棒子饼子,有时也卖一点儿枣饼子,他做饼子不用本地棒子,年年要雇几辆大车,到山里买棒子。那是春棒子,一年只种一茬,棒子熟了也不掰,在秸秆上"养"着,一直"养"干。这种棒子做的饼子,又香又甜,又顶饥。一些买卖家都吃他的饼子,我家也吃他的饼子。

他走得很慢,吆喝起来,清亮平和,用字也很俭省:

"饼子——"

小十街一声,大十街一声,府前街口一声,一笸箩饼子就卖完了。

冬天的早晨，还有两个卖山药的，好在背街吆喝：

"山药，热山药……"

一个苍老，一个稚嫩。

一天早晨，下着大雾，一个卖山药的推着小车过来了。那是一个半大孩子，欢眉大眼，瘦骨伶仃，衣服又薄又破。小车一放，尖尖的一声吆喝，几个妇女拿着小筐，挎着小篮，就被招了去：

"小白，今天的山药，面不面呀？！"

"嘿，面的我娘不让卖！"他说。

妇女们买了，一尝，乱说："哎呀，面什么呀，水蔓子山药！"

"你不是说，面得你娘不让卖吗？"

"是呀是呀，面的，我娘不让卖——省着哪！"

妇女们哈哈笑了，小白也是一脸的坏笑。

小白夏天卖甜瓜、卖菜瓜，冬天卖山药。他走到哪里，哪里就有欢笑声……

那位老的，我一直没见过。

晚上也有卖小吃的，大街上有卖烧卖的，有卖卤鸡的，戏园门口有卖馄饨的，但是都不吆喝。人们经常听到的，是老底那个大劈拉嗓子：

"酱牛肉、热烧饼、牛肝、牛肉，还有牛蹄筋儿啦！"

老底是个回民，长得膀大腰粗，像关帝庙里的周仓。他天天黑夜背着一只箱子，提着一盏灯笼，满城转悠。他是南门里街人，土著，可是吆喝起来，你猜怎么着？京味儿，地道的京味儿！

吆喝声最稠密的时候，自然是白天了。十一点钟以后，大十街、学门口、隆兴寺门前、阳和楼底下，以及四个城门洞里，到处都有吆喝的声音。有本地口音，有外地口音，有的悠长，有的急短：

"豆腐菜，开锅的豆腐菜！"

"素卷儿，焦热哩，素卷儿——"

"饸饹，大碗饸饹，五百钱一碗！"

"卖凉粉儿，芥末凉粉儿，不凉不要钱儿呀……"

短短一声吆喝，内容是多么丰富啊：有形象，有价格，还有保证。听着他们的吆喝声，不吃也能想见食品的色、质、味。

也有不这么吆喝的，卖豆沫的聋子就不这么吆喝。聋子不像是个买卖人，大高个子，笨手笨脚，一脸的呆相。他的摊子总是挨着一个打烧饼的——吃烧饼喝豆沫，方便。那豆沫做得却很讲究：水粉米、磨成浆，下锅熬，放海带丝、粉条头、大黄豆，喝着光滑、细润、清香，有一点儿淡淡的五香面味儿。他不善于吆喝，也不重视吆喝，看见有人买烧饼，他那两只大眼才呆呆地盯了人家，冷不丁一句，冷不丁一句，没有修饰，没有夸张，豆沫就是豆沫，喝不喝在你："豆沫！豆沫！豆沫！"

可是，喝豆沫的人，却也不少。

要说吆喝得最有特点的，当属两位：一位是南大街的王小眼，一位是我们街的翟民久。一个卖煎糕，一个卖包子。

我刚记事的时候，王小眼就在大街卖煎糕：一副担子，一头是火炉、鏊子，一头是一只箱子，里面装着蒸好的糕，现煎现卖。他身材奇矮，精瘦，可是吆喝起来，又泼又野，底气充足。"煎糖糕"三个字，不是一下出口的，而是用拼音字母拼出来的，一个字母要在嘴里打好几个滚儿，才肯出口，嗓音尖锐像汽笛儿："煎——糖——糕——"

一声吆喝，至少持续半分钟，尾音拖得很长很长。并且，吆喝的时候，闭着眼睛，攥着拳头，脸朝南，在曲折、漫长的行腔过程中，脑袋雷达似的向西、向北转动着，吆喝完了，脸就朝东了，声音覆盖全城。那年县城刚刚解放，空中时有敌机飞过，他一吆喝，街长就急了："别吆喝啦！"——怕他招来敌机。

翟民久就是我家那个房东,想雇老魏担水浇花儿的那位。他有不少房屋,城外有地,一辈子吃房租、吃地租,种花养鸟。土改的时候,房子也"愿"了,地也"愿"了,落了一个开明的名声。为了表示自食其力的决心,他不玩了,卖包子,他自己可不蒸包子,天天挎个小竹篮,到包子铺里趸包子,一回只趸二十四个,多了不趸——他家有六口人,即便一个不卖,也不要紧,人均四个包子,恰好是一顿饭。

翟民久的嗓门儿也不错,吆喝起来,音色优美,宛如唱歌儿。更可贵的是,那词句是他即兴创作的,构思新颖,有"包袱",像一段小相声:

"卖包子,大个儿的包子,吃俩就饱啦——再就俩卷子!"

人们听了没有不笑的,他不笑。

翟民久卖包子,夏天哪里凉快到哪里去,冬天哪里暖和到哪里去,不管人多人少,有人没人。有一年夏天,他发现了一个好去处:后街开元寺。那是一座破败的庙宇,没有和尚,也没有香客,只有一座古塔,一片树木。他天天站在塔台上,唱歌儿似的吆喝两声:

"卖包子,大个儿的包子……"

你说谁到那里买包子去?

腊　会

腊会其实就是灯会，我们那里的一种年俗。

农历的除夕，满城的爆竹响起来的时候，各街的腊会就"出会"了。那是一支灯笼的队伍，也是一支音乐的队伍，吹吹打打，满城转悠，庆贺腊尽春回。

在我记忆中，每道街的腊会都是大鼓、大钹开道。那真正是一面大鼓，一个木架，四只轱辘，一堆人推着它，四名精壮汉子抡着鼓棒敲打，两边是几副大钹。天色一黑，城里城外就响成一个声音：咚咚嚓，咚咚嚓，咚不隆咚，嚓，嚓，嚓，嚓咚嚓，嚓咚嚓，嚓咚嚓咚嚓咚嚓……

大鼓大钹前面是一面筛锣，也叫"开道锣"。一道腊会的行止路线，全听它的指挥：哐，哐，哐哐哐——

大鼓大钹后面是"门灯"。"门灯"是玻璃灯，一个孩子扛一盏，少则十几盏，多则五六十盏，里面点着半斤重的蜡烛。"门灯"上有彩画，工笔，画八大仙真、三位星君，也画祥云、瑞日、仙鹤、麒麟；"门灯"后面是一溜儿"叉子灯"，长柄，铁丝骨架，用色纸糊了的，有红，有黄，有绿。孩子们扛着灯笼，在鼓乐的吹奏声中，走得很慢，远远看去，像一条彩色的火龙。那时没有路灯，漆黑的天，又冷，那满街的灯火，就更赏心悦目了。

最后是吹打班子：一个小鼓，两副小钹，几只喇叭，一面筛锣，有的街上还有笙、箫、横笛、云锣。前半夜吹"老八句"，后半夜吹"万年花"。"老八句"的曲牌很简单，就那么几句，吹完一句，敲一声筛锣：哐——再吹一句，再敲一声筛锣：哐——悠婉，庄重，古雅。"万年花"比较复杂一些，但是节奏更缓慢了，飘飘摇摇，如入仙境，让人想到天下太平，八方宁静。在家"守岁"的人们听见它，清醒的想睡，想睡的就清醒了：呵，后半夜了，该煮饺子了吧？

跟着吹打班子的，是两对大红纱灯，两名清秀小童担着，一个道左一个道右。纱灯上有一行金箔大字，标明腊会的名称，有的以街道命名，有的以街上的一个寺庙命名："东门里腊会""西门里腊会""南关腊会""北关腊会""白衣庵腊会""广慧寺腊会"……

那时候，富人喜欢腊会，穷人也喜欢腊会。腊会里，买卖家不是要派伙计们四处要账吗？要到三十下午，伙计们就不真要了，在什么地方玩一会儿，天黑才回去，说是没找到人。掌柜的看看天色，便问一声：

"腊会出来了吗？"

"出来了，你听——"

掌柜的听见喇叭声，就说：

"掌灯，明年再说吧。"

掌灯就是点灯笼。那天黑夜，家家门口挂着一对灯笼，有宫灯，有纱灯，有花篮灯、鲤鱼灯、绣球灯、元宝灯。买卖家一掌灯，欠债的人们就可以放心过年了。

腊会过来了，家家门口站满了观看的人，有的放烟花，有的放鞭炮，那叫"迎会"。人们见了"会头"，都要拱拱手，道一声辛苦；"会头"也向人们拱着手，说着："明年见，明年见……"

"会头"是一道腊会的组织者，由街上那些热心的人们轮流担任。年前他们负责"敛油钱"——现在叫集资,用于腊会的各种开销。这项工作并不难做,富人穷人,大家小户,没有不拿钱的,还有捐米的、舍饭的。过了"小年",他们还要负责到各街上送帖子。那帖子上写些什么言语,我没见过,意思是:我们街的腊会,一定到贵街行走,以示礼敬。旧年里,如果两街结下了什么仇怨,帖子一到,前擦后抹,就言归于好了。——这是规矩,约定俗成的规矩。

腊会行进中也有一个规矩:两道街的腊会碰了头,哐,哐,哐,三声筛锣,双方立刻停止吹奏,并要让出大道,靠路边走。两道街的吹打班子见了面,也要互相拱拱手,道一声辛苦,说一声明年见。两支队伍错过了,又是三声筛锣,各自就又吹打起来了。

那天黑夜,满城的人们好像一下改变了脾气,灯烛照耀下,清音缭绕里,人人是那么温和,那么欢喜,彼此见了面,都要道一声辛苦,说一声明年见。至于明年以何嘴脸相见,明年再说。

当然,也有不大喜欢腊会的人。年前集资的时候,一些青年说,吹吹打打,转转悠悠,有什么看头呀,又不表演。李云朋听见了,不依不饶,便捉了那青年辩论:

"你家过年贴对子不?"

"贴呀。"

"挂灯笼不?"

"挂呀。"

"你家的对子和灯笼,表演不?"

青年无话可说了,李云朋便告诉大家:腊会不光是让人看的,那是一种气氛,一种味道,没有腊会,像过年吗?

李云朋是我们街上的农民,吹喇叭的。年年一到腊月,他就没心思干活了,天天吹喇叭。他不站着吹,也不坐着吹,他在屋里地下铺一条麻袋,趴着吹。他说这么练习最出功夫，脚不沾地，可以锻炼"丹田"的气力——喇叭对着炕洞吹，不妨碍四邻。

腊会还有一项重要的活动：拜庙祭神，见庙就拜。那一夜，城里的大小庙宇都有香烛，腊会到了，扛灯笼的孩子们站立两厢，吹打班子要对着庙门，尽情地吹打一番。祭神不吹"老八句"，也不吹"万年花"，一个"大开门"，吹"水龙吟"。那也是一个古老的曲牌，热烈、欢快，庙里的白脸判官、焦面小鬼听了，好像也喜气洋洋的……

因为祭神，后来腊会被禁止了。官方认为那些曲牌也不行，软绵绵的，可以麻醉人们的斗志。

腊会没有了，人们的斗志果然没有被麻醉——"文化大革命"中，扒了土地庙，拆了阳和楼，砸了公检法，弄坏不少东西。

腊会没有了，我们街上的李云朋可不死心。每年除夕，他便叫来马老润和杜傻子，吹一阵喇叭。他们提着一盏小灯笼，到城墙上去吹，前半夜吹"老八句"，后半夜吹"万年花"，城里城外都能听见……

马老润是个木匠，太平街人。

杜傻子家住南关，赶车的，也是农民。

他们年轻的时候，就爱"吹会"，号称"三支大笛儿"。

他们没有白吹，街头上又出现了个体小贩那一年，腊会又恢复了。只是灯笼少了，"落会"也早了，"门灯"上既画吕洞宾、张果老，也写"照章纳税光荣""一对夫妇只生一个孩"——这么一写，税务所给一百块钱，计生委给一百块钱。

智 县 委

小时候，我是很淘气的。一到晚上，我和我的伙伴们就欢了，打蝙蝠、掏麻雀、捉迷藏，古老的府前街就变成了我们的天下。

因为淘气，认识了县委书记。他姓智，那时人们不叫他智书记，而是叫他智县委。打戏院门口的电灯泡玩儿，看谁能打中。我正瞄准，忽然有人揪住我脑后的小辫儿，伙伴们立即就跑散了。扭头一看，揪我小辫儿的是个生人，中等个儿，白净脸，穿一身灰军装，戴一副眼镜。我挣脱他的手，撒腿就跑，他一把又揪住我的小辫儿，揪得好疼。我骂他的娘，他也不理睬，终于把我揪到父亲面前去了。

"这是你的小孩？"生硬的外地口音。

"噢，是我的孩子。"父亲是个买卖人，开着一个杂货铺，一向胆小怕事。一见那人，赶忙捻亮罩子灯，显得很惊慌：

"智县委，请坐……"

我也一惊，他就是智县委！

智县委没有坐，眼睛忽然盯住桌上的一片字纸。那是我写的一篇大楷：

  一去二三里　烟村四五家
  亭台六七座　八九十枝花

"哪个写的？"他问。

"他写的。"父亲指指我说，"瞎画。"

他立刻瞅定我，脸上竟然有了喜色，眼镜也显得明亮了：

"几岁了？"

"十岁了。"

"十岁了还留小辫儿？"

父亲赶忙解释：当地的风俗孩子们留小辫儿，要留到十二岁，成人。智县委听了哈哈大笑说：

"好哇，那就留着吧！"

智县委夸了一番我的毛笔字，就和父亲说起话来。他问父亲的年龄、籍贯，又问这个小铺多大资本，生意如何，拿多少税。我站在他的背后，并不注意他们的谈话，眼睛一直注视着他的衣襟下面露出的那块红布——那是一把盒子，真家伙！

他和父亲谈着话，忽然仰着头，望着货架子说：

"怎么，连个字号也没有？"

"没有。"父亲笑着说，"小本买卖，还值得立字号？"

"怎么不值得？"智县委好像生气了，脸色红红的，说，"城里买卖家，哪个没字号？'亨茂号''文兴成''荣泰昌''广顺正'，都有字号嘛！你也赶快立个字号！"

父亲想了一下，说："叫'贾家小铺'？"

"不好，小气！"

"叫'万宝店'？"

"也不好，俗气！"

父亲就笑了："智县委赏个名儿吧！"

"'复兴成',怎么样?共产党保护民族工商业,一切都要复兴的,你也要复兴嘛!"

父亲说好,行,不错。

智县委走了。父亲茫然如做梦,问我做了什么事,怎么把他引来了?我把我们打戏院门口电灯泡的事情告诉了父亲,父亲摇摇头,叹口气,大惊小怪地说:

"哎呀,你这个孩子,今天是沾了那几个毛笔字的光了!"

父亲说,那座戏院,是智县委心卜一朵花儿,谁也碍妨不得。每天一散戏,他就出来了,朝戏台上一站,眼镜子亮闪闪地望着观众散去,谁在座位上踩一下,都不行,你们敢打他的电灯泡儿?

我笑着打断父亲的话:"什么叫立字号呀?"

"立字号,就是挂一块匾。"

"咱家挂不挂?"

"不挂还行,不挂交代不了智大炮……"

"智大炮?"

"小孩子家,少打听。"父亲笑了笑,什么也不说了。

不多几日,父亲便请人书写了一块匾额,挂匾那天,还在"小南楼"饭庄请了客。

后来我才知道,智县委对买卖家的要求是很严格的,脾气也很暴躁。他不但要求买卖人做到"秤平斗满,童叟无欺",而且还有许多不成文的规定:夏天不搭凉棚不行,门口不设"太平水缸"不行,没有字号也不行……谁家不按他的要求去做,就把掌柜的叫到街上,当众吹一通。买卖人都很怕他,暗地里叫他"智大炮"。

买卖人怕他,心里又很敬重他。有一天,我看见一个胖胖的、歪戴着帽子的醉人,从周家烟摊上拿了一盒"大婴孩"香烟,说是"赊账"。周

掌柜不认识他,刚刚说了一声"不赊账",醉人口里便冒出一句惊人的话:

"老子打过游击!"

话音刚落,智县委刚好走到这里,啪啪就是两个耳光!醉人急了,拍着胸脯大叫:

"好哇,你敢打……"

认清是智县委,放下香烟,赶紧走了。买卖人哈哈笑着,故意说:

"智县委,你们八路军,可是不兴打人呀!"

"这种东西不是人!"

"他喝醉了……"

"我也喝醉了!"他说。

智县委虽然脾气暴躁,但我一点儿也不怕他,心里很喜欢他。自从他到了一次我家铺子里,我总觉得他好像是我家的一个什么亲戚。上学放学的路上,我总是注意着穿灰军装的人,希望天天碰到他。偶尔见他推着车子从街上走过,我就赶上前去,亲切地叫一声:

"智县委!"

"啊,一去二三里!"他不晓得我的名字,总是喊我"一去二三里"。

但是,这个"亲戚",后来再也没有到过我家铺子里,我也很少听到他的消息。

寒假里,刚刚下了一场雪,街上冷清清的,没有人买东西。我正趴在柜台上写大楷,一个青年来买松花,买二十个。父亲看看玻璃缸里,只有十来个松花了,便说:"买那么多?"

"有多少要多少吧!"青年笑着说,"前天晚上,智县委来买松花,没有敲开你家的门。今天我想多买几个,给他预备着。"

"你是……"

"我是他的通信员,叫小马。"小马说,"智县委睡觉前爱喝两口酒,最喜欢吃松花。"

我想起来了,正是下雪的那天晚上,父亲正在灯下"碰账",外面有人啪啪地敲门,父亲没有理睬。又敲,父亲便一口吹灭了灯……

"那是智县委?"父亲吃惊地望着小马。

小马笑着点点头。

"我不信。"父亲摇摇头,也笑了,"半夜里,那么大雪,他来买松花,你干什么?"

小马说:

"黑夜里买东西,他总是自己去,从不使唤我们。买到就买,买不到就回去。他怕我们狐假虎威,打扰睡下了的买卖人。"

从那以后,不管天多晚了,只要听到敲门的声音,父亲就赶紧起来去开,但是哪一次也不是智县委——智县委调走了。

他走了,好像是在一个春天,满街古槐吐新芽儿的时候。

他走了,多少年后,这里的百姓们还时常提念他。有人说他是山西人,有人说他是陕西人;有人说他没有上过学,从小放羊;也有人说他是大学毕业,伺候过薄一波。至于他的政绩,百姓们看到的自然都是小事,不是大事。无非是说,智县委在时,夏天街里有凉棚,冬天路上无积雪,到处都干净,买卖人都和气,卷子蒸得个大,烧饼上的芝麻也稠。就连菜摊上的小葱、黄瓜、水萝卜,也一堆是一堆、一把是一把,红的红绿的绿,洗得鲜亮放得整齐。只有我父亲,在公私合营的时候,短不了皱着眉头埋怨他两句:

"你说老智非让立个字号干吗?'小南楼'请客,白花钱!"

村　　宴

农历四月十五，梁庄庙会。戏友们早就捎来口信，约我去玩一天，头一天赶到。他们年年约我，我年年去，今年更该去了——该去看看老梁。

梁庄村不大，业余剧团办得却很活跃。刚刚恢复传统戏那年，老梁请我去"说戏"，我在他们村里整整住了一腊月。村干部几乎都是戏迷，有的还是主要演员。那时老梁还当支书，唱黑头。他的身材又瘦又小，说话声音又低，不像黑头倒像老旦。可是一上台，嗓子有嗓子，扮相有扮相，真不错。去年庙会上，我们两个准备合演一出《铡美案》，戏报都出了，他却突然病倒在酒席上，被人搀回去了。一年没见面，我一直担心着他的身体，挂念着他的病情。

来到梁庄，天就快黑了。村里到处都是做买卖的棚帐。梁庄庙会其实是个盛大的物资交流会，贸易场地不仅扩大到附近几个村庄，还吸引着内蒙古、吉林、山东、山西等地客商。今年的庙会好像格外热闹，村南一台大戏，村北一班马戏，家家摆酒待客，就像过年一样。

过去我来了，总是老梁个人招待，猪心、猪肺、猪耳朵，喝一壶。如今村里有了招待费，招待的规模和规格就不同了。老杨把我领到平时排戏的那个院子里，到街上一招呼，戏友们都来了，小梁也来了，一查人头，两桌。

这个院落好大，总有一亩地。一排北屋，原来是团支部；一排西屋，原来是俱乐部；临街一排南屋，原来是"村史展览室"。由于位置好，地处村子中心，南屋被人租了去，开了个饭馆，北屋、西屋便成了村里招待客人的"雅座"。北屋里吵吵嚷嚷，正打酒官司，我们就占西屋——里间屋一桌，外间屋一桌。两桌酒、菜一样：除了猪身上的东西，松花、卤鸡、酱牛肉，都有；除了白酒、啤酒、饮料，都有。

大家坐好了，小梁讲话。他说为了活跃梁庄人民的文化生活，我做了不少工作，今天凑在一起热闹热闹，对我表示感谢。最后号召大家干一杯！

"等等，我再补充两句！"老杨端着两盘凉拌黄瓜，赶紧进来了，笑眯眯地说，"对于贾老师的到来，支部很重视，支书一再嘱咐，一定要让贾老师喝好吃好——支书和二丑媳妇正在北屋执行任务，那里一散，他们就过来了。另外，今天的菜……"

"行了，别说了，贾老师又不是外人。"拉京胡的老乔馋酒，忍不住说，"贾老师，咱俩先喝一个！"

"老梁呢？"我问小梁。

"他有病，不能喝酒了，一会儿准到。"小梁说着举起酒杯，招呼大家，"来，共同喝一个！"

大家举杯笑呵呵。

小梁三十来岁，村委会主任，副支书。他不会唱戏，爱看戏，一向支持村剧团的工作。他当农业技术员的时候，滴酒不沾，现在锻炼出来了。他工作扎实，喝酒也扎实，光喝不说，也不大吃菜。他从来没有喝醉过，谁也不知他有多大酒量。去年春天，县"文明办"来了一群人，想灌他。喝了几个回合，他说："不能喝了不能喝了，最近感冒，超过一斤二两准醉。""文明办"听了大眼瞪小眼——娘哎，感冒喝一斤二两，要不感冒喝多少？赶紧收兵。

谁都知道小梁喝酒老实，但是也有不老实的时候。去年过庙会。乡里干部来了，摆了三桌。酒至半酣，小梁端着两茶碗酒敬李乡长——一碗满的，一碗浅的，让李乡长挑。李乡长还没喝醉，自然是挑浅的喝，事后才知道，满的是水，浅的是酒，逢人便说："小梁这个王八蛋哄弄了我！"小梁对于自己这个小智慧很满意，现在提起这件事，脸上还有骄傲之色。

喝过三杯酒，演丑角的小鲁说：

"梁主任，咱们选个酒官儿吧？"

"不用选，老杨的！"小梁说。

"酒官儿先喝一杯酒！"大家说。

老杨喝了一杯酒，感到很光荣，笑眯眯地说：

"大家既然选了我，就得听我。"

"没问题，听你！"大家一齐说。

"小梁先和贾老师干一杯吧？"

小梁和我干了一杯。

"老乔，你是琴师，该你喝了。"

老乔和我碰了一下杯，也干了。老杨立刻尖着嗓子喊叫：

"一碰喝三杯！"

"不行不行，那就醉了……"

"要不，你当酒官儿！"

一见老杨要撂挑子，我们只好从命，又干了两杯。老杨得胜地笑了，拿起筷子招呼大家：

"吃菜！吃菜！"

老杨是个老支委，"撂"了好几任支部书记。他比老梁小一岁，瓦刀脸，大下巴，唱坤角——他嗓子好，外号"金唧了"。他酒量不大，但是会当酒官儿。乡里干部来了，总是点名让他当酒官儿。他善于巧立名目，辞令也多:入席三杯酒,每人打一圈儿,村里敬乡里、乡里敬村里,鱼头冲谁怎么喝,鱼尾冲谁怎么喝……层次分明,礼路周到,妙趣横生。眼看没词儿了,眼睛一眨巴,又一套:当过兵的和当过兵的喝一个,没当过兵的和没当过兵的喝一个;五十岁以上的喝一个,五十岁以下的喝一下;属兔的和属兔的喝一个;属狗的和属狗的喝一个……每个人的生辰属相,他都掌握着!

不过,我对老杨印象不大好。有一回,他刚当过酒官儿,便找老梁唧咕:"小杨这个文书越当越不像话了,整天瞎吃瞎喝,哪像咱们那会儿?"老梁听了,立刻批评他:"你少说这种话。一百个老梁也不如一个小杨。咱们那会儿,村里有工厂吗?瞎吃瞎喝?咱们那会儿倒想瞎吃瞎喝,没有,穷。"——他嘴碎,有时说话不注意团结,好像有点儿"两面派"作风。

院里一阵骚乱,北屋里散了场。小杨歪戴着帽子,敞着怀,笑吟吟地进来了,嘴里也不大文明:

"电管所这群王八羔子,六个人,喝了七斤白酒,十四瓶啤酒,都他妈的扭着秧歌儿走了,还说没醉——啊,贾老师,我来晚了,对不起……"

后面跟着二丑媳妇。

"一人三杯入席酒,补上!"老杨笑着命令他们。

"别忙,趁还没醉,安排一下明天的工作。"小杨坐下说,"明天是正庙,根据目前掌握的情况,不下三桌。四叔有病,不指望他了,其他支委谁也不能偷懒。工商所那桌,小梁陪;文化局那桌,二丑媳妇陪;乡里来了,老杨,咱俩陪——听清了吗?"

"明天,电管所那群王八羔子还来哩!"二丑媳妇清声亮嗓地说。

"你还陪,撂倒他们两个!"

"我不是陪文化局吗?"

"赶呗,唱戏还兴'三开箱'哩!"

"行,赶就赶!"二丑媳妇嘴快手快,满上一杯酒,笑着说,"贾老师,我代表梁庄'半边天'敬你一杯,你得喝了,你要不喝就是看不起我们'半边天'!"头一仰,吱一声,白嫩的手腕儿一翻,表示干了,然后把嘴一抹:"失陪了,明儿见。"小梁喊:"别走哇,咱俩还没喝哩!""一天了,孩子还没吃奶哩!"——咯咯咯地笑着跑掉了。

二丑媳妇长得很标致,一举一动都很优美。尤其是给人斟酒的时候,更优美——手捏着小酒壶,壶嘴儿对准酒杯,轻轻一起轻轻一落,满了。有一回,我让她谈谈喝酒的体会,她说:"头杯辣二杯香,三杯以后就像喝凉水啦!"她能喝,能说,也能干。去年春天开展"拿外孕,上长效"突击活动,她三天三夜没睡觉,把她小婶都给结扎了,全村妇女无人不服。

我记得,她小时候,我们演《秦香莲》,让她扮"春妹",老杨拉着她,头也不敢抬——一个羞羞答答的小丫头,现在竟有如此气概,真是后生可畏啊!

二丑媳妇走了,我问老乔:

"你们过庙会,工商所来干什么?"

"检查营业执照。"

"文化局来干什么?"

"检查文化市场。"

"电管所呢?"

"明天黑夜有戏。"

"他们也会唱戏?"

"他们会'压负荷'。"

我放下筷子,不平地说:

"这种风气,应该煞一煞!"

小杨瞥了我一眼,好像对于我的发言很不满意。老杨赶忙笑着圆和:

"老乔说得也不全面。压负荷,那是人家的职责。哪有规定梁庄唱戏不压负荷?既然来了,就喝呗,甭生气——咱们喝得不是也都喜眉笑眼的吗?以后电多了,不兴压负荷了,他们自然就不来了。贾老师,你说是不是?哎,小杨,你那三杯入席酒还没喝哩,喝喝喝!"

小杨把三杯酒倒在一个茶碗里,一气儿喝了,算是"入席酒";然后又用同样的方法,和我喝了三杯。屋里一时乱了,外间屋的人们纷纷端着酒杯来敬小杨……

小鲁敬过酒,站在我身旁,不紧不慢地说:

"贾老师,你来的时候,路过乡政府,乡政府南边,路西里有个酒馆,看见了吗?"

"看见了。"我说。那里确实有个酒馆,装修得很华丽,名字叫得也很新奇:"迷你酒家"。

"门面怎么样?"

"不错。"

"生意呢?"

"好像不大好……"

"等等再喝,先听小鲁说!"小杨放下酒杯,人们各归肃静。小鲁继续对我说:

"那是我表哥开的酒馆。原来是个小酒馆,没那么漂亮。去年秋天,省里、县里下了文件,严禁用公款吃喝——对了,正像你说的,要煞这种风气了。文件下来,纪检会、监察局天天扛着录像机到城里各大饭店转悠。城里不让吃了,吃客们便下乡来吃。看吧,'迷你酒家'门前,天天停着一片吉普车、小轿车、面包车。我表哥发了财,请厨师,设雅座,装修门面……谁知刚刚装修好了,吃客们一个也不来了。你猜为什么?城里又让吃了。你说这一'煞',浪费多少汽油?"

满屋子人哈哈笑了。小杨张着大嘴笑得最响:"小鲁,咱俩再喝三杯!"又和小鲁喝了三杯……

小杨有"酒漏",不管喝多少,撒两泡尿完事。不过也有喝醉的时候。他喝醉了不吵不闹,也不吐,称"朕":"朕叫你们喝,你们都得喝!"——他见电视剧中的皇上总是朕呀朕呀的,他也就"朕"起来了。去年过庙会,李乡长喝了小梁敬的那一茶碗酒,突然问他:"小杨子,北京有人闹事,你是什么态度?"他把筷子一摔:"朕坚决反对!"喝了一杯酒,又说,"天下乱了,朕到哪里喝酒去!"满屋子人哈哈大笑,李乡长"笑"到桌子底下去了——就在那时,老梁"哎哟"叫了一声,脸也黄了,汗珠子也出来了,直说心里不好。我摸了摸他的脉搏,一分钟跳一百二十下——小杨醉着酒,和小鲁一起把他搀回去了。

小杨和老梁的关系非同寻常。老梁当支书时,他当生产队长。他叫他"四叔"。老梁看他聪明能干,便用心培养他,介绍他入了党,又让他当了支部委员。那时候,他对老梁的话句句听从。老梁说:"戒酒。"他便戒了酒。老梁说:"结婚。"他便结了婚。他戒了酒结了婚,老梁便退下来,推荐他当了支部书记。老梁曾经对我说:"农村干部最怕两条,一条是犯经济错误,一条是出作风问题。他戒了酒结了婚,我就放心了。"这几年,小杨团结一班人,没有辜负老梁的一片苦心:夏粮征购、秋粮入库、计划生育、集资办学,各项工作都是先进。既没犯经济错误,也没出作风问题,只是开了酒戒。至于酒后称"朕",也不是真有野心,醉了,嘴巴没岸儿。

热菜上齐了,老梁才到。大家一见他,全都站起来了,笑着让他坐。他见了我很高兴,隔着桌子和我握手。他说村剧团唱了一正月,庙会上就不唱了,他们请了一台丝弦。我关心的不是这些事情,忙问:

"老梁,你的病……"

"不要紧,一点儿小毛病。"他让大家坐下,说,"大家慢慢喝吧,喝好了,咱们乐一乐。"

小杨满上一杯酒,端起来说:

"四叔,你也喝一杯!"

"不行不行,一口也不能喝了。"老梁笑着忙从怀里掏出一个金属小盒,当众一亮。我问:

"这是什么?"

"救心盒。"

"救心盒?"

老杨嘴巴朝我耳边一伸:

"急救盒!"

"怎么,心肌……"

后面两个字,我没说出口。小杨一把夺过那个小盒,放在桌子上说:

"贾老师来了,只喝一杯!"

老梁不好再推辞,接过那杯酒,抿了一小口,苦眉苦眼地笑了说:"不行不行,先顾心,后顾嘴吧!"小梁接过那杯酒,替他喝了。

老杨戏瘾大,一见老梁来了,赶快进行"通天乐",然后吃饭。吃过饭,大家一齐下手,收拾杯盘碗筷。小鲁沏茶,老乔定弦去了。凑在一起不容易,总得"乐一乐"。

武乐在外间屋,文乐、演员在里间屋。老杨和小鲁先唱了一段《女起解》,然后唱《铡美案》:老梁去包拯,我去陈世美,老杨去秦香莲,只唱"大堂"一折。

打过"紧紧风",开"西皮导板"。老梁面对墙壁,后脑勺儿上都是戏:

"包龙图,打坐在,开封府(哇)——"

屋里响起一片喝彩声!我也给他喝彩——不光是为了他的唱腔,也是为了他的身体。下面那段"原板",唱得更是字正腔圆,大气磅礴。小梁眯着眼睛,拍着板儿,不住地说:"好,不错,味儿正……"小杨也说:"嗯,六十度,酱香型。"——又跟喝酒连上了。

我喜欢舞台上的老梁,更喜欢舞台下的老梁。他演戏认真,做事也认真。村剧团演戏,一切都凑合,除了旦角,生、净、丑,都不包头——纱帽、帅盔、九龙冠,朝脑袋上一扣,就上场。老梁不行,村剧团没条件,他便自己花钱买了网子、水纱,演什么戏都包头。晚上八点开戏,下午四点就勾脸儿。勾得不满意,洗了重勾。他有一句名言:"舞台小天地,天地大舞台。台上台下,都得把脸勾好。脸面值千金。"村里人们说,老梁做事,也像勾脸儿——早先当支书是这样,现在当支委也是这样。

我心不在焉,一段"西皮原板"没有唱好,对唱的"散板"也没有唱好。我惊奇地望着老梁,他那声色气魄,哪像一个病人?当他唱完最后一句"铡了这负义人再奏当朝"时,又是一个满堂彩!

我们唱完了,小梁乐得手舞足蹈。他提议和丝弦剧团联系一下,明天加演《铡美案》。小杨赞成:

"四叔身体顶得住不?"

"顶得住,弦一响,病就没了。"老梁戏瘾也不小。

"老杨负责和丝弦剧团联系吧?"

"行,我明天就去。"

商量停当,各自散去了。老杨住在村外,不想回去了,就和我睡在这个屋子里。

"春眠不觉晓,处处闻啼鸟。"一觉醒来,见桌上有一物,熠熠放光,灿若星斗——老梁竟把"救心盒"丢下了。打开一看,奇怪,里面没有任何药物,空的……我看了看老杨,赶紧又合上了。老杨睡得正香,打着小呼噜。

夏 收 劳 动

去年夏初,小麦刚刚开镰的时候,县委决定组织四大机关的领导同志参加一次夏收劳动。那时我身体不好,没有得到通知,但是听到这个消息,也赶去了。

我喜欢夏收季节,喜欢夏收的田野,更喜欢看见收获了的农民。我在下面一个文化单位工作时,每年都要下乡参加几天夏收劳动,农民是很欢迎的。不论干活多少,他们总是用最好的饭菜招待我们,真是一种"箪食壶浆,以迎王师"的味道。我不参加这种劳动,至少有十年了,我想,有生之年,还能看见几回麦熟,参加几回麦收呢?

天蒙蒙亮,我们一行人,分乘两辆面包车出了城。先到一个乡的乡政府,一人领了一把镰刀,然后乘车到了劳动地点。那是一片紧挨马路的麦地,麦子长得很整齐。乡里的同志告诉我,这片麦子,农户们准备用机器收割的,他们做了一个农户的工作,才留出二亩地,让我们来收割。

我们下了车,朝地里走时,看见一个奇伟的景观:一群穿着黑色衣服的农民,骑着三轮车子,浩浩荡荡自西向东而来,像一群大雁似的。他们的车子是空的,不知是罱什么东西,还是卖完了什么东西。他们走近我们,忽然放慢了车速,一齐望着我们。其中一个大个子农民,身子一仄,把车停在路边,却不下车。他一个一个地扫视着我们,像是侦察什么情况,又像清点我们的人数。然后蹬上车子,追赶他的同伴们去了。他们的同伴扭着头,像是等待他的报告。他可着嗓子喊了一声什么,滚滚的烟尘里,便爆发了一阵哈哈的狂笑声、吼吼的怪叫声,似乎还有吱吱的口哨声……

县委书记听见了,问我:"那个老乡,喊什么?"

"没听清楚。"我说。

"'三车',像喊'三车'。"人大一位副主任,也听见了。

"不是'三车',像喊'三哥'。"一位年轻副县长说。

大家都没听清喊什么。

太阳出来了,又大又红,像是贴在天边的一个剪纸。我们站在地头上,一人四垄,唰唰地割起麦子来了。我们的前面,电视台的同志在给录像……

割了一阵,抬头看看,县委、政府的同志都到前边去了,落在最后的,是我们人大、政协的同志。我看着这个局面,心里很高兴,县委、政府的同志们,到底是年富力强啊!休息了,乡里的同志们送来开水。大家喝着水,搓一个麦穗,谈论着今年的收成……

大家说笑着,我却生了一种孤独的感觉。茫茫的田野上,看不见一个农民,我们收割的这片麦子的主人,竟然也未出现。于是我又想起那群骑车子的老乡来了,那个大个子老乡,到底喊了一声什么呢,他们笑什么呢?

不到九点钟,我们割完那片麦子,到招待所吃饭。大家在餐厅里坐好了的时候,我忽然明白那个老乡喊什么了:不是"三车",也不是"三哥",而是"三桌"——我们整整坐了三桌,包括工作人员和电视台的同志。

吃着饭,我像一个受了委屈的孩子,心里很不是滋味。大清早,我们穿着劳动的衣服,拿着镰刀,明明是下地干活的呀,那些老乡看见我们,怎么首先想到吃饭了呢?

我想告诉那些老乡,我们那顿饭,是很平常的:馒头、油条、稀粥、一碟凉拌黄瓜、一碟花生米、一碟咸菜、一碟乳豆腐。——真的!

临济寺见闻

今年春天，一个雨后初晴的日子，我到临济寺里去游玩。那天香客不多，静静的寺院里，花木蔚茂，芳草蔓合，真是个息心净行的所在。

忽然，一个声音，打破了寺院的寂静：

"老和尚在么？老和尚在么？……"

一个身穿公安服装的青年，领着七八个人，嚷着进了大雄宝殿。一小僧告诉他，师傅不在，到外地做法会去了。他便指着他的同伴介绍说：

"小师傅，这些都是省里的领导，大家拜佛来了！"

小僧合掌一笑，拿起磬槌，侍立一旁。

这些领导，职务最高的，像是那位穿西服的老者。他不会拜佛，那青年便一遍一遍地示范给他。我听见，他叫他"李科长"。

他们拜了佛，那青年看见供桌上放着几尊精致的白瓷蓝花观音菩萨像，笑着说：

"小师傅，省里的领导同志，非常喜欢菩萨像……"

"到流通处去请吧。"小僧说。

"不用了，就拿这些吧。——我和老和尚是朋友。老和尚喜舍，小和尚也喜舍，哈哈……"

说着就下了手！

他们得了菩萨像,显得很高兴。那青年说,大家把它拿回家去——不,请回家去,晨昏三叩首、早晚一炉香,一定会身体健康、工作顺利。说完,他们一人抱着一尊菩萨像,欢喜而去。唯有那李科长,出了大雄宝殿的门,又扭回头去,看了看释迦牟尼的脸色……

我望着他们的背影,真是哭笑不得,不由得想起文达公在《阅微草堂笔记》中记载的一个故事:某君寓高庙读书,夏夜听见两只野狐对语于文昌阁上。一狐曰:我们又不花钱,尔积多金何也?另一狐曰:欲以此金铸铜佛,送西山潭柘寺供养,以积功德。一狐作啐声曰:呸呸呸,布施须己财,佛岂不问汝来处,受汝偷来金耶?——呜呼?布施尚须己财,菩萨像岂可乱抓乱挠乎?此辈见识,实在那野狐之下也,别的且不说。

黄 绍 先

黄绍先是我小时候的同学,做了大半辈子商业工作,现在退休了,人们仍然叫他"黄经理"。

绍先长得矮矮的,胖胖的,像一个半大孩子。他年轻的时候,工作很卖力气,我天天早晨看见他抱着一把大扫帚在商店门口扫地。可是人们记得,他领导的百货商店,真不怎么样:货架子一半是空的,售货员的脸孔一向是黑的。那年上级提出了"全面整顿"的方针,绍先心一横,也把他的商店狠狠整顿了一番,并且订了服务公约,贴在店堂里。服务公约一共是五条,前四条的内容还可以,不迟到不早退呀,百问不厌百挑不烦呀,等等,最后一条就不像话了:"保证不打骂顾客。"顾客看了,没有不笑的,也没有不害怕的。那年省里来了一个检查团,看见那服务公约,笑得东倒西歪,前仰后合,检查团的那位首长,竟然笑得趴着柜台,浑身哆嗦,像是得了癫痫似的……

商业局长也笑了,笑完就把他的经理免了,说是:绍先是个好同志,可惜水平太低了。

于是绍先成了人们的一个玩物儿。直到现在,熟人们一看见他,就说:

"保证不打骂顾客!"

绍先莞尔一笑,也不恼怒。

绍先水平不高,却有一颗忧国忧民的心。最近的一天中午,我在下班回家的路上,看见他站在大街上的一根电线杆下,正吃烧饼。他看见我不打招呼,也不笑,一脸的忧郁之色。我问他怎么了,他竖起一个手指,朝电线杆上一指,说:

"你听!"

电线杆上安着一个小喇叭,小喇叭里正在广播县里一位领导同志的讲话。讲话的声音不高,口气很硬。广播完了,绍先的烧饼也吃完了,他说:

"听见了吗?"

"听见了。"

"听见什么了?"

"不准用公款吃喝玩乐……"

我的话音未落,他便笑了,先是噗噗地笑,继而哧哧地笑,然后仰起脸,笑得没有了眼睛,没了声音,最后搂着电线杆子,笑得浑身哆嗦,像是得了癫痫似的……

"绍先,笑什么呢?"我问。

他说,他觉得"不准用公款吃喝玩乐"跟他的"保证不打骂顾客",味道差不多……

说完又笑了,笑得叫人难过。

童　　言

　　天黑的时候，我受乔二嫂的委托，到她家去执行一个特殊任务：劝说乔老二，消消心头火，明天一定要给乔大伯拜寿去。

　　我不是街道干部，也不是乔家的亲戚。朽迈之年，不知从哪儿来的精神，津津有味地管起闲事来了。一条小街上，谁家夫妻吵架，兄弟失和，或是邻里之间发生了什么争端，都好请我去劝说。劝了几回，人们说我有化干戈为玉帛的能力，送我一个雅号"玉帛老人"。于是我的干劲更大了，谁家有事，我都去。

　　乔老二住在小街的尽东头，新盖的房屋，新修的门楼，很气派的。我站在院里咳嗽一声，叫道：

　　"嫂子，二哥在吗？"

　　"在，睡了。"

　　"叫醒他，'玉帛老人'来也。"

　　"叫不醒，你叫吧。"

　　走到屋里，乔二嫂已经沏好了茶，等着我。乔老二躺在床上，蒙着被子睡觉，身上的被子一起一伏：呼，呼，呼……

　　"玉帛老人"一向重视调查研究，情况是很清楚的：乔老二不登乔大伯的门，不是针对乔大伯，而是针对乔大伯家老三的。他们年轻的时候，乔家两枝人，合开着一个风箱铺子，生意十分兴隆。乔家的风箱做得好，曾是地方一绝，技术却不外传，闺女们也不传的。

有一年冬天，乔老三收了一个外姓徒弟，惹怒了族人。乔老二脾气暴，拿了一把斧头，一定要让乔老三跪在祖宗牌位前面认错不可。乔老三不认错，也拿起了斧头，结果两人都挂了花。现在，他们的头发都白了，心里的斧头还没放下。平时也罢了，每当乔大伯那边有了什么喜庆事情，乔老二不是头疼，就是牙疼，总是礼到人不到。"玉帛老人"也懂一点儿医学，心藏神，肾藏志，肝藏魂，肺藏魄，人类的那种长久不能消化的嗔恨之气，却不知藏在哪里？

我坐在床前，响亮地咳嗽一声，开始工作了。我先讲了一个故事，想把他逗笑，可是他不笑。我喝了一口茶说，明天是乔大伯的八十寿辰，你一定得去，你是亲侄子。你去的意义，不仅是让老人高兴，更重要的是在族人面前，做一个团结的姿态，等于一次外交活动。常言说："君子量大，小人气大。"中日都友好了，台湾问题也要争取和平解决，你心里的那点儿火气，难道就不能消化么？晓之以理，动之以情，孔子的话也用了，孟子的话也用了，不顶事。

乔二嫂看我累了，示意让我休息一下再说。

我没有休息，轻轻一笑，顺口打了一个妄语。我说，其实老三已经认错了，早就认错了。他曾亲口对我说，千不是万不是，当年都是他的不是。他不该私自收徒，更不该和你打架。你是兄他是弟，打不还手，骂不还口才是；私自收徒，不但破坏了祖宗的家法，也不符合现在的法律。现在，中国有了专利法……

谁知这么一说，他的火气好像更大，身上的被子大起大落：呼，呼，呼……

我看看乔二嫂，表示黔驴技穷了。

这时候,一阵唱歌的声音,小星星下了夜学。

星星的妈妈经常上夜班,他一直跟着奶奶睡觉。我像看见救兵了似的,指着床上的被子对他说:

"星星,弄醒他,抓他脚心。"

"他怎么了?"星星问。

"他肚子里有气,你听,呼呼的,像拉风箱。"

"什么叫风箱呀?"

星星仰起脸,忽闪着一双好看的眼睛,突然问了一声。我眼前一亮,觉得孩子的话,太新鲜了!刹那间,我的心里空空朗朗,一世道理,一切知见,都被他那天籁一般的声音粉碎了。我把他捉到怀里,笑着说:

"乔家的孙子,没见过风箱?"

"我见过冰箱。"

"冰箱是冰箱,风箱是风箱。——我们做饭,用什么呀?"

"用锅。"

"烧什么呀?"

"液化气。"

"那是现在,早先呢?"

"早先不做饭,——吃奶!"

乔二嫂也笑了,把他捉去说:

"傻孩子,早先做饭,家家是用'老鸹嘴儿'和风箱。"

乔二嫂告诉他,"老鸹嘴儿"是一种燃烧煤炭的炉具,风箱是一种吹风的工具。乔二嫂说,两个老爷爷,做了大半辈子风箱,爷爷年轻的时候也做风箱。乔二嫂又说,咱乔家的风箱,工精料实,鱼鳔合缝,外涂桐油,内烫蜂蜡,拉着轻巧,风力又大:呼,呼,呼……乔二嫂卖力地"拉"着风箱,星星拍着小手笑了说:

"晓得了,晓得了,——吹、风、机!"

被子底下,忽然有了咯咯的笑声。乔二嫂赶忙对星星说,爷爷醒了,风箱是什么样子,问他去吧。乔老二在被子底下笑着说:

"明天拜寿,问你三爷去吧!"

恰到好处,我便告辞了。

乔大伯的生日真好啊,正是春暖花开的时候。静静的小街上,到处飘着槐花的清香,天上的月亮也圆圆的。我看天上的月,很像星星的脸盘儿,他,该叫"玉帛童子"吧?

聋　子

夏天的傍晚，小街南头的土地庙台上，是人们纳凉的地方。土地庙早就没有了，高高的一座庙后，有石阶可上。人们坐在上面，抬头是满天星星，低头是一片菜地，很清凉的。

这天晚上，人们坐在庙台上，谈论的话题是刚刚盖了一座小楼的老陈。卖烧饼的老胡说，最近老陈的儿媳妇违反了计划生育，干部们要罚他，他把存折朝桌上一摔，说："罚多少，支去！"人们听了先是一惊，接着就愤愤然了：

"当着干部的面，就那么一摔？"

"可不是，那么一摔！"老胡拿起自己的烟盒，当作存折，朝庙台上啪地一摔。

"好啊，真是财大气粗啊！"

"烧坏他了！"

人们恨着老陈，忽然听见一声叹息。寻声看去，菜地的井台上，也坐着一个人。那人背向大家，像一块岩石，头上戴着一顶尖锥草帽，很破。——那是聋子，种菜的聋子，只有聋子，晚上也戴草帽。

老胡望着他的脊背，笑了说：

"哈，聋子，你也听见了？"

"你见来？"聋子问。

"我没见,可我听说,是一摔!"老胡坚定地说。

"不是一摔,我听说,是一扔。"卖豆腐的老石说。

"不是一扔,我听说,是一放。"卖凉粉的小秦说。

聋子立起来了,他说:

"到底是一放呀,一扔呀,一摔呀?"

人们不言声了,他又说:

"眼见为实,耳听为虚。宁把一摔说成一放,别把一放说成一摔。——咯吱咯吱的,不好听啊……"

他的声音不大,在静夜里,却是那么清晰,像小溪流水,像一种音乐。人们听着他的诉说,屏声静息,菜地里的蛐蛐、蝈蝈,以及池塘里的青蛙,也停止了鸣叫。我招呼他到庙台上歇一歇,他却顺着田间的小路,走了。

我望着他的背影,感到很奇怪,我说:

"他到底聋不聋呢?"

"聋吧,聋了这么些年了。"

"聋不聋,反正他的耳朵不健全——他只有一个半耳朵。"

"要不,常年捂着一顶草帽?"

于是聋子成了人们谈论的话题。人们说,聋子年轻的时候,当过大队长,那时我在外面读书,没见过他的威风。那真是一个站在街上跺跺脚,满街起尘土的人物啊,想扣谁的口粮,一句话的事。"四清"的时候,在一次斗争大会上,人们将他团团围住,愤怒地喊着口号。不知是谁趴在他的肩上,咯吱一声,下了口!他在地下打着滚儿,竟然哈哈大笑:"清了清了清了!"从此失去半块耳朵……

小秦心细,喜欢研究一些别人不大注意的问题。他说,我们说话呢,又不是吃东西,聋子怎么说是"咯吱咯吱"的呢?

人们没有注意小秦的话,又谈起聋子的草帽……

傅 老 师

傅老师早先是中学的语文教员，现在退休了，每天在家习字读帖，读帖习字。他的书法在县城里很有名气，商厦店铺之上，名槛古刹之中，到处可见他的墨迹，篆、隶、楷、行，皆有功力。有人说他的隶书结构严谨，古朴端庄，像是"乙瑛碑"；有人说他的楷书笔力雄劲，气势开张，颜筋柳骨俱在；也有人说他博采众长，心花自开，已是脱巾独步，自成一体了。他听了，一张冷静的脸变得更冷静了，先是摇手否认，然后说：

"临帖，临帖！"

傅老师的脸，一向那么冷静，这是他的一个特点。

他可不是故作谦虚。傅老师上小学的时候，就爱习字，时至今日，读帖临帖一直是他的日课。他有一个干净的小院、雅致的书屋，窗外种了两株芭蕉，屋里养着一盆文竹；一张紫檀色的书案上，除了文具，还放着一只小香炉，无论读帖还是临帖，总要焚上一支香，淡淡香气，令人内心清定，意念虔诚。读帖，洁手净案，凝神于一；临帖，坐满、足按、身直、头正、臂开、腕平、指实、掌虚，那认真的样子，就像颜鲁公站在他面前一样，手里拿着戒尺。

傅老师的书屋洁净古雅，文具也很讲究，湖笔徽墨，玉版宣纸，石黄、鸡血石买不起，刻了几枚寿山石印，用的是漳州八宝印泥。他说穷读书富习字,文房四宝,不能凑合。——其实他并不富,只不过老伴和孩子们都有工作,不指望他的工资。另外,一些机关、学校请他写字,也有送他笔墨纸砚的。

傅老师习字不惜工本,但他的字却很好求。他给人们写匾牌,写条幅,也写春联、婚联,并且不要任何报酬,拿纸就行。有一年秋天,一家饭馆开业,请朋友们吃饭,他也被请去了——那饭馆的匾牌是他题写的。大家把他让到上座,纷纷和他碰杯,向他敬酒。他不会喝酒,也不喝饮料,便以茶代酒。理发的老潘和他碰杯时,已是半醉了,顺口说了一句:

"傅老师,今年过年,得有我一副对子!"

"行,有。"傅老师说。

老潘的理发馆很小,门脸也很简陋,他和傅老师要对子,实在是酒兴所至,没话找话而已。不料那年的大年三十上午,傅老师真的拿着一副对子,来到他的理发馆里:

"老潘,你还要对子不?什么时候了,也不去拿——纸也不拿!"

老潘想了半天,才说:

"哎呀,一句酒话,你倒认真了,至今还记得!"

"你是喝着酒说的,我可是喝着水应的呀。"傅老师说。

老潘展开那对子,乐得手舞足蹈。清笔正楷,墨香扑鼻,字写得好,内容也好:

推出满脸新气象

刮去一堆旧东西

横批:

焕然一新

有求必应，言必信行必果，是傅老师的又一个特点。

傅老师给人写字不要钱，并非是他的字不值钱。城里有个临济寺，临济寺的大和尚每年请他写不少条幅，前来朝拜观光的日本人见一幅买一幅，一幅上百元，有的几百元。临济寺供应笔墨纸张，至于一年卖多少钱，他是问也不问的。

1992 年秋天，大和尚找不到他了，我也找不到他了。过了二十来天，我才见到他，我问他到哪里去了，他朝东一指，说：

"我到日本看了看。"

原来，他应"春风株式会社"的邀请，访了一趟日本。我听了很是惊奇，不是惊奇他的出洋，而是惊奇他的口气。他久居县城，别说国门，平时城门也很少出的，现在谈到出洋，却像是走了几天亲戚，赶了一个集，那么平常。

一个县城平民，访了日本，岂是瞒得住的？他从日本回来，名气更大了，向他求字的人就更多了。他依然是有求必应，依然不要报酬。大和尚说他心如止水，六根清净，街坊邻居也说他是个厚道人，难得的厚道人。

但是傅老师的心里也有人我是非，也有不厚道的时候，甚至还有给人玩个小手段的时候。九月里的一天，我和他在花市看菊，一个西服革履，头发稀稀的中年人，拱着手朝他走过来说：

"傅老师，久违了！"

"呵，'无心道人'，你也看菊？"傅老师也向他拱拱手。

这个人姓万，也爱好书法，自号"无心道人"。他在一个局里做事，常到四大机关行走。他不读帖，不临帖，不写春联、婚联一类的东西，只写条幅。我见过他不少作品，但不外三个字："龙""虎""寿"，分别送给职务不同、年龄不同的领导干部。傅老师从来不论人非，对他却小有评议：给领导同志送一幅字无可厚非，落款"无心道人"，则可一笑也。

"无心道人"牵着傅老师的手，笑容可掬地说：

"傅老师，我也想求你幅墨宝哩。"

"好的，好的。"傅老师也笑容可掬地说，"我的字，你见过？"

"见过，只是没有细读。"

"没有细读，何言墨宝呢？"

"慕名呀，你的字，写到日本去了！"

傅老师"哦"了一声，说：

"这么说，你不是慕我的名，是慕日本的名了。"

笑了一阵，又说：

"写什么，嘱句吧。"

"意静不随流水转——"

"好的，好的。"

"心闲还笑白云飞。"

"好的，好的。——还写什么呢？"

"就写这两句吧，立幅。"

"好的。"

傅老师从衣袋里掏出一个硬皮小本，记下他的名字和嘱句。"无心道人"又牵了牵傅老师的手，高兴地走了。我望着他的背影，心里说：

"傅老师的字，你是摸不到了。"

这也是傅老师的一个特点：谁向他求字，他若点一点头，淡淡地吐一个"行"字，便是真应了；他那一张冷静的脸上，若有热情出现，满口"好的，好的"，并将你的名字记在他的小本上，得，用句俗话——你就吹了灯睡觉吧，他并且总有一套不得罪人的理由。

老　　拙

老拙姓夏，笔名老拙。

老拙不像一个文人，也不像政府部门的一个工作人员。他的个子不高，大脸，衣着潦草而又古板，像机关里的工友；休息的日子，爱在街头蹲着，跟那些卖菜的、卖鱼的聊天儿，不明底细的人，以为他是卖菜的、卖鱼的。

但是老拙确实是个文人，确实是政府部门的工作人员。他在地名办公室工作，负责考察、研究、确定、更改全县各乡、各村、各街、各路以及各条小胡同的名字。

工作之余，爱写一点儿文章，发表在报刊上。读万卷书没有工夫，行万里路没有地方报销路费，于是休息的日子，就在街头蹲着，希望蹲出一篇小说或是散文。蹲得久了，瞎猫碰死鼠，慢工出细活，他的作品竟然也有被那大报大刊转载的时候。于是在县里的文坛上，他是"兵头"，在省里的文坛上，也是"将尾"了。

老拙心眼死板，失去了一个重要的发达机会。那年县里成立文联，他是文联主席的人选，县委的领导同志亲自和他谈话。

他一句感谢领导的话也没有，张口就问给多少经费。领导说没有经费，文联、文化局在一起办公，两个单位一本账目；他又问编制呢，领导说没有编制，文联、文化局是一套班子两块牌子。他便笑了，我看那牌子也省了吧,他说。

老拙没有到文联,吃了大亏!不久作家评职称,他不能参评——他不属于文联序列,属于行政序列。他并不把这件事情放在心上,依然常蹲街头,枯坐灯窗,并且提了一个口号,说是要用自己的笔墨,为我们这个浮躁的世界,化一分热恼,添一点儿清凉。每写一篇文章,便买一支冰糖葫芦犒劳一下自己——他不吸烟,不喝酒,没别的嗜好,爱吃冰糖葫芦。

又过了不久,老拙变得爱笑了——不定什么时候笑一下,哑笑。有一天他正对着机关大院里的那棵槐树哑笑,被我看见了,便问他笑什么。他不回答,反问我得了职称有什么好处。我说得了职称最明显的好处是工资可以涨一涨,钱多。他就又笑了,他说北京一位著名的作家,最近写了一篇文章,是探讨作家队伍改革的,大意是国家不要养作家了,让作家依靠稿酬去生活。一些得了职称的作家们愤愤然,一齐骂那北京作家不是东西,其实是怕那样改革。也有不怕的,你道是谁?他两手一背:老拙。——咱是业余作者,会弄地名,你说一个"不怕"值多少钱,多少钱能买一个"不怕"呢?

我被他逗笑了,我说他的这种说法,是阿Q精神。他不笑,他说阿Q精神过去应该批判,今天却是有用的物件。鲁迅先生的《阿Q正传》好比一剂药,是针对国人时病的:哀其不幸,怒其不争。今天国人已经觉醒了,不是不争,而是善争:争名,争利,争职称,争官位,一争再争,无有休息。那争不到的人们,怎么办呢?这就需要一种新药了:忍让心一片儿,大肚肠一条,和气一两,谦虚八钱,阿Q精神少许,将药放到虚空锅里,添上难得糊涂水一瓢,点着三昧真火,慢慢煎熬。他说吃了这种药,清气上升,浊气下降,二气均分,身体健康,同时有利于社会稳定。——稳定是压倒一切的!

我又被他逗笑了,咯咯地笑个不止。他也笑着,像是完成了一篇小品创作，到街上买了两支冰糖葫芦，他一支，我一支。

我和我的朋友们，欣赏他的度量，喜欢他的幽默，称他：快乐的老拙。

但是，快乐的老拙也有不快乐的时候。最近他告诉我一件事，也像是一篇小品。

那是去年冬天，省里一家文学刊物召开座谈会，他也被请了去。

他在会上认识了不少人，听到不少新的观点，心里非常快乐。只是散会的时候，发生了一件不快乐的事。那主编做事细心周到，总结了会议情况，对于那些因为时间关系没有发言的人表示了歉意，并将他们的姓名、职务一一点到。最后点到老拙的名字，主编打了个沉儿，他没有职务、也没职称，嘴里便冒出一句很亲切的话：还有从县城赶来的老拙好朋友！话音刚落，会场上便爆发了一片笑声。

吃午饭时，有人打趣：今天主编给了老拙同志一个职称——"好朋友"。餐厅里又是一片笑声，他的脸上火辣辣的，挺好一桌饭，也没吃好。

当天晚上，他回到家里，心里久久不能平静。屋里的火炉和他的心情一样，怎么也弄不欢，浑身冷紧紧的。他坐在灯下看看会上印发的邀请名单，每个人名后面都有一个或是几个职务，唯自己没有，光秃秃的。

数九寒天，想想那些得了职务的人，谁屋里没有暖气！再想想自己点灯熬眼，辛苦半生，白发日添，青衫依旧，好不容易参加了省里一个会议，只落得一个"好朋友"，招来一片笑声，身上越发地寒冷了。抬头看看自己题写的条幅"澹泊明志，宁静致远"，不行，没有暖气还是冷；顺手翻开刚刚买到的一本《菜根谭》，读了两段关于安贫乐道的格言，也不行，冷！唉，睡吧，正要熄灯，他的眼睛倏地一亮，又盯住了那个邀请名单。他发现不少职务的前面，有一个"原"字，例如，某，原某厅厅长；某，原某刊主编；某，原某协会主席……他望着那一个一个的"原"字，再想想主编的话，一身的寒冷化作了一片暖意：啊，我那职称——"好朋友"的前面是永远不会加一个"原"字的吧?

快乐的老拙终于又快乐起来了,他用嘴哈哈手,写下一篇日记,记下了一天的所见、所闻、所思、所感。最后写道:

今天,余得到一个永久的职称——"好朋友"。

余是大家的好朋友,余当继续努力,永远做大家的好朋友。

意犹未尽,哈哈手,又添了一句:

好朋友就是暖气!

京城遇故知

今年春天，我和小言到北京办事，住在翠微路上一个花木繁茂的招待所里。赶了一天路，司机师傅早早睡下了，我也正想休息，小言忽然领着一个生人到屋里来，说是遇见老乡了。那人笑模悠悠地站在我面前，不说话，像是故意让我猜他是谁。

这位老乡五十多岁，苍白的头发，黑黑的脸孔，穿一身灰色西服；一笑，一只眼睛大，一只眼睛小，两点秃眉弯弯的，像两个趴着的逗号，见我想不起，便从口袋里掏出一张名片交给我。我一看名片，高兴地叫起来：

"啊，老戴，真是没想到！"

他呵呵笑着，也说没想到。

老戴大名戴秋凉，外号戴旮旯。——那是二十年前吧，我在他们村里下乡时，他是个生产队长，开会总是蹲旮旯。现在，名片上的头衔是"南平乡驻京办事处主任"。

我不知道这是一个什么职务。他告诉我，这几年，乡里办了不少工厂，各厂的业务员不断来京办事，吃住很不方便。今年春天，乡里通过一个熟人，在这个招待所里包了四间房子，供业务员们落脚。业务员们都是年轻人，乡里不放心，就把他派来了。书记、乡长交给他的任务是：看好门，管好人，别出事。名号不小，其实就是负责业务员们的吃喝拉撒睡。

我看着他的名片,不由得笑了说:

"北京可是个大地方。"

"可不是,大地方!"

"你们办事处,一共几个人?"

"没编制,就我一个人。"

"一个人到北京来,憷不憷?"

"不憷,憷什么呀?"他说,"头来北京,咱也添了两件行头,西服一穿,墨黑眼镜一戴,他晓得咱是几级干部?再说,北京又不是番邦外国,自个儿的首都。"说罢,两点秃眉又笑成了逗号。

一个乡,在京城设了"办事处",我觉得很新鲜,小言也觉新鲜。我们很想和他多聊一会儿,又怕打扰司机师傅休息,他便把我们领到他的房间里。他的房间很简朴,也很清洁,一张桌子、一张床,一个床头柜、一对简易沙发,全是乡里做的家具。他让我们坐在沙发里,从腰间摸了一串钥匙,从中捻出一个,打开床头柜,拿出半盒"希尔顿"香烟让我们吸。他说这是招待烟,他自己则吸"五朵金花"。小言说,当了"驻京办事处主任",还吸"五朵金花"?他说"五朵金花"就不错,吸着柔和。小言又问,业务员们吸什么烟?他说小狗儿们一个一个叼的都是"阿诗玛"!我们笑着,他又给我们沏茶,摇摇暖瓶,空的,他便站在门口喊了一声:

"小夏!"

"到!"一个白净小伙子,穿着大红背心,一跳,从对面屋里出来了。老戴一努嘴,指指暖瓶,他便提着暖瓶下楼去了,嘴里哼着《冬天里的一把火》。我问老戴:

"他是哪个工厂的?"

"化工厂的。"老戴说,"这小子最难领导了,净和我闹摩擦。人儿不大,吸烟喝酒打麻将,全才。可是跑起业务来,没有人家打不通的关节,山南海北的人，一拍肩膀，就成了朋友。唉，看着他们办事，就像看杂技团的演员走铁丝儿，眼晕……"

小夏回来了，说是没了开水。老戴看了看他，让他去休息，然后亲自下楼看了看，真的没了开水。他到洗漱室里灌了一暖瓶凉水，又喊小夏：

"小夏，拿'热得快'来！"

小夏拿来"热得快"。那是一个暖瓶塞子，下面安着两根铁丝儿，上面是一截电线和插销。他把铁丝儿插入暖瓶，然后盖上瓶塞，接通电源，不一会儿，我们就喝上茶了。老戴喝着茶，看看"热的快"，看看小夏：

"谁的点子？"

"我。"

"以后不许用它了！"

"怎么了？"

"费电！"

"那你别喝茶！"小夏笑着去夺他的茶杯，他的巴掌猛地一扬，却不真打，也笑了说：

"特殊情况例外。"

小夏拿起"热得快"，笑着出去了，对面屋里响起一片哗啦哗啦的声音。老戴对我说：

"听，战斗开始了！"

我看着他那无事不关心的样子，不禁笑起来。小言不笑，一双大眼盯着老戴，像在他身上寻找什么东西。他问老戴乡里办了多少工厂，老戴掐着指头算了算：化工厂、印花厂、环境保护设备厂……大小七个；他又问工厂收入情况，老戴变得兴奋起来，只说形势大好，具体数字摸不清楚。他又指指对面的屋子说，他们业务工作，你管不管？他说不管，书记、乡长有交代，本处只管他们的生活。说完看看手表，到对面屋里去了，催他们熄灯睡觉。业务员们嚷着再打一圈儿,老戴也嚷,不行不行,几点了几点了?嚷了一阵,老戴笑着回来了,手里攥着一把麻将牌。

第二天,我和小言出去办事,心里总是想着老戴,同时觉得书记、乡长好笑。那么大个南平乡,他们怎么偏偏把老戴派来了?老戴没文化,他当队长时,只会念一条完整的语录:"加强纪律性,革命无不胜";胆子又小,想在棉花地的垄沟上种几棵芝麻,也要请示大队。记得那年秋天,大、小队干部到石家庄参观了一个农业展览,他的钱包儿不知什么时候被人掏去了,急得他满头大汗。回到招待所,一摸口袋,钱包儿又有了,里面还夹了一个纸条:"穷光蛋,三毛钱,给你!"他看了那个纸条,很是悲哀,从此再也不出门了。现在,只身来到这样一个城市,管理那样一些青年,岂不是让刘姥姥管理大观园吗?

老戴在这里生活得却很坦然,工作得也很认真。业务员来了,他负责安排房子,兑换饭票;谁要走了,他负责收钥匙。大家生活上有了什么困难,他便拿上那半盒"希尔顿"香烟,去找所长;哪个生了病,便去请医生,拿的还是那半盒"希尔顿"。他不仅关心业务员们的生活,而且重视思想政治工作,一早一晚,短不了给他们上一课:勤是摇钱树,俭是聚宝盆,解放思想干四化,嘴里不一定非得叨上"阿诗玛"。哪个听话,当众表扬;哪个不听话,大巴掌猛地一扬,却不真打,倒把人逗乐了……

小言对这个"团体"发生了浓厚的兴趣,天天晚上接近他们。那天吃过晚饭,见小夏去刷牙,他也去刷牙。一边刷牙,一边问小夏:

"小夏,老戴这个主任,当得怎么样啊?"

"不错,真不错。"小夏说,"他的主要工作是担心——为我们担心。你想,我们出门在外,旁边儿有个老头儿,时刻在为我们担心,那是多么温暖,多么幸福呀?"说完吐吐舌头,嘻嘻地笑了。

小言又问:

"老戴属什么?"

"属牛。"

"你呢?"

"属猴儿。"

"几月几日?"

"怎么,算卦呀?"

两人都笑了。

小言思想很活跃,看了两本闲书,牛了一种奇想,正在研究"阴阳五行"。他说"金木水火土",相克相生,可以说明万物的起源和对立统一性;又说各种行业,各个部门,各色人等,在"五行"中都有自己的属性,只要研究清楚了它们的属性,就可以运用相克相生的规律,指导社会的运行,获"诺贝尔奖金"没问题。他是在研究、寻找他们的"属性"吧?

我们的事情办得很顺利,小言的研究还没结果,就要回去了。晚上,我们向老戴辞行的时候,才知道他来京快两个月了,还没出过招待所的大门。小言惊奇地问:

"你过去来过北京吗?"

"没有。"他说,"咱一辈子没有出过远门儿。东边最远到过胡村,我姥姥家;西边最远到过赵村,我丈人家;南边最远到过石家庄,叫人掏了钱包儿……"

小言看看我,慷慨地说:

"明天玩一天,我们有车!"

"那可不行。"老戴说,"万一家里来了人,怎么办?"

"没那么巧,玩一天吧!"我说。

老戴犹豫着,干笑不言语。小言极力撺掇着,他便摸出钥匙,打开床头柜,拿上那半盒"希尔顿"香烟下楼去了。过了好大一阵,回来说:

"玩一天就玩一天!"

原来,他到所长办公室里,朝家里打了个直拨电话,请示了乡长,乡长说可以玩一天。

业务员们听说老戴要去游玩,觉得很新鲜。吃过早饭,大家聚到他屋里,一定要让他穿上西服、皮鞋,戴上墨黑眼镜,像打扮新女婿似的。头上车,小夏又拿来一条枣红色领带,给他系在脖子里。

那天,我们玩得很愉快,游览了故宫、北海,瞻仰了毛主席遗容,最后又到王府井大街转了转。老戴最憧憬的地方,是毛主席纪念堂。

小言说,老戴属"木"。

可是,就在那天夜里,发生了一个意想不到的事件。我和小言刚睡下,老戴推门进来了,问我们看见小夏没有。小言说,没打麻将?他说没有。我说洗漱室里有没有?他说洗漱室、厕所全找遍了,没有。说罢出去了,嘎、嘎的皮鞋声,像是下了楼……

我和小言披衣起来,也很着急。刚一出门,看见小夏从三楼上下来了,他说他在和一个新结识的广东朋友说话。听说老戴找他去了,"哎呀"叫了一声说:

"他不记路,赶快找他去吧!"

急急走出招待所,只见老戴踏着一溜灰蒙蒙的树影,正朝北走,一边走一边叫,像在村里呼喊丢失的孩子:

"小——夏——你在哪儿啦?小——夏——回来睡觉!"

可着嗓子,像要嚷动北京城!

小夏赶上前去,急怪怪地说:

"嚷吗哩!"

"找你哩!"

"我在三楼和人说话!"

"几点啦！"

"能丢了我！"

"怕你出事！"

"我能出什么事！"

"大城市有暗娼！"

"看看看，净朝坏处想我们！"小夏笑了一下说，"你怎么不想总理正在接见我哩？再说，我要真到那地方去了，你这么嚷，我能听见吗？"

老戴擦擦头上的汗，也笑了：

"可不是，这是北京城。"

小言又说，老戴属"金"。

第二天一早，我们就上路了。事情办得顺利，又遇见了老朋友，我是微笑着离开北京的。小言坐在汽车前面，也微笑着，但一句话也不说。我知道他在琢磨什么，我问：

"小言，研究清楚了没有？"

"研究清楚了。"他又改口说，"老戴应该属'水'。"

"根据是什么？"

"这种研究没根据，全凭感觉。"

"小夏他们呢？"

"属'火'。"

"那可不好，水火不相容啊！"

"不要紧，有'土'哩。"小言认真地说，"'土'克'水'，'水'生'木'，'木'又生'火'。"

"谁是'土'？"

"书记，乡长。"

"这么说，'水'怕不能长久。"

"没关系，'土'生'金'，'金'又生'水'啊！"

"那么，谁是'金'，谁是'木'呢？"

"这个还没研究出来。"

小言笑了，司机师傅也笑了。

我们的车子奔跑在高速公路上。我望着车窗外面的远山近水，大地朝阳，非常愿意相信小言的"理论"。是啊，大千世界，物不齐，人也不齐，为了建设美好、和谐的新生活，金木水火土，各自发挥各自的作用吧。我想。

花　生
——梦庄记事之一

小时候，我特别爱吃花生。街上买的五香花生、卤煮花生，我不爱吃，因为它们是"五香"的、"卤煮"的。我爱吃炒花生。那种花生不放作料，也不做过细的加工，那才是花生的真味。

然而这种花生，城里很少见卖。只有在冬天的晚上，城外的一些小贩，挎着竹篮进城叫卖：

"大花生，又香又脆的大花生……"

那诱人的叫卖声，弄得我睡不着觉。父亲便去叫住小贩，买一些给我吃。晚上吃了，早起还满口的清香。

也许是从小就爱吃花生的缘故吧，我二十一岁上，县里动员知识青年下乡插队时，我愉快地报了名，来到全县有名的"花生之乡"——梦庄。

我们来到梦庄，正是收获花生的季节。队长肩上背着一个小闺女，领我们安置好了住处，对我们说：

"今天晚上招待招待你们。"

"怎么招待？"我们问。

"你们城里人，爱吃山药，焖一锅山药吃吧？"

"不，"我说，"我们城里人，爱吃花生。"

"对，吃花生，吃花生。"同伴们都说。

"吃花生，吃花生。"小闺女拍打着他的光头，也说。

"哎呀，那可是国家的油料呀……"队长牙疼似的吸了一口气，终于说，"行，吃花生就吃花生。"

队长三十来岁，人很老诚，也很温和。不论做什么事情，他的肩上总是背着那个小闺女。那闺女有五六岁，生得又瘦又黄，像只小猫。房东大娘告诉我，队长十分娇爱这个闺女，她是在他肩上长大的。

晚上，队长背着闺女，来到我们的住处。保管员也来了，背着一筐花生和一布袋头沙子。我们点着火，他先把沙子放到锅里，然后再放花生。他说，炒花生，其实不是靠炒，而是靠沙子"暖"熟的。如果不放沙子，干炒，花生就会外煳里生，不好看，也不好吃。

花生炒好了，放在一个簸箕里，我们坐在炕上吃起来。那闺女坐在我们当中，眼睛盯着簸箕，两只小手很像脱粒机。

那花生粒大色白，又香又脆，实在好吃。我们一边吃着，不由得赞美起这里的土地。队长听了很高兴，说是村北的河滩里，最适合种花生了，又得光，又得气，又不生地蛆。早先，花生一下来，家家都要收拾一个仓房，房顶上凿一个洞；收获的花生晒在房上，晒干了，就往那洞里灌。一家藏多少花生？自己也说不清。

正谈得高兴，"哇"的一声，那闺女突然哭起来。我很奇怪，赶忙捡了一颗花生，哄她说："别哭，吃吧，给你一颗大的。"

哄不下，仍然哭。

"你怎么了？"我问。

她撇着小嘴，眼巴巴地望着簸箕说：

"我吃饱了，簸箕里还有……"

我心里一沉，再也吃不下去了。平时，梦庄对于这个闺女，是太刻薄了吧？

那年,花生丰收了,队里的房上、场里,堆满了花生。我一看见那一堆堆、一片片的花生,不由得就想起了闺女那眼巴巴、泪汪汪的模样儿。一天,我问队长:

"队长,今年能不能分些花生?"

他说:"社员们不分。"

"我们呢?"

"你们还吃油不?"

"吃呀。"

"吃油不吃果,吃果不吃油。"

和社员们一样,我们每人分了一斤二两花生油,没有分到花生。

第二年春天,点播花生的时候,队长给我分配了一个特殊的任务。上工后,他让社员们站在地头上,谁也不准下地,然后让我和保管员拉上小车,带上笸箩,到三里以外的一个镇子上买炸油条去。买回油条,他对社员们说:

"吃,随便吃。"

吃完油条,才准下地。我问他为什么这样做,他说:

"你算算,吃一斤油条四毛六分钱,吃一斤花生种子多少钱?再说,花生是国家的油料呀!"

"这个办法是你发明的?"我问。

他笑了一下,没有回答,笑得十分得意。

这样做了,他还不放心。收工时,他让我站在地头上,摸社员们的口袋。我不干,他说我初来乍到,没有私情,最适合做这项工作。

社员们真好,他们排成一队,嘻嘻哈哈地走到我面前,叁起胳膊让我摸,谁也不在乎。

就在那天晚上,我正做饭,忽然听到东南方向有一个女人的哭声。正想出门去看，我的同伴跑来了，气喘吁吁地说：

"快走，快走！"

"哪里去？"

"队长的闺女死了！"

我一震，忙问：

"怎么死的？"

同伴说，队长收工回去，看见闺女正在灶火前面烧花生吃。一问，原来是他媳妇收工时，偷偷带回一把。队长认为娘儿俩的行为，败坏了他的名誉，一巴掌打在闺女的脸上。闺女"哇"的一声，哭了半截，就不哭了，一颗花生豆卡在她的气管里。

队长家的院里，放着一只小木匣子，木匣周围立着几个乡亲。队长夫妇不忍看闺女出门，躲在屋里低声哭泣。黑暗中，谁说：

"钉盖吧？"

"钉吧。"

正要钉盖，"等等。"闺女的姥姥拐着小脚，从厨房屋里走出来。她一手端着油灯，一手攥了一把锅灰，俯身把那锅灰抹在闺女的脸上……

"你，你这是干什么？"我把她一搡，愤怒地说。

她也流着泪说：

"这闺女是短命鬼儿。这么一抹，她就不认识咱了，咱也不认识她了，免得她再往这里转生。"

那天黑夜，我提着一盏马灯，乡亲们抬着那只小木匣子，把一个早逝的、不许再"转生"的生命，埋葬在村北的沙岗上。

一连几天，队长就像疯了一样，不定什么时候，猛地吼一声：

"我瞒产呀！"

"我私分呀！"

"我……"

可是，一直到我离开梦庄，一粒花生也没私分过。

现在，我和梦庄的乡亲们，仍然保持着来往。每年花生下来，他们总要送一些给我。我看着他们送来的花生，心里很是高兴，庆幸他们终于结束了"吃油不吃果，吃果不吃油"的时代。

可是，每当吃了他们的花生，晚上就要做梦。梦见一个女孩子，满脸锅灰，眼巴巴、泪汪汪地向我走来。我给她花生，她不要，只是嚷：

"叔叔，给我洗洗脸吧……给我洗洗脸吧……"

我把梦中情景，告诉了老伴，老伴说：

"那个女孩子，就是队长的闺女。你把这个梦，跟队长说说吧，让他买一些纸，给孩子烧烧。"

我是唯物主义者，当然没有那么做。但是我却希望那个受了委屈的小魂灵，回到梦庄去，让梦庄的人们都做这样一个梦。

老　路
——梦庄记事之二

　　队里的那头黄牛不行了，别说干活，路也走不动了。中秋节的前几天，队委会决定杀掉它，给社员们分一点儿牛肉。

　　可是，队委会决定这件事的时候，指导员老路没有点头，也没有摇头。在生产队里，指导员是一把手，他的态度暧昧不明，别人不好下手。一天晚上，队长让我去问问他，那头牛到底杀不杀，要杀，几时杀。

　　老路五十多岁，矮个子，黑胖子，说话没有标点符号，人们都有些怕他。但他和我十分友好，有时甚至形影不离。他整人时，需要我写定案材料；他挨整时，需要我写检查材料。他说我是他的"私人秘书"。

　　来到他家，他刚刚吃过晚饭，正在屋里听"小喇叭"。我问：

　　"老路，那头牛，到底杀不杀？"

　　"顾不上顾不上顾不上！"

　　他很烦躁。看那表情，听那口气，似乎是不想杀，不忍杀，又似乎是确实顾不上杀。——当时，阶级斗争吃紧，白天黑夜忙着专政。

　　我望着他的脸色，报告牛的近况：它不吃草了，不喝水了，一天比一天瘦下去了……他直着眼睛，正在踌躇，院里忽然响起一阵紧急的脚步声：

　　"路大叔，他跑啦！"

　　两个民兵的声音。

"谁？"

"路大嘴！"

"快去捉快去捉！"

两个民兵答应着，去了。

路大嘴是个富农分子。有一天，两个孩子当着老路把他一指："他说反动话来！"于是，老路就忙起来了：攻心，审讯，批判，斗争。路大嘴身上脱了一层皮，老路熬红了两只眼。

老路红着眼，挽挽袖子，紧紧腰带，已经进入了战斗的状态。我赶忙问：

"老路，那头牛……"

院里，又响起了紧急的脚步声：

"路大叔，捉住啦！"

"押到老地点！"

老路说着，脚一甩，甩掉了两只粗布鞋，换上一双大头皮鞋。那皮鞋很破旧，很笨重，鞋底上钉着几块铁掌。——那是"清队"刚刚开始的时候，他从旧货摊上买来的。他说，穿上这种鞋，不但能直接地打击敌人，光是那咯噔咯噔的响声，也能起到震慑敌人的作用。

生产队办公室里，一张桌子，一把椅子，五百度的电灯泡子。路大嘴低着头，站在中央，其他七个四类分子站在两旁——一人犯事，七人受株，这是老路一贯的政策。

老路坐定，审讯开始了：

"路大嘴！"

"有。"

"你为什么要跑？"

"我……"

"说！"

"我怕挨打……"

"放屁！"

老路一拍桌子，猛地站起来了。路大嘴赶忙改口说：

"思想反动。"

咯噔，咯噔，咯噔，老路倒背着手，围着路大嘴转了三遭，又问：

"路大嘴！"

"有。"

"你还跑不跑？"

"不跑了。"

"你还想跑不想跑？"

"不想了。"

"放屁！"

"想。"

"我叫你想！"老路大喝一声，一脚踢在路大嘴的胯上。路大嘴个子高，噗通一声，很像倒了一堵墙！

接着是四个项目：

请罪。——向毛主席请罪。

驮坏。——背上压三个坏，站两个小时。

互相帮助。——八个四类分子，互相打耳光子。

罚跪。——不是跪在地上，而是跪在墙头上。

做完这些事，已是后半夜了。我没有忘了队长的委托，又问：

"老路，那头牛，到底杀不杀？"

没有回答。他望着天上的星星，站了很久，咯噔，咯噔，咯噔，走到院子东头的牲口棚里。饲养员睡熟了，他没有惊动他，悄悄地蹲在牛卧处。夜暗中，他伸长脖子，努力地看它；看了一阵，伸出手来轻轻地摸它。摸

它的角,摸它的嘴,摸它的背……摸了一阵,一滴冰凉的大泪落在我的手上:

"不杀。"

"养着?"

"不,咱另想办法。"

早晨,社员们上工的时候,老路把牛牵到院里,让电工在牛腿上装了一根电线;电线的另一头,接在办公室里的灯口上。安装好了,他阴沉着脸,问大家:

"谁拉电门?"

"我拉。"一个青年说。

他瞅定他,问:

"你拉?"

"我拉。"

"我记得,你还是个'五好社员'哩,是吧?"

"是呀,我当了三年'五好社员'啦。"

"你好个蛋!"他猛地抬高嗓门儿,指着那头牛说,"它,给咱干了二十年活啦,你他妈的有一点儿人心没有?"

那青年低下头,不敢辩驳。

"谁拉?"又问。没人言声。

"路大嘴来了没有?"

"那不是。"一个社员朝墙头上一指,路大嘴还在那里笔直地跪着。

"下来,你拉电门!"

路大嘴从墙头上爬下来,一拉电门,那牛扑腾倒下了。老路赶紧闭上眼,皱紧眉,念咒似的对着牛说:

"不怨你,不怨我,都怨路大嘴这个坏家伙……"

"指导员,是你叫我拉的呀……"

路大嘴话没说完,啪啪啪!挨了三个大耳光:"我叫你死,你也死呀?"

牛死了。但是谁也不敢开剥,更不敢再提分牛肉的事。那牛躺了三天,埋了。

这件事已经过去十几年了,可到现在我还常常想起那个杀牛的场面,常常想起那个"咯噔、咯噔"的声音。我一直想不明白,老路那样一个人,对牛,为什么那么爱,那么善,那么钟情?最近,临济寺来了一位老僧,我便向他请教。那老僧很有学问,儒、释、道,俱通。他听了这件事,闭着眼睛想了一下,说:

"人之初,性本善。路公亦然。"

可是,对人,为什么那么冷酷,那么残暴呢?据我所知,县、社、队,当时的哪一级领导,也不曾指令他买那么一双大头皮鞋呀。

干　姐
——梦庄记事之三

梦庄的媳妇有一个共同的特点：嘴臊。用今天的话说，就是语言不美。她们在一起干活的时候，或是奶着孩子在树凉里休息的时候，不是谈论哪个男人拈花惹草，就是谈论哪个女人招蜂引蝶。更有甚者，竟然赤裸裸地褒贬自己丈夫身上的东西。她们的丈夫并不在意，她们的公公婆婆也不责怪她们。于淑兰的婆婆曾经笑呵呵地对我说过这么一段话：

"我年轻时，嘴更臊。这是我们村的风俗，老辈子的流传。如今，我老啦，淑兰成了我的接班人儿啦，哈哈哈哈……"

在梦庄，于淑兰是个引人注目的媳妇。从外表看，她和她的婆婆大不相同。她很年轻，很俊俏，也很文静。尤其是走路的时候，下巴微微仰起，眼睛望着天，给人一种高不可攀的感觉。平时，她不爱说话，可是只要一开口，就是一颗"炸弹"。

她头一次和我说话，就是一颗"炸弹"。

那是一天上午，我和一群女社员在村南的麦地里撒化肥，想方便方便，就向远处的坏垛那里跑去。于淑兰尖着嗓子，忽然叫了一声：

"站住！"

我站住了。

"干什么去？"

我没理她。

"尿泡,是不?"

哄的一声,她们笑了。

"到底是城里的学生呀,真文明。"别人都笑,她不笑,一边干活一边说,"这里又没姑娘,净媳妇,我们什么没有见过?尿个泡,也值当跑那么远?想尿,掏出来就尿呗!"

麦地里,叽叽嘎嘎笑成一片,她们似乎得到了一种满足。

一个玩笑,一扫那种高不可攀的感觉。休息时,我凑近她说:

"你说话真粗。"

"可不是,我们吃的饭粗,说话也粗。"

"你们这样儿,男人不生气?"

"梦庄的男人都比女人老实。"

又是一片叽叽嘎嘎的笑声。

开始,我对这些女人曾经产生过一些猜疑。言为心声,莫非她们的作风下流?后来一了解,不是,她们冰清玉洁,品行端正,一个个都是好媳妇。

也许,梦庄的日子太枯燥了,她们喜欢谈论那些男女之事,就像我拉二胡,也是一种消遣,一种娱乐?

我猜对了。一个下雨的晚上,我在屋里正拉二胡,听见窗外有一种奇怪的响声。那声音一阵比一阵的繁乱,一阵比一阵的稠密,像是雨点儿击打着各种不同的东西。我开门一看,只见院里站着八九个社员,有的打着雨伞,有的戴着草帽,有的头上顶了一个簸箕。他们伸长脖子,一动不动地注视着我的窗口。雨水淋湿的脸上凝结着各式各样的笑容……我被他们的精神感动了,忙说:

"进来吧,进来吧。"

"不啦,不啦。"

他们讪笑着,似乎有点儿不好意思,踩着泥水散去了。

于淑兰没有走,她像一个天真的姑娘,一蹦三跳地来到我的屋里。她用一种好奇的眼光,看着那把躺在炕上的二胡:

"这就叫胡胡儿?"

"叫胡琴。"

"我拿拿它,行吗?"

"行,拿吧。"

她小心地拿起那把二胡,在手里掂了掂,立刻又放下了,很怕"拿"坏似的。我看她十分稀罕这件东西,就说:

"你拿吧。"

"不拿了,你再拉一个吧?"

"你喜欢听什么?"

"《天上布满星》吧?"

我又拉起来了。她侧身坐在炕沿上,眼睛盯着我的手指,听得十分认真。我拉完了,她好奇地看着我,就像刚才看二胡:

"你有这种手艺,怎么还到我们这个野地方来?"

"这不算什么手艺。"我说,"我们下来,锻炼来了。"

"多苦!"

"不苦。"

"多孤。"

"不孤。"

"你认了我吧?"

"认你什么?"

"干姐姐!"

我抬起头,望着她那一双亲切的眼睛,心里升起一种难以名状的感情。

在异乡，在举目无亲的异乡，一个年轻的女人，愿意和我亲近，我感到很温暖，很幸福。她虽然只是想做我的干姐，而不是别的。

我说行。

"那你叫我一声。"

"干姐姐。"

"不行，去了'干'字。"

"姐姐。"

"哎。——弟弟。"

我干笑着，没有答应。

"答应呀！"

"哎。"

她高兴极了，以姐姐的身份，对我做了许多嘱咐。她说，村里的日子苦，干活悠着劲儿，要好好保护手指头；又说，衣服脏了，不要自己洗，拿给她。她一遍又一遍地嘱咐我，好好钻研拉胡胡儿，钻研出来有前途……

从此，在梦庄，我有了一个亲人。

她不是我的干姐，是亲姐。

那年秋天，我得了重感冒，她一天不知来几趟。她像我的亲姐姐一样，服侍我吃饭、吃药、喝水。最使我难忘的是，每当乡亲们来看我的时候，她总是以亲属的身份表示感谢：

"唉，让你们结记他。"

一天晚上，她又来看我。她一见我，吃惊地叫了一声：

"哎呀，怎么脸肿啦？"

"牙疼。"我说。

"哪边的疼？"

"左边。"

"等着!"

她走了。不一会儿,拿来一颗"独头蒜"。她把蒜捣碎了,抹在我左边的脸蛋上。

"还疼吗?"

我疼得冒泪花。

"等着!"

她又走了。不一会儿,拿来几个花椒,让我咬住一个,咬紧。

"还疼吗?"

我疼得直哼哼。

"哎呀,别哼哼了,想想李玉和!"

我真的想了一下李玉和。

"怎么样?"

"不顶事。"

"那,我给你讲故事吧?"

我未加可否,继续哼哼着。

她坐在炕头上,给我讲起故事来。她没有什么好故事,不是哪个男人拈花惹草,就是哪个女人招蜂引蝶,有真事,也有演义。奇怪,听着她的故事,似乎减轻了一点儿病痛。

"好些吗?"

"好些。"

她高兴,滔滔不绝地讲起来。最后一个故事最精彩,很像一个谜语。她说,从前有个媳妇,结婚三年了,不生育。有一天,姑嫂对话:"嫂子,你两口儿不呀?""不不呀。""不不怎么不呀?""不不还不哩,要不更不啦。"她让我猜,其中的每一个"不"字,代表什么意思?

我努力猜着,牙,一点儿也不疼了。

一连几天，她和她的故事，伴着我战胜了疾病。

我能做饭了。

也能下地干活了。

晚上，我的小土屋里，又响起了二胡声。

一天，我们在青纱帐里掰玉米，我悄悄地对她说：

"姐姐，我猜着了。"

"猜着什么了？"

"猜着那几个'不'字了。"

她一怔，两眼直直地望着我，好像不认识我。望了一会儿，突然说：

"我白操了心了！"

她很生气，咔、咔地掰着玉米，向前走去。我赶上她说：

"姐姐，你怎么了？"

"你，小小的年纪，城里的学生，怎么变得和我一样了？你光用这种心思，怎么钻研拉胡胡儿？"

"那天晚上，不是你让我猜的吗？"

"那天晚上，你不是牙疼吗？"

从此，她和我疏远了，再也不到我的小土屋来了。

我几次约她，她总说没工夫。

我很孤独，陪伴我的只有二胡。

真没想到，那年冬天，在全县的文艺汇演中，我的二胡独奏得到了领导的赏识，让我到文化馆当"合同工"去。在离开梦庄的前夕，干姐突然来了，我含着眼泪叫她：

"姐姐！"

"你几时走？"她问。

"明天。"我说。

她坐在炕沿上,我也坐在炕沿上。她侧着身望着我,我侧着身望着她。我们中间躺着那把很旧的二胡。沉默了很久,她噙着泪花笑了说:

"走吧,你到底拉出来了……"

为了保护我的手指头,她送给我一副驼色的毛线手套。

一晃十几年过去了,我再没有见到她。

十几年中,按照她的嘱咐,我一直坚持拉二胡。

我拉二胡没有别的幻想,好像只是为了她的嘱咐。

我学会了不少曲子,但是每当拿起二胡,我总要先拉一拉那首过了时的《天上布满星》……

定　婚

——梦庄记事之四

这几年，每当我参加年轻人们的婚礼的时候，每当我听到谁家弟兄之间、妯娌之间，为了一点儿物质利益而发生纠纷的时候，我不由得就想起了十几年前，我在梦庄插队时，王树宅定婚的情景；不由得就想起了树宅的弟弟树满和那个叫小芬的姑娘——另外一对恋人。

我得声明，我并不喜欢那个年代，更不留恋那个时代。然而也许正是因为这件事情发生在那个我所不喜欢的时代里，我才觉得那四个青年，就像是黑夜里的四颗小星，时时在我记忆中闪烁。

我记得，树宅是在那年秋天定婚的。乡亲们割着谷子，掰着玉米，高兴地传播着这个消息。我知道，大家高兴，不仅是为了树宅，也是为了树满。

树宅和树满是我在梦庄结识得最早的两个朋友。我们下乡时，就是树宅和另外一个车把式，赶着两辆大车，把我们从县城拉到梦庄的。他的个子黑粗傻大，满脸黑胡楂子，头上箍着一块油渍麻花的羊肚手巾。一上车，我们都叫他"大伯"。他立刻红了脸说：

"别这么叫，我今年二十七啦。"

我们那一车人，对他的年岁和模样儿发生了兴趣，都问：

"你真的二十七啦？"

"这还有假？"

"结婚了吗?"

"没。"

"有对象了吗?"

"也没。"他苦笑着摇摇头说,"我不行,我没吸引力。树满行,他是中学生,他有吸引力。"

"树满是谁?"我问。

"我弟弟。他行,他是中学生。"他说着,得意地甩了一个响鞭儿,两头骡子意气风发地奔跑起来。

显然,他很爱树满。

树满是他心中的骄傲。

到了梦庄,我很快就认识了树满,很快就和他混熟了。

树满比树宅小五六岁,只上过一年中学。不知是什么原因,他长得清清瘦瘦,并不漂亮,但姑娘们确实喜欢接近他。他呢,对姑娘们却一律的疏远,一律的冷漠。锄地时,他占哪一垄,姑娘们就去占挨近他的那几垄;姑娘们刚刚占好垄,他便离开了,去占别一垄。拉车时(那时队上牲口少,主要是靠人拉车),他把绳子拴在大车的左边,姑娘们也把绳子拴在大车的左边,姑娘们刚刚拴好绳子,他便解下自己的绳子,拴到大车的右边去。渐渐,姑娘们也和他疏远了,背地骂他是个"石头人儿""木头人儿"。村里的赤脚医生偷偷对我说,树满这家伙,大概是个"二妮子"吧?

姑娘们和他疏远了,唯有小芬,对他一直很痴情。小芬那年二十一岁,高高的个儿,粉嫩的脸皮儿,一年能做三百多个劳动日。不少人给她提亲,她都回绝了,偏偏恋上了树满。树满常到我的小土屋里闲坐,小芬也常来串门儿。但是,哪次谈话也不投机。小芬说,房村明天演电影;树满则说,村西生了棉铃虫。小芬说,谁家小子结婚了;树满则说,谁家死人了。一天黑夜,我们正在一起闲谈,外面忽然下起雨来。树满要走,我给了他一把雨伞。小芬也说要走,树满便把雨伞朝她手里一塞:"给你给你给你给你!"飞快地跑走了。

小芬气得背过身,望着窗,抽抽搭搭地哭起来。

我对树满的做法十分不满。哄走小芬,我把他找回来,狠狠地挖苦他,数落他。我说,树满树满,你太冷酷了,你太薄情了,你生理上莫非真的有毛病?你莫非真的是个"二妮子"吗?"胡说!"他火了,红着脸解开裤带,要让我检验。我拦住他,进一步数落他。我说树满你太高傲了,小芬这个姑娘,多么好,哪一点儿配不上你?我又问,你到底爱不爱她?你要不爱,我就托人给她介绍对象了,你可不要后悔。

他低着头,不作答。过了好大一会儿,才说:

"你不了解我的家庭情况。"

我看见,他眼里闪着泪光。

"什么情况?"我问。

他说:

"我九岁上,父亲就死了,母亲把我拉扯大,全凭哥哥帮着。哥哥很不容易。现在,他二十七了,还没定婚,我怎么能走在他的前头?"

停了一下,又说:

"农村的风俗,你不懂。哥哥不定婚,弟弟要是先定了婚,哥哥的事就更难办了。爱,我还不能。"

"可是,你也是二十多岁的人了啊!"我说。

"不慌,我不慌。"他说。

我望着他那清瘦的、平静的面孔,心里一颤,差点儿掉下泪来。我不知道他的想法和做法,是一种先人后己的美德,还是一种守旧的、愚昧的苦行?

树宅要定婚了,我和乡亲们一样的高兴。我高兴,不仅是为了树宅,也是为了树满。

一天黑夜,我坐在我的小土屋里,拿起二胡,拉起一支喜庆的曲子。我正拉着,树满来了,对我说:

"我哥要定婚了。"

"晓得。"我问,"哪村的姑娘?"

"房村的。"他从口袋里掏出一片纸,展开,放在我的小桌上,"请你做个中证人吧。"

那片纸上写着这样几行文字:

王树宅家有房屋三间,院内院外共有大小树木一十三棵,王树宅结婚后,家中房屋及树木均归王树宅一人所有。空口无凭,立字为证。

立字人
中证人　路继申

我看懂了,这是一个字据。

路继申,是树宅和树满的舅父。

这个字据,剥夺了树满的一个很重要的权利!

我把桌子一拍,大声说:

"我不做,我不做!"

"做吧。"树满对我笑了一下,依然很平静,"没有这个字据,人家就不定婚,那就苦了我哥。"

"可是,你哩?"我担心地望着他说,"你今后的日子怎么过?"

"我不要紧。"他又笑一下说,"我年轻,有力气,革命胜利了(指'文化大革命'),我还不能为自己盖两间房子吗?"

我被他的真诚感动了，被他的平静征服了。我拿起笔，忽然想到一个常识问题：中证人一般需要两个人做，另一个请谁做呢？

"我做。"我话音刚落，门一响，小芬进来了。她的眼圈微微发红，脸上却挂满着笑。

我一见她，心里十分难过。我指着那片纸说：

"小芬，你晓得这是什么？"

"晓得。"她仰着脸，淡淡一笑说，"三间房，几棵树。写吧，中证人，你，我。——树满，我能做吗？"

树满怔了一下，望着我说：

"她不能做。"

"我怎么不能做？"小芬也望着我。

"能做，能做。"我高兴地说，"你做最有力量了。"

"什么话！"他们把脸一沉，一齐望着我：

"我怎么有力量？"

"她怎么有力量？"

他们照我背上打了一拳，同时骂了我一声"坏家伙"。

我呵呵地笑着，在"中证人"的后面，签上了我和小芬的名字。——她在前，我在后。

签好名，我们三个反常地快活。

树满举起那个字据，发表宣言似的说：

"今天，我成了一个真正的无产阶级了！"

"那得庆贺庆贺！"小芬说。

"怎么庆贺？"树满说。

"我们唱个歌儿吧？"我说。

"行，唱个歌儿吧！"树满、小芬一齐说。

我们拍着手,欢笑着,唱了一支当时很流行的"文化大革命就是好、就是好"歌儿。

九月里,树宅定婚了,很顺利。

树满和小芬的行动,感动了大队干部。那年征兵时,大队干部让树满当了兵。——那时不像现时,当兵是很难很难的事。

树满和小芬的行动,也感动了他们的兄嫂。据说,嫂嫂坐月子时,把小芬叫去了,让小芬替她做双鞋。小芬拿着鞋样儿回到家里,在灯下一看,感动得泪如雨下。

原来,那鞋样儿,是用那"字据"铰的。

离 婚
——梦庄记事之五

我在梦庄待了十年，只见过结婚的，没见过离婚的。梦庄的老人们自豪地对我说：

"离婚？自从盘古开天地，梦庄没有这个例！"

这不是大话，是真的。

梦庄的男人们没有闹离婚的。媳妇不好，打、骂、拧、掐，都可以，但是决不离婚。即使媳妇做了那伤风败俗的事，也不离婚。"离婚？那是我花钱娶的！"他们说。

梦庄的女人们也没有闹离婚的。她们受了丈夫的气，不用人劝，自己就能劝导自己："唉，他还年轻哩，老了就好了。"她们受了婆婆的气，也不用人劝，自己也能劝导自己："唉，婆婆能跟几天哩，婆婆死了就好了。"她们能忍，也能熬。

可是，就在我离开梦庄的前一年，梦庄却发生了一个离婚案件，那便是路老白夫妇。——这是我所没有想到的事。

路老白那年二十八岁，农历五月结的婚。新媳妇叫乔姐，和他同岁，小何庄的老闺女。虽是老闺女，人样儿并不老，白生生、笑盈盈、干活很麻利。老白做梦也没想到，他能娶这么一个媳妇。

结婚前，他下了半月的工夫，天天蹲在村口上，看那些十八九岁姑娘们的打扮装束。十八九岁的姑娘们穿什么衣服,就给乔姐买什么衣服;十八九岁的姑娘们穿什么鞋袜,就给乔姐买什么鞋袜。

结婚后,更是知冷知热,傻亲傻亲。夫妻同桌吃饭,总是蒸两样儿干粮:一样儿山药面的,一样儿玉米面的。乔姐爱吃豆腐,老白就用麦子换了一些黄豆,卖豆腐的梆子一响,他就挖上一碗黄豆,赶紧去换豆腐。吃饭时,你从他家门口路过,常常听到这样的对话:

"你吃吧,你吃吧,你吃吧!"

"你吃吧,你吃吧,你吃吧!"

夫妻相亲相爱,但也潜伏着矛盾。据传,结婚的五天头上,他们的矛盾就显露出来了。

那天早晨,乔姐洗过脸,梳好头,对老白说:

"喂,咱们进趟城吧?"

"进城干什么?"

老白一愣。他长这么大,从没进过城,也没想到要进城。乔姐说:

"照个相去。"

"不照不照。"老白急说,"照相吸血,伤身体。"

"没有的事。"乔姐换了一身新衣裳,兴致很高,"照相怎么会吸血呢?不吸血,不伤身体。"

"照去?"

"照去。"

"怎么照?"

"肩膀儿挨着肩膀儿照。"

"唉——"老白摇摇头,咧着嘴笑了,"天天挨着睡觉哩,照什么相?算了。"

相没照成,乔姐很不高兴。经人指点,老白知道自己错了,便天天给她换豆腐吃。

到了六月,矛盾有了发展。一天中午,乔姐收工回去,对老白说:

"喂,大队买了电视啦。"

"什么叫电视?"老白问。

"一个小匣子,北京唱戏能看见。"

"那叫千里眼。"

"不,叫电视。"

"叫千里眼。"

"叫电视,不信你去打听打听。"

老白一打听,果然叫电视。

村里有了电视,乔姐在家待不住了,每天晚上去看。开始,老白和她做伴儿看。可是看不多久,老白就打哈欠、流眼泪,不看了。

老白不看了,她自己看。可是看不多久,老白便来找她,找不到,便叫:"乔——姐——回家睡觉!"惹得满院子人哄哄地笑。

乔姐扎着头,只好跟他回去。

一次两次,三次五次,乔姐顺从了他。到后来,乔姐开始反抗了,他一叫,她便说:"不回去!讨厌!"满院子人又是一阵哄笑。

乔姐不回去,老白也不回去。他站在大队门口,过一会儿叫一声,过一会儿叫一声,叫魂儿似的:

"乔——姐——回家睡觉!"

"乔——姐——回家睡觉!"

老白的做法,乡亲们实在看不下去了。让我去劝劝他。一天黑夜,我来到他的家里,他正蹲在猪圈沿上生闷气。

"老白哥,大嫂哩?"我问。

"那不是。"他朝房上一指。

我抬头一看,房上坐着几个妇女,一边乘凉,一边谈笑。

"天天这样,天天这样!"老白黑着脸说,"不看电视,就闲扯。什么沙奶奶、李奶奶,什么西哈努克来了,西哈努克走了。你说,放着觉不睡,扯这些干什么?"

我说,这不能生气。每一个人都有自己的爱好,都有自己的兴趣。

他说,她有她的兴趣,我有我的兴趣!

我说,你得学会做丈夫,学会爱。

他说,爱不爱,你问她。结婚不到两个月,我叫她吃了多少豆腐?

他越说越气,仰起头粗声问:

"乔姐,你下来不下来?"

"不下去,凉快哩。"乔姐在房上说。

几个妇女见势不好,都劝乔姐:

"睡觉吧,明儿再歇。"

"我不想睡觉。"乔姐故意地说,"我歇到明儿早起了。"

老白急了,顺手拿了一个镢头,要上房。我问他干什么,他说:

"我刨房顶子呀!"

我赶忙拦住他,劝了几句,走了。

到了七月,他们的矛盾终于尖锐化了,明朗化了。

上旬,乔姐住了几天娘家,回来一看,老白摔了七八个饭碗!

中旬,乔姐的妹妹结婚,她又住了几天娘家。回来一看,老白砸了一口铁锅!

下旬,开始吵架了。吵架常常是在夜里,谁也不知为什么。一天黑夜,几个小子(也有我)潜伏到他的院里去偷听。等到半夜,终于吵起来了。他们吵得很急,但是嗓音很低,吵什么,听不清。一会儿,屋里灯亮了,窗纸上映出一个惊心动魄的特写镜头:老白左右开弓,呱唧、呱唧、呱唧,自己打着自己耳光，急怪怪地嚷叫着：

"娶媳妇为吗？"

"娶媳妇为吗？"

"娶媳妇为吗？"

乔姐也嚷起来，嗓音也很尖锐：

"寻男人为吗？"

"寻男人为吗？"

"寻男人为吗？"

他们到底为什么吵架，一直没有听清楚。

早晨，他们打起来了。

他们打得很凶，抓脸，揪头发。

乡亲们听说了，都来劝解，但是谁也劝不下。

他们就像疯了一样，跳着脚，拍着胯，一人咬住一句话：

"娶媳妇为吗？"

"寻男人为吗？"

"娶媳妇为吗？"

"寻男人为吗？"

正吵得凶，支书来了：

"老白，你少说一句！"

支书不仅是支书，辈儿也大，他们该叫"爷爷"。

老白不吵了。

乔姐也不吵了。

支书撅着八字胡，一人看了他们一眼，十分严肃地说：

"不像话，太不像话！全国人民都在抓革命促生产，你们打架！老白，你说吧，你们还过不过？要不过了，离婚，我给你们办手续！"

一听离婚，老白软了：

"我，我没说离婚。"

"你不离，我离！"乔姐脸色苍白，大声说。

支书一惊，似乎也软了：

"你离？"

"我离！"

"老白叫你吃得乍古？"

"不乍古。"

"老白叫你穿得乍古？"

"不乍古。"

"这不得啦。"支书说，"吃得穿得不乍古，离什么婚呀？"

乔姐正想说什么，支书叫：

"老白！"

"听着哩。"

"你也不是好东西！"

"我是不是好东西。"

"往后还打媳妇不？"

"不打啦。"

"一会儿对着毛主席像，表个决心。"

"行，表个决心。"

梆、梆、梆，听见街上梆子响，支书赶紧结束了自己的讲话：

"得啦得啦，做饭吧。老白，换豆腐去。"

那天，老白换了很多豆腐。

乔姐没有吃饭，找到大队要离婚。

大队征求老白的意见，老白坚决不离婚。

于是大队给他们办了个学习班,让他们"团结起来,争取更大的胜利"。

乔姐不找大队了,直接找到公社里。公社秘书了解一点儿他们的情况,竟然也是那几句话:

"老白叫你吃得牛古?"

"不牛古。"

"老白叫你穿得牛古?"

"不牛古。"

"吃得穿得不牛古,离什么婚呀?"

"跟着他不自由。"

"怎么不自由?"

"看个电视也不叫。"

"那是对你有感情。"

"晚上歇凉儿也不叫。"

"那也是对你有感情。"

"我住了几天娘家,他就砸锅、摔碗。"

秘书忍不住,哈哈笑了:

"那更是对你有感情啦。"

"有感情,你跟他过去吧!"

乔姐走了。

乔姐谁也不找了。

乔姐夹了个小包袱,一去不回头。

乔姐的行动,引起了梦庄老人们的反感。他们拄着拐棍儿,站在街上骂了好几天:刁妇,野种,看你到哪儿吃豆腐去!

乔姐的行动,在梦庄的妇女中却产生了深远的影响。据说,到今天,她们在和丈夫吵嘴的时候,还常常使用乔姐那句话:

"寻男人为吗?"

"寻男人为吗?"

"寻男人为吗?"

男人们听了,都有点儿害怕。

梁 小 青
——梦庄记事之六

最近,文化馆要举办一次声乐训练班,为工厂、企业培训一批业余歌手,开班的前一天,馆长来请示我:农村青年要不要?我说不要,因为下半年,我们还要举办训练班,专门培训农村的文艺人才。馆长听了,作难地笑了笑,告诉我:今天来了一个农村姑娘,非要参加这次训练班不可。她说,她爱好文艺,唱歌、跳舞、演戏,她什么都爱;又说,她是"万元户",只要收下她,她可以拿学费。要是不收,她就不走,行李都带来了。馆长问我怎么办。

"她有多大年岁?"我问。

"二十一二岁。"馆长说。

"哪村的?"

"梦庄的。"

一听是梦庄的,我的耳边立刻响起一个遥远的歌声。我说:

"明天让她参加试唱吧,听听再说。"

馆长答应了。这一天,无论做什么事,我的耳边总是响着那个遥远的歌声……

那一年的冬天,冷得怪,一场大雪封了路,半月没有消开。我们几个插队青年没有事做,每天聚在我的小土屋里打扑克牌。一天下午,我们正打牌，一个同伴忽然说：

"听，有人唱歌！"

仔细一听，果然有人唱歌。那歌声很轻，很嫩，一会儿飘到窗前，一会儿绕到屋后，仿佛是故意让我们听的。

我们住了手，所有的眼睛一齐望着窗口，认真地听。

真的，自从到了梦庄，我们从未听到这样的歌声。在我们的印象里，梦庄最大的一个特点，就是静悄悄、静悄悄。静悄悄的田野、树木，静悄悄的街道、房屋，静悄悄的太阳、月亮。早晨，一两声长长的牛叫，晚上，几个卖豆腐的梆子声，是这里唯一的音乐。在这样的雪天，我们听着那轻柔的、飘忽不定的歌声，就像是在无边的沙漠里，忽然发现了一片绿荫，一股清泉……

那歌声停止了。我开门一看，只见门前的槐树那里，站着一个小姑娘。那姑娘不过七八岁，穿一件大红袄，在雪地里显得十分耀眼。她看见我，朝树后一躲，歪着头冲我笑。我向她招了招手，把她叫到屋里问：

"小姑娘，你叫什么名字呀？"

"我叫梁小青。"她认生地望着我们说。

"这样冷天，跑出来干什么？"

"想和你们玩，又不敢。"

我们都笑了，她也笑了。我又问：

"你想怎么玩？"

"你们城里人，一定会唱歌吧？"

"想跟我们学唱歌？"

"行吗？"

"行呀，你得先唱一个。"

"唱一个就唱一个。"她歪着头想了一下，说，"唱个《绣手绢》吧？"

"行。"我们说。

她唱起来了。唱的是民歌曲调：

> 一条手绢绣得新，
> 上绣着日月并三春。
> 哎咳哎咳哟，
> 上绣着日月并三春……

她唱完了，我们一齐拍着手说：

"小青，你的嗓子真甜呀！"

"我们村的姑娘嗓子都甜——我们村的水甜！"

说完，她又唱了几支歌：《正对花》《反对花》《十把小扇》《二十四糊涂》……全是些古老而又新鲜的民歌。我望着她那红润的灵巧的小嘴，惊奇地问：

"小青，这些歌是谁教你的？"

"我爹。"

"你爹也会唱歌？"

"会呀，我爹蹬过高跷，蹬高跷的都会唱歌。"

"现在他还唱歌吗？"

"唱呀，偷偷地唱，他还编了新歌哩。"

"你唱唱，我们听听。"

她又唱起来了，仍然是民歌曲调：

> 说了一个穷，
> 道了一个穷，

老汉辈辈都受穷。

走得慢了穷赶上，

走得快了赶上穷；

不紧不慢朝前走，

一脚迈到了穷人坑。

穷人坑里有个穷人庙，

穷人庙里有个穷神灵。

穷得香炉两条腿，

穷得神桌上净窟窿，

穷得小鬼咧着嘴，

穷得判官瞪着眼睛。

判官小鬼没事干，

养了一窝儿穷马蜂。

穷马蜂，飞西东，

蜇着谁了谁受穷。

咿儿呀儿哟……

她唱完了，同伴们一齐大笑起来。我忍着笑说：

"以后不要唱这个歌了，你应该唱些革命歌曲。"

"你教我吧？"

"行。"我说。

从此，她经常来找我玩儿，我教了她许多革命歌曲。于是，上学下学的路上，每天飘起了她的歌声；冬天拾柴火，夏天采木耳，沙滩上的树林里也飘起了她的歌声。

她高兴地唱着，后来又爱上了戏曲——那是因为大队买了电视机。几

出京剧,不知看过多少遍了,还是看。一天晚上,正播《红灯记》,突然停了电,急得她跳着脚喊:

"点着蜡演!点着蜡演!"

那天晚上一直没有来电。回家的路上,她走得很慢,一句话也不说。走着走着,她忽然站住脚,抬头望着我说:

"叔叔,你看我能演铁梅吗?"

"你不能。"我不客气地说。

"铁梅住在哪里呢?"

"住在北京。"

"她拾柴火吗?"

"不拾。"

"她吃高粱饼子吗?"

"不吃。"

"她的嗓子那么好听,她净吃什么呀?"

"净吃细粮。"

"等着吧!"她说,"等我不拾柴火了,等我不吃高粱饼子了,我也能演铁梅!"

朦胧的月色里,她的眼睛很明亮,她的表情很奇特。

她幻想着,追求着。

我牢牢地记住了她的眼睛,记住了她的表情。一天,我仿佛被一种力量驱使着,找到大队支书,建议成立一个俱乐部。那天支书刚喝了酒,正逢高兴,立刻表示态度说:

"行,成立一个就成立一个!"

于是,大队组织基干民兵,拆了村东口上一座庙宇;盖了三间房屋,成立了俱乐部。小青听说了,喜悦非常,积极地参加了俱乐部的活动。

在俱乐部里，她没有演上铁梅，却学会了另外一种文艺节目：枪口对准某某某，杀！枪口对准某某某，杀、杀、杀！

她吃着高粱饼子，背着柴筐，在一片杀声中长大了。

真没想到，现在，她还没有放弃童年的幻想，还在执著地追求。

第二天上午，我在文化馆的小礼堂里见到了她，她长高了，胖了，穿一件华美的淡粉色的连衣裙。那裙子很薄，很轻，一着风吹，浑身就起了波纹，像是能把她吹走似的。我不懂衣料，一个姑娘告诉我，那叫什么"柔姿纱"。

小青穿上了"柔姿纱"，显得更俊俏，更可爱了。她不叫我"局长"，仍然叫我"叔叔"。我问她，村里的俱乐部还有没有活动？她说没有了。我又问，俱乐部的房屋呢？她说被她二伯租了去，开了一个小酒馆。我又问她今天准备演唱什么歌曲，她很自信地说：

"《绣手绢》，行吗？"

我怔了一下，不由得又想起那遥远的民歌，那遥远的雪地。我又问：

"别的呢？"

"《社员都是向阳花》。"

"别的呢，别的呢？"

她还没有回答，馆长宣布试唱开始了。

一个丁东丁东的声音，拖着长长的尾巴，在小礼堂里响起来，那声音颤悠悠的，仿佛来自深山幽谷，湖面井底，很是动听。小青坐在我的身后，悄悄地问：

"叔叔，这是什么东西呀？"

"电子琴。"我说。

紧接着，架子鼓、电贝司、电吉他，一齐响起来了，轰隆隆、丁当当、呜喇喇，音势浩大，震耳欲聋。在电声乐的伴奏里，歌手们演唱着自己最得意的歌曲。他们的唱法十分新奇,像呐喊,像惊叫,像私语,像叹气,各自不同,各尽其妙。至于他们唱了一些什么,我一句也听不清,心里只想着那遥远的民歌,那遥远的雪地……

歌手们一边歌唱着,一边表演着:有的如醉如狂,不能自已;有的若无其事,像是散步。平时,我对这种新奇的表演并没有什么偏见,但此刻,我却紧紧地闭了眼睛。我不想看他们那夸张的动作,更不想看他们那得意的表情——因为在我身后,坐着一个对艺术充满幻想而又十分自信的农村姑娘。

他们唱完了,馆长叫到"梁小青"的名字,但是没有答应。

馆长叫了三四声,仍然没有答应。

她走了。她悄悄地走了。

这是我所料到了的,也是我所没有料到的。

其实,她不该走。她的歌子虽然陈旧,但是比较起来,歌手们的音色、音准、乐感,哪一个也不如她。

她走了,我一直想念着她。

农历七月十五,梦庄庙会,我和工商局的一位同志来到梦庄。我想借检查文化市场的机会,顺便去看看她。

梦庄的大街热闹极了。街道两旁,排满了做生意的车、摊、棚、帐;卖小吃的吆喝声,变戏法的聒噪声,耍猴儿的锣鼓声,响成一片。村东口上更是热闹,村民们用了几块土坯,在当年拆除的庙宇那里搭了一个简易小庙,庙前香客不绝,香烟缭绕。十几个老太太和中年妇女,哗哗地打着扇鼓,正在"跳神儿"。我挤上前一看,只见这支队伍里,竟有梁小青!她仍然穿着那件华美的淡粉色的连衣裙,哼哼地唱着,翩翩地舞着,像一只飞来飞去的大蝴蝶。我生气地叫一声:

"小青!"

"叔叔！"她看见我，立刻向我跑过来，满面笑容地说："叔叔，你看我跳得怎么样啊？欢迎指导！"

"你，年纪轻轻，怎么也搞迷信活动？"

"这不是迷信活动，这是舞蹈。"

"胡说，这叫什么舞蹈？"

"这叫乡下迪斯科呀！"

说完，她又跑回去，尽情地唱起来、跳起来了。

我呆呆地站着，眼睛有些模糊，满耳一片哗哗的扇鼓声。我听不清她唱什么，看不清她的表情，眼前只有一个华美的淡粉色的连衣裙飞舞飘动着——那确实是叫"柔姿纱"。

黑 板 报

——梦庄记事之七

梦庄的文化生活贫乏，村里的黑板报却办得很好——过去好，现在也好。

这得归功于西街的黄炳文。

黄炳文是梦庄唯一的高中毕业生。他给我的第一印象，是热情，以后的印象还是热情。他的个子很高大，有一双明亮的、永不疲倦的眼睛；他和你谈话时，总是和你站得很近很近，大分头一颤一颤的，不住地打着手势，像是随时准备拥抱你似的。

据说，炳文回乡后，曾向党支部、团支部写过几次报告，要求村里给他安排一个工作，"为改变家乡面貌发一点儿光放一点儿热"。至于他想干什么，自己也不知道。

他的热情感动了大队干部，准备给他安排一个工作。可是，让他干什么呢？当队长，不行；当会计，也不行。当一个农业技术员或是民办教师吧？大队贫协主席站出来说：

"贫下中农还用不清，干吗要用个上中农？"

于是，团支部和他谈话，勉励他"种田也是干革命"。

后来，"创四好"的时候，上级号召村村办黑板报，占领思想文化阵地。炳文立刻找到团支部，请求承担这项工作。团支部接受了他的请求，便向党支部汇报；党支部同意了团支部的意见，便向公社书记请示。公社书记听了，不耐烦地说：

"这点儿事，也找我？"

"黄炳文是个上中农。"大队支书说。

"上中农怕什么？莫非他敢往黑板报上写反动标语？让他写！"公社书记说。

于是，村里抹了六块黑板报，成立了黑板报小组（其中也有我），炳文为"临时负责人"。

从此，他把自己的热情完全倾注到黑板报上了，其余事情，一概不想。那年他已二十六岁，媒人给他提过几门亲事，都吹了，他的爹娘十分着急。他却满不在乎地扬着大分头说：

"生命诚可贵，爱情价更高；若为事业故，二者皆可抛。"

他的"事业"就是办好那六块黑板报。他很会设计，一块写国际新闻，两块写国内大事，三块写本村好人好事和农业知识。他忙极了，累极了。晚上，翻报纸、找材料、编稿件；中午，戴一顶草帽，在太阳底下写黑板报，流一身汗，弄一脸粉笔末子。起晌了，赶紧洗一把脸，喝一瓢凉水，又去下地劳动。

有一天，我望着他脸上的粉笔末子，说：

"炳文，我们这么干，大队是不是该给我们增加几个工分？"

他看了看我，没有言声。

晚上，他以"临时负责人"的身份，召开了黑板报小组全体人员会议（共三人），严肃地批判了"工分挂帅"。

通过批判"工分挂帅"，我们的思想更一致了，干劲更大了，一天，炳文站在黑板报前，忽然问我：

"你看，我们的黑板报办得怎么样呀？"

"不错呀。"我说。

"不行。"他摇摇头说,"我们应该办得五颜六色,图文并茂。"

"那好办。"另一伙伴儿说,"从大队支点儿钱,买一些彩色粉笔吧?"

"不,"炳文说,"我们不能伸手向上,我们要自力更生!"

他提议,参加一天义务劳动,到村北的树林里采槐荚儿去。我们两个一齐响应。

那天刮着风,我们带着干粮来到村北的树林里。炳文会爬树,爬得很快,转眼便坐在蓝天上一个树杈里了。风一刮,树枝乱晃,很危险。他毫不畏惧地坐在树杈里,一边采着槐荚儿,一边哼着歌曲,两只脚丫儿悠荡着,很快乐很自在。我被他的形象鼓舞着,努力向上爬了一截,不由得问:

"炳文,我们这么干,到底为了什么呀?"

"说不清。"他说,"小时候,我最爱听'屋顶广播'——你晓得什么是'屋顶广播'吗?"

"不晓得。"我说。

"我告诉你。"他望着蓝天,像是背诵一首抒情诗,对我说,"那时候,村里没有高音喇叭,国家的政策法令下来了,就靠'屋顶广播'。黑夜里,十几个青年,分散在一个一个屋顶上,放声地喊。领头的端一盏油灯,拿一个文件,他喊一声什么,别人也喊一声什么,一声一声地传下去。那喊声很大,很野,但是很神圣,像是能把整个村子抬起来似的!我的阶级烙印儿虽然不好,可一想起他们那喊声,身上就热乎乎的,自己就想找一点儿事做。你说,他们那是为了什么?"

说完,他放开嗓子,学起那"屋顶广播":

"老乡们——"

"注意了——"

他高声喊着,另一伙伴儿在林子深处的一棵树上呼应着。听着他们的喊声，我身上也热乎乎的，知道了什么是"屋顶广播"。

那天我们干得很愉快，采了很多槐荚儿。

晚上，在月亮地儿里，我们打出了槐籽儿。

卖了槐籽儿，买了很多彩色粉笔。

有了彩色粉笔，我们的黑板报办得更醒目、更活跃了，识字的看，不识字的也看。

那年冬天，我们的工作引起了县里的重视，县里让我们写了一个材料，印成简报，作为经验推广了。

大队干部看了简报，很高兴，梦庄从未有过这样的荣耀。

炳文不再是"临时负责人"了，团支部任命他为黑板报小组的组长。

他当了小组长，同时得到一个意外的收获。正月里，媒人到邻村给他说亲时，气粗了许多：

"别看人家成分高，在村里可是有差事！"

"什么差事？"姑娘的父亲问。

"当着小组长，管着十来块黑板报哩。"为了成全他的婚姻，媒人虚报了好几块。

"这么说，他在村里不臭？"

"不臭，不臭，臭了能当小组长么？"

这门亲事成功了。

这件事一下子轰动了全村。那些由于各种原因对于自己的婚姻大事丧失了信心的青年，受到了很大的鼓舞，看见了光明的前途，纷纷要求参加黑板报小组。炳文因势利导，培养了不少能写会画的人才。

梦庄的黑板报办下去了，一直坚持到今天。

今年春天，梦庄开展黑板报活动的情况，不知怎么传到了上级宣传部门。上级宣传部门来了一位领导，一定要去那里看看。

一天上午，我和领导坐着轿车来到梦庄。一进村，便看见黑板报了。我们下了车，一边走一边看，每一块黑板报都有一个醒目的栏目：《致富门路》《市场信息》《精神文明窗口》《计划生育问答》《本周电视节目预告》……领导看了，不住地赞叹：

"好，好，好。"

在村民委员会的办公室里，黄炳文和一个穿扮入时的女青年接待了我们。女青年叫小芝，在我记忆里，是个爱流鼻涕的姑娘，现在是村里的团支部书记；黄炳文已经不是"小组长"，而是党支部的宣传委员了。十几年不见，他一点儿也不显老，谈起话来，依然兴致勃勃的，只是没有了那么多的手势。我向他说明了领导的来意，他稍微想了一想，便向我们谈起开展黑板报活动的情况来了。

"要办好黑板报，首先得解决认识问题。"他说，实行"大包干"后，黑板报活动曾经停顿了一个时期。有人说，黑板报办得再好，梦庄也富不了，不办了。针对这种思想，他们召开了支部会，进行了认真的讨论。他们认为这种思想是很错误的。黑板报都不办了，"两个文明一齐抓"怎么体现呢？认识统一了，狠抓了组织落实，重新成立了黑板报小组。

接着，小芝谈起组织落实的情况。这个爱流鼻涕的姑娘，很会讲话，讲得很具体、很生动，嗓门儿也很好听。领导眯着眼睛听着，不住地点头说：

"好好好……"

"光有正确的认识还不行，还得有正确的方法，切实的措施。"炳文接着说，"活动一开始，就遇到了阻力，阻力主要来自青年们的家长。他们说，现在不比过去了，家里活还做不完，写那个干什么，时间就是金钱啊。有的青年受了这种思想的影响，不干了。怎么办？批判'向钱看'？不行，这个办法太简单了，也没有说服力。现在，治保会给人劝架，还收费嘛。

有人提出实行'三定'的办法：定人员、定任务、定报酬——写三个字给一分钱。这个办法也不行。黑板报写完了，难道还要派人查一查字数吗？再说，三个字一分钱，九个字三分钱，那么，十个字呢？九十一个字呢？账没法儿算。"

我听着这笔账，感到很新鲜，新鲜得令人震惊，忙问：

"你们到底采取了什么办法？"

"大包干，唯一的办法是实行大包干。"炳文说，"两个人为一组，每一组包一块黑板报，每人每月补贴八块钱。这样一来，家长满意了，青年们也有了积极性，全村的黑板报基本上做到了定期更换，每周一期，紧跟形势，常办常新。"

我正想说什么，领导又点点头说：

"好好好好……"

"可是，最近又出现了新问题。"小芝看看炳文，看着我们说。

"什么问题？"炳文问。

"过去，一盒火柴多少钱？"

"二分钱。"

"现在呢？"

"三分钱。"

"最近大家都在议论这个问题。"小芝说，"火柴都提价了，我们呢？"

"你们打算怎么办？"我问。

"按照火柴提价的比例，每月补贴应由原来的八块钱提到十二块钱。"小芝说。

"不行不行。"炳文庄严地说，"年轻人总该参加一点儿社会活动，总该做一点儿社会工作，我们不能把他们的视线完全引到金钱上去。提价的意见可以考虑，但不能按照火柴提价的比例。火柴是物质文明，黑板报是精神文明……"

最后,他又谈了些什么,我一句也没听清。只见他站起身,打了几个手势,像是表示决心的样子。领导握住他的手,连连点头说:

"好好好好好好好……"

回到县里,领导很高兴,让我抓紧写个材料,总结一下他们的经验,尽快地报上去。

晚上,我坐在灯下,一个字也写不出。我心里很乱。十几年中,我仿佛认识了两个黄炳文。两个黄炳文都蒙着一块面纱,哪一个是他的真面目呢?似乎都是,似乎都不是。

为了整理一下思路,我先写了一个提纲。写完一看,那提纲颠三倒四,不成条理:

为改变家乡面貌发一点儿光放一点儿热。

三个字一分钱。

批判"工分挂帅"。

大包干。

老乡们注意了。

提价。

好好好好好好好……

俊 姑 娘
——梦庄记事之八

梦庄人不欺生,在那吃穿紧缺、自顾不暇的年月,对我们下乡"知青"无处不好。但是不知什么原因,唯有对我们的玲玲另眼相待。现在回忆起来,还有些不愉快。

玲玲那年虚岁十九,人们都说她是个俊姑娘。究竟怎么俊,我也说不出,也许真的不丑。那年秋天,我们一进村,她就引起了人们的注意。村里的姑娘媳妇们,纷纷走近她,拉她的手,摸她的辫梢,看她胸前的"光荣花";村里的小伙子们,抢着给她扛行李,拿东西。住下了,不仅姑娘、媳妇、小伙子们喜欢她,就连那些不懂事的娃娃们也喜欢她。谁家的娃娃淘气,哭了,大人哄不下,便去找她。她一哄,便不哭了,叫吃就吃,叫喝就喝,叫尿就尿,然后朝她怀里一偎,"姐姐、姐姐"地叫个不停。

于是,玲玲的名字,在村里传开了:城里来了个俊姑娘,身上的俊气,能治淘气。

还有一件事,更奇。梦庄有个疯子,整天在街上乱嚷乱跳,马车过来也不躲,汽车过来也不躲。可是,玲玲过来了,那疯子就像中了"定身法",啪地一个立正,给她敬礼,像是士兵接受首长的检阅。

于是,玲玲的名字,在外村也传开了:梦庄有个俊姑娘,身上的俊气,能降疯魔。

我记得，村里的老人们，常常这么夸她：

"玲玲这姑娘，就是不一般。她不光脸蛋儿俊，眉眼儿俊，手指甲尖儿上都透着一股俊气。她从街上一走，朝街上一站，就像是大年三十那天，家家挂起了红灯笼，贴上了红对子，满街里都显得新鲜、瑞气！"

我们有玲玲，感到很骄傲。

可是，过了不久，她便得了一个外号："小白鞋"——平时，她总爱穿一双白力士鞋。

听到这个外号，她哭了一次。

又过了不久，她又得了一个外号："水蛇腰"——她走路时，腰身总是微微地扭动着。

听到这个外号，她又哭了一次。

后来，"小白鞋""水蛇腰"叫俗了，人们又叫她"多米索"——休息时，她不"恋群"，总爱拿个歌片儿，哼着学识谱。

三个外号，损坏了她的形象，确定了人们对她的认识。春天队里评工时，那些年龄和她相仿的姑娘们，有的评了八分，有的评了七分，她呢，六分半！

她又哭了，哭得很悲痛。我知道，她并不计较那半个工分，而是有一种羞辱感。我劝了她几句，决定去找队长反映意见。

找到队长，我说：

"队长，玲玲的工分，是不是评得太低了？"

"不低！"队长说，"评工是凭劳动，不是凭模样儿。"

"玲玲劳动也不错呀。"我说，玲玲下乡以来，很少回城，有"扎根"思想；又说，玲玲干活不怕脏、不怕累，从不偷懒；我又列举了一些事实，说明玲玲"爱国家，爱集体"。队长认真地听着，不住地点头，末了却是这么一个结论：

"你谈的这些都是事实,不过,评工不是凭模样儿。"

于是,在姑娘们当中,玲玲又多了一个外号:"六分半。"

玲玲到底是个孩子,事情过去,也就忘了,该干什么干什么。我们上工,她也上工;我们休息,她也休息。我们写了入团申请书,她也写了入团申请书。但是我们被批了,唯独没有她!

得到这个消息,我立刻去找团支书打听落实。

那天晚上下着大雨,团支书家院里积着很深的水。我蹚着水走到屋里,团支书正和几个姑娘在炕上打扑克牌。我明知故问地说:

"团支书,我们的入团申请批下来了没有?"

"批下来了,有你!"她对我笑了笑,继续打牌。

"玲玲呢?"我又问。

她脸色一沉,不吭声了。出过几张牌,才说:

"入团是凭表现,不是凭模样儿。"

我一惊,她的回答竟和队长的结论完全相同。我问:

"玲玲表现怎么了?"

"她净写信!"一个黄头发姑娘说,"上月,我给她统计了一下,她一共寄了四封信!一个姑娘家,给谁写信呀?她是下乡锻炼来啦,她是下乡写信来啦?"

"她不光爱写信,还爱打电话!"一个胖胖的、脸上有雀斑的姑娘说,"最近,她往大队办公室跑了三趟,打了三个电话!一个姑娘家,给谁打电话呀?她是下乡锻炼来啦,她是下乡打电话来啦?"

"不光这些,她还有更严重的问题!"一个长得很白净的姑娘说。

"什么问题?"我问。

"你等着!"白净姑娘跳下炕,冒着雨走了。不一会儿,拿来一件东西,猛地放到桌上:

"你看,劳动人民谁吃这个?"

我一看,是一个水果罐头瓶子,空的。白净姑娘说,这个罐头瓶子,是从玲玲屋后捡到的。

新团员公布了,我担心玲玲还得哭一场。

这一回,她没有哭。不但没有哭,反而拿起一个歌片儿,放声地唱起来了。我想和她谈谈心,她说不用了,我已经锻炼出来了。

从此,玲玲的性格发生了显著的变化。她变得高傲了,冷淡疏远一切人;她变得懒惰了,三天两头地旷工。人们干活的时候,她故意打扮得十分妖艳,呵呵地笑着、唱着,到沙岗上采野花,在田野里扑蝴蝶,尽情地放荡着自己,同时也丑化着自己!

她不只变得高傲了、懒惰了,而且变得很任性。那年秋天,大队决定拆掉村里那座关帝庙,让我们参加两天义务劳动。她听说了,梳洗打扮了一番,非要回城不可。我急忙拦住她,苦苦劝告,她才答应参加这次集体活动。

谁知,我的劝告害苦了玲玲。拆庙时,西山墙突然倒塌了,一片烟尘冲天而起,仿佛扔下一颗炸弹!烟尘散去,玲玲不见了。找了半天,在一堆坯块瓦砾下面,看见一条辫子,一张惨白的、流血的脸。

她的伤势很重,尤其是左腿,属于粉碎性骨折。医生说,这种骨折很难医治,弄不好,要变拐。

乡亲们被惊呆了。

梦庄的空气凝固了。

沉默了几天,才听到人们的叹息声、埋怨声:

"唉,多好一个姑娘呀,拐了!"

"拆庙,拆庙,那庙拆得么?"

"关老爷也是不长眼,偏偏砸坏个人尖子!"

队长到医院看望了玲玲。

指导员也到医院看望了玲玲。

团支书和姑娘们看望玲玲时，还买了几个水果罐头。

俊姑娘要变拐姑娘了，所有的人们慷慨地拿出了自己珍藏着的同情和怜爱之心。

年终的一天晚上，队里评选"五好社员"时，黄头发姑娘率先发言：

"我提一个——玲玲！"

"同意！"

"赞成！"

"差不多！"

大家一齐附和着。有人说。玲玲下乡以来，很少回城，有"扎根"思想；有人说，玲玲干活不怕脏、不怕累，从不偷懒；还有人列举了一些事实，说明玲玲"爱国家，爱集体"。我听着他们的发言，忍不住说：

"我不同意！"

"你不同意谈谈理由！"人们一齐望着我，似乎对我很不满意。

我说，她有三个外号啊！

"扯淡！"一个小伙子，正颜正色地说，"人家爱穿白鞋，碍你什么？穿白鞋卫生！"

"就是，就是。"人们说，"至于走路爱扭腰……"

"人家扭得好看！"胖胖的、脸上有些雀斑的姑娘说，"叫我扭，我还扭不成哩！"

"就是，就是。"人们又说，"至于爱唱'多米索'……"

"那不是毛病，而是才能！"白净姑娘很激动，站起来说，"整个梦庄，谁会识谱呀？我早说，让玲玲下地劳动有些屈才，该让人家当个民办教员，教唱歌！"

我又说，她还有个令人怀疑的毛病：爱写信。话音刚落，立刻遭到姑娘们的攻击：

"爱写信也算毛病？"

"一个姑娘家，给谁写信呀？"我说。

"给爸爸！"

"给妈妈！"

"给姑姑！"

"给姨姨！"

"人家给谁写信，难道还要向你报告吗？"

姑娘们尖着嗓子，一齐冲我嚷起来，黄头发姑娘嚷得最欢。她说我"人气"不好，玲玲眼看要变拐了，还要吹毛求疵。

争论了一会儿，队长站起来说：

"今年的'五好社员'，玲玲算一个，同意不？"

"同意！"大家齐声说。

"同意的举手！"

正要表决，"等等。"一个黑胡子老头儿站起来说，"玲玲还没出院，她，肯定得变拐么？"

"得变拐，医生说的。"几个姑娘说。

突然，一个白胡子老头儿，从灯影里站起来了。他紧眯着眼睛，几乎把每一个人都看了一遍，才说：

"那么，她要拐不了呢？"

人们肃然地望着他，静默了十几秒钟，一齐举起手来。

直到现在，我也弄不明白，在那静静的十几秒钟里，富于同情心的乡亲们都想了一些什么？

丑 大 嫂
——梦庄记事之九

丑大嫂婆家姓祁，当面得叫祁大嫂。

其实，乍一看，祁大嫂并不丑。匀称的身材，剪发头，圆圆的脸蛋上总是堆着一团笑；走起路来，脚很轻，两只手像船桨，轻轻地划动着，很优美。细看，才能发现她的丑处——左眼里有个"萝卜花"。

也许，祁大嫂过于爱美了，一个"萝卜花"，使她完全自暴自弃了。她整天不洗脸，不梳头，一件灰布褂子，肩、肘都破了，还穿着。我劝她做件新褂子穿，她说我穿那么新的褂子干什么？我说你正年轻，应该打扮漂亮一些。她说，我丑。我说一俊遮百丑呀，她说一丑遮百俊呀。——就是不做。

这一切，大概都得归罪于那个"萝卜花"。

祁大嫂虽然脏，虽然丑，但是人们都很喜爱她，尊敬她。村干部们常常当着众人，把她树为妇女的楷模：

"看人家这媳妇，多么朴素！"

婆婆不仅喜爱她，而且信任她，常常对人夸耀：

"丑媳妇好啊，媳妇丑了，儿子放心！"

每逢听到婆婆夸耀媳妇，公公便捋着胡子，请出朱柏庐：

"就是，就是，婢美妾娇非闺房之福。"

祁大嫂的丈夫在水库上当民工，经常不回家，听了老人们的评论，很是高兴，对祁大嫂更放心了。

大家都放心了，祁大嫂的名节便有了保证。村里的光棍们，总是喜欢接近女人的。一般女人都对他们保持着很高的警惕。祁大嫂呢，却不怕。她和他们在一起，敢说，敢笑，还敢摔跤，而没有任何闲话。一天黑夜，巡夜的民兵连长到她家避雨，她竟说：

"天不早了，你就在这儿睡吧！"

"不不不……"民兵连长有些惊慌失措。

"怕什么？"她说，"炕不小。我在里头，你在外头，中间放条裤腰带。早晨起来检查检查，谁要过了裤腰带，谁不是好东西！"说完哈哈大笑起来。

民兵连长把这件事传播出去，人们不但不怀疑她的品行，反倒觉得她更可信，更可爱了。

这一切，大概又得归功于那个"萝卜花"。

但是，那个"萝卜花"，也给她带来过一些痛苦。那年春天，村里治沙造田时，她参加了"红大嫂战斗队"，她们干得十分出色。有一天，报社来了一个记者，要给她们照相。"红大嫂"们兴高采烈，都被光荣地摄入了镜头，唯有她，躲了。

一连几天，她很少说话，脸上也没有了笑容。

我很同情她，并且想了一个帮助她的办法。一天晚上，我拿着我的那副淡茶色眼镜，来到她家。我说：

"大嫂，我送你一件东西。"

"眼镜？"她望着我手里的眼镜，不明白我的用意。我把眼镜放到桌上，说：

"送你了，大嫂，戴上吧！"

"我能戴？"她的右眼一亮，高兴地望着我。

"能戴。"我说,"戴上这种眼镜,又挡风,又遮光,很舒服。"

她拿起眼镜,又放下了:

"我不能戴。"

"能戴,你戴上试试。"我说。

她看看眼镜,看看我,迟疑了半天,脸一红说:"试试就试试。"说着,到院里端来一盆凉水,认真地洗起脖子,洗起脸来,用了很多肥皂。洗过脸,找了一个梳子。又梳起头。梳洗完毕,她才拿起那副眼镜,小心地戴上了。她戴上眼镜,照了照镜子,看了看灯光,然后冲我笑着说:

"我戴上好看吗?我能戴吗?"

我细细地打量着她,一时被她的容颜惊呆了。原来,她的皮肤那么白嫩,她的笑容那么俊美!我望着那副架在她鼻梁儿上的淡茶色眼镜,不由得想起了"画龙点睛""点石成金"一些美好的成语。我禁不住拍着手说:

"大嫂大嫂,好看好看,能戴能戴!"

第二天上午,祁大嫂花朵似的出现在治沙造田的工地上了。为了衬托那副眼镜,她把衣服也换了。穿上了那件结婚时做的紫红色灯芯绒褂子。人们看见她,不由得叫起来:

"哎哟,这是谁呀?"

人们认清是她,都说好年轻好漂亮,简直变成另外一个人了。有人说她戴上这副眼镜,像个"电影明星";有人说她戴上这副眼镜,像个"洋学生";也有人说她戴上这副眼镜,像个"女特务"!

说她像"女特务"的人,大半是那些和她年龄相仿的妇女。整整一个上午,她们远远地看着她,不住地咬耳朵:

"这个小媳妇,今天是怎么啦?"

"火轮船打哆嗦——'浪'劲儿催哩!"

"她不是很朴素,很正派吗?"

"她呀，和平演变了！"

休息时，她们围住她，问她这副眼镜是从哪里挣来的？注意，她们不问是从哪里买来的，也不问是谁送给的，偏偏要问是从哪里"挣"来的。

祁大嫂心眼直，如实地说明了眼镜的来历。

于是，我成了她们注意的目标，侦察的对象。收工时，几个妇女拦住我，悄悄地问：

"你多大啦？"

"二十二。"我说。

"好年纪，好年纪，好年纪！"

"怪不得，怪不得，怪不得！"

她们怪笑着，走了。我不懂她们的话，也不懂得她们的笑。

一天中午，祁大嫂的公公突然来到我的小土屋里，把我上下打量了一遍，问：

"你是城里来的学生，是吧？"

"是呀。"我点点头说。

"你不是本村人，是吧？"

我又点了点头，不知他要干什么。

"你听着。"他把手一背，两眼钉子似的盯住我，"我，贫农，社会关系四面见线儿，没有一个黑点儿。你不要以为我儿子不在家里，想怎样就怎样。我告诉你，祁家也是一大户。我有四个儿子，八个侄子，还有两个外甥。他们，干别的不行，打架哪个也不含糊，都是不要命的！"

这些话，我听懂了，以后再也不敢接近祁大嫂。

祁大嫂也很敏感，那副眼镜只戴了一天就不戴了。她像一个犯过错误的人，默默地上工，默默地下工，只干活，不说话。

祁大嫂虽然只戴了一天眼镜，但那一天的影响久久没有消除。人们十分注意她的行动，几乎每天都能听到关于她的"快报"：

某天晚上，某某到她家串门去了，一直歇到十一点钟；

某天中午，某某帮她拉了一车柴火；

某天早晨，她站在街门口上，好像对着某某笑了一下……

听到这些消息，我很气闷，也很不平！我知道，祁大嫂的这种境遇，完全是我造成的。我不该送给她那副眼镜。不该用那副眼镜遮住她眼里的"萝卜花"。可是，我怎么也想不明白，祁大嫂的公公、婆婆、丈夫，还有那些发布"快报"的人们，为什么那么喜爱祁大嫂眼里那个"萝卜花"呢？

我得去找祁大嫂，我得要回那副眼镜——为了她，也是为了我自己。

我找到民兵连长，一同来到她的家里。我说：

"大嫂，眼镜呢？"

"不戴它了，戴它惹气！"她低着头说。

"你把它还给我吧？"

"什么，还你？"她抬起头，望着我怔了一下，突然说：

"摔了！"

"摔了？"

"赔你钱吧！"

"那副眼镜好几块钱，你赔得起？"

"赔得起！"

她卖了一些鸡蛋，真要赔钱，我没有收。

眼镜摔了，我放心了。

祁大嫂的公公婆婆听说了，也放心了。

大家都听说了，都放心了。

可是，大约过了两三年，一个夏天的晚上，民兵连长突然找我来了。他的脸色阴沉着，眼里带着"敌情"：

"你说,她这两年表现怎么样?"

"谁?"

"萝卜花!"

"表现不错。"我说,"眼镜早摔了,衣服早换了,表现很好。"

"那是白天!"

我一愣,没有听懂他的意思。他把我一拉,让我去看一个"奇景"。

他领着我悄悄来到祁大嫂家院里。院里很静,窗上亮着灯光,屋门插得很紧。我从门缝朝里一看,不由得吃了一惊:她,穿一件很新的月白色褂子,拿一面镜子,正背着身照自己;照着照着,许是听到什么动静,一扭头,鼻梁儿上架着一副淡茶色眼镜……

沙　地
——梦庄记事之十

除了村南是一片比较肥沃的褐土地，梦庄的村东、村西、村北尽是沙地。尤其是村北，一片白茫茫的沙地望不到头，大约有两千亩。"村史"记载，这里属于一条早已干涸了的大沙河的河滩地。

我们下乡"知青"特别爱到河滩里玩耍，也爱到河滩里干活。到了那里，天空显得格外高远，太阳显得格外明亮，我们才真正感到天地的广阔。河滩里，有一片树林子，有几块花生地、西瓜地、豆地。夏天，向瓜把式要个西瓜，我们抱到树林里去吃。树林里好清静好凉快，吃过西瓜，躺在绿茵茵的草地上，看各种野花，听各种鸟叫，惬意极了。

我到河滩里玩耍的时候，常常看见一个老人，拄着一根棍子，牵着一只狼狗，在树林里蹽来蹽去。老人有六十多岁，长得很黑、很瘦，但是很结实。一头厚厚的灰白色毛发，紧紧箍着头皮，显得很沉重；两只细小明亮的眼睛，总是注视着远方，显得很机警。因为左腿拐了，所以走起路来像蹽，蹽来蹽去没个消停。

我头一次见到他，叫他"大伯"，他似乎不爱理我。再次见到他，叫他"大爷"，仍然不爱理我。我一打听，村里人都不这么叫他，而是沿用了一个旧时的称呼——"老社长"。后来见到他，我叫了一声"老社长"，他果然高兴了，呵呵地笑着，响亮地答应。

人们说，老社长是梦庄的一个"功臣"。早在1952年，他就开始领导人们植树造林、治沙造田了，年复一年，河滩里才有了一片片的绿色。那年冬天，他在领导人们爆破一座沙岗时，一块磨盘大的冻沙砸在他的腿上，使他变成了残废。大队为了照顾他，让他看护树林和附近的庄稼，记最高的工分。他很满意这个工作，在树林里搭了个草棚，日夜坚守着自己的岗位。远远看见破坏林木的人，他便抡起手中棍子，大声地嚷、骂，倘若无效，便把那人一指，把狼狗的屁股一拍，那狼狗就像箭头似的扑了过去。扑到跟前，后腿立起，前爪扒住那人的肩，呜呜地叫，把人吓个半死。但那狼狗只叫，决不下口伤人的。

老人住在草棚里，日子过得很清苦。草棚里有个土炕，炕上只有一个小被卷儿。他从来不烧煤，做饭、取暖，总是烧柴火，烧树叶。那时候，高粱、薯干是人们的主要口粮，他的粮食却很丰富：小麦、玉米、黑豆、黄豆，什么都有。平时，人们常常看见他手拿一个小镢头，跪在沙地上，掘田鼠的洞，这些粮食就是从鼠洞里获得的。对于这些收获，他很得意，闲谈的时候，常常让我算一算，假若人们都这么做，全国能节省多少粮食？

我看老人过于清苦了，一个下雨天，打了一斤薯干酒找他去喝。他一见那酒，立刻变了脸色，摇摇头说："不喝，不喝。"然后正告我，吃吃喝喝，小心到了莫斯科（变"修"的意思）。

老人清心寡欲地打发日子，但他没有忘了治沙造田的事。天冷了，看河滩里还没动静，他便"蹦"回村里去，冲着大队干部发脾气：

"什么时候了，你们还坐着吸烟、喝水！"

大队干部见他发了脾气，立刻召开誓师动员大会，于是，河滩里沸腾起来了：大车、小车、骡马、人群、锹、镐、筐、担，还有红旗……

治沙造田劳动是很艰苦的。河滩里有四种沙：黑沙、红沙、白沙、风背沙。除了风背沙，其余的沙子都不长庄稼。老社长根据不同的沙性，创造了几种不同的治理方法:"驴打滚""掏鸡窝""移沙换土""黄土压沙"……无论采取哪种方法,都要把地面刨开,把沙子掏走,然后再从很远的地方倒运黄土。时令又是严冬,地冻着,一镐下去凿个白点儿,震得"虎口"流血。"冻沙比石硬"啊!

老社长心疼城里孩子娇嫩,不让我们参加治沙造田劳动。每年一开工,就把我们编成几个小组,让我们把守所有村口。我们的任务是:禁止劳力外流,反对懒婆懒汉。

那一年冬天,我在村西口上执行任务,遇遭到一个懒汉,非要出村不可。那懒汉有十八九岁,矮矮的个子,尖瘦的脸,肩上背着一杆火枪。我问他干什么,他托起火枪向我一瞄,说:

"打野兔儿。"

"不行!"我说,"老社长有命令,谁也不准出村!"

"打回野兔儿让你吃。"他冲着我笑了笑,要跑,我赶忙拦住他:

"你叫什么名字?"

"我叫懒三儿,也叫浪荡三儿。"

我望着他那嬉皮笑脸的样子,又好气,又好笑。我说,一个年轻人,不该懒惰,应该向老社长学习。他说,我不学他我不学他,他只会让人们受穷。我说现在提倡"一不怕苦,二不怕死",他便仰起脖子哈哈笑了:"死,我倒不怕,人死了,什么也不晓得了;苦,可是让活人受的,呛不了、呛不了啊!"说完,撒腿就跑,跑到田野里,又回头冲我笑了笑说,"打回野兔儿让你吃。"

后来我才知道,这个懒汉竟是老社长家老三。他不仅懒,而且馋,整天东游西荡找吃的。捉到一只鸽子,煮煮吃;逮住几只麻雀,烧烧吃。偶尔拾到一只死猪、死狗,也吃。那一年他过生日,没有好吃东西,便到田里捉了几只四脚蛇(蜥蜴),剁了剁、煮了煮,浇饸饹吃。青绿色的四脚蛇浇在碗里，瞪着小眼睛，吐着小舌头，十分怕人，他吃得却很香甜。

懒三儿人很聪明，很小的时候就认了不少的字。八岁上，母亲死了，老社长把老大、老二叫到一起，流着眼泪做了一个决定：煞紧腰带也要供三儿上学。他在学校并不用心学习，但是功课很好，一连跳了两次级。初中快毕业时，因偷看女生厕所被开除了。老社长又气又恨，把他扔到山药窖里，用石头封了窖口，整整关了半月，逢人便说：

"他，也是一块沙地，一块沙薄漏地！"

懒三儿在山药窖里待了半月，就像孙猴子经过了八卦炉的锻炼，变得更难管教了。他藐视一切人，怀疑一切道理。老社长教导他，站在家门口，眼望天安门。他说，望不到。老社长说"大河有水小河满"，他说小河满了大河也不吃亏。话不投机，就要大动干戈。常常，他哭喊着从家里跑出来，老社长举着棍子一蹦一蹦地满街追赶。村人见了，无不摇头叹息，都说老人身子苦，心也苦。

一天黑夜，老社长又从工地上回来了。我怕懒三儿挨打，便到他家串门。老社长看见我，脸一红，支支吾吾不想让我到屋里去。我到屋里一看，不由得吃了一惊，只见炕沿上坐着个面黄肌瘦的瞎子。这个瞎子我认识，胡村人，经常偷偷给人算卦。我们下乡"知青"都请他算过卦，算我们几时回城。那年月，人们吃穿紧缺，他的生意却很兴隆。

瞎子端坐着，说话很文明，管懒三儿叫"相公"：

"相公，你叫什么名字呀？"

"我叫懒三儿，也叫……"

"报大名，报大名。"

"他叫三更，今年十八了。"老社长说。

"噢，三更。"瞎子点点头说，"属马的，黑夜生的，是吧？"

"是呀，是呀！"老社长惊异地望着瞎子，顿时生出满脸的尊敬。瞎

子摸了摸懒三儿的手,又摸了摸懒三儿的下巴、额头说:

"他这个'马'还没'出夜'啊!"

"什么叫没'出夜'呢?"我问。

"没'出夜',就是还没走到天明。黑灯瞎火的,迷迷糊糊的,他还不省人事啊!"

"那么,他几时才能'出夜'呢?"老社长焦急地问。

"莫慌,莫慌。"瞎子又在懒三儿脸上揣摸了一阵说,"等到三十就好了。三十而立,大器晚成啊,好好斗私批修吧!"

老社长相信了瞎子的话,再也不打懒三儿了。不幸的是,没等到懒三儿"出夜",他便与世长辞了。

那年冀中大旱。梦庄是沙地,旱情更严重了。头一年冬天,这里未降一片雪;整整一个春天,这里未落一滴雨,小麦长得筷子高,不到"小满",便焦干了。玉米点不上,山药不能栽,河滩里的小树片片干了尖儿、黄了叶。村里的几眼机井,井台下降了一米,才能抽上水来。电动机、柴油机昼夜不停地吼叫着,刚刚浇了两天,就又不上水了。人们仿佛也被旱坏了似的,男人、女人都光着脊梁,整天躲在家里,或是躺在野外的树凉里,懒得下地。晚上看着天上,亮闪闪一片星光,早晨看看天上,又是一个火球儿般的大太阳!

这时候,老社长从河滩里"蹦"回来了,"蹦"到大队办公室里,冲着大队干部发脾气:

"地里着火了,你们还坐着吸烟、喝水!"

"老天爷不下雨,我们有什么办法?"大队干部们说。

"你们没办法,不会开个'诸葛亮会'?"

大队召集了十几位老农,开起了"诸葛亮会"。有人说,我们继续批宋江吧?老社长不同意。他说,老天爷不下雨,不碍宋江的事。有人说,天大旱人大干，筒、桶、盆、罐一齐上！老社长也不同意。他说，井里都没水了，那些东西有什么用呢？讨论了两天两夜，最后还是老社长想出了主意。他把桌子一拍，坚决地说："打井！旱年打井，井深水旺！"

"打几眼？"人们问。

"打十眼，实现百亩一眼井！"老社长说。

"诸葛亮"们屏声静息，谁也不吭声了。他们奋斗了十几年，依靠国家资助，一共打了十眼井。现在一下要打十眼井，钱从哪里来呢？

老社长胸有成竹。他说，发动群众采取挖山药窖的方法打井。人工挖到水皮儿上，再请钻井队，一钻一眼一钻一眼，快得很。这样，用打一眼井或是两眼井的钱，可以打十眼井！

几天后，梦庄的大地上掀起了一个前所未有的群众打井运动。一群群精壮汉子，手持铁锹、镐头，奋战在野外的井位上。天太热了，他们就脱了褂子，脱了裤子，脱个一丝不挂。女人们送饭来了，他们就抓一把泥，甩在那丑陋地方。女人们并不责怪他们，也不避他们，对于他们挖上来的每一锹泥、每一锹沙，都抱着很大的希望。

可是，因为地上是流沙，村北的两眼"井"挖到两丈深处，相继发生了塌方事故，砸伤三人，砸死一人！

打井运动夭折了，旱情继续发展着。

村北的沙岗上，多了一个新坟。

一天傍晚收工时，我远远看见一幅"油画"：老社长弓着背、低着头，呆呆站在沙岗上，像个木雕。他的面前是新坟、白幡。他的背后是一片血红的晚霞。晚霞消失了，星星出来了，他还那么站着。我走过去叫了一声，他才如梦方醒似的抬起头来。我问：

"老社长，你在想什么呢？"

他怔怔地望着我，没有回答。过了很久，突然问了一句：

"你是什么成分?"

"我是贫农。"我说。

"我也是贫农。"他望着夜色笼罩的村庄,叹了一口气说,"我想村里要有几个富裕中农就好了,让他们打井,私打公用,——这叫'抽肥补瘦'。可惜呀,如今的富裕中农都是假的,地主、富农也是假的,只有咱们是真的……"说着,搂住我的肩,咕咕笑起来,那笑声很凄凉,像哭一样。

我不晓得什么叫"抽肥补瘦"。后来人们告诉我,那是土改时的一个名词——让富裕中农献地、献粮,贴补穷人。

老社长病了,肺炎。

老社长发着高烧,看望了三个伤号。

老社长水米不进了,危在旦夕。

一天黑夜,老社长的屋里站满了人。他静静地躺在炕上,两眼直直地望着屋顶,像是思忖什么。忽然,他的眼睛亮了一下,扶着老大的手坐起来,两只黄黄的、薄得发亮的耳朵像是在捕捉一个声音:

"响雷哩?"

"不是。"懒三儿听了听说,"街上过大车哩。"

老社长怒目而视,啪一声,重重打了懒三儿一个耳光!懒三儿噙着泪说:

"爹,我怎么了?"

"老天爷不下雨!"老社长吐了一口闷气,躺下,再也没有说话。

我记得,那天后半夜里,老社长刚刚咽气,满天的星斗就不见了,一阵清风几声雷,下了一场透雨,解了梦庄的旱情。人们说,老社长升天,甘霖落地,许是个好兆头。

老社长离开人间,已经十年了,我一直怀念着他,怀念着梦庄的沙地。

1984年春天,一天中午,懒三儿忽然找我来了;一见面就说:

"听说城里有涮羊肉,是吧?"

十年不见,他还是老样子:矮矮的个子,尖瘦的脸,嘴很馋,我说了一声"有",他便拉住我的手说:

"走,吃一顿去,我请客,我这辈子还没吃过那种东西!"

我领他来到一个饭馆里,他不坐"大屋",要坐"小屋"。我们坐在"雅座"里,他掏出一盒价格昂贵的"三五"香烟让我吸。服务员请他点菜,他不点,只说要贵的、要贵的。酒,也要贵的。我说要花许多钱呢。他说不要紧、不要紧,今天进城是出差,吃多少花多少,可以实报实销。他见我犹豫着,便用筷子指着我的鼻尖,哈哈地笑了,说我思想不解放、不解放!

喝过几杯酒,火锅、羊肉端上来了,我们便涮着吃。我问到村里的情况,他顾不上回答,只顾大口吃羊肉。再问,他才东一句、西一句地说,地分了。村里办了两个工厂。天天停电。最近打了十四眼井……我放下筷子,立刻截断他的话:

"打了几眼?"

"十四眼!"他说,"谁有钱让谁打,私打公用。"

"你们真的实行了'抽肥补瘦'?"

"哪能呢!"他干了一杯酒,哈哈笑了,"那是违背政策的。我们梦庄人,什么时候违背过政策呀?你说,河滩地里种花生,一亩能收多少?"

"要是有水,收五百斤没问题。"

"五亩地呢?"

"收两千五百斤。"

"两千五百斤花生,卖多少钱?"

"一千多块。"

"打一眼井花多少钱?"

"一千往上。"

他说，去年春天，他们把村南的土地分到户里耕种了，一年的工夫，村里便出现了一些"富裕中农"。今年，村北的河滩地也要分下去，村里决定：谁打一眼井，给谁五亩河滩地种，白种三年。"富裕中农"们一算账，抢着要打，就打起来了，全村实现了六十亩地一眼井！

我听着他的叙述，仿佛看见了梦庄大地上一眼一眼的新井，一片一片的新绿……我高兴地问：

"这是谁的主意？"

"我的主意！"他拍拍胸脯，洋洋得意地说，"现在，我当了村民委员会的副主任了！"

"真的？"我不信。

"这还有假？"他又干了一杯酒，抬高嗓门儿说，"你当今天我是专门来吃涮羊肉的？不是。村里的工厂没了原料，我是来走后门的。操他娘，一份礼物送上去，顶我们吃十顿！吃！"说完，他一连干了三杯酒，大口大口地吃起涮羊肉。

我望着他那狼吞虎咽的样子，仍然半信半疑：

"你，你怎么当了主任呢？"

"你瞧不起我！"他把筷子朝桌上一拍，猛地站起来了，"我怎么不能当主任呢？不错，我偷看过女生厕所，可是什么也没看见！我怎么当主任了？告诉你吧，那个瞎子说对了！我今年三十二岁，周两岁，正好三十！我这个'马'，'出夜'了，哈哈哈，干！"

他举起酒杯，一饮而尽了。

我也举起酒杯，望着他那一双骄矜的醉眼，不由得想起老社长来了。我想，老人假如活着，看见梦庄大地上一眼一眼的新井，一片一片的新绿，再看看"主任"这副模样儿，是喜呢，是悲呢？

喝下那杯酒，我也感到有些恍惚，不知自己是醉着，是醒着……

杏　花
——梦庄记事之十一

我在梦庄的时候,和她做了七八年的邻居。她家院里有棵杏树,每年春天,开出一片洁白的花儿,十分悦目。我们就叫她"杏花"吧。

杏花是个年轻的媳妇,平时除了下地劳动,很少出门,也很少和人谈笑。隔着一个矮矮的墙头,每天只能听到这样的声音:

"娘,早晨做什么饭呀?"

"贴饼子,熬粥!"

"娘,晚上做什么饭呀?"

"熬粥,贴饼子!"

请示的是杏花,回答的是婆婆。

花钱买东西,更得请示了:

"娘,没盐了。"

"买去吧!"

"娘,没碱了。"

"给你钱。"

"娘,该打洋油了。"

"打洋油、打洋油,怎么光打洋油呀?你们吃洋油、喝洋油!"

于是,一连几天晚上,杏花屋里就黑着灯。

人们说，杏花小时候，就是个温顺的姑娘。1960年冬天，由于饥饿，她失去了三个亲人：爷爷、奶奶、父亲。刚埋了人，母亲就把她叫到跟前说："杏花，你不小了，该寻婆家了。"她还没有回答，母亲又说，"我看二淘挺合适，弟兄一个，人又老实，家里还存着不少胡萝卜哩，你看呢？"

杏花看见，外间屋里放着一布袋胡萝卜，布袋上印着四个字：严二淘记。她像傻了似的望着那个布袋，半天不说话。母亲眼巴巴地望着她，两个妹妹也望着她，她，仿佛就是胡萝卜……

"不乐意？"母亲问。

"娘看合适就合适……"她看看母亲那浮肿的脸，浮肿的脚，呜呜地哭起来了。母亲把她搂在怀里，也哭了：

"好闺女，别哭了，就这么定了吧！这年头儿，肚子要紧呀，一晃就是一辈子……"

杏花结婚后，人们渐渐发现，这是个令人羡慕的家庭。二淘身强力壮，在队里赶大车，一年能挣七千工分。婆婆很会过日子，手里掌握着三件东西：尺子、升子、秤。吃用的，都有定数。在婆婆的操持下，今年分的麦子，可以吃到明年麦收；今年分的红，可以花到明年分红。婆婆又很爱面子，手头再紧，每年也要给杏花添几件新衣服，杏花站在人前，倒比别人家的媳妇鲜亮许多。村里的姑娘、媳妇们，都说杏花嫁了个好丈夫，修了个好婆婆。

杏花渐渐习惯了这种日子，满足了这种日子。她像那棵杏树一样，牢牢地立在严家院里，默默地开花、结果……

可是，就在那年春天，我听到了她的一点儿隐私，那是一个叫老怪的青年亲口告诉我的。

老怪是大队的电工，小伙子很聪明，很漂亮，也很傲慢。他看不起村里的人们，但和我们下乡"知青"十分亲近。他经常找我玩儿，有时钻到我的屋里，和我一聊聊到半夜；有时一语不发，只是呜呜地吹口琴。他吹口琴的时候，总是昂着头，在院里踱来踱去，像只傲慢的大公鸡。

那天晚上，他正在院里吹口琴，忽然引来一个清细的歌声：

　　我们走在大路上，
　　意气风发斗志昂扬……

歌声来自西院，是杏花的声音！

唱了两句，戛然而止。

老怪仰着头，还在听。

西院里静极了，天上一个洁白的月亮，树上一片洁白的杏花……

过了好大一会儿，他说：

"在中学里，她最爱唱这支歌儿，我吹口琴，她唱……"

"在中学里，你们相爱过？"我似乎看出了什么，大胆地问了一句。

他呆呆地站着，没有回答。我把他拉到屋里，一定要他坦白，他冷笑了一声说：

"我们这种人，只懂吃，不懂什么是爱，真的。小时候，我们一起摘酸枣吃、煮毛豆吃，大了一起拾山药吃、打野菜吃。在学校里遇上'瓜菜代'，我们都吃不饱，她省下饭票给我吃，我省下饭票给她吃，结果，我们的饭票都吃不完。——这是不是爱？"

"这是爱的萌芽吧？"我说。

"也许是吧！"他又冷笑了一声，接着说，"初中毕业了，她不再考学，我也不再考学了，我们回到村里，悄悄地培养着那个萌芽。那年中秋节的下午，我在她家街门口上吹了一声口哨儿，晚上，她就到村北的小树林里等我——那是我们见面的地方。谁知，见面不久，她家就死人、埋人，埋了人,她就结婚了……"

"那天晚上,你们在树林里谈了一些什么?"

"主要是谈吃的。"老怪的眼圈儿红了,嗓音也变了,"她说,蒲草根儿可以吃,山药蔓儿可以吃,花生皮儿磨成面也可以吃;又说,她学会了'增量法',一斤棒子面,能蒸八个大饼子。我实在忍不住了,就说:'杏花,对着十五的月亮,你说,你还变不变?'她没听懂我的意思:'变什么?'我说:'变心。'她深情地望着我,半天没有说话。她的眼睛又大又亮,她的睫毛我能数清,迟了好大一会儿,她说:'你真坏,变、变、变,就是变!'说完,我们就……"

"就怎样?"我问。

他没有回答,从口袋里掏出口琴,又吹起《我们走在大路上》。一支很雄壮的曲子,被他吹得悲悲切切,忧忧沉沉……

以后我再见到杏花,便有一种神秘的感觉。可是我观察了很长一段时间,什么也没看出;我又细看她的那个三岁的儿子冬儿,淡眉、细眼、厚嘴唇,也没看出什么差错。也许,她并不爱老怪,当初的举动,只不过是一种儿戏。也许,她深深地爱着老怪,但是为了已成现实的丈夫、儿子,她长久地、痛苦地关闭着自己的感情,希望岁月把它冲洗干净。

后来,老怪结婚了,我还这么猜测着。

杏花母亲说得对,"一晃就是一辈子"。我离开梦庄一晃十几年了,那里的一些人和事,已经渐渐地模糊了,淡忘了,但我一直记着杏花,记着那个清细的、戛然而止的歌声……

去年年底,我在县里的劳动致富光荣榜上,意外地看见了杏花的照片。我望着她那和蔼的、多少有些拘谨的面容,心里很是高兴。她不仅成了养奶牛的专业户,而且,她的头上有了白发,她的眼角有了皱纹——她和二淘终于白头到老了!

今年春天的一个下午,我到梦庄办事,特意到她家看了看。当年那个黄土墙头不见了,我们住过的那排房屋,被她家租了过去,稍加改造,做了牛圈。她家养着十头奶牛,雇着两个工人,每年都有一笔可观的收入。

院里那棵杏树还在,满树的杏花开得正艳。杏树底下站着两头奶牛,两个工人正在挤奶。奇怪的是,两头牛中间坐着一个白净的男孩子,呜呜地吹着口琴。他吹得很认真,那姿势那神态,我似曾见过。我问:

"二淘,这个孩子是谁呀?"

"是白小儿,老怪的后代。"二淘也老了,说话的时刻,总是搓着两只大手,呵呵地笑,嘴里少了两颗牙。他指着白小儿说:

"这孩子很聪明,和他爹一样,从小就会吹口琴。可惜小时候得了一种怪病,腿拐了……"

"老怪呢,老怪现在怎么样?"

"早死了,那年修电线,被电死了。"我心里一震,二淘又说,"老怪不是东西,净和老婆生气。有人说是电线走了火,有人说是他自己不想活了——他对不起孩子!我们雇人的时候,把白小儿也雇下了,每月六十块钱的工资,杏花还短不了给他买件衣裳。"

"一个拐子,雇他干什么?"

"吹口琴呀,——杏花说,牛听着音乐,挤的奶多。"

"真多假多?"

"谁晓得?她说多就算多,如今她是当家的!"二淘说着,又搓着手呵呵地笑了。

白小儿听见我们的话,吹得更响亮了,我不知道他吹的是一支什么曲子,只觉得那琴声里,延绵着一种微妙的感情,真挚而又苦涩,悠远而又深沉……

我站在白小儿的身旁,听了几支曲子,一直没有看见杏花。

晚上，二淘留我吃饭，仍然不见杏花。二淘炒了两个菜，在杏树底下放了一个小桌，一定让我喝点儿酒。我端起酒杯问：

"杏花呢？"

"领着冬儿到钱庄相亲去了！"二淘酒一沾唇，话多起来。他说，这两年日子好了，杏花当婆婆的心切，一定要给冬儿娶个好媳妇。她的条件很高，一要个头儿排场，二要模样儿俊俏，三要高中文化。钱庄有个亲戚，下了好大功夫，才发现了一个目标……

"冬儿高中毕业了？"

"没有，只念了个高小。"二淘苦笑着说，"这孩子像我，干活可以，一念书就头痛。"

"那，人家闺女同意吗？"

"没说同意，也没说不同意，摇晃着哩。"二淘抿了一口酒，满怀信心地说，"杏花决心很大，一定要夺取最后的胜利。她说了，只要那闺女有活口儿，电冰箱大彩电，她要什么给她什么！——喝呀，酒不赖！"

我仰头望着天上，没了喝酒的兴趣。

"你说，她能胜利么？"

天上一个洁白的月亮，树上一片洁白的杏花……

"晓得么？如今一个闺女，顶四头牛价！"

忽然，那满树的杏花，恍惚变成胡萝卜了，就像做梦似的……

坏 分 子
——梦庄记事之十二

那年冬天,"四清"运动快结束了,一个下雪的晚上,工作队的老吴又来到我的小土屋里,告诉我:"小蝴蝶"的问题弄清了,今晚给她写检查。

老吴笑眯眯的,很快活。

我点着灯等候着。

"四清"运动刚刚开始的时候,我给不少村干部写过检查,后来被工作队制止了。因为我给他们写的检查,不仅文字通顺,而且认识深刻,一次就能过关,不利于他们"洗手洗澡"。大概是为了让他们多洗一些时候,洗得更干净一些,工作队不准我随便给人写检查,指定给谁代笔,才能给谁代笔。于是那些犯了错误的干部们,都希望有一天,能到我的屋里来。因为我一下手,就意味着他们的问题已经弄清,即将定案,他们就要"下楼"了。

"小蝴蝶"不是干部,是个年轻的小媳妇。我到梦庄不久,便听到了这个名字,因为不在一个生产队里劳动,我一直没有见过她。她不是本村人,娘家是个富户,她的父亲为了让她改换门庭,她便嫁到梦庄来了。她丈夫比她大十岁,人很老实,平时从不和人来往。自从娶了她,家里一天比一天热闹起来。尤其是晚上,大队干部们常常拿着酒肉,到他们家去吃喝,半夜不散。人们去了,她丈夫便侧着身躺在炕上,脸对着墙壁,装睡。

在那样的场合，她学会了吸烟，学会了喝酒，学会了打情骂俏。终于，她和一个年轻的大队干部发生了那种不光明的事情……

老吴十分重视这个问题。他常说，"懒、馋、占、贪、变"中，应该再加一个"淫"字，"淫"是万恶之源。据说，他下了将近半年的功夫，才把这个"花案"弄清了——所以很快活。

院里有了脚步声，她来了。

老吴咳嗽了一声，声音很重。

因为是写那样的检查，我不好意思看她。我对着那盏墨水瓶儿做的煤油灯，板板地坐在桌前，给她一个脊背。只听老吴让她坐，她大概坐下了。老吴开口便问：

"一共几次，说吧！"

"四次……"

"想想！"

"六次。"

一个很严肃，一个很害怕。

"头一次在哪里？"

"在村南的玉米地里。"

"谁先脱的裤子？"

"他……"

"想想！"

"我……"

老吴问什么，她答什么，我便写什么。老吴问得真细，不仅问每一次的时间、地点，而且问头朝哪里、脚朝哪里，怎样的姿势。那时我还没有结婚，听着他们的问答，羞得抬不起头，但是又想听下去……

老吴整整问了三个小时，她全回答了。老吴让她回去好好想一想，从世界观上找找原因，明天晚上再谈一次。

她没有走，嘘嘘地哭起来了。我扭头一看，心里一颤，不由得生起一种怜悯的感情。她哪里是个淫荡的媳妇，分明是个娇羞的少女！她的身材很小巧，衣服很单薄，小巧单薄得叫人可怜；她坐在门槛上，仰面望着老吴，哭得泪人儿似的。她说，她没有世界观，她不会找原因；她请求工作队宽大她，千万别给她戴帽子。又说，她肚里已经有了孩子，如果戴上帽子，怎么做妈妈呢？

"回去吧！"老吴说，"最后怎么处理，要看你的态度，你要相信党的政策。"

她走了。老吴拿起我的笔录，一页一页地看起来，像是玩味一个有趣的故事。我望着他那似笑非笑的脸孔，不由得问：

"老吴，干吗问这么细？"

"花案儿，都这么问。"他说。

老吴正看着，院里又有了脚步声，"小蝴蝶"又回来了：

"睡了么？"

"没有，来吧！"老吴望着窗户，热情地说。

"我不进去了，只说一句话儿。"她趴着窗台说，"第二次我记错了，不是头朝东、脚朝西，我记着是脚朝东、头朝西……"

她一定很冷，声音颤抖着。

老吴笑了，很快活。

第二天晚上，老吴又来了，"小蝴蝶"也来了。老吴并不要她从世界观上找原因，只是和她闲聊起来。他问她多大年岁了，哪一年结的婚，生活上有什么困难？"小蝴蝶"低着头，又哭起来了，哭得比昨天晚上还痛！

老吴耐心地劝导她、鼓励她。老吴说，你还年轻，犯了错误不要紧，改了就好，哭什么呢？又说，你娘家是富农，可婆家是贫农，只要改正了错误，靠近工作队，前途还是光明的——可以当"四清"运动的积极分子，可以加入贫协会，还可以入党……

"什么，入党？""小蝴蝶"抬起头，望着老吴摇摇头说，"不，叫我做个人，就行了……"

"太悲观了太悲观了！——哎哟！"老吴叫了一声，紧紧闭上眼睛。他说不知什么东西，跑到眼里去了，很疼。他让我端着灯，让"小蝴蝶"给他翻开眼皮看看。我犹豫了一下，端起灯，对"小蝴蝶"说：

"你端着灯，我给他看。"

"小蝴蝶"瞅着灯，一下变了脸色，她把我手腕一打，啪一声，满屋子的煤油味儿！

"坏分子！"老吴在黑暗中急怪怪地骂起来，"地地道道的坏分子！"

她走了，脚步腾腾的，很有劲儿。

钟　　声
——梦庄记事之十三

梦庄有十个生产队，每个生产队里的一棵树上，吊着一口铁钟。每天早晨和中午，几乎是在同一时刻，它们一响，社员们就扛起铁锨拿起锄头，浩浩荡荡去上工——它们是大家劳动的信号，也是集体化的象征。

我们下乡"知青"不喜欢那钟声。白天干一天活，身子累得散了架，早晨睡得正香，它响了，我们就得赶紧起床赶紧下地。后来，它不光早晨响，中午响，晚上也响。晚上它响了，我们就得拿起小板凳，到牲口棚里去"熬鹰"——或是学习"两报一刊"社论，或是声讨、批判什么人，我们就更讨厌它了！

但是，那钟声也给我留下过美好的记忆，它使我永远记住了一个老人。

那是一个干旱的夏天，黑夜浇地的时候，我们这些看水的孩子们常常因为换班时间的早晚发生争吵。一天，终于吵到队长那里去了，我代表前半夜浇地的孩子们说：

"队长！黑夜浇地几点换班？"

"十二点。"

"你问他们什么时候才上班！"

一方面说我们总是按时上班，另一方面指责对方每天上班至少要晚半个小时！于是又吵起来了，很像城里已经兴起的大辩论：

"胡说!"

"你们才胡说!"

"你们戴着手表?"

"你们戴着手表?"

"我们是看星星凭感觉!"

"我们也是看星星凭感觉!"

"不晚!"

"晚晚晚!"

队长劝导我们:一事当前不能先替自己打算;我们反驳队长:世界上怕就怕"认真"!队长没有办法,抓着头皮想了一下,对我们说:

"这样吧,从今天起,每天夜里打一次钟,上班的下班的,都听钟声吧!"

那天半夜里,我们在村南浇着玉米,果然听到了几下钟声。钟声刚落,后半夜浇地的孩子们就来了,他们悄悄地来,我们悄悄地去,谁也不理谁。

一天、两天、三天过去了,每天半夜里,都会听到几下钟声——不像平时上工的钟声,也不像集合的钟声,像学校里下课的钟声。在黑夜的田野上,那声音显得很舒缓,很庄重,就像一个和蔼的老人,耐心地劝说着我们,平和着我们浮躁的心……

后来,不等钟响,远远近近的庄稼地里便有了这样的声音:

"我们来了,你们回去吧。"

"等等吧,还没打钟哩。"

"算了吧,哪儿在乎这一会儿。"

"那,你们辛苦了。"

"不辛苦不辛苦。"

…………

一天下了班,我们回到村里,钟声才响起来。我们情不自禁地朝着钟声走去。夜色中,我们看清了,打钟的不是队长,而是一个老人。老人的身体很胖壮,须眉全白了,棉花朵儿似的,他站在那棵槐树底下,仰头望着树上的钟,一下一下地拉着钟绳儿。那钟响一下,他笑一下,像是逗着一群孩子玩耍……

我们站在槐树底下,静静看老人打钟,谁也不说话。老人打过钟,也一个一个看我们,最后指着我说:

"你是那个城里来的小小子儿?"

"嗯。"我低下头,不好意思地笑了笑。

"往后不要吵架了。"

"不吵架了。"

"唉,多么好个小小子儿……"

老人伸出一只手,摸了摸我的头,我感到很温暖。

村里的孩子们告诉我,这个老人姓路,全村的大人孩子都叫他路大爷。路大爷很老很老了,早不下地劳动了,但他爱管队里的事情。每天晚上,他总要到牲口棚里看一看,嘱咐人们小心灯火;每天清早,他总要蹚着露水到地里走一遭,哪儿块地该锄了,哪儿块地该浇了,回来告诉队长。听说队长要在夜里打一次钟,他便承担了这个工作。他说队长白天太忙了,黑夜应该好好睡觉……

我们听着那钟声,浇完玉米浇棉花,浇完棉花浇山药……

我们队的庄稼浇完了,路大爷半夜里还要打一次钟。一天黑夜,我在那棵槐树底下等到他,奇怪地问:

"路大爷,咱队的庄稼浇完了,怎么还打钟呀?"

"咱队的庄稼浇完了,外队的庄稼还没浇完,全村黑夜浇地的人们,都听着我的钟声哩。"

他笑眯眯地说着，仍然打。

全村的庄稼都浇完了，半夜里仍有钟声。一天黑夜，我又在那棵槐树底下等到他：

"路大爷，咱村的庄稼都浇完了，不用打钟了，休息吧！"

"咱村的庄稼浇完了，外村的庄稼还没浇完，附近几个村子黑夜浇地的人们，都听着我的钟声哩。"

他笑眯眯地说着，在黑暗中摸到钟绳儿。

"路大爷，你这是学了哪一篇儿呀？"我望着他那雪白的须眉，不由得肃然起敬了。

"我不识字，哪一篇儿也没有学。打着打着，冷丁儿不打了，外村的人们就会猜疑：'梦庄那个打钟的老头儿死了吗？'——多不吉利呀！"

说着，他呵呵地笑起来，钟声也响起来。静夜里，他笑得那么响亮，那么真实，真实得叫人感到陌生。我不由得大声地叫：

"路大爷！"

"哎！"

"你多大年纪了？"

"我呀？"

"啊！"

"谁晓得，活糊涂了，记不清了，总有八九十了吧！"

后来人们告诉我，早在十几年前，他就说他八九十了。为了和阎罗王打马虎眼，他从来不肯透露自己的真实年龄。

那一年，我们战胜了干旱，取得了好收成。年底评比"五好社员"时，我们一定要评路大爷，路大爷一定不当。他说他也没有戴着手表，黑夜打钟的时候，也是看星星凭感觉，有时晚有时早，没准儿，糊弄了我们了。

梆　声
——梦庄记事之十四

一盏马灯，忽悠忽悠的，从黑暗中过来了；马灯挂在小车把上，走走停停，停停走走，全村里都能听到一个平和的、木鱼似的声音：

梆梆，梆梆，梆……

到梦庄不久，我便熟悉了这个声音，那是路大叔卖豆腐的梆子声。

路大叔推着小车卖豆腐，不知有多少年了。他做的豆腐又白又细，用手拍一拍，瓷丁丁的，像磨石。他卖豆腐不是为了赚钱，只是为了赚渣滓。豆腐渣滓可以喂猪，人也能吃。"卖豆腐赚渣滓，养活老路一家子。"——村里人都这么说。

我不爱吃豆腐，但我非常喜欢那个木鱼似的梆子声。尤其在黑夜里，每当听到那个声音，我就会想到：梦庄是贫穷的，也是安宁的，因为街上有个卖豆腐的……

路大叔和我不在一个生产队里，我只在街上和他见过几次面。他个儿不高，脸上有几颗浅浅的麻子，对人十分和气。

人们吃了他的豆腐，给钱也行，给豆子也行，赊账也行。他不识字，谁赊了他的豆腐，他就从口袋里掏出一个小本子，让你自己记账。

你记多少，还多少，他从不怀疑。我常常看到人们和他开玩笑说：

"老路，你不怕我们糊弄你呀？"

"不怕。"他总是笑呵呵地说,"我不亏人,人不亏我,没人糊弄我。"

可惜的是,我们和路大叔刚刚有了一次交往,那个木鱼似的声音便在村里消失了,他便不卖豆腐了!

那是刚进腊月的一天晚上,几个伙伴正在我的小土屋里喝酒,街上响起一阵梆子声。一个叫大钟的伙伴突然醉醺醺地说:

"我能吃五斤豆腐!"

"你不能!"我们也喝醉了,一齐拿他取乐。

"我要是吃了呢?"

"你要吃了我们掏钱,——你要是吃不了呢?"

"我请你们吃豆腐!"

"不反悔?"

"不反悔!"

"走!"

我们互相拉扯着,晕晕乎乎来到路大叔的小车跟前。路大叔听说我们要打赌,眯着眼干笑,说什么也不给我们称豆腐。大钟借着酒劲儿,当胸给了路大叔一拳,说:

"你这个人真怪,卖豆腐还怕大肚汉吗?——快称豆腐!"

"路大叔,给他称,我们拿现钱!"

我们凑齐钱,扔在小车上。

路大叔依然笑着,把大钟上下打量了一遍,说:

"我看你肯定吃不了五斤豆腐。这样吧,我称一斤,你吃一斤,看你到底能吃几斤豆腐。"

"行,称吧!"

路大叔打了一块豆腐,放在秤盘里,然后提起秤毫,定好秤砣,一撒手,秤杆子向上一撅,他便望着我们笑了笑说:

"秤头儿不低吧？"

"不低不低！"我们说。

路大叔称一斤豆腐，大钟吃一斤豆腐。大钟吃了三斤豆腐，脸上冒了汗，朝地下一蹲说：

"歇歇……"

"不能歇！"

"快点儿吃，要不你就输了！"

大钟像个运动员一样，围着小车跑了好几圈儿，又吃了二斤豆腐。

我们输了，他赢了。

可是，他被撑坏了，一连几天总嚷肚子疼。我们给他请来一位医生，医生看了看，生气地说："饿着吧！"我们每天只让他喝点儿米汤。

路大叔天天来看望他。路大叔见了我们，又是摇头，又是叹气，好像这种后果完全是他造成的。

大钟渐渐好了，但是不知为什么，好几天没有听到路大叔的梆子声。

一天黑夜刮着大风，路大叔的梆子又响起来。那声音很沉闷，很紧急，仿佛就在我屋后，在我窗口……敲了一阵，路大叔手里托着一块豆腐，来到我的屋里。他的脸色很难看，几颗麻子也变成了黑的，但他还是笑着说：

"给你们一块儿豆腐吃吧！"

"路大叔，这是……"我望着那块儿豆腐，感到很惊奇。

他说，他卖了半辈子豆腐，没亏过人一星半点儿。那天晚上我们打赌时，他怕撑坏了大钟，在秤杆上耍了鬼。他收了我们五斤豆腐的钱，只称了四斤四两豆腐。原来他想以后我们买豆腐时，暗暗补上就是了，可是，打明天起，他就不卖豆腐了……

"为什么不卖豆腐了？"我问。

"上头说了，推着小车卖豆腐，走的是资本主义道路。"说完，他走了，去卖最后一车豆腐。

那天晚上，路大叔的梆子一直敲到半夜里。那声音很沉闷，很紧急，仿佛就在我屋后，在我窗口，在我心里……

枪 声
——梦庄记事之十五

小林被捕才一个月,就要判刑了,死刑。

那天天不亮,村里就响起了紧急的钟声。县里指示,梦庄的所有干部、社员、四类分子,都要去参加公判大会。人们顶着星光去了,排着长长的队伍,喊着愤怒的口号……

那天我没去参加公判大会,我向队长请了假,说是中了暑。我知道他犯了重罪,强奸虽然未遂,但他拦劫的是我的同类——秦庄一个女"知青"。那时的法律格外保护女"知青",正如人们呼喊的口号:"路小林破坏知识青年上山下乡,罪该万死!"我不能救他,也不忍看他,他是我的朋友,他才十八岁啊!

人们去了,都去了,梦庄显得特别空,特别大。我在我的小土屋里坐不住,在村里也待不住。我躺在村外的一棵杨树底下,望着灰白的太阳,估摸着那难熬的时刻:公判大会开始了,公判大会结束了,警车、刑车、摩托车一齐开动了……我希望太阳走慢一点儿,又希望太阳走快一点儿。大街、石桥、南门、沙滩,到了,到了,砰!我眼前一黑,仿佛自己被枪决了,身子化作飞灰,变成了烟尘……

醒来又是一片星光。黑沉沉的青纱帐里,浇地的人们在说话:

"看见了么?"

"看见了,挺好的一个孩子,怎么走到那条路上去了?"

"听说是看了一个什么帖子?"

"不,听说是听了坏故事。"

"谁给他讲坏故事?"

"城里那个下放的学生……"

我从地上爬起来,心里有些害怕,身上有些发冷。我回忆着我和小林的交往,反省着自己的言行。我没有给他讲过什么故事,给他讲故事的不是我……

那是一个深秋的晚上,一个身体瘦小的男孩子哭着跑到我的小土屋里。他的头发乱蓬蓬的,脸很脏,脚上只穿着一只鞋。他说他刚刚挨了父亲的打,要在我屋里睡下。这个孩子就是小林,我们每天在一起拉车,但是没有说过话。

那天晚上,我们两个躺在炕上,说了很多的话。我问他多大年岁了,他说十六了;我问他为什么不上学,他说上学没意思;我问他为什么挨打,他说因为听了坏故事。我让他讲个坏故事,他想了一下,就讲起来了。也许是他的记性不好,也许是怕我睡着了,他讲一句,想一句,问我一声:

"从前有一座山,山上有一个庙,——听着哩吗?"

"听着哩,一座山,一个庙。"

"庙里住着一个老和尚,住着一个小和尚,——听着哩吗?"

"听着哩,一个老和尚,一个小和尚。"

"老和尚下山化缘,从来不领小和尚——"

"听着哩,讲吧!"

"有一天,老和尚又要下山,小和尚一定要跟着去,老和尚就答应了。师徒二人下了山,进了城,小和尚看见一群红袄绿裤的大闺女,眼都看直了,就问老和尚:'师傅,这是什么东西?'老和尚怕他动了凡心,就说:'是老虎!'师徒二人回到山上,小和尚就病了,茶饭不思,面黄肌瘦。老和尚问他怎么了,小和尚就撅着嘴哭起来了。你猜他说什么?——'我想老虎!'"

讲完,他咯咯地笑了,我也笑了:

"这个故事是谁讲的?"

"老北瓜。"

"老北瓜是什么人?"

"一个光棍。"

"这个故事并不坏呀!"

"可是我爹不许我听,怕我听了想'老虎'!"

说完,他又笑了。月光里,我看见他有两颗白得发亮的小虎牙……

从此以后,我们两个形影不离了,一起睡觉,一起干活,一起玩耍。路大伯见我们关系亲密,很欢喜。一天,他把我请到家里,非让我喝一点儿酒不可。我喝一盅,他让小林倒一盅,最后对小林说:

"以后少跟老北瓜在一起,跟你这个哥哥玩吧,他有文化。"

我明白老人的心思,以后我和小林玩的时候,就教他学文化。那时没有书读,我手里只有一本残缺不全的《京剧大全》,我就按着上面的唱词,教他识字:

> 一马离了西凉界
> 不由人一阵阵泪洒胸怀
> 散步儿打从这孙家经过
> 见一位美大姐貌似嫦娥
> …………

小林识了不少字，路大伯对我更敬重了。每年端午节，总要送我几个粽子；每年中秋节，总要送我一些红枣。过年的时候，总要把我让到家里，请我一顿酒饭。

得了这些好处，我对小林更尽心了，不光教他识字，有时还给他讲一些自然知识、历史知识。他听得很认真，对于这些知识很感兴趣。一天晚上，我给他讲从猿到人的时候，他听得入了神，眼睛都发直了：

"猿？"

"是一种猴子。"

"我们都是猴儿变的？"

"我们不是，从前的人是。"

"我爹是猴儿变的？"

"也不是。"

我告诉他，人类的祖先才是猴儿变的，很早很早以前的祖先。

"那，我们是什么变的？"

"我们是……"

"小林！"我正要告诉他，路大伯阴沉着脸来到我的小土屋里。他看了看我，看了看小林说，"回家推碾去！"

在我记忆中，只有那一次，路大伯似乎生了我的气。我得向他讲清楚，那不是坏故事，那是科学知识。

街上也黑沉沉的。歇凉的人们坐在碾盘上、树影里，谈论着同一个话题。我从他们身边匆匆走过，忽然听见一阵咕咕的笑声：

"看见了么？"

"看见了，小林站在汽车上，一点儿也不害怕，很像李玉和！"

"枪真响，叭，像放鞭炮！"

"枪不响，噗，像放屁……"

土地庙的庙台上，集合着一群歇凉的光棍。不管村里发生了什么事情，他们总是那么快活。

"你们说，小林这家伙，怎么走到那条路上去了？"

"听说是听了坏故事？"

"不，是看了一个帖子。"老北瓜手里拿着一个纸团，笑吟吟地说，"那天小林去赶集，看了这个帖子，不由得想起'老虎'来了。他钻到一块玉米地里，正玩自己那东西，恰巧过来一个梳辫子的'老虎'……"

"那是个什么帖子？"光棍们一齐问。

"念念！"有人划着一根火柴。

"'祖传秘方，专治——'"老北瓜忍着笑，故意压低嗓门儿："'阳痿不举……'"

"哈哈！……"

"'举而不坚……'"

"哈哈！……"

"'坚而不久……'"

"哈哈哈！……"

"懂么？"

"懂！"一个老光棍，身子向后一仰，笑倒在庙台上。老北瓜立刻指着他说：

"这家伙也想吃枪子儿——检查检查！"

光棍们哈哈笑着，蜂拥而上，要扒他的裤子……

我没心思看他们打闹，赶紧去找路大伯。我得向他说明情况，我得向他解释清楚，人言可畏啊！

两扇街门紧闭着，院里没有灯光，没有动静。我拍了拍街门，仍然没有动静。我又用力拍了几下，街门才打开一条缝。路大伯脸色灰黄，瘦得像根棍子！我心里一酸，不由得流下泪说：

"路大伯，你不要过于悲伤，你要保重身体……"

他呆呆地站着，不言语。

"小林活着时，我没给他讲过坏故事，我只教他念书、识字……"

他仍然不言语。

"听说，秦庄有个卖野药的，在集上贴了一个帖子……"

忽然，街门里头拥出一堆人，有小林的姑夫，有小林的舅舅，还有几个女人和孩子。他们如临大敌，一齐向我开了火：

"他要不识字，认得那帖子？"

"认不得那帖子，他能吃枪子儿？"

砰！我眼前一黑，仿佛被枪决了，路大伯紧紧关了街门！

我记得，在很长一段时间里，梦庄的大人们和我疏远了，梦庄的孩子们对我也怀了敌意。我在街上走路，他们就跟在我身后，用手指比成一个"八"字，冲着我的后脑勺儿射击：

"叭！"

"噗！"

"叭叭！"……

亡 友 印 象
——梦庄记事之十六

一

1964年11月,两个青年坐在梦庄村西的一个土坡上,监视着荒漠的一览无余的田野。他们的任务是放哨,不许人们到村外的树林里拾柴火。

那两个青年,一个是民兵排长路根生,一个是我。

在寒冷的北风里,我们那样坐着,清闲而又寂寞。一天下午,太阳西沉的时候,我望着西北方向那一片苍茫林带说:

"根生,咱村的树林有多大?"

"很大。"

他对工作非常负责,两只明亮的眼睛,在说话的时候,也注视着坡下的道路,并不看我。

"树林里,有不少枯枝落叶吧?"

"不少,遍地都是。"

"为什么不让人们拾呢?"

"大队规定,集体拾。"

"集体拾了干什么?"

他突然站起来,一跃跑下土坡。远处的小路上,有一个黑点儿朝这里移动着……

那个黑点儿近了,是个年轻的媳妇,背着一筐树叶。根生说:

"站住!"

她没有站住,只是对他笑。

"放下筐子!"

她没有放下筐子,笑着过去了。

他望着她的背影,骂了一句什么,就又坐在土坡上。我们继续讨论着:

"集体拾了干什么?"

"分给社员们。"

"让社员们自己去拾,不是更省事么?"

他又站起来,一跃跑下土坡。远处的小路上,又出现了一个黑点儿……

那个黑点儿近了,是个男孩子,也背着筐树叶。根生说:

"站住!"

他没有站住,也对他笑。

"放下筐子!"

他没有放下筐子,颠颠地就跑。

他追上他,把树叶倒在路旁,扣了他的筐子。男孩子去夺筐子,他一拳打在他的脸上!他哭着骂他,他揪住他的头发又打,吓得我闭了眼睛。等我睁开眼睛,只见一个血淋淋的巴掌,亮在男孩子的面前:

"你再骂?"

我吃惊地望着他,他的眼睛,他的鼻孔,他的巴掌那么大!

男孩子哭着走了,他打破人家的鼻子!

我心里很不平,跟他嚷起来:

"你凭什么扣人家的筐子?"

"谁叫他去拾柴火?"他也跟我嚷着,从地上拔了一团枯草,擦着手上的鲜血。

"你怎么不扣那个媳妇的筐子?"

"他能跟她比么?"

"怎么不能比呢?"

"她是个妇女!"

那团枯草被染红了,扔在路旁,像一朵美丽的野花,又像一堆带血的鸡毛。

他偏护妇女。

二

1966年2月,他格外地忙起来了,我经常见他拿着一个纸夹子,跟"四清"工作队的人在一起。他仿佛一下长了十来岁,举止言谈,变得很老练,显然是得到了很好的培养。

秋天,他入了党,不久又当了支部书记。

他当了支部书记,工作更忙了,白天开会,晚上也开会。他的女人在地里干活的时候,常常对他表示不满,埋怨他总是半夜里才回家。

他们经常开会的地方,是在村南的小学校里。晚上,我在我的小土屋里,常常听到他们的口号声、呐喊声。我就住在村南口上,和那所小学校,只隔着一条路。

一天半夜里,学校里的口号声、呐喊声刚刚平息,我听见他拍着我的窗户说:

"睡了么?"

"睡了。"

"起来，点着灯。"

我点着灯，他领进来一个血人！那人个子很高大，长得大头大脑，满脸是血。他找到我的脸盆、香皂，从暖壶里倒了半盆水，对那人说：

"洗洗！"

这个人叫老驴，是个戴帽坏分子，和我不在一个生产队里。他有什么罪恶，我不大清楚，只知道他在困难时期，偷过贫下中农的鸡。据说，村干部们既痛恨他，又喜欢他，他们说他身体健壮，禁打，在运动中是个有用的角色。

老驴洗过脸，根生在他脸上看了看，指着他的一只耳朵说：

"再洗洗！"

老驴又洗了洗那只耳朵。

"记住，回去就睡觉，什么也不许说！"

老驴呆呆地站着，脸上的表情，很像一个精神病人！

"走吧！"

老驴走了。根生在脸盆里洗着手（他手上也有血），骂老驴不老实。我问老驴怎么了，他很气愤地说：

"你晓得，贫下中农都不许到树林里拾柴火，他拾，这不是要翻天么？"

"可是，你为什么还要让他洗洗脸呢，又给倒水，又给香皂？"

他笑了一下，笑得很苦：

"他还有个老娘啊，也有老婆。"

他皱起眉毛，又说：

"你可不要告诉别人——咱们是朋友！"

我望着那半盆血水，点了点头，我说我不告诉别人。

三

1967～1970年，我们的接触是很频繁的。他常常在夜深人静的时候，悄悄来到我的小土屋里，和我讨论一些我也说不清楚的问题，例如："四清"下台干部能不能成立造反组织？《康熙字典》算不算"四旧"？"县联指"、"红造总"（县里两个对立的群众组织）哪一个是革命的？他每次找我，手里总是提着一个木头棒子，好像时刻都在防备着什么，令人望而生畏。

但是，我们也有一次接触，印象是很美好的，至今不能忘记。

那年腊月，东街的一个社员结婚，因为是我写的对子，人家一定请我去陪客。我怎么也没料到，当街口上响起鞭炮，新娘进门的时候，引路的竟是根生。他穿着一身新制服，戴着一顶平时轻易不戴的蓝色呢子帽子，显得很年轻，很俊俏。一位老人告诉我他最爱给人家娶亲、送亲，谁家办喜事，他总是有请必到。

那天，他表现得非常活跃。他指挥着一群孩子，一会儿去扒新娘的鞋，一会儿去解新娘的裤腰带，一会儿又在贺喜的妇女中间，偷偷燃放一个鞭炮，吓她们一跳。妇女们嘎嘎地笑着，满院里追赶他，用拳头捶打他，骂他是"黑后台"。一时间，她们忘了他是谁，他也忘了他是谁了。

晚上，那人家准备了两桌酒席，把我和根生安排在一个桌上。平时，他不能喝酒，那天喝得特别多。后来他说不能喝了，一个胖壮大汉便要捏着鼻子灌他。他呵呵地笑着又跟那个大汉碰了几杯。

回家的路上，他的身子摇摇晃晃，我也摇摇晃晃。我说：

"根生，醉了吧？"

"没醉！"他兴犹未尽地说，"后天，有一家聘闺女，还请我去送亲哩！"

"你总是爱干这种事情！"我摇摇晃晃扶住他的肩膀。

"我是爱干这种事情！"他摇摇晃晃搂住我的脖子，"这些年，总是批呀斗呀，天天像打仗！给人家当一天娶亲的、送亲的，我感到很快乐，就像到了另一个世界。所以，平日我对妇女们，特别好。你想，假如没有妇女们，娶谁呀送谁呀，人间哪有这种快乐？假如没有妇女们，我们的生活就更他妈的干枝燎叶的了！"

"我完全同意你的观点！"我喊了一声"妇女万岁"，两腿一软，倒在地上，只觉得天旋地转……

醒来的时候，天就快明了。一只黑狗站在我们身边，惊奇地望着我们，我们不禁相对而笑。

四

1971年5月，我得到一个可靠的消息：县里要调我去做文化工作。可是，等了几天，村里一直没人和我谈。

一天晚上，根生找我来了，告诉了我这个消息。我问他什么时候让我走，他迟疑了一下，说：

"咱们到村外谈谈吧！"

他的声音很低沉，似乎对我有些留恋。我到现在也不明白，他为什么要到村外去谈？

那天晚上没有月亮，天上的星星非常稠密。他像散步一样，领我在村外的小路上转悠，一句话也不说。他是让我看那一片片即将收获的麦田，听垄沟里汩汩的流水吗？

走到村西口上，他才站住了说：

"你走不了，我不让你走。"

"为什么？"我望着他的眼睛说，"咱们可是朋友！"

"正因为咱们是朋友,我才不让你走!"他也望着我的眼睛,"将来,你在梦庄是个有用的人,你有文化,有思想!"

"我有什么思想?"

"村北的树林里,那么多枯枝落叶,为什么不让人们拾呢?"

"不是集体拾么?"

"集体拾了干什么?"

"不是分给社员们么?"

"让社员们自己去拾,不是更省事么?"

说完,走上路旁的一个土坡。

我想起来了,六年以前,就是在这个土坡上,我和他讨论过这个问题,想不到他还记得。

"这就是思想!"他望着坡下的田野,庄重地说,"当时我就没有这个思想,所以,你比我强!"

他让我坐在土坡上,劝我不要走。他说梦庄这个地方不错,村北有茂密的树林子,村西、村南有大片的土地,很有发展的前途;又说将来总有一天,梦庄是会真正需要知识青年的。他说到了那一天,让我当支书,他当副的,他和乡亲们一定好好扶保我,听从我……

我望着他那认真的样子,差点儿笑了,因为我从来没有这样设计过自己的前途。我和他开玩笑说:

"我现在当行不行?"

"现在不行,你不懂阶级斗争。"

"将来也不行,"我终于笑了,"我不是党员,怎么能当支书呢?"

"你赶紧写个申请吧,我介绍你入党!"

"不行不行,"我去心已定,赶忙编了一个谎话,"解放前,我父亲当过伪军。"

他不再说什么,感到很惋惜,很失望。

他终于答应让我走了。我望着即将收获的田野,望着夜色笼罩的村庄,心里又热巴巴的。我留恋这里的乡亲,留恋这里的土地,也留恋这位正在为我失望的朋友。我不知道该用什么言语向他告别,他对我也没有什么嘱咐。我们坐了很久,只说了一句话:

"天上的星星真稠啊。"我说。

"明天是晴天。"他说。

五

1976年3月,他被火车撞死了。

梦庄一个向我报丧的大队干部说,去年冬天,县委派去一个工作组,停了根生的职,他们说他支持了"打着集体旗号的资本主义",犯了方向路线性的错误。根生在公社里被关了一个月,最后没有结果。他心里不服,去向县委反映意见,在进城的途中,罹难于于庄村口铁道上。

听到这个消息,我感到非常意外。去年秋天,在县里的农业展览馆里,我还看到过他的照片:他满面笑容地和乡亲们站在树林里,一手扛着铁锹,一手指着前方,意思是说他在领导人们前进。转眼之间,他怎么得了那样一个罪名呢?

在那样的时候,我不想打听他到底犯了什么错误,我所关心的,只是他的后事了:

"人埋了没有?"

"明天埋人。"大队干部说,根生的死引起了乡亲们的愤怒,大家把他的尸体停放在大队办公室里,要求县委给他做个结论,县委不做结论,就不埋人。今天县委做了结论,他们准备明天埋人。

第二天早晨，我怀着沉痛的心情，赶到了梦庄。不管县委做的什么结论，我总得送送他。

大队部的院子里，摆着很多花圈，挂着很多挽幛，站满了送葬的人。在他的灵前，我只看到了他的两个穿孝的孩子，没有看到他的女人。

他静静地躺在灵床上，头上戴着一顶我曾经见他戴过的蓝色呢子帽子，身上穿着一件我从未见他穿过的军绿色大衣；他的脸洗得很干净，鼻孔里、耳朵里堵着棉球儿；他的眉毛微微蹙着，他的嘴微微张着，仿佛还有什么话语，要向这个世界诉说……

他的手洗得也很干净，看不到一点儿血迹。一个守灵的人告诉我，村里的医生给他整容时，老驴突然来了，抓住他的手就洗……

起丧的时候，乡亲们都哭了，哭得最痛的是那些年轻的妇女。也许，她们结婚时，都是根生去娶，或是根生去送的吧？

至于县委给他做的什么结论，我一直没有问，到现在也不清楚。

云　姑
——梦庄记事之十七

　　梦庄小学校的后面有一片空地,空地的北头,一个用柳树枝儿编扎的栅栏小门里,住着一位云姑。那是 1969 年的春天吧,大队要在那片空地上给学校盖一排新教室,让我负责备料。那时我是民办教师,又是学校负责人。我指挥着大队的马车拉沙子的时候,云姑也在拉沙子,我们天天见面。

　　云姑是个年轻的媳妇,长得十分俊俏。刚下乡时,我叫她"云嫂",她答应得很响亮,后来就不依了。她说她在这个村里,年纪轻辈儿大,一定让我叫她"云姑",我便叫她"云姑"。

　　云姑很会过日子,在我印象中,她总是那么忙碌,那么快活。一个小小的院落,种着牵牛花,栽着小榆树,搭着北瓜架,被她收拾得生气勃勃。平时下地劳动,她总是背着一个筐子,收工的时候,捎回一筐青草,或是一筐树叶,喂猪、喂鸡、喂鹅。现在,她拉沙子干什么?谁也不晓得。

　　一天早晨,她又拉着尖尖一车沙子,从村外回来了。我走过去问:

　　"云姑,你拉沙子干什么呀?"

　　"盖房子呀,"她卸着车说,"兴你们盖房子,就不兴我盖房子吗?"

　　我怔了一下,半信半疑地望着她。她的丈夫去修水库,常年不在家,她一个女人,怎么能盖房子呢?我朝她家院里看了看,又问:

　　"云姑,你盖房子,砖呢?"

"还没买哩。"

"木料买了吗?"

"买木料?钱呢?"

我不由得笑了,说:

"光有沙子,就能盖房子呀?"

"反正盖房子得用沙子!"她也笑了笑说,"闲着也是闲着,我先拉下沙子,等有了钱,再买砖和木料。我不能总是住那两间茅草房子,慢慢地干呀,学习愚公移山呀!"

说完,满怀信心地笑了。

我们继续拉着沙子,云姑也拉着沙子。我们的沙子堆在她家门前的空地上,她的沙子堆在街门旁边的墙根底下。不久,她的小沙堆就和我们的大沙堆连在一起了。每天天快黑的时候,她便拿一把铁锨,到沙堆前面看一看,把我们的沙子,敛到我们的沙堆上,把她的沙子,敛到她的沙堆上,公私分明,一点儿也不掺和。

云姑每天拉两车沙子,可是,她的沙堆却不显大,反倒越拉越小了。一天,我终于发现,一条"沙线"从云姑的沙堆那里,哩哩啦啦地向北延伸过去,到了十字街口,突然消失,不知去向了⋯⋯

晚上,我怀着一种义愤的心情,藏在附近的树丛里,想看个究竟。我刚刚藏好,半天空中忽然响起云姑的声音:"是谁偷了我的沙子?我那沙子是我一车一车从村西的沙坑里拉来的呀,我一个女人,容易吗?你们拍着心口儿想想,你们偷我的沙子,对不对呀?⋯⋯"云姑站在房顶上,仰着脸,不知疲倦地喝喊着。喝喊了一阵,她便姐姐妹妹儿、姑姑姨姨儿、姥姥妗妗儿地骂起来了!她的语言很丰富,嗓音很悠扬,一套一套的,像念儿歌⋯⋯

在梦庄的黑夜里,我常常听到这样的声音。谁家的鸡"野"了一个蛋儿,谁家的自留地里少了几根蔬菜,女主人总是要上房骂一骂的。她们骂得非常生动,一气儿可以骂几个钟头,所用语言决不重复。她们这样骂,仿佛不是为了寻找丢失的东西,只是为了表现一下自己的语言艺术。

平时,听见别人这样骂,我感到很新鲜,很有趣;现在,听着云姑这样骂,我感到很难受,难受得想哭!早春的寒风里,她的嗓音多么清嫩,淡淡的月光下,她的身影多么柔美啊!

"云姑,别骂了,下来吧!"

我走到她家街门口上,对着房上叫了一声。她从房上下来,笑着走到我跟前说:

"你听见我骂了?"

她一点儿也不生气,好像是按照一种规矩,例行了一件公事。

朦胧的月色中,我望着她那一双秀婉的眼睛,不知怎样劝她才好。我看了她好大一会儿,才说:

"云姑,别骂了,千万别骂了!你这样骂,把你的美就破坏了!"

"我哪儿美呀?"她问。

"你哪儿都美,你的嗓子也很美!真的,那是唱歌儿的嗓子,不是骂人的嗓子。那么脏的言语,真不该从你的嗓子里出来!"

她听了很高兴,咯咯地笑了说:

"我美,也不如你美!"

"我美什么?"

"你又识文儿,你又断字儿,你又会念老三篇儿,你又会唱样板戏儿,你看你多美呀!"

笑了一阵,又说:

"听你的,我不骂了。可是,他们再要偷我的沙子,怎么办呀?"

"你放心吧,我有办法!"我望着她家门前那片山峦似的沙堆,胸有成竹地说。我到梦庄好几年了,自以为是了解农民的思想,理解农民的行为的。

第二天早晨,我在她家的黄土院墙上,用白粉笔写了这样几个大字:

　　此沙是私人的,请勿偷!

我又在"此沙"下面,用红粉笔画了一个箭头,指着她的沙堆。她问我写的是什么,我说是一道"符"。

这道"符"很灵验。以后几天里,再也没人偷她的沙子了。不过,据一个赶大车的青年报告,我们的沙堆上却少了不少沙子。我听了并不在意,不但不在意,反而很得意,因为这就证明了我的分析判断是正确的。

可是,一天早晨,那道"符"不见了。走近一看,像是被人用一种锐利的东西刮去的。我到学校拿了一支粉笔,刚刚写了一个"此"字儿,街门一响,云姑说:

"别写了,不要它了!"

云姑端着尿盆儿,站在街门口上看着我。她没有洗脸,也没有梳头,刚刚睡醒的眼睛含着笑,显得更俏丽了。我问:

"云姑,是你把咱们的'符'刮去了?"

她笑着点了点头。

"它顶用吗?"

她又点了点头。

"那为什么不要它了?"

我问了几声,她一直笑而不答。我赶到院里问她,她才翘起尖尖的食指,照我眉心儿一点,说:

"你这样写,把你的美就破坏了!"

她家的鹅，仿佛听懂了她的话，伸长脖子哈、哈、哈地笑起来了！我红着脸说：

"云姑，你的思想真好啊！"

"我思想好，房子破。"

"你真想盖房子？"

"我真想盖房子。"

"你盖得起吗？"

"你瞅着吧！"

说完，她又满怀信心地笑了。

可是，一直到我离开梦庄的时候，她也没有盖上新房子。她家的街门旁边，仍然堆着一堆沙子，沙子后面的土墙上，仍然留着我的手迹——一个被岁月冲淡了的"此"字儿。

孔 爷
——梦庄记事之十八

1968年冬天,梦庄和全国的农村一样,也成立了一个"贫下中农管理学校小组"。学校里的老师们听到这个消息,非常高兴,因为这个小组的组长不是别人,而是孔爷。

孔爷姓路,不姓孔,叫老孔。他是大队贫协主席、革命委员会委员,还兼任着大队治保主任。关于他的别的情况,我一无所知,当然也就不知道老师们为什么那样欢迎他了。

一天,孔爷领着三个老头儿,两个老婆儿,到学校里来了。我作为学校负责人(那时不叫校长,叫负责人),立即把老师们召集到办公室里,请孔爷讲话,欢迎孔爷指导工作。

孔爷蹲在椅子上,板着脸孔,说:

"你们不用请我讲话,我是个粗人,不会讲话。你们也不用欢迎我指导工作,我这两下子也指导不了你们的工作。咱们还是解决一点儿实际问题吧。解放这么些年了,咱们梦庄学校一直是分两个地方上课,一个'南学',一个'东学'。这个'南学'还凑合,那个'东学',根本不是人占的地方。明年,我想在'南学'后面,盖一排新房子,把'东学'搬过来,你们看怎么样?"

办公室里响起一片热烈的掌声!掌声未落,孔爷就领着那三个老头儿、两个老婆儿走了。一个本村的老师告诉我，这就是孔爷的作风。

不久，大队革命委员会就做出了关于建设新校舍的决定：明年春天备料，麦收以前施工。备料由我负责。

据说，大队形成这个决定，并不那么顺利。讨论的时候，有的委员说，现在大队还很穷，一切应该因陋就简；有的委员说，目前的中心工作是"斗、批、改"，好像不是盖房子……孔爷不耐烦了，把桌子一拍，板着脸孔说：

"你们说到底盖不盖吧？"

"盖！"委员们立刻统一了思想。这个说，孩子是革命的后代；那个说，孩子是祖国的花朵儿……

那个本村的老师告诉我，平时大队讨论问题，总是这样：孔爷不用讲什么道理，也不用去做谁的思想工作，只要他把桌子一拍，脸色一变，他个人的意见就变成了集体的意见。因为，孔爷革命的时候，别的委员还在吃奶。

第二年春天，我们开始备料了。备料主要是拉砖、拉土、拉沙子、拉石灰，由各生产队出车出人。所谓由我负责备料，就是站在工地上，告诉人们把砖卸到哪里，把土卸到哪里，并不累。我很想利用这个机会，和孔爷交谈交谈，了解一下他的革命历史。

一天下午，孔爷扛着一把铁锹，来到工地上。他一见我就板起脸孔：

"今天来了几辆车？"

"三辆。"我掏出一支烟说，"孔爷，歇歇吧，我很想了解一下你的革命历史。"

"哪个队没有出车？"他仍然板着脸孔。

我告诉他，两个队没有出车。

晚上，他便通过高音喇叭，把那两个队的队长臭骂了一顿，他骂他们是"绝户头心肠"！

我记得，几次想和他交谈，都失败了。他的心思完全扑在工程上，整天忙于催车、骂人。老师们和我开玩笑说：

"你负责备料，他负责操心。"

关于他的个人经历，他只向我讲过一件事，并且讲得很详细。那是一天傍晚，淋完石灰，我们到操场南边的垄沟里洗脸、洗脚，我无意中说：

"孔爷，我给你提个意见吧？"

"提吧。"

"以后不要骂人了，那样影响不好。"

"如今的工作不好推动。"他洗着脚说，忽然又问了一句：

"你看我黑不黑？"

"黑。"

"瘦不瘦？"

"瘦。"

"横不横？"

我笑了笑，不好直言。他说：

"你别看我现在这么黑，这么瘦，这么横，我年轻的时候，长得可俊哩，丹凤眼，柳叶眉，杨柳细腰儿，嗓门儿也好听。我在村剧团里是唱坤角儿的。那年正月，我们到胡村唱了两天戏，胡村的村长非要娶了我不可。有人告诉他，我是男的，他还不信。我化着装到茅房里尿泡的时候，他扒着墙头看了看，才死了心。"

我望着天边的落日，不由得哈哈笑了。我一直想不明白，对于这件事，他为什么那样津津乐道？莫非，那是他一生当中最大的荣耀？

料备齐了，孔爷召集各队的队长开会，让他们出木工、出瓦工、出壮工。队长们说：

"孔爷，你看什么时候了，麦子黄了梢儿了！"

过了麦收，孔爷又召集他们开会，他们又说：

"孔爷，锄草灭荒正吃紧，挂了锄再说吧！"

挂了锄，哩哩啦啦下起雨来，半月没有晴天。孔爷又召集队长们开会，队长们说："等晴了天……"话犹未了，孔爷把桌子一拍，板着脸孔说：

"你们到底干不干吧？"

"孔爷你下命令吧！"他们这才改变了口气。

几个壮工，冒着小雨干起来了。刚刚挖好地槽，打完夯，就到了秋收种麦的时候，就又停了工。

种上麦子，各队的木工、瓦工才到齐了。但是，那时人们干"社务工"一向是不积极的，工程进度很慢，气得孔爷常常自言自语：

"妈的，很像是给日本人当伕哩！"

眼看要上冻了，还没上梁。

孔爷天天盯在工地上，似乎也不见效。

一天，孔爷急了，指着干活的人们骂：

"你们滚回去吧，我调我的人马呀！"

他的"人马"是指四类分子。那时候，他兼任着大队治保主任。

四类分子们来了，孔爷板着脸孔给他们订立了三条劳动纪律：一、不准吸烟；二、不准喝水；三、不准拉屎撒尿。他还提了一个战斗口号：掉块子肉，脱层子皮，上冻以前也得给我上大泥！

房子终于盖成了，上冻之前，总算上了大泥。

孔爷一松心，病了。

孔爷生着病，每天还要来看看新房子。他的心情很好，但是仍然板着脸孔，没有一丝笑容。一天，我扶他看着新房子，不由得说：

"孔爷，我向你提个问题吧？"

"提吧。"他说。

"我到梦庄好几年了,不管什么时候见到你,你总是板着脸孔,你猜人们怎么说?"

他站住脚,眯着眼睛听。

"人们说,孔爷天生的不会笑,这是真的吗?"

他仿佛笑了一下,说:

"我不是不会笑,我是觉得我的工作不能笑。我是贫协主席,代表着贫下中农哩,贫下中农能嬉皮笑脸的吗?我又是治保主任,管着四类分子哩,对四类分子能笑吗?你看见了,我要是笑着,这排房子能盖起来吗?"

"孔爷!房子盖起来了,你笑吧,你尽情地笑吧!"我说。

他真的笑了。他笑得挺好看,很像一个和蔼的老太太。

孔爷笑过不久,便辞去了所有的职务,到村北的树林里看树去了。他辞职的理由是:年老体弱,不能胜任现在的工作。

后来,我才知道了孔爷"辞职"的真正原因。

有一天,公社革命委员会的主任来检查整党工作,在党员大会上,突然提出一个问题,让大家进行路线分析,老孔让贫下中农"滚"回去,请四类分子修建校舍,属于什么性质?当天晚上,他和孔爷谈了一次话,孔爷便辞了职。

放了寒假,我和几个老师到树林里去看他。一个女老师,一看见他就哭了说:

"孔爷!他们这样对待你,你冤不冤呀?"

"不冤,冤什么?"他却笑眯眯地说,"组织上宽大,同志们温暖,不往深里追了,还不便宜咱?你们说,要往深里追一下,不是阶级立场问题是什么?咱更呛不了了!"

"孔爷,你当时怎么没有想到这一层呢?"我问。

"咱没文化,想不了那么深刻。"他仍然笑着说,"要不我常说,没文化不行啊，要不咱得努力办学啊！"

　　他说话的声音很大，底气很足，而且满脸是笑，仿佛返老还童了。他让我们参观了他的小屋，参观了他的锅灶，还领我们到树林里转了转。走到林子深处，听见几只鸟叫，他便放开嗓子唱了两声：

　　"老了老了真老了，十八年老了我王氏宝（呃）钏……"

　　他的嗓子确实不错。

飞 机 场 上

——梦庄记事之十九

就像做梦似的,我们这个小小的县城里,忽然有了一个飞机场。买张飞机票,天上转一圈儿,可以看全城。

城里有什么?九楼四塔八大寺,建于唐宋元明清。还是这些古董,从前叫"四旧",现在叫"国宝",不但中国人要看,外国人也要看——也像做梦似的。

自从有了飞机场,给我添了不少麻烦。一些农民朋友,经常找我"走后门",让我买飞机票。飞机票的生意很兴隆,尤其是在旅游的旺季,飞机票很难买到手的。

正月里,梦庄来了一群妇女,也让我买飞机票。年轻的一时认不清了,我只认得和我年纪相仿的魏嫂、路嫂和黄嫂。三位大嫂红光满面,穿戴一新,魏嫂代表她们说:

"嫂子们求你来了,请你去买几张飞机票。咱村不少人,坐过飞机了,他们说飞机飞得可高哩,坐上可晕哩。正月里,我们也来晕一晕!"

说着,把一叠很新的票子,塞到我手里。我笑着说:

"魏嫂,你也敢坐飞机?"

"我怎么不敢坐飞机?"

"那飞机,比电碾子更可怕呀!"

路嫂和黄嫂,哈哈地笑了。

那年秋天,大队油坊里安了一个电碾子,魏嫂看了,大惊失色,满街里嚷叫:"快去看吧,油坊里闹鬼儿哩,一个小碾子,没有人推,没有驴拉,自个儿忽碌忽碌乱转!"这件事情曾在村里传为笑谈。

魏嫂也哈哈笑了,高声大嗓地说:

"我不怕,八十年代的老太太,吗都不怕了!"

飞机场坐落在县城东北方向的城角楼下。原先这里是一片庄稼地,现在变得宛如一个繁华的小城镇,一行行树木,一排排新房,一片片做生意的车、棚、帐。我领她们到了那里,买票的人们排着长长的队伍,飞机正在天上飞翔。我从后门进去,买了飞机票,便领她们到"清心茶馆"等候飞机。"清心茶馆"说是茶馆,里面也卖香烟,也卖食品,也卖各种饮料。三间门脸儿青砖青瓦,古色古香,黑漆门柱上贴着一副醒目的大红春联:

生意春前草
财源雨后泉

因为是我给这个茶馆取的名字,题的匾额,茶馆的王掌柜和我十分友好。见我领着客人来了,赶忙在靠近窗子的地方,抹干净一张桌子,清声亮嗓地说:

"老兄好久没有来了,这里坐吧!大嫂们坐飞机吗?好啊,俯览古城全貌,领略无限风光……"

说着,沏了一壶茶水,端上瓜子一碟。我让她们坐下了说:

"三位大嫂来了,三位大哥怎么没有来呢?"

"原说要来的,临时又变了卦。"魏嫂说,"去年冬天,他们三个做伴儿到山西卖花生,坐了一次火车,今天就说:'坐过火车的不坐飞机了,没有坐过火车的坐飞机去吧。'——三个土蛋,舍不得花钱!"

说完,又哈哈地笑了。

"奶奶,我吃甘蔗!"一个戴皮帽的男孩子说。

魏嫂掏出一块钱,给了男孩子。

"奶奶,我吃冰糖葫芦!"一个扎小辫子的女孩喊叫。

路嫂掏出一块钱,给了女孩子。两个孩子拿着钱,一蹦三跳地跑出去了。

茶客多起来了,阳光从窗子里照进来,茶馆里既热闹又暖和。三位大嫂嗑着瓜子,喝着茶水,谈天说地十分快乐。可是,当我问到村里的情况,路嫂突然拍了一个响亮的巴掌,说:

"完了!"

"什么完了?"我一惊。

魏嫂和路嫂,一唱一和地说:

"地早分了!"

"牲口早卖了!"

"好好儿一个集体,完了!"

魏嫂说着又拍了一个巴掌。

"她们两个吃了饭净在一起发牢骚,迟早要当反革命。"黄嫂指着魏嫂和路嫂,笑模悠悠地说。

我在村里的时候,魏嫂、路嫂就爱发牢骚。她们"根正苗红",胆子也大,敢在大街上叫唤"吃不饱",埋怨"布票不能顶钱花"。黄嫂就不同了,别人发牢骚的时候,只是静静地听着,从不答话。她时刻记着自己是个富裕中农,应该夹着尾巴。

"我不是发牢骚,我说的是实话!"魏嫂一气儿喝干一碗茶,诉苦似的对我说,"从前种地队长操心,如今种地自己着急!你就说那个电吧,能把人气哭,也能把人气笑。黑夜该你浇地了,它停了,一等不来,二等不来，你刚刚钻了被窝儿……"

"它来了。"王掌柜趴着柜台，忽然插了一句。

"赶紧穿上衣裳，往地里跑吧，你刚刚跑到地里……"

"它又停了。"王掌柜给我们续着水，笑眯眯地说，"这位大嫂讲的是实情，不是反革命。"

魏嫂好像遇见了知己，望着王掌柜说：

"这位大哥，也是乡下人？"

"城东的。"王掌柜眯着一双小眼睛笑着，谦虚地说，"去年春天，在各级领导的关怀下，在这里租了一块地皮，开了个小茶馆，个体户。"

"生意发财？"

"凑合。"

"好啊，你不用着急了！"魏嫂撇下王掌柜，指着自己的头发对我说，"你看看，你在村里时，我墨黑的头发，如今呢，头发都给急白了！"

"娘，二十年了，你不着急头发也该白了。"一个长得白白净净的媳妇，用手背掩着嘴角笑了说。这个媳妇很腼腆，很俊俏。我看了她好大一阵，才说：

"你是……"

"我是燕巧。"她笑了。

"我是她婆婆！"魏嫂也笑了，骄傲地说。

燕巧不是大队林果技术员吗？我在村里时，经常在果园里看见一个身材苗条的姑娘，施肥，浇水，除虫，剪枝，嘴里总是哼着歌儿……

"奶奶，飞机下来了！"一片隆隆的声音，两个孩子跑回来了，兴奋地指着飞机场说。

一架银白色的飞机，挟着巨风，正在机场上滑翔降落。三位大嫂伸长脖子从窗子里望着那个闪闪发亮的庞然大物，惊奇地说：

"噢，这就是飞机！"

"三个翅膀，看清了么？"

"看清了。"魏嫂担心地说，"飞到天上停了电，可怎么着？"

两个孩子不怕停电，嚷着要坐飞机。我告诉他们等下一班再坐，他们就又跑出去了。

飞机又起飞了。三位大嫂望着窗外，继续讨论飞机到了天上会不会停电，我关心着梦庄的果园：

"燕巧现在还当技术员吗？"

"果园早就被人承包了，她到哪里当技术员？"一个半天没有说话，脸色黑黑下巴尖尖的媳妇说。

我望着这个媳妇，一点儿印象也没有了。黄嫂告诉我，这是路嫂的儿媳妇，李庄的娘家，名叫兰娥。

"现在，果园的收成如何？"我问兰娥。

"不晓得！"兰娥看了燕巧一眼，愤愤地说。

提起果园，燕巧也变了脸色。她说承包果园的时候，只定经济指标，不定施肥指标、病虫防治指标和果树生长指标。结果，承包者只求高产，不肯投资，不少果树已经得了腐烂病……

我放下茶碗，也愤愤然了：

"村干部不管么？"

"村干部？"兰娥冷笑着说，"有人说村干部入着股，村干部说没入股，谁晓得到底入股没入股？"

"乡政府也不管么？"

"乡政府？"魏嫂哈哈笑了，"乡政府那么忙，哪顾上管这等事？"

"他们忙着干什么？"

"路嫂，你说吧！"

"魏嫂，你说吧！"

结果谁也没有说。

"那么，燕巧现在干什么呢？"

"立着！"兰娥嘴快。

"立着？"我没听懂。

"立着！"路嫂向我解释说，"你到村里看看去，从村南口到村北口，天天立着一堆人，东看老鸹西看燕儿。那么一点儿土地，搁不住种，不立着干什么？"

我明白了。去年春天，在下乡扶贫动员大会上，县长反复地讲，在我们这个地区，下乡扶贫的主要任务是解决农村剩余劳力的问题，我想指的就是农民"立着"的问题了。

"县里派了不少干部下乡扶贫，咱村有人去了么？"

"有人去了。"燕巧说，"去了一个老孙，一个小吴，他们说：'要想富，上项目。'我找他们要项目，他们让我卖烧饼。"

"我找他们要项目，他们也让卖烧饼！"兰娥说。

"你听听，你听听。"魏嫂又被气笑了，高声大嗓地说，"都鸡巴卖烧饼，谁鸡巴吃烧饼！"

"反革命。"黄嫂指着魏嫂，咕咕地笑了。

满屋茶客都笑了，我也笑了：

"这么说，你们属于没有脱贫的户了？"

"我们脱不了贫！"路嫂冷着脸说，"一等人去承包，二等人做买卖，我们是三等人！"

"三等人一样坐飞机！"魏嫂突然站起来，虎视眈眈地说，"路嫂，别把咱们看得太低气了，卖半布袋花生，卖几把子辣椒秧茄子秧，谁敢不叫咱们上飞机？"

"别说了，飞机下来了！"黄嫂也站起来，指着窗外说。

一片隆隆的声音，两个孩子又跑回来了。我付了茶钱，正要领她们走，王掌柜忽然瞅定路嫂说：

"这位大嫂，你说我是几等人？"

"你是二等人。"路嫂说。

王掌柜摇摇头，苦眉苦眼地笑了笑说：

"你们的话，我都听见了，我也说几句吧。刚才，就在你们发牢骚的时候，物价局来了一位同志，买了我五袋橘子粉，我不要钱，人家非给不可。推让了半天，我才收了钱。一袋橘子粉进价一块九毛八分钱，五袋橘子粉，你们猜给了多少钱？五块钱。我还得说：'哎呀，同志，你真廉洁呀，哈哈哈！'——你们说我是几等人？"

三位大嫂都笑了，一齐指着王掌柜说：

"咱们发牢骚，他也发牢骚，真是没想到。"

外面阳光好灿烂，一架银白色的飞机，真实地落在她们眼前。我领她们朝那里走着，忽然想起一句话，还没有问清楚：

"魏嫂，你们告诉我，乡政府到底忙着干什么？"

"催粮催款！"魏嫂说。

"刮宫引产！"路嫂说。

黄嫂不怕当反革命了，也说：

"卖书卖报，推销耗子药！"

她们朝我笑了笑，大姑娘上轿似的，上了飞机。

飞机开动了，在一片浩大的隆隆的声音里，挟着巨风向前冲去。

隆隆的声音变弱了。

飞机变小了。

她们满腹牢骚飞到天上去了。

会上树的姑娘

——梦庄记事之二十

我到梦庄不久,便听到一句歌谣:"王庄的姑娘会织布,梦庄的姑娘会上树。"王庄离梦庄三里地,那里的姑娘们怎样织布,我并不关心,梦庄的姑娘们怎样上树,却引起我很大的兴趣。

我们房东家,有个姑娘就会上树,据说身手不凡的。那姑娘叫小欢,当时不过十六七岁,小巧的身材,墨黑的头发,长得很白净。我们无法想象,这么一个姑娘,怎么会上树呢?一天,在地里干着活,和我一块儿下乡的石小芳故意逗她:

"小欢,你都会干什么活呀?"

"我会绣花儿。"她说。

"别的呢?"

"我会做鞋。"

"那是细活,粗活呢?"

"我会锄地,也会摘棉花。"

小芳忍不住了,指着井台上的一棵大杨树说:

"那棵树,你上得去吗?"

"你哩?"

"我们城里姑娘,哪会上树呀?"

"你不会，我也不会！"

她的脸红红的，眼里像有敌意。

那天中午收工后，我们正要做饭，听见她父亲叫她：

"小欢，上树捋点儿榆钱吧，吃'苦累'呀。"

她家院里就有不少树木，有榆树，有槐树，我们屋的窗子前面，还有一棵合欢树。她在院里洗了洗脸，到屋里去了。我们以为她去拿篮子，就在院里等着观看。可是等了很久，她再也不出来了。她父亲两手一摊，朝我们笑了笑说：

"看，你们来了，欢儿变娇了，不肯上树了。"

小欢的父亲还不到四十岁，长得很是糟糕。他的头顶早秃了，头顶四周立着几根黄黄的头发，像是旱坏的禾苗；他像有什么病症，眼里总是含着泪，嘴角里也湿汪汪的，显得水分很充足。可是他爱说话，吃饭的时候，他便端了一只大碗，蹲在合欢树下，不住地和我们说话。他说梦庄紧挨着老磁河沙滩，属于风沙地带，1949年春天，华北人民政府在附近的一个村里成立了冀西沙荒造林局，他们就开始栽树了，村里村外，栽的净树。他又告诉我们，村里粮食紧缺，花钱困难，庄稼人的生活来源一半指望地里，一半指望树上。春天，孩子们上树捋榆钱、采槐花，榆钱槐花掺一点儿玉米面蒸了，就是一顿饭，村里人叫"苦累"；秋天，孩子们上树扒槐角，打出槐籽能卖钱。他说去年秋天，小欢上树扒槐角，给他"扒"了一个皮袄，给她娘"扒"了一条棉裤。我们听了咯咯地笑，小欢便在屋里摔打一件什么东西。他听见了，赶忙吸溜一下嘴角的水分，笑笑说：

"不说了，不说了，欢儿急了。"

真的，我们到了梦庄，好像破坏了这里的风俗，姑娘们当着我们的面，再也不肯上树了。一个春深夏浅的日子，我们几个下乡知青到村西的沙岗上玩耍，路上看见几个姑娘，手里拿着篮子，站在一棵大槐树下，是要上树的样子。我们就悄悄躲在附近一片小树丛里,等着观看。她们把辫子盘在脖子里,正要行动,一个姑娘忽然叫了一声"有贼!"我们暴露了目标,她们就像一群惊弓之鸟,笑着跑散了。

那年秋天,终于得到一个观看姑娘们上树的机会,那年村里成立了俱乐部,为了置买服装、乐器,大队长让我们参加一天义务劳动,到村北的树林里扒槐角去。他把我们分成几个小组,每一个小组里,有会上树的,有不会上树的。我们那一组里,有我,有小芳,我们属于不会上树的,会上树的是三个本村姑娘:文雁、春女和小欢——小欢嗓子好,也被动员参加了俱乐部。

大队长做了动员,问我们能不能完成任务,我们说能,以小欢为首的姑娘们却唱歌儿似的一齐回答:

"不能——"

"怎么不能?"大队长问。

"我们来例假啦!"小欢大胆地说。

我们都笑了,姑娘们低着头,也偷偷地笑了。

大队长生气了,对姑娘们做了严肃的批评。他说你们参加了俱乐部,成了村里的文艺工作者,可是你们不能忘了,你们都是梦庄的闺女,你们不能丢了梦庄的传统。一个人来例假,都来例假吗?姑娘们偷偷地笑着,不再言声了。

那天早饭后,我们一人背着一个荆条筐子,来到村北的树林里。她们走得很快,到了林子深处,她们还不住脚。那真是一片好林子啊,一棵棵洋槐树,遮天蔽日,林中光线像是到了黄昏时候。林间的草地上开着野花,生着一丛丛的紫穗槐,小鸟一叫,像有回声。走到一片野花盛开的地方,小芳不走了,催她们上树。她们放下筐子,文雁看看春女,春女看看小欢,小欢两脚向后一踢,脱了鞋,命令我们说:

"你们朝前迈十步吧!"

"迈十步干什么?"我说。

"你不要问,要不你们上树。"

我和小芳笑了笑,只好向前迈去。她们数着我们的步子,一齐喊着:一,二,三,四,喊着喊着,忽然不喊了。我们回身看去,不见了她们的影子,树下放着她们的鞋。仰头一看,文雁高高坐在一个树枝上,悠着脚丫儿,朝我们笑;春女躺在一个倾斜的树桄子上,两手抱着肩,像是睡着了;小欢上得更高了,人也变小了,一串串槐角从天上落下来,下雨一般……

她们上得真快呀,我只看见了树上的姑娘们,到底没有看见姑娘们上树。

写 对 子
——梦庄记事之二十一

梦庄是个贫苦的地方，可是过年的时候，人们很爱贴对子，并且贴得很铺张：街门上贴，屋门上也贴，树身上贴个"栽子"，影壁上贴个"斗方"，猪圈的草棚上也要贴个"黑猪满圈"，队里的大车上也要贴个"日行千里"，贴得村里一片火红，十分好看。——遇到雪天，白雪红对子，更好看。

村里能写对子的人好像不多：一个是西街的黄玉明，一个是东街的路老鹤，后来我也算一个。一到年根儿，我们就在街上放一张桌子，给人们写对子，东街一摊，西街一摊，大队门口一摊。谁写对子谁拿纸，大队供给墨汁。现在回忆起来，那是一件很愉快的工作。暖和的阳光下，人们众星捧月似的围绕了我，人人喜气洋洋的，情绪像梅红纸。干部们喜欢写新词，社员们喜欢写古词。新词报纸上有，古词在人们心里：春回大地呀，万象更新呀，三星在户呀，五福临门呀……尽是人间最美好的话语。

有一天，村南口的路老杏也来写对子。路老杏五十多岁了，高大的身材，焦黄的脸，我到梦庄一年了，从没见他和人说过话，人们也不和他说话——他头上戴着一顶富农的帽子。治保主任见他拿着红纸过来了，说：

"路老杏，你也写对子？"

"行么？"他问。

治保主任也姓路，叫铁棍，平时脸色如铁，说话像棍，人们都很怕他。

这时候，却也笑着说：

"行，过年嘛，我们炮轰金门、马祖，还停炮七天哩。——你写吧！"

我却有些作难了，给他写什么词句呢？他想写个"天增岁月人增寿，春满乾坤福满门"，人们便笑着呵斥他：

"不行，你有了福气，我们就该受罪了！"

"要不，写个爱国的内容吧？"

"你爱国也是假的！"

他也呵呵笑了，笑得十分好看。他知道人们是在"批逗"他，而不是批斗他——一年到头，他是难得这么一回"批逗"的。他像戏台上的丑角，又是蹙眉，又是咂嘴，抓耳挠腮地表演了一番，然后望着我说："你是城里的学生，有文化，你给琢磨两句吧！"我想了一下，挥笔给他写了一副：

有空多拾粪

没事少赶集

横批：

奉公守法

人们看了哈哈大笑，都说我写得好，编得也好，果然有文化。路老杏也很满意，"好，就是它了，年年是它了！"墨迹未干，他便一手提了半副，飞一般走了。"飞"到拐弯的地方，他还故意蹦了两蹦，像扭秧歌，人们笑得更欢了。那天地上有雪，铁棍放声笑着，竟然望着他的背影喊了一声：

"慢走啊，大伯，别摔倒了！"

铁棍嗓门儿大，一声呐喊，震得树上的雪簌簌落了一片。

杜 小 香

——梦庄记事之二十二

我们刚到梦庄的时候,每个周末的下午,可以不去下地劳动,大家坐在一起念念报纸,队里也给记工。那是我们学习的日子,也是我们休息的日子。

一天下午,我们正念报纸,天上掉下一只篮子。抬头一看,南院的房檐上,站着一个皮肤稍黑,但挺耐看的姑娘,她朝我们一笑,就从房上下去了。——那是我们队上卖豆腐的老杜的最小的女儿,名叫小香的。

小香来了,来拿她的篮子。小香平时不爱打扮,那天她穿了一件干净的浅花褂子,显得很鲜亮,身上还有一股淡淡的香胰子味儿。我放下报纸说:

"小香,上房干什么呀?"

"晾一点儿萝卜片儿。"

"篮子怎么掉了?"

"刮的,风刮的。"

她看看天,自己先笑了,那天没有风。

我们让她坐下玩一会儿,她不坐,一副拿了篮子立刻就走的样子。可是她又不走,一双明亮而又欢喜的眼睛,一个一个地看着我们,像是寻找一件稀罕东西:

"他哩?"

"谁呀?"

"武松,你们的武松。"

我明白了,她是来看叶小君的。我们到达梦庄的那天晚上,村里举办了一个联欢晚会,我们演出了三个节目:一个大合唱,一个小合唱,最后叶小君说了一段山东快书——《武松打虎》。他说得并不太好,又没鸳鸯板伴奏,却博得了一阵又一阵的掌声,乐得人们大呼小叫。说完一段,不行,又说了一段。于是小君成了一颗明星,村里的姑娘、媳妇们,都想瞻仰他的风采,生产队长派活时,也喊他"武松"。

我告诉她,小君回城去了,明天就回来。她说:

"听说他还会拉胡琴?"

"会,他还会吹横笛儿。"

"他真行呀,能编那么多的词句,编得又快又顺嘴,一眨眼一句,一眨眼一句……"

我们都笑了。我告诉她,那些词句,不是小君现编的,而是有人写好了的,小君是背过了;我又告诉她,那写词的叫作者,小君是表演者。她认真地听着,不住地点头,像是获得了一种新的知识,懂得了一个深奥的道理。

那年收了秋,以我们下乡知青为主体,村里成立了俱乐部。我们白天劳动,黑夜排戏。白天劳动是拉土,把地里的黄土,一车一车地拉到村里去,堆积在一个地方,明年垫圈积肥用。拉土并不累,一人驾辕子,十几人乃至二十几人拉索子,悠悠晃晃,好似散步。但我觉得冬天的拉土,苦于夏日的锄地——夏日锄地,地头再长也有尽头。拉土就不同了,只要岁月没有穷尽,地里的黄土没有穷尽,我们就没有完成任务的时候,一天又一天,一趟又一趟的。只有到了黑夜,我们才能换了干净的衣服,集合到俱乐部里,新鲜一下自己,娱悦一下自己。若干年后读《圣经》,"创世纪"中写道:天、地、人、青草树木、飞鸟昆虫,以及白天和黑夜,都是神创造的。我觉得那位神的最大功绩,是他创造白天的时候,没有忘了创造黑夜。假如没有黑夜,我们在梦庄那些年,该是怎么度过啊!

我们的节目并不精彩,但很招人喜爱。演出的时候,舞台前面的广场上,广场后面的土坡上,以及周围的房上、树上,全是人!小香总是在舞台西侧靠前一点儿的地方,放一条板凳,站上去观看(板凳上还有两个姑娘,一左一右,她在中间)。

她看演出的时候,微微仰着下巴,张着嘴,眉眼都在用着力气。我在台上拉着二胡,望着她那专注的表情,天真地想:我们的祖先,莫非料到日后有个小香,才发明了管弦锣鼓,歌舞百戏?

那年腊月,村里不少青年,要求参加俱乐部,小香也报了名。小君是俱乐部的导演,一定要考考他们,以防滥竽充数。小君嘴冷,小香刚刚唱了一句歌,他便笑了,他说她嗓门儿不小,五音不全,唱歌不行,卖豆腐可以。

我看见,小香出了俱乐部的门,躲在一个角落里,呜呜哭起来了。——那么冷的天!

小香不看我们排戏了。

也不看我们演出了。

她在街上看见我们,装作没看见。

小香没有文艺的天才,但她一直爱好文艺。那年农历三月三,吴兴村接了一台戏,她是黑夜也看,白天也看的。

剧团走了,她失踪了。

村人传言,小香跟着戏子跑了。

她的父亲并不着急,因为剧团到了北孙村——小香有个姑姑,是那村里的。

过了六七天,她才回来了。我们问她干什么去了,她说:

"我呀,看戏去了啊。"

"这么些天,你在哪里吃饭?"

"我小香,能没地方吃饭?"

"你在哪里睡觉?"

"我小香,能没地方睡觉?"

她没提她的姑姑,她说她和剧团里的一个坤角,拜了干姊妹,最后把脸一仰,说:

"我呀,文艺界里有亲戚!"

迎 春 酒 会
——梦庄记事之二十三

1971年春天,我被调到县里工作,家属仍然留在梦庄,遇到假日,还得回村去过。于是每年的春节前夕,我都要参加村里举行的迎春酒会。

迎春酒会是在晚上举行,地点是在小学校的一个教室里。宴请的对象是我们几个在外面工作的人,所有大队干部作陪。酒是色酒,没有菜肴,只有一堆花生,一堆瓜子,一把水果糖。

迎春酒会年年是由老路主持。我们刚到梦庄的时候,老路是支部书记,"四清"以后,因为年龄关系,他的侄子接替了他的职务,他只做了一名支部委员。他在村里威信高,辈分大,村里有了重大事情,仍然请他出头,譬如迎春酒会。

老路确实老了,满头灰发,一嘴假牙,说话非常小心(一不小心,牙就掉了)。他先让他的侄子介绍一下村里一年来的工作情况、生产情况,以及明年的设想,然后一一询问我们,家里有什么困难需要村里照顾,最后让我们谈一谈,在新的一年里,我们将为家乡做些什么贡献——这才是酒会的主题。

首先发言的总是麻子老黄。老黄是化肥厂的一个科长,块头大,酒量大,发言的嗓门儿也大,他说:

"家乡如果需要化肥,说话!"

老黄的发言总能博得一片热烈的掌声。那时化肥紧缺，不能满足供应，老黄是酒会上的一颗太阳！

老路显得很激动，举着酒杯走到他面前说：

"老黄，我敬你一杯！"

"哎呀，折煞我了！"

"家里粮食够吃不？"

"够吃，够吃。"

"布票够花不？"

"够花，够花。"

"房子漏不漏？"

"不漏，不漏。"

"有吗困难，说话！"

两人碰碰杯，干了杯中酒。

接着发言的是眼镜老魏。老魏在物资部门工作，好像也是个头头。他有文化，发言比较啰嗦一些，首先谈论一番自己对于国际国内形势的认识，然后肯定一下村里取得的成绩，最后说：

"家乡如果需要钢材木材，说话！"

老魏的发言也能博得一片掌声。老路也要给他敬酒，也要表示一番格外的关怀。

除了老黄和老魏，别人的发言就没什么意思了。东街的另外一个老黄是农机修配厂的工人，他说村里的电动机、柴油机坏了，找他，随到随修，不用排队；西街的另外一个老魏在石灰窑上装车，他说村里买石灰的时候，找他，保证净给石灰块子，不给石灰面子；小祁和小路在农科站工作，他们说站上有了新种子新技术，一定先到村里试验推广。有两个人是只嗑瓜子不发言的。一个是南街的尚桂荣，一个是北街的王文玉。尚桂荣在城里当小学教员，王文玉在火化场工作，实在没说的。

最后一个发言的是我。我还没有开口，有人就笑了，我说：

"我在文化馆工作，家乡如果需要演唱材料，说话！"

我的发言没有掌声，只有一片笑声。

"笑什么？"老路站起来，喝止大家的笑声。他说演唱材料是宣传毛泽东思想的，比什么都重要。他也和我碰杯，希望我把毛泽东思想的阳光雨露，及时送回村里来。

老路不会喝酒，酒一沾唇就醉。我和他住在一道街里，回家的路上，我总是搀扶着他。有一回，酒兴所致，他不想回家了，一定要领我到处看一看。那天夜里刮着风，地上又有积雪，天气格外的冷。我跟他走到村北的河滩里，又跟他绕到村西的沙岗上，最后顺着村南的一条小路回到村里。他像梦游似的，摇摇晃晃地走着，指指点点地说着：这里搞果粮间作啊，那里办鹿场啊；这里修水塔、那里盖澡堂啊……看他酒醒了，我说：

"老路，年年举行这样的酒会，你觉得合适吗？"

"怎么不合适？"他问。

"这样的酒会，是'走后门'啊！"

他叹一口气，用批判阶级敌人的话，批判自己，他说：

"唉，咱也是人还在心不死，狗急跳墙啊！"

说罢，咕咕地笑了。

在我记忆里，我们这些人并没给村里办过什么事情，可是那迎春酒会，年年都要举行，后来又把宴请的对象，扩大到外村去了——凡是梦庄的女婿，在外面工作的，也要邀请。

现在，梦庄还举行这样的酒会吗？

喜　丧

　　牛老桥欢欢喜喜活了一生，终于1986年2月10日（农历正月初二）下午三时许，欢欢喜喜地死去了，享年五十八岁。

　　据说，牛老桥的丧事办得十分隆重。死后停灵三天，"永垂不朽""驾鹤西游""牛老桥千古"的挽幛、挽联，白花花挂了一片，乡政府、村民委员会都送了花圈。出殡的时候，惊天动地的"起丧炮"整整放了一个小时，街上的硝烟久久不散。村里上了年纪的人，无不羡慕地说：

　　"喜丧，喜丧，喜丧！"

　　我听到这个消息，特意赶到梁村去。我没有到村里，径直来到村北沙滩上的树林里。树林里很安静，恰巧他的三个女儿正在坟上烧"一七纸"。她们没有哭，一见我，竟笑了，叫道：

　　"叔叔。"

　　"我来晚了。"我说，眼睛有些潮湿。

　　"叔叔，别难过。"老三从竹篮里端出一碗饺子，摆在坟前，反倒劝起我。她说：

　　"这几年，他不错。活着有吃有花，死时也很快活。棺木也不错，装殓也不错，他在世时喜欢的东西，我们都让他带走了，一个半导体，一个酒壶，一个月的《河北日报》……"

"他也订报纸了?"我问。

"订了。"老二点着一堆纸说,"我爹虽不识字,思想可挺进步。上级号召订报纸,派下任务,梁村必须订七百份。人们不订,他很生气。他说,咱是贫农,日子好了不能忘本,他们不订,咱订。今年,他一下订了十份《河北日报》,受到上级表扬……"

我身上一激灵,赶忙打断她的话:

"他到底是怎么死的?"

"被她妨死的!"老大突然说。

"被谁?"

"羊!"

"姐姐,你别恨她了,其实,她对咱爹不错。"老二说,她们的继母是属羊的。大姐认为属羊的女人,妨男人。父亲死后,她一直怨恨继母。

烧完纸,老大的气消了一些,对两个妹妹说:

"我们磕个头吧。"

"磕个头吧。"

磕了头,觉得还有什么缺欠,又说:

"我们哭两声吧。"

"哭两声吧。"

姐妹三个坐在坟前,酝酿了一下感情,一齐哭起来:

"爹呀,我那受得了罪、享不了福的爹呀……"

我望着那个坟头,听着她们的哭声,心里也很悲哀,不由得想起了我们的交往,想起了过去的年代:

我认识他,是在1974年的冬天。那时候,我在这个公社当干部,常在梁村蹲点,住在梁村大队办公室里。一个下雪的晚上,我刚要睡,听见院里噗通一响,引起了我的警惕。我披上大衣,到院里去看,只见西屋的一扇窗子被打开了,窗下有个细长的人影……

"谁?"

"我。"他站住了,两手背在身后,身子紧紧贴着墙,手里好像拿着一团什么东西。我走过去问:

"干什么的?"

"我,嘿嘿……"他干笑着,不回答,牙齿得得地发响。

借着雪光,我看清了,这是一个四十多岁的汉子。这样的寒夜,他只穿着一件黑布夹袄,腰间缠着一束干枯的山药蔓子。雪片打在他的脸上,他睁不开眼,干笑。

"这样冷天,你的棉衣呢?"

"烧了。"

"家里失火了?"

"嘿嘿,烧炕不小心,柴草没有收拾干净……"

"没布票吗?"

"有。我的布票花不清。"

"钱呢?"

"嘿嘿……"他又干笑起来。

"你是几队的?"

"我是二队的。"

"什么成分?"

他干笑着,把手里的东西朝地上一扔,原来是一件破烂的、分辨不清属于哪个时代的紫花棉袍,他说,这件棉袍,是他父亲的遗物。我猛然想起来,这排屋子,是村史教育展览室。我立刻脱下自己的大衣,披在他的肩上。

"你叫什么名字?"

"我叫牛老桥。"

"老桥同志!"我的心口怦怦跳着,严肃地说,"你是贫农,怎么干这种事?你这样做,不是给社会主义抹黑吗?"

他也害怕了,牙齿得得响着说:

"我……我不是给社会主义抹黑,是天太冷。黑夜拿走披一披,不等鸡叫,我就悄悄送回来了,误不了大家看……"

我也是农民出身,当时,我的眼睛潮湿了。第二天早晨,我让大队开支了一些钱,救济了他。不几天,他穿上了新做的棉衣。他感激我,感激党,感激社会主义社会。在一次忆苦思甜大会上,他流着眼泪,喊出了这样的口号:

"不忘阶级苦!"

"牢记血泪仇!"

"没有老贾贫下中农穿不上棉裤棉袄!"

我被吓坏了,忙说:

"老桥!别瞎咋唬!"

"我喊错了?"

"没有毛主席,你穿不上棉裤棉袄!"

他眨巴眨巴眼睛,抡起胳膊,修正了自己的口号。

从此,我们建立了很深的友谊。冬天的晚上,我常常到他家里去。和他聊天儿。他的老伴死了,两个女儿结了婚,只有一个小女儿和他过日子。他的日子很苦,但是从不埋怨什么,总是那么欢欢喜喜,无忧无虑。

有一次,他从沙滩上开荒回来,我望着他那两只青灯似的眼睛,吃惊地说:

"老桥,你瘦了!"

"是吗?"他用手摸摸下巴,笑笑说,"瘦点儿好,有钱难买老来瘦。"

还有一次,我在他家吃饭的时候,望着他的鞋说:

"老桥,你的鞋破了,挂不住脚了,买双新的吧。"

"不用了。"他跷起一只脚,左看右看,仍然笑笑说,"破点儿好,夏天可以当凉鞋穿,凉鞋上不是有很多洞吗?"

他不仅会安慰自己,还会安慰别人。1975年春天,也是阴差阳错,他竟当上了生产队长。辛苦一年,听到的却是一片埋怨声:

"老桥,这点儿粮食,怎么吃?"

"在旧社会,你们见过这么多粮食吗?"他总是这样批评大家,启示大家。

"老桥,快过年了,队上还杀猪吗?"

"嘿嘿,你们把我杀了吧!"

"怎么,又让我们过素年呀?"

"素点儿好,吃素不得高血压。我这个人就爱吃素。"

他当队长期间,也做了一件人们难以忘怀的好事,在梁村农业生产发展的历史上,立下了一块丰碑。梁村这个地方,沙地多,人们重视粮食,珍惜土地,从来不种蔬菜。那年秋天,梁村来了一批知识青年,过不惯这种日子,一个青年便找到他说:

"队长,明年,种点儿菜吧。"

"咱有菜。"他说,"夏天有北瓜,冬天有蔓菁,哪年不种菜?"

"我是说,应该种点儿菠菜、黄瓜、西红柿。"

"那是一股水,吃了顶什么用?北瓜、蔓菁顶粮食。"

那青年很机智,眼珠一转,说:

"队长,咱村的梁大爷,是怎么死的?"

"肺癌。"

"梁二奶奶呢?"

"胃癌。"

"你老伴呢？"

"肝癌。"

"咱村得癌症的人，为什么这么多？"

"吃饭不洗手。"

"不对，因为不吃菜。"

他想了一下，果断地说：

"那也不种菜，以粮为纲，路线要紧！"

"以粮为纲要坚持，可是，你再听听这段话——"那青年咳嗽了一声，脸上做出一副庄严的表情，一字一板，背诵什么似的说，"中国有八亿人口，八亿人口不吃粮食不行，不吃蔬菜也不行。我们一定要把粮食抓紧，一定要把蔬菜抓紧，抓而不紧，等于不抓。"

"这话是谁说的？"

"你听这口气，像谁说的？"

他眼睛一亮，点点头，笑了：

"哦，原来'抓而不紧'，出在这里。"

第二年春天，他们队种了二十亩蔬菜，菠菜、黄瓜、西红柿，什么都有，不但改善了人们的生活，队里还赚了不少钱。县里表扬他们思想解放。他说，这是听了毛主席话的结果。

在我记忆中，他永远是乐观的，没有牢骚，也没有忧愁。1982年春天，农村实行"大包干"的时候，我常常想起他。当时，农村的这场变革，引起了不少人的担心、怀疑，甚至反对。他呢，他对这场变革，持一种什么态度？

一天，他进城赶集来了，我拉他到一家小酒馆里坐了半日。我问：

"老桥，你们村的地，分了吗？"

"分啦。"

"牲口呢?"

"卖啦。"

"队里的房屋呢?"

"拆啦。"

"这么干,你想得通吗?"

"想得通,怎么想不通?我这个人什么都想得通。"他喝了一口酒,满面红光地说,"其实,这些事根本就用不着咱'想'。共产党像太阳,不会领咱下火坑。"

他不当队长了,欢欢喜喜种起责任田来。头一年,他收获了不少粮食;第二年,嫁了小女儿,续了一个老伴。那女人很能干,过门后,卖服装,很赚钱;对牛老桥也很好,吃喝穿戴,都尽他。牛老桥常说"胃口疼",她就给他买了许多治胃病的药,胃舒平、胃得宁、牛黄清胃丸、香砂养胃丸、大山楂丸,中药西药,都有。

半月前,牛老桥进城办年货,来到我家里。他的精神特别好,一见面就说:"老贾,我成了'万元户'啦!"

"真的?"

"真的,老伴中了头彩!"

原来,银行举办了一次"有奖储蓄",他老伴花了二十元钱,买了一张彩券,不几天,中了彩,得到一万元的奖励。我听了也很高兴,向他表示祝贺:

"这一下,你们的日子更好了。"

"唉,也有问题。"

"什么问题?"

"老伴待我那么好,可那三个丫头,只叫'婶',不叫'娘'。"

"叫婶，叫娘，一样。"

"那不行，今年正月，一律叫娘！"

"她们要是不叫呢？"

"不叫？我有措施。"

我对这件事不大关心。泡上一壶茶，我问：

"老桥，这么多钱，你打算怎么花？"

"吃扒糕，我爱吃扒糕。"

"还有呢？"

"订报纸，上级号召订报纸。"

"还有呢？"

"旅游去，现在不是兴旅游吗？"

他说，他和他的女儿们，都没坐过火车。正月里，只要她们叫了"娘"，等到春暖花开的时候，他就带领她们去旅游，先到石家庄，再到北京城。可是他的兴致似乎又不在北京城，而是在火车上。他那两只欢欢喜喜的眼睛，紧紧盯住我问：

"听说，火车还分快车、慢车？"

"是的，是这样。"

"票价一样不？"

"不一样。"

"慢车贵呢，快车贵呢？"

"快车贵。"

"咦，这就奇了！"

"什么奇？"

"慢车坐的工夫长，倒贱；快车坐的工夫短，怎么倒贵呢？"

真没想到，我还没有回答他的这个问题，他就长眠地下了！

从坟上回来，我看望了他的老伴。那女人坐在家中，正自发呆。当我问到牛老桥临终的情况时，她叹了一口气说：

"唉，都怪我命不好。初二那天，闺女、女婿都来了，摆上酒席，他不让吃，也不让喝，非让闺女们叫我一声'娘'不可。他说，谁叫了，不白叫。老二叫了一声'娘'，他从怀里摸出一个小红纸包儿，给了老二，那里面包着一百块钱；老大也叫了一声'娘'，他又从怀里摸出一个小红纸包儿，给了老大。老三一见，娘、娘、娘、娘一个劲儿叫起来，逗得他仰着脖子哈哈大笑。一边笑，一边喝酒，喝着喝着，就说胃口不好。老三请来大夫，已经晚了。大夫说，他有心脏病……"

"他不是胃口不好吗？"

"唉，我们庄稼人，谁晓得哪是心、哪是胃呢！"

我望着窗台上那两盒大山楂丸，半天没有说话。过了很久，才说：

"临终，他留下什么话了没有？"

"没有。"

"一句也没有？"

她想了一下，说：

"对了，咽气时，他突然睁开眼睛，瞅着我说：'慢车，坐慢车……'什么意思，我不懂。"

说完，她合上眼睛，脸色有些苍白。我说：

"大嫂，人死了，事过去了，你要保重身体，不要过于难过。"

"我不难过。"她说，"他死了，也好，今后我可以由着自己的心思过日子。明年，那报纸我是不订了，孩子们爱叫我什么，就叫什么。"

女人的话，使我的心情平静下来，开朗起来。我不用为她今后的日子担心，也不必为故友的离去难过。

记得清代哪个皇帝,感叹人生虚空悲苦,留下一句话:"来时欢喜去时悲。"而我们的牛老桥呢,悠悠一生,无思无虑,无悲无苦,末了,又是大笑而终。像这样圆满地走完人生的道路,也该是一种平常人所得不到的幸福吧?

"安息吧,老桥同志!"

我望着村北,默默地说。

电　　表

　　我们村的村南口上，又盖起一排新房，是祁家三兄弟的。从东向西数，老大家、老二家、老三家，一样的红墙绿树、一样的黑漆街门，显得那么整齐，谐和，兴旺。

　　祁家老大在一个施工队里当泥瓦匠，祁家老二在一个乡里当乡长，祁家老三是现役军人。三个男人都不在家，天天从街门里出入的，是他们的女人。大嫂叫淑娥，二嫂叫小桂，老三媳妇是民办教员，名字也雅，叫墨香。

　　男人们不在家，大嫂就是总理，家中有了事情，小桂、墨香都要问问她。譬如，新房落成了，村里让安电表，小桂、墨香也要问她怎么安。她说：

　　"自家弟兄们，又住在一起了，我看就安一个吧，省事，也省东西。"

　　于是，她们的电表，就安在了大嫂的院子里。

　　一个月过去了，电工看了电表，就和大嫂算账。大嫂付了钱，以后遇到合适的机会，告诉小桂、墨香一声，上月走了几个字儿，一共多少钱，一家该拿多少。大嫂总是只报个整数，不提那零头。墨香不落意了，就说："不对，大嫂又吃亏了。"小桂便哈哈一笑，说："算啦，谁跟谁呀！"——好像她是大嫂。

　　大嫂笑一笑，自然不说什么。

大嫂脾气好，是人人皆知的。不但人知道，燕子也知道，麻雀也知道，猪也知道。春天，燕子回来了，总要到她屋檐底下结巢；麻雀敢于飞到她的屋里，站在窗台上玩一会儿，站在枕头上玩一会儿。她男人喂猪，扔一把青草，舀两瓢泔水就行了。她喂猪，如果没有真材实料，猪就不吃，摇着大耳哼哼地撒娇——猪也欺她脾气好。

麦收后，一个热辣辣的天气，小桂、墨香正在房上晒麦子，听见电工来了，小桂站在房檐上问：

"多少？"

"一共走了三十一个字，一家三块一。"大嫂说。

"哎哟，那么多？"小桂把脸一沉，瞅定墨香说，"你家到底几个灯头儿呀？"

墨香也把脸一沉，说：

"你算吧，里间屋一个。"

"一个。"

"外间屋一个。"

"两个。"

"别算了，一家都是三个灯头儿，一台电视。"大嫂说，"天热了，谁家屋里没有电扇？"

从那天起，大嫂便不得安静了。半夜里，小桂经常来找她，把她拉到街门外面，指着墨香的窗子说：

"大嫂，你看看，什么时候了，她还亮着灯！"

大嫂说：

"她是老师，得备课。"

"咱俩伙用一个电表吧，让她自己另安一个！"

"那可不行。"大嫂说，"那样做不利于团结，让人笑话。"

后来,墨香也不断地找大嫂,指着小桂的院子说:

"大嫂,你看看,什么时候了,还在喝酒!"

大嫂说:

"老二是乡长,客人多。"

"没客人也是这样!"墨香说,"大灯泡子点着,电扇扇着,电视看着——天天黑夜从'节目预告'看到'再见'!"

墨香也想和小桂分开电表,大嫂也不同意,还是那两句话。

有时候,小桂来找大嫂,墨香也来找大嫂。两人一见面,满脸的乌云像被一阵风吹散了,立刻变得笑嘻嘻的。关于分开电表的话,谁也不提。

一天中午,墨香正躺着看书,小桂来了。她只穿着一个小背心儿,一个小裤衩儿,满脸的笑容。墨香赶忙坐起来,笑容也很现成:

"二嫂吃个西瓜吧?"

她说不吃了。

"二嫂喝杯饮料儿吧?"

她说不喝了。

其实,墨香这里既没西瓜也没饮料儿,只有两眼警惕——她来干什么?

小桂坐在床上,夸了一阵墨香的屋子干净,被子整齐,突然说:

"墨香,你说如今实行的'大包干'好不好呀?"

"好呀,古时候的人们,就认识到了'大包干'的好处。"

"谁呀?"

"荣国府的三姑娘,贾探春呀!"墨香拍拍手中的书,一时忘了警惕。她说那年正月,凤姐儿病了,王夫人让探春主持大观园的工作。探春见园中的婆子们,一个个吃酒斗牌,不肯用心管理园子,便采取了果断措施。她把大观园的竹子,稻香村的稻地,以及蘅芜院、怡红院里的玫瑰花、蔷薇花、藤花,分别包给了几个婆子。这么一包,大家吃的竹笋有了,姑娘们用的脂粉头油有了，小鹿、小兔、大小禽鸟吃的粮食也有了，园中花木枝繁叶茂，一年竟能节省四五百两银子！

小桂听了，拍着手说：

"哎呀墨香，你真是有学问，这些典故儿，乡长都不知道！——你说咱们的电表是分开好呢，伙着好呢？"

"你说呢？"

"伙着好看，分开省电！"

"这么说是分开好了？"

"你跟大嫂说说去吧！"

"要说你说，我不说。"

"咱俩一块儿去说！"

小桂拉着墨香的手，一同去找大嫂，显得很团结。大嫂听了她们的想法，笑了一下说：

"你们既然愿意，那就分开吧。"

大嫂笑得很苦。

小桂和墨香，各自安了电表。原来的电表是三家摊钱买的，大嫂就把她们的钱，如数还给她们。她们也不客气，就收下了。大嫂嘛，不让她们吃亏，也是应该的。

小桂自己安了电表，家中客人依然不少，只是灯光阴沉沉的，让人想到阴曹地府。——她把原来的大灯泡子，换成了小灯棍儿。

客人来了，小桂非常活跃，经常卖弄大观园里的故事。有时讲着讲着，忘了，就隔着墙头喊墨香：

"墨香，大观园的竹子包给哪个婆子了？"

"祝妈！"

"稻地呢？"

"田妈!"

"那些花儿草儿呢?"

"叶妈!"

有时候,墨香烦了,就装听不见,或是说一声:

"我也忘了!"

最让墨香心烦的,是她的两个小侄女。她们天天黑夜到她屋里看电视——二嫂的电视也不开了。于是,天一黑,她就躲到学校里去。

自从分开电表,妯娌间的来往明显减少了,只有在黑夜里,各人坐在各人门前歇凉的时候,才说几句话。她们的话很少,也很淡。小桂爱说天儿真热呀,墨香爱说天儿真旱呀,大嫂爱说她的屋檐底下,一共住了几窝燕子。

一天傍晚,天热得出奇,祁家门前摇着三把芭蕉扇子。小桂好像格外高兴,脸向东一扭,脆声亮嗓地说:

"大嫂,你的电表,上月走了几个字儿呀?"

"你的呢?"

"你猜!"

"我猜不着。"

"三个半!"

"噢,你省。"

"墨香,你的呢?"

"六个。"

"你也省。"大嫂平静地说,"我的还是十个半。"

小桂更高兴了,脸向西一扭,又想起了大观园的故事:

"那年,凤姐儿得的什么病呀?"

墨香仰着脸,好像没听见。她看见两只燕子,从天上飞下来,在大嫂头顶上绕了一圈儿,匆匆飞到院里去了。它们莫非也通人性,见了大嫂,总是那么亲热,那么高兴……

"那年,探春多大年岁啦?"

墨香仍然不说话。

"你看我,简直是猪脑子,昨儿还记得清清的呢,今儿又忘了,大观园的竹子包给哪个婆子了?"

"包给你了!"墨香忽然把扇子朝地下一摔,冷冷地说,"你也是大观园里的一个婆子!"

小桂怔了一下,像是意识到了什么,也把扇子一摔,叫:

"大嫂!"

"哎。"

"分开电表不好吗?"

"谁说不好,确实省电。"大嫂依然很平静。

"要不,咱们还伙了!"

"行啊,等到电多了吧,多到用电不要钱的时候。"

"那就不用电表了!"墨香说着,忍不住笑了。她的笑声很尖锐,像是嘲笑别人,又像奚落自己。

小桂也想笑,但是笑不出。她看看墨香和大嫂,说了一声"天儿真热呀",三把扇子又在夜色中摇起来。

阴　　影

天刚黑的时候，一阵凉风吹过去，空中飘起雾一样的细雨，柳二嫂披上雨衣，正想去和三凤她们商量一下进城赶会的事情，窗外忽然又响起了那个呜呜的声音："我正在城楼，观山呐景……"

她心里一紧，想关灯，但是来不及了：

"小嫂子儿，我又来了……"

一张又大又黄的脸，一股难闻的酒气！柳二嫂皱了一下眉说：

"下雨天，你又来干什么？"

"我，我怕你寡得慌，嘿嘿……"

说着，摇摇晃晃走到屋里，自己泡了一壶茶，接着唱起来：

"耳听得城外，乱纷纷……"

王跑儿这个东西，近不得，也得罪不得。前几天，他和素月借钱，素月没有借给他，第二天早晨，素月家的责任田里就少了一片棉花。村干部盘问他，警告他，他说时代不同了，不要逼、供、信。——这东西当过两年大队革委会副主任，天下事情全晓得似的，什么都不怕。

柳二嫂和他是邻居，丈夫又不在家，更不敢得罪他。有时候，丈夫从城里买回一些减价的兔肝儿、羊杂儿，柳二嫂还要分一点儿给他。他呢，好像以为柳二嫂和他有了什么意思，常常在黑夜里，钻到柳二嫂的屋里，喝茶、打趣,撵不走。

今天,他又喝醉了,一面哼着戏,一面说着淡话:

"小嫂子儿,明天是五月十七,城里起了庙会……"

"晓得。"柳二嫂坐在外间屋里,淡淡地说。

"赶会去么?"

"不去。"

"去吧,咱两个做伴去,我请你喝汽水。"

"我不喝。"

"我请你看马戏。"

"我不看。"

"我请你到望春楼上吃好东西,白天黑夜都吃好东西……"

说着,哈哈地笑起来。

柳二嫂不但没生气,一撩门帘,从外面进来了,脸上含着笑。望春楼,那是一个新盖的包子馆,丈夫从部队上复员回来,先在那里当会计,后来当了经理。明天,她不光要到庙会上买一台洗衣机,还要请三凤、小玲、素月——她的三个朋友,吃一吃望春楼哩。

"那地方,你去过?"

"嘿嘿,那里的苍蝇我都认识。"

"他们的包子,做得好么?"

王跑儿没有回答,一仰脸,又呜呜地唱起来了:

"我正在城楼……"

"好么?"

"什么?"

"包子!"

"好哇、好哇。——望春楼的包子也改革了,吃包子的人们准备给他们挂匾哩。"

"挂什么匾?"

"四个一样包子馆。"

"四个一样?"

"是呀,咱们中国有个大庆,大庆不是有四个一样么?望春楼的包子也有四个一样。"

柳二嫂听了,脸色红润起来,两只细长的、沉静的眼睛,也显得亮亮的,她走近他问:

"哪四个一样呢?"

"耳听得城外,乱纷纷……"

"说呀!"

"肉的和素的一样……"

"胡说!"

"热的和凉的一样……"

"胡说!"

"熟的和生的一样……"

"胡说,胡说,你净胡说!"柳二嫂气红了脸,朝外一指,大声说,"天不早了,走吧你!"

"我还喝茶……"

"我家不是茶馆!"

"怎么,撵我?"

"对了,撵你,走吧!"

"好,好好……"

"哐"一声,他把屋门一摔,走了。走到街里,突然直着嗓子大喊一声:"不怕现在闹得欢,就怕秋后拉清单!"

那喊声阴森森的,像山谷里的狼叫。柳二嫂仿佛被那喊声吓住了,呆呆地站在窗前,心里有些发虚。丈夫领导的包子馆,怎么会是那样呢?

不会的,肯定不会。她了解丈夫的人品,晓得王跑儿的德行。她朝街门那里望了一眼,猛然推开一扇窗,把那杯剩茶泼了出去:

"呸,什么东西!"

可是,一低头,当她看见床下那只古旧的小木箱子的时候,不由得怔了一下,急忙关了灯。她总觉得玻璃窗上,有两只古怪的眼睛,紧紧盯着这只小木箱子,紧紧盯着自己的行动……

这只小木箱子,是她结婚的时候,娘家唯一的一件陪送。现在,这只箱子里,不光放着她的新衣、新鞋,还放着一台洗衣机——二百五十块钱。这些钱,不是丈夫的工资,也不是自己的劳动收入,而是丈夫一点儿一点儿带回来的。大约是从去年冬天开始吧,丈夫每次回来,脸上总是笑吟吟的。睡觉前,他常常叫着她的名字,对她说:"惠平,我们最近又搞了一点儿小改革……"说着就从衣袋里掏出钱来,少则七八块,多则三五十块。开始得到这些钱,她心里也很高兴,那样的夜晚,他们过得总是很愉快、很美满的。

渐渐,她对这些钱的来历,似乎有了怀疑。她没有文化,但也常常揣摩一些道理。改革,在她看来,好比庄稼人翻修房屋,是很艰巨的事。他们的改革,怎么就像集上那个变戏法的?两只碗,空的,碗口一对,吹口气,喤喤的就来了钱!这些钱,到底是从哪里来的呢?

一天黑夜,丈夫睡醒头觉的时候,她提出了自己的疑问,丈夫听了,惊异地望着她,突然问了一句:"惠平,现在是什么时候?"

"后半夜了。"

丈夫忍不住,咯咯地笑了:

"现在是八十年代……"

现在，丈夫那笑声，又在屋里响起来，是的，时代变了，他也变了——吃饭穿衣，言语举动，都在不知不觉中变了。他变得聪明了，文明了，再不是从前那个机械的，只晓得服从命令的军人，更不是从前那个戴着一顶破草帽，只晓得"天大旱，人大干"的农民。他不但学会了做生意，还懂得了许多新的道理。然而，在另外一些方面，他似乎也发生了变化。去年年底，不知为了什么事情，他得到了上级的奖励，兴冲冲地拿回几样奖品：一条毛毯，一个皮包，一本挂历。可是，奖状呢？他朝桌上一指，一张鲜艳的奖状，竟用来包了七八个猪蹄子！他，到底是变好了，还是变坏了呢？

她默默地想着，想得那么认真，那么吃力，像是回味一个迷蒙的、不好辨析的梦。雨住了，天晴了，洁白的月光洒在窗子上，她竟没有注意。

早晨，村里还很安静的时候，一辆拖拉机开到她的街门口上。拖拉机的拖斗里，站着三凤、小玲、素月。她们穿戴一新，嗓门儿特别响亮：

"惠平，打扮好了吗？"

"快点儿，别像上轿似的！"

她们喊叫着，院里没有回答。突然，小玲朝街门上一指：

"你们看，锁！"

"哎呀，她把咱们甩啦！"

"哼，真不够朋友！"

"走吧，回来再和她算账！"

这时候，柳二嫂挎着一个小包袱，已经过了护城河。她不是去赶会的，她要在丈夫那里住几天。一路上，她走得很快，很急，耳边总是响着那个呜呜的声音：

"我正在城楼，观山景……"

贺　富

谁也没有想到，去年，我们街上的王不乱也富起来了！

王不乱五十二岁，天生的心笨、手笨、嘴笨。时间到了八十年代，街上居民虽属农业人口，但对土地早已失了兴趣，摆小摊的，贩瓜果的，打烧饼的，卖凉粉的，干什么的都有。他呢，似乎别无他想，每天依然担着两只粪桶，淘厕所，攒粪。不同的是，从前攒的粪，交到生产队上，队上给他记工；现在攒的粪，用来养种自己的责任田和菜畦子。那些发了财的人们，常常拦住他，笑着问他：

"老王，你还没改行呀？"

"没有。"他也笑一笑，自轻自贱而又十分乐观地说，"我是属狗的，只能吃屎。"

老王虽然是笨人，干起活来却很细心。他到谁家淘厕所，总是先把担子放在街门口上，朝院里看一看，如果人们正在吃饭，他就站在街门口上，耐心地等候。他的担子上，经常挂着一个小笤帚，淘完粪，总是把厕所打扫得干干净净。更可敬的是，他虽然没有娶过媳妇，但是品行极端正，不论到了谁家院里，姑娘媳妇和他说话，他总是仰着颏儿，目不旁瞬。因此，以粮为纲的时候，四乡的庄稼人争抢着到城里来买粪，而我们的厕所，宁可不要钱，也要留给他淘。他呢，不肯白白得去别人的财富（在他看来，粪，也是财富),小葱下来,就给我们送一把小葱,黄瓜下来,就给我们送几条黄瓜,算是对我们的酬答。

去年春天的一个下午,我刚下班,他来了,手里拿着两把鲜嫩的菠菜。论年纪,他比我大十岁,但他总是叫我"贾先生":

"贾先生,菠菜下来了。"

"谢谢。"我接过菠菜,照例夸了一句,"你种的菜真好。"

平时,每当听到人们夸他种的庄稼,夸他种的菜,他就显得特别高兴。那天,他呆呆地站着,好像有什么话不好出口。迟了好一会儿,才说:

"贾先生,往后,我不给你送菜了。"

"为什么?"我问。

"你看,"他两手一摊,苦笑着说,"从前,粮食是纲,庄稼人看见粪,就像看见宝贝一样,也买,也换,也偷,也抢,书记下乡,还要背个粪筐。如今呢,本事大的做大买卖去了,本事小的做小买卖去了,没本事的,收酒瓶、捡烂铁,谁还淘粪呢?这不,街上的厕所,全归我一人淘了,我没有那么多菜。"

"那就不要送了。"我说,"不过,我们的厕所,你还得淘。"

"那没说的,我淘。"

他不给我们送菜了,我们并不在意。只是从此以后,大约有二十天,我们再没见到他。这一下,居住在这个街上的机关干部、工人家属,可着了急:

"老王呢,病了?"

"不会吧,他几时生过病呀?"

"我家的厕所,进不去人了。"

"我家也是。"

"我们该去看看他。"

"该去看看他。"

一天晚上,我们真的去看他。

他住在后街里,孤零零两间小屋,没有院落,门前是一片菜畦。我们顺着畦埂走过去,只见他坐在门前的柳树底下,正自斟自饮!吃一块驴肉,喝一口酒,然后对着天上的月亮,哼两句二黄:

"龙凤阁内把衣换,薛平贵也有这一天……"

"老王,我们的厕所,进不去人了!"一位工人家属说。

他站起来,笑笑说:

"这一阵,我忙啊。"

"你忙什么,也做买卖去了?"

"哪里,我是属狗的。"

原来,住在这个街上的木制厂、纸盒厂、机械厂,都请他淘粪了,并答应给他很重的报酬。我们一听,沉不住气了,都说:

"老王,从下月起,我们也不白使你,每家每月两块钱,怎么样?"

他干笑,不言语。

"要不,再加一块,三块!"

老王不爱财,但也不怕钱扎手。他仰着颏儿想了一下,笑了说:

"行。从前淘粪,我给你们菜;如今淘粪,你们给我钱。——这也是个改革!"

老王真行,一个人两只手,垄断了街上所有的厕所。居住在这个街上的四十一户机关干部、工人家属,就像交纳水电费一样,按月付钱。到年底,仅此一项,他就收入了九百八十四元。另外,他给木制厂淘了三次厕所,收入了三百元;给纸盒厂淘了三次厕所,收入了三百元;给机械厂淘了三次厕所,收入了四百元(这个厂厕所大,人多)。几项收入加起来,一共是一千九百八十四元。他高兴极了,一个下雪天,拜访了所有的街道干部。他说，他一辈子没请过客，今年发了财，全凭干部领导好，一定要请大家在新年的晚上，到他家里"乐和乐和"。干部们也很高兴，都说，一定去一定去，但是不喝酒，不吃饭，是贺富。

可惜，他的心愿没有实现。原因是，一年过去了，我们这个街上的秋粮定购任务还没完成，镇上一怒，采取了果断措施，街上的两名主要干部被撤了职！

东关武学

这两年，在我们这个小镇上，出现了许多集体和个人开办的学校：剪裁缝纫学校、木工学校、美术学校、无线电技术学校等等。这些学校对年轻人具有很大的吸引力，一张广告贴出，从学者云集，蔚然成了一种风气。

今年7月22日，在大街的广告牌上，又出现了这样一张广告：

东关武学招生广告

为了满足广大武术爱好者的要求，强身健体，振兴中华，我村决定开办业余武术学校，自即日起至本月三十日止，招收第一期学员。学期两个月，学费六元整，本期传授小红拳一套，大红拳一套，短棍一路，特请我县著名拳师戴荣久任教。冬练三九，夏练三伏，机不可失，失不再来，愿学者请速到我村村民委员会报名，过期不候。

东关武学七月二十二日启

我不是武术爱好者，但是也被这张招生广告吸引住了。戴荣久，我认识，他是东关党支部书记。去年冬天，我在东关下乡的时候，就住在他的家里，他今年六十二岁，1941年参加革命工作，担任青救会抗先队队长；

1943年入党，担任村长；1948年担任支部书记，风风雨雨干到现在。他怎么变成"著名拳师"了呢？

我带着这个疑问，到东关住了几天，通过多方面了解，并和本人座谈，才弄清了他开办武学的原因。细想起来，颇有一点儿趣味，于是择其要而记之。

人们怎么发现他身上有功夫

那是7月初的一天下午，镇党委召集各街各村的支部书记开会，讨论县委关于调整基层领导班子的决定。讨论一开始，就冷了场，在座的十九名支部书记谁也不发言。

党委书记没有办法，只好点将了："西关，西关带个头吧！"

一个黑胡子支部书记，谈了一点儿感想。

"西门里，西门里谈谈吧！"

一个白胡子支部书记，谈了一点儿认识。

"北关，北关来了吗？"

一个下巴刮得干干净净的支部书记，笑眯眯地站起来，说要撒泡尿去。

大家轻轻笑了一下，就又沉默起来。

党委书记耐着性子，又把县委文件念了一遍，只好动员老戴了：

"老戴，你谈谈吧，在咱们这些人中，数你年纪大，血压又高，听了文件精神，你有什么打算呀？"

大家的眼睛一齐投向老戴。老戴板着脸，半天不说话，两道灰白的长眉慢慢耷拉下来。党委书记正要催问，他猛地站起来了，差点儿把椅子碰翻。他像一个杂技演员，挽挽袖子，紧紧腰带，左肩抵在椅背上，嘿的一声，头朝下、脚朝上拿起一个大顶！拿完大顶，他把桌子一拍，急怪怪地嚷道：

"谁说我血压高？纯属造谣！"

大家哄地笑了，纷纷说：

"不高不高，老戴的血压很正常！"

"真没想到，老戴还有这两下子！"

"老戴，你一定练过武术吧？"

"那当然，老戴同志是童子功！"白胡子支部书记显得特别高兴，眉飞色舞地说，"四十年前，城外四关都有武学，老戴的拳法、剑法、刀法、枪法，都是数一数二的，日本人都怕老戴！"

从此以后，一传十、十传百，人们就都晓得他身上有功夫了。

他怎么想起开办武学

有人说，一些上了年纪的同志，不愿意离开领导岗位，是怕失去了自己的既得利益，或是还有什么未了的事情要做。果真是这样吗？别人的情况我不了解，如果这么猜度老戴，那就太冤枉他了。

真的，老戴当了这么多年支部书记，乡亲们想不起他有什么既得利益。他有三个儿子，两个女儿，现在都在责任田里劳动，连一个出去当临时工的也没有；在经济方面，就更清白了，轰轰烈烈一个"四清"运动，他只退赔了一个铁锨柄。

那么，在镇党委召开的会议上，他为什么要拿一个大顶呢？人们说，老戴不吸烟，不喝酒，长期的政治生涯，却使他形成了另外一种癖好：他喜欢通过高音喇叭讲话，喜欢听人向他请示工作，喜欢在村里的一些公文上签自己的名字，按自己的手戳……总之，他需要在这块土地上，有职有权地做事，有声有色地活着。党委书记那几句话，显然是刺痛了他的心，一时冲动，他便拿了一个大顶。

老戴没有白拿大顶。镇党委再三考虑，让他当了村里的顾问。听到这个决定，他吃了一惊。顾问，他晓得，机构改革以后，地委有这么一个座位，县委有这么一个座位，他做梦也没想到，村里也有这么一个座位！他紧紧握住党委书记的手，十分感动地说：

　　"咱们党办事有情有义，我一定要尽到自己的职责！"

　　于是，他那两只深沉的、令人敬畏的大眼睛，紧紧盯在两个年轻人身上。这两个年轻人，一个是刚上任的支部书记戴新华，一个是刚上任的村民委员会主任杨小豆。新华今年二十六岁，高中文化程度，原来是大队农业技术员，懂一点儿楼田菜圃、立体农业什么的；小豆比新华大两岁，原来是大队会计，算盘打得很好。这两个孩子，是他看着长大的，都很聪明，也很听话，今后将是什么样子？他还得听其言，观其行。

　　通过一段细心观察，他觉得这两个孩子表现不错。村里的工作，从发展党员到防治鸡瘟，他们都及时地向他请示，及时地向他报告；村里召开什么会议，他们都要请他讲话；他讲话的时候，他们都做笔记，并且做得十分认真。如果他讲快了，他们就会打断他的话说："大伯，慢点儿慢点儿，你讲慢点儿！"——总之，表现不错。

　　乡亲们表现也不错。许多事实表明，他的地位虽然变了，他的威信依然存在。比如上级号召改造连茅圈，西街的杨老万坚决不改，并和小豆吵起架来。小豆没有办法，要和他"去见支书"，他跟上就走。可是一看来到老戴门上，他嘻嘻一笑，扭头就跑。小豆一边赶一边叫：

　　"别跑，你跑什么？"

　　"我只当去见哪个支书哩，谁和你见这个支书呀？"

　　"你那连茅圈……"

　　"堵，我堵。"

　　老戴知道了这件事，很是高兴，一次赶集的时候，特意请杨老万吃了一个西瓜。

那么,他怎么想起开办武学来了呢?他像是早有准备,又像是临时动议,我不善于心理描写,只能介绍一点儿具体事情。

一天早晨,老戴正在玉米地里捉虫,新华、小豆来向他请示工作。他们想开办一个酱园,生产面酱、酱油和各种酱菜。他们说,开办这样一个酱园,不但可以安排一批剩余劳力,还有利于农业产品深加工,实现多次增值……

老戴听了,板着脸,半天不言声。

"大伯,你看行吗?"新华问。

"开酱园就是开酱园,什么深加工、浅加工!"原来,他讨厌他们在他面前卖弄那些稀奇古怪的新名词儿。

小豆笑了笑,赶忙解释说:

"开个酱园,我们就不用到菜市上卖黄瓜、卖萝卜了,我们就可以卖酱菜,那样利皮儿大得多。"

"把式呢,有把式吗?"

"我们想从保定请。"

"资金呢,资金够吗?"

"不够,也差不多,我们想把库房里积压的那些鳔胶处理掉……"

说到这里,新华轻轻咳嗽了一声,小豆立刻把话收住了。他们看见,老戴的脸色很不好看,两道灰白的长眉又慢慢耷拉下来。沉默了许久,他忽然转了话题:"新华,杨老万家的连茅圈,到底堵了没有?"

"堵了。"

"小元家呢?"

"也堵了。"

"你杨四奶奶家呢?"

"正在堵。"

"现在,还有多少钉子户?"

"好像没有了,都在堵。"

"走,看看去。"

那天早晨,他走了十几户人家,亲自检查了改造连茅圈的情况。关于开办酱园的事,再没有提。

原来,老戴忌讳"鳔胶"这两个字。那是1978年夏天,不知怎么,他想开办一个工厂。当时村里开办不起别的工厂,他就让人们支了几口大锅熬鳔。那鳔厂产量不低,但产品一直没有找到销路。社员们分不上红,就分鳔胶,分了两年也没分完。现在,谁要一提"鳔胶"两个字,他就火了,以为是讽刺他,这也是人老多疑。

这件事情,和开办武学有什么关系?让我们往下讲。

半月后的一天下午,老戴正在玉米地里锄草,新华、小豆又来了。他们刚刚接到镇上的电话通知,明天下午,县委的徐书记要到村里来,了解发展商品生产的情况。他们考虑,在这种场合,还是由他汇报为好,显得更庄重一些。

"不,你们汇报。"老戴走到地头上,坐在一棵柳树底下说,"顾问嘛,就得像个顾问的样子,我不能包办代替你们的工作。"

"可是,汇报什么呢?"新华问。

"酱园,汇报酱园。"老戴看看小豆说,"咱们的酱园办得有点儿眉目了吗?"

"没有,资金还差一些……"

"那些鳔胶还没有处理?"

"那天早晨,你老人家好像没有表态……"

老戴像是生气了,把手里的锄头一扔,说:

"你们以后不要这样,这样太耽误工作!你们年岁不小了,该办的事,尽管办，谁拿锄谁定苗嘛！"

"不。"小豆赶忙说，"我们活到一百岁，在你老人家面前也是一个孩子。真的，你老人家好比一只老母鸡，我们好比小鸡，我们都是在你翅膀底下长大的。没有你，我们说话办事，总像坐着没底儿轿似的……"

"处理吧，我同意！"老戴忍不住嘿嘿地笑了，"你小子真会打比喻！"

第二天中午，老戴指挥着所有村干部，进行了一次大扫除。村民委员会的屋里、院里，打扫得干干净净，并且用水泼得湿漉漉的。对了，老戴还有一种癖好，他喜欢以主人的身份，迎来送往，接待各方面的客人。

下午三点钟，一辆精致的米黄色面包车停在村民委员会的院里。车门打开，镇党委书记先从车上下来了，接着下来几个工作人员，最后下来徐书记。徐书记也老了，机构改革以后，当了县委的顾问，但是人们对他仍然保持着原来的称呼。他一下车，村干部们一齐簇拥上去，亲切地叫：

"徐书记，你来啦，欢迎你指导我们的工作！"

新华口才不错，当着许多领导人，简要地汇报了村里的基本情况，着重汇报了开办酱园和今后的设想。只是汇报当中，他又卖弄了一些稀奇古怪的新名词儿，什么改善生产结构，什么开放式农业生态，一套一套的，像卖瓦盆儿，叫老戴不大满意。

可是，老徐对新华的汇报却很感兴趣。他眯着眼睛听着，不住地点头微笑，好像听戏似的。据说，老徐十分喜爱青年干部，尤其喜爱青年干部中的"文化人儿"。

新华汇报完了，镇党委书记说：

"现在，请咱们的老书记讲话！"

屋里响起一片热烈的掌声。老徐呵呵笑着，忙说：

"我不讲我不讲，小蓝讲。"

"小蓝"是谁呢？老戴四下寻找着，一个坐在对面的陌生人站起来了。

其实，这个人并不小，总有四十上下年纪，满下巴黑胡楂子。老戴眨巴眨巴眼睛，忽然想起来了，县里机构改革的时候，听说来了一位大学生县委书记，好像姓蓝。那么"小蓝"便是蓝书记了。

蓝书记谦和地笑了笑，用一口河南话说："我没啥好讲的，还是请老书记讲吧，老书记情况熟悉。"说完和大家一起打开笔记本子。

老徐推辞不过，只得讲一讲。首先，他鼓励他们一定要把酱园办好，然后嘱咐他们其他工作也不能落后。比如改造连茅圈，县委早在1958年就抓这项工作，抓到现在，仍然是猪吃人屎、人吃猪肉，这是一个很不卫生、很不文明的现象。讲到这里，他情不自禁地站起来了，要求东关集中时间，集中力量，打一个彻底改造连茅圈的漂亮仗……他讲得很坚决，嗓门儿很洪亮，那声色气魄，就像当年挎着盒子枪，带领县大队去拿敌人的炮楼一样！

他讲完了，又是一片热烈的掌声。掌声过去，新华望着老戴说：

"老书记的讲话非常重要，今天晚上，咱们开会讨论一下吧？"

"可以。"老戴说，"支委、村委都参加！"

新任会计戴小娥告诉我，那天下午，老戴特别高兴。送走客人，院里只剩他们两个人的时候，他悄悄地问了这么几句话：

"小娥，看见了吗？"

"看见什么？"

"你看'小蓝'像谁呢？"

"不知道。"

"你看老徐像谁呢？"

"不知道。"

"傻闺女，什么也不知道！"

说着，嘿嘿地笑了，小娥到底弄不明白那是什么意思。

晚上下起小雨，远处还有沉闷的雷声。老戴来到村民委员会的院里，只见窗上黑着灯,门上挂着一把锁。等了很久,小娥才从街上走过来,嘴里哼着那支流行的电视剧《霍元甲》插曲。

"小娥,人哩?"

"走了,今天钱庄演电影哩。"

"新华和小豆哩?"

"也去了,晚上我值班。"

"不讨论了?"

"讨论什么?"

"他不是说讨论老徐的讲话么?"

"哦。"小娥轻轻笑了一下,一边开门一边说,"不讨论了,新华那么讲一下,老头儿高兴。"

老戴听了,一句话也没说,拔腿就走。他走得很快,很急,跌跌绊绊回到家里,哐地关上街门,站在院里骂了一句:

"呸!两面派,净他妈的两面派!"

老戴到底是老同志,脾气大,度量也大。他摸着黑坐在外间屋里,把老徐的话从头到尾想了一遍,心里的火气就消去了一半。他似乎看明白了,新华、小豆这些年轻人,和老徐、和自己相比,确实有一些不同的地方。他们喜欢谈论楼田菜圃、立体农业,喜欢谈论那些稀奇古怪的新名词儿;自己和老徐呢,喜欢谈论改造连茅圈。当然,改造连茅圈也是一项重要的工作,也应该抓好,但是在那样的场合,絮絮不休地谈论这个问题,总觉得驴唇不对马嘴,不讨论也可以。

可是,他那一半火气,怎么也消不去。新华、小豆这两个孩子,一向很诚实,手里刚刚有了一点儿权力,怎么就生了这种心机?想到这里,他的心全凉了,觉得这么生活下去,太没意思,倒不如在家里种几盆花,养几缸鱼,或是干点儿别的……

早晨,雨还在时紧时慢地下着。老戴还没起床,新华、小豆又来请示工作。不等他们开口,他先问了一句:"新华,昨天晚上,讨论得怎么样?"

新华脸一红,没有回答。

"不错。"小豆沉着地说,"大家发言很热烈。"

老戴没有言声,慢慢穿上衣服,突然又问了一句:

"昨天晚上,钱庄演的什么电影?"

"《武林志》。"新华脸更红了,"武打片儿。"

"好看么?"

"好看,响雷下雨人都不散。"

"真的?"

"真的,现在的年轻人很爱好武术……"

"那,我把咱村的武学恢复起来吧?"老戴眼睛一亮,从炕上跳下来了,"年轻人学点儿武术,也不错!"

他提得太突然了,新华一点儿思想准备也没有。小豆笑了笑说:

"那可不行。——你是我们的顾问,我们不能让你分散精力。真的,你老人家好比一只老母鸡,我们好比……"

"行啦!"老戴沉下脸说,"你小子聪明伶俐,哪样都好,就是嘴太甜了!你甭给我戴高帽儿,我有自知之明。顾问,我当,武学我也要办。现在是人尽其才,物尽其用。——新华,你看哩?"

"我看可以。"新华想了一下说,"办个武学,可以活跃村里的文体生活,大伯也省得寂寞。不过,我们在工作中遇到了困难,还得请你出马。"

"那没问题!"老戴慷慨地说,"比如改造连茅圈,遇到了钉子户,你们尽管找我!"

"小豆哥,你看哩?"新华问。

小豆嘻嘻笑着,自然也同意。那张多少带有一点儿招摇意味的招生广告,就是他写的。

武学的忌讳

　　武学设在村东口的一个闲院子里。这里原是一个生产队的场院，院内三间北屋，院外树木环合，倒是个很好的群众活动场所。

　　截至月底，共招收学员六十二名，工、农、学、商，各界人都有。所收学费，小豆主张给了老戴，老戴分文不取，他说：

　　"开展业余活动，要什么钱，我是吃鱼不乐打鱼乐！"

　　于是，他们就用这些钱，打造了一些器械。刀、枪、剑、戟、三节棍、流星锤，应有尽有。

　　武学是在晚上活动。太阳一落山，学员们就集合了，老戴又教武术，又讲武德，有时还做示范表演。因此，前来观看的人们，比学员还要多，真正起到了活跃村里文体生活的作用。

　　一天晚上，我和体委的一个同志，也到那里看了看。半月不见，老戴满面红光，下巴刮得干干净净的，好像比以前年轻了许多。显然，他那一半火气，也消去了，他很满意这种生活。操练完毕，他把褂子一脱，特意给我们表演了一套"鹰爪拳"。他的表演十分精彩，行如风，站如钉，提膝如虎，转掌似鹰，不时博得满场喝彩。

　　可是，就在这天晚上，他又发了一点儿脾气。刚刚表演完了，一个外村的青年说：

　　"戴老师，我们听说你还会拿大顶哩，你拿一个，让我们看看！"

　　老戴听了，陡地变了脸色，伸手揪住那个青年的耳朵说：

　　"你要是不想学，就走，甭捣乱！"

　　拿大顶是东关武学的一个忌讳，前去习武的青年朋友，一定要注意。

眼　光

一

6月8日上午，乡广播站收到一篇报道，引起了朱乡长的兴趣。一看题目，他就被吸引住了，禁不住念了好几遍：

钱八万助人为乐……

通讯员杨小霞坐在他的对面，望着他那胖胖的、似笑非笑的面孔，心里很纳罕。老朱原是县委宣传部的干事，审查稿件很有经验，向来是一目了然。今天是怎么啦？一篇不到三百二十个字的报道，整整看了半个小时，还在聚精会神地看，好像那篇报道里面，隐藏着什么可疑的东西，需要一字一字地化验……

"小霞——"

"嗯。"

"钱八万，是不是那个瘦高个老汉？"他摘下眼镜，终于抬起头来。

"是的，今年春天，我到钱庄下乡的时候，在他家吃过派饭。"

"脸上有些麻子？"

"是的，家里喂着一只狗。"

"他和刘云珠是什么关系?"

"这不清楚。"杨小霞想了一下,说,"刘云珠三十来岁,腿拐,平常主要是靠爱人下地干活。麦收前,他爱人做了结扎手术,身体还没复原……"

"这篇报道是谁写的?"

"钱庄一个青年。"

"你看可以吗?"

"我看可以,重点户帮助困难户割麦子,我看很有意义。你看呢?"

他没有吭声,眼睛盯着钱八万的名字,点着一支香烟……

这件事情确实很有意义。芒种那天下午,他到钱庄检查夏收准备情况的时候,村干部们提到刘云珠的困难,曾经引起他的重视。——在"三夏"工作会议上,县委讲得明白,农村的形势变了,夏收工作的重点要从催收催打方面,转移到麦场防火和帮助困难户方面上来。当时,他想组织乡直干部下来帮助一下,村干部们一齐摇头。他们说,刘云珠只种着二亩六分小麦,不值得兴师动众,乡里的干部来了,村里还得准备镰刀,刘云珠还得烧茶招待,反倒麻烦。有人提议发动一下队上的党团员,有人认为农忙时候不宜组织义务劳动。天快黑时,村民委员会主任钱小黑说,这个问题根本就没讨论的必要。刘云珠有困难,也有亲戚,活人不会被尿憋死。亲戚们自然会帮忙的。他刚说完,支部书记刘老池又提出了反驳意见。他说,土地虽然承包了,但是集体并没有散,亲戚帮忙归亲戚帮忙,集体的优越性还得体现;何况,刘云珠的困难,是由于响应计划生育号召造成的呢!讨论了很久,最后才形成一个统一的意见:让刘云珠自己雇人割麦,村里付给一定报酬,收割一亩小麦两块半钱。他万万没有想到,时隔一天,钱庄竟然出现了一个雷锋式的人物,而且此人竟是钱八万!

他戴上眼镜,又把那篇报道看了一遍,突然笑了一下说:

"这篇报道，确实很有意义……"

"送报社吧？"杨小霞松了一口气，望着他的脸色说。

"不过，通讯报道不同于文艺作品。"他又摘下眼镜，给小霞讲起写作知识来了。他说，文艺作品可以虚构，通讯报道则必须真实，这是一个关系到党的宣传工作威信的问题。为了慎重起见，他让小霞到钱庄去一趟，把情况核实一下再说。

杨小霞答应着，当天下午就到钱庄去了。

二

老朱是1982年夏天到这里任职的，钱八万留给他的第一个印象，就不大美妙。

那时候，这里的土地还没有包到户里耕种，全县正在试行定额管理的办法。老朱一上任，就到钱庄蹲点去了，通过座谈、计算、实验，他和当时的生产队长、现在的村民委员会主任钱小黑一起，对四十八项农活都做出了定额。当时，县委对他们的工作十分满意，用工作简报的形式，推广了他们的经验。可是，实行的头一天，他们就遇到了一点儿麻烦。

那天早晨，钱小黑正在队部门口给人们派活，一个老汉悠悠打打走过来说：

"小黑，我干什么去呀？"

老朱看去，他有五十多岁年纪，瘦高个子，冬瓜脸，脸上有几颗浅浅的麻子。数伏天气，人们都光脚赤背，他的衣着却很整齐，一身白裤白褂，哆哆嗦嗦，像是绸子做的；仔细一看，屁股蛋上模模糊糊显示着"日本"二字，才知道是那种装尿素的尼龙东西。

钱小黑一见他，就很反感，黑着脸说：

"你到村北锄玉米去!"

"到村北锄玉米,工怎么记?"

"锄一亩半玉米记十分,这是有定额的!"钱小黑说完,又给人们派起活来。

他没有动身,眼睛望着天空,自言自语地说:

"太干,那地太干……"

"嫌干到村西去锄,那是刚浇过的地!"

"太湿,那地太湿……"

"嫌湿别锄,歇着吧!"钱小黑把破褂子朝肩上一搭,气呼呼地下地去了。

那老汉也生气了,脸上的麻子变成了紫黑色。他望着钱小黑的背影,嘟嘟囔囔地发起牢骚。他说他是中华人民共和国的公民,他有劳动的权利,为什么让他歇着呢?老朱忍不住,就上前批评他,他很不服气地说:

"你们的定额不合理,也不许提意见?"

"定额怎么不合理呢?锄一亩半玉米记一个工,小黑同志做过试验!"

"我晓得他做过试验。"他不慌不忙地说,"可是,地跟地一样吗?村北的玉米地,干得冒烟;村西的玉米地,湿得打滑。锄干地,费劲;锄湿地,粘锄。他试验的是什么地?是不湿不干的地。锄湿地、锄干地、锄不湿不干的地一样记工,这合理吗?"

老朱干张嘴,答不上话。他还想说什么,一个花白胡子老汉走过来了,像是怕他惹下乱子,急忙说:

"你少说两句吧,你不想锄地,跟我铡草来!"

"铡草怎么记工?"

"两个人铡四百斤草记两个工,这是我亲自试验过的。我喂了半辈子牲口,你总该相信我吧?"

他想了一下，摇摇头说：

"草，我也不铡。你试验的是谷草，谷草整齐，当然好铡。今天铡的是什么草？茅草，豆叶，烂山药蔓子，是花草。铡谷草铡花草一样记工，也不合理。"

说完，悠悠打打回家去了。

这个老汉就是钱八万。当时，老朱凭着自己的阶级意识，估量他一定是个富裕中农，一打听，果然不错，并且是个很不安分的富裕中农。1967年冬天，村里一乱，他瞅了一个空子，偷偷倒卖了一点儿花生油，一连挨了几年批判；1974年夏天，黑夜纳凉，不知怎么嘴痒，散布了几句朱子治家格言，差一点儿被打成现行反革命。但是人们并不同情他，都说他自私、落后，巧于算计，是一个针尖削铁、燕口夺泥的人物。

现在，他虽然领到了人民政府颁发的勤劳致富光荣证，但并没有光荣起来。他过于会算计了，政策一变，他像早有准备似的，立刻对家里人做了安排：老大种地，老二养鸡，老三两口儿最精明，在火车站上开了个酒馆……他呢，他别出心裁，喂了一只乌黑的狼狗，公的。那狗个子大，毛色好，常常有人牵着母狗去配种。配种不收现钱，但要订立一个条约，母狗生下小狗，必须给他一只。地方狗缺、猫缺，一只小狗抱到集上，这出手就是三四十块钱。有一次，老朱和钱庄的人们座谈，当他问到钱八万靠什么富起来的时候，人们像开声讨会似的，不提他的老大种地，不提他的老二养鸡，也不提老三两口儿开酒馆，一齐愤愤不平地说：

"他呀，靠开窑子！"

"开狗窑子！"

"开公狗窑子！"

"咱富不起来，咱不会开窑子！"

钱八万就是这么一个人。如果有人写篇报道，说他买了汽车，或是盖了楼房，老朱都会相信；而对眼前这样一篇报道，老朱总有一些怀疑，怀疑这篇报道的作者是不是在恶作剧。

太阳落山的时候，杨小霞从钱庄回来了。核实的结果，钱八万确实是帮助刘云珠收割了一块早熟的"津丰一号"小麦，一共有六分地，时间是在6月7日早晨。她汇报完了，望着老朱的脸色说：

"朱乡长，送报社吧？"

老朱戴上眼镜，又把那篇报道看了一遍，沉吟片刻，说：

"这篇报道，好像还缺少一点儿什么。"

"缺少什么？"

"见事不见人……"

"怎么不见人呢？钱八万不是'人'吗？"

"见人不见思想。"他摘下眼镜，又给小霞讲起写作知识来了。他说，报道模范人物，不仅要写出模范人物做了一些什么，还应该写出模范人物想了一些什么。为了更有说服力，他让小霞再到钱庄去一趟，和钱八万本人座谈座谈，了解一下他的思想动机。

杨小霞答应着，第二天中午，就又到了钱庄。

三

今年的夏收，好像并不那么紧张。早熟的小麦收割了，晚熟的小麦正在晒粒儿，人们都在家里歇晌。

钱八万住在村西口上，院落不大，收拾得却很整洁。这时候，他躺在葡萄架下的一把竹椅上，嘴里流着口水，正在午睡，睡得很香甜的样子。呜的一声狗叫，他才睁开眼睛，见是小霞来了，轻轻喝了一声："混账！"那只黑狗就又卧在他的脚边了。

杨小霞是个聪明的姑娘，采访农民，是很讲究方法的。她装作走路口渴的样子，从水筲里舀了大半瓢凉水，一边喝着一边问：

"大伯，今年的麦子长得不错吧？"

"唔，不错，主要是你们领导得好。"钱八万打了个哈欠，瘦长的冬瓜脸上立刻堆满了笑容。这两年，他对上边下来的干部，显得特别客气，对谁都表示感激。

"你家的麦子割完了吗？"

"没哩，村西还有几亩哩。"

"听说，你给刘云珠割了一块麦子，有没有这回事呢？"

"给谁？"

"刘云珠，拐子。"

"唔，有的。"他点点头，脸上的笑容更好看了，"你问这个干什么呢？"

杨小霞笑而不答，继续问：

"当时，你都想了一些什么呢？"

"我什么也没想。"

"那么，你为什么给他割麦子呢？"

"麦收前，他媳妇不是挨了一刀儿吗？"

"大伯，你别谦虚，你老人家总是有些想法的！"

"没有，真的没有。"他收起笑容，眼望着葡萄叶子说，"那天早晨，我和孩子们到村北割麦子，刘云珠也在割麦子。我们两家地挨着地。刘云珠腿拐，拿着个镰刀，歪着个屁股，半天割不下一把麦子。我说：'云珠，你别割了，你打捆吧。'他就放下镰刀，给我们打起捆来。我们的麦子割完了，就到了他的地里。大忙天，想什么呢？"

杨小霞不再追问了，遇到这种情况，只有采取另外一种方法。她眼珠一转，声音甜甜地说：

"大伯，一个人的行动，总是受着一定思想支配的。咱们不光要建设物质文明，咱们还要建设精神文明；土地虽然承包了，但是共产主义风格不能丢掉。你给刘云珠割麦子的时候，难道就没想到这些吗？"

"我……"他扑闪扑闪眼睛，"你问这个到底干什么？"

"你的事迹，有人写成报道啦，要广播，还要登报哩！"

"真的？"

"真的！"

"老二家，沏茶！"

突然，他对着西屋叫了一声，显得更加客气起来。他记得，今年春天，两个干部给一个老人泥了泥房缝，三个青年给一个军属栽了两棵月季花，县里的喇叭上一连广播了好几天。当时，他望着电线杆上的喇叭，心里热巴巴的，十分眼馋。他也想寻找一个机会，做两件光荣事情，给人们看看……他做梦也没想到，今天，这样的机会来了！

老二媳妇端过一壶茶来。他给小霞斟上一杯茶，脸色一沉，来了个顺杆儿爬：

"小霞，你说对啦，我当时就是那么想的。咱们不光要建设物质文明，咱们还要建设精神文明。朱柏庐先生说得好：'与肩挑贸易毋占便宜，见贫苦亲邻须多温恤。'刘云珠不是外人，是咱们的阶级兄弟，他的困难也就是我的困难。你笑什么？你别看我脸上有麻子，咱心儿里美，学雷锋见行动嘛！"

说着，嘿嘿地笑起来，脸上的麻子也放出了红润的光辉。杨小霞忍不住，咬住嘴唇笑了一下；老二媳妇把嘴一捂，赶忙躲到屋里去。那只黑狗也把眼皮一抬，傻呆呆地看了他一眼，像是吃惊主人的进步。

就这样，杨小霞顺利地完成了采访任务。当天下午，她想了一段很得体的话，给了钱八万，并且用了"钱八万感慨地说"。稿子改好了，字斟句酌，她感到十分满意。

可是，老朱看过她改写的稿子，噗一声，一口茶水从嘴里、鼻孔里喷了出来，笑得不可收拾。杨小霞不知所措，红着脸问：

"朱乡长，送报社吧？"

老朱止不住地笑着说：

"送县广播站吧！"

四

说实话，县广播站举办的节目，庄稼人平常是不大用耳听的。但是6月10日晚上，表扬钱八万的报道在全县联播节目里播出以后，钱庄的人们几乎都听到了，并且引起了很大的轰动：

"你们听见了吗？咱村的钱八万钻了喇叭筒儿啦！"

"听见啦，人家助人为乐……"

"人家心儿里美……"

"他哪儿美？"

"心儿里美！"

"哎哟，娘哎，老天爷，钱麻子变成心儿里美啦，哈哈哈……"

麦地里、麦场里、街头巷尾，人们这么议论着，戏笑着。还有一些好事的人，特意跑到他家街门口上，咕咕地笑着朝院里观看，好像那院子里面，有一个新媳妇似的。

钱八万听见这些议论，装作没有听见。开始感到很光荣，渐渐地听出了其中味道，觉得不是好事情！

一天中午，他从麦场上回来，一进村口就听见有人叫他：

"老钱，你过来一下！"

抬头一看，当街里站着村民委员会主任钱小黑，另外还有七八个光脚赤背的青年人。他们脸上藏着笑，怪模怪样地望着他。

他一看见钱小黑，心口就突突地跳。钱小黑当队长的时候，对他管得特别严格。好像半天不见面，他就会复辟资本主义似的。去年秋天，他领到人民政府颁发的勤劳致富光荣证，钱小黑对他的态度发生了显著的变化，远远地看见他，就冲他笑，那笑半阴半阳，不晓得是什么意思……

他心口突突跳着，小心地走过去。钱小黑眨巴眨巴眼睛说：

"老钱，你记着，刘云珠一共种着二亩六分麦子。村北那六分麦子，已经割了，村西那二亩麦子也快熟了……"

"我……我没工夫。"钱八万明白了他的用意，抬脚就走。几个青年拦住他，挤眉弄眼地说：

"没工夫可不行，一个人做一点儿好事并不难，难的是一辈子做好事呀！"

"是呀，你不是学雷锋么？"

"你不是心儿里美么？"

接着，嘻嘻哈哈地笑起来，一个个笑得东倒西歪，十分快活。钱八万灰着脸，结结巴巴地说：

"我，我没有那么说……"

"你说来！"

"我没说……"

"你说来，你'感慨地'说来嘛！"

"哎，'感慨'是怎么一种样子呀，你表演表演，让我们看看！"

"对，表演表演，欢迎啦！"一个青年领头，呱呱地拍起巴掌。

钱八万吃架不住，急忙逃走了！

人言可畏，人的眼睛也很厉害。从此以后，他从街上走过，总觉得满街的人们在用一种古怪的眼光看他——不知是人们的眼光真的古怪，也不知是自己幻觉。于是,他躲在家里不出门了。

躲在家里,耳朵里也不能清静。早晨或者晚上,门前屋后常常爆发这样的喊叫声:

"雷锋!"

"精神文明!"

"心儿里美!"

"哈哈……"

有时候,那些顽皮的孩子们,还会隔着墙头扔过来一两块土坷垃、小石子儿。

五

这天下午,钱八万就像死了一样,一动不动地躺在葡萄架下的竹椅上,一直到天上出满了星星。

夜色中,老伴望着他的身影,小心地问了一声:

"他爹,吃饭吧?"

啪、啪、啪,他像喝醉了酒,自己打了自己三个嘴巴,然后出了街门,照直来到村民委员会里。

和往常一样,村民委员会的办公室里,只有支部书记刘老池一个人。最近一个时期,通过学习,村干部们明白了"时间就是金钱"的道理,各人去忙各人的事情,刘老池只好日夜值班,一个人坚持办公。

刘老池也是五十多岁的人了,身体不大壮实,办事却很认真。这时候,他手里摇着一把蕉叶扇子,站在麦克风前面,正在广播麦场防火应注意的事项。麦子一上场,他就开始广播了,早晨一遍,中午一遍,晚上一遍,一次也不间断。

在钱八万眼里,刘老池是个"受气的官"。过去因为割尾巴手软,公社干部批评他右;现在因为迟迟培养不出万元户来,乡里干部批评他"左"。钱八万不懂"左右",只觉得他办事公道,待人和平,对他一直很尊敬。

等了很久,他才广播完了。钱八万未曾说话,噗噜掉了一滴眼泪:

"老池哥……"

"八万哪,有什么事,坐下谈吧!"刘老池坐在办公桌旁,对他十分客气。

他没有坐,低着头说:

"老池哥,我听说麦收前,你们做过一个决定,谁给刘云珠割一亩麦子,村里给他两块半钱……"

"做过,照顾困难户嘛。"

"我给他割了六分麦子,该领一块半钱。我……我把那钱支走算了……"

钱八万说着,又掉了一滴眼泪。刘老池皱起眉说:

"八万哪,你这是怎么啦?县里的喇叭上刚刚广播了你的事迹,你怎么就来要钱呢?现在,你手里还缺那一块半钱吗?"

"钱,我并不缺,我是受不了那些攻击……"

"谁攻击你呢?"

"谁都攻击!"

"怎么着攻击你呢?你说说,我听听。"刘老池闭上眼睛,摇着扇子,用心地听着。钱八万哭丧着脸说:

"他们……他们说我学雷锋……"

"嗯,还有吗?"

"他们说我心儿里美……"

"嗯,还有吗?"

"他们还说我助人为乐……"

听到这里，刘老池什么都明白了。他望着他那低头曲肩的样子，吧咂着嘴唇想了一下，说：

"八万哪，我有一个问题弄不明白，得问问你。我记得，在批判会上，人们问你是不是变'修'了，你答：'是。'人们问你是不是梦想复辟资本主义，你也答：'是。'那时候，你怎么那么不谦虚呢，凭你，穿着一条日本进口的裤子，复辟得了资本主义吗？现在，人们说你学雷锋，心儿里美、助人为乐，你怎么反倒受不了了呢？"

"老池哥，你就别逗我了，像我这样的人……"

"你这种人怎么啦？"刘老池把脸一沉，突然抬高嗓门儿，"你不就是喂了一只狗吗？喂狗也是一种劳动，狗能看门，狗皮能做狗皮褥子嘛！回去吧，那不是攻击你哩，那是表扬你哩。我希望你不要骄傲，也不要那么谦虚，心里总像藏着一个小鬼似的！"

说完，打开扩音机，又广播起麦场防火应注意的事项。

刘老池一席话，弄得他哭不是笑也不是。冷静一想，就是哩，明明做了一件好事，为什么自己的心里总像藏着一个小鬼儿似的？这是怎么一回事呢？

这天夜里，他穿着衣裳躺在炕上，怎么也睡不着觉。想来想去，毛病出在自己的嘴上。"善欲人见不是真善，恶恐人知便是大恶"，杨小霞了解情况那天，自己不该顺杆儿爬……

可是，毛病全在自己身上吗？今年春天，两个干部给一个老人泥了泥房缝，三个青年给一个军属栽了两棵月季花，并没有人盘问他们想了一些什么；自己做了一件好事，为什么就招来一个大姑娘呢？

想到这里，他鼻子一酸，唏唏嘘嘘地哭起来了。多少年来，他像一个跟着后娘的孩子，一直受着极不公平的待遇。稍有一点儿差错，人们就说那是他的阶级本性所决定的；倘若做了一点儿好事，人们又会用一种怀疑的眼光,研究他的"思想动机"……钱八万到底应该怎样做人呢?

夜深了,村外的脱粒机吼叫的声音渐渐平息下去。院里几声狗叫,街上又响起那种刺耳的喊叫声:

"雷锋!"

"精神文明!"

"心儿里美!"

"哈哈……"

"就是哩,那不是攻击我哩,那是表扬我哩!"

突然,他从炕上爬起来,到院里磨起镰刀来了!静夜里,那磨镰的声音非常有力,像是向谁挑战似的……

第二天早晨,他把儿子、儿媳召集到一起,一人发给一把镰刀,他要领导他们帮助刘云珠收割村西那二亩小麦去!

太阳刚刚出来,他们就出发了,那只黑狗一跃一跃地跑到前面,也显得特别精神。

一出村口,恰巧碰见钱小黑了。钱小黑望着这支队伍,惊奇地问:

"老钱,你们这是干什么去?"

"割麦子去,云珠的麦子熟了。"

"好哇,明天黑夜,再让你钻一次喇叭筒儿!"钱小黑嬉皮笑脸地说。

钱八万站住了,淡淡一笑,只回了一个字:

"好。"

说完,照直向前走去,走得非常自然。

不到十点钟,刘云珠的麦子就上场了。脱粒机隆隆一叫,招来不少旁观的人:

"哈!"

"嘿!"

"咦！"

人们的嘴里，不时发出这样的声音。钱八万目不斜视，干得也很自然。

脱完粒，刚把麦子装满几条口袋，那几个光脚赤背的青年又凑过来，其中一个青年嘎笑着说：

"哈，又管割，又管脱，又管装，老钱同志真是活雷锋呀！"

"不敢当。"钱八万郑重地说，"你们年轻力壮，好比早晨八九点钟的太阳，你们也来学一学雷锋吧，你们管扛。来，一人一袋……"

话音未落，刘云珠拐着腿赶忙走上前去，冲他们笑笑说：

"谢谢啦，谢谢啦！"

几个青年你看我，我看你，只好一人扛起一袋小麦，送到刘云珠的家里去了。

钱八万的举动，引起了支部书记刘老池的重视。每天早晨、中午、晚上，广播完了麦场防火应注意的事项，总要表扬钱八万几句。人们听了，不再大惊小怪，也不再冷嘲热讽，有时还要称赞几句，就像称赞两个干部给一个老人泥了泥房缝，三个青年给一个军属栽了两棵月季花那样。

失 望

人活在世上，总有打发不完的忧愁，什么人有什么人的忧愁，什么时候有什么时候的忧愁。——杨三老汉呆呆蹲在他的小土屋里，听着外面繁密的雨声，慢慢地明白了这么一点儿人生的道理。

杨三老汉五十七岁，大半生时光，是在各种忧愁中度过的。早些年，愁吃、愁穿、愁柴烧，愁得早早驼了背，白了头；两年前，土地包到户里耕种，愁水、愁肥、愁农具，愁得整天挂着眼屎。人们看着他那天生的愁苦样子，常常拿他取笑：

"老三，你又在发愁啊？"

他苦苦一笑，说：

"人活着就是叫发愁啊。你们没见过妇女生孩子吗？小孩子一落地，为什么就哇哇地哭哩，为什么不哈哈地笑哩？他们晓得人世间的艰难啊，他们发愁啊！"

两年过去了，他才晓得这种忧愁是多余的。浇地的时候，人们虽然难免发生争吵，但是谁家也没旱坏庄稼；化肥确实难买，但是到了紧要时候，也有；农具呢，犁、耙、锄、耧，一件件置买，终于也不知不觉地置买齐全了。他不会做生意，也没有什么手艺，他家的日子虽不能和那些富足人家相比，但也发生了意想不到的变化：饭桌上有稀有干，每天吃三顿饭——

农闲也吃三顿饭;冬有棉,夏有单,一年下来,不欠谁的债。他刚刚定下心来,不想又碰上另外一件事,叫他担心、麻烦,脸上又笼起了淡淡的忧愁……

"爹,雨住了,我到河滩割草去了!"

院里红光一闪,小林穿着红背心儿从西屋里走出来。这孩子十六岁,聪明活泼,手脚也很勤快。自从土地分到户里耕种,杨三老汉从不用他干活,只叫他用心上学。后来老伴养了几只小兔儿,并且一天天有所发展,杨三老汉才给他明确了一项任务,每天放学以后,割一筐青草。

杨三老汉现在关心的不是那筐青草。小林刚刚背起筐,他轻轻走过去,忽然问了一句:

"小林,你说实话,今年那考题到底难不难?"

"不难,一点儿也不难!"小林响亮地说。这句话,不知他问过多少遍了。

"答卷儿的时候,你着慌来没有?"

"没有,慌什么呀!"

杨三老汉松了口气,又问:

"今年的分数线是多少?"

"什么?"小林扑闪着眼睛,望着他那严肃面孔,直想笑。

"分数线!"

"总分三百二。"

"我问的不是一般学校,是重点,咱上重点……"

"我说的就是重点!"小林拿起镰刀,飞快地跑了。跑到街门口,又朝父亲望了望,忍不住嘻嘻地笑了。分数线、上重点,他觉得这些话从父亲口里出来,就和自己刚刚学英语时一样,很绕口,很新鲜!

雨并没有住,天地间飘着雾一样的细雨。杨三老汉站在街门口,望着小林渐渐远去的身影，眯着眼笑了。他有三个孩子，两个女儿都没有上过学，到了出嫁年岁，就出嫁了。他做梦也没有想到，小林念完初中，最近又下了三次考场！什么叫预选、统考、复试？就是过筛子呗。前面两道筛子，小林都过去了，最后一道筛子过去，小林就是城里的学生了，据说还是重点学校的学生。重点学校有什么妙处，他并不晓得，但这件事着实地叫他高兴了几天，得意了几天。他想，如今有钱人家不少，过得去两道筛子的孩子，全村有几个呢？只有小林自己。在他眼里，小林就像谷地里一株大秆高粱，那么惹人注意！

那几天，杨三老汉沉醉在一种平生未有的快乐里，看什么都可爱，看什么都如意了。他常常望着老伴那瘦小的身影，呆呆地想："嘿嘿，秧子不强，结了一个好瓜。"常常打量着自己的小土屋，默默地笑："嘿嘿，笼子不大，养了一只俊鸟儿。"他不想翻盖房屋了，也不想置买什么东西，凭着手里那三亩二分土地，他倒想看一看小林究竟能出息到什么地方去……

小林会有今天，应该感谢何老师。记得小林八岁上，是何老师亲自上门动员入学的。何老师人很厚道，没有读书人的架子，在村里待久了，竟然亲切地喊他"三哥"：

"三哥，孩子不小了，送他上学吧！"

那天，他对何老师太冷慢了！何老师在院里等了很久，他才牵着小林的手从屋里走出来，懒洋洋地说：

"你说他呀？"

"是呀。"

"他还上学呀？"

"上吧，学校的大门就是为咱贫下中农开的呀。"

何老师讲了很多道理，他才苦苦一笑，说：

"那就让他到学校里养养个子去吧，个子养成了，再干活。"

就这样，小林像一粒被他随意丢去的高粱种子，在何老师的培育下，在他从不关心的地方，青枝绿叶地长起来了。何老师对小林真是尽心，今天下午，竟冒着雨去打听小林复试的结果。

可是，何老师怎么还不回来呢？最后这道筛子，小林到底过去了没有？他眯紧眼睛，望着烟雨迷蒙的顺城大道，脸上又笼起了淡淡的忧愁……唉唉，他自己也弄不明白，一个庄稼人，怎么会生出这种不安分的希求？

细雨淋在他的身上，凝在他的眉上，水亮泥滑的顺城大道上没有一个人影。他回到屋里，不知又等了多久，何老师才回来了，一进门就笑呵呵地说：

"三哥，小林考得不错！"

"哦哦。"杨三老汉点头笑着，望着何老师的脸，心口怦怦跳起来。

"小林的分数我查到了，总分三百一十九分，真不错！"

"哦哦。"他脸色变作灰黄，笑得很不自然。

"这样的分数，上二中、三中没问题！"

他两手抱住头，蹲在地上了。沉默了很久，才抬起头说：

"何老师，你是学界的人，你给小林说句好话吧，咱上重点……"

"这怕不行。"何老师摇头笑笑说，"李县长的女儿也参加了复试，只差三分，听说也不行。"

"小林只差一分啊！"

"那也不行，这是有规定的。"

杨三老汉低下头，不再说话。

这样的局面，何老师不好即刻走去，就向他做起解释工作。何老师说，一分之差并不能断定一个学生的才学高低，但是由于考生一年年增多，由于我们的教育条件还很落后，重点学校的录取分数不得不严格掌握。又说国家现在还有困难，许多该做的事情，一时还没有力量去做；以后经济发展了，条件具备了，孩子们就可以普遍地接受更好的教育了……

无论怎么解释，杨三老汉一句话也不说。何老师走了，他才朝着城里方向，粗声大气地发了一句牢骚：

"你们的筛子眼儿也太细了啊！"

说完，身子散了架似的仰在炕上，什么也不说，什么也不想了。

窗外又响起沙沙的雨声。他想睡一会儿觉，却怎么也睡不着。我们的教育条件还很落后，这是实话。他们村的教育条件就很落后，多少孩子仍然趴在水泥凳上，坐在水泥凳上学习。记得去年腊月，生产队在学校里开会，他在那水泥凳上坐了一会儿，回来拉了两天稀……国家没有力量，他却不信。这两年，眼见得人们比赛似的盖房屋，比赛似的造家具，家家都在武装自己。小林的姑夫卖豆腐，小车上竟然挂着半导体；小林的舅舅卖豆芽儿，竟然骑着电驴子。更有一些人家，为了多生一个娃娃，罚三百也拿，罚五百也拿，罚一千、两千、三千，也不还价……老百姓力量这么大，国家怎么会没有力量呢？国家的力量哪里去了呢？

国家的事情，想不清楚，不去想了。那么，小林那一分差在什么地方呢？

"小林他爹，何老师回来了吗？"

杨三老汉正自苦想，老伴串门回来了。她像碰上什么喜事，眉开眼笑地走到屋里。

杨三老汉看了看她，又闭上眼睛。

"考不上拉倒，儿女自有儿女福！"她看老汉面色呆冷，心里明白了几分，依然眉开眼笑地说："小林他舅舅的买卖越做越大了，他想雇个人，专门往城里送豆芽儿……"

杨三老汉心里麻烦，起身走到外间屋里。她跟到外间屋说：

"送一天豆芽儿，两块钱的工钱，一个月六十块钱！"

杨三老汉黑着脸,抬脚走到院里去。院里放着一筐青草,却不见小林的影子……

"他舅舅说了,"她又赶到院里去,"那钱让外人挣了,不如让小林挣了,你看……"

"我看都他妈的怨你!"杨三老汉突然飞起一脚,把草筐踢翻了,"割草,割草,三百一十九分孩子都挣到手了,那一分差在哪里?都是割草割的!"

老伴完全明白了,大声说:

"每天一筐青草,是你让孩子割的,是我让孩子割的?"

"你要不喂兔子,我让孩子割草干什么!"杨三老汉暴怒地说。

"怨我,怨我,你总是有理的!"老伴含着委屈,做晚饭去了。

杨三老汉站在院里,继续和那筐青草生气。晚饭做好了,他的怒气才消去,脸上竟挂出一丝笑意。今年复试,小林只差一分,李县长的女儿不是差三分吗?李县长是什么门户,自己是什么门户呢?李县长的女儿是吃什么、穿什么长大的,小林是吃什么、穿什么长大的呢?小林比县长的女儿还多两分啊!想到这里,眼前一片光明,觉得小林仍然是一个好瓜,一只俊鸟儿……

这天晚上,经过周密考虑,杨三老汉召集老伴和小林开了一个小会儿,做了三项决定。一、跟何老师说一说,让小林再去复习一年;二、从明天起,小林不要割草了,专心念书做功课,小兔吃草问题由他负责;三、明年再去考,不考一般学校,一定要考"重点"。他说,他怎么看小林怎么像个"重点"。

拜 年

年前下了一场大雪,到了正月初二还没消完。太阳一出,积雪的原野上白一片,红一串,也像穿了一件光亮的新衣;远远近近的大路上、小桥上,夫妻们双双对对,自行车川流不息,南来北往像赶集一样。这一天,是媳妇们回娘家,女婿们到丈人家拜年的日子。

北关的公路上,过来一对新婚夫妇。丈夫叫忙月,媳妇叫满花,小两口儿穿戴一新,并肩骑着自行车,悄悄说着话:

"满花,我们的礼物,少不少呀?"

"不少。"满花望着挂在车把上的那一网兜苹果、两盒子点心,肯定地说,"可不少。"

"到了严村,再买一点儿水果糖吧?"

"买那么多干什么呀?"

"今天,他也去呀。"

"谁呀?"

"你说谁呀?"忙月冲她一笑,一扑身,自行车上了严村小桥。

满花想了一下,也咬着嘴唇笑了。他说的"他",分明是指在城里当小学教员的姐夫。她和忙月订婚时,姐姐曾在母亲面前说过一些不利于他们结合的话,意思是,满花长得不丑,以后可以在城里找个婆家。亏了满花有主意，割不断他们在社中上学时的情谊。结婚后，她一失口，把姐姐的话透露出去。忙月当时没有表示什么，今天她才看出来，原来丈夫是个心里做事的人呢！

严村的大街上，一派新年气象。家家门口挂着一对样式古老的大红灯笼，雪映日照，满街鲜红；咚咚的架鼓声，唰唰的大钹声，在什么地方响着，不时地变幻着花点儿。街上穿新衣的孩子们，有的在放鞭炮，有的在玩小刀小枪，有的仰着小脸儿，望着灯笼底下冰锥儿似的蜡油，他们还在思念着留恋着除夕夜的欢乐吧？

忙月到供销社买了水果糖，跟满花朝家走着。一路上，满花笑呵呵地和乡亲们打着招呼，颇有一点儿衣锦还乡的神气。

到了丈人家，忙月看见院里放着两辆自行车，知道姐姐、姐夫已经到了。他按照满花的嘱咐，红着脸叫了一声：

"娘，我们给你拜年来了！"

岳母从屋里迎出来，看见那许多礼物，笑着说："来了就是了，花这闲钱干什么，快到屋里暖和暖和！"

姐姐拉着一个女孩子，也从屋里迎出来。姐姐心大量宽，向前看，用手指着忙月让那孩子叫姨夫。那孩子叫了一声姨夫，忙月立刻从口袋里掏出两块钱，塞到孩子手里，算是"压岁钱"。那孩子高兴了，跳着小脚，连声叫起来：

"姨夫，姨夫，姨夫……"

"不要叫了，不要叫了，"满花眼睛望着天，响亮地说，"我们乡里人穷，叫一声姨夫两块钱，我们可拿不起呀！"

姐姐没有听出话里的锋芒，竟笑了。岳母也笑着，忙去准备款待女婿们的酒席。

这是三间宽敞的北屋，秋天才翻盖的，屋梁上贴着新鲜的"太极图"。

西屋里生着煤火。外间屋里也很暖和。屋子中央放着一张方桌，桌子上放着茶壶、茶碗、花生、瓜子。岳父坐在正中，姐夫坐在一侧，两人谈得正高兴。忙月和姐夫初次见面，经过介绍，两人寒暄了几句，还握了握手。

姐夫三十五六岁，个子比他矮，脸色比他还黑，但是眼睛很明亮，说话笑吟吟的，样子很谦和。他给忙月斟上茶，问起忙月村里的情况。

"不赖，他们村也不赖，口粮吃不清了，一年到头有麦子吃！"岳父爱说话，嗓门儿也很洪亮，笑呵呵地代替忙月回答。

"收入也多了。"忙月说，"从前地里光叫种粮食，现在好了，也叫种瓜了，也叫种菜了……"

"也叫种啤酒花了！"满花抓了一把瓜子，帮助母亲做菜去了。

"这叫调整农业内部结构。"姐夫笑着连连点头，"农业内部结构合理了，就是遇上歉年，也不用怕。这几年由于调整了农业内部结构，尽管自然灾害频繁，粮食产量有增有减，可是，你们猜怎么样？"他停了一下，伸出五个手指，"我们国家的农业总产值还是以每年递增百分之五的速度前进着。"

"是呀，是呀，他姐夫，你喝水！"姐夫的话，不知岳父听懂了没有，他笑呵呵地附和着。

"是呀，调整农业内部结构，很重要。"忙月也附和着。

姐夫抿了一口茶，谈话的兴致很高。他知道岳父这两年靠种菜发了家，知道忙月夫妇喂了不少鸡，不少兔，他就专讲这个题目。他说江西有个农民种菜，一年在一亩菜地里拿到两千块钱；又说云南有个农民，喂猪，喂鸡，挖中草药，一年收入了三千块钱。他知道的事情很多，安徽养猪的情况，甘肃植树的情况，他都知道一点儿，好像天南海北有人给他打着电话似的。忙月觉得姐夫谈的那些事情，和自己很遥远，又很贴近，只是插不上口。谈到植树，他讲了一个故事，说是三国时候，东吴有个太守，姓李，要给后代留一份财产。他不留金银财宝,不留绫罗绸缎,而是雇人在家乡的沙洲上栽了一千棵橘树。他说那是不用吃饭、不用穿衣的"木奴"。李太守死了,俸禄断了,那些橘树也长大了,子孙后代果然受用不尽,吃穿不愁……

"哈,这个老李真不简单,该让他当队长!"岳父听得入了神,突然说。

"那时不兴队长。"姐夫笑着说。

"那时候,是曹操、刘备、岳飞在打仗。"忙月也不甘寂寞。

"岳飞是宋朝人,不在三国。"姐夫纠正说。

忙月的脸红了一下,正想说什么,满花端上几碟凉菜。她对他们的谈话好像很不满意,斜了忙月一眼,斟着酒说:"快吃吧,这么多好吃东西,也占不住你们的嘴呀?"

"他姐夫,咱们先来个通天乐!"岳父举起酒杯,脖子一仰,一饮而尽,"吃菜,吃菜!"

忙月虽然是个农民,但在这种场合,却很敏感。他发现岳父劝酒让菜的时候,眼睛总是瞅着姐夫,不瞅自己,好像自己不存在似的。他觉得很冷落,偷偷看了一眼放在条几上的两份礼物,自己的礼物并不比姐夫的少……

岳父是嫌他不晓得岳飞在哪一朝吗?晓得那些有什么用呢?他上中学的时候,兴趣倒是很广泛的,他爱好几何,爱好代数,也爱好诗歌,后来还津津有味地研究过孔子为什么要杀少正卯。可是回村不久,他就发现自己爱好的那些东西,不顶饭吃,不顶柴烧,连他一家人的吃盐问题也解决不了。自从村里实行了新的种地办法,父亲就常常教导他:"庄稼人纳完粮,好比自在王,你们赶上好时候了,好好奔自己的日子吧!"他牢记着父亲的教导,实践着父亲的教导。他像父亲那样劳动,那样治家,学生时代的兴趣和爱好,早变成一个淡淡的遥远的梦了……

酒过三巡,岳母端上几碟热菜,其中一碟是韭黄炒肉丝儿。姐夫尝了一口，连声说好。于是从种韭黄又谈起种菜，岳父又问到江西那个种菜的农民。姐夫从口袋里掏出一张报纸，展开放在桌子上说：

"种菜，不光要讲粪大水勤，还要研究市场需要，注意市场信息。江西那个农民总结了四句话：'人无我有，人有我好，人好我多，人多我早。'比如种韭黄吧……"

姐夫尽情地谈着，岳父认真地听着，忙月呆呆地坐着。他在想什么？不知道。

女人的心思更不好猜。姐夫的谈论，不知妨碍到满花什么，她站在西屋里，一手撩着门帘，嘴里嗑着瓜子，冷冷地盯着姐夫。听了一会儿，啪，她把门帘一扔，西屋里就响起了她那尖亮的嗓门儿：

"娘，他们说得那么热烈，咱们的嘴也别闲着，咱们也说呀！"

"说吧，正月里，说几件村里的新鲜事儿，咱娘儿们也取取乐儿。"岳母说。

"说几件就说几件，我们村的新鲜事儿多哩！"满花嗓门儿很大，像干扰敌台放的电波，"我们村里呀，有棵老槐树，三个人搂不住。去年六月初八下大雨，嘎巴一声大雷，把那老槐树劈了一半……"

"满花，你小点儿声音！"岳父正在用心听那"种菜经"，冲着门帘嚷道。

满花好像没有听见，嗓门儿更大了：

"我们村里有个老太太，七十八岁了，两只小脚儿锥子似的，每年三月初三还要上莲花山烧香还愿，当天打来回……"

"四哥在吗？"外间屋正谈"种菜经"，里间屋正谈那个半仙之体老太太，一个精瘦瘦老头走进来了，"四哥，有客呀？"

"有客也不是外人，两个女婿。"岳父向女婿们介绍说，"这是你们老明大叔，我的朋友。"

姐夫站起身，斟上一杯酒：

"老明大叔，我敬你一杯！"

忙月也站起身，学着姐夫的样子说：

"老明大叔，我也敬你一杯！"

老明大叔喝过酒，从口袋里拿出一个大红请帖，说："四哥，东庄派人下请帖来了，邀请咱们村的架鼓班子正月初六到他们村热闹一天，去是不去，人家等着答复哩。"

"去，今年哪里请，我们就到哪里去。"岳父兴头很高，并且委托老明大叔代他通知一下，今天黑夜，他要宴请众位鼓友。

老明大叔走了。忙月望着桌子上的请帖，眼睛忽然亮了一下。岳父是个鼓手，又是架鼓班子里的主事人。去年冬天，他们村的架鼓班子也恢复了，他也喜欢这种娱乐活动。他觉得和岳父有了共同的语言，就笑着说：

"爹，我们村的架鼓班子也恢复了……"

岳父有了几分醉意，鼻头红红的，眼睛也红红的，竟然忘了自己的身份，摇着大手说：

"你们村的架鼓，二九一十八番儿，那算什么？我们村的架鼓，三八二十四番儿，你们给我们拾鞋，我们也不要……"

岳母从西屋里走出来，赶忙说：

"他姐夫，你们吃饭吧。他喝醉了，说话吹吹打打的，没深浅了！"

"吹？"岳父脸色一沉，瞅定两个女婿，"我们村的架鼓，在县里挂着号哩！你们打听打听，县里有了喜庆大事，哪一次不用我们村的架鼓？欢迎八路军进城的时候，就是我敲的鼓；庆贺高级社成立的时候，也是我敲的鼓。那一年放卫星送喜报，我几乎天天敲鼓！远的不说，满花，你出来一下！"

"干什么呀？"满花从西屋里走出来。

"你说咱们邓副主席二番脚儿上台的时候，县里让庆贺，是谁敲的鼓？"

"是你呗！"满花拉长嗓门儿说。

岳父高兴了，两手一展，嘴笑成了一个黑洞：

"这是吹的吗？"

吃着饭，岳父的兴头还没下去，眉飞色舞地说：

"敲鼓，不光是胳膊上的功夫，膀子上的功夫，还得要腕子上的功夫。你们不要看我老了，咚咚咚，一通'五马破槽'，我能震灭街上的一片灯笼！嘿嘿嘿……"

女婿们到丈人家拜年，大致有三件事：喝酒、吃饭、闲谈。三件事做完，太阳就平西了。忙月夫妇要回去。岳母说："住一宿吧，村里黑夜有戏。"

"不住了，我们村也有戏。"忙月说。

岳母没有强留，一家人把他们送到街门口上。满花上了车子，听见姐夫也说要走。她扭头看了看，只见父亲抓着姐夫的手，吵架似的说："你不能走，黑夜你得给我陪客……"

满花听见这句话，心里很不舒服，一抬头，看见忙月的车子已经箭一般地飞出村口。她紧赶慢走，才赶上了，两人一前一后蹬着车子，谁也不说话。走了一程，满花带气地说：

"真讨厌，话多屁稠！"

忙月知道她在说谁，但是没有开口。满花又说：

"咱爹也是偏心，大女婿能陪客，二女婿就不能陪客了吗？"

忙月仍然不说话。他望着前边树林中的点点白雪，像有什么心事。

"你生气吗？"满花赶上去问。

"我不生气。"忙月突然说，"满花，你晓得什么叫'递增'吗？"

"'递增'，就是增了呗！"

"'农业内部结构'呢，你晓得那是什么意思？"

满花看出了他的心思,像是分辩,又像埋怨地说:

"我们能和他比吗?他是脑力劳动者,我们是体力劳动者。我们又要种责任田,又要种自留地,还要喂猪、喂鸡、喂小兔,整天忙得脚踢后脑勺儿。如今各家种各家的地,村里也不兴开会了,也不兴学习了,我们到哪里去打听那些闲事!"

满花嗓门儿很大,惊起了树林中一群麻雀。忙月望着儿只飞向天边的麻雀,也大声说:

"我们是中学生,我们也有文化呀!"

"我们那点儿文化,早就着饭菜吃啦!"满花说着,竟得意地笑起来。

忙月摇头苦笑了一下,不再说什么了。

就这样,他们载兴而去,扫兴而归。但是不几天,他们就把这件事忘下了,照旧过他们的日子。到了院里桃树开花的时候,满花忽然发现一个新情况,每天晚上,忙月要从学校拿回一张报纸,坐在灯下细细地看,她觉得很新奇。一天晚上,忙月正看报纸,她悄悄走过去,手搭在忙月肩上,小声问:

"买的?"

"订的。"

"你订这个干什么呀?"

"看呀。"

"花这闲钱,不如每天喝个鸡子儿。"

"喝鸡子儿干什么呀?"

"养身体呀。"

"养那么好的身体干什么呀?傻乎乎地给人敲鼓吗?"

"你说什么?"满花睁大眼睛。

"上莲花山吗?"忙月轻轻笑了一下。

白 大 嫂

我要记下这个故事，细心的生产队长向我提出严正的要求：一不许写他们的村名，二不许写他们村的人名，尤其不许披露那个可敬的大嫂的姓名。我想了一下，村名可以不写，人名也可以省去，实在不能省去的，就用假的。那个大嫂平时穿衣喜欢清素，我们就叫她白大嫂吧。

白大嫂是个寡妇，今年四十多岁，具体四十几岁人们记不真了。"四清"那年，她背着一个不好的名声，和本队一个赶大车的光棍结婚时，人们都说她丈夫比她大七八岁；人们又记得，她丈夫好像是四十岁上死了，已经死了十年了，照这样推算，她该是四十二三岁年纪。

白大嫂这些年熬过来真不容易。丈夫死后，她拉扯着一个八岁的娃子，吃了不少苦，好在娃子大了，能干活了，种地有了新的办法。从去年起，队上把二亩口粮地、征购粮地，六分棉花地，六分自留地，一同分到他们名下，并且宣布五年不变。娃子生得黑黑大大，只上过三年小学，没有别的生活打算，整天像牛一样干活。这孩子对地亲，对粪亲，对母亲更亲，用乡亲们的话说，傻亲傻亲。家里改善生活，吃好东西，他自己吃一顿，剩下的要让母亲吃好几顿。为吃东西，邻居们常常听到他那粗鲁而又可爱的喝嚷声：

"娘，你吃吧！"

"你吃吧。"

"我叫你吃你就吃！"

"我不想吃了……"

"你要不吃，我就把它扔到猪圈里了！"

白大嫂虽然身体瘦弱，农活也还能干，但是娃子坚决不让她下地。他觉得那点儿活儿，不够自己干的，何必让母亲受累。夏天时，他要锄地去了，母亲也拿起小锄，邻居们就又会听到他那粗鲁而又可爱的喝嚷声：

"你干什么去呀？"

"跟你锄地去呀。"

"大热天，我稀罕你去呀？"

"两个人锄，总比一个人快……"

当，娃子把小锄一扔，真的生气了：

"你去吧，你去我歇着！"

就这样，白大嫂在儿子的喝嚷声中，过着清闲愉快的日子。今年夏收，陈麦子还没吃完，娃子又把许多新麦子拉回来了，屋里放不下，他们就学着别人家的样子，买了几领新席，在屋顶扎了一个圆圆实实的麦圈，远看像个碉堡，很是壮观。白大嫂一望见那高高的麦圈，嘴边就挂起笑，默默地感谢着队长，感谢着儿子，感谢着土地和天年……

但是生活是不平静的，不知什么时候会发生什么事情。一天下午，白大嫂正在房上簸麦子，看见本队一群社员从门前路过，一个个黑着脸，横着眉，有的还骂骂咧咧，都是一脸不平的气色。她有些奇怪，也有些害怕，害怕村里再发生什么事情。

吃晚饭的时候，在谁家的房上，她又听到一个尖亮的汽笛儿般的女人骂街的声音：

"你，嘴上长疮的，舌上长疔的，我开始骂你了！我家老黄，采过谁家的花,盗过谁家的柳,你给我说清楚!你说不清楚,我骂你三天,你三天说不清楚,我骂你半月,你半月说不清楚,我……"

白大嫂手一颤,好像触了电,碗里的饭差点儿洒了出来。老黄二十几岁就当干部,在村里整过不少人,后来自己也挨了整。三年前,他不但恢复了党籍,并且又做了大队书记。一切都落实了,都如意了,他的女人骂谁呢?

"骂小存哩!"娃子大口吃着饭,嘴里突然冒出一句,"小存在大街上骂老黄来!"

"他为什么骂老黄呀?"白大嫂放下饭碗问。

"老胡偷了队里的化肥,被小存捉住了!"

娃子含含糊糊答了两句,把嘴一抹,拿上凉席、枕头蹬着梯子上房睡觉去了。

老胡在队上是顶没威信的人。在那混乱的时代,大批判、割尾巴,数他喊得响亮;现在呢,自从分到几亩地种,光为浇水,就和乡亲们吵过几次架了,弄得队上不得安静。白大嫂一向讨厌他,也害怕他。

"他偷化肥,村里饶得了他?"白大嫂心里放不下,刷清锅碗,上房去问。

"饶不了他,让他写检讨哩。"娃子躺在房上,享受着夏夜的凉风,睡意蒙眬地说。

"他写吗?"

"他不写,就收他家的地,小存娘急得直哭……"

"说了半天,让谁写检讨呀?"

"让小存。他嫌老黄不管老胡的事,给他贴了一张大字报,贴大字报犯法……"

"队长哩,咱们队长哩?"白大嫂急问。

"走了,东庄的拖拉机把他拉走了……"

再问,娃子不吭声了,呼呼打起鼾睡。

这时候,各家已经吃过晚饭,天上出了几颗明亮的星。白大嫂呆呆地坐在房上,好像听见小存娘呜呜的哭声,心里很不平静。这两年,这个孤独的女人,开始关心那些与己无关的事情。她觉得自己沾过队上的光,常常感念乡亲们的恩情。这许多年,世道虽乱,可到底是新社会,每年年终决算,当队长宣布了她家超支款数的时候,宽厚的乡亲们总是把手一举,就免了去;那年月,每人每年一斤豆油,一斤棉花泡儿,大家分个虱子也有自己一条大腿。现在,娃子大了,日子松宽了,自己应该关心队上的事情,应该关心乡亲们的不幸。虽然自己出不了力,总该去看一看,劝一劝,尽一点儿乡邻之情。

小存家和她家相隔不远,小门小院,小土坯屋,屋顶上也蹲着一个碉堡似的麦圈。他家没有做晚饭,屋里黑着灯,小存爹正站在院里数落惹事的儿子。

"二哥,你不要埋怨孩子了吧,他是捉贼的呀!"白大嫂走到院里说。

小存爹一向怕事,哭丧着脸说:

"县里有公安局,村里有治保会,用他捉贼吗?吃了两年饱饭,我看撑坏他了!"

"撑坏他了!"小存娘在屋里嚷道,"老黄是什么人,你骂得呀?"

"他先骂我!"小存坐在捶布石上,满脸怒气说,"他骂我爹多娘少……"

"那是急话。"白大嫂尽力劝解着,"你骂他什么来呀?"

"我骂他采花盗柳……"

"我打你嘴!"小存娘一声尖叫,急忙从屋里跳出来了,"你看见人家采花盗柳了吗?"

小存爹也着了慌，忙让白大嫂到屋里坐。

白大嫂没有动身，平静地说：

"你这孩子，怎么这样说话呀？那是'四清'的时候，有人给老黄栽的赃，现在不是平反了吗？你那不是骂他，是骂我。不错，你婶子年轻的时候，在尖子班里扛过枪，在俱乐部里演过戏，也风流过，也漂亮过。可是，你看你婶子是那种人吗？不要说做姑娘的时候，你婶子守了十年寡，村里有半句闲话没有？"

夜色中，小存看见白大嫂微微笑着，苍白的脸上却滚着泪珠。他心里一惊，低下头。他并不真正了解村里的历史，后悔自己在大街上和老黄争吵的时候，说话不该那么冒失。

静了一会儿，白大嫂叹了口气说：

"人家让你做检讨，你就做个检讨吧，那又不疼。他们当官的喜欢老百姓检讨错误，检讨得越深刻越好。哄得人家喜欢了，事情也就过去了，安安生生种咱的地比什么不好？"

现在的社员们到底和过去不同。过去的社员们做个检讨，玩儿似的，并不当做一回事情。现在，白大嫂劝了半天，小存依然黑着脸，拧着脖子咬定一句话：

"捉贼的要做检讨，做贼的怎么着！"

两个老人望着儿子高傲的样子，急得又骂起来，白大嫂在一旁不住地叹气。

这一夜，白大嫂没有睡好觉。她同情小存一家人，又恨小存那样说话。天快明的时候，她刚刚睡着，又被一个怕梦惊醒了……

这天中午，白大嫂在街门口意外地看见从东庄回来的生产队长。她像看见救星一样说：

"队长！你不在，小存惹下大乱子了！"

"既来之，则安之。"队长有文化，说话爱用一些字眼。

"他不做检讨，就要收他家的地呢！"

"收地得由我收，我是队长。"队长悠悠打打走过去，但是口气很硬。

在白大嫂心目中，这个年轻的队长，简直是个伟人。他比娃子只大六岁，但是说话办事，总是一副心里有底、脚下有根的样子。去年春天他一上任，就在队里实行了新的种地办法。当时老黄很不高兴，半年不理睬他。外队也有人喊他们生产队是"走回头路"，他听了，哈哈一笑，并不分辩，每天做着自己该做的事情。直到收玉米的时候，省里来人看过他们的庄稼，老黄才变得高兴起来，并且命令各生产队都照他们的样子做，三天以内把地分完。从此他说话走路，黑黑的脸上总是带着一种自负的神气。人们喜欢看他这种神气，因为一看到他这种神气存在，大家也就心里有底，脚下有根了。

白大嫂总觉得这件事情牵扯着自己，远远地跟在队长后面。走到村南口上，她站住了，看见队长悠悠打打走进老黄的院子里去。

那是一个宽大的院落，四外没有邻居，院里长满黑森森的树木。门前是一片玉米地，院子东边那个苇塘还在，只是没个苇子。她望着那个地方，心口突突跳了几下。做姑娘的时候，她常常到那个苇塘边洗衣；那年父亲得了重病，她常常到那个院里借钱、借米，后来又常常到那个院里汇报尖子班的工作……结婚后，多少人冷眼看她，丈夫也在暗中监视过她，她终于用自己的行动洗白了自己，改变了人们的看法。她不从那条道上走路，不到那个塘边洗衣，快二十年了……

这时候，在那个院里，队长和老黄谈判吧？她在村口愣了一会儿，终于返回家里，端了一盆还不该洗的衣裳，绕到那个塘边去了。夏日的中午静悄悄的，她蹲在一棵柳树底下，在洗衣石上轻轻揉搓着一件衣裳……

"你没看见吗？他在大街贴了一张大字报，影响极坏……"这是老黄的声音。他有五十岁了吧，说话仍然很有魅力。

"我看见了。他为什么贴大字报呢？"队长的声音。

"不管他为什么，贴大字报犯法！"老黄的声音严厉起来，"取消'四大'，那是上了宪法的……"

"他还骂人哩！"院里又响起那个尖亮的汽笛儿般的声音，"'四清'的时候，墙倒众人推，是人不是人的都来踩践我家老黄，说老黄不光经济上有问题，政治上有问题，还说老黄和这个姑娘睡过觉，和那个娘们儿亲过嘴，老黄背了多少年黑锅呀！现在平反了，真相大白了，老黄采过谁家的花，盗过谁家的柳，他得给我说清楚！……"

白大嫂早住了手，忘了自己是来洗衣。前些年，村里给那些蒙冤的人们平反的时候，她记得乡亲们是很高兴的，她心上也像掀去了一块大石。平反的人中，那些真正有一点儿过错的，也不计较了，她觉得这也是对的。只有大家都高兴了，才能好好地生产，好好地工作，好好地过日子。精明的黄太太怎么就不明白这点儿道理？是真糊涂呢，是装糊涂呢？

院里静了一会儿，队长说：

"小存不懂宪法，那大字报让他揭掉好了。他骂人不对，不过我看你们也该挨骂。老胡偷了队里的化肥，被小存捉住了，你们为什么不做处理？"

突然，老黄哈哈笑起来了，那笑声轻飘飘的，藏着一种叫人不好捉摸的深意：

"一个社员弄了两袋化肥，你说怎么处理？现在不是过去了，现在是八十年代……"

"八十年代就兴偷吗？"队长大声反问。

"你呀，人们都说你思想解放，你怎么又不解放了呢？老胡偷化肥干什么用？无非是用在他的地里。这是坏事，也是好事。这说明你们队的社员们真正关心起自己的产量来了，说明社员们的积极性真正调动起来了，下一回外村的拖拉机拉你介绍经验的时候，我看你还可以介绍介绍嘛，哈哈……"

白大嫂不由得打了个冷战。她想起来了，自从省里来人看过他们的庄稼，无论在什么场合看见老黄，他那胖胖的脸上总是藏着一种叫人不好捉摸的笑。那种笑，就和当年她在这个塘边洗衣裳，他站在院里斜着眼睛望她时那种笑一样。今年正月，治保会在老胡家抓了赌，当人们议论为什么不做处理的时候，他醉醺醺地站在大街上，脸上也是藏着这种笑的：

"你们这些人呀，'左'的流毒总肃不清。现在小买卖让做了，亲嘴的电影也让演了，几个老娘儿们耍耍牌，有什么大惊小怪？"

"明白了，我明白了！"白大嫂听得出来，队长先是坐着说话，现在站起来了，"我告诉你，小存家的地，我不收！"

"那就让他写个检讨吧！"

"你让他写吧！"

"你，你是他的队长……"

"从现在起，我辞职了！"院里响起一阵急急的脚步声。

白大嫂脸色突然变黄。她也明白了，明白了老黄那笑声里究竟包藏着什么。她不再那样轻轻揉搓，顺手拿起棒槌，冲着洗衣石上的衣裳砸起来，梆、梆、梆，整个小塘的水都震荡起来了！

当天下午，队长辞职的消息传开了，这个消息在队里引起很大混乱。人们有的埋怨队长年轻气盛，为了这么一点儿事情，不该扔下队里的工作；有的议论老黄，认为上级过去不该那样整他，现在也不该这样用他；也有人指责小存，说他是惹事的根源……

晚上，人们聚在街口上，院落里，继续议论着，愁叹着。突然，半天空里又响起那个尖亮的汽笛儿般的声音：

"你，嘴上长疮的，舌上长疔的，我又开始骂你了，我家老黄，采过谁家的花,盗过谁家的柳,你给我说清楚!采过你姐姐妹妹呀?采过你姑姑姨姨呀?采过你……"

老黄女人刚刚骂到"精彩"地方,在谁家的房上,又爆发了另外一个女人的声音:

"你,笑里藏奸的,肚里长牙的,你听着!你不要以为天底下数你精,数你俏,我们都是傻子……你的心思,我们看得清楚……老百姓的麦子上了房,你气不下呀,穷人家的姑娘媳妇就该永远向你借钱吗?就该永远向你借米吗?睡不着觉的时候,你拍拍心口想想吧……"

这是白大嫂的声音。那声音颤抖着,在夜空里扩散着,充满着愤怒和不平。人们什么都明白了,不忍听她这样喝喊,也不忍深想下去。突然,她放声哭了,哭得很悲痛:

"娃子爹,娃子他爹呀,你要是那有情有义的人儿,你就赶上大车把我接走吧!……"

第二天早晨,村里传开了一个消息:昨天晚上老黄两口子打了一场架。早晨下地的时候,有人看见老黄的眼眉上挂着两道血痕,据说是被女人抓的。

小存没有做检讨,也没有人收他家的地。一场风波就这样平息了。

队长不但没有辞职,那几天晚上,还要和小存定时到白大嫂院外悄悄转悠几趟。他们怕白大嫂一时心窄,发生了意外。

他们转悠了两个晚上,没有听到任何动静,屋里总是黑着灯。到了第三天晚上,窗上灯亮了,他们听见娃子那粗鲁而又可爱的喝嚷声:

"娘!以后你少出门,我给你买了个解闷儿的东西!"

屋里,响起清细的收音机唱戏的声音。

"你关了吧,我不听……"

"听!我叫你听你就听!"

那天晚上,收音机唱戏的声音响了很久,很久……

贾大山
文学作品
全集
典藏版

下卷

贾大山ⓒ著
康志刚ⓒ编

河北出版传媒集团
花山文艺出版社
河北·石家庄

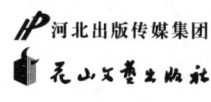

二　姐

傍晚下乡回来，机关里的老刘同志告诉我：今天上午，有个农村妇女来找我，剪发，圆脸，皮肤很黑，大约四十多岁；她说明天还要找我，要我一定等她，来去匆匆的好像有什么急事。

我想了一下，那一定是我的二姐。她家住城东，离城只有三里地，来去是很方便的。晚上回到家里，我告诉家里人们二姐要来，弟弟立刻说：

"明天，我们躲一躲吧！"

"躲一躲吧！"妹妹也说。

弟弟在粮库工作，他很怕见二姐。二姐常常悠悠晃晃地去找他，买麸子，买稻糠，买那些没有门路不好买到的东西。弟弟稍有难色，她就说他小时候，她如何亲他，如何抱他，尽情地表述一番自己的功劳，最后流着泪说：

"别人能办的事，姐姐就不能办吗？"

妹妹在百货公司工作，也很怕见二姐。二姐也常常悠悠晃晃地去找她，缠着买一些减价商品。妹妹告诉她，那是内部处理的东西。她就哈哈笑着说：

"你姐姐是外部吗？"

按说，买那样一些东西，卖给她不是什么大事。但她买到手里，就要对人吹嘘，一点儿也不顾及影响。有一次，妹妹缠不过她，就把一块花布原价卖给了她，告诉她是减价的。她高兴极了，见到亲友，就把那块花布一抖，引以为光荣：

"看呀，他们有人，咱也有人！"

总之，弟弟有一句话，概括了她的特点：看见一点儿便宜，她的眼睛就明亮起来。因此，城里的亲戚们都很怕她。

我原先不怕二姐，我是做群众文化工作的，我想她无求于我。不料那一年夏天，一个上午，我们机关正在集中学习评"水浒"的文件，她悠悠晃晃地找来了，进门就喊：

"兄弟在吗？"

我赶紧走出会议室，问她有什么事。她笑声朗朗地说："兄弟，你能给姐姐走点儿后门吗？"

"小点儿声音！"我红着脸说。

"姐姐不会小声说话，能吗？"她依然笑声朗朗地说。

二姐就是这么一个人。乡村的五谷杂粮，阳光空气，不知怎样养了她那么一个强壮的身体，那么一个响亮的嗓门儿。她对我们这个世界上存在的一切事情，好像都很满意，从不埋怨什么，也不忌讳什么，别人做什么事，她也跟着做什么事。

我只好把她领到我的办公室里，问她走什么后门。她说：

"走什么都行，你看着走吧！洗衣裳的胰子，蒸干粮的碱面，做活的线，都缺，净是宋江闹的！"

那天，我通过商店里的一个朋友，给她买了二斤碱面，钱，自然是不要的。以后每次进城，她就要到我们机关落脚，临走的时候，总是向我挤挤眼睛，乞求地说：

"兄弟，碱面，碱面……"

有一次，我问她：

"你用多少碱面呀？"

"现在，村里的人们，都晓得我能买碱面了！"她说。

买一点儿碱面，我还办得到，钱也贴得起。不料去年春天，一个下午，她又找来了，进门就说：

"兄弟，你家外甥考上中学了，每天跑路很不方便，你能给他买辆'凤凰'牌自行车吗？"

"不能。"我告诉她，买那样的东西，不比碱面，对我说来如摘王母娘娘的蟠桃，如采南极仙翁的灵芝草一样艰难。

"'永久'的呢？"

"不能。"

"'燕山'的呢？"

"也不能。"

"那么，你能给姐姐办点儿什么事呀？"

"你如果需要的话，我可以给你一份演唱材料。"我苦笑着说，像是在嘲弄她，又像是在嘲弄自己。

"演唱材料？"她的眼睛明亮起来，"什么叫演唱材料？"

在我的案头，恰好放着一堆刚印好的演唱材料，就指给她看。她拿起一本翻了翻，眼里立刻大放光芒："这玩意儿也有用，拿回去让你姐夫卷烟使！"说着狠狠抓了一把演唱材料，塞到她那小提兜里，乐颠颠地走了。

每逢提起这些事，弟弟就摇头、叹气，喟叹世风日下，人心不古，中国不好收拾了。对于他的观点，我虽然不敢苟同，但也无法解释，只有默默地苦笑。

二姐的行为也常常引起我的沉思。记得母亲说过，二姐年轻的时候，脸皮儿很薄，胆子也小，娘家的光都不肯沾的。

是这些年的贫苦生活改变了她的性格吗？可是我又记得，1960年冬天，在那饥饿的年月，她在村里当炊事员的时候，她的一个女儿却是死于浮肿病的……

早晨下起小雨，听着窗外沙沙的雨声，我不由得高兴起来。这样的天道，她不会来了吧？

可是，春雨不拦路，我正要上班走，她来了。她没有带雨具，一件蓝布褂子已经被雨淋湿；她好像没有洗脸，也没有梳头，脸上罩着一层灰气。急脚快腿走到屋里，也不坐，两眼定定地望着我。我问她有什么事，她说什么事也没有，只是想来看看我。这样呆呆地站了好久，忽然说：

"兄弟，你……你看电视来吗？"

"什么事？"我茫然地问。

"唉，不做贼心不惊，不吃鱼嘴不腥。这几天，我们村的电视上天天逮人，一天黑夜逮一个。逮的不是平常老百姓，净是科长、局长、主任什么的。黑漆漆的手铐子，咔唧，就给戴上了，怪可怜的……"

我知道她在说什么，我说：

"他们贪污受贿，查私吃私，那是罪有应得，可怜什么？"

"你别说了，自己长着一身毛，休说人家是妖怪。"她朝院里看了看，声音压得很低、很低，"你那事呢？上级追吗？"

"我有什么事呀？"我更加茫然了。

"真的不追？"

"到底是什么事呀？"

"不追就好，我这就放心了。"她这才松了一口气，像是自责，又像是感激上级宽大为怀，"我们做的那些事，虽说犯不上戴手铐子，想起来也是个黑点儿，我很怕连累了你。你也放心吧，买车子的事，不用你管了。如今卖给粮站八百斤麦子，奖励一张自行车票，那点儿麦子，我拿得出来。看这雨,越下越大了,家里正孵小鸡儿哩,我得赶快回去。不追就好……"说着走出门去。

这时候,天上一道闪亮,响起一阵沉实的雷声,那蒙蒙的雨雾已经变成细密的雨线了。我打着伞追上她,一定要问清楚到底是什么事。她像羞于出口似的,只是说:

"不追就好,不追就好。"

我把她送到城外,再问时,她才四下看了看,那样子真的像做了贼,撂下一句叫人好笑、但又笑不出来的话:

"唉,你忘了吗?碱面,碱面……"

村　戏

在我们这一带农村，每到正月，村村都有一点儿叫人欢乐的东西。东关的高跷，西关的架鼓，南关的龙灯，北关的旱船，都是很活跃的。我们村有一台河北梆子戏，场里地里收拾干净，人们就喜气洋洋地传开消息：

"咱村的剧团今年要排新戏啦，《穆柯寨》带《辕门斩子》，新年开戏……"

可是，办一个业余剧团，和开展其他业务活动一样，并不那么容易。我们村从前也办过俱乐部，也有几个戏迷，但那时候村里穷，一切因陋就简，演员们的情绪很低。比如那年排演《智取威虎山》，买不起斗篷和靴子，少剑波和他的小分队每人只好披一个棉花包，穿一双夹布袜子代替。有一次演出，杨子荣打虎上山的时候，一抬脚，夹袜子掉了，他把马鞭一摔，当场就闹起情绪，结果也没有打成虎。如今村里公益金多了，干部们一发狠，给剧团买了新装，打了新箱，但是又发生了新的问题。眼看到了腊月，四乡的鼓声、钹声、唢呐声已经响起来了，我们村俱乐部里还没有动静，村里的人们都很着急。

我们村俱乐部在村南口一片空地上。一座露天舞台，舞台后面是一排新屋，那是排戏的地方。这天黑夜，演员们又集合在一起，等了很久，打大锣的老鹤大伯把锣槌一摔，终于生气了：

"今年的戏,我看是唱不成了!"

在这群年轻人里,老鹤大伯德高望重,最有资格发脾气。这台戏,是在五十年代初期,他和村里几个好事人每人捐一布袋花生,一布袋芝麻兴办起来的。他一摔锣槌儿,大家也生气了,纷纷说:

"这个元合,什么时候了,还不露面!"

"人家忙,时间宝贵。"

"如今谁不忙呀,明天我们也不来了!"

惟有"后台主任"双喜,一点儿也不生气,圆圆的脸蛋上依然挂着笑。这孩子很忠厚,但是心笨一点儿,唱戏没有嗓子,翻跟头怕挨摔,老鹤大伯开始让他学打板鼓,又常常出差错,于是他便自己封了自己一个"后台主任"做。排戏的时候,他负责叫人、烧水、扫地;演出的时候,他负责装台、卸台、看大衣箱。别人不爱做的事,他都做。这时候,他见大家挂了火,好像自己没有尽到责任似的,慌忙说:"你们练着,我去叫。"

"哎呀,小涓呢?"双喜刚要走,一个姑娘惊叫。

"刚才不是还在吗?"双喜站住说。

"散伙吧,唱不成了!"老鹤大伯黑着脸,赌气走了。

小涓是剧团的主演,扮演穆桂英的。大家见她走了,感到问题严重,一齐望着小乐说:

"明天呢,明天晚上还集合吗?"

小乐是演丑角的,兼任团长,在《穆柯寨》中扮演穆瓜。听说小涓走了,他倒高兴起来,眨眨小眼睛,以穆瓜的身份说:

"集合!我们姑娘擒得了杨宗保,擒不来元合吗?"

大家明白了,一齐笑着说:

"老鹤大伯的工作谁去做?"

"我做。"双喜说,"明天我去做。"

大家说笑了一阵，就散去了。

小乐没有猜错。小涓听着大家的议论，觉得很刺耳，悄悄出来朝元合家走去。

小涓是元合的什么人？什么人也不是。他们在谈恋爱吗？没有。小涓才二十岁，心很静，除了关心责任田里的棉花，一心迷恋着学戏，从外表看，也不像是演员，平时很少说话，走路轻轻的，倒像一个安静的大学生。可是一上舞台，她就变成另外一个人了，唱念做打，手眼身法步，都不错。她不但每天坚持喊嗓、练功，说话想事情，也爱模仿剧团人们的样子。有一次，姑姑说她快到找婆家的年龄了，问她要什么条件，她想起剧团里的坤角们找对象时，不是找打板鼓的，就是找拉大弦的，于是，她脸一红，嘴里竟迸出一句："我要个打板鼓儿的吧！"

这话一定是姑姑传了出去，村里人都知道了。在俱乐部里，元合就是打板鼓的。假如元合老一点儿，丑一点儿，人们也不会有什么猜想。偏偏那元合，只比她大两岁，生得和她一样清秀，一样聪明。他们都是回村的中学生，都是团员，从小又都爱好文艺活动。这两年，元合家养蜂、养兔、搞编织，又变成了村里的富户，这就招来一些闲话。那些闲话，虽然不断撩逗着他们的心，但是他们并没有吐露过什么。

小涓走在路上，并不那么生气。腊月里，正是赶集做买卖的好时候，元合一定在忙着编锅帽儿吧？他手巧，一把菅草，几片秫秸眉子，在他手里拧一拧，就变成漂亮的锅帽儿了。他编的锅帽儿，一个人站上去，压不扁。这样的锅帽儿拿到集上，小的卖两三块钱，大的卖五六块钱哩。她和戏上那些小姐们不同，她不嫌贫，但爱富，她希望元合多编一些锅帽儿，编得越多越好。

元合没有编锅帽儿，今天他到石家庄去来。小涓来找他的时候，他正躺在沙发里，闭着眼休息。他瘦了，脸色有些发黄，一副很疲倦的样子。

"喂，醒醒！"小涓叫。

元合睁开眼，见是小涓，赶忙站起来说：

"小涓，坐下，新打的沙发！"

小涓坐在另外一只沙发里，颤颤身子，觉得很新奇。几个月不来，屋里变得更漂亮了，新吊的屋顶，新刷的墙壁，迎门放了一个米黄色立柜，也是新的。她笑了说："哈，几天不来，屋里变得亮堂堂的啦！"

"穷凑合。"元合摇头一笑，又躺在沙发里。

"大家等你好几天了，明天能去吗？"小涓问。

"涓儿，是涓儿吗？"元合还没回答。元合娘悄悄进来了，满脸是笑。这个小巧的女人，平常说话很响亮，半条街能听到，可是一到小涓面前，一言一笑就变得悄悄的了，显得很文雅。

小涓并不喜欢这位大婶。从前过穷日子的时候，她半月不梳一次头，不洗一次脸，比谁都可怜；如今刚刚过上好日子，对人说话就有一点儿骄傲气色，她更不喜欢她那斜眼看人的样子。

"大婶，还没睡？"小涓站起来说。

"没哩，坐吧。"

"大叔哩？"

"到县里开会去了，劳动发财光荣会，听说还发光荣证哩。"她笑弯着眉，从立柜里拿出一堆花花绿绿的东西，悄悄说，"涓儿，我正想找个懂眼的人看看哩，这是几个缎子被面，这是两身衣裳料子，元合今天办的货，你看颜色可以吗？"

"可以。"小涓说，"给谁买的？"

"元合大啦，以后谁进咱的门子，就是给谁买的呗！"说着，终于失了控制，嘎嘎嘎地大笑起来。

小涓脸一红，低下头，不再看她。她两腿一盘坐在炕上，斜着眼说：

"涓儿,今年还演戏吗?"

"演。"

"唉,那也是苦差!天天黑夜熬自己的眼,浪费自己的嗓子,大队支持吗?"

小涓说,大队非常支持。今年大队花了不少钱,给他们买来新戏装;又说他们演戏是为了活跃大家的文化生活,今年大队要给他们一定报酬。排一黑夜戏,每人记两分;白天社员们干活的时候,他们如果需要排戏,也给记工。

元合眼睛一亮,忙问:

"白天,社员们歇工的时候,我们排戏记工吗?"

"那不记。"小涓说,"大家不让我们吃亏,我们也不能超过大家去。"

"你呢,你排一黑夜戏,也记两分?"

"是呀。"

"那么,跑龙套的呢,跑一黑夜龙套,也记两分?"

"一样。"

"拉板胡的和拉二胡的,也没差别吗?"

"没有。"

"说了半天,咱们还是吃大锅饭呗!"

元合身子向后一仰,又闭上眼睛。小涓看了他一眼说:

"是的。打鼓的、打锣的、打钹的、打小锣的,都一样。演戏是业余活动,也是自己的爱好,分不了那么清楚。——明天,你去不去呀?"

"去。"元合赶忙笑了,"我不去,能开戏吗?"

小涓也笑了。她的语气一变,元合就打起精神,她感到了一种满足。

夜深了,四乡的鼓声、钹声、唢呐声已经平息下去;只有一个横笛声,从遥远的地方飘过来,听得很清晰。那是外村俱乐部在排戏吧?

小涓躺在炕上,听着那清亮的笛声,心里很高兴。她悄悄地做好了一件工作,明天黑夜,他们就可以响排了。她一合眼,村里开戏了,她把那粉红色新靠一披,七星娥子一戴,雉鸡翎一插,生龙活虎一个亮相,台下的乡亲们一齐给她喝彩;孩子们站在房上,趴在树上,也在给她喝彩。新年新岁,多少人需要看她呀?想到这些,她心里甜甜的,就像棉花获得丰收,领到超产奖金时一样快乐。

"俱乐部的同志们请注意,吃过早饭,到俱乐部里集合……"

清早,喇叭里的广播声把她惊醒,是小乐的声音。打开窗帘一看,院里一片银白,原来夜里偷偷下了一场大雪,梅花大的雪片还在飘落着。这样的天气,正好排戏。

小涓在家享有特殊的待遇。父母兄嫂觉得有她这么一个女儿,一个妹妹,很光荣,家务活从来不要她做。娘和嫂子在屋里做饭,她和平常日子一样,穿一身浅蓝色绒衣,一双白力士鞋,在院里扫开一片雪,练起功来。踢腿、下腰、玩枪花、舞剑,那柔美的身姿,像雪地里的一棵青竹,水上的一只紫燕……

吃过早饭,她高高兴兴来到元合家里。元合娘一见她,笑弯了眉说:

"涓儿,你自己去吧,元合今天不能去啦。"

小涓眉毛一蹙,瞅定元合:"昨天黑夜,你怎么说的?"

元合躺在沙发里,脸色发黄,清早就是一副很疲倦的样子。他看了他娘一眼,迟迟疑疑地说:"我肚子不好……"

可是小涓看见,外面屋里放了一些菅草和秫秸眉子。她愣了一下,再没有说什么,转身就走。

"小涓,你等等……"

走到影壁前面,听见元合叫她。她站住了,冒着雪等他,但是听见他娘小声说:

"编你的锅帽儿吧！你们从小唱歌演戏，唱这个放光芒，那个放光芒，顶什么用？我看什么也放不了光芒，票子到了手里才放光芒哩。笑什么？没有票子，屋里能变得亮堂堂的吗？"

"昨天黑夜，我们说好了的……"

"傻小子，你看不见下雪吗？"

"我怕小涓……"

"人敬有的，狗咬丑的，你好好编锅帽儿，愁她不找咱？"

屋里发出一阵咕咕的笑声，元合也在笑！

小涓望着门外大雪，忽然明白了。昨天黑夜，难怪他要问社员们歇工的时候，白天排戏记不记工，他们的账算得真细！她听着那刺耳的笑声，真想跑到屋里去，冲他娘儿俩发一顿脾气。你编锅帽儿，你放光芒，那是你们自己的事，你提俺的名字干什么呢？但是，乡里乡亲，她没有那样做，她蹚着雪跑到俱乐部里去。

"元合呢，来吗？"大家一齐问道。

"不知道！"小涓冲着墙壁说，眼里好像挂着泪花。

大家你看我，我看你，不知道发生了什么事情。老鹤大伯把锣槌儿一摔："散伙吧，唱不成了！"又要走。

"回来！"小涓嚷了一声，竟向老鹤大伯发起脾气，"你老人家不要光摔锣槌儿，那是钱买的东西！这台戏是你们年轻的时候给村里留下的一点儿好事，到了我们手里，能散了吗？"

"是呀，"小乐说，"你们那时候，每人捐一布袋花生，一布袋芝麻，我们现在有公益金！"

"光有公益金不行，得有热心！"几个姑娘看出问题。

"我有热心！"双喜着急地说，"可是，谁打板鼓呢？"

"你打！"小涓冲口说。

双喜一下愣住了，大家也愣住了。谁都知道，小涓聪明伶俐，对人也有一点儿傲慢，嘴很冷。那年唱《柜中缘》，双喜打板鼓，因为出了两次差错，她便宣布如果不换打板鼓的，她就不演。双喜胆子小，气量大，他怕小涓真的不演了，就把自己的位置让给元合。从此小涓事事小瞧他，冷淡他，常常拿他取笑，他在小涓面前也就事事小心。小涓说："地脏啦。"他就赶忙拿笤帚；小涓说："渴死人啦。"他就赶忙捅火烧水。为打板鼓，小涓伤过他的心，现在他还肯打吗？

"我，我打不好……"双喜红着脸说。

"瞎打！"小涓命令说。

双喜苦笑了一下，望着老鹤大伯说：

"那怎么行呢？板鼓是乐队的总指挥，打锣的、打钹的、打小锣的，全看着两根鼓扦子哩，我打乱了，就全乱了……"

老鹤大伯朝前一站，黑着脸说：

"乱不了。我们有经验，你打你的，我们打我们的，我们不看你就是了。"

"那，干脆不要打板鼓的算啦，我们的戏又不卖票……"

"不行！"小涓坚决地说，"我们不只在本村演，还要到外村去演，没有打板鼓的，那是什么影响？"

大家一致同意小涓的看法，纷纷说：

"是呀，唱戏不能没有打板鼓的！"

"双喜别谦虚啦，瞎打吧！"

"我……"双喜用手挠着后脑勺儿，嘻嘻笑了，"我还是当我的主任吧……"

"傻小子！"小乐忽然跳到他跟前，以穆瓜的身份说，"我们姑娘叫你打，那是我们姑娘看得起你，你不要不识抬举！"

说着，眨眨小眼睛，大家哄地笑了。姑娘们笑得弯下腰，老鹤大伯笑得背过身去，扮演孟良、焦赞的两个小伙子，故意放开大花脸的嗓门儿。小涓忽然想起什么，脸一红，照小乐身上狠狠打了一马鞭子，大家笑得更响亮了。

双喜不明白大家为什么要笑，抹一把脸上的汗，和谁斗气似的说：

"打！我们有什么本领呢，不就是会演几出戏吗？乡亲们一年到头用不着我们，正月里，大家等着看戏哩，我们能晾了台吗？打不好，练，练不好我还老鹤大伯的花生和芝麻！"

"哎呀，别说啦，火快灭啦！"一个守着煤火的姑娘，向双喜嚷道。

双喜刚要去添火，小涓走过去，拿走火铲儿，啪地摔在那姑娘脸前：

"火快灭啦，你没长着手吗？"

大家看着她那认真的样子，又掀起一次笑的高潮。那姑娘并不生气，亲切地望了双喜一眼，也跟着笑起来。

双喜到底不明白大家为什么要笑，他见大家做好了排戏的准备，便坐到自己的位置上去，一定神，一运气，一个"急急风"开过，"大发点"的曲牌子响起来，穆桂英要"坐帐"了。

醒　酒

一

　　穿过一条黑沉沉的小巷，又是一条黑沉沉的小巷，他身子一软，好像站在大街上。——醉了，他真的醉了。

　　大街上静悄悄的，也很黑，寒冷的空气里飘着一股年菜的香味。前面的夜暗中，火星一闪，叭的一声爆响，听见了孩子们清脆的笑声。他定了定神，身子飘飘地朝那里走去……

　　"大林，给你道喜！"

　　"呵呵，大家都喜……"

　　他并没有完全醉了，心里什么都清楚，只是身子发飘，眼前有些恍惚。他知道今天是什么日子，他是送走最后一班客人出来的。一路上，偶尔遇见向他贺喜的人，他便两手一拱，呵呵一笑，散一把喜糖。

　　"唉唉，可怜的孩子，到底翻运了！"

　　"是啊，不做那'典型'了……"

　　人们望着他那黑塔似的身影，这样议论着，不由得想起他那一段叫人哭笑不得的生活。他是个孤儿，从小跟叔父长大；爹娘没有给他留下什么财产，只给他留下一个强壮的身体，一身惊人的力气。可是在那荒乱年月，庄稼人的力气不值钱了，叔父的喜爱渐渐地变成了冷眼。叔父嫌他吃得多，他嫌叔父待他刻薄，一次言语不和，他一伸拳头打落叔父两颗门牙。离开叔父以后，他照样能吃，也能挨饿，估计自己那份口粮挣到手了，就不再下地干活，玩鹰、捉鸟、打黄鼬、打獾，整天在沙滩上、树林中自得其乐。到了人人学哲学那年，县里的一位下乡干部向他伸出温暖的手，让他做了巡夜民兵。白天睡觉，黑夜到处走一走，他觉得有趣，做起来也就十分认真。那干部高兴了，消极因素变成了积极因素，说他是转化的典型，于是他那破屋子里渐渐地贴满了奖状。自从做了典型，人们看见他也便呵呵哈哈，像对待干部一样尊重。但是谁家孩子和他玩一玩，大人晓得了，就要狠狠地打。他就这么活着，乐天知命地活着，做梦一样活到今天……

他没有注意人们的议论，身子飘飘地走到一个人家的院里。厨房里亮着灯，满屋蒸气，院里也飘着一股年菜的气息。他望着屋里的灯光，站了很久，才低低叫了一声：

"白光……"

"不在。——谁呀？"

"我。"

"哈，大林呀，你不守着新媳妇，找他做什么？"一个小巧的女人，从蒸气里飘出来，笑盈盈地站在他面前说。

"没有事，请他喝酒……"

"我告诉他吧，一定去，我也去！"女人响亮地笑起来。

他望着女人的脸，迟了一下，没有再说什么。女人看他醉醺醺的，也不让他屋里坐，一面朝外送他，一面笑着说：

"大林，新媳妇叫什么名字？"

"叫金香。"

"多大年岁了？"

"二十六了。"

"听说模样儿挺俊，是吗？"

"你去看看嘛……"

他笑了一下，离了白光家，心里不免高兴起来。其实，她并不俊，也不丑，乌黑的头发，白胖的脸，和他一样有力气，只是脸上有些雀斑，那怕什么呢？

他喜欢金香，也喜欢金香那一家人。今天回门的时候，只从那一桌酒席上，就可以看出自己在金香家里占什么地位。至于喝的什么酒，吃的什么菜，他忘了，惟有进门的时候，金香妹妹那一声清脆的叫，他忘不了：

"娘，娘，我姐夫来啦！"

当时，他惊呆了。姐夫，是指他吗？他红着脸，偷偷打量金香妹妹。那么一个俊俏姑娘，当着那许多人，竟然叫他姐夫！仔细一想，自己做了她姐姐的丈夫，可不就是她的姐夫！啊啊，猪狗不如的白大林，变成那个俊俏姑娘的姐夫了……

可是，白光到哪里去了？一到腊月，他莫非天天这样躲着自己？他一定要找到他。

二

他身子飘飘地朝前走，两只醉眼注视着每一个角落。走到大队磨坊那里，他站住了，借着路旁的雪光，看见一个瘦小人影慢慢向他移动。

"白光！"

他叫了一声，那人旋即不见了，分明走到他叔父的院里。他心里一沉，慌忙赶到院里，却不见那人影。北屋的窗上亮着灯，屋里的收音机正在鸣呜啦啦地唱戏。

"婶婶。"他叫。

"哎哟,新女婿,快来快来!"婶婶在屋里高声笑着说。

屋里也没有白光,叔父串门出去了。婶婶问:

"这么冷天,出来干什么?"

"找白光。"他脱口说。

"找谁?"

"谁也不找,酒喝多了,散散心。"

婶婶关了收音机,沏上茶,让他解酒。婶婶说,酒大伤身,以后不要多喝,吸烟喝酒女人一般不欢迎。说着,仰身大笑。笑了一阵,给他安排起过年的日程:初一到她这里来,初二到丈人家去,初三要去看看爹娘的坟。

他心里有事,一杯茶喝完,就又走在大街上了。刚从亮处出来,什么也看不见,却看见叔父黑着脸,闪着两颗雪白的假牙,冲他嚷叫:

"你,你到底包不包!"

唉,那是一片什么地呀,高高低低,尽是沙,四面被一片酸枣棵子围着。那年队上种玉米,十亩地掰下的玉米棒子,一个大包就包走了。但是叔父那口气,不只包了地,也包了他。果然,不到半月工夫,他们把地整好了;转眼间,地里爬满一片碧绿的西瓜。叔父出肥料,出技术,只要他出力气。卖完瓜,除去交队上款,叔父把一千二百块钱分给了他,秋后又分了半院子蔓菁,两缸荞麦。叔父终归是自己的叔父啊……

婶婶也是他的恩人。平地的时候,婶婶天天给他送饭,好饭好菜尽他吃。婶婶说,从前她做不起婶婶,那是因为没有经济力量;等到有了经济力量,一定要想法给他成家。他成不了家,她的亲生儿子也不能成家。不然的话,对不起死去的兄嫂,乡亲们笑话。婶婶说这些话的时候,眼里就飘起泪花……

真的,西瓜刚刚甩秧,婶婶就拿来一笔钱,催他翻修房屋;翻修好房屋,催他照相。照好相,婶婶拿着他的相片儿到了娘家村里。据说提亲的时候,婶婶还玩弄了一点儿小小的智慧。金香爹原想打听一下他的人品,再让金香和他见面,婶婶听了,脸色一变,"不要打听了,我那侄儿,是地痞,是流氓,好吃懒做,穷得叮当响,我哄骗你的闺女来了!"说着,假装要走。金香娘急忙拦住了,埋怨老伴多事,当下就决定了见面的日期。他正想笑,忽然又看见了婶婶那钉子般的眼光:

"大林,人家相信我,我相信你,你可不要打我的嘴!"

他和金香定婚了,在那欢喜忙碌的日子里,他又担起另外的心。想想自己以往的行状,担心结婚那天没有人理,冷冷清清伤了金香的脸面,伤了金香娘家人的脸面。半夜里,他躺在宽大的新屋里,心里空落落的,常常睁着大眼发呆。唉,人活着也真难,不但需要吃饭,需要穿衣,结婚的时候还需要有人贺喜。难怪学校的陈老师说,人是高级动物……

他没有想到,他的喜事办得虽然不比别人热闹,也不比别人冷落。从早到晚,贺喜的乡亲们来往不断,小时的朋友们也来帮忙。呵呵,一年的工夫,粮、钱、亲人、朋友,人该有的,他也有了……

"白光——"

他忍不住喊了一声。静夜里,那声音很大,很急,也有一点儿凄凉。

三

他心思深重地朝前走着。白光平时常去的地方,几乎找遍了,打听不到白光的下落。他心里一急,脚下一空,差一点儿跌倒。

"大林,喝醉了?"

听见一个笑吟吟的声音,一只手扶住他。他胳膊一抡,嚷道:

"我没醉,你你……你才醉了呢!"

"对对,你没醉,我醉了。"那人仍然笑吟吟的。

他定神看看,那人微胖身材,戴一顶栽绒帽子,围一条宽大围巾,原来是看校的陈老师。呵,陈老师有学问,晓得人是高级动物,毛笔字也写得好,这时候一定是给人写对子去来。

忽然,他呜呜地哭了:

"陈老师,我没醉……"

"没醉,没醉。"陈老师忙说。

"你也没醉……"

"没醉,咱两个都没醉。"

他又咕咕地笑了,手扶着陈老师肩,摇摇晃晃地走着,忽然说:

"陈老师,你是明白人。你说,一个人活着,谁是最亲近的人呢?"

陈老师想了一下,笑着说:

"拿你来说吧,你最亲近的人,该是金香了。"

"你呢,你有没有……"

"有哇,有哇。"陈老师笑着附和。

"你做的坏事,肯不肯告诉你最亲近的人呢?"

"我做过什么坏事?我净做好事,哈哈!"

"比方你强奸了一个妇女……"

"哎呀,我什么时候……"

"比方,着什么急。——肯不肯呢?"

陈老师站住了,惊疑地看着他,猜测着他的心思。他死死盯着陈老师,咕咕咕地怪笑起来,那笑声阴森森的,叫人害怕:

"你不肯,你一定不肯!你要瞒着,瞒着装好人,给人装丈夫,装姐夫……唉唉，人家疼你爱你，和你睡觉，可你一直瞒着人家一件事呀，你你……"

"大林，你醉了，我送你回去。"陈老师又扶住他。

"我没醉，你才醉了呢！"

他用力一推，把陈老师推开了。他像做了一件什么伟大事情，骄傲地站立着，嘴里噗噗地吐着酒气。陈老师什么时候走的，他不清楚。

可是，冷风一吹，那酒力涌上来，他终于撑持不住，倒在路旁的积雪上了。天也转，地也转，耳边呜呜地响……

"谁？"

不知过了多久，听见一个低沉的声音。睁眼看时，只见一个瘦小的人影，弯着腰，正在看他。他心里一阵清醒，猛地跳起来了，叫道：

"白光！"

白光看清是他，向后一躲，就像老鼠看见猫。

"刚才，你躲到哪里去了？"

"我，我在咱婶院里……"

"胡说！"

"在厕所里……"

白光低下头，躲开他的目光。他望着白光拱肩缩背的样子，沉默许久，从口袋里掏出一张崭新的票子，低声说：

"这是那十块钱，拿着。"

白光又向后一躲，不敢接他的钱。

"拿着。那件事我烂在心里了，我们只当做了一个梦，醉了一场酒……"

说着，把钱塞到白光手里，摇摇晃晃地走了。白光叫他，他没有回头。

四

  大街上静悄悄的，天很黑，尖峭的北风刀削似的吹在他的脸上。那也是年底的一天黑夜，他提着一条大棒子，走到梁家碾子那里的时候，看见一个黑影在他门前徘徊。他站住了，心口突突地跳着，自己做了半年巡夜民兵，并没有碰上什么有趣事情，今夜里莫非要捉一个贼吗？

  那人走到他的院里。他悄悄跟到院里，躲在柴堆后面，听见轻轻撬锁的声音。他心里快乐极了，就像打獾的时候，看见那獾已经钻到獾笼子里一样。忽然，屋里哗一声响，他忍不住放声大笑起来。赶到屋里，擦着一根火柴，只见他那半布袋玉米撒了一地。他用手捂着肚子，咕咕咕地笑得喘不上气：

  "哎呀，是你呀，你怎不仔细看看呢，我这布袋倒放着呢，底朝上、口朝下，专防贼呢，唉唉，兄弟，你真大意！"

  白光被吓傻了，扑腾跪在地上：

  "大林哥，你打我吧，你别嚷……"

  他望着白光那青白脸色，止住笑，半天没有说话。小时候，他们在一起拾柴、割草，很要好；他又想起自己和叔父生了气的时候，几天不回家，白光从家里给他偷饼子的事。那时候，白光还不到二十岁，天昏地黑，什么事都做得出。他想骂他几句，把他放走，但是看看自己那破屋、破窗，看看破窗外那几颗寒冷的星，他又咕咕地笑了：

  "我不嚷。兄弟，今天腊月二十几了？"

  "二十六……"

  "唉，快过年了，我也苦辣辣的，你给咱解决一点儿肉钱吧！"

  "要多少？"

"不多,十块钱。"

"我,我没有……"白光向他哀求。

他冷冷一笑,大声说:

"没有就算了,我不嚷,村里正找活靶子呢,我能嚷吗?"

白光慌了,只好答应了他。

他记得清楚,那是 1973 年的事了。那一年,他果然得到十块钱,痛痛快快地过了一个年,以后也就渐渐地忘了。不知道从哪一天起,他又记起这件事,睡梦里常常看见白光那灰白的脸色。

这时候,也许是了却了一件心事,也许是婶婶的茶起到作用,他完全清醒了,身上也轻快了。村里很静,他慢慢朝回走着,只听见自己那清楚的脚步声;路旁的房屋、树木,被雪光映照着,一切景物都显得那么洁净。但是当他走到自己的院里,却又站住了。金香还没有睡,雪亮的窗纸上映着她的身影。这件事告诉她吗?他站了很久,才下了决心:告诉她,一定告诉她,——再过两年,等她生了孩子的时候。

他咳嗽了一声,朝新房里走去。

午　休

　　吃过午饭，村里静悄悄的，劳累了半天的人们都在休息。秦老八划了一上午麦地，却不肯休息，嘴里叼着一支纸烟，又蹲在貂棚里，静静观看那只临产的蓝宝石毛色的貂。天气暖和起来了，院里的槐树上长满新叶，满院子是花花搭搭的阴凉。

　　水貂，这种原产美洲、皮毛珍贵、黄鼬似的小动物，在那养鸡养兔都不许可的年代，这一带农民不知道它为何物。几经折腾，人们好像忽然明白了，鸡能下蛋，兔能卖钱，貂皮可以出口换取外汇，养一养这些东西并没有什么危害。于是人们就养起来了。

　　秦老八养着十只貂，存折上趴着怎样一个数字，谁也不清楚，人们只知道他抖起来了。老爷子年近古稀，面如红枣，背似巉岩，疏疏朗朗几根花白胡子，身体保养得相当好；一身黑色华达呢夹裤夹褂，洁白的夹布袜子，新做的厚底纳帮双梁鞋，颇有一种古朴庄重的乡村长者风度。人们说，自从变了穿戴，他的脾气也变了。去年冬天一横心，每年向孩子们征收的七十块钱生活费全赦免了，对人也有笑容了，说话行路也不再是从前那种横眉冷目的样子。可是这两天，他的笑容消失了，瘦长的脸上又罩了一团雾；无论是黄家院的人，还是秦家院的人，一律懒得理睬。

　　"八爷，吃了么？"

秦老八正在用心看貂，不知什么时候来了一个人，站在他背后说。他没有回头，一听嗓音便知是谁，从衣袋里摸了一支纸烟，从肩上扔过去。那人两手一捧，准确地接住了，然后对着秦老八的后脑勺儿笑了一下。

这人也姓秦，外号秦琼，人们说他不是瓦岗寨上的秦琼，而是秦琼卖马时的秦琼。他有三十多岁年纪，矮个，黄脸，眼泡有些浮肿；刚刚脱了棉衣，就披了一件灰不灰、黄不黄的单褂子，肩上、肘上缀着厚厚的补丁；那两只又脏又破的黑布鞋更有特点，一只色深，一只色浅，显然不是一双。——正如人们所说，他当了这么些年生产队长，除了睡觉可以记工，多吃了队上一些粉条什么的以外，并没有捞到更多的好处。

"八爷，我听说你这里下貂了，是么？"秦琼点着烟说。

秦老八叹了一口气，没有言语。前天中午他的一只黑貂产了四只仔貂，一只也没有成活。这时候，他望着眼前这只身子一天笨似一天的貂，很怕发生类似的事情。

"糟蹋了！"八奶奶听见有人提起那伤心事情，从里屋扭搭扭搭走到外屋，两手撑住门框说，"全糟蹋了！"

秦琼一惊，努力睁大浮肿的眼睛：

"哎呀，怎么就糟蹋了呢？"

"老貂踩死了两只，另外两只，平白无故地没有了！"

"没有了以后呢，那老貂拉黑屎么？"

八奶奶想了一下，说：

"拉！"

"那屎亮么？"

"亮！"八奶奶怕记错了，向老伴说，"喂，亮么？"

"吃了！"秦琼不等秦老八回答，断言说，"老貂把小貂吃了！八爷，前天中午，你听见屋后响了一枪么？"

秦老八抬起头来，望着秦琼那变幻不定的脸色。他想起来了，前天中午那貂生产不久，屋后确实砰地响了一声，随即一群麻雀从院里飞过去，落在门外的田野上。

"吃了吃了！"秦琼摇晃着脑袋说，"老貂下了小貂，最怕惊吓，一受惊吓就要吃仔。吃了，毫无疑问地是吃了！"

秦老八惊异地张大眼睛，想不到他也掌握养貂技术，于是又扔过一支烟去。其实，莫说养貂，家中如果没有那个勤快女人，只怕他连自己也养不活。这两天，得到秦老八死貂的消息，他什么活也不做，走访了好几个养貂人家，才得到这么一点儿知识。

"那一枪，是谁打的？"八奶奶急问。

"反正不是我。"

"是谁？"

"不要问了，不利于团结。"秦琼说着，转身要走。

"回来！"八奶奶喝住他，"到底是谁？"

他淡淡一笑，走到秦老八面前，用脚尖在地上划了一个字。八奶奶不认字，可偏偏认得这个字：

"黄……"

"黄大令。"

"是他？"八奶奶眼珠一定，陡地变了脸色。

呸，呸，呸，秦老八也变了脸色，嘴里飞快地吐起唾沫。其实他嘴里并没有唾沫吐出，只不过是舌尖巴住上嘴唇，狠狠地吹几口凉气儿而已。

秦琼闪在一旁，心里暗暗高兴，斜着眼珠观察秦老八的表情。秦老八是个烈性人，他的这个动作一旦发生，紧接着就要采取暴烈行动，就像关老爷一睁眼就要杀人一样。

原来，他们村有两大姓，一个秦姓，一个黄姓。记不清是哪一年了，为了房角地沿的事情，秦黄两姓爆发过一次战争，从此黄家院的人们再也听不得一个"秦"字，秦家院的人们再也听不得一个"黄"字。在秦姓中，秦老八辈分最大，出身最好，斗争也最坚决。例如1967年的春天，秦琼从城里串连回来，兴高采烈地向他报告消息："八爷，全县分成两大派了，一派是军管会，一派是五〇一，咱们站在哪一边？"他张嘴就说："咱们当然站在毛主席正确路线一边！"秦琼说："两边的传单我都找到了，咱们开个会吧，看看哪边代表毛主席的正确路线！""甭费那洋劲。"他斩截地说，"黄家院站哪一边？""他们站五〇一……""咱们站军管会，军管会代表毛主席的正确路线！"于是，秦黄两姓各做各的袖章，各造各的旗帜。又如1968年的夏天，黄家院一个孩子碰坏了他门口一棵小树，赔树不行，赔钱也不行，老爷子非要那孩子的大人吐一口唾沫把那折断的小树粘上不可，于是发生了一个不大不小的流血事件。秦老八虽然就是这么一个水平，但在组织秦家队伍、打击黄家力量、维护秦琼在队上的领导地位的斗争中，却发挥了至关重要的作用。可是去年选举，形势一下发生了变化。选举的那天晚上，人们对秦琼格外客气，格外尊重，首先对他做了充分的肯定。大家说他担任队长这么些年，大大辛苦了，从来没有撂过挑子，从来没有闹过情绪，副业上赔光了也不悲观，社员们讨饭吃也不灰心，真是十年如一日，小车不倒尽管推，等等，等等。秦琼正自咂摸这些话的味道，黄大令的父亲竟在一片热烈的掌声中发表了自己的治队纲领。人们说他讲话水平不高，领导生产水平不低，相信他能带领大家过好日子。从此，这个拙嘴笨舌的东西，竟然变成队上的人物了，竟然常常和支书大队长一同说说笑笑去开会，一同去住县里的招待所，一同去吃招待所里的四个盘子！

秦琼长这么大，挨过饿，受过穷，却没有受过这种冷落！他中学毕业以后，回到村里，恰巧碰上那云天雾地的年代。正如人们所说，他没有给人办好事的本领,也没有做大恶的气魄,那时候无非是领人们喊一喊口号,贴一贴标语,打一打嘴仗。后来村里实现了大联合,两派共同掌权,一碗水才端平了:黄家院的人们从秦家院揪一个"阶级敌人",秦家院的人们也要想法从黄家院揪一个"阶级敌人";黄家院有一人当了干部,秦家院也要有一人走到领导班子里去。在这种情况下,他由小队读报员变成了大队广播员,由大队广播员变成了大队理论辅导员,由大队理论辅导员变成了小队政治指导员,后来变成了生产队长。前进的步子虽然不大,也总是天天向上的。如今变成了社员,心里很不受用,大队的喇叭上喊一次新队长的名字,他心里冒一次火。秦老八呢,新队长当选时虽然没有鼓掌,可是也没有吐唾沫。

秦琼看出来了,秦家院的人心散了,秦老八的心思也变了。如今他心里只有三件事:一件是那一亩二分迟早要被雹子砸坏的责任田,一件是这几只该死的貂,一件是刘兰芳的评书。但是秦琼并不灰心,天天听着、看着、等着,总希望哪一天队上发生一点儿什么事情才好,比如谁和谁打一打、吵一吵什么的。吵一吵有什么用? 没有用。十几年的斗争生涯,培养了一种特别的爱好。他爱好看吵架,爱好看人们闹分离,爱好看两口子打离婚,开会爱好听人挨吹,看戏爱好喝倒彩。哪个演员露了丑,吱吱地吹几声口哨,嗷嗷地喝几声倒彩,他心里就无比痛快,才觉得那两角钱没有白花。落选一年的光景,他一直是拿着看戏的架子的……

"谁? 那一枪是谁打的?"他等了半天,却等到这么一句话。八奶奶好像耳聋,刚才没有听清。

"黄大令!"

"真的?"

"我亲眼看见的!"

"你小子要哄我呢?"八奶奶紧眯着眼睛,钉子一般盯着他。

唉，八奶奶那眼光真叫他伤心！如今不只在外面，在家里也是这样，无论他说什么话，他的女人也是用这种眼光盯他。妈的，秦琼卖马的时候，威信也不至于这么低！

"八爷，今天我要有半句假话，我是貂下的！"他几乎要哭了。

唉，秦老八的态度更叫他失望！嘴里吹了几口凉气儿，他的脸色又复原了，垂下眼皮忖量着什么，好像睡着了一般。

秦琼只好耐心等着，显出一种百折不挠的样子。四下里很安静，等了很久，只听见谁家院里的鹅哈哈大笑似的叫了两声。他实在忍不住了，弯下腰，嘴巴刚刚对准秦老八的耳朵，忽然听见街门那里有人嚷道：

"你，吃饭不吃，下午该浇麦地了！"

他回头一看，原来是他的女人，命令道：

"回去！"

女人一点儿也不怕他，依然站在那里，冷冷地盯着他。十余年如一梦，她从他的嘴里听了不少"革命理论"，定睛一看，自己身上仍然是那件结婚时的褂子。如今她一看到别人家那些打扮得花枝招展的媳妇们，就想和他生气。这两天，他什么活都不做，她知道他在用什么心思。

秦琼知道女人已经不怕自己了，也就不再下命令，嘴巴自管对着秦老八的耳朵唧咕什么。唧咕了一会儿，女人忽然说：

"八爷，甭听他，真假难辨！"

"那一枪，你敢说不是黄大令打的？"秦琼怒目而视。

"是！"女人气昂昂地走过去。她说，那天中午，她看见黄大令肩扛一杆火枪，手提一串打死的麻雀，到处转悠。——那孩子实在是打雀玩的。

"打雀？"秦琼冷冷一笑，"他为什么不在他的屋后打雀，而偏偏要在八爷的屋后打雀呢？他为什么不在平常日子打雀，而偏偏要在八爷这里下貂的日子打雀呢？他为什么……"

啪一声，女人响亮地拍了一个巴掌，两手一摊，说：

"这不是真假难辨的事么！八爷这里下貂，贴告示来吗？"

"贴告示？"秦琼眼珠一转，"谁家下貂贴告示？"

"八爷这里下貂，外人怎么晓得？"女人解释。

其实，不用解释，她的意思十分明白。但是秦琼积多少年大辩论的经验，抓住对方这样的话，只有穷追不舍，才能克敌制胜。他摇晃着脑袋说："休要狡辩，你就说谁家下貂贴告示！"

女人辩他不赢，心里一急，扑上前去，大声说：

"你能言，你善辩，你是英雄！你领导我们打了十年架，得到什么好处啦？着急、上火、尿黄泡，一年吃二百六十斤口粮！我告诉你，下午该浇麦地了，从前的工夫是队里的，如今的工夫是自己的！"

说着，抓住他的胳膊，一定要拖他回去。

"滚！"秦琼胳膊一甩，骂道，"八爷死了貂，心里正悲痛呢，你倒张牙舞爪地火上加油！你晓得不晓得，春天的仔貂，到了小雪就能扒皮，一张貂皮八十块钱，四张貂皮多少钱？他黄大令……"

"真假难辨！"女人嚷道。

"这不只是一个经济损失，更要紧的……"

"真假难辨！"女人又嚷了一声。

秦琼气极了，一跺脚，"我叫你真假难辨！"顺手抓起一把小铁锹。女人急忙一躲，躲到槐树后面，秦琼就去追赶。

于是，两口子围着那槐树转起来，正转三遭，倒转三遭，大约转了七八遭，秦琼听见秦老八庄严地咳嗽了一声，才罢了手。女人跑到街里去，隔着墙头又扔过一句：

"真假难辨！"

"更要紧的……"秦琼喘着气，蹲在秦老八面前唧咕着。

秦老八仍然垂着眼皮，考虑着他的行动方案。那一枪的确是黄大令打的，这已经得到证实。关键在于一个说那孩子是打雀玩的，一个说那孩子是故意给他吓貂的，两种说法都可以信，都可以不信，因为谁也没有钻到那孩子心里看看去。再说自己这里下貂，那孩子怎么晓得呢？可不是真假难辨……

"孩子不晓得，大人呢？"秦琼看出了他的心思，努力地唧咕着……

呸，呸，呸，秦老八听着听着，嘴里忽然又吹起凉气儿。显然，他被秦琼的什么新的论据激怒了。

秦琼望着他的脸，唧咕得更热烈了，一会儿蹙眉，一会儿咧嘴，一会儿拍巴掌，一会儿翻白眼，表情十分丰富。可是，秦老八吹了几口凉气儿，仍然没有行动。他点着一支烟，慢慢吸着，两道灰白长眉一松一紧地四下张望着。他朝天上看看，蓝蓝的天空没有一丝云，湖水一样明净；他朝门外看看，麦苗拔节了，菜花开得正好，远山近树，柳暗花明，田野上更显得宁静和平。天上地下看了一回，他的目光落在秦琼的脚上……

"八奶奶！"秦琼看他实在不好发动，希望得到八奶奶的声援。抬头一看，八奶奶不知什么时候从门框中间消失了，到屋里去歇息。

"八爷，我们找他去！"秦琼再也不能等待，猛然站起来，"我们不找那孩子，我们找他的大人去！党中央号召我们发财致富，他却支持他的孩子破坏我们的养貂事业，这是什么问题！经济损失无所谓，破坏党的政策不行！八爷，我陪你去，秦家院的人没有死绝！走啊，八爷……"说着，拉住秦老八的手。

秦老八吐了一口气，终于站起来，牵着秦琼的手慢慢朝外走去。秦琼心里自是欢喜，一边朝外走，一边讲"树欲静而风不止"的道理。哪想走到街门口上，秦老八站住了，轻轻一推，把他推出去。他一回身，秦老八的身子已经挡住那半开半掩的栅栏街门。他瞅着他的脚，细细研究了一会儿，摇头一笑，客客气气地说：

"滚蛋吧，有这闲工夫，你喂两窝小兔，弄个钱，把这两只鞋换换不好？"

说完，啪一声，关了那栅栏街门。秦琼抓耳挠腮还想说一点儿什么，但是可惜，他看见秦老八又走到貂栅里，蹲下，静静观看那只临产的蓝宝石毛色的貂。

一句玩笑话

太阳落山的时候,刚刚恢复了职务的县委书记梁思中拿着一封申诉信,去找林业局的牛局长。他微微皱着眉,散步一样走在夕阳映照的林阴路上,宽大的脸上是一副沉思的表情。他很奇怪,林业技术员小叶的问题为什么还留着那么一个尾巴?

老梁虽然老了,记忆力依然如故。他清楚地记得,半月前一个雨后的早晨,他和牛局长在林业局大院的菜地里劳动的时候,曾经谈到小叶的问题,并且是牛局长主动谈起来的。

"老梁,昨天夜里冒着大雨,小叶同志又找来了……"牛局长说,话语里流露着深深的同情。

当时老梁还没有恢复职务,流行的说法,叫作政策还没有落实到底。1974年重新工作以来,他一直在林业局挂一个副局长的名字。关于小叶的问题,人们常常议论,他很同情那个青年的不幸遭遇。可是那一天,他忽然想开一个玩笑——党章上没有规定着领导干部不许开玩笑——于是他冷笑了两声。故意说:

"无理取闹!凡是挨过整的人,大小总有问题嘛,找什么?你看我就不找……"

牛局长的脸色忽然变黄了,两只细小的、一向很庄严的眼睛,变得更庄严了，反驳道：

"不，老梁，我们不能这么看问题！落实政策是一项非常严肃的工作，我们要向党负责，我们要向同志负责，我们要尊重事实！小叶同志除了生在一个富农家庭里，别的有什么问题呢？清理阶级队伍的时候，西河林场找不到阶级敌人，'矮子里面拔将军'，就把小叶'拔'出来了。什么散布反动言论，什么书写反动诗词……扯淡，全是无限上纲！几次复查，小叶不就是读错过一段语录吗？哪里有什么反动诗词！明明是几句爱情诗嘛！这孩子太冤枉了，一直到1975年的秋天，才摘掉了帽子，恢复了公职，可是结论里仍然留着一个'本人虽有严重政治错误'的尾巴！老梁，我们在给这些同志医治精神创伤的时候，难道还要故意在他们的心灵深处留一个大疤瘌吗？简直不可思议！我的意见，彻底平反，'做官不为民做主，不如回家卖白薯'……"

老梁十分了解牛局长，他们在这个县工作二十多年了。老牛对党忠诚，作风泼辣，上下级对他都有很好的评价。县委常委以上的领导干部都说他党性很强，林业局的干部们都说他魄力很大。老梁做过他的上级，也做过他的下级，对他两方面的优点都很赏识。可是半月过去了，小叶的问题为什么还留着那么一个尾巴呢？

老梁来到牛局长的家里，牛局长刚刚吃过晚饭。他给老梁递上烟，沏好茶，兴致勃勃地谈论起屋里那盆正在开花的君子兰。谈论了一会儿君子兰，老梁才拿出那封申诉信。牛局长刚刚看了一个开头，忽然拉长脸，摇着头说：

"唉唉，这些人哪，无尽无休，总觉得共产党对不起他们！……简直不可思议！……"

老梁坐在沙发里，望着他变化莫测的表情，真的不可思议了：

"怎么，小叶的问题……"

"我们又复查了一次,我亲自去的!"

"他真的散布过反动言论?"

"没有,读错过一段语录。"

"他真的写过反动诗词?"

"也没有,爱情诗,那没问题!"

"那么,他到底……"

"他爱画画儿!"牛局长小声说,脸色变得十分严肃,"我从侧面了解,1968年到1970年之间,他画过许多画儿。你猜他画什么?画螃蟹。他给许多人画过螃蟹,他自己的屋里也挂着一幅自己画的螃蟹。当然,我们并不反对画画儿。可是,像他那样出身的人,他为什么不画山水呢?他为什么不画花鸟呢?他为什么不画……向日葵呢?他为什么偏偏要画螃蟹呢?那是不是含沙射影地攻击我们的党……横行霸道呢?"

"扯淡扯淡扯淡!"老梁从沙发里跳起来,啼笑皆非地说,"照你这样落实政策,就把小叶落实到监狱里去了!中国人不许画螃蟹吗?法律上有这样的规定吗?"

牛局长的脸色忽然变黄,两只细小的、一向很庄严的眼睛,一点儿也不庄严了,笑嘻嘻地说:

"可是,除此之外,我再也想不出他有什么问题了……"

"那就彻底平反嘛,何必鸡蛋里面挑骨头!"

"可是,本月12号,对了,一个雨后的早晨,在林业局大院的菜地里,对小叶的问题,你不是……做过……具体的……指示吗?"

老梁啊地叫了一声,望着牛局长笑嘻嘻的脸,一下子怔住了。

"忘了,是吧?你工作忙,忘了也是难免的,哈哈……喝茶!"

花　市

　　今天城里逢集，街上还很安静的时候，花市上就摆满了一片花草。紫竹、刺梅、石榴、绣球、倒挂金钟、四季海棠，真是花团锦簇，千丽百俏，半条街飘满了清淡的花香。

　　一个小小的县城里，为什么出现了这么多卖花的人？有人说，栽培花卉不但可以供人观赏，美化环境，而且许多花卉具有药用、食用和其他用途，可以增加社会财富；也有人说农民们见钱眼开，只要能赚钱，什么生意都想做一做；还有一种简单的，但是富有哲理的说法，那就是："如今买花的人多了，卖花的人自然也就多了。"

　　"老大爷，你买了这盆三叶梅吧，这花便宜，好活，你看它开得多么鲜艳！"

　　花市东头，一个卖花的乡下姑娘在和一个看花的乡下老头儿谈生意。这个姑娘集集来卖花，经常赶集的人都认识她，但不知道她叫什么名字。姑娘不过二十一二岁，生得细眉细眼，爱笑，薄薄的嘴唇很会谈生意。

　　那老头儿蹲在她的花摊前面，摇摇头，对那盆开满粉红色零星小花的三叶梅表示不感兴趣。姑娘又说：

　　"那就买了这盆兰花吧，古人说，它是'香祖'……"

　　"那一盆多少钱？"老头儿抬起下巴朝花车上一指，打断她的话。

那是一盆令箭荷花。在今天的花市上，这是独一份儿。葱翠的令箭似的叶状枝上，四朵花竞相开放，那花朵大，花瓣儿层层叠叠，光洁鲜亮，一层紫红，一层桃红，一层粉红，花丝弯曲嫩黄，阳光一照，整个花朵就像薄薄的彩色玻璃做的一样。姑娘说：

"老大爷，那是令箭荷花！"

"我要的就是令箭荷花！"

"它贵。"

"有价儿没有？"

姑娘听他口气很大，把他仔细打量了一遍。老头儿瘦瘦的，大约六十多岁，白布褂子，紫花裤子，敞着怀，露着黑黑的结实的胸脯，不像是养种花草的人。姑娘问：

"老大爷，你是哪村的？"

"严村的。"

"哪村？"

"严村，城北的严村。"

"晓得晓得。"一个看花的小伙子打趣说，"严村，好地方啊，那里的人们身上不缺'胡萝卜素'……"

看花的人们一齐笑了，姑娘笑得弯下腰去。严村是个苦地方，多少年来，那里的人们每年分的口粮只能吃七八个月，不足部分，就用胡萝卜接济。这一带人们教育自己不爱做活的姑娘时，总是这么说："懒吧，懒吧，捉不住针，拿不起线，长大了看到哪里找个婆家。拙手笨脚没人要，就把你娶到严村吃胡萝卜去！"这个卖花的姑娘，小时候一定也受到过大人的这种警告吧。

在人们的笑声中，老头儿红了脸，好像受了莫大羞辱。他一横眉，冲着姑娘说：

"笑！你是来做买卖的，是来笑的！"

姑娘一点儿也不急，反倒觉得这个老头儿很可爱，依然笑着说：

"老大爷，如今村里怎样啊？"

"不怎样！"

"去年，工值多少？"

老头儿没有回答，看看买花的人多起来了，就又指着那盆令箭荷花说：

"多少钱，有价儿没有？"

"十五。"姑娘止住笑说。

"多少？"人们睁大眼睛。

"十五。"姑娘重复道。

"坑人哩！"老头儿站起身。

"太贵了，太贵了。"人们也说。

姑娘看看众人，又笑了说：

"是贵。这东西不能吃，不能喝，一块钱一盆也不便宜。可是老大爷，人各一爱，自己心爱的东西，讲什么贵贱呀？想便宜买胡萝卜去，十五块钱买一大车，一冬天吃不完。——你又不买，偏偏想来挨坑，那怨谁呢？"

姑娘的巧嘴又把人们逗笑了。老头儿也咧着大嘴笑了说：

"不买不买，太贵太贵。"

"你给多少？"姑娘赶了一句。

"十块钱。"老头儿鼓鼓肚子。

"再添两块，十二块钱叫你搬走！"姑娘最后表示慷慨。

老头儿用手捻着胡子，斜着眼珠望着那盆令箭荷花，牙疼似的咂起嘴唇。人们说：

"姑娘，自家的出产，让他两块吧！"

"老头儿，买了吧，值！"

"十块，多一分钱也不买。"老头儿坚定地说。

"十二，少一分钱也不卖。"姑娘也不相让。

"不卖，你留着自己欣赏吧！"老头儿白了姑娘一眼，终于走了，但他不住回头望一望那盆令箭荷花。

上午十点钟，集上热闹起来了，花市上也站满了人。那些卖花的，看花的，和猪市、兔市、木器市上一样，大半是头上戴草帽或扎手巾的乡下人。原来乡下人除了吃饭穿衣，他们的生活中也是需要一点儿花香的。

姑娘的生意很好，转眼工夫，就卖了许多花。她正忙着，听见人群里有人嚷道："姑娘，拿来，买了！"抬头一看，那老头儿又回来了，脸上红红的，好像刚刚喝了酒。

"十二。"姑娘说。

"给你！"老头忍痛说，"你说得对，人各一爱。我只当耽误了八天工，只当闺女少包了半垄棉花，只当又割资本主义尾巴呢，割了我两只老母鸡！"

姑娘笑了笑，把那盆令箭荷花搬到他跟前。正要付钱，一个眉目清秀的干部打扮的年轻人挤上来：

"多少钱多少钱？"

"十二。"姑娘答。

"我买我买！"年轻干部去掏钱包。

"我买了我买了！"老头儿胳膊一夹，急忙护住那盆花。

年轻干部手里摇着黑色纸扇，上下看了老头儿一眼，似笑非笑地说：

"老头儿，你晓得这是什么花？"

"令箭荷花！"

"原产哪里？"

"原产……原产姑娘家里！"

年轻干部哈哈大笑。笑罢，用扇子照老头儿的肩上拍了两拍，说："墨西哥。——让给我吧，老头儿。"

"我买的东西，为什么让给你？"

"唉，你买它做什么？"

"你买它做什么？"

"我看。"

年轻干部笑了一下，弯腰去搬那盆花。老头儿大手一伸，急忙捉住他的手，向后一扔，也给他笑了一下："我也看。"

人群里爆发了一片笑声。姑娘没有笑，手拿着一块小花手绢，在怀里扇着风，冷冷地注视着年轻干部的行动。年轻干部无可奈何，用扇子挡着嘴，对老头儿唧咕了几句什么。老头儿立刻冷着脸说：

"不行不行，明天也是我的生日，我也爱花！"

"你这个人真难说话！这么贵，你吃它喝它？"

"咦，我不吃它喝它，你那个上级吃它喝它？"

人们听得明白，就又笑起来了。年轻干部不知出于一种什么心理，陡地变了脸色：

"你是哪个村的？"

"严村的。"

"你们村的支书是谁？"

老头儿眨眨眼睛，向众人说："你们看这个人怪不怪，我买一盆花，他问我们村的支书是谁做什么？"

这一回，人们没有笑，乡下人自有乡下人的经验，他们望着年轻干部的脸色，猜测着他的身份、来历，纷纷说：

"老头儿，让给他吧，与人方便自己方便。"

"是啊，让给他吧，只当是学雷锋哩……"

老头儿听人劝说,心里好像活动了一点儿。他望着那盆令箭荷花,用手捻着胡子,又咂起嘴唇。年轻干部冷冷一笑,乘势说:

"就是嘛,你们乡下人,还缺花看吗?高粱花、棒子花、打破碗碗花,野花野草遍地都是。姑娘,我出十三块钱买了!"

说着,把钱送到姑娘脸前。

姑娘不接他的钱,手拿着小花手绢,依然那么扇着,冷冷地盯着他。他还想说什么,那老头儿一跳脚,从怀里掏出一把崭新的票子,扯着嗓子嚷道:

"你要那么说,我出十四块钱!"

"我出十五块钱!"

"我出……"

"你这个人真是不自量力!"姑娘好像生了很大的气,瞪了老头儿一眼说,"你干一天活,挣几个钱,充什么大肚子汉子呢!十五不要,十四不要,十二也不要了,看在你来得早,凭你那票子新鲜,依你,十块钱搬走吧!记住,原产墨西哥,免得叫人再拿扇子拍你!"

"多少多少?"年轻干部睁大眼睛。

"十块钱,我们谈好了的。"姑娘轻轻一笑,对他倒很和气。

老头儿愣了一下,呵呵地笑了,赶快付了钱,搬起那盆令箭荷花就走。年轻干部气得脸色苍白,用扇子指着姑娘的脸,一时不知说什么好:

"你你……"

"我叫蒋小玉,南关的,我们支书叫蒋大河,还问我们治保主任是谁吗?"

人们明白姑娘的心思,一齐仰着脖子大笑起来。在笑声中,人们都去摸自己的钱包,都想买姑娘一盆花,姑娘就忙起来了。她笑微微地站在百花丛中,也像一枝花,像一枝挺秀淡雅的兰花吧?

友　　情

冬天的黄昏，天空阴沉沉的，夜色早早地下来了。老石收了摊子，回到家里，不住偷偷地笑。他把打鞋掌用的箱子、皮子、拐钉安放在一个角落里，又把屋里打扫得干干净净，然后吩咐老伴做几样新鲜可口的小菜。

石大妈正做晚饭，看他喜气洋洋的样子，说："不年不节，做菜干什么？"

"他要做官了，我想给他贺贺。"

"谁？"

"老倪。"

"真的？"

"真的。"

石大妈哎哟叫了一声，脸上也布满喜气。老倪是当年的县长，给这一方百姓做过不少好事。那年世道一乱，稀里糊涂被打倒了；打倒以后，稀里糊涂被挂起来了，一挂挂了这许多年。老倪被挂着的时候，整天没有事做，常到大街散心。老头子就在大街上摆摊，两人慢慢成了朋友。老头子半辈子结交的朋友不少，有剃头的，有修脚的，有磨剪子抢菜刀的，唯独没有做官的。如今落实政策，真要落实到老倪身上了，也真该贺贺！

"上级有了公文啦？"

"咱不晓得。"

"你听谁说的?"

"我看出来了。"

"又吹哩,又吹哩!"石大妈撇撇嘴,做起饭来。

老石见她不相信自己的眼力,惋惜地笑了一下,慢慢地说:"我打了半辈子鞋掌啦,天天在大街上摆摊,新社会旧社会,什么社会我没经过?南来的北往的,骑马的坐轿的,推车的担担的,什么样的人我没见过?咱不敢说料事如神,凡事也能看个八九。信不信由你,做菜吧!"

老石说完,戴上狗皮帽子,要上大街买一些牛肉包子,那是老倪最爱吃的东西。一开屋门,一股冷风卷着几片雪花飞进屋来,凉飕飕的。石大妈朝外一看,满院里一片浅白。

"哎呀,下雪了,他能来吗?"

"下刀子他也来,我们约好了的。"

石大妈听这口气,才确信无疑了;端下做饭的锅,欢欢喜喜地做起菜来。

老石虽然面目呆愚,却是个有心人。老倪要做官了,的确是他看出来的。今天下午,老倪理了发、刮了脸,刚刚走到他的摊子跟前,忽然过来几个人,笑哈哈地要请老倪看电影去。老石两眼从老花镜的框子上向外一瞅,一个是财税局的孙局长,一个是城关公社的白书记,另外两位他不认识。孙局长扶着老倪的左胳膊,白书记扶着老倪的右胳膊,另外两位拃挲着手,好像希望老倪再生两只胳膊似的。从前是这样子么?不是的……

老石回忆着下午的情景,不觉来到大街上。天上虽然飘着雪花,大街上依然灯火通明。饭馆里还没关门,各街居民委员会新设的饭棚也在营业。有卖烧饼的,有卖馄饨的,有卖炸果子的,到处是新鲜的招牌,蒸腾的热气。绝迹十年的原笼包子、南煎丸子,又出现在饭馆里;别具风味的鸡丁崩肝、腹肋肘花儿,又摆在肉摊上。这里吆喝:"豆腐菜,开锅的豆腐菜……"那里叫卖:"牛肝牛肉还有牛蹄筋儿咧……"显示着古镇的富足和繁荣。老石看在眼里,喜在心里。他想,如今的世道真好,不但老倪那样的好人有了出头之日,大街上也不像从前那样黑咕隆咚、冷冷清清的了,这才像个世界,世界原该如此。

老石买了牛肉包子,用荷叶裹了,托在手里;走出包子馆,听见街上有个耳熟的声音:"白书记,尝尝我们的烧鸡?"

"看个朋友,要肥的……"

老石定睛一看,原来是下午请老倪看电影那一班人。他们围着围巾,戴着口罩,每人露着两只笑嘻嘻的眼睛……

老石没有理会,自己走自己的路。不一会儿,他们超过他了,翩翩向前走去。老石走到自己家门口时,一抬头,只见他们走入老倪居住的那条巷子里了。他打了个沉,心里生疑,蹒蹒跚跚地跟了过去。

老石走到老倪门口,两扇黑漆街门已经关得严严的。他想,他和老倪有约在先,他们不会待很久的。于是,蹲在一个背风的地方,等一等罢。

西北风越刮越大了,黑洞洞的巷子里,没有一点儿声息,只有空中的电线哼哼地响。雪花在夜暗里飞舞着,打在他的脸上,落在他的狗皮帽子上,灌到他的脖领里去。等了好大工夫,那两扇黑漆街门仍然关得严严的。

他站起来了,盯着两扇黑漆街门,眼里放出古怪的光。但是过了一刻,他又蹲下了……

他耐心地等着,老倪忽然站在面前了,枯瘦的身体,苍白的脸色,帽舌压得很低,看不清眉目。那是一个寒冷的早晨,他挤在肉铺门口那片乱哄哄的人群里,白白冻了两个小时。几个买肉的人,肩膀一横,先后站到他的前面去。他们好像因为自己没有老倪那样的厄运,理所当然地应该站到老倪前面似的……唉唉,何苦呢?

老倪过来了，空着手，苍白的脸上挂着苦笑。他认识老倪，老倪不认识他。当时不知出于一种什么心情，他贸然叫了一声："倪县长，买肉来？"

"呵呵，卖完了，改日再买……"

"他卖完了咱不吃，打个鞋掌吧！"他大声说，好像跟谁吵架似的。

"这是新鞋。"老倪跷起一只脚说。

"新鞋打个掌更结实，白打，分文不取！"

老倪定定地看着他，苦苦一笑，真的脱了鞋。他忘不了老倪那眼光，但说不清那是一种什么眼光。他抡着小锤子，钉一个钉，嚷一句："他卖完了咱不吃！"钉一个钉，嚷一句，"他卖完了咱不吃！"——淡话，买不着吃什么呢？

几句淡话，他们成了朋友。从此以后，他一出摊，老倪就坐在他的身旁，看看行人，聊聊天儿，打发那寂寞的时光。遇到刮风下雨的日子，不能出摊了，他就约老倪下棋、喝酒，他从不失约……

今天，他失约了，那是因为客人们缠着他，他走不脱啊，他心里不定多么焦急呢！

"白书记，尝尝我们的烧鸡？"

"看个朋友……"

"球！"他又站起来了，狠狠吐了一口唾沫。那一年，老倪的老伴死了，我守了三天三夜灵，看见你们哪一位了？"刮台风"的时候，没收我营业证的，板着脸数落我"敌我不分"的，不就是老白么？……

他冷笑了一声，抖掉肩上的雪，跺跺发麻的脚，整了整衣帽；他要推开街门，大大方方地走进去，和他们一起喝酒、吃鸡！待到有了几分醉意，他要使酒骂座，问一问老倪办丧事的时候，各位在哪里；问一问老白那年为什么没收他的营业证……

他刚要推门，院里传出一阵隐约的笑声。他的手一缩，火烧电灼一般，迅速扭过身来。他一扭身,一团雪雾扑到他的怀里,急忙闭住眼睛。他一闭眼睛,"豆腐菜,开锅的豆腐菜……"仿佛又看见那满街灯火了。他一想起那满街灯火,就又变得心气和平,脸上挂起适意的微笑。唉唉,做官的人总得和做官的人在一起罢。他们不在一起,怎么共事?他们要在一起共事,他们就得和和气气。倘若他们失了和气,又分起"敌我"来,世道就又乱了。世道一乱,大街上不就又变得黑咕隆咚、冷冷清清的了么?至于朋友交情,也不在今夜那一壶酒。从前咱和老倪喝酒,有一把花生豆、一块臭豆腐就行了;他们呢,他们得买好几只烧鸡呢,哈哈哈……

他这样想着,不知怎样来到自己家门口了;抬头看见窗上的灯光,心里一沉,他又站住了。他向老伴夸下海口,言说老倪下刀子也来,回去怎么交代呢?实说么,老伴以后会不会冷淡老倪呢?他朝电线杆上一靠,暗暗发起愁来。雪花在夜暗里飞舞着,打在他的脸上,落在他的狗皮帽子上……忽然,他眼前一亮,径向大街走去;到酒馆里买了二两白酒,就着那牛肉包子喝了,才踉踉跄跄地回到家里。

"老倪呢,来了么?"石大妈问。她困了,懒懒地打了个哈欠。

"他不来了。"老石笑眯眯的,搓着手说。

石大妈听了,慢慢张大眼睛,紧紧盯着老石,脸色阴沉下来。愣了半晌,鼻子里哼了一声,收拾桌上的菜碟子。她的手脚很重,菜碟子碰得叮当响。

"摔打什么?"老石仍然笑眯眯的,"我们已经喝过了,就在老倪的家里。孙局长也去了,白书记也去了,净是官面上的人。他们把我让在上座,这个敬我一盅,那个敬我一盅,差点儿把我灌醉了……不信,你闻闻!"说着,张开嘴,冲着老伴的脸哈了一口气。

石大妈闻到那酒味儿,把脸一躲,偷偷地笑了,顺手推了老石一下;老石两腿一软,歪倒在炕上,呵呵呵地笑得很响……

鼾　声

　　天色渐渐黑了。我一想到睡觉心里就怦怦地跳。这都怨大队秘书，也怨我赶得巧。今天我一进村，恰巧碰见田大娘了；我们正在说话，恰巧大队秘书走过来了。也许是小麦歉收的原因，他的心情不好，把我肩膀一拍，好像批发货物一样又把我安排到田大娘家去住了。当时我心里就怦怦跳了几下……

　　田大娘住在村西口上，去年——1977年的夏天，我在这里总结小麦丰收经验的时候，曾经住在她家。她家挺好的房屋，挺好的院落，街门口有眼井，院子里有一棵遮天蔽日的大槐树，干净，凉快，没有孩子们干扰。但我再也不敢到她家去住了。我害怕田大伯。田大伯勤劳、纯朴、忠厚、善良，中国人民的美德差不多全集中在他身上，但他有个毛病叫人实在无法忍受——睡觉打鼾，而且他的鼾声具有相当的水平。可是当着大娘的面，我又不好回绝。吃过晚饭，我心里怦怦跳着来到她家。

　　"你吃啦？"

　　田大伯一见我，用手摸了一下腮帮儿，客客气气还是这句话。

　　"吃啦。你呢？"

　　"我也吃啦。"

　　说完，给大娘投个眼色，指示大娘去烧水。

从外表看他不像是睡觉打鼾的人。睡觉打鼾一般是胖人，而他干瘦干瘦，瘦得出奇，说话都没气力。据说他年轻的时候也是这么瘦，但那时候爱说爱笑，性情活泼，在村里剧团里唱花脸。瓜菜代那年，县里一位干部给社员们宣传蒲草根里含有多少蛋白质、含有多少维生素的时候，他用唱花脸的嗓门儿哈哈笑了几声，结果在辩论会上挨了两个不大不小的耳光。那两个耳光给他留下一个毛病，看见干部打扮的人，就要用手摸一下腮帮儿，好像搔痒似的。去年我在这里住了八九天，无论是早晨、中午，还是晚上，无论是在街里，在地里，还是在厕所里，他看见我总是客气地一笑，和我展开这样一段对话：

"你吃啦？"

"吃啦。你呢？"

"我也吃啦。"

天色完全黑了。田大娘烧好水，在院里放了一张饭桌，我们坐在一起纳凉。那槐树好像一把大伞，把整个院子遮住了，晶莹的星斗在茂密的枝叶间跳跃闪烁。借着星光，我看见院里的麦秸比去年少了许多，散乱地堆在西墙下边，也没打垛。

"大伯，今年分了多少麦子？"我问。

"不少。"他说。干瘦的脸上还保存着客气的微笑。

一提麦子，大娘的笑容消失了，用蒲扇遮住脸，一句话也不说。我觉得这样坐着实在无聊。可又不敢睡觉，明知自己睡不好，倒不如大家都醒着。我慢慢喝着水，没话找话地消磨时间。

"大伯，今年咱们村的小麦收得也不好吧？"

"不赖，比旧社会强得多。"

"今年的小麦为什么歉收了呢？"

"天灾。"

"什么？"

"天灾。"

说罢，仰起脸，两眼闲淡地望着天上的星星。

我偷偷地笑了。今年我们这里没有灾，去年也没有灾。去年小麦开镰以前，城北几个村子似显非显地下了两分钟的冰雹，对小麦没有什么危害。可是这些年来，无论是丰收，还是歉收了，领导做报告、我们写文章的时候，总要说许多灾害。去年是丰收年，我和老汉闲谈时，心里一高兴，"我们战胜了低温干旱风灾雹灾"脱口而出，好像吃炒豆一样干脆，好像说数来宝一样流利，那也是积习。

今年我们这里没有灾，这是县委书记在三级干部大会上讲的。为了实现"以秋补夏"的口号，我们这次下来就是贯彻三级干部会议精神的。于是我说："不，大伯，今年我们这里没有灾！去年冬天咱们村的小麦没有浇冻水么？"

"谁说没浇？"大娘把扇子一摔，"快过年了，公社里来了两员大将，催着浇冻水……"

"歇着你的吧，往年也浇冻水！"田大伯扫了大娘一眼，冷冷地说。我看见他又用手搔痒似的摸了一下腮帮儿。

大娘不言声了。老两口儿你瞅我，我瞅你，开始打哈欠。我担心他们宣布睡觉，忙说：

"往年天气暖和，黑夜冻白天消，浇了冻水麦子沾光。去年呢，那天气冷得怪，光冻不消。上面催得又紧，好多村子实行大水漫灌，大片大片的麦田变成滑冰场了，全县冻死了三万多亩麦苗！咱们村也是这种情况吧？"

院里静静的，老两口儿仍然不说话。

"其实，那也不怨你们公社。那是县委的统一命令。责任在县委……"

"哎呀，天不早了，睡吧！"

我正侃侃而谈，田大伯悚然站起来了，脸色变得焦黄："我们庄稼人傻吃闷睡，晓得什么，睡吧……"说着，慌忙收拾壶碗，好像马上要来一场暴风雨似的。

我看他手忙脚乱的样子，心里明白了一点儿什么，笑着说："大伯，那些话不是我说的，那是县委书记说的。最近县里开会，他代表县委做检讨了……"

"睡吧，睡吧……"

三间北屋一明两暗。老两口儿睡在西屋，我睡东屋。西屋里一熄灯，我心里就怦怦地跳起来了。我不敢脱衣服，戒备森严地等候着那个可怕的声音……

去年夏天，也是这么一个夜晚，也是在这间屋里，我刚蒙眬入睡，西屋里就传来了田大伯的鼾声。开始是一般化的打法，后来一阵比一阵凶猛。那一夜，我才明白鼾声如雷的比喻是多么不恰切。那雷声响一声歇半天，怕什么呢？他的鼾声可是一声接一声、声声不断的。呼噜——呼噜——噗，呼噜——呼噜——噗，连呼噜带吹，如狮吼，如虎啸，如山洪暴发，如火车放气，循环以至无穷。我从被缝里揪了一团棉花堵住耳朵，也抵抗不住那强大的声波。哭不是，笑不是，我只好披上衣服坐到院里去吸烟，一直坐到东方发白的时候。后来我才听说，他的鼾声赶走过不少在他家住宿的下乡干部呢……

奇怪，等了好久，还听不到声音。我躺在炕上，不住地打哈欠、流眼泪。我听见了院子里风吹树叶的响声，听见了田野上蟋蟀的叫声，听见了河塘里的蛙声；听见了钟声、笑声、嘚嘚的马蹄声……我一睁眼，天亮了，原来我睡得很好。

我在这里整整住了半月，天天夜里睡得很好。我很纳闷儿，走的那天去问大娘。

"大娘，大伯吃了什么药啦？"

"没灾没病，吃什么药呀？"

"去年我在这屋里睡，他的鼾声好凶，今年怎么治好啦？"

大娘微微一笑，欲言又止。我再问时，才说："他呀，坏着呢！他心里喜欢了，睡觉不打鼾；他心里不喜欢了，睡觉就打鼾，故意治你。他说打鼾不犯错误……"

我越听越糊涂，打断她的话说："他睡着了，打鼾不打鼾由得他呀？"

"他侧着身子睡觉，不打鼾；他仰着身子睡觉，打鼾；他要是仰着身子歪着脖子睡呀，那鼾声就到十字街里去了！"大娘说罢，咯咯笑起来。

我明白了，又糊涂了。去年丰收了，他倒打鼾，今年歉收了，为什么他倒不打鼾呢？我望着大娘微笑的脸，想了半天……

拴　虎

　　腊月二十七日城里大集。这是年前最后一个集日，赶集的人特别多，集市上也特别热闹。今年的集市显然又比去年好，不但肉类、蛋类、干鲜果品多于去年，农民们的手工业品也源源不绝地上市了。有卖铁、木家具的，有卖儿童玩具的，还有姑娘卖窗花的。卖一对窗花，赢多少利？不清楚。也许那些手巧的姑娘们，只是想用自己的劳作，点缀一下集市的繁华吧？

　　最热闹的地方要数炮市。此起彼落的鞭炮声、卖炮人吵架似的叫卖声，响成一片：

　　"哎——咱的炮是好炮，两角五一包啦！"

　　"哎——真金不怕火炼，好货不怕试验！"

　　炮市西头，一个尖亮的嗓音，把整个炮市镇住了：

　　"哎——咱的炮是电光炮，响不响你问问炮！电光炮放电光，白天赛过太阳，黑夜赛过月亮，照得院里亮堂堂，新年新岁喜洋洋……胆小的捂住耳朵，怕便宜的千万别买，放啦！"

　　噼里啪啦，火鞭炸响，四外漫起雾一样的硝烟。

　　人们哈哈笑着，潮水一样向那里拥去。那里停着一台拖拉机，拖拉机后面的拖斗里装满各色花炮。站在拖斗里的两个中年人，一手收钱一手交货，应接不暇。那年轻的叫卖者高高站在拖拉机驾驶台的顶板上，手拿一根竹竿，竹竿上挑着一挂花花绿绿的鞭炮，格外引人注目。看见生意兴隆，他更得意了，为了不妨碍手舞足蹈的叫卖，干脆把帽舌推到脑后去。他放了一挂又一挂，吆喝完一套又一套，那嗓音像流水，像鸟叫，像吹海笛儿。不一会儿，脸上的汗水和硝烟的黑灰混合在一起，变成了小花脸。那些无心买炮的老太太也被他吸引过去了，望着他那怪样子，扑哧地笑：

"嗬嗬，这小子不要命了！"

"咦咦，他吃了什么啦，这么卖力气！"

我也笑着走过去，欣赏他的口才。他有二十多岁年纪，瘦伶伶的身材，老长的头发，两只机敏的眼睛；一件破旧的、又瘦又小的黑布棉袄，紧紧箍着身体，胳膊肘上露着花絮。我看着看着，不知在他身上发现了什么特征，一个乡村少年的影子忽然在我眼前一跳，我脱口叫了一声：

"拴虎！"

他听见我的叫声，眼睛在人群里扫来扫去。他看见我，愣了一下，赶紧低下头去，吹了吹手里的草香，又放了一挂鞭炮。我又叫了一声，他再没有看我，腰身一扭，又一次掀起叫卖的高潮。

我没有看错，他就是小芦村的拴虎。但我渐渐醒悟过来，不再自讨无趣了，默默地离开了炮市。

我认识拴虎，是在他很小的时候。那是1965年的冬天，我到许村担任小学教师。小芦村就在许村西边，只隔着一片苇塘，那里的孩子们也来许村上学。上班那天，我在学生名册上就看到了他的名字，可是过了好些天，总不见他到学校来。

一天，他们村的孩子们告诉我：

"他跟他娘生气哩，不上学了！"

"看见俺有新棉袄，他也要，臭美！"

"他娘不给做，他就不吃饭！"

"哼，净叫俺从家里给他偷饼子吃！"

孩子们一齐笑了，我也跟着笑起来。

我从孩子们的嘴里了解到他家一些情况。他家有四口人，父亲、母亲、他和妹妹。父亲是个忠厚的农民，对他十分娇爱。

他原名叫小虎，瓜菜代那年，父亲给他改了名字，意思是"拴"住他，以防他死去。困难的年月刚刚过去，当娘的一时不能让孩子如意，自有当娘的难处吧，我想。

一个星期日的上午，他们村的一个学生领我到他家去。走到他家门口，听见他娘在家里骂他。他爬在院里那棵光秃秃的榆树上，很像一只猴子。我们走到院子里，看见他娘抱着个小女孩，对着树嚷道：

"下来！"

他嘻嘻一笑，向上爬了一截。

"下来！"

他笑嘻嘻地爬上树尖去了。那个学生说：

"拴虎，下来，李老师来了。"

他看见我，脸一红，才从树上下来了。这孩子很俊俏，脸蛋洗得鲜亮莹润，身上有一股淡淡的香胰子味儿。他穿上了新棉袄，但那棉袄又肥又大，袖子卷起足有二寸，露着紫花色的粗布里儿；他一行动，那袄后襟摇摇摆摆，好像一只笨大的绵羊尾巴。我问他为什么要做这样肥大的棉衣，他娘笑着说：

"大一点儿好，大一点儿可以多穿几冬。不错，总算是穿上了。"

这是一个三十岁开外的女人，青白的脸色，细眼睛，眼前垂着一绺凌乱的头发，一副很劳累的样子。论年岁，我该叫她大嫂。我听了她的话，心里有些酸，对拴虎说：

"娘这样疼你，为什么不听娘的话呀？"

"娘叫我去赶集!"

"赶集怕什么呢?"

"她要领我卖辣椒!"

我看见院里铺着一块破席,席子上晾着一些红辣椒,在冬日的阳光下显得很鲜艳。正待细问,大嫂放下小女孩,苦笑着说:"这孩子捣蛋着哩,大人上集买东西,他像个尾巴似的;大人上集卖东西,叫他做个伴儿,打死也不去。你猜他说什么?"

"买东西好看,卖东西难看!"小女孩响亮地揭发。那是他的妹妹小茹。

"是吗?拴虎。"我忍着笑问。

他不回答,乘我不注意的时候,撒腿跑了。我望着那摇摇摆摆的"绵羊尾巴",不由得笑了,谁教他的呢?

他在学校功课怎样,我不记得了。因为过了不久,"文化大革命"的风暴来到这个偏僻的乡村,孩子们有了新的功课,天天去做那些人人都知道的事情。

孩子们毕竟是孩子们。他们玩累了,也有安静的时候。经过一场动乱,我发现课堂上出现了一个前所未有的局面,全班二十二个男孩子,光膀子上课的在半数以上,好像到了澡堂子里一样。

拴虎也不那么爱整洁了,他也光着膀子,光着脚丫儿,只穿一条破短裤,露着肚脐来上课。我看实在不雅观了,就对他们讲,学生应该文明一点儿,特别是上课的时候,不要赤身露体,要衣帽整齐。我刚讲完,拴虎猛地站起来了,大声说:

"衣帽整齐?"

我看他满眼敌意,忙说:

"我讲错了吗?"

他很生气,细棱棱的肋巴骨一鼓一鼓地说:

"什么人衣帽整齐呀？地主富农们、资产阶级少爷小姐们！我们是贫下中农的孩子，我们不光膀子，谁光？"

课堂上大乱了。孩子们瞅着我，有的怪叫，有的怪笑。几个光膀子的孩子，左手捂在右腋下，右胳膊一挤一挤，"噗噗噗"发出一阵放屁的声音。

我苦苦一笑，只好接受他的批判，并且称赞他的路线觉悟。在以后更大的动乱里，他对我一直很友好。

可是在他将要毕业的时候，却和我结下怨仇，一种叫人哭不是、笑不是的怨仇。

那年寒假过后，公社革命委员会的一位领导同志突然来到我们学校，脸色很不好看。他说正月初五那天，他在村里发现不少学生放鞭"崩穷"，弄得村里乌烟瘴气。他说这是"四旧"抬头的表现，对批判资本主义的群众运动不利。他要我们认真追查一下，对那些学生进行一次路线教育。

我们听了，感到有点儿小题大做。放鞭"崩穷"是乡间的一种风俗。正月初五清早，家家屋门大开，院门大开，孩子们燃一挂鞭炮，从屋里一直放到街门口去。据说这样可以崩走晦气，来年的日子好过。我想，劳苦了一年的农民们，只不过借此取个吉利罢了，也无可非议。但那位领导同志不但是公社的领导同志，还兼任着贫下中农管理学校委员会主任的职务，我们只好照办了。

"同学们，正月初五早晨，谁在家放炮来？"

教室里很静，半天没有回答。我便让大家背诵"一个共产党员，应该是襟怀坦白"那段语录。背诵完毕，拴虎站起来了，说："我放炮来。"

于是我用启发式的方式，引导大家：

"同学们想一想，穷，代表什么呀？"

孩子们不假思索，唱歌儿一样回答：

"贫下中农——"

"社会主义——"

我听着他们那娇嫩的嗓音,心里一阵刺疼,嘴里却说:"拴虎你说,崩穷对不对呢?"

他嘴硬地说:"我不是崩穷哩,我崩富哩,崩修哩……"

"他不老实——"孩子们一齐冲他吼起来。那时的孩子们也怪,不管谁倒了霉,他们都特别高兴,特别精神。

他低下头去,我看见一颗晶亮的泪珠从他脸上滚下来,落在肥大的袄襟上。这个好胜要强的孩子大概从来没有受过这种羞辱吧,第二天就不上学了。一直到我离开许村的时候,再也没有看到他。

天色渐渐黑下来了。这一天,我心里很不平静,那个动乱年月里的乡村少年的身影总是在我眼前跳来跳去……

"李老师在这儿住吗?"

院里有人叫我。我出去一看,高兴得叫起来,来人竟是拴虎。夜色中,他把一堆什么东西捧到我的怀里,嗓子沙哑地说:"李老师,早想来看看你,总没工夫,整天瞎忙。快过年了,这是几挂鞭炮,叫孩子们放了吧!"

我忙把他拉到屋里去。显然,小时候那件不愉快的事情,他并没有挂在心里。我感到一种欣慰。

"拴虎,我在炮市叫你,你没听见呀?"我边沏茶边问。

"听见了。"他笑着说。

"为什么不理我呢?"

"你没看见村里跟着两个人吗?"

"那怕什么?"

"不怕什么。"他脸一红,故意岔开话题,"李老师,我爹问你好哩。"

"他好吗?"

"好,还在队里喂牲口。"

"你娘呢?"

"天天下地。"

"小茹上学了吧?"

"上中学了,比咱强。"

"强在哪里?"

"小妮子说话,叽里咕噜满口外国语了。"

说完,他仰起脖子笑了,笑得很快活,也很腼腆。像一个卸了装的演员,他完全不是我在炮市看见的那样子了。喝完一杯茶,匆匆地就要走,我留他住一宿,他说他们村的拖拉机还在炮市那里等他。

我把他送到大街上,一定要问明白他在炮市不理我的原因。他终于笑了说:"当着乡亲们的面,我不想认你这个老师。"

"为什么?"

"卖炮的人都喜欢别人夸他的炮响,你们当老师的人,大概都喜欢别人夸自己的学生有出息吧?"

我想了一下,说:"卖炮没出息吗?"

"谁说卖炮没出息?"他冷冷地看了我一眼,"大人们不想法弄点儿钱,孩子们凭什么去学那外国语?"

"是呀,那为什么不理我呢?"

他默默地笑着,好像有什么话羞于出口似的。我再问时,他猛然站住了,两手捏住袖口,胳膊向我一展:"你看我这一身打扮,我怕老师脸上挂不住。"说完,放快了脚步。

我紧紧跟上他,看着他那件破旧的,又瘦又小的棉袄,心里又难过,又欢喜。他在那场噩梦一样的劫难里成人长大,但他那颗微妙的、天生自有的孩子的心并没有死灭,今天又复苏了。那是一种虚荣心吗?我想不该这样指责他。贫农的孩子,不嫌贫,也并不爱贫吧?

静静的大街上洒下路灯淡紫色的光辉。我们并肩走着，一直没有住口，忘了冬夜的寒冷。他说我胖了，但是不显老；我说他更不显老，只是性格大变了。他听了，大概想起自己卖炮时的样子，咯咯地笑起来。他说那是没有办法的事，今年他当干部了，负责村里的副业生产。为了赚到很多的钱，桃下来卖桃，杏下来卖杏，葡萄熟了卖葡萄，他什么都干。他问我什么时候看看他们村的果园去，我说，杏花开了的时候；我问他什么时候再进城，他说，正月里换上新衣来给我拜年。

赵 三 勤

"赵三勤"是我们村社员赵小乱的绰号,一二三的三,勤快的勤。读者也许要说,这个绰号倒不错。且慢,你道是哪三勤?干活的时候,吸烟勤、喝水勤、拉屎撒尿勤。

队上有这么一个人,愁住了干部们。抓生产的副队长赵金贵天天和他打交道,更是头疼。别的不说,一年三百六十天,他没一天按时上工的时候。往往是社员们锄了半垄地,他才光着膀子,光着脚丫儿,嘴里叼着纸烟,大模大样下地来了。你来硬的他来软的,你来软的他来硬的,滑毛吊嘴满不在乎。

"小乱!这么晚才上工?"

"嘻嘻,这还早呀?"

"你过来,咱们谈谈。"

"谈谈?耽误了生产你负责呀!"

赵金贵没办法,常常向老队长诉苦,他说他领导不了赵小乱。

老队长名叫张仁,五十多岁年纪,矮胖身材,寿眉星眼,说话絮絮叨叨,对人十分和气。村里最乱的时候,他把队上所有的人都从心里过了一遍。小乱虽然性野,却不作恶,只是别人喊打倒谁,他也喊打倒谁。这孩子爹娘死得早,自小没人管教,才生出那一身毛病。年轻人好比小树,只要勤修剪，就能长好。他根据这种认识，在小乱身上花了不少心血。平时看见他一点儿优点，就当众表扬，并且注意听取他的意见，千方百计暖他的心。

可是，小乱并不领会这片心意，还短不了戏弄戏弄老汉。那年割麦子，他累了，便走到张仁跟前说："大伯，我想提个意见。"张仁忙说："提吧！"他一本正经地说："当干部不能光抓生产，越忙越要突出政治。"张仁听了，觉得有理，就把大家召集到树凉里读报纸。小乱呢，朝麦个儿上一滚，呼呼地打起鼾睡。报纸读完了，他也醒了，伸腰张嘴打个哈欠说："哈，学习这玩意儿真顶事，不累啦！"说完还向张仁吐吐舌头，逗得大家哈哈大笑。

张仁是个老党员，做工作不怕困难。白天受了戏弄，晚上又去找小乱，想跟他谈谈心。

小乱住在村外，一处独院，四外就是田野。三面黄土院墙倒塌了两面，残存的那一面，墙头上支棱着几根狗尾草。两间土坯屋里，一个灶台，一条炕，一大一小两口破瓮，一只猫。据说外村有个亲戚可怜他，想给他一张桌子用，他谢绝了，他说这样符合"战备"。

小乱见张仁来了，赶忙拿烟，一口一个大伯，叫得很甜。张仁从他今天不该拿政治学习开玩笑谈起，絮絮叨叨讲了许多道理，什么"贫下中农应该热爱集体"啦，什么"大河有水小河满，大河无水小河干"啦，什么"站在家门口，眼望天安门"啦，等等。小乱困了，打断他的话说："对对对，大伯说得很对，这是给我治病哩。我哪一方面做得不好，大伯就给我指出来吧！"

张仁见他态度真诚，满心欢喜，说："比方上工吧，你天天迟到，影响可不好。"小乱说："对对对，以后注意，影响好一点儿。"张仁又说："干活不要耍滑，要向劳动好的看齐。"小乱说："对对对，我看大伯劳动就挺好，以后我向大伯看齐。"张仁呵呵笑了，说："以后还要多出勤，不要三天打鱼、两天晒网。"小乱笑得更好看,说:"对对对,大伯放心吧,晒网不晒网,咱保证不当超支户!"

张仁一听这话,噎了一口气,心里凉了半截儿。原来他就是个超支户。他家有七口人,两个半劳力,紧干慢干年年超支。老伴说他无能,他不服气,因为地里种什么、怎么种,并不由得他安排。他们队是下湿地,长不好棉花,少种一亩也不行。一到棉花播种时节,上级就派人来"支援农业",实际上是来瞅着你。搞一点儿副业吧,更难,赚钱的副业路线不对,路线对的副业不赚钱,上级常说路线不对人要变"修"。想想自己多半辈子一个心思跟党走,老了老了何苦要变"修"呢?结果,一年到头操心劳力,"大河小河"水都不多,工分越来越不值钱。小乱呢,一身一口,他倒不怕,虽然三天打鱼、两天晒网,也和大家一样吃得不饥不饱,又不欠谁的债,还养了一只大黄猫。他向我看齐做什么?老汉摇了摇头,叹了口气,从此再也不做这种跌嘴打牙的事了。

赵金贵见老队长没了办法,自己便想了一个措施,暗中掌握:以后派活不让小乱跟社员们在一起。菜地捉虫,谷地轰雀,干多干少由他,免得一块臭肉坏满锅汤。这样实行了一阵,觉得太便宜他了,于是又想了一个补充措施:队里的猪圈满了,一定要派他出粪,那是苦累活。小乱不但满口应承,而且跳到猪圈里就不想上来了,一圈粪出了三天零一早晨。他不傻,干快干慢一天八分半,领到累活得"省"着干。金贵在社员会上批评他,他说:"一个人能力有大小,只要有这点儿精神,就是好同志。"弄得大家啼笑皆非,金贵也是干急无奈。

当然,这些都是从前的事了。现在好了,各生产队划分了作业组,作业组实行了责任制,各项农活都有定额,干好干赖奖罚严明,村里一派大治气象。可是小乱却没什么变化。几个农田作业组不要他,畜牧组也不要他,机电组更不要他,他只好仍然打他的游击。只有猪圈满了的时候,金贵才想起他从前的表现，非派他出粪不可。

其实，小乱身强力壮，并不怕出粪。何况出粪也有定额，真正多劳多得，自己也不吃亏。但他一看金贵那冰冷脸色，一听那生硬嗓门儿，心里就上了火，偏不听他。金贵头回派他出粪，他说头疼；金贵二回派他出粪，他说牙疼；金贵最近派他出粪，他说腿肚子转筋。金贵一怒采取了经济手段，罚了他两天工！

这天黑夜，小乱早早吹了灯，躺在炕上睡不着觉。睖睁着眼想了半天，嘴里突然冒出一个警句："此处不留爷，自有留爷处；处处不留爷，爷到村北去看树！"骨碌爬起来，穿上衣服去找金贵。

原来那天上工的时候，小乱听说大队林场要添护林员，他想离开生产队到林场去。那里树大人稀，是个幽静地方，自己看不见别人，别人也看不见自己，心里倒痛快。金贵听了暗暗欢喜，说了句"我们研究研究"，当下就向老队长报告情况。

张仁听了金贵的报告，当时没有表示态度，仔细做了一番分析。小乱要去村北，不单是因为金贵罚了他，主要是在村里没有一点儿生活乐趣。白天干活别人都有一个组织，唯有他独来独去，好像一只孤雁似的；晚上回到家里，冷屋凉炕，只有那猫是个活物。如今村里又跟从前不同，今天这家盖新房，明天那家娶媳妇，小乱看见是什么心情？他想，从前小乱扶不起，怨那世道；如今小乱扶不起，就怨自己了。自己是队长，是长辈，稀里糊涂打发他走，对不住孩子，也对不住孩子死去的父母。

一天中午，队委们在一起念叨工作，金贵提出了小乱要去林场的要求，让大家讨论。张仁不但不同意，还想把小乱安排到养猪积肥组里去，改变一下他的孤立地位。那养猪积肥组直属金贵领导，金贵慌忙说："不要不要，我们组里不缺爷爷！"张仁就絮絮叨叨讲了许多道理，什么人人都有自尊心啦，什么对人不能破罐子破摔啦，什么年轻人好比小树啦，等等。

讲到一个段落，金贵指着门外说："猪圈又满了，明天咱们派他出粪吧，你看他听不听！"张仁说："他要听呢？"金贵说："我要！他要不听呢？"张仁说："咱再商量。"队委们大部分赞同张仁的意见，一齐向金贵说："不许变卦！"妇女队长瑞凤自告奋勇地说："我当保人！"大家笑了一回也就散了。

天快黑的时候，小乱正在院里喂猫，听见有人叫他。一抬头，看见瑞凤扒着墙豁儿，下巴向他一点，笑盈盈地说："乱儿，过来！"

小乱院里好久没人来往，这时看见瑞凤笑得那么好看，便走过去说："干什么？嫂子。"

瑞凤四下看看，悄悄说："你到林场去的事，俺们念叨过了。"小乱忙问："叫咱去吗？"瑞凤没有明确回答，含笑说："你快三十岁的人了，还想不想娶媳妇？"小乱一听这话，急了，冲口说："娶谁呀，娶你呀？"瑞凤伸手拍了他一掌说："你别悲观呀，自个儿不秃不瞎，欢眉大眼，干活满身力气，多好的条件。从前给你说媳妇的也不少，为什么一个也没成功？自个儿也该总结总结啦。"小乱说："甭总结，俺娘不同意。"瑞凤说："你娘不是早死啦？"小乱说："俺丈母娘不同意。一打听咱的事迹，就凉了。"说罢低下头去。

瑞凤看他羞羞惭惭的样子，迟了一会儿才说："是呀，所以你走不得，老队长也不放你走。你想想，你走到哪里去，也是咱队的人。以后给你说媳妇，人家还得到咱队里打听你。你带着一身毛病走了，到时候我们怎么说话？说你不好，坏了你的终身大事；说你好吧，那不是哄人家闺女？你尽管咬咬牙、争口气，好好干几年，如今不是打光棍的年头儿啦！"

小乱低着头说："谁不想好好干，光打游击有什么意思？"瑞凤说："要是把你编到组里去呢？"小乱抬起头说："谁要咱！"瑞凤神秘地笑了笑，欲言又止，最后点化了他一句："要不要全看你了。记住，明天早点儿起，听话！"

第二天早晨，小乱果然起得很早，想证实一下瑞凤的话是真是假。一进队部大院，看见张仁站在猪圈沿上笑眯眯地向他招手。他走过去，张仁说："小乱，今天你出粪吧。"

小乱打了个愣，怎么又是出粪？金贵站在五步远的地方，看他不作声，忍不住说："叫你出粪，聋啦！"

小乱一听那嗓门儿，心里又上了火，不紧不慢、不凉不酸地说："我要是不出呢？"金贵冷笑说："不出也行，今年的超产奖你甭想了！"小乱眼皮一睒，说："我要是不想了呢？"金贵嚷道："像你这号的，不但没奖，还得受罚！"小乱眼皮又一睒，说："我要是不怕罚呢？"金贵气得脸青嘴紫，正要发作，忽然想起什么，看看张仁说："咱不管，咱不管。"哼着小曲儿躲到一边去了。

张仁郑重地说："小乱，这就是你的不对了。你不出粪，也得有个理由呀？"

小乱死眼盯着金贵，张口就说："我当然有理由。今天大集，我想赶集去哩，不叫社员赶集吗？"

张仁一听，完了，自己输了。但又一想社员赶集也是实际问题，就说："叫叫叫，政府允许开集，就是叫咱赶的，你可说清楚呀。去吧，赶集去吧，我另派人出粪。"

小乱朝地下一蹲，说："不去了！"

张仁问："怎么又不去了？"

小乱说："咱怕挨罚！"

张仁看看金贵，看看小乱，满面堆笑地说："你听他呢，他跟你闹着玩儿哩。奖罚不是鞭子，社员们也不是牲口，哪能乱来呢？不过我有两句话，你记住。咱队分红还不多，来个钱不容易，到了集上不要大吃大喝。再就是早点儿回来,今天黑夜召开社员大会,传达上级文件,不要误了开会。去吧,赶集去吧,天不早了。"

小乱听了这番话,心里发暖,口生津液,咕噜咽了一口唾沫。他想,从前除了县里召开公判大会派咱参加以外,开什么会通知过咱?磨磨蹭蹭朝外走着,心里十分矛盾。走吧,对不住老队长;不走吧,大丈夫说话泼水难收。正自犹豫,听见金贵在背后说:"哼,怎么样?一贯不服从领导!"

小乱眼前一亮,猛然站住了,身子一扭,扭到金贵跟前,来了个就坡下驴:"你说什么?一贯不服从领导?哎,你说对了,咱就是一贯不服从领导。老队长叫咱赶集,咱偏不赶集;老队长不叫咱出粪,咱偏出粪不可。你瞅着,说出就出!"说着,两腿向后一弹,把鞋甩得老远;胳膊一抢,脱了光膀子,扑腾跳到猪圈里说:"劳驾,哪一位把出粪叉给咱扔过来?"

张仁望着金贵哈哈笑了。金贵拿起出粪叉也笑了,说:"我输了,我输了!"

以后的事读者可以想到。小乱到了养猪积肥组里,劳动表现不错,落秋分红分到一百多块钱,还领到了超产奖金。不过那些好开玩笑的人仍然叫他"赵三勤",只是有了新的含义:洗脸勤、理发勤、换衣裳勤。其中的奥妙读者心里自然明白。

小　　果

　　夜里十二点钟,看水浇地的人们到了换班的时候。村口上、井台上、茂密的青纱帐里,这里喊那里叫,摇晃着手电光和灯笼影。一阵嘈杂声过去,田野上又变得静悄悄的,蟋蟀的叫声显得特别清晰。

　　大槐走在静静的田野上。当他穿过城西那片玉米地,走上护城河堤坡的时候,隐约看见河对岸蹲着两个人影。天上没有月亮,柳枝遮着他们的脸。他是护秋的,自然要盘问一下。

　　"谁?"

　　河对岸没有回答。大槐弯下腰,又问了一声:

　　"那是谁?"

　　"我,小果。"柳树下站起一个姑娘,苗条的身影,清脆的嗓门儿,说话好像带一点儿气。

　　"干吗哩?"

　　"浇地来,刚下班。"

　　"为什么不回家去?"

　　小果不耐烦了,大辫子一甩,冲口说:"我不想回家,我不乐意回家,我和清明谈恋爱哩,你想听听吗?"

　　大槐愣了一下,赶紧走下堤子,灰溜溜地走了。小果仰着下巴笑起来,笑得特别响，很怕大槐听不见似的。

　　清明脸皮儿薄，大槐盘问他们的时候，他躲到堤下去了。他望着小果那张棱角分明的脸，一时不知说什么好。两年前，大槐和小果相爱过，但是没有成功。大槐心里嫉恨，就在讨论小果入团的时候，联合了几个团员挑剔小果的毛病。他们说她爱打扮，爱俊俏，口袋里常常装着鸭蛋镜儿，一冬天搽两瓶雪花膏，思想不健康。小果呢，好像和他们作对似的，越打扮越俊俏了。经过一年的接触，清明也觉得她的心性不同于一般的乡下姑娘。比如谈恋爱吧，他们很快就要结婚了，有什么话满可以到家里去谈；可她偏不，她说在家里谈和在野外谈有不一样的意味儿。野外有河，有柳，有花，有草，比城市的公园也不差。清明对她这种如花似水的性格，好像也不放心。听见大槐走了，他才走上堤子说："小果，你不要总是恼大槐他们，自己也该注意一点儿。"

　　"注意什么？"小果脸色一变，"我不过就是爱说爱笑呗，我不过就是爱打扮呗，爱说爱笑爱打扮妨碍四个现代化吗？他不叫我入团，我不入，叫他奶奶去入吧！他奶奶不爱打扮，不爱俊俏，不照鸭蛋镜儿，不搽雪花膏，思想可健康哩！"说完笑得弯下腰去。

　　"可是，刚才呢？"清明没有笑，"刚才也太过分了吧？大槐和我是邻居，我们都在团里工作，你那样说话有利于团结吗？我们是新时代的青年，我们要有新的道德，我们不做那种鸡肠小肚的人……"

　　小果低下头，又偷偷地笑了一下。

　　"你笑什么？"

　　"我笑你哩。"

　　"我说得不对吗？"

　　"一句话，用了多少'我们'？"她咬住嘴唇，才没笑出声。

　　小果爱说爱笑，也爱用心思。她回到家里，已经是后半夜了，她坐在葡萄架下，一句一句寻思着清明的话，一点儿也不瞌睡。夜露从葡萄叶子上滴下来，打湿了她的头发……在姑娘们心里，情人的话大概就是真理吧？

过了几天，小果好像变成另外一个人了。她脸色发黄，眼睛有点儿浮肿，整天睡不醒的样子。人们都很奇怪，清明也不晓得什么原因。

一天黄昏，清明在村北一个井台上找到她。社员们已经收工了，她正在水池子里涮脚。

"小果，身上不舒服吗？"清明关心地问。

"心里麻烦。"小果低声说，嗓子有点儿沙哑。

"好好的，麻烦什么？"

"那天黑夜我又办了一件不是人的事……"

清明心里明白了，笑笑说："今后注意就是了，何必这样？"

"我刺打了人家，可人家也没忘了我。"

小果说着，从口袋里掏出一个纸团。清明展开一看，上面画着一个苹果，那苹果有眉有眼，有鼻子有嘴，笑嘻嘻的十分可爱。

"这是谁画的？"清明皱起眉问。

"大槐。"小果低着头说，"那天黑夜队里开会，他不住偷偷看我，看着看着，他就画起来了……"

"流氓，简直是流氓，哪里像个新时代的青年！"清明大声骂起来，嘴唇气得发抖。

小果猛然抬起头，吃惊地望着他，好像不认识他似的。愣了一会儿，她从水池子里跳上来，一把夺去那片揉皱的纸，扛起锹，拿上鞋，光着脚丫儿钻到玉米地里走了，清明叫她，她不理，肩膀碰得玉米叶子哗哗地响……

从那以后，小果总有十几天不再理睬清明。清明偶尔遇见，她就故意躲开走。一天黑夜，清明约她到西庄去看电影，她冷冷地说："没工夫。"可是散了电影，清明却在回村的路上看见她甩着两条大辫子走在自己前面……

清明痛苦极了。一天傍晚，独自来到河边，看见那棵伴着他们度过许多甜蜜夜晚的柳树，心里就更烦乱。他朝堤坡上的草丛里一滚，伸手折断一截柳枝，一片一片地撕扯着上面的叶子……

"新时代的青年，心里难受吗？"

忽然，柳树后面有人咻咻地笑。清明一看，竟是小果。他又高兴，又生气，身子一扭说："该死的，一辈子别理我了！"

"我问你，心里难受吗？"小果笑嘻嘻地走近他，"难受就说难受，甭装蒜，我不骂你流氓，也不说你思想不健康。难受吗？"

清明眼睛一亮，一下子明白了小果冷淡他的原因。人有各种感情，藕断丝连也是一种感情。那天自己为什么要骂大槐呢，并且骂得那么狠？想到这里，他嘿嘿笑了一下，心里变得十分开朗；然后话题一转，谈起他最愉快的事情。他说大队最近要派他到外地去参观，大槐也去；村里不但要大力发展养鱼、种藕，还要学习养珍珠，那是一项很大的收入。他还说他从外地回来的时候，一定要捎一双她最喜爱的那种桃红色尼龙袜子，让她结婚穿。

"今年就结婚吗？"小果问。

"新房已经准备好了。"清明高兴地说。

小果脸上没有一点儿喜色，嘴里叼着一片柳树叶子，两眼望着对岸那片黑沉沉的玉米地发呆。沉默了很久，忽然说："清明，你还记得大槐他三姑在大街上唱秧歌那件事吗？"

清明默默地笑了一下。他记得，那是十年以前的事情。大槐他三姑刚刚结婚，丈夫因为说了一句"背时"的话，就被村里的造反派抓去游斗。新娘子急疯了，天天黑夜赤身露体，在大街上唱秧歌。孩子们好像看耍猴儿似的，有的朝她头上扬沙子，有的用弹弓子打她。清明和小果也是两个小观众，每当她唱完一段，他们就拍着巴掌哈哈笑说："再扭一个！再唱一个!"

"你提她干什么?"清明扑闪着眼睛问。

小果忽然站起来,冷着脸说:"我总觉得我们这一辈人从小就不学好,也不晓得什么原因。现在我长大了,好像一觉儿睡醒了似的。那天黑夜你不是也一口气用了好几个'我们'吗?"

清明想了一下,说:"那和我们结婚有什么关系?"

小果没有立刻回答,慢慢走下堤子,顺着小河向北走,清明跟着走去。田野里很静,只有蛐蛐儿欢快地叫着;河水镜子一样明净,天上的星星撒满一河。她走着走着,忽然又变得欢喜起来,仰起脸说:

"你看,天上的星星们多好呀,我照着你,你照着我,大家都闪闪发亮,真好。"

清明没有心思观看星星,心里有点儿急躁地说:"你到底在想什么?"

"我想,今年咱们不结婚了。"

"什么?"清明眉毛一竖,站住了。

小果仍然慢慢走着说:"这几天黑夜我净做梦,一闭眼就梦见咱们结婚那天的景况了。咱家院里人来客去,欢天喜地的;你那邻居呢,我梦见他早早起来,饭也不吃,脸也不洗,就躲到村外去了,在草坡里孤零零地躺了一天,和你刚才那个脏样子差不多。"

清明这才明白了她的心意,他说:"为了大槐,难道咱们就不结婚了?"

"慌什么?"小果嗓子很低,很甜,"我已经得到可靠消息,他三姑开始给他介绍对象了,西庄的闺女,一手好活儿,就是脸上有点儿雀斑。大槐年岁不小了,那闺女也有意,他们不会谈得很久。咱跟他们摽了!"

"什么叫摽?"清明问。

"等他们结了婚,咱们再结婚,省得我再做那不好的梦了。"

清明站住脚,望着满天星星笑了。他觉得小果想得很天真,很美好,又很实在。但他一时拿不定主意,迟了一会儿才说:"小果,说心里话,你对大槐到底是什么看法?"

"我对他看法不错。"小果坦白地说,"他白天种地,黑夜护秋,中午还要写黑板报,他做的工作比你不少。"

"你把他夸得那么好,和他结婚去吧!"清明生气了,心里酸溜溜的。

"我是挑女婿,不是选劳模!"小果斜了他一眼,"我不喜欢他那性格,整天板着脸,和他谈恋爱跟审官司差不多,小两口儿过日子,没个逗打劲儿,有什么意思?"

"我呢,我有逗打劲儿吗?"

"多少有点儿,你比他强。"

"你还喜欢我哪一点儿?"

小果轻轻一笑,瞅着他的脸说:"我特别喜欢你那一对眼睛,眼角微微向上吊着,那叫凤眼儿,越看越好看。"

清明听了,心里十分舒服。稍一停,他突然说:"小果,你过来!"

"干什么?"

"我叫你好好看看!"

清明说着,忘情地张开胳膊,小果急忙一跳,躲开他好远,强硬地说:"今年不结婚,摽得住吗?"

清明笑笑说:"摽得住!"

小果也笑了,这才向他走过去……

真的,他们说到做到。那年腊月,大槐结婚了,娶的就是西庄那个闺女。清明常常到他们家去串门,他们在一起劳动,在一起做团里的工作,变成了很好的朋友。第二年正月十六,清明办喜事了,大槐两口儿热心地做了娶客。据说孩子们要扒新娘子鞋的时候,大槐像娘家人一样在一旁守卫着……

中　秋　节

月亮从村东的树林里升起来,好像一盏又大又圆的天灯,吸引着满街的孩子们。

这时候,庄户人家的院子里,大都摆下一张饭桌,全家人坐在一起,吃着月饼、水果,谈论起今年的年景。男人们还要弄几样菜,痛痛快快地喝几盅。在乡下,中秋节是个大节,仅仅没有过年那样隆重。

冬冬跑回家,扯住妈妈的衣襟,蹦跳着说:"妈妈,月亮爷爷出来啦……"

"给你,馋猴儿。"淑贞笑着,从饭桌上的小盆里抓了一把红枣,拿了一个石榴,塞到冬冬手里。冬冬不满足地说:"妈妈,我要月饼!"

淑贞笑容一收,脸上显出一种作难的表情。他们队还不富裕,近两年才开始分红,俭省的人家,需要根据庄稼的成色,计划自己的每一项花销。今年棉花坐桃的时候,二十天阴雨不晴,伏桃没有坐好。人们口中不说,心里都很明白,秋后分红肯定要受影响。所以今年的中秋节,淑贞只买了一斤月饼,送到婆婆院里去了。用来哄冬冬的,就指望院里的那棵枣树上的果实,和她从娘家摘来的几个石榴。冬冬不停地喊叫着,她怕被邻居听见,赶忙又拿了一个石榴,低声说:"乖乖,咱不要月饼。月饼太甜,小孩子吃了太甜的东西,牙上生虫虫。"

"怎么,你没买月饼?"

不知什么时候丈夫回来了,静静地站在淑贞身后。他叫春生,四方脸,大眼睛,眉眼间还保存着一点儿学生时代的文静。他是1971年回村的中学生,现在的生产队长。

"我没买。"淑贞笑笑说,"咱们小时候,煮一碗毛毛豆吃,不是一样过节吗?"

"咱队里几家没有买月饼?"

"好几家哩。"

"你们太省细了!"春生一皱眉,责怪地说,"咱队里就那么穷吗?一年一个中秋节,孩子跟着我们吃不上一块月饼,像话吗?"

"你别说了,供销社还没关门,我就去买。"淑贞说着,拉上冬冬朝街里走去。她是一个贤惠的女人,从不招惹丈夫生气。

淑贞从供销社回来,西院的严四老汉蹲在院里,正和春生说话。严四老汉是个戏迷,平日爱说爱唱,总是乐呵呵的。今天却沉着脸,满怀心事地说:"春生,我家老二过年要结婚了,你看我那房子……"

"不是种上麦子就盖吗?"

"唉,人有百算,天有一算。盖房子、办喜事,我还指望分一次红哩。可是咱那棉花……"

"不要紧。"春生笑着说,"今年的棉花是不如去年的好,可咱们的副业不少。拉沙子、搞运输、装卸火车,都是收入。再说棉花也不是全不行了,村南那四十亩,一棵上还平均六个半桃哩。"

淑贞理解丈夫的心情,也说:"是呀,今天到结算,还有两个半月时间哩。只要把副业抓紧一点儿,我看也差不到哪儿去。"

"这么说,分红没问题?"

"没问题。"

"我那房子……"

"盖，种上麦子就盖！"春生庄重地说，"咱们国家在朝四个现代化走，咱的日子一年不如一年那还行？"

"好了，有你这句话，我请木匠了！"严四老汉站起来，哼着京戏"八月十五月光明喏"，乐呵呵地走了。

淑贞把买的月饼放在饭桌上，对春生说："过节哩，你也尝尝吧。"

"我吃过了，甭结记我，嫂子。"

淑贞定睛一看，平常最爱和她开玩笑的作业组长腊月来了。淑贞笑骂道："谁结记你，兔小子！"

"春生哥，我这作业组长没法干了！"

"有什么问题，你就说吧！"春生简捷地说，好像有什么更紧急的事情等待他去做。

"我领导不了严老八。"腊月开始告状了，"今天耕地，严老八耕了四亩半，韩玉林也耕了四亩半。两人一样记工，他不干。他骂我混蛋，骂你……"

"春生！"腊月还没说完，喂猪的二喜嫂一阵风似的来了，大嗓门儿说，"春生！我领回精神来了，猪吃青上膘快，上级号召搞储青，一个队里三个坑……"

"他骂我什么？"春生的心思还集中在腊月反映的问题上。

"他骂你也是混蛋！"

春生望着渐渐升高的月亮，正在想什么，副队长双锁磨磨蹭蹭地来了。他扛着一把铁锨，灰着脸说："春生，村西那片棉花，还浇不浇？"

双锁做工作好犯冷热病。村西的棉花长相不好，严重地打击了他的情绪。春生反问道："你看呢？"

"我看，浇不浇一样。"

"胡说。"春生从衣袋里掏出一个日记本子,翻开说,"浇不浇怎么会一样呢?"

双锁接过日记本,按亮手电,只见那一页上有几行钢笔字,写得很清秀:

棉花后期浇与不浇对比试验:浇水的:百朵重569克,衣分39.4,品级129;不浇的:百朵重537克,衣分38.6,品级129。

双锁看罢,愣了一下,嘿嘿笑道:"你又把我战胜啦,我挪机子去吧?"
"你看着吧!"
双锁走了。二喜嫂赶忙说:"春生!我领回精神来了,猪吃青……"
"晓得了。"春生眼睛一亮,瞅定腊月,"你和老八大伯吵架来?"
"光吵没骂。"
"哎呀,难怪他骂咱们混蛋哩。"春生反倒咯咯地笑了,"今天耕地,玉林大叔耕的是头遍,老八大伯耕的是二遍。耕二遍的要挑垄沟、摊山沟;耕头遍的不挑垄沟,不摊山沟。两人一样记工,是不合理。看来咱们的劳动定额还需要很好地研究一下哩。"
"几时研究?"
"明天黑夜。"春生说着,猛然抓住腊月胳膊,"腊月,吃了饭没?"
"没哩。"
"不要走了,就在这里吃吧,今夜有趟美差。"

这时,淑贞端上两碗捞面条来。腊月也不客气,和春生一人拿起一根筷子,就往嘴里扒面条。淑贞说:"等一下。"又朝厨房里走去。不知是淑贞腿慢,还是春生、腊月嘴快,淑贞拿来筷子,两碗面条已经分别到了两人肚里。春生把嘴一抹,对淑贞说:"今夜里不要插街门。"拽上腊月就走。

"春生！我领回精神来了……"

"明天再细说吧！"

二喜嫂大脚一跺，噘嘴鼓腮地说："哼，对俺们的工作一点儿也不关心！"

淑贞望着二喜嫂的背影，不由得笑了。她觉得，二喜嫂、腊月、严四老汉……他们活在世上，好像是故意给春生摆难题、添麻烦似的；可是她又觉得，正是因为有那么多难题、麻烦和抱怨，春生才生活得那么有劲，那么快活，那么有滋有味儿。

"嫂子，我那件事，你和春生哥说了没有？"

二喜嫂刚走，小俊来了。她是1974年回村的高中生，严四老汉的女儿。她打扮得花枝招展，身上飘着一股淡淡的香气。

"我没说。"淑贞对她有点儿冷淡，"我没听说剧团招人。"

小俊蹲下身，小声说："剧团里我有熟人。"

"有熟人，你就去吧。"

"队长不同意，咱敢走吗？"

"他算老几。"

"咱走了，从哪里分粮食呀？"

淑贞扭过脸，偷偷地笑了，说："小俊，嫂子又要说你了。你今年多大岁数啦？"

"他们说我才像个十八的！"小俊得意地说着，做了一个妩媚的笑容。

"你像个刚满月的！"淑贞不客气地说，"二十多的人啦，嗓子又直，身子又胖，还要学戏，演《凤还巢》里的大小姐？"

"那有什么法子？"小俊脸色一变，不平地说，"我恨死林彪、'四人帮'了，他们耽误了多少人的青春，断送了多少人的前途呀！要不是他们，我该上大学了。可现在……"她叹了口气，用手托起圆润的下巴。

小俊的哀伤情绪引起了淑贞的同情。她也稀里糊涂地上过一年中学，晓得那滋味。但她并不支持小俊的做法，慢言细语地说："一个人只有一次少年时代，好时候来了，咱们已经老大不小的啦，整天唉声叹气有什么用？你想上大学，可以好好温习温习功课嘛。"

"我没那个耐心！"

"那就好好劳动，好好过咱们的庄稼日子吧。你看春生、腊月、双锁他们，他们也是中学生，哪个像你？"

"我谁也不看！"小俊猛然站起来，尖刻地说，"各人有各人的理想，各人有各人的志向。有爱吃甜的，有爱吃酸的，有人吃月饼还怕牙上生虫虫哩！"说着，放声大笑起来，笑得前俯后仰，精神好像不大正常。

淑贞的脸一下子红了，心口怦怦乱跳。她哄冬冬的那些话，显然是被小俊听见了。她又一想，自己脸红什么呢？春生没有理想，没有志向，全队的人们却把他当作了过日子的依靠。每年改选的时候，就连那些和他拌过嘴、红过脸、半年不愿理睬他的人，也禁不住要说："吃稀的，吃稠的，全凭着领头的，我选春生！"他有他的乐趣，他有他的追求。小俊你呢，你有理想，你有志向，为什么你爹盖房子的事情不去和你商量？淑贞真想好好批评小俊一顿，可惜她走了。

月亮升上枣树的梢头。冬冬吃足月饼，早已睡了。院里静静的，村东铁道上隆隆过往的火车声，在静夜里显得更近，更响。西院里，严四老汉还没有睡，咿咿呀呀地哼着京戏，快乐而悠闲。

淑贞把剩下的两个月饼刚刚收拾到篮子里，春生回来了。淑贞一见，不由得吃了一惊。他满面灰尘，走路仄仄晃晃，好像踩在棉花垛上一样。他朝枣树上一靠，两腿一软，身子顺着树干慢慢滑下去、滑下去，蹲在地上了。淑贞近前一看，又见他脊梁上湿漉漉的，散发着一股汗腥子味儿。淑贞忙问："你们又去装火车来？"

春生点点头,眼睛也懒得睁,微微一笑:说:"你猜,我们装了多少?"

"我猜不出。"

"我们卸了七百包盐,装了七百包粮食,给队里挣回……"他用手背掩着嘴角,打了个哈欠,"……五十六块钱……"

"几个人?"

"六个。"

淑贞眉毛一颤,呆呆地望着春生清瘦的脸。七百包盐,七百包粮食,那是两万八千斤的重量啊!她心疼地说:"吃个月饼吧,走时你吃得不多。"

"我不想吃,想睡。"

"尝尝吧,今年的月饼不错。"

"冬冬呢?"

"睡了。"

"他吃了吗?"

"吃了。"

"你呢?"

"我也吃了。"

春生这才伸手从篮子里拿了一个,慢慢地吃起来。淑贞问:"好吃吗?"

"好吃。"

"甜吗?"

"甜。"

"吃出桂花味儿来了没有?"

"吃出来了。"

"还有核桃仁儿、冰糖碴儿哩。"

"可不是,不错。"

春生吃完,仄仄晃晃地到屋里去了。淑贞收拾饭桌的时候,无意中朝篮子里一看，仍然有两个月饼；细一检查，篮子里少了一个昨天贴的玉黍饼子。她赶紧走到屋里，只见春生斜在炕上，已经响起均匀的鼻息。她把手搭在他的肩上，轻轻摇了几下，想叫醒他。他翻了个身，突然说道："盖，种上麦子就盖！分红没有问题……"说罢，咯咯笑了两声，又响起均匀的鼻息。

淑贞不忍打断他的好梦，轻轻地走出来，坐在院里的蒲团上。院子里月光如水，格外安静，格外凉爽。西院里，严四老汉还没有睡，快乐的歌唱声里带了几分醉意：

"八月十五……月光明喏……"

年 头 岁 尾

大栓娘整整一个上午没有做什么活儿,两眼一直盯着她那芦花鸡。芦花鸡跑到街里,她跟到街里;芦花鸡跑到院里,她跟到院里。傍午,芦花鸡翅膀一㧐,才飞到窗台上,钻到席篓里,红着脸卧下了。大栓娘站在一旁,静静地等候着席篓里的消息。等了好大一会儿,芦花鸡一阵吵叫,终于下蛋了。她收了蛋,匆匆忙忙来到厨房屋里,向老伴说:"今天是腊月二十八了,你还不去活动活动?"

她老伴名叫王有福,瘦小身材,大手大脚,两眼红红的,刚剃的头放着青光,满脸忠厚相。两个孩子帮着爷爷准备过年的吃喝去了,他一个人在磨豆腐。他见老伴问得急切,停住手说:"活动什么?"

大栓娘嚷起来了:"你呀,你呀,记性不强,忘性不赖,孩子们的事还办不办呀?"

提起孩子们的事,触动了王有福的心病,黑瘦的脸变得更黑了。老两口儿生了两个儿子,都已到了娶媳妇的年龄。可是,一条小院,只有三间房屋,朝哪里娶呢?老两口儿牙上勒,肚里省,好不容易买下一些木料,打下几架坯,可就是没有宅基地。王有福不止一次地向干部们请求,干部们总是说:"结记着你哩!"一直结记了三四年,媳妇吹了五六个,仍然是八字不见一撇。明年春天大队又要发放宅基地了,老两口儿便向大哥讨主意。

他大哥名叫王有寿，是个精明人，对他们说："你们差一道手续。"老两口儿一齐问："差什么手续？"他大哥用手指比了一个圆圈儿，放在嘴唇上，向后一搁，嘴里一响，眯缝着眼笑了。大栓娘如梦方醒，当时就下了决心，可王有福到现在还没拿定主意，他倒不是舍不得那一桌酒饭，而是觉得那样做不本分。愣了半晌，才说："那好吗？"

大栓娘晓得老伴的脾气，叹了一口气说："我问你，像咱这样的户，该不该给一块宅基地？"

王有福说："该倒是该。"

大栓娘一拍巴掌，说："这不得了！咱大哥怎么说来？不该办的事，吃点儿喝点儿办成了，那是用酒瓶子破坏上级的政策哩；该办的事呢，不吃不喝办不成，吃点儿喝点儿办成了，那是用酒瓶子维护上级的政策哩。咱是用酒瓶子维护上级的政策哩，咱怕什么！"

王有福仔细一想，觉得这话也有道理。不晓得从哪一年起，村子里酒风大盛。一到腊月，许多人家排队挂号地请干部们去喝酒，一喝就喝到二月二了。结果有些人家在村里，想怎就怎，百事如意，孩子才十六七岁就有了宅基地。咱的孩子也是孩子，人大树高的了，还没有个着落，咱有什么不好意思？想到这里，他把心一横，"咱也试试！"说着向外走去。

"等等！"大栓娘不放心地喝住他，"见着支书，你晓得怎样说话？"

王有福挤巴挤巴红眼睛，卖个俏说："晓得。我就说：'支书，走，到我家干这个去呀！'"他仿照着大哥的样子，也用手指比了一个圆圈儿，放在嘴唇上，向后一搁，嘴里一响，眯缝着眼笑了。

"傻蛋！"大栓娘小声骂道，"你没吃过猪肉，也没见过猪走吗？请干部们吃喝，不能明说，人家忌讳。只能说：'到我家坐坐。'晓得了吗？"

王有福点点头说："晓得了，到我家坐坐……"

"等等！"大栓娘仍然不放心，"到在酒席宴前，干部们若问你有什么事，你怎么说？"

"麻烦！"王有福不耐烦了，"你当我是不知事的孩子，咱不是想要一块宅基地吗？"

"傻蛋！"大栓娘又骂了一声，"记住，酒席宴前不兴谈问题。人家问你，你就说：'没事，什么事也没有，弟兄们不错，想在一堆儿坐坐。'晓得了吗？"

王有福仰起脸，望着天，愣了半晌，一掌拍在自己铁青的脑袋上，哭笑莫辨地说："哎，老了老了，学习起这玩意儿来了！"

临年的大街上格外清静。社员们都在家里忙活，街上没有一个行人；只有那些慌年的孩子们，三三两两地试验他们的鞭炮。尽管这样，王有福也不想从大街走，悄悄拐到一条胡同里。办这种事，他总觉得心虚，恐怕被人看见耻笑。他在胡同里站了一会儿，才向支部书记张老雷家走去。

张老雷爱喝酒，有请必到，不拿架子，越喝越喜欢。从前他当支书的时候，酒后也办过一些私事，社员们对他也有意见。后来世道一乱，他被王香那一伙人打倒了，整整受了十年磨难。王香上台的时候，曾经向社员们做过两条保证，一条是保证不喝社员们的酒，一条是保证不找娘儿们。结果呢，他不喝社员们的赖酒，净喝社员们的好酒；他不找娘儿们，净盘算二十多岁的大闺女。今年冬天整顿领导班子落实政策，他被赶下台去，支部书记又成了张老雷的。王有福记得清楚，张老雷受磨难的年月，他可没有踩践过他，不当人的时候，仍然和和气气地叫他"支书"。今天请他，总得赏个脸面。

可是不到十分钟，他就回来了。张老雷不在家，正在大队开会。他寻思出来的工夫太短了，恐怕老伴骂他"傻蛋"，就在街门一旁的茅房里蹲了一会儿；自觉得工夫差不多了，他才回到家中。一进街门，看见老伴站在厨房屋里向他嚷道："你把瓦罐里那几个鸡蛋弄到哪儿去了？"

王有福愣了一下，说："年菜都做了，还要鸡蛋干什么？"

大栓娘说："年菜，年菜，你有几样年菜？我想请咱大哥做一碗'鸳鸯蛋'，凑个八八的席面哩！"

王有福说："算了算了，庄稼人喝酒，有什么吃什么。"说着向厨房屋里走去。

大栓娘把门一堵，睁大眼睛说："有什么吃什么？哎呀呀，那是请人家干部们哩，那是耍笑人家干部们哩？那年孩子他舅舅请王香，酒没好酒，菜没好菜，人家筷子没拿他的就走了。后来在社员大会上吆喝他拉拢腐蚀干部，差点儿把他臊死！你忘啦？"

王有福脸上立刻露出一种紧张情绪，埋怨地说："你怎么不早说？快过年了，咱爹不吃荤，我把那几个鸡蛋送到咱爹院里去了。"

大栓娘一听，急了，高声嚷道："你呀，你呀，成事不足，败事有余！我积攒那几个鸡蛋，你当是容易的？你叫你爹吃了顶个蛋用？"

王有福见她伤着老人，也急了，结结巴巴地说："你你你你有没有一点儿孝心？"

大栓娘一拍胯骨："办事要紧，行孝要紧？"扔笤帚摔簸箕、大嚷小喝地骂起来了。王有福实在忍不住了，红眼睛一鼓，那嗓门儿也可以："你看你那个脏样儿，我我我我打你！"说时迟那时快，他扒下一只鞋，嗖地向老伴甩去。大栓娘急忙一躲，啪唧一声，那鞋落在盛豆腐浆的铁锅里。大栓娘一跺脚，冲出屋来，一头抵在王有福肚子上："给你打，给你打，你打死我吧，死了心里倒干净！"跟头骨碌把王有福抵到一个墙角里。王有福进也进不得，退也退不得，干脆把眼一合，养起神来。一边养神，不由得回想起老伴的好处。从前，她性情温顺，孝敬公婆，全村里无人不晓。这些年世道变了，她的心性脾气也慢慢地变了。她开口骂人，那是因为心里着急，她着急不是为了孩子们吗？想到这里，王有福好声好嗓地说："大栓他娘，天不早了，你老抵着我算怎么着？咱爹又不是外人，我能把那鸡蛋送去，我就不能把那鸡蛋取回来吗？"

大栓娘见他说了软话，这才放开他，眼泪麻花地诉说起跟他过日子的艰难。王有福劝说了几句，从豆腐浆里捞上那只湿鞋，甩了又甩，趿拉在脚上出去了。

可是不到十分钟，他又回来了。走路肩膀一摇一摇，两只大脚啪嚓啪嚓格外有力，一见老伴就说："嘿嘿，咱爹福气大，该着他吃咱那鸡蛋！"

大栓娘打了个愣，赶紧跟到里屋去。王有福小声说："刚才我在大街上碰见张老雷了……"一语未了，大栓娘忙说："掏烟、掏烟来没有，傻蛋？"

王有福把脸一扭，不理她。大栓娘催道："说呀！"王有福说："我嫌你净骂我傻蛋。"大栓娘笑了笑说："我不骂你了，说吧！"

王有福这才坐在炕沿上，慢慢地说："人家把烟戒了，口袋里装着炒豆儿。说几句话朝嘴里扔一个炒豆儿，说几句话朝嘴里扔一个炒豆儿……"

大栓娘着急地说："别啰嗦了，他来吗？"

王有福响亮地说："来。"

"哪天来？"

"三十黑夜来。"

"准来吗？"

"准来。不过有个条件，正月里他请我也到他家去坐坐。"

"你答应啦？"

"答应啦。"

"傻蛋！"大栓娘又骂起来了，"咱是办事哩，不是喝闲酒哩。你到人家去，狗上炕充什么人哩！"

王有福默默笑了一下，不晓得什么时候锻炼了那么好的口才，正正经经地说："办事说办事，喝酒说喝酒。土改的时候，咱请谁来，共产党没给咱房子呢，没给咱地呢？1963年发了大水，咱请谁来，共产党没给咱救济粮呢，没给咱救济款呢？"说罢，忍不住呵呵地笑了。

原来刚才他在大街上，看见磨坊的墙壁上贴了一片鲜艳的梅红纸，上面写着毛笔字。一张梅红纸上写着明年该领结婚证的青年男女们的名字，一张梅红纸上写着明年该生孩子的妇女们的名字，最后一张梅红纸上写着刚刚批给宅基地的社员们的名字。明年该办的事，今年破例地张榜公布了。大栓娘听了，急不可待地问："那最后一张梅红纸上有没有咱家的名字？"

王有福乜斜着眼说："你猜？"

大栓娘看着他那笑眯眯的样子，心里明白了，身子一软，咕咚一声倒在炕上。王有福急忙问道："大栓娘，你怎么了？"老婆子长长地吐了一口气说："哎哟，喜欢死我了！"王有福呵呵笑道："可别喜欢死了，咱还磨豆腐哩，起来做饭吧！"

老两口儿吃罢饭，一同来到厨房屋，一个添豆瓣儿，一个摇磨拐，一个说"张老雷有改志"，一个说"活该他们打不倒"，欢欢喜喜地磨起豆腐来了。

钟

题　叙

　　梁庄村西口上，有一棵半枯的槐树，槐树上挂着一口铁钟，一口平常的铁钟。

　　大家知道，合作化以后，农村里就挂起了这样的铁钟。早晨它一响起来，人们就赶快起床，成群结队开始了一天的劳动；晚上它一响起来，人们就集合到指定的地方，半夜半夜地开会学习，有时还要打起锣鼓游一游行。多少年来，那嘹亮的金属撞击的声音，是大家行动的信号，是集体化的象征。

　　现在，它们沉默了。照样春种秋收的庄稼人们，渐渐地忘记了它们的存在，忘记了它们的作用。梁庄村西口上这口铁钟，也沉默了，但它依然那么挂着，庄重地挂着。

　　1983年春节过后，一个偶然的机会，县委的一位部长从这里路过，一抬头，望见这口铁钟。钟绳已经断了，钟身上撒满了斑斑点点的鸟粪；系钟的铁丝好像是松动了，锈坏了，一阵风吹，那钟就不住地摇晃，随时都有坠落的危险。

　　"这是几队的钟？"部长问。

"这是二队的钟。"大队支部书记梁德正回答。

部长皱皱眉说：

"这生铁家伙，万一掉下来，砸在人们的头上怎么得了？"

公社党委书记老杨立刻说：

"老梁，赶快派人摘掉它吧！"

梁德正赶快说：

"好的好的，我们早想摘掉它哩。"

谁知，随便几句谈话，竟惹来一点儿意想不到的麻烦，引出一段好笑的故事。

一

一天早晨，两个青年来到这棵槐树底下，一个青年叫小喜，一个青年叫贵生，两人都是基干民兵。小喜刚刚爬到树上，突然听见一个冰冷的声音：

"下来！"

两个青年一看，槐树旁边一个栅栏街门里，站着一个灰白头发的老人。老人个子很高，脸很瘦，两只大眼冷冷地盯着他们，好像早就埋伏在那里。

这个老人，就是去年冬天刚刚"退休"的生产队长牛老桥。农村干部还没有实行退休制度，但是人们提起他来，不忍说"落选"，总是说"退休"。他一口气当了十八年生产队长，工作能力放在一边，懒馋占贪，他是一字不沾的。去年改选，大家没有投他的票，只是说他的年纪大了，记忆力差了，不适合再做这个工作。

牛老桥虽然"退休"了，青年人们对他还是很尊重的。小喜看他的脸色不好，就从树上跳下来说：

"老桥大伯，我们是来摘这口钟的……"

他静静地站着，半天不说话。

"老桥大伯，不是我们要摘掉它，这是支书下的命令。"贵生望着他的脸色，笑着向他解释。

他眼皮一抬，突然问了一声：

"这棵树是谁的？"

"是你的呀！"

"这口钟呢？"

"是队上的呀！"

"你们问问它，它是谁的！"

他伸出一个干枯的手指，朝树上一指，啪地关上栅栏街门！

两个青年被镇住了，呆呆地望着那口铁钟，不敢贸然行动。

认真地说，不仅这棵老槐树是牛老桥的，这口铁钟也是牛老桥的。1969年春天，黑夜刮了一场大风，把队上的钟刮掉了，找不见了。买一口新钟，要花七八块钱，会计不住皱眉头。指导员本着"少花钱多办事，不花钱也办事"的原则，想买一个口哨代替那口铁钟，牛老桥坚决反对。他说，农业社扎根立苗就是打钟上工，没有见过吹哨上工的。几天以后，街上重新响起嘹亮的钟声的时候，人们发现他家院里少了两只芦花鸡……

两个青年不了解这口钟的来历，但是他们知道，老人家和这口钟有着特殊的感情。在他们的记忆里，保存着许多关于老人打钟的故事。那年夏天，黑夜浇地的时候，小伙伴们常常因为换班早晚的问题发生争吵，老人家知道了，就把他们叫到一起说：

"孩子们，你们不要争吵了吧，从今天起，每天夜里十二点钟，你们听我打钟吧！"

于是，静静的午夜里，村里地里的人们，每天都会听到一次嘹亮的钟声。队上的庄稼浇完了，每天夜里，那钟声仍然不断。他们问：

"老桥大伯,咱们的庄稼浇完了,你还打钟干什么呀?"

他说:

"咱队的庄稼浇完了,咱村的庄稼还没浇完。据我了解,全村黑夜浇地的人们,都听着我的钟声哩。"

全村的庄稼都浇完了,他每天夜里还要打一次钟。他们更奇怪了:

"老桥大伯,咱村的庄稼都浇完了,你还打钟干什么呀?"

他眨眨眼睛,脸上藏着笑说:

"咱村的庄稼浇完了,外村的庄稼还没浇完。据我了解,外村黑夜浇地的人们,也听着我的钟声哩,冷不丁不打了,他们就会猜疑,梁庄那个打钟的老头儿死了吗?"

说完,嘿嘿地笑了,笑得十分得意。对他说来,打钟不是一种辛苦,而是一种乐趣。

他的钟声,不光指挥人们的生产活动,还指挥过整个梁庄的政治活动。那年秋天,大队的广播喇叭坏了,一时修理不起,通知开会发生了困难。他自告奋勇,就用钟声代替了广播喇叭,并且发明了各种信号:当,当,单打一下,是叫支部委员开会;当当,当当,连打两下,是叫革委委员开会;当当当,当当当,连打三下,是叫生产队长开会……在那多事的年月,一天到晚不知要打多少次钟,他总是不辞劳苦地尽着自己的职责。

老人家也许是过于紧张,过于疲劳了吧,他们记得,因为打钟也闹过笑话。那是1977年腊月,一天黑夜,人们正在家里做年菜,街上突然响起紧急的钟声。他们赶到牲口棚里,大家已经集合齐了,老人家让他们立刻把富农分子牛老玉带来!

"带谁?"小喜问。

"带牛老玉!"他气色森严地说,"刚才,牛老玉出了村西口,然后朝北去了。他很狡猾,大概是发现我盯着他,工夫不大就又回来了。咱们得让他坦白坦白，他到村西想干什么。年关节下，咱们可不能麻痹大意，咱村的变压器就在村西……"

他还没有说完，大家就哄地笑起来了。赶大车的牛七大叔忍着笑说：

"老桥，你看见的不是牛老玉，那是我。我到村外挖了几个萝卜，我家的萝卜在村外埋着。"

"不对，是牛老玉，手里还拿着家伙！"

"不拿家伙，我用什么挖萝卜？"

"我看得清清楚楚，是他，小个子……"

"你看我个子大吗？"

"那么你敢保证咱村的变压器不出问题？"

牛七大叔再也忍不住，噗地笑了：

"我不敢保证咱村的变压器不出问题，我敢保证你看见的不是牛老玉。今年夏天，他就死啦，你真是贵人多忘事！"

大家笑得前仰后合。他翻着眼皮想了一下，说：

"可不是，散会。"

现在，土地包到户里耕种了，村里的广播喇叭早就修好了，牛老玉也确实死了，他为什么还要保存这口钟呢？

两个青年正呆呆地站着，牛老桥一手提着一个粪桶，一手拿着一把破笤帚，又从家里走出来。他用笤帚蘸着人粪尿，朝树干上涂抹了几下，啪地又关了栅栏街门！

两个青年哈哈笑着，赶快跑开了。

二

牛老桥在村里是个引人注目的人物。他朝树干上抹人粪尿的消息传开

了,每天都有一堆闲人,像来瞻仰"名胜古迹",聚集在那棵槐树底下发表几句议论:

"这老头子,净出洋相!"

"一口钟玩了十八年啦,还没玩够?"

"没哩,人老心红嘛,哈哈哈……"

这些闲话,刺痛着一个人的心,这就是牛老桥的女儿牛小凤。

牛老桥有三个女儿,两个已经结婚了,小凤是最小的一个。这孩子很聪明,她上初中的时候,功课很好,因为家里穷,母亲又去世了,才没有报考高中。她并不后悔,农村的日子不同了,凭着自己的聪明和劳动,让父亲跟着自己享几年福,站在人前也是一种光荣。她想联合几个相好的姑娘成立一个刺绣小组,父亲不允许;她想承包一台拖拉机,父亲更不答应。父女两个虽然常常悄悄地展开斗争,但是听到人们对父亲的嘲笑,她心里又很不平。

这天晚上,小凤抱起柴火正要做饭,牛老桥又提起那个粪桶。她大声说:

"爹!你干什么?"

"我干什么,还要向你请假吗?"

"你听听人们的反映,多么难听!"

"我的树,我的粪,我不怕他们反映!"牛老桥抬高嗓门儿,像是嚷给全村人听。

小凤把柴一摔,赌气不做晚饭了!

牛老桥不怕没有晚饭吃。他一向认为,晚上不劳动了,根本就没有吃饭的必要。何况去年腊月,他家也杀了一口猪,除了小凤吃的和卖的,他特意留下一挂杂碎和一个猪头,用来下酒。酒是粮食做的,喝在肚里一样顶饭。

这时候，他提着粪桶出去走了一趟，就又钻到屋里喝起闷酒来了。

月亮升起来了，小小的院子里，洒下一片清冷的亮光。小凤坐在门槛上，手里拿着一个凉馍，一点儿一点儿地咬着，眼里浮起两颗泪珠。她对父亲的行为，感到很难理解，而又无可奈何。

在小凤的记忆里，父亲不是这样一个人。她小时候，母亲常常害病。吃穿又很紧缺，父亲过得却很快活。在夏天的中午，在冬夜的煤油灯底下，她常常望着他那两只青灯似的大眼睛说：

"爹，你又瘦了……"

"是吗？"父亲用手摸着下巴，总是嘿嘿笑着说，"瘦一点儿好，有钱难买老来瘦……"

她会做针线活了，首先注意到的，是父亲那两只鞋。

"爹，你的鞋破了，挂不住脚了，我给你做双新的吧？"

"不用了吧？"父亲抬起一只脚，仍然嘿嘿笑着，"破一点儿好，夏天可以当凉鞋穿，凉鞋上不是有很多洞吗？"

就这样，他趿拉着两只烂鞋，整天为队上的事情忙碌着。打钟，派活，抢种，抢收。操劳一年，听到的却是一片埋怨声：

"老牛，这点儿粮食，让我们怎么吃！"

"在旧社会，你们见过这么多粮食吗？"他总是这样批评大家，启示大家。

"老牛，快过年啦，队上到底还杀猪吗？"

"嘿嘿，你们把我杀了吧！"他像欠了大家的债，就用打哈哈的办法，讨好大家。

"怎么，又让我们过素年呀？"

"素一点儿好，吃素不得高血压，我这个人就爱吃素……"

那时候，他永远是乐观的，既会安慰别人，又会安慰自己。现在有了猪头肉吃,他的脾气反倒变得这样坏,父女两个过日子,也谈不到一起了。今年正月初三,父女两个去上坟,趁着他怀念亲人,态度温和的时候,小凤说:

"爹,现在号召勤劳致富,咱们也该想点儿办法。咱们过上好日子,我娘在地底下也就放心了……"

他不说话,两眼直直地望着老伴的坟头。小凤又说:

"你看我秋来婶,一个妇女,卖青菜,很赚钱哩。咱就不会……"

"我不认秤!"小凤还没说完,他突然变了脸色。

"卖冰棍不用秤,今年夏天,队上要开冰棍房……"

"我不会吆喝!"

"那就喂养一点儿什么东西,牛七大叔除了种地,养了几坑蝎子,也很赚钱。"

"蝎子是会蜇人的,你想蜇死我呀!"

"那就养鸡,鸡不蜇人。"

"得了鸡瘟谁负责呀!"

小凤咬着嘴唇,被气哭了!

还有叫人更气愤的事情。他自己不做,还常常攻击别人。他那两只灰而冷的眼睛,一对大而薄的耳朵,好像是专门用来寻找攻击目标似的。几声炮响,谁家上房梁了,他就把眉一横,朝地上吐一口唾沫:"烧的!迟早要闹一次大地震!"谁家的姑娘打扮得漂亮,从他跟前路过,他也要把眉一横,朝地上吐一口唾沫:"浪货!迟早被人……"底下的话就更难听了。别人家盖新房屋,姑娘们穿好衣服,碍他什么事呢?小凤虽然是中学生,但对这个问题怎么也想不明白……

夜深了,牛老桥的屋里已经黑了灯。小凤吃完那个凉馍,正要去睡,听见他的屋里不住哼哼。小凤走到窗下说:

"爹，你喝醉了吗？"

"咱不富，咱富不了，让他们富吧……"他痛苦地哼哼着，断断续续地重复着这样一句话。

"那么，村西的棉花地，今年咱还包不包？"小凤故意地问。他的烟钱、酒钱，全指望那片棉花地里的收入。

站了很久，屋里没有回答。小凤以为他睡着了，也就去睡了。她刚刚躺下，突然听见一个坚定的、很有气魄的声音：

"包！棉花地还得包，咱不包白不包！"

小凤望着窗上的月光，忍不住笑了。当生活发生重大变革的时刻，老人家的心里埋藏着多么微妙的矛盾的东西啊，他所留恋的，只是那口钟吗？

这天黑夜，小凤很久没有睡着。她想应该找个机会，把梁德正请到家来，让他和父亲谈谈话。在他们这个村里，也许只有梁大叔能开导他。

三

太阳刚刚落入村西的小树林里，沉雷似的鼓声、钹声就在村里响起来了。梁德正披着新皮袄，悠悠达达从大街上走过来——今天是元宵节，他想看看街上的景象，消消肚里的酒食。

大街上乱哄哄的，并没有什么好看。天还没有黑尽，人们就把门前那一对对古旧的大红灯笼点亮了，半斤重的牛油蜡烛，在灯笼里燃烧着，满街满巷，通红一片。各街的鼓声、钹声，疯狂地响着，像是向谁示威：满天的起火、烟花，贼亮贼亮，越看越像特务们放的信号弹……

显然，梁德正并不喜欢这个场面。没走多远，身上就觉得冷飕飕的，懒得再看。正要回去休息，一群男女青年向他围拢过来：

"梁大叔，今天黑夜，开一次电视吧！"

梁德正虽然已是五十岁的人了,但是精力还很充沛,土地包到户里耕种以后,他对村里的工作抓得更细、更紧了。他不光掌握着大队的拖拉机、电动机、柴油机,就连大队电视柜上的钥匙,他也亲自掌握着。他的身体很胖,个子很矮,被青年们一围,就看不见他的脸了,只听见他说:

"你们有时间,读一点儿书,学一点儿科学文化知识不好吗?现在提倡自我成才……"

"梁大叔,今天是元宵节呀!"青年们喊叫起来。

"元宵节也不开!"他严肃地说,"现在的电视,看得么?谈恋爱的,亲嘴的,净是那些乱七八糟的东西!你们看了那些东西,就一对一对地往庄稼地里钻,从前踩坏庄稼是集体的,现在踩坏庄稼是个人的,你们赔得起吗?"

青年们红着脸,轰地散去了。梁德正忽然想起什么事情,望着两个青年叫了一声:

"小喜、贵生,你们等一等!"

两个青年站住了,他问:

"你们的任务,完成了吗?"

"没有。"贵生嘻嘻笑着,把那天早晨的情况向他汇报了一下。小喜说:

"梁大叔,我看算了吧!那口钟未必会掉下来,真的掉下来了,也未必会砸在谁的头上,人家部长下来,总得要找几句话说,那是人家的工作。"

梁德正明白,小喜的话很有道理。但是牛老桥的表现,却引起了他的兴趣。他默默地笑了一下,径向牛老桥家走去。

谁都知道,在长期的工作中,梁德正和牛老桥的关系是很亲密的。梁庄的工作曾经十分活跃,梁庄大队的办公室里,曾经挂过各种奖旗。人们都说,梁德正是一朵红花,牛老桥是一片绿叶。"吐故纳新"的时候,梁德正就想介绍牛老桥入党，遗憾的是，牛老桥非要问清入党以后需要怎样不可。他告诉他，一个人入了党，一切就得服从党的利益，党叫你死，你就得死。牛老桥吓了一跳，他说他这个人什么都不怕，就是怕死。他虽然没有入党，但梁德正给了他不少政治荣誉：贫下中农管理学校代表、贫下中农管理商店代表、贫下中农管理合作医疗代表，都让他做。在工作中，牛老桥也有一些问题想不清楚，梁德正批评他时，常常用这样一句话："老桥，你虽然不是党员，但也是个非党员。"他听了，很受鼓舞，以为"非党员"也是一个光荣称号，工作起来就更卖力。在梁德正的眼里，他不仅是个驯服的工具，而且是个可爱的玩具。去年冬天，他落选以后，梁德正就想去看看他：听听他的感想认识，一定有趣。

梁德正来到牛老桥的家里，牛老桥正在屋里喝闷酒。屋里很冷，一条土炕临着窗子，炕上铺着一张烧焦了一块的旧席。牛老桥光着脚、盘着腿，面窗而坐，窗台上放着一碟猪头肉和半汤碗酒。梁德正向他拱拱手说：

"老桥，过年好啊，给你拜个晚年吧！"

"不好。"牛老桥头也不回地说，"大年三十牙疼，大年初一拉稀，一年不吉利！"

显然，梁德正也变成了他所敌视的人物。梁德正并不计较，反而觉得很有趣，他点着一支香烟，慢慢地吸着，坐在炕沿上说：

"老桥，你快犯错误了！"

牛老桥不说话，呆呆地坐着，就像破庙里的一尊神像。梁德正忍着笑说：

"老桥，你的脾气得改一改的！你知道要摘掉那口钟，不是我的意思，而是部长的指示。部长代表县委。你虽然不是党员，但也是个非党员嘛，说话办事，要和县委保持一致才对。再说，地都分了，你还保存那口铁钟干什么呢？"

"我看！"牛老桥把手里的筷子朝窗台上一拍，突然说。

"一口破钟有什么看头儿？"

"我爱看它，你不是爱看姑娘们打篮球吗？"牛老桥说着，一回头，梁德正不见了……

"梁大叔，再坐一会儿吧！"

"不啦，天不早啦……"

牛老桥仔细一听，外间屋里，好像有一阵哗哗的水声。他像想起什么事情，急忙趿拉上鞋，走到外间屋里。小凤坐在西屋的门槛上，一边洗脚，一边和梁德正说话。小凤是个晒不黑的姑娘，脸白、手白，那两只脚丫儿也如雪似玉。牛老桥啪地拉灭电灯，急火火地冲着小凤嚷了一声：

"到你屋里洗去！"

他像一个护兵，紧紧跟在梁德正身后，一直把他"送"到街里去。

去年春天，一天傍晚，牛老桥一个人蹲在村北的堤子上，正自望着青一片黄一片的河滩地发愁，梁德正悠悠达达走上堤子来了，约他进城玩一玩。梁庄到城里只有三里地，梁德正平时进城赶集、看戏、下饭馆，总喜欢带上他。

牛老桥没有心思玩耍，但想跟他走一走，和他说说话。他是个明白人，自己想不通的问题，他总能做出圆满的回答。

"老梁，咱村的土地，也要分下去么？"牛老桥问。

"要分，县委已经定啦。"

"农业集体化，不是毛主席的号召么？"

"他死啦。"

"说分就分么？"

"说分就分，咱们已经行动晚啦。"梁德正悠悠达达地走着，用最简练的语言回答。

牛老桥看了看他，心里凉了半截。他知道，土地怎样耕种，对他梁德正说来是无所谓的事情。他的两个儿子都在外面工作,每月都寄钱来;一个女儿在本村当民办教员,千载难逢的一个机会,也转正了,再不用他操心。他和老伴分到一点儿土地,光靠亲友帮忙,也误不了事情。可是……牛老桥站住说:

"地分了,农具呢?"

"买,群众自有办法。"

"水呢?"

"什么?"

"水!"牛老桥望着堤下的土地,眉毛结成一个疙瘩,"咱村井少,又是水地,平均一百六十亩一眼井,集体耕种的时候,还常常旱坏庄稼,地分散了……"

"县委抓分地,没有抓浇水。"梁德正把他一拉,"走吧,你怎么变成小脚女人啦?"

说话中间,两人进了城。梁德正先把他领到一个小饭馆里,请他喝酒吃饭,然后把他领到一个他从未到过的地方。他认得,这是一个篮球场。他们村的学校里,也有一个篮球场。所不同的是,这个篮球场好像特别大,空中横着几道电线,吊着几盏雪亮的电灯,球场四周,还有几排水泥座位,座位上已经坐下了不少的观众。对了,今天黑夜,一定是哪里的姑娘们要打篮球。他听人说过,不知从什么时候起,梁德正增添了一种嗜好,只要城里举办女子篮球赛,他是每场必看的。

果然,一声哨响,一群姑娘跑上场来,牛老桥吸了一口冷气,赶紧扎下脑袋。这些十八九的大姑娘们,一律穿着短衣短裤,短得叫人害怕!可她们一点儿也不害臊,在那雪亮的电灯底下,疯狂地奔跑着、跳跃着,喊叫着。他几次要走,梁德正紧眯着两只醉眼,却像钉在那里……

不知过了多久,比赛才结束了。回村的路上,凉风一吹,酒力上来,

梁德正的身上仄仄晃晃,舌头也不灵便了:

"老桥,好、好看吗?"

"唉,我最发愁浇水问题……"

"今天不谈工、工作!"他的兴致,还在篮球场上,"好、好看吗?"

"看了半天,谁输了,谁赢了?"

"咱看不懂。你管他谁输谁赢呢!"

"不懂输赢,你看这个干什么?"

梁德正好像吃了什么香甜东西,吧嗒着嘴唇,咕咕地笑了:"你看姑娘们那……"说着,竟乱抓乱挠起来,又是摸牛老桥的大腿根儿,又是拧牛老桥的屁股蛋儿……

"呸!"牛老桥每逢想起这件事情,就要狠狠地吐口唾沫。从此,梁德正来他家串门的时候,他总是保持着很高的警惕。

四

天气暖和起来,地里一开农活,各人去做各人的事情,谁也不再注意那口钟了。

那口钟依然那么挂着。系钟的铁丝确实是松动了,锈坏了,一阵风吹,那钟就不住地摇晃。但它一直没有掉下来,因而也没有砸在谁的头上。

一天下午,公社党委书记老杨下乡来了,他想了解一下实行大包干以后的情况。梁德正很善于汇报工作,老杨听他介绍完了梁庄的新气象,表示十分高兴。老杨一高兴,梁德正的嘴巴就收不住了,添枝加叶地谈论起村里发生的一些有趣的事情,目的是引老杨进一步地高兴。他总是这样,在下级面前,他严肃得像位家长;在上级面前,他活泼得像个孩子。这也是一种艺术,一种本领。

当他谈到那口钟的时候,老杨愣住了:

"钟?什么钟?"

"你忘了吗?牛老桥家门前那口铁钟,你和部长都很关心这件事情,怕它掉下来,砸着我们的脑袋……"

老杨这才想起来,确实是有这么一回事。听了梁德正的介绍,他笑着说:

"今天晚上,把我的饭派到他家去。"

老杨在这个公社工作了十几个年头儿,梁庄的大小队干部,他都熟悉。他和牛老桥的关系更不平常。粮食最紧缺的时候,他在牛老桥家吃饭,牛老桥也不收他的钱和粮票。吃了几天他也不管多少,就把一张五块钱的票子和身上所有零散粮票折叠起来,偷偷压在碗底下。去年以来,他一直在抓各村劳动致富的典型,很久没有见过牛老桥了。

梁德正陪他来到村西口上,牛老桥正在街门旁一块石头上蹲着。每天黄昏,他总要在那里蹲一蹲,侦察一下村里的情况,寻找一些攻击的目标。

老杨看见他,老远地就喊:

"老桥同志,你好啊!"

老杨明明从东而来,他却扭着脖子朝西边看,那装傻卖呆的样子,实在好笑。梁德正走过去说:

"老桥,杨书记来啦,要在你家吃晚饭!"

"我家两顿饭,晚上不点火。"他说着,啪地关了栅栏街门!

梁德正两手一摊,冲着老杨笑了笑,又添枝加叶介绍起牛老桥一系列的表现。可是,他没看见,老杨那张毛扎扎的大脸,早已阴沉下来。他正谈得津津有味,老杨大声说:

"你不要说了!这么一点儿事情都办不成,其他工作怎么推动?你们赶快采取措施,一定要落实部长的指示!"

梁德正答应着,心里非常后悔,后悔自己汇报工作的时候,不该多言多语，又提起这件麻烦事来。

这天黑夜，老杨躺在大队办公室的炕上，怎么也睡不着觉。他望着玻璃窗上的星星，一个黑幢幢的影子总是在他眼前活动着……

那是1970年的冬天，老杨在梁庄下乡的时候，也是住在这个屋里。一天黑夜，下着大雪，他正坐在灯下看文件，听见院里嗵地响了一声。他到院里去看，发现西边那排大屋的一扇窗子被打开了，窗下有个黑幢幢的人影，像是刚从窗口里跳出来。他问：

"谁？"

"我……"那人站住了，两手背在身后，身子紧紧贴在墙上，手里好像拿着一团什么东西。老杨走过去问：

"你是干什么的？"

"我……嘿嘿……"那人干笑着，没有回答，牙齿得得地响。

借着雪光，老杨看清楚了，这是一个四十多岁的庄稼汉子。在这样的寒夜，他只穿着一件黑布夹袄，腰里缠着一束干枯的山药蔓子。雪片打在他的脸上，他睁不开眼，一张又瘦又脏的脸上固定着一个呆板的笑容……

"这样冷天，你的棉衣呢？"

"烧了……"

"家里着火了吗？"

"烧炕的时候，地上的柴草没有收拾干净。还算便宜，只烧坏了一身棉衣。"

"家里没有布票吗？"

"有。我们的布票花不清。"

"钱呢？"

"嘿嘿……"他又干笑起来。

"你是几队的？"

"二队的。"

"什么成分?"

他干笑着,把手里的东西往地上一扔,原来是一件破烂的,不知道属于哪个时代的紫花棉袍。他说,这件棉袍,是他父亲留下的纪念……老杨猛然想起来了,这排大屋,不是村史教育展览室吗?他立刻脱下自己的大衣,披在那人身上,急切地问:

"你叫什么名字?"

"我叫牛老桥。"

"啊,你就是……"

老杨刚刚向他伸出手,急忙又缩了回去。老杨是个粗中有细的人,仔细想想这件事件的性质,心里不免有些害怕。他四下看看,急眉急眼地说:

"老桥同志!你是贫农,又是干部,你怎么干这种操蛋的事?你这样做,不是给咱们的社会主义抹黑吗?"

牛老桥也害怕了,牙齿得得地响着,岔声岔气地说:

"杨书记,我……我不是给咱们的社会主义抹黑,是天太冷。我黑夜拿回去披一披,不等鸡叫,我就悄悄地送回来了,误不了大家参观……"

老杨也是农民出身,当时,他的眼睛潮湿了。第二天早晨,他让大队开支了二十块钱,救济了牛老桥;并且亲自查看了生产队的账目,把牛老桥家几年来的超支款全免掉了!

牛老桥是有良心的,当他穿上新棉衣以后,每天早晨的钟声,敲得更长久,更响亮了。他感激老杨,感激党,感激社会主义社会。在一次忆苦思甜大会上,他流着眼泪带领大家喊出了这样的口号:

"不忘阶级苦!"

"牢记血泪仇!"

"没有老杨贫下中农穿不上棉裤棉袄!"

老杨坐在一旁,脸都吓黄了:

"老桥!你真操蛋,怎么瞎喊?"

"我喊错了吗?"

"没有毛主席,你穿不上棉裤棉袄!"

牛老桥点点头,抡起胳膊,修正了口号……

这些场面,老杨牢牢地记在心里了。在那不允许思考的年代,他痛苦地思考着,默默地等待着。全县推行大包干的时候,他是一马当先的。一年当中,他做了不少的工作,有的成功了,有的失败了,有的还没有看到结果。一件一件想起来,他觉得就是那些失败了的事情,也要比救济牛老桥一身棉衣漂亮得多。牛老桥现在的生活怎样,他不大清楚,但是可以肯定,现在的牛老桥更换一件棉衣,是用不着流泪喊口号的。可是,他对自己的态度,为什么反倒变得那样冷淡了呢?

天快亮了,老杨还没有睡着。他想,在今后的工作中,自己的眼睛不能只盯住那些富裕起来的农民,还应该更多地关注一下牛老桥这样的农民。多少年来,损害他们利益的时候,总是把他们当作依靠的对象,在这场将给他们带来实际好处的巨大变革中,如果忘记了他们,冷落了他们,那是很不应该的事情。

五

这天黑夜,梁德正心里也不清静。他和几个大队干部提起那口钟的事情,大家淡淡一笑,都说:

"你去找'二闹子'吧,牛老桥最听他的话。"

梁德正沉下脸,半天不吭声。

"二闹子"也姓梁,大名梁树林,现任第二生产队队长。树林在家排行老二,从小聪明伶俐,性喜笑闹,人们就送了他这样一个外号。他上中学的时候,牛老桥就认定了他是一个人才,对他十分喜爱。那时候,牛老桥每年要当几次积极分子,每年要总结几次典型材料,只要他谈一谈自己的模范事迹,树林眼睛一眨巴,立刻就会告诉他那应该是学习了哪段语录的结果。到了冬天,工作队进村了,牛老桥也和其他干部一样,免不了要从方向路线上找一找偏差,写一写检查。他让别人代笔,工作队的同志总是说不深刻,树林大笔一挥,就过关了。对于树林这些本领,牛老桥佩服得五体投地。长期以来,人们都说梁树林是他的"私人秘书"。

在生产上,牛老桥也采纳过树林的意见,并且获得了很好的效果。那是1977年春天,树林已经敏感到什么,找到牛老桥说:

"老桥大伯,今年咱该种一点儿菜。"

"咱有菜。"牛老桥说,"夏天有北瓜,冬天有蔓菁,哪年不种菜?"

"我是说,应该种点儿菠菜、黄瓜、西红柿什么的。"

"咱不种那些菜。"牛老桥不以为然地说,"那些菜是股水,吃了顶什么用?北瓜、蔓菁顶粮食吃。"

好说歹说,牛老桥就是不肯种菜。树林眼睛一眨巴,说:

"老桥大伯,你还记得咱队的牛老白是怎么死的吗?"

"肺癌。"

"梁四奶奶呢?"

"胃癌。"

"我大娘呢?"

"唉,肝癌。"

"这些年,为什么得癌的人这样多?"

"吃饭不洗手……"

"不对。"树林山吹海哨起来,"最近,我研究了一部医学著作,那上面写得很明白。人所以得癌,完全是不吃蔬菜的结果。菠菜、黄瓜、西红柿里面,含有许多抗癌的元素。你那北瓜、蔓菁里面呢,不但没有抗癌的元素,还有大量致癌的元素。再这么吃下去,大家都有得癌的危险!"

这一番话,把牛老桥吓住了,想想这些年来,自己也吃了那么多北瓜、蔓菁,只觉得嗓子也不舒服,肚子也不舒服,好像身上正在生癌。但他想了一想,坚定地说:

"不行不行,大家都得了癌,也不能不要以粮为纲的方针,路线要紧!"

树林眼睛又一眨巴,唉唉地笑了:"你呀,只知其一,不知其二。以粮为纲的方针要坚持,可是,你再听听这一段话——"他咳嗽了一声,脸上做出一副庄严的表情,一字一板,好像背诵什么似的说,"中国有八亿人口,八亿人口不吃粮食不行,不吃蔬菜也不行。我们一定要把粮食抓紧,一定要把蔬菜抓紧,抓而不紧,等于不抓……"

"这话是谁说的?"牛老桥忙问。

"你听这口气,像谁说的?"

牛老桥想了很久,虔诚地点点头,用手捻着一根胡子笑了:

"哦,原来'抓而不紧'这句话,出在这里……"

那一年,他们队一下子种了二十亩蔬菜,菠菜、黄瓜、西红柿、青辣椒应有尽有,不但改善了社员们的生活,队上还赚了不少钱。县委知道了这件事,专门印发了一期简报,表扬牛老桥带了一个好头。他在全县召开的多种经营座谈会上介绍经验的时候,十分荣耀地说,这是听了毛主席话的结果。从此以后,他对树林更信任、更器重了。去年改选,树林代替了他的职务,他并不生气,因为树林早就是他选好的接班人。

可是,梁德正对树林却没有什么好感。在他看来,树林像一匹野马,像一条泥鳅,很难掌握。平时两人见了面,话也少说。思量再三,梁德正

派人把小凤找来了,他说:

"小凤,杨书记说了,那口钟一定要摘下来。你是团员,你爹的工作,你去做!"

六

小凤就像做梦一样,接受了这个奇怪的任务,心里很是着急。品望清高的梁大叔都碰了钉子,她有什么办法呢?

请树林帮忙吗?她摇摇头。如今在父亲的眼里,梁树林也不是好东西。整整一个正月,他几乎每天和牛七大叔那些人在一起,而那些人正是父亲攻击的目标……

这天晚上,小凤站在院里正自发呆,街门一响,是老杨。她像看见救星一样,对着窗子叫了一声:

"爹,杨书记来啦!"

窗上亮着灯光,但是没有答应。

老杨径直走到屋里,只见牛老桥直挺挺地躺在炕上,正蒙头大睡。可是他又看见,地上的烟头还闪着火星……

老杨笑了一下,坐在外间屋里,问起小凤家里的生活情况。小凤摇摇头说,她家的日子不能和别人家相比,父亲不会做生意,也没有什么手艺,除了种地,没有别的指望。老杨认真地问:

"去年,你家包了几亩地?"

"二亩七。"

"收成呢?"

"一年下来,收了八百斤小麦,七百斤玉米,还有三百来斤花生……"

"这么说,你家吃粮不成问题了!"老杨兴奋地说。

"是呀，"小凤说，"不光吃粮不成问题了，手里也活便多了，卖花生、卖棉花，自留地里种了一点儿辣椒秧、茄子秧，零零碎碎都是钱。"她用下巴指指屋里，嗓音压得很低，"今年正月，没断过他的酒喝，没断过他的猪头肉吃……"

小凤正谈得高兴，突然，牛老桥在屋里直着嗓子嚷了一声：

"我吃猪头肉，还有人净吃他妈的卤煮鸡哩！"

果然，他没有睡着。小凤知道，这是在攻击牛七大叔。困难的年月，牛七大叔年年需要队上照顾，政策一变，他立刻变成了一个活跃的人物，养貂、养兔、养青山羊，除了老虎，他什么都养。手里有了钱，嘴头儿也高起来了，三天两头从城里买一只卤煮鸡。这种事情，和别人家盖新房屋，姑娘们穿好衣服一样，也是父亲难以容忍的！

老杨呵呵笑着，走到屋里说：

"老桥，你吃你的猪头肉，人家吃人家的卤煮鸡，两样都是好东西……"

牛老桥身子一拱，披着被子坐起来了，冲口说：

"社会主义难道就是一碟猪头肉吗？"

"照你说，社会主义是什么呢？"老杨没有想到，从牛老桥的嘴里，竟会冒出这么一个警句！

"你说哩？"牛老桥黄着脸，冰冷的话头就像刮风泼雨，"你领导我们走了这么多年社会主义，忘了社会主义是什么模样儿了吗？别的事我管不着，那口钟，你们给我吊着！"

说完，身子一挺，又躺下了，用被子蒙住脸，只露着两只干瘦的大脚。

老杨呆呆地坐着，竟想不上一句合适的话语。在他的脑子里，社会主义曾经是"点灯不用油，耕地不用牛"，曾经是"一大二公，五为一体"，曾经是……多了，乱了，在严峻的现实面前，他把心一横，管它什么主义呢，我们的农民应该依靠自己的劳动,挣一身棉衣!可是,一年当中,他遇到不少这样的农民,他们的日子明显地好起来了,但他们却表示着一种奇怪的情绪。他们留恋那种救急不救贫的社会主义,怀疑治穷致富的政策。他觉得他们很可笑,但要回答他们的问题,又感到无能为力。他怎么也没想到,牛老桥也会向他提出这样的问题……

这时候,他望着牛老桥那两只大脚,不住地挠头皮。挠了一阵头皮,他竟拿起扫炕的笤帚。撅了一个笤帚枝儿,像逗孩子似的,笑嘻嘻地扫起牛老桥的脚心来了!

"老桥,起来,我有好烟……"

可惜,牛老桥那两只大脚,就像两块坚硬的岩石,不怕他的侵袭。

老杨正扫牛老桥的脚心,突然听见小凤在外间屋里咯咯咯笑起来了,笑得特别响亮。他脸一红说:

"小凤,你笑什么呢?"

"我笑我爹哩。"这个腼腆的姑娘,不知想起什么有趣的事情,止不住地笑着,走到屋里说,"爹,你不要操这种闲心,生这种闲气了吧!社会主义不是罗锅的腰,拐子的腿,一点儿也变化不得。从前,社会主义不许种菜,你不是也种了吗?"

"是呀,是呀!"老杨连声说,他觉得小凤这几句话,很有力量。

"不错,集体化是毛主席给咱指引的光明大道,可是,你再听听这段话——"小凤忍着笑,努力做出一副庄严的表情,一字一板,好像背诵什么似的说,"任何事物都在不停顿地向前发展,而不是一成不变的。可以预言,在九百六十万平方公里的土地上,将来一定会有新的生产管理形式出现,这是必然的,毫无疑义的……"

"小凤,这话是谁说的?"老杨急问。

"你听这口气,像谁说的?"小凤斜着眼珠,望着父亲的枕头。

屋里安静下来了。老杨点着一支香烟,慢慢地吸着,毛扎扎的脸上也出现了庄严的表情。静了一会儿,他说:

"老桥,你听见了吧?我个人的体会,这种新的生产管理形式,就是指今天的大包干。咱走不走社会主义道路,并不在于劳动的形式,更不在于上工的时候打不打钟,而是在于……好了,好了,天不早了,你好好想想吧!"

牛老桥静静地躺着,像睡着了一样。

小凤拿起手电筒,把老杨送到街门口上。老杨站住脚,望着小凤说:

"小凤,你学习得不错呀!"

"不行,差远哩。"小凤谦虚地说。

"你刚才用的那段毛主席语录,在哪一篇上呢,我怎么没印象?"

"谁说那是毛主席语录呀?"

"啊?那是……"

小凤忍不住咯咯地笑起来了:

"杨书记,那是我胡说八道哩,毛主席根本就没有说过那样的话。不过,你总该想个正经办法,做做他的思想工作。你光扫他的脚心,解决什么问题?"

"你这孩子,真调皮,以后不许再开这种玩笑了!"老杨严肃地批评着,自己的脸上,却觉得火辣辣的。

七

这几天,牛老桥的心情是很复杂的。早晨起来,日落黄昏,常常一个人站在院里,望着墙外那棵槐树上的铁钟发呆。

他一望见那口铁钟,心里就热巴巴的,不由得就想起了自己十八年的劳绩：他开的荒，他打的井，他买的那两台小拖拉机……唉唉，自己年轻的时候，共产党总是号召人们爱集体，多少年来，自己一个心思扑在队上，既不会做生意，也不会耍手艺，如今自己老了，共产党怎么一下子改变了主意呢？他总觉得世道的变化，好像故意跟他过不去似的。

可是，他一想起小凤背诵的那段话语，一切怀疑和埋怨情绪，立刻就打消了，再不敢乱想下去。毛主席既然有言在先，那么，这种变化总是有道理的……

可是，那天晚上，小凤笑什么呢？她把老杨送到街门口上，还在笑，笑得那么响亮，那么顽皮，莫非老杨也在捉弄自己？

这天下着小雨，地里没有活做，他想找个明白人问问，如今实行的大包干到底是谁发明的。一出街门，恰巧看见梁德正打着一把粉红色塑料雨伞，悠悠达达地从大街上走过来了。梁德正看打篮球虽然不懂输赢，但对国家大事，却很有研究。他讪笑着走过去说：

"老梁，到我家去坐坐吧，我还有半瓶酒哩。"

"不行啊，工作太忙，没时间。"梁德正说着，照直向前走去。

"下雨天，忙什么呢？"他拦住他问。

"上边来了通知啦，让统计一下村里盖了多少间新房屋，买了多少块手表，买了多少台缝纫机、洗衣机、电视机……"

"统计这些干什么呢？"牛老桥问。

"证明大包干的优越性呀！"梁德正挤挤眼睛说，"老桥，你买了几台电视机呀，报个数目字吧！"

牛老桥耳根一热，沉下脸说：

"老梁，你甭拿我开玩笑！我只问你一句话，如今的大包干是谁发明的，你知道吗？"

"马克思！"梁德正张口就说。

"不对吧，我听小凤说……"

"错不了，马克思，谁上了台谁是马克思，谁下了台谁不是马克思！"梁德正说着，扬长而去，走了几步又回过头来，冲他笑了笑。

牛老桥站在雨地里，望着那个渐渐远去的小红伞狠狠地吐了一口唾沫。他虽然理解不了那些话的含意，但感觉到梁德正是在耍笑他。愣了一刻，穿过一条斜长的胡同，来到梁树林的院里。近来，树林虽然和他有些疏远，但总不至于耍笑他的。

这是一个宽敞整洁的院落。去年秋天，他到这里串门的时候，院里摆着一片盆花、鱼缸、水池，满院子花色水汽。据说，卖花卖鱼，也是一种很赚钱的生意。现在，那些盆花和鱼缸，全不见了，院里显得空落落的……

他正觉奇怪，树林媳妇提着一把镰刀，背着一筐韭菜，从外面回来了。她看见他，哎呀叫了一声，满面笑容地说：

"老桥大伯，你真稀罕，哪阵风把你吹来啦？"

树林媳妇叫小翠，去年腊月才结婚。小翠不光爱打扮，而且还烫了头发，因而也是牛老桥攻击的目标——他暗地里叫她"羊蛋"。这时候，他东张西望地打量着这个院子，尽量不看小翠的头发：

"小翠，你家的花呢，鱼呢？"

"处理啦。"小翠说，"树林当了队长，就不做这种生意啦。"

"如今的政策，不是允许干部做生意么？"

"是呀，"小翠放下筐子说，"政策允许做，也允许不做，我们不想做了，就不做了。土地刚刚包到户里去种，有多少事情需要料理呀？他比不得你，你老人家经得多，见得广，闭上眼睛拳打脚踢，也能打开踢圆。他呢，他可不行：又当队长，又要种花养鱼，一个人有多大的精力呢？他一年拿着大家三百块钱的补贴哩！"

牛老桥听了，点点头，一下子对"羊蛋"产生了好感。细细看，这孩子生得细皮嫩肉，喜眉喜眼，一头乌黑水亮的头发，烫得弯弯曲曲，倒也新鲜有趣。他瞅定她问：

"他呢？"

"在堤外打井哩。"

"打井？"牛老桥一愣，像是听到一件新闻，"打什么井？"

"打浇地的井呗！"

"谁在打井？"

"牛七大叔打一眼，小喜家打一眼，秋（——原作后边部分遗失）

贾大山文学作品全集典藏版

早期小说

瞬 息 之 间

春天的一个下午,老孙从乡下回来,妻子、儿子、儿媳妇都还没有下班。院子里静静的,那棵枝叶茂密的紫丁香开满素净的花儿,散发着醉人的香气,好像是欢迎他胜利归来似的。

老孙今年五十一岁了,担任着北乡人民公社的党委书记。微胖的身材,花白的头发、淡眉、细眼、秃鬓;近来由于工作顺利,总是笑眯眯的。他放下自行车,在西屋的玻璃窗上看见女儿清秀的面影,叫道:

"细娟,打盆洗脸水,沏壶茶。"

细娟在县委办公室资料组工作,写得一手好文章。县委三级干部大会定于明天召开,北乡人民公社的典型发言材料还没送来。她打来一盆水,笑着问:"爸爸,在这次大会上,你们公社哪个大队发言呢?"

"白寨,当然是白寨啦。"老孙洗着脸,爽朗地说。

"他们的发言材料写好了吗?"

"呵,是要请你看看的,你是秀才嘛。"老孙拿出一份发言材料,放在茶几上。细娟一看,立刻被那别致的题目吸引住了:《极左批不倒,人民吃不饱》。哈,简直是一句令人警醒的格言、谚语!

"庄稼人的见识,太浅薄啦,你可以修改。"老孙不满地说,"极左的危害,何止如此呢?县委书记罗彬同志分析得好,林彪、'四人帮'

推行的那条极左路线,是置我们于死地的路线;可是,许多年来,也是我们一些同志赖以做官、吃饭的路线。我们一些同志对于那条路线,已经习以为常了。如果不批倒它,林彪、'四人帮'那样的骗子一旦重新上台,我们那些可爱的同志照样可以敲锣打鼓,鸣鞭放炮,那还了得?"说着,身子一仰,坐在沙发里,淡淡的眉毛笑得弯弯的,宽大的鼻头也变得红喷喷的了。

细娟看着爸爸那舒心展意的样子,不仅感到高兴,而且感到幸福了。她晓得,白寨,那是爸爸跌跤子的地方。1974年夏天,白寨大队在除草灭荒当中实行了两天半包工,爸爸灰溜溜地做了两年半复辟的典型。今天,白寨的工作所以做得比较好,大概正是因为爸爸对于那条极左路线有着切肤之痛吧?

细娟沏上一壶茶,刚刚拿起白寨大队的发言材料,老孙摆摆手,笑眯眯地说:"今天不忙看它,买几张戏票去吧,夜里看戏,劳逸结合嘛!"

细娟答应着,高兴地去了。

太阳落山了,花枝掩映的院子里,投下一片片美丽的晚霞。老孙喝着茶,赏着花儿,觉得茶香花也香。歇息了一会儿,散步似的来到细娟房中,一眼看见写字台上放着一份打印的讲话稿子,题目是:《大批促大干,大干促大变》——县委书记罗彬同志在三级干部大会上的讲话。

他拿起讲话稿子,迅速地翻看起来,他对上级文件总是以先睹为快的。忽然,他千真万确地看见了这样一个警句:"工分挂帅,越挂越坏;政治挂帅,江山万代。"忽然,他又千真万确地发现了这样一段文字:"必须坚持'以粮为纲'的方针,坚决克服'重菜轻粮'的资本主义倾向……"

他心里一震,两道淡淡的眉毛皱成一个八字。但是,很快,他的眉毛复原了,他的大脑本能地开始了认真的思索:我们的党真是英明伟大啊,当我们的思想处于僵化和半僵化状态的时候,我们的党号召我们、引导我们解放思想，当我们的思想插上了翅膀，我们的党又及时地向我们……

可是，他看不下去了。拿着讲话稿子，走到外间屋，坐在沙发里，冷着脸回想起整个公社的工作，特别是白寨大队的工作。他觉得白寨大队刚刚实行的劳动定额管理、养猪合同制、"四定一奖"办法没有问题，都符合"各尽所能，按劳分配"的原则……

可是，他想起那个外号叫作"大车王"的小伙子来了。春忙送粪时候，那小伙子一天就挣去了十七个工分。娘哎，这叫什么挂帅呢？中越边境自卫反击战中的英雄们消灭一个敌人挣多少工分呢……

可是，他摇摇头，猝然一笑。送粪毕竟不是打仗，人民解放军不挣工分嘛……

可是，他又想起白寨大队发展多种经营的情况来了。"重菜轻粮"尚在坚决克服之列，一队种的西瓜呢，二队种的白芍呢，三队种的……不，那没问题，白寨各队确实已经完成粮棉种植计划了……

可是，他站起来了，脸色变得十分严肃。农业是国民经济的基础，粮食是基础的基础。形势逼着我们大上，领导要求我们大上，我们只满足于完成种植计划就行了吗？建设四个现代化，西瓜重要？粮食重要？打起仗来，吃粮食呢？吃西瓜呢？……

他想着想着，茶不香了，花也不香了。一抬头，不知怎么着，已经来到邮局门口。他开始给白寨打电话了。白寨要不通，要酒村；酒村要不通，又要白寨。天黑了，白寨、酒村都未要通。于是，他骑上自行车，不知怎么着，出了城……

早晨，他回来了。他那宽大的红喷喷的鼻头说明他的工作很顺利。他坐在沙发里，用手揉着两条劳累的腿。家里人问他夜里去做什么，他没有回答。

"爸爸，白寨大队的发言材料呢，不是要找着吗？"细娟问。

"他们不发言，酒村发。"老孙冷冷地说。

"酒村？"细娟一怔，爸爸不是常常忧虑酒村的工作比较"沉"吗？

"细娟，"老孙责怪地说，"上级有了新精神，怎不告诉我一声呢？"

"什么新精神？"

"老罗的报告我已经看到了！"

细娟又一怔，忽然看见茶几上那份打印的讲话稿子，心里顿时明白了。"爸爸！你……唉，你看那是什么时候的？"

老孙赶紧一看，"哎哟"了一声，宽大的鼻头立刻变成个鲜红鲜红的柿子辣椒。原来那讲话稿子的题目下面，千真万确地标明着：1974年3月16日。细娟最近写材料时，为了查对几个数字，才把它翻出来的。"唉唉，老了老了，眼色不中用了……"他说着，站起来，走出去，推上自行车……不知怎么着，他又出了城。

劳　姐

阳春三月，杜主任带我到董家湾去蹲点。这是粉碎"四人帮"以后的第一个春天。杜主任穿一件整洁的浅灰色中山服，下巴刮得净光，真是返老还童了。吉普车一出县城，他又念念不忘地询问起董劳姐的情况。当我告诉他董大娘身体不大好，天天夜里咳嗽得难以入睡时，他让司机停了车，要我到一个乡村供销社买了满满一网兜橘子。

车子开动了。夕阳透过车窗，照在老杜微胖的沉静的脸上。他点着一支香烟，慢慢地吸着，忽然问道：

"我们到了村里，住在谁家呢？"

"当然是住在她家了。"我直言说，"不然她会骂我们忘恩负义的，特别是你。"

老杜轻轻地笑了笑，不再说什么。我也不再言语，从他那不自然的笑容里体味着他的衷曲……

1975 年冬天，为了解决社员分红长期不能兑现的问题，县委做出了清理农村超支欠款的决议。老杜是负责这项工作的常委，董家湾是他的老点儿。但他上了几岁年纪，自从家属迁到城内，很少下去。作为他派去的工作人员，我住在董大娘的家里。

董大娘家院落不大，只有三间北屋，院里有棵枣树。外间屋盘着灶台，堆满着日用家具；烧柴熏黑的墙壁上，挂着辣椒、干菜。老两口儿和一个常住姥姥家的外孙女，住在西屋里。那屋里也很凌乱，衣裳包袱、棉布套子，外间屋堆放不下的坛坛罐罐什么的，全都集中在这里；炕头上还堆着一咕嘟山药干，一咕嘟萝卜片。东屋里收拾得却很雅静，临窗放着一张桌子，一条凳子，炕上铺着一领新席。窗台上一只饭碗里，泡着一盘水蒜；承受着窗外日光，已经抽出嫩绿的蒜苗来了，颇有生气。这是大娘为了美化这间房屋，布置的"盆景"吧？

大娘是个举止文静、性格温和的老人，身体不大壮实，说话有些气短。她把我安顿在东屋里，只说了几句口边话，便悄悄地出去了。住下几天，她很少到我屋里来。每天夜里，东屋的炕却总是烧得热热的，暖瓶的水总是灌得满满的。偶尔谈起闲话，她总爱打听我每日三餐吃的什么。哪一家让我吃得好，她就到街上宣传人家德行好，说人家将来定然儿孙满堂；哪一家让我吃得差，她便挖苦人家"酸"，说人家日后准当绝户头。为了避免她的谴责，社员们好像比着似的，都做好的给我吃。想来虽然好笑，却说明了大娘对待我们下乡干部的一片心意。

可是有一天，大娘和我的关系发生了难以愈合的裂痕。那是一天黑夜，清欠工作正在紧张地进行着。我开会回来，她正在东屋里咳嗽。她一见我，便低下头说：

"小秀娘一时还不起。"

小秀是她外孙女，小秀娘是她唯一的闺女。她家五口人，三个孩子，丈夫常年害病。小秀娘紧干慢干，还是超支，属于困难户。我拿出县委文件："大娘，你甭发愁。党有政策，确实人多劳少、生活困难的户，经过群众讨论，可以适当减免的。"

"唉，党的政策好，可在董家湾实行不开。"她低声说。

"怎么实行不开？"

"董家湾的支书霸气。人家说了，谁不还小秀娘也得还，一分钱也不减，一天也不缓，砸锅卖铁也得还。天不怨，地不怨，两年前人家要夺小秀娘的宅基地，谁叫我那不知深浅的孩子顶撞了人家呢……"

"这不行！"我激动起来了，"这是打击报复，这是破坏党的政策！"

她慢慢抬起头来，昏花的眼里闪动着一点儿光彩，瞅定我说："你是好人，你讲直理。早先来的干部，谁敢惹他哟。他是县里老杜翻着户口册子选中的干部，他会汇报，他会给老杜挣旗子。老杜大概喜欢旗子。你是没见过，他每逢从县里回来，总要扬扬得意地对人说，老杜请他吃了这个，老杜请他喝了那个。也不知老杜真请他来假请他，这么一说，乡亲们更怕他了。唉，老杜真该下来看看……"

不知为什么，这意外的情况，不但没有激起我更大的义愤，刚才那一点儿激动也化为乌有了，并且后悔自己不该感情用事。我窘笑着，话题一转，竟然向她背诵起欠款无理、还欠光荣的大道理来……

她眼里的光彩消失了，又慢慢地低下头去。沉默良久，凄然一笑说："你甭作难，听听就是了。我晓得如今当干部的难处，得罪一百个劳姐，也不能得罪一个老杜呀。天不早了，睡吧。"她说着，到西屋里去了。

那一夜，我失眠了，心里很乱。第二天早饭后，我到县里汇报时，着重谈了小秀家的困难情况。老杜在荷花池旁散着步，听着听着，突然站住了，用一种料事如神的口气，断然说："你一定向他们讲'照顾'了！"

我望着他的脸色，一时想不明白：把党的政策原原本本地告诉群众，错了吗？

"你呀，嗨嗨嗨……"老杜用手指着我的鼻子，嗨嗨地苦笑起来，"真正的困难户，当然应该照顾喽，但那要放在收超清欠工作的后期。农民嘛，数罢割肉疼，就数着拿钱疼了。你现在讲照顾，不知要有多少哭穷的呢，月底还能拿经验、报地委吗？你呀，嗨嗨嗨……"

在老杜身边工作的同志，都吃不消他这种笑声。这笑声等于说，草包、笨蛋。我脸一红，正想快快离去，董大娘意外地出现在我面前了。我一愣，叫道："大娘，你怎么来啦？"

"拉煤的大车把我捎来啦。"

"大娘，你回去吧，小秀家的事……"

"我不叫你作难。"她眼角里挂着泪痕，乞求地说，"你领我见见老杜去吧！"

我心里怦怦跳起来了。老杜给我们订立过一条工作纪律：群众来访，任何人不得泄露常委们的住址和行踪，以免干扰领导的精力。我红着脸说："大娘，你回去吧，领导上的时间是宝贵的……再说，他下乡去了……"

"他到哪里下乡去了？"

"到……不晓得。"

"同志，你晓得……"

"不清楚。"在一旁的老杜抢着说，然后两手一背，向厕所里走去了。

大娘外表文静，却是个心性刚强的人。一天早晨，她带了两个玉黍饼子，又要去找老杜。我忙拦住她说："大娘，你甭去了。杜主任决心很大，指示我们五天解决'钉子户'的问题，十天完成清欠任务，月底拿经验，报地委。小秀娘的事，以后再说吧。"

"不，我一定要见老杜！"她坚决地说，"我虽没有见过老杜，可我听人说过老杜。当年县大队里有老杜，土地平分有老杜，办社也有老杜。共产党起事，扎根立苗就有老杜。只要我摸着老杜，把情况说明了，看哪个小子再敢欺侮我！"

我听了，心里泛起一种难言的滋味。我不能再看她徒劳往返了，脱口说："大娘，你已经见到老杜了！"

"什么?"她睁大眼睛,好像耳聋。

"那天……我们……领导上的时间确实很宝贵……"

她一下子怔住了,脸失色,眼走神,嘴唇微微颤抖着;愣了半晌,回到房中,闩住屋门哭了起来。那哭声时断时续,细弱而凄婉……

那天傍黑,办完"钉子户"学习班回来,我觉得院里空落落的。待了好一会儿,我才发现那棵枣树没有了。细一打听,为了帮助闺女还清欠款,大娘不只刨了枣树,还偷偷地卖了一缸麦子。我听了,那天没有去吃夜饭。这不符合党的政策,更不符合"不动超支户口粮"的原则啊!

从此以后,她一天比一天地瘦了,脸色变得灰黄,头发又白了许多。她看见我,低头来低头去,冷冷地没有话说。我屋里那碗水蒜,因为没人浇水,也慢慢地枯萎了。

一天傍黑,她从磨坊磨面回来,突然来到我屋里,身后好像有人追赶她似的,变颜变色地说:"你快去看看吧,大街上贴了一片大字报!"

我听了,并不觉得吃惊。当时,那场"大辩论"的恶风已经扑到我们这个小小的县城。县委的九位主要领导同志,都去参加什么学习班;上面派来工作组,县委门口也糊满了大字报。那几天我的心境很不好,懒懒地说:"那又不是给你贴的,你怕什么?"

"不管给谁贴的,我一看见那物件,腿肚子就哆嗦。"

"你哆嗦什么呢?"

"十年前……唉,你没见过吗?那物件一出来,伤了多少好人哪。老百姓没了领导人,日子也过不太平。快去看看吧,这回是给谁贴的?"

"给老杜。"我心里明白,信口说。

"怎么,老杜要挨整治了?"

"嗯。"

"怎么整治他呢?"她舒了一口气,嘴角里露出一点儿笑纹。

"炮打，火烧，油炸，谁晓得呢！"

她眉毛一紧，慢慢变了脸色。愣了好大一阵，才出去了。那以后，我发现每当有人问起她找老杜的情形时，她总是把脸一沉，钢嘴铁牙地说："没那事。"

一天中午，我正躺在炕上看书，听见小秀叫道："姥姥，有人找你哩。"我从窗缝向外一望，只见小秀领来两个陌生男女。两人全是干部打扮，手里都拿一个又黑又亮的公文包。他们盯住大娘盘问：

"老婆，你姓董？"

"我姓董。"

"你叫董劳姐？"

"我叫董劳姐。"

"我们想通过你了解一个问题！"那男的很傲慢，"黄世仁逼债的问题，明白吗？"

大娘没有言语。那女的却很和气：

"大娘，我们是了解你的。在旧社会，你家三代受苦，你是童养媳出身。共产党领导我们翻了身，你说我们能容忍黄世仁再来逼债吗？"

院里静了一会儿，大娘说："你们是说老杜吧？"

"对了。"女的笑了，"我们想请你打个材料，你说我写，代笔不代意。好吗？"

我看见，那女的从公文包里拿出一个硬纸夹子，一盒印油。大娘迟疑了一下，灰冷的脸上忽然现出生动的笑容，显得十分热情。她放下饭桌，端来茶壶茶碗，还让小秀到邻院借了一点儿茶叶。我闭了眼睛，屏住呼吸，心里好像吊铅块一样沉重。如果县委开门整风，我一定鼓动她去提意见；但此时此刻，我却不忍看见农民的狭隘自私和善于报复从她身上发作起来……

"提起老杜哇，"她说，"董家湾没有一人不骂他的！你们晓得，董家湾是他的老点儿，可他一点儿也不为老百姓着想。多少年啦，有的人骑着新车子，听着话匣子，就是拿吃粮款。社员们辛辛苦苦一年，落秋分红不见钱。老杜呢，就是不管！一直拖到今年冬天，他才管了一下，如今呢，欠款还没收清哩，他又不管了。同志你们说，社员们对他能没意见吗？"

"你别说了！"男的邪了，"你这是揭发老杜呢，还是给他们涂脂抹粉？"

"我一个乡下老婆子，晓得什么叫涂脂抹粉？"

"大娘，"女的依然很和气，"形势变了，你不要有顾虑。"

"我一个乡下老婆子，晓得什么叫顾虑？"

"那么，你为什么要刨枣树？"男的粗声问。

"还有，你为什么要卖麦子？"女的做出一副惜老怜贫的样子，"你把麦子卖了，过年吃什么？"

我看见，大娘直盯盯地望着他们，很像个傻子："枣树？我这院里哪有枣树？卖麦子？谁卖麦子？我正想买一点儿麦子呢！"

那女的终于忍不住了，把纸夹砰地一摔，说："你是真糊涂，假糊涂？他们逼得你差一点儿寻死上吊，你还不觉悟！"

"寻死上吊？"

"你们支书说的！"男的一拍桌子，女的婉然一笑，"这难道不是事实吗，大娘？"

大娘不言声了，猛烈地咳嗽起来。咳嗽了一阵，大声叫道："小秀，还不快到保健站给我拿药去！"

"拿什么药呀，姥姥。"

"开胃的、败火的、治咳嗽的，大夫晓得。要是有那去忧的、消愁的，也给我拿点儿来！"

小秀应了一声，咚咚地跑去了。

不一会儿，小秀回来了。我又向外一望，那一男一女不知什么时候走了。大娘坐着蒲团，手托着腮，正自闭目养神。小秀没有拿回什么药来，天真地问："姥姥，你真没有刨枣树？你真没有卖麦子？你撒谎哩！"

"大人的事，你甭管。"她显得很劳乏，气短地说，"我虽没有摸着老杜，可我听人说过老杜。当年县大队里有老杜，土地平分有老杜，办社也有老杜。共产党起事，扎根立苗就有老杜。他不好，兴老百姓骂他，不兴他们苦害他……"

"姥姥，谁要苦害他呢？"

"傻妮子，他们把他比成黄世仁了，那还有好吗？唉……"她长叹一声，又猛烈地咳嗽起来了。

当时，我的眼睛潮湿了。她和老杜只有那样一次接触，关键时候却是这样对待，我明白了其中的原因。在她心目中，老杜是党的人，是老百姓不能缺少的领导人；可是，在老杜的心目中，她占据着怎样一个位置呢？想到这里，我祝愿我的上级平安无事，又希望他自省自责……

去年十月，在那普天同庆的日子里，当我把这些情况告诉老杜时，他的眼睛也潮湿了。我想，今天到董家湾，当他见到只有一面之缘、却是患难相交的董大娘时，将是怎样一个局面呢？我觉得车子开得太慢了……

我们来到董家湾，天就黑下来了。送走司机，我们搬着行李来到董大娘家。大娘拿着水瓢，正在浇那棵新栽的枣树；小秀和几个女孩子正在院里玩耍。我上前叫道：

"大娘，我又来啦！"

她抬起头，瞅了我一眼，继续浇着枣树说："好呗。"

"这是咱们杜主任。"

"我不认识他。"

"杜主任是来整顿领导班子的。"

"拿经验、报地委呗。"

"我们还要抓一个帮助困难户变分红户的典型大队哩！"

"再挣一面旗子呗。"

"大娘，我们……"

"小秀，"她忽然嚷叫起来，"你光耍呀，那点儿活做不做呀？"

小秀仰起下巴颏，想了半天才说："什么活呀，姥姥。"

"把西屋的山药干子、萝卜片子，收拾到东屋的炕上去，叫我眼前清净清净！"

我一听，心里凉了，一下子凉到脚跟。我真没有想到，在危难时刻她曾尽力保护过的、在胜利当中重新走上领导岗位的杜主任面前，她竟采取这种态度。这也是农民的狭隘自私和善于报复的一种表现吗？夜色中，我看不清老杜的表情，只听他说：

"大嫂。你忙吧，改日我们再来看你。"

"不送了。"

夜色渐渐重了。我提着那一网兜橘子，呆呆地站在大娘门口，心里酸溜溜的，又有一种不便在老杜面前流露的快意。站了好久，我说："她不留我们了……"

老杜没有立时答话。他仰望着天上刚刚出现的几颗星斗，若有所思地说："现在不留我们不怕，好在是和平环境嘛。我们住到学校去，工作一段时间再说吧，反正我们不再另找房子了。"

他说着，向村南口走去。他那甘苦自知的话语，坚实有力的脚步，又给了我一种信心……

弯　路

一场春雨，从夜里一直下到早晨，还在漾漾地下着。田野上雾腾腾的，望不见行人车迹。公社党委书记老乔披着雨衣，站在村口那棵大槐树下，心里慢慢凉下来了。

昨天傍黑，老乔得到一个口信：县委书记老杨今天要下来，看看这一带夏收作物生长情况。清晨起来，老乔便到村口接应。眼下有个疑难问题，需要老杨表态，以免走弯路。哪想这雨缠缠绵绵地下个没了呢？

"老乔。"

老乔正要回公社去，听见地里有人喊他。扭身一看，只见西北方向一条小路上，摇摇晃晃过来一辆自行车。骑车的是个老汉，细长身材，光头赤足，肩上披着一条布袋，算是唯一的雨具。渐渐走近了，原来是钱庄大队的支部书记钱合。

"老乔，又是我，我又来了。"钱合跳下车子，板着脸说，"那份材料看了没有？"

老乔望着顺城大道，摇摇头说："唉，这一阵……"

"忙，没工夫，是吧？"钱合乞求地说，"今天下雨，下雨不忙。今天给看看吧，只当是钱合求你哩，私人关系，面子事儿，行吧？"

老乔性子坦，在下级面前非常注意沉着。他眯着双眼，望着钱合那张瘦棱棱、黑沉沉、好像天生不会笑的脸,慢悠悠地说:"今天嘛,更没工夫。"

"我等着。"

"等一天也怕没工夫。"

"我等到天黑!"钱合说着,咕咚坐在隆起的槐树根上。湿漉漉的大黑褂子紧紧贴着胸脯,眉梢上滴着水珠。

老乔忍不住,哧地笑了:"你呀,真是心急,心急吃不了热豆腐。"

"看看看,来回都是你!"钱合脖子一扭,嘟嘟囔囔地说,"当初做规划的时候,你嫌俺们保守,批评俺们跟不上时代的车轮子,叫俺们一年实现这个,五年实现那个。那是吹糖人儿的?等到要办法了,可倒好,一份材料压了三个月啦,还没看哩,倒说俺心急。一年里有几个三个月?五年里有几个三个月?俺没文化,俺算不清楚,你算吧,老乔!"

老乔好像被他的急切心情感动了,望一眼顺城大道,郑重其事地说:"老钱,回去吧,我抓紧就是了,等我找你吧!"

"等你找俺?"钱合站起来了,睁大眼说,"那是什么意思?往后不许俺找你了,是吧?"

"你这家伙真难打发!"老乔苦笑着说,"谁说不许你找我了?天天找也欢迎。"

"你欢迎,俺没那工夫。你抓紧吧!"钱合说着,蹬上自行车,哧溜一下冲入茫茫的雨雾中。

其实,老乔何尝不着急呢?今天他要请老杨表态的,正是钱合送来的那份材料。

原来,去年种麦时候,在一次支部书记会议上,老钱合突然提出这样一个问题:小麦生产能不能从种到收实行定额管理、超产奖励的办法。当时,大家的目光一齐瞅定老乔,等待着回答。

老乔记得,县委曾经原则地提到过这个问题;具体做法,尚无明文规定。

他想了一想，翻开笔记本，说："为了充分调动社员群众的积极性，我看可以吧？但要注意以下问题：一、一定要做好定工定产工作；二、一定要很好地与作业组乃至每个社员群众的经济利益相联系；三、要加强领导，勇于实践，总结经验，加以推广。"

老乔话音刚落，屋里就热闹起来了。有的讨论怎样定工定产；有的讨论如何与社员群众的经济利益相联系，七言八语，众口不一。讨论了好大一会儿，当大家的目光再一次瞅定老乔时，老乔把本子一合，赶忙说："按毛泽东思想办事！按毛泽东思想办事！"算是结语。

大家对于老乔的结语当然不能满意。正待细问，钱合站起来了，板着脸说："别吵啦，老乔同志说得很好嘛，我个人的体会是：等于没说。"人们哄地笑起来了。他的脸板得越紧，人们笑得越欢。

老乔对于钱合的奚落并不在意。钱合是个粗鲁人，说话一向心直嘴冷。老乔担心的是，怕他自行其是，惹下乱子。钱合办法少，能力低，一点儿工作搁在他肩上，嘴唇上就要起燎泡，眼角里就要挂眼屎。但他又不认可自己没能耐，什么工作都要走在前面。特别是粉碎"四人帮"以来，总爱不声不响地琢磨一些叫人难置可否的新问题。并且说干就干，点炮就响。老乔出于对下级的负责，没少提醒他。可他总是不以为然地说："唉，笨鸟先飞吧。"

老乔没有估计错，钱合回得村去，竟让各队讨论起定额管理、超产奖励的办法来了。据说有个生产队，因地力壮弱不一，施肥多少不等，定产时发生了争议。社员们吵吵闹闹，干部们也伤了和气。一说奖励，更是五花八门。中秋节前后，有个生产队竟然这样规定：黑夜送粪，每人奖励半斤麦子。送粪的人们天天分享半斤麦子，看场的、喂猪的、喂牲口的意见很大，也要扔下本职工作去送粪。这不是胡来吗？

老乔再也坐不住了。一天中午，蹬上车便向钱庄奔去。可是车到村口，他又改变了主意。车把一扭,围着钱庄兜了一圈儿,又顺原路回来了。

老乔做工作素以谨慎著称。返回公社,努力平定自己的心情。关于实行定额管理、超产奖励的问题,现在只是提倡;具体做法,自己也弄不清。思前想后,这可不是小事情。特别是奖励问题最难掌握,右了要担"物质刺激"的嫌疑,"左"了要落"心有余悸"的名声……不,在目前的形势下,好像右了属于"心有余悸","左"了属于……不不不,"物质刺激"这个名词,文件上、报纸上早不提了,"左"了大概属于……属于什么呢?唉唉,左右尚且判断不清,冒冒失失地跑到钱庄做什么呢?

从那以后,老乔很少到钱庄去,眼不见为净。可是有一天——

"老乔,又是我,我又来了。"钱合把厚厚一沓复写材料放在老乔办公桌上。他脸色灰黑,嘴唇上暴着燎泡,眼角里挂着眼屎。

"这是什么?"老乔问。

"钱庄大队小麦生产定额管理、超产奖励办法,请你给把把关。"

"我晓得你们那个'办法'!"老乔脸色一沉,"黑夜送粪,每人奖励半斤麦子,是不是?"

"那是个别队的问题……"

"个别队的问题也不行!"老乔十分严肃地说,"老钱你看看,在新长征当中,人人都在抢时间、争速度;你们呢,你们已经栽跟头了,同志!"

"我娘不栽跟头!"钱合一板脸说,"我娘今年九十八啦,不下炕啦。在新长征当中,咱们都向我娘学习?"

"不向你娘学习,眼时也定不了!"

"怎么定不了?"

"上级没指示!"

"你不就是我的上级么?"

老乔噎了一口气,不耐烦地说:"好吧,研究研究再说,这事不能着急！"

老钱合灰溜溜地出去了。但他没有走，朝老乔窗下一蹲，长长地叹了一口气："哎，如今的事，咱是看透了。华国锋着急，叶剑英着急，邓小平着急；底下，穷苦老百姓着急。有的人不着急，银行里有他的工资，粮站上有他的粮食，他着什么急？哎，咱是看透了……"嘟嘟囔囔发了半天牢骚，才回村去了。

老乔把那份材料压在卷宗袋里，一直没有过目。县委至今没有文件，看了也难定夺。今天老杨来了，一定要请他表态。

傍午，天晴开了，仍然不见老杨到来。老乔坐在办公室里，正觉失望，院里似有自行车响。他出去一看——

"老乔，又是我，我又……"

"你又来做什么？"老乔厌烦地皱起眉头。

钱合推着溅满泥巴的自行车，板着脸说："杨书记等着你哩。"

"啊？"老乔愣住了，"在哪里？"

"在我们大队办公室里。"

"真的？"

"县委办公室的刘主任、农业局的裴局长也来啦。"

老乔用手一拍脑门，猛然想起来了，老杨下乡总爱一个猛子扎到底，直接扑到大队去。他赶紧推上自行车，和钱合一同上路了。

雨后的田野上好像洗过一样。绿葱葱的麦苗顶着雨珠，在阳光下闪闪发亮，十分好看。老乔骑着自行车，无心观赏田野景色，关切地问："老钱，关于实行定额管理、超产奖励的问题，领导上有没有具体指示？"

"有。"钱合跟在他后面说，"裴局长说……"

"不，我是问老杨的意思。"

"老杨说，县委准备发文件哩。"

"好！"老乔一拍车把，高兴起来了，"老钱，咱们没白等吧？我早说嘛，心急吃不了热豆腐。老杨的意思，怎样定产呢？"他急于了解一下老杨的想法，一会儿谈论起来，能与领导意见不谋而合，也是乐事。

"民主协商，因地定产。"钱合好像背书一样说，"定产要看地力苗情，也要参照以往的产量。就拿我的钱庄来说吧，去年小麦平均亩产五百六十斤，那是历史最高水平；前年和大前年，平均亩产是四百五十斤。今年定产，拿四百五十斤作基数，拿五百六十斤作参考，根据不同地块，分别定五百二、四百七、三百九十斤。用老杨那说法，这叫积极可靠，有产可超，让社员们有个指望头。"

老乔点点头，又问道："老杨的意思，怎样定工呢？"

"关键是要做好用工计划。"钱合接着说，"队委会、作业组还要拿出技术措施和质量要求来。一道工序一检查，管理一次一验收，一次一评，一次一定，一次一清。符合质量要求的，按定额记工；不符合质量要求的，返工不记工；因管理不好造成损失的，罚工。哦，我们的用工计划是这样的……"

"好啦，你再说说怎样实行奖励吧！"老乔一抬头，快到钱庄了，忙把话题引到他最关心的问题上来。

"当然不能每人奖励半斤麦子。"钱合自嘲地说，"天天行奖，事事行奖，不是好办法。老杨认为，实行年终超产奖的办法比较好。提超产奖要看年景。丰收年提二成，歉收年提四成，一般年景提三成。生产队奖到作业组，作业组根据每个人的劳动表现，民主评议，奖到个人。那些不参加麦田管理的人，譬如饲养员、技术员，取本队作业组得奖的平均数目，由生产队进行奖励。人人都有指望头，谁也没意见。"

老乔把钱合的话从头至尾想了一遍，连口迭声地说："好好好，全面具体，又不繁琐，真是领导水平！"

"哎，瞎娘抱了秃娃娃，人家不夸自己夸。老杨说啦，还得好好修改修改，补充补充，才能批转哩。"

"批转什么？"老乔紧问。

"批转下来，你就晓得了。"

老乔一回头，看见钱合那张瘦棱棱、黑沉沉、好像天生不会笑的脸上，挂着一丝隐秘的笑容。车子一颠，老乔差点儿跌了下来。自己天天等待的、县委准备批转的，莫非就是长久压在自己卷宗袋里的那份材料吗？他急忙跳下车子，问道：

"刚才，你说的那些办法……"

"咱们那材料上都有，老杨同志基本肯定。哪些成功，哪些失败，看实践嘛。"

"你们栽的那些跟头，老杨不知道吗？"

"我娘不栽跟头。"钱合一板脸，还是那句话，"我娘今年九十八啦……"

老乔的脸唰地红了，一直红到耳根。虽然他性子坦，在下级面前非常注意沉着……

乡 风

一

公社党委书记老张，半天接到陈秋元两次电话。陈秋元扯着嗓子，好像打雷放闪。他说陈庄大队晚上召开群众大会，一定要请老张讲话；如果不去，陈庄的果园建设就要下马啦，往后什么工作也就不好开展啦，等等。

老张对着电话机，好像看见陈秋元那急眉急眼的模样儿了，心里不由得一阵好笑。今天早晨，他刚回到公社，原想到各村看看，然后蹲在陈庄。哪想行李还没打开，陈秋元就告急了，只好先到陈庄去。

吃过午饭，老张匆匆上路了。虽然已是小雪节气，身上不觉一点儿寒意。那条战争年代落下残疾的拐腿，努力蹬着自行车，颠颠簸簸一路猛骑。不一会儿，浑身发暖，脸上汗津津的。也许是为了陈庄的果园建设，自己花过心力，担过罪名吧，那项工程一直挂在他的心里。"四害"横行的年月，那工程都没停，现在发生了什么问题呢？

老张想着，不觉来到陈庄村口。他习惯地下了车子，希望遇见三两熟人，打听一些消息。这时候，社员们已经收工了，街上静悄悄的。左顾右盼，只见路西土墙脚下，蹲着一个老汉，一个小伙。那老汉六十多岁年纪，瘦小身材，枯黄脸面，苍白头发很像一蓬茅草；他闭着眼，张着嘴，懒洋洋地享受着午后的日光。那小伙约摸二十五六岁，赤红脸，厚嘴唇，手里拿着三个捆在一起的纸包，蹲在老汉身旁。老张端详了半晌，怎么也记不起他们的姓名，上前问道："老乡，吃过饭啦？"

老汉没有睁眼，痛苦地摇了摇头。

"他有病，胃口疼。"小伙子斯斯文文地说，"医生让他吃草药，还差一味'柏炭'哩。同志，你晓得……啊，你是……"

"我是老张。"老张呵呵笑了，"拐子老张又回来啦。"

老汉一激灵，猛然睁开眼睛，骇异地打量着老张。两年不见，这个他曾见过、今生再也不想看见的人，如今变得白白胖胖，很像一位慈眉善眼的乡村老太婆。老张笑着问那小伙子："小伙子，你叫什么名字？"

"我叫二满。"二满脸上露出一点儿欢喜颜色。

"老汉，你呢？"

"富裕中农陈麦熟。"

老张听了，一皱眉，蹲下身问："家里几口人？"

"一口。"

"老伴呢？"

"死了。"

"没孩子们？"

"两个闺女，坏良心了。"

老张又一皱眉，继续问道："日子过得去吗？"

"挺好挺好。"

"分红吗？"

"挺好挺好。"

"村北的果园建设……"

"挺好挺好。"

老汉说罢,又恢复了刚才那神态:闭着眼,张着嘴,懒洋洋地享受着午后的日光。

老张注意观察着他的情绪,心有所悟地说:"老汉,不要这样子。光唱喜歌儿,不顶吃不顶喝,提高不了分红率。有什么意见,咱慢慢地……"

"哎呀!"老汉惊叫起来,脸色变得煞白,"上有天,下有地,身旁有二满。二满,俺什么时候说俺有意见来?你得给俺立字据……"

老汉正嚷得急,二满忽然把他一捅,立刻噤若寒蝉。他朝街上一看,失失慌慌地站了起来。两人背着满脊梁土,紧脚快腿地隐入一条小巷子里。

老张正觉奇怪,大街上传来支部书记陈秋元的叫喊声:"哈哈,老张来啦。"

二

陈秋元显然是刚从地里回来,肩上扛着一把大锹,右腿上结着一个被铁锹把磨烂了的三角垫儿,毛茸茸的大脸上浮着一层沙尘。这个高大结实的中年汉子,总是给人一种纯朴正派的感觉。他把老张拽到家里,忙叫老婆去打酒,自己搬出一罐老腌鸡蛋。老张指着酒壶说:"不行不行,咱享受不了,你不晓得?"

陈秋元把脸一板,说:"今天见面心里痛快,不会喝,也得湿湿嘴唇子!"

"妈的,干这种事也兴强迫命令!"老张呵呵笑着,只好坐在炕沿上。他们不像上下级关系,很像是久别重逢的老朋友。借助酒兴,互相谈起分别后的情形,不时发出爽快的笑声。

1975年冬天,老张在这里蹲点,刚刚做出治理沙滩的方案,就被调去参加那个转弯子学习班。学习期间,由于说话不"技术",冲撞了工作组的一位要员,被发落到干校去了。在那里,喂猪种菜,种菜喂猪,有力地锻炼了那条拐腿。1976年夏天,离开干校,当了四个多月的"库存干部",身体将养得倒也不错。粉碎"四人帮"以后,组织上照顾他年迈腿残,安排他担任了民政局局长。最近,县委抽调一批经验丰富的老干部加强公社领导力量,他毛遂自荐,又回来了。用他自己的话说:"经验丰富不丰富,还想卖卖老。"

"好啊,不要吃老本,要立新功。喝酒!"陈秋元举起酒盅,一饮而尽了,表示欢迎和祝贺。他接上说,那年老张走后,村里也不平静。上面下来一男一女,住在陈庄搜罗老张的问题。陈庄的干部社员,有的软磨硬抗,有的装傻卖呆,一个个钢嘴铁牙,没说一句伤害他的话。后来,由于"评论家"告密,他们才抓到那么一点儿材料……

"慢。"老张打断他的话,"哪个'评论家'?"

"富裕中农陈麦熟!"陈秋元生气地说。

老张一皱眉,眼前又出现了那个病苦老汉的面影,茫然地问:"他告什么密呢?"

陈秋元说:"什么阶级说什么话!那老汉嘴碎,尽爱发社会主义的牢骚,又爱听奉承话。有一天,那一男一女找到他,甜丝丝地叫了他两声大伯,他就不知姓字名谁了。他说咱们冻坏了五千棵梨树秧子;还说咱们劳民伤财;又说,尽××拐子老张出的主意!要不是他,你那顶'拿着集体财产给走资派贴金'的帽子从哪里来?"

"糊涂,糊涂,太糊涂了!"老张把筷子一摔,"后来呢?"

"后来?"陈秋元机密地一笑,"后来我给社员们偷偷地下了一道命令,给那一男一女做饭时,和面掺点儿沙子,炒菜狠狠搁盐,咸他们的嘴,硌他们的牙,叫他们吃不成饭,钱和粮票不少拿!"说罢,哈哈大笑起来。

老张也咯咯地笑了,笑得眼里冒出泪花。他不仅端起酒盅湿了一下嘴唇,还从桌上拿了一支香烟燃着,装模作样地吸起来。吸了两口,当他问起眼前果园建设的情况时,陈秋元笑容一收,变了脸色。他说,不知从什么时候开始,陈庄的生产队长们普遍地滋长了怕苦怕累情绪,嫌天冷地冻,嫌工效低;他亲手培养的二队队长陈二满,刚刚入党,也变得不听话了。社员们更是七嘴八舌,议论纷纷,张口是那年冻坏了五千棵梨树秧子,闭口是那年冻坏了五千棵梨树秧子……

"啊?"老张又一皱眉,"那年真的冻坏了五千棵梨树秧子?"

陈秋元没有直接回答他的问题,脖子一拧,说:"看事物要看主流!"

老张发现,老实巴交的陈秋元,说话的"技术"水平又大大地提高了。他笑了笑,委婉地说:"是呀,看事物要看主流。不过,分析一下它的支流大概也没什么害处。那年真的冻坏了五千棵梨树秧子?"

陈秋元叹了口气说:"唉,你晓得,咱那沙滩上,土如珍珠水如油。建设果园子,得实行客土植树。在沙滩上栽树,从村西口运土,来回八九里路。那年咱们一下买了一万多棵梨树秧子,结果干了一冬,只栽了一半……"

老张听了,望着窗上的日光树影,眉毛越皱越紧了。沉默了许久,才说:"大家有什么好意见呢?"陈秋元说:"唉,全是牢骚!"老张说:"今夜的会怎样开法?"陈秋元张口就说:"群众是真正的英雄。我想发动群众讨论一下施工方案,统一统一思想。"

老张眉毛舒展开了,满意地说:"好,应该这么做。"

三

当天黑夜,陈庄大队召开了社员大会。大队部院里的戏台上,挂了一道深蓝色幕布，一条横标。白煞煞一行大字，十分醒目：陈庄大队对敌斗争大会。老张看了，如同做梦一般，今夜不是讨论梨园建设的施工方案吗？

他坐在戏台一侧，正自纳闷儿，大会开始了。陈秋元简要地讲了几句什么，一声呐喊，两个民兵把一个地主分子扭上台来。紧接着，十几名青年男女，轮流揭发批判那个地主分子散布的流言蜚语。天气虽然寒冷，会场秩序却很好。社员们屏声静气，没有一个说话的、走动的、纳鞋底的。

批判完毕，陈秋元讲话。他朝台前一站，用力咳嗽了一声，嗓门儿不高，句句压众：

"社员同志们，今天的大会开得很好。首先，对我震动很大。咱村的果园建设，为什么慢慢腾腾？原因找到啦，问题主要在我身上。过去我总觉得，咱村的人们老实、听话，'四人帮'的流毒不大，是个'卫生大队'，所以没有很好地抓阶级斗争。其实呢，'卫生大队'不卫生，阶级斗争很复杂！阶级敌人的破坏活动，大家已经看见啦。另外，还有一个富裕中农——今天咱不点他的名字啦，过去污骂上级领导，现在仍然不老实，唧唧咕咕不起好作用！我们千万不要上当，千万不要站错了立场！当然啦，果园建设到底怎么干好，咱还要走走群众路线，发扬民主嘛！散会以后，各队展开讨论。希望大家解放思想，畅所欲言，心里有啥，嘴里说啥。现在请老张同志指示我们的工作！"

会场上响起一阵稀稀落落的掌声。老张一欠身子，说了句"我没什么可讲的"，又坐下了。散会后，陈秋元要陪他下队听听讨论，他却淡淡地说："天不早啦，甭熬眼啦。"蹬上车子返回公社去了。

生活中往往有这种情形：平时在某一方面思想不相一致的同志，当他们遭遇到共同敌人时，各自就会忘掉对方的缺点，变得亲密无间；当共同的敌人消失了，他们原来存在的矛盾就会重新显露出来。老张受磨难时，陈秋元千方百计地保护过他，但对他也有一定看法。老张心胸宽大，待人平和，这是难得的优点。可是，作为一个领导干部，特别是做农村工作，该唱须生了要唱须生，该唱花脸了得唱花脸；有戴黑胡子的时候，也得有戴红胡子的时候。如果老像他那样子，工作怎么推动？再说，身正才能不怕影斜。今夜的景况，倘若被那一男一女看见了，赏你一顶"不抓阶级斗争"的帽子，也怪人家扣帽子吗？老张啊，你白白种了半年菜，喂了半年猪！

陈秋元坐在大队办公室里，正自埋怨老张，电话铃响了。拿起耳机一听，原来是老张打来的电话，开口就问："喂，陈庄有柏树吗？"

"啊？"陈秋元大嘴一咧，嚷叫了一声。

"对了，有，沙滩北头，狐子疙瘩底下，是吧？听着，公社医院徐大夫说，采一点儿柏树叶子，在火上焙焦了，就是'柏炭'……"

"啊？"陈秋元越听越糊涂，又嚷叫了一声。

"二满说，陈麦熟吃草药，还差一味'柏炭'哩。记住，采柏叶时，最好是采背阴那一面的，不要采向阳那一面的……"

陈秋元一听，心里不由得火冒三丈。正要发作，听见耳边有人说："秋元哥，我会上树！"回头一看，只见二满站在他的身后。原来讨论已经结束，队长们汇报讨论情况来了。他把耳机一摔，冲着二满说："好哇好哇，今年评比，你还当积极分子！"

二满脸一红，斯斯文文地说："看你，尽刺讥人儿。"

四

夜深了，老张屋里已经熄了灯。他闭着眼睛，仰在那把大圈椅里，好像睡着了似的。洁白的月光透过玻璃窗子，洒在他那满是皱褶的脸上……

陈庄大队的果园建设，确实是自己做的方案；大沙滩上栽树，从村西口运土，工效确实很低；那年由于计划不周，确实冻坏了五千棵梨树秧子。

陈麦熟骂几句，骂错了吗？斗一斗地主分子，能解决果园建设当中实际存在的什么问题？那个地主分子确实说过一些不三不四的话，但他记得清楚，那是"四清"以前的事了。"四清"以来，劳动表现一直不错。今天，当群众对果园建设意见纷纷的时候，又像抓小鸡似的把他揪了出来，那是什么意思呢？

他想着想着，猛然站起来了，对着满窗月色，目光变得铁冷，喃喃地骂了一句："妈的，'卫生大队不卫生'，倒是一句实话！"

这一夜，他失眠了……

早晨，老张打好行李，准备住到陈庄去。吃过早饭，不想几件别的事情拖住了他。冬日天短，当他赶到陈庄的时候，太阳就落山了。

陈秋元坐在大队办公室里，借着窗口一点儿光线，正往小本子上写什么。一见老张来了，毛茸茸的大脸上立刻显出一种得意神气，开口就说："老张，听我汇报一下各队的讨论情况吧！"

"不用了。"老张淡淡一笑，说，"讨论情况一定不错，一定是人人说好，是吧？"

"你怎么晓得？"陈秋元奇怪地问。

"夜里做梦，梦见的。"老张坐下说，"那件事做了没有？"

陈秋元脸色一沉，不言声了。沉默了一会儿，当老张那睡眠不足的目光落到他脸上时，才说："做了，那么要紧的工作，咱敢不做？"

老张好像没有察觉他的情绪，不紧不慢地说："那好。他是咱的社员，他有困难，咱应该管。再说，他有闺女女婿，他有外甥男女，他有街坊邻居。你那么对待他，好多人心惊胆怕。咱让群众心惊胆怕地去干社会主义吗？咱让群众装聋作哑地建设四个现代化吗？群众怎么想，我不清楚。搁在我身上，吃苦受累行，丢胳膊断腿行，流血牺牲也行，装聋作哑万万不行。你呢？"

陈秋元说:"对对对,你说得很对。从今往后,我什么工作也不做了,天天到他那里串个门,向他请安问好,给他担水扫地、擦屁股端尿盆!"

老张说:"擦屁股端尿盆,没有必要吧?串个门,很好嘛!他是老农,经见得多,也许咱能从他嘴里得到一点儿主意,对建设有好处。走吧!"

陈秋元扑哧笑了。原来,老张对那半死老汉,寄托着这样美好的希望。他见老张去意坚决,只好说:"行啊行啊,广泛征求群众意见嘛!"

两人刚刚站起身,院里响起一阵脚步声。出去一看,原来是二满。二满拿着一把柏树枝子,正好听见一个话尾,撒腿就向村南口上跑去了,好像是他们的向导。

"麦熟大伯,领导上看你来啦!"二满跑到陈麦熟家院里,高兴地叫道。

院里黑沉沉的,窗口没有灯光。等了好大时辰,陈麦熟才从屋里提着裤子出来了,望着两位领导人,泥塑木雕一般。二满赶紧走到屋里,拉着电灯,把他们让到炕上。陈麦熟坐也不是,立也不是,朝墙角里一蹲,扎下脑袋,很像一只烧鸡。

"喂,别睡着了!"陈秋元忍住笑说,"老张同志在百忙中找上门来,你晓得有什么事?"

"俺没意见,挺好。"陈麦熟赶紧说。

屋里静下来了。二满一见老汉封了口,急得抓耳挠腮。小伙子虽然是个新任队长,对村里的工作却很热心。眼看着果园建设不景气的样子,很是焦愁。他记得,电影上常常有这样的镜头:一项工程或是一项试验遇到困难了,支书就去访问老农,一访老农,问题就解决了,非常灵验。于是他便学着电影上那些支书们的样子,挨个拜访了队上的老农,结果一无所得。这一阵,自从缠住了麦熟老汉,好话说了一大车,连个笑脸儿也没看见。今天黑夜,二位领导亲自找上门来,老汉竟然还是这个样子。他斜着眼珠一想,把手里的柏树枝子一摔,十分策略地说:"大伯,你还生气呀?

这就是你的不是了。咱支书的脾气,你不晓得?他好比桌子上那个铁皮暖壶,外头冷,里头热,时刻关心着你哩。要不是他,我哪想到给你采柏叶?支书批评了几句,你就记仇啦?"

"放屁!"陈麦熟不怕冒犯他的队长,狠狠白了二满一眼,急忙表白自己,"官打民民不羞,父打子子不羞,谁记仇了?咱的错误咱改。"说罢,又扎下脑袋。

"老汉,你有什么错误?"老张身子向前一探,突然问。二满一看,不由得惊呆了。一向待人平和的老张,沉着脸,拧着眉,好像憋着一肚子火气。

"当时,你晓得那一男一女是什么东西?"

老汉不敢作声,两眼紧紧盯着地皮。

"那年,陈庄没有冻坏五千棵梨树秧子?"

老汉两眼紧紧盯着地皮,仍然不敢言语。

"那是你陈麦熟制造的谣言吗?"老张一拍桌子,暴跳起来,"两年前,在那人们嘴上吊着墨线的时代,你老汉敢骂我党委书记,老张心里佩服你。你骂得对,骂得有胆气,那种不知心疼集体财物的人,那种掉片树叶害怕砸破脑袋的人,请他也不会骂。可是,今天呢,这样稀里糊涂地认识错误,你不觉得亏心吗?咱们中国人难道从娘肚里生下来就是这样一副喜欢挨棍子的贱骨头吗?"他越说越气,是责人,是责己,还是愤世嫉俗?自己也弄不清楚属于哪一种情绪。

一直坐在炕沿上冷眼旁观的陈秋元,一下子愣住了。他万万没有想到,老张这样评判两年前的是非问题。正想辩驳,陈麦熟突然站起来了,瞅定老张,愣了半晌,抖着胡子说:"老张!你肚里能赶车!"又赶紧一扭头,"秋元!你肚里能开船……"不偏不倚,一人称赞了一句。

陈秋元听了,脸上一烧,心里很不自在。冷静一想,也许这就叫作领导艺术吧,为了征求他的意见,总得给他一个顺气丸吃。想到这里,板起脸说:"这是应该的!"

屋里的空气变了。老张平定了一下自己的心绪,和老汉攀谈起来。二满赶紧生火支锅,炮制起"柏炭"。不一会儿,一股浓烈的柏叶烧焦的气味,驱散了屋里的清寒,一阵比一阵地暖和起来。

陈麦熟坐在一条长凳上,应酬着老张的问话,枯黄的脸上有了一些光气。当二满把谈话的题目引到果园建设上来的时候,他想了一想,拿出一副长者的架子,慢慢说道:

"常言说,种瓜得瓜,种豆得豆。栽果树呢,结果木。果树结了果木,又能吃,又能卖,吃了果木保养身子,卖了果木是笔收入,谁不想吃果木?只是一件,在沙滩上栽树,从村西口运土,来回八九里路。那样干法,驴年也吃不上果木。那……那不符合多、快、好、省。"

陈秋元看着他那无所不晓的样子,心里升起一线希望,忙问道:"你的意见呢?"

"我的意见只怕用不上。"

"用得上,说吧!"二满催促道。

"我的意见也很简单。"老汉倒了一碗水,喝了一口说,"要想早些吃果木,就得找个取土近便的地方。"

"对!"陈秋元一拍大腿,"大伯,你是老农,了解咱村的土脉。你看咱那沙滩上有没有取土近便的地方?"

"依我看,也许有。"

"在哪里?"

"也许没有。"

老汉说罢,慢慢地喝起水来。

陈秋元眉毛一皱:"说呀!"

陈麦熟眼皮一眨："完啦。"

陈秋元脸上的喜气，一下子散尽了，伸腰张嘴打了个哈欠。老张兴致不减，依然细谈慢说。他从老汉的病情，问到他的被子厚薄；又从他死去的老伴，问到他的闺女女婿。陈秋元实在不耐烦了，一掀门帘，腾腾走了出去。老张说："秋元，别走。"陈秋元说："撒泡尿！"一去没有回来。

侍候老汉吃了药，已是半夜时分。老张和二满走在静静的街道上，谁也不言语。走了一程，老张叹了一口气，故意说道："唉，白熬眼啦。"

"不。"二满依然很欢喜，"他到底说话啦。"

"可是，他并没有好主意。"

"你也那么看问题？"二满一噘嘴，好像和谁辩论似的，"群众说，哪块地里埋着个金娃娃，咱一镢头下去，一定得刨个金娃娃？要是那样，不光咱们共产党让群众说话，旧社会的地主老财也乐得让群众说话哩！"

老张听了，猛然站住脚，打量着这个憨厚小伙，呵呵地笑了。甜蜜的笑声传到很远的地方……

五

天刚破晓，陈秋元就起来了，啃了几口冷馍，扛起那把大锹，悄悄向沙滩上走去。上工时间还早，目的是甩掉老张。

老张住在陈庄整整七天了，主要做了三件事。一是召开了几个老农座谈会；二是让木匠修理好了那个已经筑上马蜂窝的意见箱；三是拖着一条拐腿，天天找人谈话。每次谈话，总要拉上陈秋元。他所找的人，恰恰又是那些陈秋元认为不好领导的社员。陈秋元明白他的用意，只好戴起黑胡子，满面赔笑、满腹牢骚地陪伴着他。结果，仍然一无所得。陈秋元早已心灰气泄，坚决不再奉陪了。

村外静悄悄的，笼罩着一层薄薄的雾气。他向沙滩走着，不住回头张望，很怕老张追来了似的。穿过一片小树林子，他突然站住了，两眼直盯盯地望着沙滩北头，惊异地睁大眼睛。

沙滩北头，雾气缭绕的狐子疙瘩底下，活动着一片人群，影影绰绰，若隐若现。狐子疙瘩顶端，有个小黑点儿，从东向西慢慢蠕动着，好像在测量狐子疙瘩的长度。他走近了，那人正好走在狐子疙瘩尽西头。仰首细看，却是二满。小伙子脸蛋儿冻得鲜红，头发上、眉毛上结满着霜花，宛如神话中一位童颜鹤发的仙人，站立在云端。二满看见他，飞身跳了下来，高兴地叫道：

"秋元哥，这里有好土！"

陈秋元仰望着爬满蒺藜蔓子的狐子疙瘩，疑疑惑惑地说："梦话，这也是座沙疙瘩！"

"你看这是什么沙？"二满弯下腰，伸出粗短的手指，噌噌噌，在蒺藜窝里挠了几下，抓起两把沙土，说，"一色风背沙！早年，这里叫梁家坟，那时候财主家埋人，讲究风水气脉，尽占好地。一刮大风，坟里的石人石马、酸枣棵子，能挡沙积尘。年深月久，积下这座沙疙瘩。我怕不准，带人来侦察一下。侦察准了，拿炸药一崩，可以就地取土。他娘的，该着咱这沙滩上出果木啦，哈哈！"

陈秋元听了，一下子抓住二满胳膊，惊喜地问："这是谁说的？"

二满说："俺爷爷！"

"笨蛋！"陈秋元一板脸，"你爷爷有这好主意，你怎不早做工作？"

二满说："谁说没做工作？为了讨他一点儿主意，俺只差给他磕头了。可他总是冷着脸，什么也不说。俺做小辈的有什么法子？"

"最近，老张找他了？"

"没有。"

"别的支委找他了？"

"没有。"

"你找他了？"

"他找我了！"二满欢喜地说，"那天黑夜，你们看望了麦熟大伯，他的二闺女很快就去侍候他了。俺爷爷听说了，脸上好像露了一下笑模样儿……"

陈秋元一皱眉头，不解地说："咦，咱们看望陈麦熟，与他什么相干？"

二满斜着眼珠说："是呀，领导上都不清楚，小兵子更不明白。"

陈秋元呆呆站着，两道浓眉松一下，紧一下，愣了半晌，他把铁锹一插，坐在一棵柏树底下，郑重其事地说："二满，咱当干部十几年了，身上的毛病肯定不少。社员们对咱有什么意见，你给咱提个醒。"

二满忙说："没没没，你老哥一不贪污，二不浪费，办事公道又讲民主，社员们对你没有什么意见，只是憎恨那个地主分子。这些年，每当你发扬民主的时候，他就往戏台上一站，吓唬吓唬老百姓……"

"滚蛋！"陈秋元脸一红，一拳杵在二满心口上，打了他个仰面朝天，"你小子也学会刺讥人儿了！"

二满躺在松软的沙地上，揉着心口，嘻嘻哈哈地笑了个痛快。正想说什么，狐子疙瘩东头也爆发起一片欢笑声、叫嚷声，铁锹镐头叮叮当当，好似一阵急雨。二满骨碌爬起来，撒腿向那里跑去了。

陈秋元没有动身，遥望着村子上空火一般的早霞，心想：蒙在鼓里的老张大概又迈开那条拐腿了吧？

三识宋默林

戊午年腊月十二日，宋默林平反了，摘去了压在头上十二年之久的帽子，恢复了党籍。年前改选支部的时候，党员们根据群众的要求，又把他选入支部里，并且希望他继续担任支部书记的职务。他说他年老了，记忆力也差了，只能协助别人做一点儿力所能及的工作。大家看他言语真切，不好强难，他只做了一名支部委员。

宋默林时年六十一岁，贫农出身，农民成分；1942年秋入党，做过抗日工作。解放以后，历任村长、初级社社长、高级社副主任、大队支部书记等职务。有人说他是一个人物，希望我为他做传，我没有那个才能。何况我对他并不十分了解，只有过三次接触。每次接触，时间虽短，印象很深，却是事实。在这许多冤案得以昭雪，许多错案得以平反，正气大伸、民心大顺的年华，把他留给我的一点儿影像告诉读者，倒是我应尽的责任。

一

甲寅年麦罢，我奉命到宋庄去，了解批林批孔结合批判资本主义倾向的情况。那一天，天气炎热，快到宋庄的时候，又渴又累，实在懒得走了，我便下了自行车，到一个井台上去喝水，顺便歇歇脚。

那里真是一个好地方,不仅凉快,且有诗意。一棵垂柳遮掩着半面井台,地上生满绿茵茵的小草;电机在嗡嗡运转,井水在哗哗喷流,机手在机房里哼着流行的戏曲。我喝了几口清凉的井水,洗了一把脸,看见柳树底下坐着一老一少,正在下棋。由于工作的习惯,我喜欢和农民们聊天儿,便擦着脸上的水珠问道:"老乡,你们做什么活哩?"

年少的向北一指,头也不抬地说:"你问六生,他是队长。将!"

机井房一侧,躺着一个袒胸露肚的小伙子,大腿压着二腿,脑袋枕着鞋底,瞪着眼睛发呆。我上前问道:"六生队长,你们做什么活哩?"

"你从哪里来的?"他眼皮一翻,盘问起我来。

"从县里。"

"在哪里工作?"

"资料组。"

"噢,编经验的……"

他超然一笑,不再理我了。我心里好生不快,凡经验者,盖称之曰"总结",何谓"编"呢?我又问了一句:"你们到底做什么活哩?"

"耪资本主义哩。"

"什么叫耪……"我觉得这又是个新鲜的名词。

"你看不见吗?"他不耐烦了,用脚丫子朝地里一指,"麦茬地的垄沟上点了几棵豆子,麦子一割,资本主义露出来了。命令如山倒,不耪行吗?"

我朝地里一看,那豆苗将近一尺高了,有的已经开花,鲜嫩水绿,十分可爱。我心里不由得隐隐作痛。但一想到耪豆苗和我的工作有关系,心里也就平静下来。我又问道:"你们村还有哪些资本主义表现呢?"

这家伙真傲慢,不但没有理睬我,反倒呼噜呼噜地打起鼾。哪里会睡得这样快呢?正自生气,忽然看见大垄沟西有个老汉,正在弯腰弓背地耪豆苗。我心里一喜，叫道："老大爷，歇歇吧！"

那老汉听得喊叫，愣了一霎，慢慢腾腾地走过来了。他瘦高身材，青黄脸色，两颗大眼珠子躲在深陷的眼窝里，冷而有神。摘去草帽，头顶上有一道红紫色的伤疤，歪歪扭扭斜插额角，煞是难看。他蹲在离我很远的地方，眉梢上滴着晶亮的汗珠子。

我笑着问："老大爷……"

"你甭叫我老大爷。"

"同志……"

"你甭叫我同志。"

他好像天生的一脸怒气，说这话时，声音低沉而凄苦。我干脆什么也不叫他了，用一种漫谈的方式，了解起资本主义在宋庄的表现。他听着听着，眼珠一定，突然问道：

"说瞎话，说实话？"

"当然要说实话。"

"这算你问我的，还是算我自己说的？"

"算我问你的。"

"资本主义多哩！"他说，"在垄沟上点豆子，你看见了，是资本主义；生产队在沙滩上种二亩扫帚苗，是资本主义；社员们喂鸡、喂羊、喂兔子，更是资本主义。一句话，凡是对老百姓有好处的事情都是资本主义；凡是让老百姓挨饿受穷的事情才是社会主义。如今的社会主义好比宋庄的西瓜，转了种了……"

"这是什么话呢！"我赶紧喝止他。

"人老了，好说胡话。"

"我希望你不要这样乱讲！"

"你问我的。"

"这样讲，对你不利！"

"不利，还能再戴一顶什么帽子？"

我慌了，他是什么人呢？这时，六生的鼾声早已止息，但他眯着眼睛，干笑不语。我向老汉挥挥手说："去吧，干活去吧！"

"我不干哩。"

"你敢！"六生一滚身爬起来，大声嚷道。

"我牙疼，我告假！"老汉说着，怒气冲冲地朝村里走去，草帽、大锄也不要了。我看得出，他的火气是从刚才的谈话中激发起来的。

六生的脸上却露出一种快活的神气，两手向我一摊，翻着白眼说："毁了，没人搒资本主义了！你看那二位，上午下棋，下午'将'，一棵资本主义也不搒。干这路活，全凭着宋默林他们哩，他们戴着笼头哩。这一下，毁了，毁了……"

"怎么，他就是宋默林？"我吃惊地问。

六生用一种嘲弄的眼光看着我，说："对了，他就是宋默林，宋默林就是他。你怎么了解他呢？你怎么叫他老大爷呢？唉唉，真没头脑！"

我被他弄得啼笑皆非。正想埋怨他几句，下棋的那二位停止了厮杀，慢言细语地议论起来。年少的说："这家伙，嘴真厉害。"年老的说："哎，宋铁嘴么。1947年7月15日夜，他在村西和一个还乡队的探子相遇，赤手空拳把那探子按倒在地，一口咬下那探子的耳朵。枪子儿嗖嗖地飞着，他还要数落那探子几句：'全中国解放了，人人都晓得你是反革命！'这才跑哩。"年少的说："咬耳朵算什么呢，耳朵终究是别人身上的东西。那年治理村北的沙岗子，有些人磨磨蹭蹭地不想干。他急了，咯吱一声，当着众人咬破中指，在沙岗底下那棵白杨树上写下八个血红大字：'宋庄不变，死不瞑目。'手指头可是自己身上的东西……"

"你们不要给他涂脂抹粉！"六生吼了一声，表示压制，然后对我说，

"宋默林真嚣张,半年不说一句话,一开口就放毒。造反派斗他的时候,舌头上扎两根纳底子大针,也不改口!"

六生气呼呼的,把"放毒"二字咬得特别响。我心里明白了,他是在用一种激烈的言语,表达着一种相反的情绪。在那时候,这种表达思想的方式,在朴实的农民中间是很普及的。我望着宋默林远去的身影,又问六生:"他是怎样戴上帽子的?"

六生说:"罪行累累呗。反党反社会主义,反三面红旗,反……他什么都反,见啥反啥。"

"刚才他谈的,你以为怎样呢?"

"怎么说呢?"

"照实说,说心里话。"

"他谈的么……"六生四下一瞅,低声说,"虽然反动,却是事实。"

我喷儿地笑了。"虽然反动,却是事实",这是什么逻辑?仔细一想当时的社会情况,我又觉得不足为奇,反觉得粗鲁的六生发明了一句醒世名言。

二

戊午年十月的一天,我又见到宋默林。那时他的问题已经引起县委的重视。为了迅速落实他的问题,落实政策办公室的老崔同志准备和他谈一次话,亲自听听他的申诉。老崔同志担任过宋庄人民公社的党委书记,对宋默林比较熟悉。我觉得这是一个了解宋默林的好机会,便陪同他来到宋庄。

那天,宋默林没有下地,正患重感冒。他的体温很高,两眼烧得通红,嘴唇上暴着一层干皮。老崔向他说明了来意,他犹犹豫豫地说:"到大队谈吧，在我家里……"

我们理解他的心情。老崔没有说话，我也没有言语，我们两个都在注意他的院落房屋。这是一处巴掌大的小院，院里堆着一些柴草，墙上的泥皮已经脱落了，撒满雀屎。三间低矮的土坯屋，没有房梁，硬扛山盖起来的，檩条只有胳膊粗细；由于烟熏火燎，屋顶变得漆黑。这就是曾经掌握过三千亩林业的大队支部书记长期居住的房屋。看看这院落房屋，再看看他那憔悴形容，我和老崔几乎同时说："就在这里谈吧！"

宋默林让我们坐在外屋的板凳上，他坐在门槛上。老崔问到当初定案的情况时，他深深吐了一口气，呼吸很不匀称地说："我只说三句话，不只是对你二位，是对咱组织。我不反党反社会主义，我没站在地主阶级的立场，我没逼死人命。刀按脖子也是这三句话。"说罢，两手紧紧抱住那颗带伤疤的脑袋。

关于宋默林"反党反社会主义"的问题，老崔不止和我谈过一次。老崔是个襟怀坦荡的好同志，他是作为一次沉痛教训和我谈起的。那是1964年夏天，他们公社遭了雹灾，宋庄受灾最重。宋默林报大灾，老崔说是小灾。他让他的下级说小灾，他向他的上级又说是"大灾之年不见灾"。结果，那年的征购粮有增无减。第二年春天，人们饿得嗷嗷叫。宋默林一算，麦熟还早，愁得他眼泪疙瘩不断线，后又害起眼疾，在一次公社召开的干部会上便和老崔要粮食。那时老崔年轻火盛，只字不提社员口粮问题，却问道："宋默林，你说社会主义好不好？"宋默林说："社会主义好。"老崔又问："那么你说社会主义国家的人民吃得饱吃不饱？"宋默林挤着红眼睛，干张嘴不说话。老崔见他无言以对，追得更紧。宋默林急了，两眼一瞪，嚷道："你甭和我扯那些上不着天下不着地的淡话！社会主义要是没你老崔，人民肯定吃得饱！你看看吧，这就是宋庄人民的饭食！"说着，从怀里掏出两个榆叶团子，扔在老崔的笔记本上。老崔气急了，便组织全公社的党员干部批他右倾。宋默林毕竟是个庄稼人，吃不住这惊吓，暗暗怀疑自己真的犯了错误，终于做了检讨。首先忆苦思甜，然后承认错误，末了捶胸打脑地说："我宋默林对党没有二心，我一定带领宋庄人民煞紧腰带向前奔！"他满脸严肃，人们却哈哈大笑。老崔晓得，宋默林认识到这种程度就很不错了，若要他否掉"煞紧腰带"的事实，割头剐肉也办不到，于是也就罢了。哪想"四清"运动后期，秦福那一伙人首先把老崔奉为"党"，整理了宋默林"反党闹粮"的罪行材料；"文化大革命"开始以后，又要揪斗宋默林的后台老崔，因为他默认了、包庇了、怂恿了反党分子宋默林"煞紧腰带"的攻击，所以他比宋默林还要"恶毒"。老崔这才明白了，比起这些"真正的左派"，自己还望尘莫及。那时他已自顾不暇，关于宋默林"站在地主阶级立场"的问题，他就不大清楚了。

"那很简单。"宋默林说，"1962年夏天，村里的闺女媳妇夜里都不改畦了，派谁谁不去。我一了解，六月初八黑夜，秦福在村西高粱地里强奸了一个改畦的闺女。秦福外表文明，材料子不强。我让他做了反省，撤了他队长的职务，派他到水库去了，那里没有女的。运动来了，你们猜他说什么？他说那是地主阶级给他施的美人计，他说我站在地主阶级立场打击他贫下中农！"

我问："那闺女出身不好？"

宋默林猛然站起来了，大声说："出身不好，就兴把人家按在高粱地里啦？我上了二十多年党课，没学过这一课！我们这么大个国，要不要王法！"

他越说越气愤，脖子里青筋暴绽，两眼如星驰电扫。我仿佛看见他当年的气概了。仔细一想，我又不曾见过当年的宋默林，等他稍微平静下来，老崔问道："那到底是强奸呢，还是美人计呢？"

宋默林说："谁晓得呢！秦福当了几年造反首领，总娶不上媳妇；那闺女名声坏了，也找不到婆家，后来有人说合，说是生米做成熟饭了，劝他两家成亲。秦福早憋急了，一跺脚说：'不当他妈左派了！'和那闺女结了婚。如今两人搂着睡觉去了，我呢，我还在地主阶级立场上傻站着哩！"

我忍不住笑了，当我问到"逼死人命"的问题时，他坐下了，心思沉重地说："唉，咱有错误。1963年腊月，秦顺娘的精神病犯了，夜里乱跑乱唱。秦顺不去投医，请来了瞎子捉妖拿邪。我把那瞎子赶走了，狠狠吹唬了秦顺一顿。一天黑夜，他娘失踪了，淹死在村北的井里……"

我说："秦顺搞封建迷信，应该劝阻，你有什么错误呢？"

宋默林说："哪是劝阻，我把人家关到大队去了，让人家做了两天反省。咱有权关人么？出事那天，偏偏又是秦顺做反省的时候。我对不住那个苦老婆子，心里疚得慌。所以每逢清明，不由得就想到她坟上看看。"

我看看老崔说："这是工作方法上的毛病，能定罪吗？"

宋默林说："物以稀为贵。那时'手上沾满人民鲜血'的'走资派'还是缺货，人家能不抓吗？"停了一下，又说，"秦顺背后有人挑拨，我不记他。"

"你什么都不记，人家可记着你哩！"一直站在院子里的宋默林老伴再也忍不住了，对老崔说，"老崔呀，这些年的日子，你晓得我是怎么熬过来的？一人跌倒，全家受气呀！那年腊月二十九，人家偷去我那二斤猪肉喝酒，我看见装作看不见；大年三十黑夜，人家给我贴个白对子，很像俺家死了人似的。你们再看看他那头上，宋家院的人们看见了谁不伤心落泪呀……"

"烦气！"宋默林一拍门槛子，大声嚷道，"你还宋家院秦家院哩，你还嫌村里平和呀？那年月，劳苦功高的大元帅们还受治哩，咱这无名小卒，算个屁！"

他老伴背转身去，不言声了。宋默林看了我们一眼，脸上的肌肉一松，吐了一口气说:"咱脾气暴,嘴也孬,咱当干部的时候没少吹嘘了社员们。所以咱也给人家预备了一点儿'群众基础'。"说罢,两手又紧紧抱住那颗带伤疤的脑袋。

宋默林的问题当然不只这些,有政治的,有经济的,还有历史的。正如六生所说:"罪行累累。"可是提到那些问题时,宋默林却苦笑着说:"你们查吧,我不说了。"申诉者既然觉得不屑一谈,读者必然觉得索然无味,笔者也就不去细写了。

三

我再次见到宋默林的时候,是他平反以后,上任的前夕。那是一个落雪的夜晚,我到乡下办事,投宿在宋庄,自然要去看望他的。走到他家街门口上,只见他老伴孤零零地站在门前那个旧碾盘一旁,正自掩面啜泣。我问道:"大冷天,这是怎么了?"

她眼里噙着泪花,看清是我,一拍巴掌说:"整整三十六个了!"

"什么三十六个了?"我问。

她眼里的泪花扑簌簌地滚下来了,脸上的笑容却更明显:"这几天,算上你,来串门的整整三十六个人了。我这院里,多少年没人走动了。看见这景况,我眼里想哭,心里想笑。去吧,他在屋里正对人们发牢骚哩,唉,他那嘴呀……"

我心里一沉,朝院里走去。我觉得摆在宋默林面前的,有一个如何对待的问题。可是一想他那不幸的遭遇,我又觉得偶尔发泄一点儿闷气也是可以理解的,不必苛求于他。

屋里暖烘烘的,人们有说有笑,好像大年三十黑夜一般。宋默林更瘦了,脸色依然青黄,乱蓬蓬的头发足有二寸长。他坐在桌旁,拳头支着脑袋,好像一个久病初愈的人需要静心休养似的。他看见我,微微一笑,向人们做了几句介绍。待我坐定了,大家又继续谈论起来。

"小祥,接着说吧!"蹲在炕沿上的六生,逗弄着地下一个瘦小的年轻人,"大家注意啦,宋小祥继续发表谈话!"

屋里静下来了。人们含着笑,望着小祥,各人有各人的表情。小祥用手抠着鞋底子,口吃地说:"我对不住默林大伯,我画过默林大伯的漫画,那年默林大伯背的那个王八盖子也是我画的。我……"

"你不光会画,你还会唱哩!"宋默林闭着眼睛,皱着眉毛,数落道,"你小子当机手与众不同,电门一合,就躺在机井房里唱去了,唱什么……'一日三餐九碗饭,一觉睡到日西斜'。你自己说吧,这几年你开的那台机子出过多少事故?我警告你,如今是抓纲治国,咱们要干真正的社会主义了,再像那样子,没你的好果子吃!"

小祥红着脸说:"今后改正……"

"我再帮助你两句吧!"六生跳下炕,指着小祥的鼻子说,"你呀,我怀疑你在你娘肚里没有长够月数,骨头太软了。你不画,他们能咬了你的蛋?在这方面,你得向你六生哥学习,咱不是骄傲哩。"

"真不要脸!"宋默林噗嗤地笑了,"你当队长好几年了,咱队的财务制度,那也叫个财务制度?办社时候,我这个社主任一次只能批准三十块钱以下的开支,非生产开支只能批准五块钱。如今可好,花钱好比鲤鱼喝水,一个口进,两个腮出,花多花少凭你一张嘴。旁的不说,去年一年,赶车的就用光了一张牛皮的皮条!还有……"

"哎呀,喝水吧,大伯!"六生赶紧从火炉上提下那壶不开的水,殷勤地说。宋默林一把夺过水壶,瞪着眼说:"嫌我数落,你滚!"

满屋子人哈哈笑起来了。六生朝炕上一滚,也咪咪地笑了。一个眉目俊俏的年轻媳妇,啪一掌,狠狠打在六生脚面上,脆声亮嗓地说:"该!

年轻人做一点儿错事,就该吃你的辱骂了?在那乱哄哄的年头儿,谁没个一时糊涂,谁没个三回九转?当初斗争默林大伯时,我是负责喊口号的,可是后来……"

"后来你们干得不错。"宋默林又闭起眼睛,"不过有一句话,我早想跟你们说。棉花那东西不会紧跟照办,不会看大官们的眼色行事。'杈长七月,嫩过八月,九月不早衰'的口号,你们喊了几年啦?实现了吗?"

年轻媳妇说:"明年看!我们摸着经验了,早苗不早管,照样不增产;早管抓壮苗,才能多坐桃。根据咱村的情况,我们研究了十项改革措施,改间作为平播,改连作为倒茬,改晚打顶为早打顶……"

"五更!"宋默林突然叫道。

"我听着哩。"原来,那个爱下棋的少者,名叫五更。他蹲在一个角落里,正卷旱烟。宋默林指着那年轻媳妇,冲着五更嚷道:"你听听人家秦兰霄,你也是个技术员哩。那年拿滴滴涕乳剂治麦蚜的,是不是你?你怎么不拿滴滴涕当汽水喝哩?不嫌害臊,你还笑哩!"

五更笑嘻嘻地说:"大伯,俺也研究着哩……"

"你研究马踩车哩!"

满屋子人又哈哈大笑起来。

我仔细地研究着他的每一句话。他的确爱发牢骚,但不是我所预料的那些牢骚。他用他那张独特的嘴,努力把人们的思想情绪转移到各自的工作上去。这个装聋作哑十二年的创业人,心里压着多少事,积着多少话呢?

他一个一个地数落着,对谁也不宽容。他从一次柴油机爆炸事件,刚刚数落到机械管理当中存在的问题,他老伴在窗外咳嗽了一声,随即走进一个白白净净的中年人。一进屋,高腔大嗓地说:"哈,客满啦!"

人们没有作声,屋里变得很肃静。那人伸手拉开抽屉,胡乱翻了一阵子,嘴一努说:"哼,默林大伯真小气,大喜日子,也不预备两盒好烟请请客!"

这是谁呢？他的举动言语，明显地表露出和宋默林非同一般的关系。宋默林对他也很热情，给他拍净背上的雪，又给他倒了一杯开水。他忙笑笑说："不喝水啦，咱走吧！"

"做什么？"

"你想想。"

宋默林愣了一刻，一掌拍在头顶上说："哎也，看我这记性！"说罢，跟他走了，大家又谈了一阵闲话，也就散去了。

"他是谁呢？"送走众人，我问宋默林老伴。

"秦顺。"

"秦顺？"

我心里一紧，想起那桩"人命案子"。她低声说："如今当副队长哩。那年三十黑夜给我贴白门子的，就是他！"

"老宋晓得吗？"我紧问。

"他亲眼看见的！"

"秦顺承认吗？"

"每次开会都要嚷叫几声，说是一定要追查那个贴白门子的人哩！"

"这算什么人呢！"我生气地说，"他找老宋做什么？"

"他请人家理发哩！"她也生气了，"六生就会理发，五更也会理发，可他偏偏……我叫他去！"

她说着，朝雪地里走去，走到街门口上，又站住了；愣了一下，返回屋来，苦苦一笑："唉，管他哩。在外面，人家专着他的政；在家里，他可是专着我的政哩。"我笑了笑，她又说，"他说得也在理，百人百脾气，人没一样的。只要他秦顺给队里拉正套，那点儿事一时不想说，咱就装不知道。人活在世，有的事两眼需要睁得一般大，有的事就得睁一只眼闭一只眼。你说呢？"

她絮絮地说着,好像是在劝我。我平定了一下自己的心情,正想打听宋默林头上那道伤疤的来历,外屋似有动静。她出去一看,怪叫起来:"哎呀,你疯啦?半辈子和尚头,老了老了,却怎么……"

"烦气!"宋默林又吹唬老伴,声音却压得很低,"明天咱要办公事了,那东西不雅观,有人看见伤心,有人看见害怕,还是遮掩住为好;你有什么好法子我听听!"

我走出去一看,原来宋默林留了个大分头。他见我还在,抖掉肩上的雪,用手打着头发梢儿,怪模怪样地说:"嘿嘿,宋默林赶时兴哩!"

雪花忙乱地飞舞着,越下越大了。望着门外的银白世界,宋默林谈论起这场雪的厚度,以及会给越冬的小麦带来什么好处。我想打断他的话,却又想不出合适的谈话题目。为了利于明天的工作,他留起分头来了,我再访问他那伤疤的来历做什么呢?

这就是我所认识的宋默林同志,一个蒙冤十二年之久的共产党员,普普通通的农村干部。

分　　歧

　　夏家营公社党委书记老魏，绰号"大算盘"，全公社所属各个村庄无人不晓。其实他的珠算并不高明，减法不会借位，除法只懂三归。何以得了这样一个绰号呢？原来，他开会讲话，与人谈心，有个特点：总爱通过一串一串的数字计算，表达自己的思想，说明自己的意图。他所使用的数字，就是各村的劳力情况、种植情况、收入开支和牲畜机具等情况。这种种情况，就是他运用自如的算珠儿。

　　老魏今年五十多岁了，农民出身，性情粗莽。平时，打电话嫌麻烦，要表报嫌啰嗦，没有大事又懒得开会，要掌握那不断变化的许多数字，没有别的好法，只有仰仗那辆光秃秃、黑漆漆、骑上吱吱响的自行车，去发扬他的"游击习气"。这样一来，人们便产生了各种议论。有人说他工作深入，作风扎实；有人说他只热衷于生产数字，不注重政治思想工作。党委副书记老许认为，两种说法都对，但都有片面性，二者一加，才符合辩证法。

　　起初，对于老许的评论，宣传委员小何半信半疑。自己调来不到半年时间，据观察，老魏在政治学习方面是很刻苦的。为了消灭生字，常常拿着马列书籍，半夜来敲自己的屋门。这样一位领导人，怎会不注重政治思想工作呢？可是这一回，他跟老许到大颜村来抓冬季水利建设工作，细一比较，才看出了老魏和老许的差异。

按说，老许是主抓生产的副书记，但他十分重视政治思想工作，和前几年戏台上的生产干部截然不同。那一天，两人一到大颜村，立刻通过高音喇叭把支委们从地里喊了回来，反复学习了农业"八字宪法"，重点学习了毛主席关于水利建设的一系列教导，重新学习了县委的有关文件，认真贯彻了公社党委决议的精神。当天黑夜，进行了讨论。第二天召开了党员会议，列出了十个思考题目，着重讨论了共产党员在水利建设高潮中应该起什么作用。第三天召开了队长会议，严肃地批判了在水利建设高潮中可能出现的各种错误思想和模糊认识，讲解了搞好水利建设的重要性、迫切性及其政治意义，最后提出：狠抓一个"水"字，做到一个"快"字，落实一个"好"字，作为行动的指针。

由于政治思想工作走在了前面，到会干部只好跟上。特别是支部书记颜小囤，讨论发言非常踊跃。老许说搞好水利建设十分重要，他说搞好水利建设万分重要；老许说没有水难以丰收，他说没有水寸草不长。讨论完毕，他还派人在村口上写了几条大字标语，造了一下声势。工作顺遂，老许自是高兴，小何也很欢喜。

可是，几天过去了，还不见颜小囤来汇报施工情况。一天下午，老许出村一转，只在村西岗子上看见一个锅锥架，一个小窝棚，一个颜福祥老汉，泥胎似的在那儿守着。他一见这情景，气得晚饭也没吃好，立刻派人把颜小囤叫了来，劈头就问："公社党委的决议你执行不执行？"小囤眨眨眼睛说："我不执行，村西的锅锥架就立起来啦？""可是，人呢？""怎么，还没去人？哎呀，真成问题！""我看成问题的首先是你！"老许把脸一沉，"阻碍大颜村农业大上的关键问题是什么，你晓得吗？就是缺水！"小囤又眨眨眼睛说："我不晓得。哪块地旱坏啦？"老许咽了口唾沫，一拍桌子，抬高嗓门儿说："今天主要是解决你的思想认识问题，不纠缠实际问题！"

说着，他翻出一沓文件，小囤掏出烟袋荷包，他讲他的搞好水利建设的重要性、迫切性及其政治意义；小囤叼着烟袋，瞅着房梁，眨他的眼睛。一直谈到半夜，也没什么结果。

第二天清早，小何还在睡梦中，蒙蒙眬眬地听见老许叫道："小何，起来！"睁眼一看，屋里还黑擦擦的，老许已经起来了，默默地坐在炕头上吸烟。没等小何穿好衣服，就用一种研究的口气说："小何，据你分析，颜小囤到底是个什么问题呢？是骄傲自满呢，是盲目乐观呢，是右倾保守、麻痹松懈呢，还是属于懒汉懦夫……嗞！"话犹未了，他痛苦地"嗞"了一声，赶紧用手捂住左腮帮子。

小何知道，老许一着急，就好犯牙疼。他看看他那似显浮肿的眼睛，看看桌上那堆烟灰、烟头，心里热乎乎的，力求准确地说："今年他们粮食亩产过了千斤，我看，似乎……好像是骄傲自满情绪在他脑子里作怪！"

"对！"老许右手向下一劈，"他颜小囤的骄傲情绪决非始于今天！你还记得夏天积肥时候的情形吧，那时要狠抓下去，哪有今天？可是咱们的老魏……"他两手一摊，眼珠一翻，做了一个十分痛惜而又无可挽回的表情。

小何没有忘记夏天积肥时候的情形。那是八月初，他刚调来不久，县委号召掀起积肥生产的高潮，为小麦播种备足肥料。那时候，大颜村下手早，得到了公社党委的表扬，并让他们在全公社干部会上介绍了经验。一散会，公社干部分别到了各个村庄，去抓这项工作。小何跟老许来到大颜村，工作步骤与这次大体相同，把支委们从地里喊回来，首先是学习语录，接着是朗读文件，然后是讨论重大意义。一天上午，正讨论，小囤忽然问："老许，讨论到什么时候为止？"老许手掌一翻说："学习发动阶段，初步安排为五天。"小囤睁大眼睛，邪乎乎地说："五天？太少了吧，干脆讨论到八月十五算啦！"言语不和，两人竟然顶撞起来。

当时，老许气得脸青嘴紫，回到住处一分析，断定小囤受了表扬之后滋长了骄傲情绪。当天下午，他把全体党员集中到村北树林子里，拿出一本反骄破满的小册子，让大家轮流朗读。刚刚轮到小囤，老魏骑着那吱吱响的自行车来了。他脸红筋胀，两腿泥巴，湿淋淋的背心紧贴着脊梁沟儿。下车就说："哈，这地方倒不赖！"老许见他来了，自然要请他讲话。他没推辞，把车子一躺，两腿一盘，席地坐了，笑着问："小囤，今年种多少麦子？"小囤说："两千九。""一亩地施多少底肥？""七方。""手里有了多少方啦？"小囤眨眨眼睛："那可没数儿。"老魏笑容一收，说："没数儿？没数儿就敢坐在树荫里消磨时光？根据各队报的，一共有了三千五百方；根据我刚才看的，最多也超不过三千八百方。种两千九百亩麦子，一亩地施七方肥，七九六十三，二七一十四，十四加六，六去四进一，一共需要两万零三百方肥。两万零三百方减去手里的三千八百方，还差一万六千五百方哩。今天到寒露，还有五十六天时间。五十六天时间，十二个队，一个队每天平均得积二十四方多肥！劳力呢，玉米不能不锄，棉花不能不管，满打满算，积肥只能占用百分之三十的劳力。时间说是五十六天，实际呢，五十六天头上就该插耩子啦，你还积肥？"大家听了，吃惊不小，这个说："可别松劲！"那个说："别翘尾巴！"唧咕了一阵儿，一致表示：合理搭配劳力，改进积肥方法，坚决要让肥等地，不让地等肥。老魏笑哈哈地说："老许还有什么话说？没啦，散会！"

小何记得，当时老许对老魏的做法很不满意，自己也想不开，便向老魏反映："颜小囤的骄傲情绪可严重啦！"老魏一愣："啊？"他把小囤顶撞老许的情形，绘声绘色地描述了一番。老魏听了，只一笑说："谁顶撞谁几句，谁不能就说谁有骄傲情绪。"他在大颜村住了半月时间，上午忙积肥，下午看书、睡觉，黑夜跟随一群半大小子改畦浇地，好像大颜村缺少他这么个劳动力似的。

小何回想着，越想越觉老许埋怨得对，越想越觉老魏该受埋怨……

老许一支接一支地吸着烟，头一仰，情绪激昂地说："我不否认，'四人帮'反对大干社会主义的那套谬论，应该狠批！潘小花那种干部，肯定要不得！可是，他们完蛋了，是不是就生产论生产、轻视政治思想工作的倾向就对啦？绝对不是！在目前，我觉得如何加强政治思想工作仍然是个值得研究的大问题！我这观点也许不对！"

小何眼睛一亮，对老许提出的问题产生了浓厚的兴趣。他没见过潘小花，可听人说过，潘小花担任公社副主任期间，有一句名言："我是一个睡觉都在研究政治工作的人。"人们晓得，她所研究的"政治工作"，就是如何砸烂"修正主义黑算盘"在夏家营公社的统治。当时，老许几次劝告老魏，可是老魏毫不检点，老是热衷于那些生产数字。结果每来一次政治运动，大街上就要糊一片大字报，贴一幅大漫画：一个黑瘦子，头上插着麦穗，怀里抱着算盘，正跟赫鲁晓夫亲嘴。对于潘小花的行径，老许深恶痛绝；对于老魏的执拗，又很生气。于是他坚持了一条既不同于老魏，又不同于潘小花，对党无愧，于己无害，顺天应时的路线，工作要做，生产要抓，但一定要把政治工作放到有目共睹的地位。有些做法开始自己也觉别扭，甚至感到滑稽，但日子久了，习惯成自然，自然成必然，必然的做法往往会使人产生一种理所当然的信仰。而这种信仰，别人又驳不倒、推不翻。加强政治思想工作，有什么错？想到这里，小何肯定地说："老许，我认为你的观点很对！"

老许听了，微胖的脸上掠过一丝欣慰的笑容。略一思索，果决地说："你去下个通知，下午召开党员会议！"说罢，骑上自行车回公社去了。

大颜村毕竟不是落后的村庄。水利建设虽然没有开展起来，其他农活倒也应时对路。田野上拉土的，平地的，给小麦浇水的，也是一派繁忙景象。小何找到小囤的时候，他正在村南修建氨水库那儿当泥瓦匠。小何叫了一声"小囤",小囤立刻说:"下午召开党员会议,是吧?"小何奇怪地问:"你怎么晓得?"小囤四下看了看,嘴巴对准小何的耳朵说:"这是你们的规律!"逗得人们哈哈大笑起来。

小何闹了个大红脸,正觉难堪,村里的高音喇叭突然广播起来:"颜小囤!颜小囤!听到广播,马上到村西岗子上去,有人等你!"

小何跟小囤走到村西,远远望见岗子上立着个大高个儿,正和颜福祥老汉聊天儿。锅锥架旁边,躺着一辆黑漆漆的自行车。小何心里猛然一喜。老魏平时找人谈话,从不派人去叫,更不通过高音喇叭,总是亲自凑到你跟前。今天一反往常,动用了高音喇叭,说明事态严重。颜小囤,准备挨剋吧!

出乎小何意料,两人走近了,老魏一点儿也不严肃地说:"小囤,还没动手呀?"小囤忙说:"就动手。"老魏说:"我今天到这里来没有别的事,就是告诉你一声,外村都已行动起来啦!"

这时,颜福祥老汉咳嗽了一声,自言自语地说:"外村是外村,颜村是颜村。颜村百亩一眼井,南北一条渠,外村比得?"说着,没事人似的到窝棚里吸烟去了。

小囤一听,不由得面露喜色,从衣袋里掏出本子说:"福祥大伯说的还不全面。魏书记,你不是爱算账吗?今天咱俩算笔账!"

"好吧。"老魏两腿一盘,席地坐了,顺手捡起一块石子儿,念一个数字画一个数字,"打一千斤粮食,包括蒸发、流失、庄稼吸收,大体需用八百四十方也就是八百四十吨水……"

"且慢!"小囤眨眨眼睛,"你拿秤约来?"

"我甭约。"老魏指指西南方向,"就拿柳树井那片地来说吧,上茬种的麦子,下茬种的玉米,今年亩产一千零六斤粮食,两茬一共浇了十二回水。夏天浇地的时候,安的是五吋泵,用的是七点五千瓦的电动机,颜福祥拿的马蹄表,从水利局借的三角堰,几次测量结果,一点钟平均出九十方也就是九十吨水。我改了半月畦子,平均说吧,一点钟可浇二亩地,一亩地浇一回需用四十五吨水。浇十二回,大体需用五百四十吨水。再从水文资料上看,近十年来,咱们这里一亩地每年平均承受三百吨雨水。三百吨加上五百四十吨,你看,八百四十吨水流到地里去了。"

小何看看小囤,小囤瞅瞅小何,两人好像同时在说:哎呀,真是个"大算盘"!

"你们呢?"老魏接着说,"百亩一眼井,南北一条渠,倒也不假。可是你们那三十二眼井全都打在三十米以上的水皮儿上,遇到大旱年,水位下降,说干都干,你怎么办?还有,二队菜地以南,四十六亩划一眼井;果树园以北,一百三十八亩划一眼井,用不了的用不了,不够用的不够用。甭说大旱年,就是平常年头儿,按你们现在的水利设施,一亩地也只能供给五百七十吨水。怎么,不服气?不服气咱就细算算……"

"我服气!"小囤情绪活跃起来,"根据你的算法,一亩地能浇五百四十吨水,就不愁一千挂零的产量,还有老天爷那三百吨水哩!"说罢,仰着脖子笑了起来。

老魏仍然不温不火,大手一伸,说:"拿来!"

"什么?"

"老天爷跟你订的合同!"

小囤嘻嘻笑着,用手抓起后脑勺儿。

"没出息!"颜福祥老汉实在憋不住了,猛从窝棚里跳了出来,气嚷嚷地说,"就算你支书脸面大,老天爷不敢不给你那三百吨水吧,今年亩产一千挂零,明年后年大后年哩,年年亩产一千挂零呀,啊?"

"问得好!"老魏脸色一板,"你们所以落在了西豆村后面,我看关键问题就在你这没出息的指导思想!"

小囤眼睛一眨,瞅定老魏,装作没听清楚的样子说:"魏书记,俺们落在谁后面啦?"

老魏说:"你们今年粮食亩产是多少?"

"你晓得,一千零六!"

"西豆村呢?"

"八百九。"

"去年呢?"

小囤刚刚翻开本子,老魏流利地说:"去年你们亩产九百九十七斤,西豆村亩产七百七十斤。一年工夫,人家增了一百二十斤,你们只增了九斤!你们落后了没有?"

"哎呀,什么时候有这样比法?"

"现在就得这样比!"

"你说的那是增产幅度!"

"对!"老魏把手里的石子儿一摔,站起来了,高一声低一声地说,"增产幅度,就是发展速度!今天到2000年,只有二十二年零四十三天的时间啦。你,我,每个共产党员,都应该问问自己:毛主席、周总理逝世的时候,咱们哭得那么痛,那是不是真情实感?如果是的话,在实现二位老人家遗愿的进程中,咱们应该拿什么劲头,拿什么速度!"

"魏书记,我……"

"好啦,现在不听你表态,好好想想去吧!"

小囤低着头,回村去了。

小何望着老魏那储藏着一串串数目字、在阳光下闪闪发亮的宽大脑门,不由得产生了一种特殊兴趣,扶起他的车子说:"老魏,住下吧,这里的工作比较沉。我看关键问题是……"

"关键问题是要加强政治思想工作。"老魏明朗地说,"老许有一句话说得很好，在目前……"

"怎么，你同意他那观点？"小何有些惊异。

老魏仰望天空，沉吟片刻，笑了说："就那观点，你不同意？"

小何觉得老魏这问话里，蕴藏着深厚的含义，推起车子就走："你一定得住下，给大家好好讲讲！"

老魏急忙拽住后椅架说："我讲什么呀？政治是统帅，是灵魂，毛主席早有教言。统帅不是花儿、粉儿，灵魂不能光挂在嘴上……这，嗨嗨，咱讲不清楚！"他哈哈笑着，辞别了颜福祥老汉，骑上车子直奔西豆村去了。

吃罢午饭，小何回到住处，心里久久不能平静。在老许严格的政治思想工作下，满不在乎的颜小囤，为什么却在老魏那一串串数目字面前低了头呢？老魏那一串串数目字，难道仅仅是一串串数目字吗？

正自寻思，老许匆匆回来了，又拿来了那本反骄破满的小册子。不知什么原因，在下午召开的党员会议上，他两次宣布："这个会议是夏天树林子会议的继续！"接着，几篇文章读过，忍着牙疼做了一次精彩的讲话。他从国内外大好形势，讲到当前的任务；从一些干部的思想状态，讲到骄傲自满的严重危害；最后一个巧妙的过渡，自然地引出了搞好水利建设的重要性、迫切性及其政治意义。他越讲情绪越激动，越讲声调越高亢，连续吸烟，不断喝水。讲到天黑，正要布置讨论，小囤站起来了，沉着脸说："许书记，我错了，你看我的行动吧！"

三天以后，大颜村果然另是一番景象。天刚破明，老许和小何就到村外来了。但只见，钻井机、锅锥架矗立在紫云红霞里，打新井的，改旧井的，井锥震响，机器轰鸣，一片声涛音浪。村西岗子底下，奔驰着延伸渠道的车马；村北树林中间，滚动着疏浚排水沟的人流。小伙子袒胸露臂，姑娘们笑语连天，手中钢锨飞舞，身后小车生翅。修配组的技术人员也下地来了，爬电杆，串井台，着手机泵改革，实行机电配套……

小何被这火热的景象吸引住了。老许被这美好的画面陶醉了。两人并肩走着,呼吸着早晨的清凉空气,各自抒发各自的感慨:

"嘿,颜小囤真行!"

"嗯,为了他,我消耗了多少脑细胞啊!"

"你……你确实很辛苦!"

"嗨,'消磨时光'!"

老许咯咯笑了,笑得那么惬意,因为他觉得事实已经对他和老魏的分歧做出了公正的裁判。

小何也笑了,笑得那么爽朗,因为他终于看清了两位领导人的分歧究竟在哪里。

春暖花开的时候

梁大雨被黄主任叫到公社去,傍黑还没回来。秀枝饭也没心花做,腆着大肚子,在村沿上转悠。村外,冷冷清清的不见一个人影,只有一群老鸹,"呱呱"地叫着,飞落在封冻的田野里。

搁在往常,大雨半夜不回家,也是常事,秀枝早已习惯了。可是这一阵,她好像预感到了什么,口里不说,暗暗却为男人捏着一把汗。何况今天又是那位黄主任把他叫走的!她站了好久,只觉腰酸腿麻,心里发冷,便到宋满场家打听消息。

宋满场是党支部副书记,住在村北口上。秀枝来到他家,一撩门帘,满屋子烟气、酒气,呛鼻遮眼。满场坐在炕席上,端着粗瓷大黑碗,守着半锅炒白菜,正自独饮。他两眼血红,脸色焦黑,满腮大胡子,一个不满四十岁的人,倒像个死气沉沉的老头子。他见秀枝进来,一机灵,蹲起身,睁大两眼问:"怎么,大雨还没回来?"

"嗯。"秀枝坐在炕沿上,眼眶里湿漉漉的,"满场大哥,你估摸,老黄叫他有什么事?"

"不晓得!"

"你说,老黄会不会把他……"

"枪毙不了!"

"那咱河滩里的工程……"

"唉，回去吧，眼看到了日子，将养身体要紧！"

从满场嘴里，秀枝没听着一句囫囵话。可她并不生气。她晓得，这个刚强汉子，是被窝憋坏了。腊月里，周总理根据毛主席的指示，在四届人大上提出了实现四个现代化的口号，他和大雨，高兴得像个孩子。支委们拿着总理的《政府工作报告》，走遍了七千亩河滩，研究沙子怎么治，稻田怎么开，农林牧场怎么建……谁知开工不久，半空中掉下个黄主任来，听了汇报，两眼一眯："嗯，干劲不小。"紧接着，脸蛋子一耷拉，"路线不对！"当时，人们都不服气。大梁村的工程，李书记满口说好，他姓黄的算老几？他从上面下来，据说只是了解情况的，他有什么资格……可是，没等人们弄清他算老几，李书记被调走了，他却成了一手遮天的人物。

满场这一肚子火气，一直憋到十月里，全国农业学大寨会议召开了，华国锋同志又提出了那个鼓舞人心的口号。县委召开的四级干部大会一散，大雨、满场饭没吃，戏没看，兴冲冲地赶回村来。大雨借了一把剃头刀子，嘻嘻哈哈地摁住满场，噌噌噌，给他刮了胡子，连夜召开了支委会。紧接着，学文件，做动员，搭工棚，立井架，农林牧场刚刚揳好橛子，不料黄主任突然又提出一个"严重问题"，让各村党员、干部辩论起来了：在四干会上，梁大雨、宋满场为了抓生产，不看样板戏，属于什么性质的问题？不消说，又是路线问题。唉，如今当干部，真难呀，抬手动脚，一不小心就碍着了"路线"！满场明白，这位平时专抓"大事"的黄主任，忽然抓了个"看戏事件"，绝不是因为他俩瞎了两张戏票。风是雨头，这一回，说不定还有一场雹子哩。他越想越气，开会都不参加了。大雨批评他，他说有病；大雨问他有什么病，他两眼一瞪，火爆爆地说："路线癌！"从此便实行了"甩手疗法"。

其实，满场表面不急，心里却似火烧火燎。秀枝所知道的，只是一些皮毛。她哪里晓得,"看戏事件"爆发之前,老黄在一次干部会上说,教育界开始了大辩论,农村也避免不了,并且要上批下联,紧密结合本村阶级斗争的实际。当他问到各村的"敌情动态"时,大雨说:"俺村有个活靶子!"老黄一听,意外地高兴,也没细问,就决定在大梁村召开对敌斗争现场大会,以便提高人们的觉悟,轰开局面。可他万没料到,那天大雨却把宋破车押上台去。这个铁证如山的投机倒把分子,最近听到一点儿风声,又硬了毛,胡说整他是"矛头向下""镇压群众",并且扬言带上老婆孩子进京告状。群众揭发完毕,大雨放开嗓子,"大批资本主义!""大干社会主义!"带头喊了个痛快。大会结束了,老黄早没了影,连个结论也没人做。大雨抓的阶级斗争,显然不是老黄所需要的"阶级斗争",不但没有提高人们的"觉悟",反而起到了"破坏"作用。思想起来,非同小可,此番把他叫去,只怕凶多吉少。

满场劝走了秀枝,准备到村外接应一程。他刚披上棉袄,听见院里有人叫道:"嫂子,快烙饼,把人饿坏啦!"话音未落,一阵脚步声,梁大雨走进屋来。满场定神看去,他还是那副模样儿:眉目清秀,态度坦然,脸上不显一点儿晦气。满场心里一松,慢慢卷起旱烟来。

大雨和他对面坐了,开门见山地说:"谈了一天,还是那个意思:农村里也要来一场大辩论。允许咱犯错误,也允许咱改正错误,希望咱们带个头。讲清了形势,摆明了利害,河滩里的工程怎么办,叫咱自己拿主意。谈来谈去……"他肩膀一耸,"嘿嘿,我升官了!"

"胡扯!"满场翻了他一眼,"这工夫,宋破车升了官,也轮不着你!"

这时,满场媳妇送过两张烙饼。大雨大口吃着说:"真的,我升官了,'借'我到公社石灰窑去,'加强那里的领导力量',明天就走。你看,咱成了公社干部啦!"

满场一听,犹如五雷轰顶,陡地变了脸色。他知道,自从老黄来了,凡是"棘手干部",都被先后"借"走了。没想到……他望着为了建设好大梁村,苦巴苦曳、操劳十年,眼看就要离开自己的伙伴,揪心摘肺一般难过。可是看看大雨那样洋洋洒洒的样子,想想自己平时对他的劝告,心里又升起一团火,一咬牙说:"该!天冷了,鸡还晓得暖爪哩,猪还晓得团蛋哩,你哩?自作自受!"

大雨说:"那有什么法子呢?我不是鸡,也不是猪,我没学会暖爪团蛋的本领!"

"你好!"满场急怪怪地说,"你走了,村里这一摊子……"

"你接!"

"什么?"

满场圆睁怪眼,愣了半响,猛地把鞋一甩,咕咚躺在炕上。刚刚躺定,又坐了起来,冲着大雨吼叫:"你临死还要拉个做伴的呀?"

"不要我拉你,是人家欣赏你!"

"谁?"

"黄主任,明天就要跟你谈话。"

"我……我跟他泡啦!"满场扯过一条被子,蒙头盖脑地躺下了。

大雨了解满场的脾气。遇到糟心事,在他的领导人面前,气越粗、火越大,他越觉痛快;可是到了节骨眼儿上,当他领导别人的时候,拿得起、放得下,蛮晓得应该怎么做。大雨看着他那扶不起来的样子,冷峻地说:"你跟谁泡?村是咱们的村,地是咱们的地,时间是咱们的时间。泡吧,七九河开,八九雁来,过了冬天就是春天。现在泡,到了春暖花开的时候,你别后悔!另外,我希望你好好地想一下,姓黄的为什么欣赏你?好啦,今天黑夜在工地上召开支委会,去不去在你吧!"说罢走了。

生气归生气,满场躺在被子底下,大雨的话一句也没丢泼,细细地寻思着。大雨说的"春天",他明白是什么意思,只是嘴里说不出。说不出不要紧，心里明白就好。他不明白的是，全国农业学大寨会议以后，自己和大雨一起抓大案，一起抓工程，抓到如今，老黄把大雨当成了眼中钉，为什么却欣赏起自己来？关键时刻，自己除了有一种"泡"的本领，比大雨还有什么"高明"地方值得老黄欣赏呢？大雨走了，自己泡了，他不就得了手？他杀了咱，咱身上才有几两肉？大梁村是农业学大寨的一面红旗，是县委抓的典型呀！大梁村一旦被他整黑整垮，大寨经验、县委领导，岂不就……哦，原来……"哎呀，我日你姥姥！"他骂着，呼地跳下炕，从女人的梳头镜子里看见了自己那张污浊的面孔。不行，大干社会主义的战场上，不需要自己这副形容。他想着，打了一盆带冰碴儿的凉水，连脖子带脸地洗了起来……

河滩上，莽莽苍苍的防风林中间，一片工棚，一片灯火。参加会议的社员们到齐了。也许是天气太冷，也许是乍到一个新的环境，大家都睡不着觉，在工棚里说笑着，打闹着，等待着支委会上的好消息。

可是谁也料想不到，指挥棚里的气氛是多么低沉、悲戚！支委们听说大雨被"借"走的消息，有的吸烟，有的叹气，谁也不言语。满场从大雨投来的目光里，猛然意识到了自己的责任。支书要走了，往后咱就是甩旗的人，心里再难过，咱也不能愁眉苦脸，咱应努力扫除大家这种不好的情绪。他站起身，咳嗽了一声，高腔大嗓地说："咱们这是支委会，不是追悼会！别愣着啦，欢迎大雨讲话！"说着，带头拍了几下巴掌。

大雨坐在槐木板子支起的办公桌旁，满意地看了满场一眼，平静地说："我也没有什么可说的，我看咱们需要决定三件大事。头一件……"支委们见说，识字的打开了日记本，凑近小马灯。"不用记了。头一件，桂兰不是提过一个建议吗？要把工地打扮一番。当时我想，扎扎实实地干就是了，所以没有采纳。现在我觉得桂兰提得好！天亮以前，要把所有的彩旗全插上，插到树尖上，要让十里八乡的人们都看得见；指挥棚门口，工棚四周，要贴大红对联，刷五彩标语，一张纸一个字；放了假的小学生们，要组织起来，排节目、做宣传，一定要敲锣打鼓。另外，那几个高音喇叭，也要搬来安上！"

"我不同意安喇叭！"桂兰气愤地说，"这一阵，喇叭上尽喊叫些什么？安上它不起好作用！"

满场看看大雨，看看桂兰，乜斜着眼说："哎，支书叫安，咱就安吧。喇叭这玩意儿，重要是重要，不过……怎么说呢？就拿我宋满场来说吧，我本是个准备躺下的人，今天，咱又起来了。这是什么缘由？一方面是有大雨的批评教育，另一方面呢，也可以说是喇叭把我喊叫醒啦，是黄主任把我'发动'起来啦。安吧，不图别的，图个热闹，调剂调剂咱们的精神生活。"

满场那半阴不阳的表情，把大家逗乐了。

"第二件，"大雨接着说，"天亮以前，咱们要把大梁村的远景规划图画出来，挂到指挥棚里，贴到社员心里！"

"这事还得你办，你手巧！"支委们说。

"好吧！"大雨脸色一沉，站起身来，"第三件……宋满场！"

"甭唧咕啦！"满场大嘴一歪，"天亮以前，把我这一脸黑毛刮了，是不是呀？"

支委们忍不住，放声笑了。从这三件"大事"里，他们领会了战友的心愿。他们昂起头，目不转睛地看着大雨，比赛似的把自己的笑声放得更响，更甜……

夜深了。大雨捻亮灯，摊开图纸，细心地执行起支部交给自己的最后一项任务。忽然，外面响起一阵急促的脚步声。桂兰她们放下装满彩旗、锣鼓、喇叭的车子，拥入指挥棚里。桂兰气喘吁吁地说："大雨哥！快回去，俺秀枝嫂子生啦！"

大雨眉毛一蹩，才想起秀枝最近确实应该有这么一回事。他说了声"好"，卷起图纸，离开了工地。

他走在寒冷的沙滩上，无心恋念那在扰乱中来到人世间的小生命。明天自己就要走了，在这当口，怎么跟秀枝谈呢？他想着，回到家中，一进屋说："生啦？"

当了奶奶的人，笑着点点头。

"娘在跟前，你回来做什么？"秀枝坐在炕头上，盖着一条浅花被子，埋怨地说，"村里这一摊子，临走也不安排安排？天明还有几个钟头？"

"秀枝！你……"大雨惊异地睁大眼睛。

"桂兰说，满场的胡子你还让刮掉呢，我是干部家属！"秀枝说着，眼里又迸出泪花儿。

"干部家属，哭什么？"

"我，我是风泪眼……"

"屋里哪有风呢？"

秀枝咬着嘴唇，迟了一下，强自笑了："刚才你进来，带进一阵凉风。去吧，忙你的去吧！"

大雨望着秀枝那稍显苍白、挂着泪痕的笑脸儿，心里一热，觉得她比任何时候都好看。他坐在灯下，又摊开了图纸。孩子的哭声，不但干扰不了他的思路，反而给了他一种力量。"别哭，让我好好画。周总理说，本世纪末……哈，咱爷儿俩都赶上啦，谁也挡不住，就像谁也挡不住你降生一样！"他想着，一气儿画好远景规划图，窗纸已经发白了。开门一看，不知什么时候，树上、地下披了一层薄薄的雪。赶回工地，只见打扮一新的工棚前后，布满了人，正在打扫战场。人们见他来了，喊叫着拥上前去：

"大雨，给你道喜！"

"大雨，秀枝生啦？"

大雨两手一拱,风趣地说:"大家都喜!这小东西真会挑选时辰。今天开工,昨天夜里他就来了,取名梁大干,怎么样?"

"梁大干……"满场用手摸着光溜溜的下巴,眯着眼说,"这名儿不赖!听这名儿,八成是个小子吧?"

大雨一愣,红着脸说:"谁晓得呢,反正是个孩子!"说着,把图纸交到满场手里,到工棚里去了。

大家哈哈笑着,围住了满场,争相观看着大梁村美好的未来。正自议论,桂兰脸色一沉,指指路上:"看!"

顺着桂兰的指点处,人们只见在林间小路上,有一个身姿傲岸、衣裳单薄的年轻人,背着行李卷儿,越走越远了。支委们虽然已经做了工作,但此时此刻,人们仍然难以控制自己的感情,身不由己地向前挪动着,齐声叫喊:

"大雨!什么时候回来呀?"

大雨站住了,转过身子,扬起一只大手,向人们吼喊:

"春暖花开的时候……"

这吼喊,好像山谷回声,在树林里传播着,在人们心里荡漾着……

正　气　歌

1974年夏天，大秋作物田间管理正在节骨眼儿上，北杨庄大队党支部书记祁老真忽然患了肝炎。领导上左说右劝，只好休息治疗，他的工作暂时由副书记郭爱荣代理。

故事就从郭爱荣身上说起。

"启发很大"

郭爱荣原是团支部宣传委员，思想进步，工作积极，是个泼泼辣辣的闺女。入党以后，祁老真原想把她放到生产队当几年指导员，然后再吸收到支部里。可是当时在这儿蹲点的公社副书记丁文岳不同意，摆了许多理由，才克服了祁老真的"保守思想"，免去了那个"不必要的过程"。

除了那些明显的优点，老丁还发现爱荣具有一种并不外露的聪明和一股初生牛犊不怕虎的劲头。他觉得只有这样的干部，才能做出非凡的工作成绩。心里喜爱，培养倍加用心：不断赠送学习材料，耐心教给工作方法，亲自帮助处理问题，言传身教，自不必说。

在老丁的培养下，爱荣变得越发聪明了，嘴巴也越来越伶俐。开会时候，老丁就是讲几句普通的生产常识，人人皆知的道理，她也要一本正经地说："丁书记的话对我启发很大……"老丁听了，自是欢喜，更觉得她得心应手。

有一回，公社召集各村副书记开会研究革命大批判问题，爱荣来迟了，一见老丁在座，便打断了别人的发言，一本正经地说："丁书记的话对我启发很大，我们一定……"大家晓得，下文准是"轰轰烈烈地开展起来"，因为老丁平时最欣赏这句话。可是"轰轰烈烈"还没出口，大家憋不住，便哄堂大笑起来。

原来，那次会议是由公社宣传委员主持召开的，老丁根本没有讲话。从此以后，传为笑谈，一提起郭爱荣来，人们就好挤眉弄眼地说："启发很大！"

这一天，爱荣从报纸上真的受到很大启发，脑子里产生了新套套，兴冲冲地跑到公社，正好老丁也在研究那张报纸。爱荣一谈自己的想法，老丁手掌一合，眉飞色舞地说："好！这是个新生事物！你们要一手抓活动，一手抓材料，活动要轰轰烈烈，材料要扎扎实实，十天以后在你们那里召开现场大会。"接着，又做了一些具体指示，最后说，"老方正在党校学习，可惜我脱不开身子，不能住到你们那里去，全靠你啦，爱荣。不过你要和你们那位'老别筋'简单地谈一谈，争取把你的想法变成他的意见。"

爱荣听了，眼珠一转，心领神会地说："你的话对我启发很大！"

"老别筋"

"老别筋"是祁老真的绰号。怎样别法，举个例子说明一下。

那一年，林彪正得势，前任支部书记杨二货强令各队购买红油漆，要把临街墙壁一律刷成红色，上面书写毛主席的三篇文章。并且实行分片包干，平均摊派，限期完成。祁老真当时担任第九生产队队长，掐指一算，不行，这么干一个生产队至少要花上千块钱，耗费几百个工。他在一次干部会上说："毛主席著作人人都有，我看写在墙上不如吃到心里。"杨二货听了，甚是恼火，抡着胳膊质问他"高举不高举"。第二天，他便乖乖买漆刷墙，派人写字。杨二货一见，心中大喜，嘴巴对着麦克风，吆喝了半黑夜，表扬第九生产队是紧跟照办的典型。过了几天，由于各队行动迟慢，杨二货又开了个干部会议。会上，他特意把祁老真拉到自己身旁坐了，递过一支香烟，笑脸儿相问："我说典型，你们刷了几块啦？""一块。""啊？"杨二货脸色陡地一变，"你们的任务是多少？""八块。""不干啦？""你不叫我干啦。""胡说！"杨二货又要抡胳膊，祁老真不紧不慢地说："那三篇文章写上墙，已经八九天了吧？你天天从那儿路过，我就没见过你有一回把那三千零四十三个字读完了再走的时候。""废话！"杨二货一拍桌子，"过路行人，哪有把那一墙字读完了再走的？"祁老真眼皮一眨，对大伙说："今个儿的会没有白开，听了二货同志一句实话！"干部们都哧哧地笑了。

谁知这一别，竟然别出一场事端。杨二货以"最大不忠"的罪名，撤了祁老真的队长。还说要考虑他的党籍。可是没等他考虑成熟，上级有了指示，制止了满街涂红的做法。祁老真受了委屈，公社党委书记老方担心他撂挑子，便拉杨二货去做他的思想工作。不料杨二货还没开口，他就说："嗨嗨，放心吧，你不干俺也不会不干！"杨二货白了他一眼："老别筋！"老方却紧紧握住他的大手说："该别的，你就别！"从此以后，谁若再说他别，他就一跷大拇指，笑眯眯地说："方书记封了的！"

这只是一个例子。

这天傍黑，爱荣按照老丁的启发，来到祁老真家里，探问了几句病情，汇报了一下工作，接着说："大伯，在目前的形势下，我觉得咱们应该抓一抓意识形态领域的革命，你看呢？"

祁老真坐在丝瓜架下，稍一思索，别劲儿又上来了，直着眼儿问："你说在什么形势下不该抓意识形态领域的革命呢？"

"大伯，我是说……"

"你就说在什么形势下不该抓意识形态领域的革命吧！"

"大伯，最近报纸上说……"

"报纸上说在什么形势下不该抓意识形态领域的革命呀？"

"看你，尽凿死铆儿！"

祁老真哈哈笑了。

爱荣也笑了。

"活跃起来啦"

在爱荣看来，自己的想法已经变成了祁老真的意见。于是根据报纸上的精神，按照老丁的指示，大大充实了原来的大批判组、演唱组、广播组和黑板报组，成立了儒法斗争史研究组、新"三字经"编写组、诗歌创作组……口号是：干部带头，队队行动，大张旗鼓，全面开花。

一时间，北杨庄沸腾起来了。几百名活动骨干，来来往往，熙熙攘攘，有作诗的，有画画儿的，有打球的，有排戏的……真个是：白天红旗招展，夜晚灯火辉煌，胡琴吱吱扭扭，锣鼓咚咚锵锵，通宵达旦，热闹非常。

领导这一摊子活动，真不容易呀！几天过去，爱荣的眼睛熬红了，嗓子喊哑了，各项活动都需要她经手过目，苦心运筹。因为活动花样繁多，无法一一尽述，这里只介绍一下他们的赛诗会吧。爱荣规定：赛诗会不得少于一百五十人，男女老少要各占一定比例，老的要年过花甲，少的要不满七岁，其中要有夫妻赛诗、婆媳对诗，还要物色一定数量的瞎子、聋子、哑巴。哑巴怎样朗诵诗歌？朗诵不了打手势，哇哇几声，手势里要见思想，哇哇声中要有诗意,这样才能显示群众发动的广度。不会作诗的人,由学校教员代写,实行定人包干,口传面授,限期背过。

这一下,可把学校的李老师愁住了。他包教的杨三老汉也是一个别人。他教道:"老汉我今年六十九,评法批儒显身手。"老汉偏念:"老汉我今年六十七……"他一再纠正:"六十九!"老汉死不改口:"六十七!""六十七就不押韵了!""押韵不押韵,也是六十七,不信你去查查户口册子!"他只得苦苦央求:"大伯,这稿儿是爱荣一字一句定了的,教不会你,俺吃不消。"老汉才叹了口气说:"唉,看着你的面子,六十九咱就六十九吧!"

就在这时候,爱荣从电话里向老丁报了喜:

"丁书记,俺们这里活跃起来啦!"

演 习

经过一番紧张准备,眼看到了召开现场大会的日期。这天清早,几百名活动骨干集合在大队院子里,要搞一次演习。幕一拉开,赛诗的社员们整整齐齐地站在戏台上,一样的姿势,一样的神态,雁别翅儿排开。爱荣笑嘻嘻地站在正中,放开沙哑的嗓子,配着优美的动作,首先朗诵了一首:

姑娘我今年二十三,
壮志豪情冲云天。
今日诗歌飞出口,
秋后化作金银山!

爱荣吟罢,正要往下轮,忽听有人喊道:"我来一首!"大家循声看去，只见一位身躯高大、面容清瘦的老汉站在门口，身背草筐，手拿小锄，湿淋淋两腿露水。爱荣一见，不由得眉开眼笑，嘴巴对准话筒又即兴朗诵了一首：

　　北杨庄人民真豪迈，
　　个个赛过李太白。
　　一颗红心歇不住，
　　支书抱病显诗才！

　　念罢，举起双手，带头鼓起掌来。祁老真原地未动，从筐里抓了一把野草，一把棉杈，抖落着念道：

　　老汉不是李太白，
　　没有心花显诗才。
　　玉米地里草封垄，
　　棉花杈子没人掰。
　　再像这么闹下去……

　　他扑闪着眼皮，怎么也凑不上下一句韵脚，憋了半天，一瞪眼说："再像这么闹下去，秋后喝西北风呀？"
　　人们听了，一个个张口瞪眼，面面相觑。愣了半晌，台上台下乱作一团，这个说："这是实话！"那个说："锄地去吧！"杨三老汉擦擦额上的汗，高腔大嗓地说："哈哈！老汉我今年又成了六十七啦！"爱荣一见这般光景，只气得变颜变色，说了声"各回各队"，大家便嘻嘻哈哈地散去了。

责　　任

当晚，满院月色。丝瓜架上几只蝈蝈，逗能似的叫着。祁老真心里乱糟糟的，饭也没心思吃。老伴熬好了药，刚把药罐、汤碗送到他跟前，爱荣和老丁一前一后地来了。爱荣咕咚坐在捶布石上，把嘴一噘，给了祁老真个脊梁。

"噘吧，现在噘嘴，比秋后噘嘴强！"沉默良久，祁老真冷冷地说。

"我就不……不信，村里开展几天活动，就……就减产啦？"爱荣说着，肩头一抽一抽地哭了。

看着她那伤痛的样子，祁老真心里也酸溜溜的，两眼却似两把锥，别声别气地说："你不信，我还不愿意哩，可账怕细算！大忙天，几百号劳力窝在村里，浪费多少工？你再下地看看群众的情绪，村里锣鼓一响，他们把嘴一噘：'十分！'村里胡琴一拉，他们又把嘴一噘：'二十分！'群众噘着嘴搞生产，生产能搞好呀？还有，你白天黑夜抓'革命'，可你晓得不晓得，那帮子耍手艺的，走了几天啦？村里闹、地里耗，耍手艺的跑邪道，就凭这，你那诗歌就能化成金银山啦？爱荣，咱们是种地的，不是耍猴儿戏的，别尽卖花哨，图好看，别人一敲锣，你就上竿儿！"

爱荣不哭了，短发一甩，气昂昂地说："事先我没跟你商量？"

"你跟我商量什么来？"

"抓意识形态领域的革命！"

祁老真不言声了。爱荣以为他没了理，正要发泄自己的不满，祁老真忽然反问道："爱荣，你说大寨抓不抓意识形态领域的革命？"

爱荣张张嘴，一时无言答对。说不抓吧，不对，大寨不是单纯的生产典型；说抓吧，自己耳听眼见，大寨确实不是这样抓法。她用手绢擦着额上的汗粒儿，两眼直瞟老丁。

老丁到底比爱荣有雅量。他叼着烟卷，摇着纸扇，端坐在一旁，并不急于发表意见。爱荣把他搬来，是想让他给祁老真一些启发，可是他的信心不大。这两年，形势变了，一些新鲜事情和新鲜道理，自己有时都觉新鲜，何况这个病病恹恹、脑筋僵化的别老头子呢！给他一个位置，只不过是照顾他的资格，真正做工作，还能指望他？不过既然来了，总得说几句。他见爱荣向他求援，扇子一抿，轻轻打着手心，一字一板地说："张口大寨，闭口大寨，我说老祁，在你眼里，有没有新、生、事、物？"

祁老真一听，惊诧地睁大眼睛："怎么，在你眼里，毛主席树立的大寨红旗成了旧生事物啦？"

"行啦吧老祁！"老丁打了个噎，不耐烦地站了起来，"话多伤神。你老啦，又有病，休息吧，村里弄好坏，我是不会让你这个病人担责任的！"说罢，扇子一甩，大模大样地走了。

祁老真呆呆地站在院里，脑筋里翻绞着老丁的话，不觉两眼发直，脸色铁青。爱荣见势不好，急忙搀扶："大伯！你……"

"我活一天就要担一天责任！"祁老真把脚一跺，牛叫般吼了一声，哗啦啦踢了药罐子！

压　力

老丁的雅量并不大。半月后，故意在距离北杨庄只有二里路的胡村召开了现场大会。

这天的胡村，锣鼓喧天，人山人海，好一派热闹景象。公社的通讯员背来了照相机，广播员搬来了录音机，放映员拉开了放映机（当天晚上，老丁要奖励胡村一场电影）。人们明白，老丁这些举动，是故意做给北杨庄看的。

戏台搭在村东的小树林里。一百四十八个节目,从早一直演到太阳偏西,还没演完。因为时间关系,节目只好告一段落,老丁要做结论了。

爱荣坐在会场后面一个角落里,心里乱糟糟的,老丁的话一句也没听清楚。讲到末了,老丁忽然发了脾气,句句话扎心刺耳:"……在咱们公社里,有那么一个村,埋头生产,不抓革命,自以为是!结果怎么样呢?秋后看!减产一斤也得给我写检讨,增了产……增了产也是瞎猫碰见死老鼠!"

这一回,爱荣一点儿也没受到启发,心里说:好大脾气!有这话不跟祁老真去说,给我施加什么压力?不过,她确实感到了压力,自己代理着支部书记的工作,秋后落个"瞎猫碰见死老鼠"倒不怕,万一减了产,可怎么交代?

怎么交代

去暑见"三新"。新谷子、新玉米、新棉花一下来,爱荣果然噘了嘴,一些干部和社员也噘了嘴。

祁老真没有噘嘴,也不允许别人噘嘴。这个平日少言寡语的别老头子,这会儿反倒活跃起来,一看见那些噘嘴的人就笑哈哈地念他编的顺口溜:

> 叫同志,莫泄气,
> 早季丢了夺晚季。
> 多打一斤是一斤,
> 多收一粒是一粒……

白天,他用拳头顶着肚子,跟社员们一块儿下地;黑夜提着灯笼,扛着铁锨,串机井,查垄沟。棉花一直管到见头喷花,玉米一直锄到白露节气。紧抓慢抓,落秋总产还是减了一些,在七万斤左右。

爱荣并不心甘情愿地检讨减产的原因,而是千方百计地盘算补救减产的办法。这天晚饭时候,她娘端上一盆沙瓤山药,她咬了一口,眉尖一挑,心里闪过一个念头,用手绢包了几块山药,赶紧去找祁老真。街上玩耍的孩子们说,天黑时候,祁老真和杨三老汉到河滩里去了。她跑到河滩里,只见豆地北头,一座陡峭的沙岗顶端,晶莹的星星底下,对坐着两位老汉,烟锅里的火星忽明忽灭,四只大手指天画地,谈笑不止。她喊了一声"老真大伯",沙岗上立刻传下一个火热的声音:"快上来,俺们正合计明年的事哩!"

爱荣走上沙岗,蹲下身说:"我看还是先合计一下今年的事吧。满共才减了七万来斤,咱就没个补救的办法?"

祁老真收住笑容,直着眼儿问:"庄稼都收了,怎么补救?"

"大伯!老丁说……"

"你就说怎么补救吧!"

"看你,别悲观呀!"

"乐观怎么补救?"

爱荣迟疑了一下,解开手绢,话头一转说:"来,尝尝鲜儿吧,才分的沙瓤山药。这物件香甜干面,一咬掉渣儿,跟吃糖炒栗子一样!"

祁老真见她先是讨要补救减产的办法,接着夸奖沙瓤山药,一眼看到她的心里,咬一口山药说:"咱有办法!"

爱荣忙问:"什么办法?"

祁老真说:"社员们分口粮,上级规定五斤山药折合一斤粮食。这么好的山药,香甜干面,一咬掉渣儿,跟吃糖炒栗子一样,咱不兴三斤山药折合一斤粮食？"

爱荣高兴地说："这样折合，还增产哩！"

杨三老汉最摸祁老真的心思。眨眨眼说："咱还有个办法哩！分玉米的时候，分穗不分粒，分湿不分干。比方一百斤湿玉米该折合六十二斤干玉米吧，咱不会按七十斤、八十斤折合？"

爱荣一听，惊叫道："大伯！真没想到你也有新套套！"

杨三老汉摆摆手，故作谦虚地说："我可不敢当，这是跟人学的。"

"跟谁学的？"

"杨二货！"

"他？"爱荣愣住了。

杨三老汉用一种夸耀的口气说："就在他喊'高举'那年，咱村大减产。人家就是用了这些办法，硬把减产变成了增产，落了个贡献不少、储备不少、社员口粮也不少。嘿！你有人家这能耐！"

"三哥，你要这么说，咱俩有杠抬！"祁老真等到了节骨眼儿上，"结果呢？第二年春天，人缺吃的，马缺喂的，紧急关头，上级又叫咱吃了返销粮……这不是给党抹黑？掏心说，国家要是真有困难，咱紧紧腰带没说的。可他杨二货从社员牙上刮粮食，为的什么？那年县里成立革委会，他没捞上个'委员'做，你没见他骂街？骂上级瞎了眼，没瞅见他这个'模范'！你看看，凡是干这种事的人，大小都藏着个脏心眼儿！"

杨三老汉咂咂嘴唇，说："怪道，共产党里也有这号人！"

"有！"祁老真两眼喷着火花，"他们尽唱高调，不干正事，就靠吹牛撒谎过日子！"

"你说谁？"

"我说……林彪！"

"他不是死球的啦？"

"臭秦桧还有仨朋友哩，林彪就没几个相好的？"

"这么说，你得好好活着！"

"咱们都得好好活着！"

"种好庄稼！"

"管好孩子！"

两个老汉你有来言，我有去语，越谈越投机。爱荣听着，脸上火辣辣的……

意外的奖旗

丁文岳在胡村现场大会上不指名地要北杨庄写检讨，不过是一句气话，祁老真却认了真，这天下午，他要带领各队指导员到公社开会，临走嘱托爱荣代表支部起草个工作总结，主要是检讨一下减产的原因，写好后要让群众讨论，然后报公社党委。

爱荣坐在办公室里，不一会儿就写出了减产的原因，大意是：没有坚持大寨的经验，工作华而不实，伤害了群众的积极性。写罢一看，不由得皱起眉头，这么写，怎么交代得了老丁呢？她犹豫着，揉了原稿，重新写道：由于我们没有按照公社领导意图办事，埋头生产，不抓革命，结果……写着写着，又揉了。这么写，怎么交代得了祁老真呢？她咬着笔帽，费了好大神思，才设计出这么一段话：支书病了，由于自己缺乏独立工作的能力，所以……唉，这么写，只怕谁也交代不了吧！她揉了写，写了揉，愁得里走外转，坐立不宁。冷静一想，自己是老丁提拔的干部，他的喜怒，关系着自己政治上的沉浮啊！她拿起笔，还是要按老丁的心思写下去。可是写了半截，耳边又如击鼓鸣雷："凡是干这种事的人，大小都藏着个脏心眼儿！"想到这里，不由得脸红耳热，手软笔沉，斗争了好长时间，一拳击在桌子上:"照实写!"决心一定,拉着电灯,霎时间,她的心境和这屋子一样,显得格外宽大、干净、洁白、明亮……

爱荣写完工作总结,听见街上传来一片喊叫声、笑闹声和自行车铃铛声。呀,万万没有料到,祁老真领回一面奖旗!展开一看,金灿灿四个大字,耀眼生辉:"脚踏实地"。

原来方书记从党校回来了,公社党委认真总结了全年工作。胡村现场大会以后,胡村的"经验"在下河、小马头"开了花,结了果",三个村造成了严重减产;胡村的"经验"在陈庄只开了一下"花",没有结果,陈庄落了个平产;戍家町、大马头根本没有推行胡村的"经验",获得了大幅度增产。北杨庄虽然秋季减了产,但秋减夏增,全年增产,排在了第三位。在这种情况下,方书记觉得奖给他们高产红旗不合适,便准备了这样一面奖旗。

爱荣捧着奖旗,又是欢喜,又是惭愧,眼里转着泪花说:"大伯,这奖旗归你,归支部,归全村社员,唯独没有我的份儿!"

祁老真不谈奖旗,从桌子底下捡起那一堆纸蛋儿,展开一一看过,满满摆了一桌,两手一摊说:"咱让大家讨论哪份儿呢?"

"讨论这份儿!"爱荣指指最后一稿,迟了一下说,"常言道,'实话好说,谎话难圆'。可我现在体会到,不斗私心邪念,说句实话并不容易呀!"

祁老真满意地舒了口气,指着奖旗说:"怎说没你的份儿呢?咱们都要把党给的这面旗子牢牢地插在心里!"

几句后话

故事结尾的时候,需要告诉读者几句后话。一、那年冬天,北杨庄的干部群众讨论了支部的工作总结,人人满意,个个说好。他们以政治夜校为阵地，利用各种形式，批判了资本主义倾向，收回了外流劳力，打了两个战役：村外治沙打井，村里养猪积肥。苦干一冬，水足肥足，开春把那河滩地全部种了春大麦，一茬变两茬，增产四十万，夺得了高产红旗。二、方书记回来不久，老丁就来到北杨庄，和社员们同吃、同住、同劳动，并把北杨庄人民的实干精神写成了文章，刊登在公社战报上。三、祁老真自从踢了药罐子，再也没有休息。他的病情不显轻也不显重，一直坚持工作到今天。有人问他得了什么灵丹妙药，他总是说："凭着一股气！"可是，悲伤肺、气伤肝，他凭的是一股什么气呢？别人说不清楚，他自己也讲不明白，只好留给读者慢慢地研究去吧。

香 菊 嫂

俗话说：泰山易改，禀性难移。这话不一定对。香菊嫂只用了一黑夜工夫，就让她的丈夫改变了脾气。

香菊嫂的丈夫叫双合。两人都是党员干部。双合是大队的支部委员，在三队蹲点；香菊嫂是三队的妇女队长。双合心眼精俏，脾气柔和，谁若找他办点儿什么事情，嘴上总是甜丝丝的："行啊，行啊，研究研究吧！"办与不办，话头上先打发你舒舒帖帖。香菊嫂就不同了，性情粗犷，口快心直，凡是她觉得可行的事，就拍着巴掌支持；凡是她觉得不可行的事，就把脸一耷拉："不行！"斩钉截铁，干脆利落。作为一个干部，她觉得双合的脾气很不如自己的意，双合也觉得她的性格很不贴自己的心。一个不如意，一个不贴心，免不得就要发生一些口角。

这天傍晚，香菊嫂收工回来，把铁锨一放，说："双合，咱俩商量点儿事儿。"没等双合言语，她就喜眉笑眼地说开了，"你知道，村西棉花地南头，那片老窑坑不是占着咱七八亩地吗？后晌干活的时候，妇女们提出，播种以前平掉它。这么一来，四十亩棉花地不就变成整整齐齐的四十七八亩啦？"双合听了，点点头说："行啊，研究研究吧！"

香菊嫂翻了双合一眼，到厨房里做饭去了。心里没好气，自然就要做点儿响动给双合听：摔刀扔勺，磕盆撞碗，风箱拉得呼呼响！

其实，双合原来不是这种脾气。敢说敢做，办事干脆。头几年，"四人帮"横行，帽子满天飞，棍子遍地打，弄得人无所适从，整天把心提在嗓子眼里做工作。

慢慢地，双合的脾气变了。碰到事情，便用那句"研究研究"来敷衍。"研究研究"，自有它的妙处：研究对了，大家的功劳；研究错了，大家的责任。反正咱功不请，祸不担……

香菊嫂正自生气，听见有人来找双合。仄耳细听，是巧姐。她一下子猜着了她的来意。巧姐姓吕，是贵成老汉的填房，娘家是个富裕中农。这女人贪财爱小，性情刁泼，一过门就把贵成老汉降伏住了。去年麦收刚过，她来找过双合，说是要圈个院墙，从村西那老窑坑里挖点儿黏土，扣点儿砖坯儿，自己烧个小窑弄点儿砖。双合说了一句"研究研究"，她便乐颠颠地走了。其实，"请示"以前，她早逼着贵成老汉拍了个小窑，扣下了砖坯儿；没等"研究"，那坟堆似的小窑上就冒起了黄烟。一连烧了几窑，也没见她圈起院墙。社员们反应很大：吕巧姐烧私窑，圈墙是假，卖高价砖是真。去年冬天学习第二次全国农业学大寨会议文件时，队委会做了决定，要她立即停火拆窑，好好参加集体劳动。今天准是又为这事来纠缠。

果然不出所料。香菊嫂站在厨房门口，吕巧姐和双合的谈话听得清清楚楚："大侄子，队里叫俺拆窑，应该，应该！不过手下还有一千九百九十九块砖坯儿呢，是不是再叫俺烧最后一窑儿？""那，那得研究研究……"

吕巧姐又乐颠颠地走了。双合把她送到门口，望着她的背影，厌恶地说了一句："钱串子脑袋！"

双合话犹未了，"哎哟！"脊梁上腾地挨了一拳。扭头一看，香菊嫂虎着脸说："你这个大队干部除了'研究研究'还会说别的话不？"双合蛮有理地说："如今是集体领导，说个研究研究有什么错？"香菊嫂说："还没研究哩，为什么你就骂她钱串子脑袋？"双合小声说："你装什么糊涂哩？她烧小窑，当真是自己使砖？四十块钱一千块砖，你当我不晓得？"香菊嫂猛然抬高嗓门儿说："你晓得，你晓得，你明明晓得她在走邪道儿，还要'研究研究'呀？啊？"一句话只问得双合张口瞪眼，舌直嘴僵，愣了半晌，淡淡一笑说："你懂什么，这叫工作方法。"香菊嫂一听，更是火上浇油，话头子犹如火鞭炸响："我早看透了你这个'工作方法'！走，咱问问支书去，是谁教你的这'工作方法'！"双合急忙把手一甩："你也不怕外人听见了笑话！吃饭吧！"香菊嫂朝捶布石上腾地　坐："吃个球！火灭啦！""慢点儿，慢点儿，别把捶布石蹲两半儿了。"双合打了个趣儿，想着缓和缓和矛盾。这时，街上的喇叭里开始广播一个通知：晚上召开支委会。他叹了口气，只好饿着肚子走了。

香菊嫂坐在捶布石上，一时消不下心里的火气。细一想，还是支书分析得对：双合身上也有不少的优点呀。

这几年，他的思想作风变坏了，对工作确实有害无益。但从根儿上说，那也是"四人帮"作的孽呀！如今，那四块料被除治啦，压在心口的大石头掀掉啦，只要得法，双合肯定会变好的。想到这里，看看天色不早，便戴上垫肩，扛起铁锨，咚咚咚地走了。

村西口上，一群扛锨拉车的姑娘媳妇，集合在大槐树底下。大家一见香菊嫂，唧唧喳喳乱问："嫂子，双合哥怎么说呀？"香菊嫂没言声。她家邻院的小娥做了个鬼脸儿说："我看呀，八成儿得'研究研究'！"大家嘻嘻哈哈地笑了起来。

野外月光下，一支夜战的娘子军，甩开大脚板，行进在散发着泥土清香的田野上。欢快的说笑声，惊飞了夜宿的小鸟，催开了闹春的桃花……

小娥眼尖。一下坡，她突然站住了，指着前面的棉花地说："嫂子，你看！"

棉花地南头,停放着一辆土车,两个黑影儿正从老窑坑里挖土。大家看准了,大吼一声:"住手!"呼啦啦蜂拥上去。吕巧姐惊魂未定,只听得耳边一片喊叫声:"好哇!我们平地,你却在地里掏窟窿!""看!好地也快掏塌啦!""谁批准你这么干的?"吕巧姐定了定神,见是一群姑娘媳妇,满不在乎地说:"明人不做暗事,没有干部的旨意,我敢?""谁的旨意也不行!"小娥用肩头扛起小车辕条,一运劲,一挺腰,车排子立了起来,呼噜噜把一车土倒回窑坑里。吕巧姐急了眼,蹦高跳远似的扑向小娥:"你吃着滹沱河的水呀?你比双合还厉害呀?你给我装!你给我装!""贵成婶!"香菊嫂把小娥一拨拉,不慌不忙地说,"有话慢慢讲,别蹦那么高,蹲着腿了算谁的?你说吧,双合怎么应你的?"吕巧姐一见香菊嫂,不由得怵了几分,强打笑脸儿说:"他说、他说研究研究。嘻,你还不晓得他那脾气?研究研究,就是不管呗。"香菊嫂说:"贵成婶,他不管,有人管。毁地烧窑卖高价砖,那叫资本主义。窑,拆掉;土,拉回来;你那资本主义思想,得到社员会上亮亮去。"吕巧姐哼哼唧唧地说:"行、行,杀了我也行。"贵成老汉再也憋不住了,壮了壮胆,结结巴巴地说:"你……你还胡……胡搅搅呀!谁……谁说杀……杀了你来?早听着我,哪有这……这现眼事?今后我再也不受你的压、压迫了!"

香菊嫂带领妇女们欢欢喜喜平窑坑地的时候,正是双合为平窑坑地的事糟心犯难的时候。

今天黑夜,公社的张书记参加了他们的支委会。为了增加棉花产量,张书记要求各队充分利用地力,开展种满田活动。张书记举例子的时候,特别提到三队应该平掉村西的窑坑地。双合后悔极了,平地的事,本来是香菊想在前头了的,自己却不凉不酸,洋洋不睬。这回上级提出来了,怎么好跟香菊说呢?唉,管她呢,做饭吧,等她回来,把饭做熟,也能对咱产生好印象。

半夜时分,香菊嫂回来了。双合赶忙放下炕桌,端上饭菜,笑眯眯地把张书记的指示精神说了一遍,又把平窑坑地的具体想法讲了一回。香菊嫂一撇嘴,说:"你放心吧,没人干了!"

"什么?"双合把饭碗一摞,"这像个党员干部说的话吗?"

"你像,你像,看你才像哩!"香菊嫂把筷子一摔,"群众要求平地,你不支持;有人毁害耕地,你不反对。你看看去,地还没有平呢,她就脱砖坯又掏了个大窟窿!"

"谁?"双合一惊。

"吕巧姐!"

"我没让她脱砖坯,我只是说研究研究……"

"你那个'研究研究',就当'不管'讲!"

双合万万没有想到,自己的圆滑,竟然落得这么一个结果。慢慢寻思,是呀,邪气不刹,正气不扶,日子长了,必然要冷群众的心。群众的情绪低落了,革命生产还能搞好?想到这里,恳求地说:"咱还是研究平窑坑地的事吧!我的脾气……慢慢改。"

"不行!"香菊嫂的话头子仍然泼泼辣辣的,"当初你是什么脾气,我不是不知根儿;你的脾气怎么变的,我也不是不摸底儿。如今,那四块料被除治啦,党中央要大治天下啦!大治天下,明白不?就是把天底下的邪气全打下去,把社会主义的正气全扶起来呗!你倒好,堂堂的共产党员,斤两不担,鹅毛不驮,'软散懒'你先占了头一个字儿。慢慢改,说得轻巧!大好的革命形势容你慢慢儿的呀?"说着,从口袋里拽出垫肩,啪地摔在炕头上。

双合看看那垫肩,再看看香菊嫂那满是风尘的脸蛋儿,心里豁然亮堂了:呀,原来人家已经干了半黑夜啦!打了个愣儿,一拍脑门说:

"香菊,我完全接受你的批评。有个情况,我憋到如今了,真不应该。

有人反映吕巧姐搞资本主义活动跟投机倒把分子丁六指有牵扯,你看怎么处理?"

香菊嫂眉毛一蹙:

"你看呢?"

双合虎着脸说:

"发动群众,调查清楚,斗他狗的!"

香菊嫂说:"这个事嘛,非同小可,我看还真得研究研究再定。"

双合抓了抓头皮,说:"对,这个事确实得研究研究。"

香菊嫂笑了笑,没有言声,掀开盛面条的盆盖,给双合捞了一碗稠的。

取　　经

在举国欢庆伟大历史性胜利的日子里，县委要在李庄村北召开农田基本建设现场大会。数千名农村干部，早早赶到披红结彩的会场上，一个个舒眉展眼，喜气洋洋，就好像才解放、庆翻身那年头儿一样。他们把自行车一放，有的站在路口，观看李庄的老头们撒欢儿似的敲架鼓；有的聚在滹沱河大堤上，互相交谈村里的情况；有的挤在花花绿绿的大批判漫画专栏前面，嘻嘻哈哈地指点着嘲笑着那四个龇牙咧嘴的怪物……

王清智到底是个有心人。他不光是欢乐，更主要的是把注意力集中在李庄的工程上。他倒剪双手，漫地里兜着圈子，望着那一排排新搭的大窝棚，自言自语地说："嗬！李黑牛这家伙真有两下子！嗬！李黑牛这家伙真有两下子！"

我跟在他的身旁，不由得笑着问："老王，你说什么？"

他站住了，两道浅淡的眉毛向上一挑，演讲似的说："我说人家李黑牛真有两下子！一、开工的时机抓得好，有它特殊的意义。二、开工的声势造得大，有它典型的意义。三、三是什么呀？这里的沙岗，平啦；这里的沙壕，垫啦；在这又打高粱、又收豆子。平平整整、镜面似的河滩地里，谁知人家又有了什么鲜招儿？莫非……"说着，两手一背，又迈开那两条有力的长腿……

半月前,我随县委工作组一到王庄,就发现了老王这个特点:嘴快腿快,脑子灵活,说话有条有理有声有色。也许是解放初期当过一段民校校长的缘故吧,笔杆儿也很利落。

我总觉得他在我所结识的农村支部书记当中,算得上最有水平的一个。可是,王庄既然有这么一个领导人,为什么在农业学大寨的行列中总是跟在李庄的后面跑呢?李黑牛是怎样的一个人?老王那话,在这又打高粱、又收豆子。平平整整、镜面似的河滩地里,他们到底又有了什么鲜招儿呢?

大会开始好半天了,我一直在思考这些问题……

"现在,请李庄大队支部书记李黑牛同志介绍经验!"

在一片热烈的掌声中,李黑牛站起来了,我踮起脚尖一看,他有五十多岁年纪,小矬个,瘦巴脸,身穿粗布小棉袄,头扎一条旧毛巾,是个土眉土眼的庄稼人。只见他手提一把明晃晃的大镐,笑眯眯地朝人群里走去。人们莫名其妙地向后闪开,好像看变戏法似的,围了个大圈儿。他照手心吐了口唾沫,把手一搓,抡圆大镐,呼哧呼哧刨了个大坑,然后捧起一捧沙子,高高举过头顶,让沙子从手缝里慢慢流着,厚嘴一张,说:"各位领导,各位同志们!大伙看见了吧,这就是俺村的差距。这九百亩河滩地,表面挺平整,肥土层太薄,底下尽沙子,好比筛子眼儿,又漏水、又漏肥,种吗长吗,吗也长不好。这怎能叫大寨田呀?去年,俺们从……从兄弟大队学来一手:开膛破肚,掏沙换土,重新治理它。当时俺们打了个谱儿,一年治它三百亩,两年治它六百亩,苦干三年,叫它变成旱能浇、涝能排、又蓄水、又保肥、高产稳产的大寨田。去年治了三百亩啦,今年怎么着?打倒'四人帮',人民喜洋洋,思想大解放,生产打胜仗。三百亩太少啦,李庄人们说,大干一冬,全部完工。要用实际行动落实华主席提出的抓纲治国的战略决策,打'四人帮'一个响亮的耳光子!完啦!"

会场上响起一片热烈的掌声、笑声。我使劲拍着巴掌,扭头一看,咦,老王呢？四下找寻，只见他呆呆地蹲在人群的最后面，脸上红一块、白一块的。什么原因呢？

王清智为什么脸红

　　中午休息的时刻，县食品公司的大卡车送来熟食。我和老王买了几个麻花，找了个僻静的地方，一面吃，一面问起他刚才离开会场的缘由。他的脸色很不好看，愣了半晌，突然说："果然不出我的所料！李黑牛介绍的，本是咱王庄创造的经验哪！"

　　"什么？"我惊奇地睁大眼睛。

　　老王叹了一口气，吃着麻花，慢慢叙说起来：

　　"咱村村北，也有一片河滩地。表面挺平整，肥土层太薄，底下尽沙子，庄稼长不好。去年十月，全国农业学大寨会议一散，县委立刻召开了四千人大会。你记得吧，在那次会上，县委书记批判了'潜力挖尽，生产到顶'的错误思想。当时我想，咱县地处大平原，又是先进县，这种思想有代表性儿，非破不可。如果抓住这个题目，好好做做文章，肯定会引起县委的重视，那是毫无疑问的！凑巧，我一回村，咱们的老贫协和几个老农琢磨出个开膛破肚、掏沙换土、重新治理河滩地的方案。我一听，可乐啦，一拍脑瓜儿，立刻想了个口号：'挖地三尺找差距，建设高标准大寨田！'

　　"李黑牛耳朵长。我们开工没几天，他就来到工地上，悄悄地转了一上午，收工时，我才发现他。一见面他就笑眯眯地说：'老王，你的招数就是比俺多，今儿个可开了俺的心窍啦，有工夫俺得好好请你喝一壶！'回去以后，他们才照葫芦画瓢地打响了重新治理河滩地的战斗。他刚才介绍的，不就是这一套？"

　　"后来呢？"我插问道。

"唉，别提啦！"老王又叹了一口气，"头年里，我到县里参加一个座谈会。报社的小于同志听说了，找到招待所里，要我写一篇批判唯生产力论的稿子。我闭目一想，立刻总结出唯生产力论的十大表现八大危害。稿子写成了，小于说太空洞，要我联系一些实际，增添一些内容。联系什么呢？小于开导说：'目前压倒一切的任务是什么？在这当口，你们把大批劳力拉到河滩里去，这叫什么？现身说法对读者的教育更大呀！'我一听，不由得吸了一口冷气：天哪！搞农田基本建设，也成了唯生产力论啦？拉倒吧，不写啦，咱不能自己往自己头上扣屎盆子！可是我又一想，一、一级是一级的水平。看看报纸，一个理儿；听听广播，一个音儿。自己不理解，说明自己水平低。二、这两年，王庄的各项工作起色不小，开始有了一点儿名气，在这么大的政治运动中，怎能不显山、不显水呢？三、小于同志亲自找上门来，说明咱在人家的脑子里挂着号儿哩，如果不写……写吧，不写不好，叫人家说癞狗扶不上墙去。可是，笔尖一扭，那不是自己往自己头上扣……唉，算啦算啦，羊随大群不挨打，人随大流儿不挨罚……"

"你到底写了没有？"我急切地问。

老王忽地跳了起来，右拳击着左掌，呱唧呱唧山响，急眉急眼地说："不写，不写王庄的工程就自消自灭啦？不写，不写今天的大会得到咱王庄开去，不是吹哩！"

老王脸红的原因引起我的深思。沉默了一会儿，我说："你想过没有，你那篇稿子发表以后，当时会在李庄引起什么反响呢？"

"一、……"老王眨巴眨巴眼睛，"咱们顺便了解一下吧！"

张国河的介绍

散会以后，我和老王来到农田基本建设指挥棚里。李黑牛忙去了，只见一个胖壮大汉正和几个女孩子收拾桌凳。老王向我作了介绍,那大汉名叫张国河,是李庄大队的支部委员。

看来,他俩是老熟人了。老王提出了我们所关心的问题,张国河一屁股坐在稻草地铺上,毫不客气地说:"还问哩,去年你小子那篇稿儿一登报,俺村差点儿也乱了套!一天大早,大队门口糊了一片没落款儿的大字报,好听的劝黑牛悬崖勒马,难听的骂黑牛是这个那个的孝子贤孙。支委们的思想也不一致。有的说:'他写他的,咱干咱的!'有的说:'咱这一手是从王庄学来的,人家都在报上作检查啦!'也有的说:'他批咱也批,他登小报,咱还争取登大报哩!'争到半夜,黑牛站起来了,俺们都想听听他的意见。谁知他把胳膊一伸,厚嘴一张,对着房顶打了个哈欠,慢慢憨憨地说:'干的有干的根据,散的有散的理由。干也罢,散也罢,眼下到了年根儿啦,社员们谁家不做点儿年菜磨点儿豆腐?闪过年儿再说吧!'"

听到这里,老王忍不住捂着嘴笑了。

"你笑什么?"张国河不满地瞪了老王一眼,"别看黑牛性子慢憨,心里自有主意。他常说:'咱招数少,有事得请教马列和毛主席著作;咱嘴拙,有事得调动全村千张嘴。'他叫社员们做年菜磨豆腐,他可没那心花。大年三十黑夜,俺一家子正在炕头上包饺子,他来了,把我拉到没烟火的西屋里,问我怎么办。我早憋了一肚子气,一拍桌子,没好听话:'光听蝼蛄叫就别种地啦,光听蛤蟆叫就别过河啦,咱干咱的,揪不了脑袋!'黑牛说:'谁是蝼蛄,谁是蛤蟆呢?如果人家说,你就是蝼蛄,你就是蛤蟆,怎么着?''我……''你得拿出根据来!'我说:'拿什么根据呀?咱是庄稼人,养种好地,多打粮食,多给国家拿贡献,这是咱的本分!哼,尽他娘的王清智搅闹的!'当时,黑牛脸如铁,眼似锥,嗓门儿不大,句句话有斤秤:'国河!你别光咋唬。王清智写了那么一篇稿儿,报上就那么一登，那是闹着玩儿的？如今的事你还没有看透？小报看大报，大报听谁的？'我把脖子一拧：'它愿意听谁的听谁的！''反正，咱该听谁的听谁的！'黑牛说着，从怀里拿出一本《共产党宣言》，打开指给我一条语录看：'无产阶级将利用自己的政治统治，一步一步地夺取资产阶级的全部资本，把一切生产工具集中在国家即组织成为统治阶级的无产阶级手里，并且尽可能快地增加生产力的总量。'我眼前一亮，说：'咱们马上开个支委会吧！''不忙。'黑牛又从怀里拿出两本书，一本是列宁的《伟大的创举》，一本是毛主席的《实践论》，放在我脸前。我说：'这里面也有根据？'黑牛说：'有！'我说：'在哪儿呀？'黑牛把脸一沉，说：'过年吃好的，我还喂喂你不？'嘿嘿，他的意思我明白！"

谈到这里，张国河喝了一碗水，看看老王说："当然啦，找几条语录，要是搁在你身上，那不成问题。你肚里有墨水儿，脑瓜儿又活，看个文件什么的，只要拿眼把题目一扫，里面的内容便能猜个大概。黑牛可没你那本事！他十三上放羊，十五上打铁，十九上就在民兵游击组里扛枪杆，斗大的字认不了一升。他看一本书，比锄十亩地还费劲呀！"

"你们的支委会开了没有？"我问。

张国河想了想，说："当时黑牛还是说不忙。正月里，他又花了几天工夫，专门找人聊天儿。至于谈了一些什么，你们最好是回村打听打听三队的饲养员赵满喜去，办社的时候他就是黑牛的一个膀臂。"

赵满喜的介绍

赵满喜坐在喂牲口的大院里，咿咿呀呀地哼着小曲儿，正在筛草。为了谈话方便，我只向他作了自我介绍，说明了来意。老人一听，呵呵笑了，嘴里虽然缺牙少齿，说话有点儿跑风，听着却更幽默引人。

"不错,我这牲口棚里,黑牛常来常住,习惯成自然啦,有了什么难心的事,他总是先来摸摸俺们的心思,然后再拿到支委会上讨论。他好跟我聊天儿,可舍不得占用生产时间,总是对着吃饭的工夫来。一边吃,一边聊,吃完了,把碗一撂,就去忙工作。他来得勤,他媳妇也就来得勤。来干什么?敛饭碗!哈哈哈!

"话休絮烦。去年大年初一那一天,我一没待客,二没请友,约了几个对心思的老头儿,打算赶上大车到工地上拉几遭土。也许你们要说,过年哩,一群老家伙撒什么欢儿呀?同志,你们哪里晓得当时的情况?对村北的工程,有添柴的,有撤火的,还有泼凉水的!俺们套上大骡子大马满街里这么一转,干多干少,也算是表了表态、亮了亮相儿呀!

"我刚把车套好,黑牛就端着饭碗来了,一边吃一边说:'满喜叔,干吗去呀?''大干社会主义去!'我说着,叭一声,脆实实地甩了个鞭花,吓得家雀满院飞。谁知他把胳膊一夆,拦住了马头:'这一阵的广播你没听见?''我不聋!''大队门口的大字报你没看着?''我不瞎!''那你怎么还要干呀?''不干,村东的乱泥洼就能打出高产稻?不干,村西的响白沙就能长出麦子苗?''哎呀呀,你老人家真是老啦,思想跟不上啦!'当时不知他从哪里听来那么几句混账话,耸了耸鼻儿,挤了挤眼儿,做了个怪相,拿捏着嗓门儿说:'一个是社会主义的草,一个是修正主义的苗,你要草,你要苗?'我越琢磨这话越别扭,没好气地说:'你说的那叫个蛋!怎么社会主义尽长草,修正主义倒长苗哇!咱要社会主义的苗!''那也好办!'黑牛仍然拿捏着嗓门儿,'只要革命搞好了,生产自然而然地就上去了!'哦,这时我才醒过味儿来,他是拿反话试俺的心眼儿哩。我把他的饭碗一夺,气冲冲地说:'黑牛黑牛你别吃饭啦,革命搞好了,自然而然地就饱啦!'黑牛嘿嘿嘿地笑了,然后把脸一沉,说:'人是铁,饭是钢,一顿不吃饿得慌。我不吃饭不行,八亿人口不吃饭更不行。'

我说：'着哇！当年打江山，光有步枪不行，还需要小米子呢，何况如今建设社会主义现代化强国？'黑牛听了这几句话，乐得直咂嘴：'满喜叔！这话为贵！你敢不敢把这观点拿到支委会上亮亮去！'我说：'拿到中央亮亮咱也不怕！'黑牛说：'咱一言为定啦！'"

"你也参加了支委会？"老王问。

"扩大到俺身上啦。"

"那次会上……"

"黑牛倒没多说话，国河水平倒不低。"

"村北的工程……"

"没过破五儿，又开工啦！"

"那一片大字报呢？"

"两个人写的！"

"两个什么人？"

"问得怪，好人谁反对大干社会主义呀？"

老王点点头，看了看我，叹服地说："黑牛真有两下子！"

"唉，就那么回事呗！"好像听见别人夸奖自己的孩子，老人脸上美滋滋的，嘴里却又褒贬几句，"他这个人，文没文才，口没口才，又好咬死理儿。可话又说回来啦，有这么个好咬死理儿的人，村里倒是不吃亏。前些年，林彪兴妖作怪的时候，斗争尖锐是尖锐，俺村到底没背多大的伤。"

谈到这里，牲口棚里传出一阵马叫声。老人让我们等一等，他要照看一下刚满月的马驹儿。

王清智的结论

从老王的神色来看，他的心里很不平静。在院里转了个圈儿，两手向

我一摊,说:

"你看,今天咱向李庄学习的经验,正是去年李庄向咱学习的经验;也就是说,人家今天所坚持的,正是我去年所扔掉的。这是什么原因呢?"

是啊,什么原因呢?当然,万恶的"四人帮"的干扰破坏是最主要的原因,这是他们不可开脱的一条罪责。可是,李庄呢,不是处在同样的干扰破坏之下吗?

要说老王有水平,真是有水平。我正苦想,他便有了结论,两道浅淡的眉毛向上一挑,演讲似的说:

"其实,原因也很简单。我这个人善于务虚,人家黑牛善于务实。回去以后,咱们得马上采取措施,赶上去!一、统一部署,层层动员;二、全力以赴,投入会战;三、凡与会战无关的一切活动,什么政治夜校哇,俱乐部哇,是不是先……"

"同志,跟我吃饭去吧!"老人照看了马驹儿,从牲口棚里走了出来,一手拉住我们一个。我看看天色说:"这么早就吃饭?"

老人说:"你们不知道。昨儿个黑夜,黑牛检查了各队的政治夜校;今儿个黑夜,又要闹批判'四人帮'文艺大评比,各队都要出节目。趁牲口们还没回来,早点儿吃了饭,化装不化装,总得换换衣裳刮刮脸呀!"

"你也登台演戏?"我惊喜地打量着老人。

老人笑了:"老胳膊老腿的啦,演什么戏,拉四股弦呗!走,吃饭去,吃了饭看节目。"老人再三挽留,我们连连道谢,才告辞了。

太阳落入紫红色的云层里。滹沱河大堤两旁,一株株高峻挺拔的白杨树染上了美丽的晚霞。老王慢悠悠地骑着自行车,走了二三里路程,一言不发。

"老王,三是什么,你还没说完呢!"

要说老王有水平,真是有水平。他那两道浅淡的眉毛向上一挑,又产

生了新的结论,一张嘴,竟然念出两句诗文:

  要学参天白杨树,
  不做墙头毛毛草。

炉　　火

虽是严冬，大雪封地，大队办公室里却显得热气腾腾。支委们的情绪，比那炉火还旺，一个紧接一个地汇报着各生产队的情况。电灯底下，王新柱耳听手记，好像望见了好收成似的，鲜红的脸蛋儿上充满喜气。听完汇报，他把笔帽一按，站起来了，响亮的话语压倒了窗外那暴风雪声：

"好哇，在农业学大寨的高潮中，支部整风刚开始，群众就提出了这么多的问题。这比五黄六月下场透雨，麦苗过冬盖场大雪还强哩。从明天晚上起，咱们就把这些问题掰开、揉碎，面对面地展开思想交锋。大家要做好准备。散会！"

支委们都走了。一阵阵说笑声，渐渐地消失在街上。马清水三脚两脚赶上王新柱，慢言细语地说："新柱，从明天晚上起，我请几天假。"

"请假？"王新柱站住了。

"我们副业摊儿上，研究一下生产问题。"

"咱们哪一摊儿哪一天不研究生产问题呢？"王新柱笑了笑，由于风大，提高了嗓门儿，"老马，今年要进一步掀起农业学大寨、普及大寨县的高潮，干好干赖，班子整风是个关键呀！"

"那倒是。"马清水也笑笑说，"不过，群众提的那些问题，我都想过了，哪一条也涉及不了我。这么着吧，以后有了涉及我的问题，随叫随到。"

王新柱迟疑了一下,胸有成竹地说:"那我提个问题吧!"

"提吧。"

"咱们木工组里,有几个人?"

"十仨。"

"这一阵干活的,有几个人?"

"你说缺谁吧!"

"我大伯。"

"王茂根?"

"对。"

"他请假了。"

"请的什么假?"

"拉稀……"

马清水说罢,不自然地扭过头去。王新柱迎着风雪,走了一程,他再也忍不住了,大嘴一张,舌头挺冲:"老马,你是抓副业的支委,又是我大伯的邻居,他不出工,在干什么,你真不知道假不知道?这么回答,口碰心吗?"由于激动,他越走越快,越说越急,走到路口,又重重地加了一句:"支部整风,谁也不能缺席!"

马清水站在雪地里,望着王新柱的背影,叹了一口气。其实,王茂根在干什么,他比谁都清楚:做桌椅,打柜箱,挣外快。听群众反映,他还偷用过集体的钉子、鳔胶。马清水原想抓抓这件事,狠狠触及一下王茂根那资本主义脑瓜子。可是,他一想起半月前发生的那件事,便退了劲,撒了手。

那是一天黑夜,王茂根找到马清水的家里,笑嘻嘻地说:"清水,到俺家坐坐吧,新柱等着你哩。"马清水来到王茂根家,只见炕上摆着一桌酒菜,忙问:"新柱呢?"王茂根笑笑说:"他有点儿事,去去就来。"马清水正自猜疑，一低头，发现炕上扔着一条羊肚手巾。拿起一看，那是新柱得的奖品。新柱既然来过了，他便不再多心。酒过三巡，菜过五味，王茂根把嘴一抹，慢打板儿地说："清水，冬天不忙了，我想到外面跑嗒跑嗒，除了给队里交款自己还能落个零花。谁好了不好呢！"马清水急问："你和新柱谈过啦？"王茂根嘻嘻一笑，来了个含糊其词："县官不如现管，新柱还不听你的？"

马清水听了，心里半信半疑。党支部刚刚做了收回外流劳力的决定，王新柱怎么会同意他外出单干呢？不会，王新柱不是那样的人。再说，他们两家的关系，也不太好。抗日战争时期，新柱爹在山里打游击，王茂根把心一横，便和兄弟分了家，一心治理自己的家业。先买地，后盖房，牲口、水车置齐了，正好赶上土改，"置"了个上中农。解放以后，两家一直很少来往。可是，他又一想，新柱今晚来干什么？既然来了，王茂根的心思肯不吐露？新柱如果顶得死，又何必跟我费唇舌？唉，抓一把灰就比土热，到了节骨眼儿上，还是亲大伯呀。想到这里，沉思片刻，说了句："俺们研究研究吧！"

在一次支委会上，马清水提出了王茂根外出做工的要求，让支委们研究。谁知话音刚落，王新柱腾地站了起来，眉毛一扬，斩钉截铁地说："我反对！"他一挑头，支委们都发言了，一齐批评马清水支持了资本主义倾向。

当时，马清水肚子气得一鼓一鼓的，真想把事情挑明揭破。可是，他扫了一眼满墙的锦旗、奖状，话到嘴边，又咽了。这几年，北新庄这个穷沙窝，变得地绿水清，林茂粮丰，样样工作走在了前头，靠什么？还不是靠班子团结人心齐吗？自己是个老干部，得顾全大局，可不能为了这么一点儿小事，掰了面子撕破脸哪！

从那以后，王茂根没走成，便请了个"病假"，偷偷地干起了木匠活。马清水憋着一肚子气，看见装作没看见，听着只当没听着。可他万没料到，王新柱今天却提出了这件事,话头又是那么冲。

"好吧,你既然大义灭亲,我也就不客气了!"马清水嘴里嘟囔着,一蹶一蹶地直奔王茂根家。

正房屋里,电灯泡子锃明瓦亮,斧子、凿子砰砰响。王茂根穿着个棉坎肩,抡着家伙,吭哧吭哧正打立柜。马清水见了,不由得火冒三丈,高声大嗓地说:"王茂根,你不是拉稀吗?"

王茂根放下家伙,斟了一碗茶水,不慌不忙地说:"我拉稀,也不能拉一辈子呀。今儿个肚里好了点儿,打个夜工,把这宗活儿赶出来。眼看着大侄子到了结婚的年纪,无论如何我当大伯的得让他使上个不花钱的时兴立柜呀。清水,你说是吧?"

马清水一听,愣住了:"这立柜是给新柱打的?"

王茂根狡黠地一笑,又来了个含糊其词:"唉,谁叫我当大伯的带手儿哩。来,喝碗茶叶水儿吧!"

马清水肚里的火气,好像针扎皮球似的,呲地跑了个精光。回到家里,长叹一声,睡了。西院那砰砰啪啪的斧凿声,响得更理直气壮了……

奇怪,王新柱和马清水分手后,回到家里,好像也听见了那刺耳的斧凿声,心里很不平静。这个年轻的党支部书记养成了一种多思的习惯,每天夜深人静的时候,总要把白天发生的一些事情,从脑子里过一过,理一理。半月前,党支部刚刚做了收回外流劳力的决定,马清水竟在支委会上为王茂根外出单干铺路搭桥;半月来,对于王茂根的地下工厂,又不理不睬,遮遮盖盖。这是为什么呢?

忽然,那次支委会后,他和马清水的一次谈话又响在了耳边:

"老马,支委们对你的批评……"

"我肚量大,盛得下。"

"我看,你心里有疙瘩。"

"我胃口好,化得了。"

"思想上的疙瘩,只能解,不能化呀!"

沉默了一会儿,马清水突然岔开话题,不冷不热地说:"新柱,你那条毛巾呢,叫我使使。"

"丢了。"王新柱不在意地说。

"丢了,也不找找?"马清水把头一扭,脸色很难看。王新柱正待细问,他摇摇头说:"算了算了,疙瘩宜解不宜结,咱们都要维护支部的团结。"

王新柱寻味这句话,心里豁然一亮:对于王茂根的资本主义思想,马清水所以不理不睬,遮遮盖盖,那是因为王茂根是我亲大伯呀!他这么做,是为了维护"支部的团结"呀!他维护的这种团结,是真的,还是假的?疙瘩结在心里,团结挂在嘴上,那不是自欺欺人吗?对于王茂根,自己到底有没有徇私护短的地方呢?

他坐在灯下,顺手翻开笔记本,分析起群众反映的一些情况。王茂根自从请了"病假",大门不出,二门不迈。可是,他打的一张方桌,一个柳村人拉走了;他做的一对箱子,一个小屯人订下了;最近正在给一个潘庄人打立柜。这些"主顾",是谁牵的线?他的原料,又从哪里来……

夜深了。风雪在窗外呼啸着,屋里清冷清冷的。王新柱抱着一堆柴火,烧起炕来。柴湿风大,窑洞回烟,弄得屋里呛鼻遮眼。他蹲在地上,瞅着炕洞里的火焰,还在沉思着。只讲团结,不要斗争,掩盖矛盾和稀泥,是搞好支部整风的主要思想障碍。要把事情搞清楚,帮助老马提高认识,作为支部思想交锋的头一仗,不是扫除这种思想障碍的一个好办法吗?炕烧热了,但他毫无睡意,披上棉袄,决定去找王茂根谈谈,了解一些情况。

王新柱顶风冒雪来到王茂根家。王茂根已睡下了,黑沉沉的院子里没有一点儿亮光。王新柱在窗根儿站了一会儿,转身要走,忽然一阵大风刮得门吊儿哗哗作响。这时,屋里传出一个浊重的声音:"振吉呀?等等。"

王新柱听了,心里猛然一震。马振吉是在"文化大革命"中被清除的混入党内的阶级异己分子。深更半夜,门吊儿一响,王茂根为什么就呼唤他的名字?屋里一阵响动,王茂根打开屋门,王新柱直挺挺地站在他的面前,叫了一声:"大伯!"

王茂根一哆嗦,吓了个趔趄,结结巴巴地说:"是,是你呀?"

"怎么,马振吉来得,我就来不得吗?"王新柱说着,走进屋里拉开灯。

这天黑夜,王茂根家窗上的灯光,一直亮到了黎明。

从黎明,到天黑,王新柱一天没消停。

支委们到齐了,只缺王新柱一个人。

大队办公屋里,仨一团,俩一伙,读报纸,谈工作,有说有笑,生气勃勃。只有马清水坐在灯影儿里,冷着个脸,沉默无言。老支委马铁山上前说:"老马,精神点儿,一会儿咱俩杀几个回合。"

"咱俩也得杀几个回合。"一个新支委挑战似的说,"王茂根在你眼皮底下搞资本主义,你怎么不吭不哈?"

马清水眼皮一翻,苦笑着说:"人家那不叫资本主义。"

"不出工,做私货,挣外快,那叫社会主义呀?"

"是呀,他那个立柜,给谁打的?"

"给……"马清水一时憋了个大红脸。实说吧,新柱以后怎么立脚儿?不说吧,支委们追得他满脸淌汗。怎么说好呢?掂量再三,竟然说:"给我。"

"给你?"支委们一下子愣住了。

"你真'义气!'"这时,屋门砰地开了,王新柱带着一股子风走了进来,正色道,"老马,你再说一遍,王茂根那个立柜,给谁打的?"

马清水一听这话头,好不恼火,暗想:新柱哇新柱,为了维护你的威信,我替你背个不好的名声,也就罢了,你怎么反来明知故问?想到这里,他瞪了王新柱一眼,冷冷地说:"给谁打的,你心里还不清楚!"

"我清楚,又不清楚。"王新柱目光严峻地盯着马清水,"经过调查,我清楚的是,王茂根那样干,有后台!"

"谁?"支委们齐声问。

"马振吉!"王新柱气愤地说,句句话像火炭,"我不清楚的是,一个支委,他的邻居走资本主义邪路,晚上安着五百度的电灯泡子,斧子凿子砰砰响,他竟然睡得着觉!这是为什么?我不清楚的是,一个支委,正当支部揭矛盾、摆问题,深入进行党的基本路线教育的时候,他竟然撒谎欺骗全体支委!这又是为什么?"

"我也不清楚!"马清水再也憋不住了,气呼呼地说,"半月前,有的人在王茂根家吃了请,徇了私,落了好人,反来支委会上装模作样地批评别人,冒充自己坚持原则。这,这叫什么?"

王新柱把身子朝前一探:"你说谁?"

马清水把桌子砰地一拍:"我说你!"

屋里戛然静了下来。支委们的眼光,一齐投向王新柱。不知为什么,王新柱那黑红的脸颊却露出了一丝笑容,猛然握住马清水的手说:"老马,说吧!"

马清水把手一甩,气昂昂地端出了半月前王茂根家酒席上的真情。

"我不信!"老支委马铁山急眉急眼地说,"新柱上任以来,行得直,立得正,谁见他吃过请,徇过私?"

马清水说:"我有证据!"

"你拿出来!"

"你等着!"

马清水说罢,转身就走。王新柱从口袋里掏出一条羊肚毛巾,一抖,放在桌子说:"老马,是它吗?"

马清水站住了，看看那毛巾，看看王新柱，不言声了。

原来，昨天半夜里，王新柱在王茂根家发现了这条毛巾。王茂根初步揭发，这条毛巾是马振吉从村北治沙造田工地上拾到的。那场酒席，是马振吉耍的鬼，王新柱根本就没到场。王茂根和马清水喝酒时，马振吉就藏在耳房屋里，那个立柜，原是给一个潘庄的投机倒把分子打的，马振吉牵的线。马振吉怕暴露了自己，便让王茂根把那个立柜送给王新柱，妄想堵住新柱的嘴。至于这个地下工厂，原料从哪儿来，取了多少利，马振吉还有哪些破坏活动，王茂根吞吞吐吐的，还没有彻底揭发。

支委们听了，直气得变颜变色。马清水额角上爬满了汗珠儿，辩解道："我这么做，也是一片好心呀！"

"什么好心？"王新柱站起来了，话语温和，但字字千钧，"马振吉挑拨咱们的关系，破坏支部的团结，煽动资本主义倾向，就是利用了你这片'好心'呀！建成大寨县的头一条标准就是：有一个坚决执行党的路线教育和政策、团结战斗的县委领导核心。咱们也应该拿这把尺子，量量咱们的支部。假如我真的吃了请，徇了私，为资本主义开了方便之门，老马，你怎么办呀？睁一只眼，闭一只眼吗？"

马清水无话可说，脸上热辣辣地发烧……

屋外，漫天的大雪飞舞，屋内，炉火熊熊，支部整风正在热气腾腾地进行。

窑 场 上

四喜大叔吃过午饭，就乐呵呵地跑到喂牲口的大院里，一面套车，一面跟大青马打哈哈儿："辛苦啦，伙计！拉回砖，备齐料，等指导员他们开会回来了，麻利盖起咱那三间房，没别的，煮一锅香喷喷的料豆子，犒劳犒劳你！我当副队长的，说话算数，哈哈！"

春天的原野上，景色宜人。四喜赶着胶皮轱辘大车，望着那一片片青翠的麦苗，晶莹的渠水，心里特别高兴。他甩了个响鞭儿，放开粗犷的嗓门儿唱起来了：

"俺队里那个去年跨'长江'，一年那个更比一年强，卧砖到顶盖新房，哪咿呀呼嗨……"

"喜——叔！"

突然，砖窑那边传来一个洪亮的声音，他抬头一看，窑顶上站着一个中年人，正朝他笑呢。是玉海！他心里纳闷儿：往常支书开会回来，总是把行李卷儿朝地头上一撂，就干活去了；或是急忙赶回村，麻利传达上级的精神。可是今天……他忙把车赶过去，扯着嗓子叫："玉海！登高儿观么景致啦？"

"观你唱歌儿哩！"玉海笑呵呵地跑下窑顶，拉住四喜的手说："窑上福庆大伯说，这阵你尽摸响拉砖来，是吧？喜叔！"

四喜嘿嘿笑道:"昨个没来,帮你媳妇搬房来。你媳妇那人呀,真怪!宽绰绰的三间房,硬要把两间房的东西搬到一头去。堆得那屋里满当当的,成了个小仓库了。"他停了一下问,"这回开的么会呀?"

"农业会。"玉海响亮地回答。县委发出的以路线为纲,大办农业,誓夺今年更大丰收的战斗号召,又响在耳边,四千多人的誓师大会,会上那一个个振奋人心的场面,又展现在眼前了。他见四喜听得眉飞色舞,突然笑着问:"喜叔,你刚才唱么哩?"

四喜咧着厚嘴唇说:"我唱今年那麦苗子长得强哩,我唱俺队盖新房、面貌大变样哩。"他说着,看见井台旁边的柳树底下,扔着个行李卷儿;树杈上挂着一个鼓囊囊的背包,走近一摸,里面软乎乎的。

"玉海,买的啥?"

"麻刀。"

"给俺们买的?"

"是呀,抹墙使。"

"哎呀!"四喜脸上笑成一朵花儿,乐得嘴里直吸溜,"俺那房子八字还没一撇哩,就给张罗开抹墙了,哎呀,你真会料理,怪不得选你当支书哩……"

"那房子咱不盖啦。"

"什么?"

"坐下,咱商量商量。"

四喜愣住了,猛地朝井台上一蹲,给了玉海个脊梁。

原来,在这次会上,为了响应县委提出的"大干一两年,实现千斤县"的号召,玉海他们重新讨论了今年的增产措施。根据全大队农田水利基本建设和优种化情况,今年大幅度增产的关键措施,就是要狠抓肥料这一环。大家学习了兄弟社队的经验,要大搞菌肥,要组织积肥突击队,要沤马粪、掏鸡窝、挖肥坑、压绿肥，要打新圈、增猪只，实现每亩七方粪，增加化肥、磷肥、菌肥的施用量。

大伙的革命劲头鼓舞着玉海。可是，他想：大队只有一个砖窑，一窑才烧四万块砖，第二队要盖办公室，新井上要盖机房，林场里要修粮仓，怎么能满足好几个生产队打圈用呢！

夜里，他在洒满月光的招待所大院里徘徊着：第二队那两间土坯房，是成立高级社那年盖的。现在，外面当办公室，里间堆制菌肥，的确太挤了；又因年久失修，夏季漏了雨……可是，他又一想，"把发展农业放在首要位置"，钢要使在刃上，功夫下到垄里！那两间房，沙结一下，四面再用麻刀泥一抹，白光光儿，挺漂亮呢！再说第二队条件好，潜力大，如果把盖房的劲儿，使在"关键措施"上，那多棒！至于堆制菌肥的地方，天气暖和了，总不能老跟办公室挤在一块儿……他沉思着，猛抬头，月光下看见满墙耀眼的革命大批判专栏了。他深深吸了一口气，心里顿时像涨潮的海水，手心里捏出汗来："两间房算个么！为了'基层'，什么都豁得出！"

讨论中，第二队指导员和队长同意了他的想法。四喜的脾气，他摸得透。傍晚一散会，没等及吃午饭，他就背上行李卷儿，上街买了几斤麻刀，朝背包里一塞，大步朝回跨。先到窑上跟福庆大伯打了招呼，把这窑的渣子留给第二队沙结房子用，把四喜没拉走的砖拨给第九队打猪圈。

"玉海！"四喜听了，心里像浇了一瓢凉水，板着脸说，"今年不比往年，参观的人来人往，那两间破房你不晓得？"

"晓得。"玉海说，"我当队长的时候，占了好几年哩。我看那正是咱们艰苦创业的光荣！"

"房顶子漏啦！"

"沙结呗！"

"尽掉泥皮！"

"这不麻刀、石灰现成！"

"我考虑考虑吧！"四喜倔巴巴地装车去了。

玉海依然心平气和，把袖子一挽，去帮他搬砖。装好车，两人蹲在柳树底下，默默地抽起烟来。

四喜瞅着玉海，心里嘟囔道："去年俺们丰收了，论产量，论贡献，盖着哩！那两间土坯房，哼，哪有个过'江'后的气派！玉海呀玉海，你算打击了俺那积极性……"

玉海瞅着四喜，心里话："什么是过'江'后的气派呢？穷打穷闹，朝更高的目标努劲儿！喜叔，我还不晓得你？六月的天，说阴就阴，说晴就晴，道理讲清了，一点就破。哈哈！"

两人哑巴着烟袋，你瞅瞅我，我瞅瞅你。玉海吸两口烟催一声："考虑好了吗？"四喜白瞪了眼，扑哧笑了："你真性急！"

"喜叔，"玉海严肃地说，"办事就要讲个轻重缓急。干咱们这一行——社会主义大农业，只想到改变一个村的面貌不行，要想到它是盖好整个社会主义高楼大厦的基础！"突然，他支煞起眉毛，把烟袋一吹，烟锅里火星飞迸，猛地抬高嗓门儿，"想想吧！阶级敌人胡说么来？他们把咱社会主义建设污蔑得一抹黑！"

"贼羔子们！"四喜暴跳起来，"他胡㞎！"

"喜叔，你说，咱要不要、能不能大上农业，把基础打好！让社会主义高楼大厦盖得更快更美，用更加辉煌的成就，打他们脖子拐！"

窑场上，平静下来了。微风夹着新鲜的泥土气息，从田野上吹来，清凉凉的……

沉默了一会儿，四喜搭讪着："那三间房，吹啦？"

"三间房？哈！"玉海仰起头，透过刚绽新芽的柳枝儿，对着天空畅笑起来，"就三间房呀？你想得太穷气了。到时候，我非逼你盖三层楼儿不可！哈哈！"说着，从笔记本里抽出一张折叠着的草图来，展开一看，上面画着西岗大队的方田、大渠，标着拖拉机站、居民点和果园……

四喜被这张图吸引住了，不由得想起玉海画图时的情景：去年冬季，正当敲锣打鼓欢庆全县粮棉跨"长江"的时刻，滋河沙滩上又沸腾起来了。玉海和几个支委，带领各队青壮年搭起窝棚，垒起锅灶，打响了新的战斗。白天，他抡着大镐，带领大伙移沙造田，战斗在迷漫的风雪里；晚上，他用西岗大队的今昔对比，引导大伙批判阶级敌人，畅谈着美好的未来。大干一个月，搬走了狐子疙瘩，造出一百三十多亩耕地。同时，就在那披雪的小窝棚里，在风灯下面，玉海根据支委会研究的方案和群众讨论的结果，画出了这幅草图……

四喜望着这幅图，心里翻腾着：为了这个目标，为了"基础"，别的队一亩地要施七方粪啦，俺队一亩地里才划几方呢？在农业学大寨的路上，去年俺们领了头，今年万一落了后，坐在那新办公室里有何景气！可是，他挠挠头皮说："堆制菌肥的地方……"

"你放心吧！"玉海说，"昨个我拧回个电话，俺家腾出那两间闲房，将就着占吧。"

四喜一听，眨巴眨巴眼睛，恍然大悟。昨天中午，他问玉海媳妇为什么搬房，怪不得她光抿着嘴笑呢！这时，他望着玉海稍显清瘦的脸，抖着厚嘴唇，愣了半晌，突然拿起鞭子，走近车辕，把马屁股蛋子一戳："嘚儿！"玉海忙把缰绳一逮："喜叔，这车砖……"

"我给九队送去！"四喜还是有点儿倔，鞭子一摇，上了大路……

贾大山
文学作品全集典藏版

散文随笔

我 的 简 历

1942年农历七月，我出生在河北省正定县城内一个小商人的家庭里。我从小上学，高中没有毕业就因病辍学了。1964年到本县西慈亭村插队，1971年到县文化馆工作，1983年到文化局工作至今。

小时候，我和戏园子做邻居，于是爱上了戏剧。到了中学里，又爱上了文学，喜欢阅读鲁迅、孙犁、赵树理的作品，也喜欢古体诗。那时候还学着写一点儿小小说，发表在地方报纸的副刊上，虽然浅薄，自己很得意。

下乡不久，"文化大革命"便开始了，在那样的环境里，也就断了文学的念头。

不断写一点儿短篇小说，是1976年以后的事。

《取经》的意外获奖，使我加入了中国作家协会（当时我像做梦一样，觉得加入这个协会太容易了），后来又发表了一些作品，都是写政治、写政策的。

1980年春天，我到中国作家协会举办的文学讲习所学习，在那里读了一些书，知道了文学世界应该是绚丽多彩的。我不满足直露地写政治、写政策了，我想写一点儿轻松的东西，于是有了《小果》《花市》《村戏》那样一些作品。

生活发展很快，文学发展也很快。1983年以后的几年里，我有一种落伍的感觉；几乎没有写什么东西，当然这和做了行政工作也有关系。

1986年秋天，铁凝同志到正定，闲谈的时候，我给她讲了几个农村故事。她听了很感兴趣，鼓励我写下来，这才有了几篇《梦庄记事》。

我不善于总结自己，也不善于设计自己。今后怎么写，我想得很少。我不想再用文学图解政策，也不想用文学图解弗洛伊德或别的什么。我只想在我所熟悉的土地上，寻找一点儿天籁之声，自然之趣，以娱悦读者，充实自己。

慢慢摸索吧，听其自然吧。

邵思农先生

——古城忆旧

我上小学二年级的时候，头上生了一种疮，多方求医不愈，眼见我的头发一片一片地脱落了。一天父亲买回一捧山里红，砸烂，放一点儿盐，涂抹在我的头上；半月后，头皮酥痒，一头新发宛若春天的小草，悄悄地钻出来了。父亲很是高兴，他说这个偏方，得自邵思农先生。

邵思农先生是一位中医，住在我家西边不远的地方。那时父亲开着一个小铺子，买东西的人们，时常谈起他的医道，但我从未见过先生的面。

头上的疮刚刚治好，我肚里又生了一种虫子，便时徐徐排出，那虫子乳白色，扁形节状，人们说是绦虫，也很棘手的。一天上午，父亲拿了一封点心，领我去找思农先生。那是一个大杂院，院子很深，有一重一重的门，两厢全是古旧的瓦房。他住在院子后面的正房屋里，窗前有棵海棠树，树上的花儿开得正繁。屋里光线很暗，临窗放着一张红漆桌子，靠墙立着一排药斗，一个书架，书架上放着许多书籍。先生五十来岁了，高高的身材，白净的脸，穿一件灰布大衫，戴一副眼镜，干净得让人不敢接近。他对那虫子好像不大重视，让我面对窗子，看了看我的眼睛和嘴唇，便开了方子，抓了几服药，叮嘱了煎药的方法。父亲给他钱，他说不忙给钱，吃了药再说吧，点心也是不收的。

吃了他的药，未见虫子排出，父亲领我找到他，他摸着我头发说：

"今天大便了吗?"

"大便了。"

"在哪里?"

"在后街里。"

"我们去看看吧。"他说。

后街里有个露天茅厕,有半亩地大,里面没有茅坑便池,极"方便"的。我指示给他那是我的粪便,他两手扶膝,深深弯下腰去观看。看了一阵,他指着粪便中的一些白色秽物,对我父亲说:"看,这就是虫子了——白的,像痰一样的东西。化了,没有事了。"我望着他那细长的手指,心里怦怦地跳,很怕他触到我的粪便——那是一个多么干净的手指啊,雪白,像玉石。

回到我家铺子里,他向我父亲要钱了。他说了一个数目,父亲便愉快地拿钱给他。他不接那钱,像有什么事情需要声明似的。他说那几服药,值不了这么多钱的,只因西街有个依靠推煤生活的鳏夫,得了细病,常年吃他的药,那鳏夫很穷,拿不起药钱,他又赔不起,只有仰赖大家了。父亲听清了,他才接了钱,然后从口袋里掏出一个红布做的小葫芦香袋,系在我脖子上,那香袋里装着一点儿麝香、冰片,贴身带了,可以祛邪防暑。走时向我父亲拱拱手说:

"你积德了,你积德了。"

后来,是1954年吧,府前街的一条小巷里,挂起了"联合诊所"的牌子,思农先生也到那里应诊去了。据说,他在联合诊所里,不改昔日作风,济人多矣。

可是,"文化大革命"中,他也受到了非人的待遇。他担着两只粪桶,天天出入于各家的茅厕,淘了将近十年的粪。有一天,我问一个街道干部,他是什么罪名?那干部好像也说不清楚,或是懒得告诉我,只说:

"谁让他那么爱干净呢!"

他死后，没有人给他平反，他的后人也不提什么要求。他们说，时过境迁，什么也不要说了，老人一生清寒自守，不是那种计较荣辱的人，何况身后呢？我想他们是对的，时过境迁，什么也不要说了——先生赐给我的那一头黑发，不是也该白的白了，该谢的谢了吗？

但是，我永远怀念思农先生。

灯窗笔记(七题)

昼 之 所 为

赵清献,宋人,景祐初御史。献公为政简易,长厚清修,白天做了什么事情,夜晚必告于天,有言传于后世:

"昼之所为,夜必焚香告天,不敢告者则不为也。"

我也想效法古人,昼有所为,夜有所告,以摄意心。

告天?天无言。

告地?地无语。

告妻?夫妻相爱情深,难免护短。

踌躇间,看见小孙女,活泼可爱,一片天真,也懂事了,于是得一方便法门:

"昼之所为,夜必告小孙女,不敢告者则不为也。"

蒲 鞭

一位僧人告诉我:汉人刘宽,桓帝时官任南阳太守,典历三郡。宽公温仁多恕，民有过失，只用蒲草做的鞭子打一下，民便知羞耻而自化之。

蒲鞭为刑，多么美好。由此想到修身牧民，"羞耻"二字，不可不明。

一位友人不以为然，他说：

"若民不知羞耻，奈何也？"

我默然。

友人乃一官人，坚信"民心似铁，官法如炉"。

我说："若官心似铁，奈何之？"

他也默然。

蠢贼

西街小子有贼名，游手好闲，昼伏夜出，人称"蠢贼"。一日某局长家屋门被撬，蠢贼自言是他作的案，盗得十二生肖一套：子鼠、丑牛、寅虎、卯兔……全是金的。乡邻惊疑，便问局长夫人少了什么东西。夫人淡淡一笑，说是虚惊一场，并无损失。乡邻皆惑之曰："噫！蠢贼作案，莫非也搞浮夸？"

小吏

古云："大吏不正而责小吏，法略于上而详于下，天下之不服。"至言也。

下有小吏，闻此言欣欣然，并尽情发挥之："上梁不正下梁歪矣！"上梁果不正耶？全不正耶？何不言自己之于属员，属员之于百姓，也是上梁？德不自修，廉不自养，惟愿法不责众，时病也。

裴　生

友人裴生，近年心情一直不舒，先因职称问题，后因提拔问题，今年地、市合并，又因职务安排问题。整天长吁短叹，神不主体，绝少笑容。

岁末，终于住到医院里去，疑是不治之症。一日去看他，昏睡不醒；又一日去看他，刚刚做完手术，正在输液。最近去看他，他忽然捉住我的手说：

"今天喝下一碗小米粥！"

说罢笑了，脸色红润，目光晶莹，犹如云开天晴。我异之，不由得想起一位古哲的话："病者，众生之良药也。"信然！

庞　先　生

庞先生，地方名医，平生专心药石，不问他事，惟爱种菊养猫，自得其乐。

夏夜歇凉，人们闲话减轻农民负担，先生大谈养生之道当重脚心。他说脚心有涌泉，涌泉乃足少阴肾经之井穴，足太阴脾经、足厥阴肝经，皆与之相通。故常烫脚、搓脚，使之温暖，可以活经络，通气血，祛病痛。并举养生谚语若干："富人吃药，穷人烫脚""富人吃人参，穷人搓脚心"云云。

言罢，众皆茫然，我也不得旨要。近读荀悦《申鉴》，见有"足寒伤心，民寒伤国"之说，方知老先生忧深思远，非桃花源人也。

眼　　睛

　　提婆菩萨，南印度狮子国（今斯里兰卡）人，大乘佛教哲学家。狮子国有一庙宇，庙内塑一天神像，号"大自在天"。像高数十米，横眉怒目，无比威严，人们只在庙外朝拜，不敢入内观瞻，故庙门常年关闭。一日提婆菩萨对那天神说："你身为天神，受四方供奉，应以德智感人，不应以威风吓人，我挖去你一只眼睛吧，人们就不怕你了。"于是攀梯而上，真的挖去天神一只眼睛。从此庙门大开，香火日盛，天神托梦于提婆菩萨，谢曰：

　　"天下真心敬我者，菩萨也！"

　　这尊天神，为了平易近人，宁残一目，精神固然可嘉，但我觉得他的形象，未免又失之真朴，不大自然了。

　　近闻某君得罪一县长，县长怒曰：

　　"不给他点儿厉害，他不晓得马王爷三只眼！"

　　吁！这时我才明白那个古老故事的意义所在，原来世间人，竟有想生三只眼者，悲夫。

1993 年 11 月 14 日夜

募 捐 启

——实用散文

此文是作者代"河北正定隆兴寺大悲阁修缮委员会"写的募捐启。作者云:"此类文章,为用而不足赏。"故名之实用散文。

河北正定是全国历史文化名城。自汉以来,这里长期是府、郡治所,古有北方雄镇之称。悠久的历史给正定留下了璀璨绚烂的文化遗产、享誉天下的名胜古迹,现有全国重点文物保护单位6处,全省重点文物保护单位6处,唐风宋韵,集于一城。其中隆兴寺始建于隋开皇六年(公元586年),兴建于宋开宝四年(公元971年),寺内殿阁林立,收藏丰富,尤为著名。

大悲阁乃隆兴寺的主体建筑,自宋肇建以来,历代均有修葺。阁高33米,昔有御书楼、集庆阁陪衬两侧,巍峨壮观,盛极一时。阁内安奉铜铸千手千眼观音菩萨像一尊,高22米,有42臂,是我国早期最高大的铜铸佛像之一。像体造型伟美,比例匀称,富有宋代艺术风格;须弥座上的伎乐、飞天、盘龙等,亦为宋雕,具有很高的历史价值和艺术价值。惜乎1944年重修时,两侧耳阁被拆去,主阁平面约缩小三分之一,阁内木件,亦未油饰断白,加之材小料朽,逐年损坏,游人不得登阁观瞻;而今佛像金粉、漆皮,亦多脱落,庄严宝像,面目日非。国之瑰宝,落拓于此,令人潸然，岂可袖手？改革开放，仁民爱物，太平年岁，吉祥止止，重修大悲古阁，可谓地平天成，人所共期，也是文化名城建设的当务之急。

近年来，大悲阁的现状，得到了各级政府及至中央领导的密切关注。国家文物局、省文物局曾多次派遣专家考察勘测，已于近期批准了重修方案，两侧失存的御书楼、集庆阁，亦将同时修复。由于工程浩大，国家投资之外，尚需聚用民间财力，仰赖各界支援，特向社会发起募捐。

为了切实做好募捐工作，修委会已于隆兴寺内设立了募捐办公室，所捐钱物，或面赠或汇寄，均有专人接纳。无论捐助多少，一律造册登记，以晓后人；捐助万元以上者，树立集体功德碑，赠送铜铸观音菩萨像志念，并请出席开工、竣工之庆典活动；捐助十万元以上者，除了赠送纪念品，请其出席庆典活动外，还要单独树碑，以旌芳名；文化单位，艺术团体，丹青巨擘，梨园名流，若有义展、义演之活动，更是不胜欢迎。

乐善好施，中华美德；桑梓有事，惟民是赖。吁请全县父老，各界人士，以及国内同乡，海外侨胞，悉发胜心，共襄斯举，舍一砖而兴古刹，添一瓦而救国宝，功在千秋，利在当代矣！是为启。

1994 年 12 月 10 日

读书随想

关于读书与创作，古人有许多名言，如："读千赋则善赋""读书破万卷，下笔如有神""熟读唐诗三百首，不会吟诗也会吟"等等。因此，凡是学习创作的人，都很重视读书。

我的青年时代是在动乱中度过的，没有很好地读书。1980年在中国作家协会举办的文学讲习所学习期间，才认真读了几本书。

那时读书，我和许多青年朋友一样，有三个目的，一是增长知识，一是积累词汇，一是学习写作的技巧。那一段时间的学习，对我以后的创作，很有好处。

那年冬天，我和书法家黄绮一起在北京开会谈到读帖、写字。黄老说，中国书法是一种艺术，人们于欣赏之中，可以陶冶性情。真、草、隶、篆，各具神韵，"篆以端容、隶以谨行、行以丰姿、草以畅志"。黄老的见解是很独到的，对于我们读书，很有启示。

古人云："古人文章可以告人者惟法耳，然不得其神，而徒守其法，则死法而已。要在自家于读时微会之。"

我想，我们读书，尤其是读文学作品，也应该像黄老读帖那样，不仅从中学习技法，还要微会其精神、韵味、品格，这样读多了，才能于潜移默化之中，提高我们的艺术素养，提高我们的精神品位，从而提高我们的欣赏水平和创作水平。

  由此想到旧时的私塾先生,他们让学生读诗文时,总是摇晃着脑袋,眯缝着眼睛,拉着长音,反复吟诵,并不是没有道理的,也许,他们是想用这种读书的方法,让学生全身心地去体味书中那妙不可言的东西吧?

两种小小说

我见过两种小小说：一种是篇幅短小，公认的小小说，不能混同于短篇小说的小小说；一种也是篇幅短小，人们可以称它小小说，也可以称它短篇小说——在小小说之苑中，它显得厚重大雅；在短篇小说之林里，它一点儿也不显得小气。例如：鲁迅的《一件小事》、都德的《最后一课》、孙犁的《亡人逸事》、汪曾祺的《陈小手》。

我认为，小小说的上品，是后者，而不是前者。它们大体有以下几点不同：

一、前者是有意求短，后者短得自然；

二、前者重故事，后者更重人物；

三、前者的结尾，追求惊奇，后者的结尾是一种味道；

四、前者是小花小草，后者是劲竹孤桐，篇幅都小，气象不同；

五、后者写的是一段实在的生活，前者写的往往只是一个"包袱"，一个"噱头"。

当然，小花小草也很可爱，但也要生得鲜活，舒展，清新，自然。

一点儿感想

——纪念《小说月报》创刊 200 期

我在县城工作,是一个写得很少,读得也少的业余作者。记得有一年,想写一个中篇,想了半截儿,便在《小说月报》上读到了刘醒龙同志的《凤凰琴》,自己便不想了;今年岁初,我养着病,刚刚萌生了写作中篇的念头,又在《小说月报》上读到了谈歌同志的《天下荒年》,于是就又打消了自己的念头——他们写得太好了,我写中篇,没有那样的气魄和功力。

《小说月报》,常常使我不敢轻易下笔。也使我不能搁笔。我的几篇短文,被选载了,总要收到一些读者来信。搁了笔,对不起那些热心的读者,也对不起《小说月报》。我只有不断耕作,量力而行,务作一些小花小草。

《小说月报》选文精严,编辑作风也令人欣敬。有一回,我的作品被选载了,一位朋友问我:"你在《小说月报》,有熟人吗?"

"没有,一个也没有。"我这样告诉他,"《小说月报》,是小说的月报,不是熟人的月报。"这是我的亲身体会。

近年来,一些评介文章,对我也有赞许之词,说我甘于寂寞,潜心创作,不看风向,不打听行情。其实,在我心里,有一个可靠的"风标",不变的"行情";只要《小说月报》在,不停刊,不改名,纯正的文学就一定还存在,就一定能刊行。

1996 年 6 月 20 日

关于小小说

《小小说选刊》的杨晓敏主编让我写一篇创作谈,实在叫我作难。我读书少,对于文学一向懒于理论的思考,至今我还弄不清楚什么是真正意义的小小说。

有人说,小小说的特点,就是篇幅短小。可是,蒲松龄的《聊斋志异》,篇篇短小,人们仍然称它短篇小说,并不称它小小说。

我查了一下《现代汉语词典》,那上面也只有对长篇小说、中篇小说、短篇小说的解释,而没有设立"小小说"这个词条。

最近从别人的文章中知道,美国著名作家欧·亨利,曾给小小说做过严格的规定:一、立意清新;二、结构严谨;三、结尾惊奇。立意清新、结构严谨,我是赞同的,但我又想,哪种文体,可以立意浑浊、结构松散呢?至于结尾惊奇,我想那可以是小说结尾的一种,而不应一律相求。结尾清淡,写得好的小小说,也是有的。

一天翻旧书,无意中看见汪曾祺先生给一本新笔记小说选集写的序。汪先生论述什么是新笔记小说时,他说要问新笔记小说是什么,不如先问问,小说是什么?这个问题问之小说家,大概十个有八个答不出。他又说,中国古代的小说,大致有两个传统:唐人传奇和宋人笔记。新笔记小说所继承的,是宋人笔记的传统。到底什么是新笔记小说呢?他最后说:

"新笔记小说"很难界定。这是一个宽泛的、含混的概念。但是又不是"宽大无边"。作者和编者读者心目中有那么一种东西,有人愿意写,写就是了。有人愿意看,看就是了。

我想,对于小小说,也可以这么说,不宜定得太死。更不可借了外人的模子,把小说创作变成小说制作,以干枯为精短,以诡巧为新奇,损伤了生活的天然之美,失去了自己的清真之气。

创作随想

一

正定天宁寺内有棵古槐，树干已向西南方向倾倒，唯有一点儿根皮与土地相连，但它依然青枝绿叶郁郁葱葱，游人叹为"天宁一绝"。

面对这棵古槐，几位文友各抒己见。有的说"叶茂不必根深"；有的说"根深叶当更茂"。两种意见相持不下，但有一点儿该是相同的：它要活着就不能完全脱离土地。

二

近年文苑繁花似锦，新说如林。但我还是忘不了苏东坡的那首《题画雁》诗：

野雁见人时，未起意先改。
君从何处看，得此无人态。

"无人态"乃自然之态，但又不是自然主义。苏诗中一个"看"字，一个"得"字，皆属人力。唯因有了人的努力，才有"无人"境界产生——作者努力消灭了自己努力的痕迹。

我向往这种境界，也追求过一些技巧，但终不得真悟。于是我便模仿老子"为无为，事无事，味无味"之句法，生造了一句话，以欺骗自己：

巧无巧，求无求。

三

真、善、美，以真为先。何谓真？真即现象，现象便是真。假、恶、丑现象也是真，谓之真的假、真的恶、真的丑吧？

艺术创作很难做到全真，也难达到至美。因为这种种现象，呈现的不是自然之象，而是作家、艺术家的意中之象。而我们的意又时常为外物所惑，故意不真，象也难真。

"水停以鉴，火静而朗。"我们要冷静客观地审视社会人生，创造真实的艺术，首先需要一个清静平和的创作心境。

四

已故的裘派花脸方荣翔生前十分重视扮戏。1988年春天，我和他闲谈，他说他跟裘盛戎先生学戏时，裘先生经常教导他："荣翔啊，咱们唱大花脸的，扮戏可不能粗粗拉拉，咱们要与花旦比美。"

花脸要与花旦比美，多么苛刻的要求！花脸与花旦之间，有多少不可比因素啊！

然而，方老领会了，做到了，不仅廉颇、包拯、徐延昭这些艺术形象，扮得那么干净、俊逸，就连《法门寺》中的刘瑾，也扮得很美。

我们写小说的，尤其是写农村题材的，也应学习方老的榜样，并要在艺术实践中细细体味：花脸怎与花旦比美！

五

某君和我讨论幽默之道,对坐良久,无以相告。夜阑静思,忽然想起一件旧事:

下乡时,一个戴帽坏分子请我写一副春联。我问他写什么内容,他说写"翻身不忘共产党;幸福全靠毛主席"。我说那可不行,你怎么能"翻身"呢?贫下中农不答应。他让我措辞,我酌量再三,才得两句:"有空多拾粪;没事少赶集",横批:"奉公守法"。村人看了捧腹大笑,我却不笑。因为我觉得,我的想法符合当时的实际情况,有什么可笑的呢?

引人发笑自己不笑是幽默。

引人发笑自己也笑是滑稽。

别人不笑自己去笑大概就是庸俗了。

六

巴尔扎克在《玄妙的杰作》这篇小说里,讲述了一个浪漫的、富于哲理的故事:

画家弗朗奥费怀着狂热的追求,探索一种绘画艺术。他掌握了光线和色彩的奥秘,创作出无比的杰作。但他并不满足,继续研究、探索。他否定了素描,认为线条只能勾画几何形象,色彩才能赋予人物生命。于是,他花了10年心血,把一幅本来很美的作品,涂上一层厚厚的色彩,人物形体完全消失在色彩后面,终于变成一无所有了。

弗朗奥费的探索精神是可贵的,结果却不美妙:"从这里,艺术就消失到天上去了。"

艺术还是在地上好。

读《曼晴诗选》

——文艺学习札记

我不懂诗,平时也不大读诗。最近得到《曼晴诗选》,所收八十三首诗,竟一气读完了,并且从中想到文艺创作中的一些问题。

一

诗要用形象思维。通过形象表现思想,也该是其他艺术创作的规律。曼晴同志的诗,在这方面是很讲究的。

例如《卖地》中,农民的田地被掠夺去了,诗人不去直接控诉债主的巧取豪夺,而抒写了破产农民对失去的土地的热爱和依恋:

> 我曾在这块田地上种过豆荚,
> 我曾在这块田地上拾过棉花。
> 那随风扫动的麦浪,
> 那楞青青的霸王鞭——芝麻,
> 一切都涌到我的脑膜上来了,
> 我们的血,我们的汗,
> 酱色的土地啊!

这是形象的描写,也是感情的抒发。诗人强烈的爱和恨,熔铸于具体的形象中,是曼晴同志的艺术方法。

又如《饥荒》中,那个劳动妇女,为着学堂捐、兵车捐,丈夫被关在县的监狱里;孩子们扯她的衣角哭泣,口口声声嚷着饥。怎么办?

> 孩子们呀!孩子!
> 你也别想你的爸爸,也别光嚷饥,
> 拼着我这条老命,
> 找前天来的吃穷队去!

哪里有压迫,哪里就有反抗。在这首诗里,告诉我们这一真理的,不是诗人,而是诗人笔下的具体形象。

曼晴同志的诗,不仅注重形象描写,摄取角度也是很讲究的。例如《兵灾》中,那个被追赶枪杀的少女,诗人从门缝中写她,一纵即逝。这就给人一种身临其境的感觉,也省得展览少女的血淋淋的尸体。

文学作品的形象性特征,是我们早就知道的常识。但我们写作品,往往是因事设人,或因理造人,而伤其真美。曼晴同志的诗,就没有这种弊病。他放意定句,取由我衷,表现了充分的自由,同时他又严格地接受着特定生活环境的约束。因而他笔下的形象,朴素自然,平易近人,不是理念的图解,而是时代生活的再现,思想的力量尽在不言之中。《劫后》《我们的农村》《羊圈》《纺棉花》等,都是这样的好诗。

二

曼晴同志的诗，不但形象丰富，含蓄也是一个特点。

《永远热闹的小集市》，写于抗战时期，描写了一次敌机轰炸事件。山顶上的警钟响起，人们疏散了；敌机盘旋、俯冲，裂天似的一声轰响，投下几个炸弹，小集市升腾起一片烟雾；敌机过去，大地平静了，只有三匹毛驴，倒毙在路旁。小集市又热闹起来了，熙熙攘攘做起生意。

诗人描写这些，有什么意义？

> 一个老乡，
>
> 爬起来问我：
>
> "造一个炸弹得几两银子吧？"
>
> "是的！"我答。
>
> 他胜利地笑了。

读到这里，我不禁也笑了，久久忘不了那个可爱的老乡，敌机轰炸，炸死三匹毛驴，他为什么要问那样一句话呢？

真正的诗人，是不会告诉我们的。只有那些浅薄的作者，才会在这里自作高深：敌机轰炸有什么可怕，他们造一个炸弹要用几两银子，他们投了几个炸弹，只能炸死我们三匹毛驴；正义是不可战胜的，生活是不可毁灭的，我们的人民是乐观的，抗战的前途是光明的，或者说一些更深奥的话。

如果那样写，主题倒是明白了，似乎也深刻了，但是，诗味也就没有了。

含蓄是一种美，应该作为我们习作的一种追求。因为生活告诉作者什么东西的时候，总是含蓄的；作者表现生活的时候，也应该含蓄。这样的作品,读者读起来,才有生活的实感、回味的余地。

三

这几年,那些概念化的"写中心,演中心"的作品,已经不受欢迎了,这是理所当然的事。于是我们一些作者,便离开现实的生活,追求"真正的艺术"去了。读过曼晴同志抗战时期的街头诗和诗传单,我想热心艺术追求的同志,对眼前的生活也不必表示冷漠。

> 支应,支应,
> 支应不了!
>
> 鸡,
> 杀了;
>
> 猪,
> 宰了;
>
> 鬼子票,
> 给抢光了;
>
> 鬼子还要粮食,
> 还要钞票……
>
> 支应,支应,

支应不了！

作者注释说："这首诗传单，是在敌伪统治区散发的。我们常散发传单，宣传群众，唤起他们的反抗。"

这该是配合中心的作品吧？

但是，我认为，它是经得起时间考验的艺术品。因为在这首短短的诗传单里，诗人也为我们提供了认识和审美的对象——真实的形象。

这是语言的力量，也是节奏的力量。试想，假如诗人只用一个"支应不了"，不行，没有力度；假如前面用一个"支应"也不行，仍然跳不出形象。我们的诗人，不多不少，先把两个"支应"垫在前面。这样读起来，我们就像看见处在敌人高压下的群众，先是支应着、支应着，敢怒不敢言；一个月、两个月过去了，一年、两年过去了，终于有一天，愁眉苦脸变成了横眉冷对，火山爆发般地咆哮了：

支应不了！

人民生活中，不仅存在诗的形象，诗的意境，诗的语言，而且存在诗的节奏。只要从生活出发，细心揣摸，配合中心也是可以创作出真正的艺术品的。

《小城风流》序

1978年冬天，我在正定文化馆工作时，编辑着一个内部文艺刊物。新年将近，一个业余作者给我寄来四篇小说，还有一张贺年片。那贺年片，是自制的，在一片白纸上，用钢笔画了一枝清疏浅淡的梅花。我看了好笑，猜想一定是个顽皮孩子干的，因此对于他的稿子，也就不抱什么希望了。过了很长时间，我们的刊物要发稿了，小说稿短缺，我才想起他那四篇。仔细一看竟然篇篇写得不错，我就从中挑了一篇，登在那一期刊物上。

这个作者便是葛金平同志。他的第一篇小说，发表在县办刊物上，题目叫《那天下午》。

从此以后，金平的来稿多了起来，我们也有了书信来往，但他从来没有到过我们机关里。直到1980年冬天，领导上决定调他到文化馆工作了，他在办理手续的时候，我们才见了面。

金平在农村长大，他十七岁上就在生产队里做会计工作，后来上了师范学校，毕业后又到农村教书。他到了文化馆里，十分珍惜那个工作环境，整天钻在自己的小屋里，工作，学习，写作。他熟悉农村生活，写的也是农村生活故事。他的作品朴实自然，文笔清新，富于乡土气息。每看他的作品，我就想起那枝清疏浅淡的梅花来了，跳跃着童真之心，呈现着天然之美。

1982年冬天，由于工作的变动，我们分别了。他先到一个县机关、报社工作，后来到了地区文联工作。但是，这么些年，我几乎没有看到过他的作品。最近从他的《小城风流》"后记"中，我才知道，他是因为跟不上别人的步伐，才站在"乱流的岸边"，光看不写的。

　　金平是甘于寂寞的。他不会拉关系，也不去投人所好，这是很可贵的。这几年，一些年轻的作者，甚至一些有成就的作家，确实是表现了一种急功近利的浮躁，他们写作品，以怪为新，以新为美，没有"轰动效应"，便以引起争议为乐。难怪有人写文章说，当今的文坛上，既出现了"伪现代派"，也出现了"伪现实主义"。什么原因？我看是文心的原因。古人写作讲求"虚静"，我们写作想念"轰动"，古今文心大不同矣！

　　金平甘于寂寞，但他没有消沉。他的《小城风流》就是寂寞中的果实。这三部作品，既有生活的真意，也有艺术的创新，尤其是在语言方面，和过去相比也有了明显的变化。看来，在"乱流的岸边"，金平也吸收了一些新鲜的东西，丰富了自己。

　　金平刻苦好学，春秋正富，希望他按照自己认定的路，坚实地走下去。

1990年4月24日夜

《正定古诗选注》序

我没有到过浙江的天姥山,但是因为小时候读了李白一首《梦游天姥吟留别》的诗,雄伟壮丽的天姥山景象便永远留在心中了;我更没有见过古长安,但是因为小时候读了卢照邻一首《长安古意》的诗,豪贵华美的古长安至今历历在目。

读了这些诗,给人留下的不只是景、是物,还有诗人那奇伟的想象,不朽的思想,高尚的情怀。

正定作为一座文化古城,不仅有许多文物古迹,前人还给我们留下了许多优美的诗篇。我早就有个想法,假如有人能把这些诗篇,像征集文物那样,搜集起来,整理成册,刊行于世,该是一件多么有意义的事啊!

这件事终于有人做了。

郭开兴同志编注的《正定古诗选注》,搜集了从魏晋北朝,到清光绪年间157位诗人的394首诗作,并且做了注释。通过这个选注本,不仅可以欣赏古人写正定的诗,还可以了解写诗的正定古人,对于我们进一步地研究正定,认识正定,是有帮助的。并且,这种认识,将会从历史的高度,升华到文化的高度,审美的高度。

开兴同志不是文物工作者,也不是专业的文学工作者。多少年来,他一直在县政府做资料工作,后来当了政府办公室的副主任。1987年秋天,他辞了副主任的职务,和另一同志去承包工厂。当时我想开兴也许是耐不住文字工作的寂寞和清苦,也想去发财了。可是,他到工厂不久,便将厚厚一本《正定古诗选注》的初稿,拿来给我看。他利用业余的时间,默默地为家乡完成了一项重要的文化遗产的整理工作。

我们在编辑这本书的时候,曾有人问我,在一县的范围内,编选古诗,究竟有多大意义?

我想,飞尘雾露,尚可增山助海,为了弘扬优秀民族文化,大家都来做一点儿尽小极微的事,也是有益的吧?

1990 年 6 月 16 日夜

我读《枯井》

我记忆中也有一口野井。那是我插队的时候,在村南里,它吞噬了一个姑娘的生命。

那个姑娘姓陆,叫凤兰,天天和我们一起拉车、浇地,她死的时候,才十六七岁,正是应该上学的年龄。

她死了的那天,全村人都很悲痛。可是过了两天,村里纷纷传说:淹死凤兰那天下午,刮了一阵黄风,有人看见凤兰乘风而去了,她的身边还站着两个仙女。于是,乡亲们高兴起来,她的母亲竟也得到安慰,我却掉了泪。

今天的农村里,没有像凤兰那样的"小社员"了,但我最不愿意看到的事,是孩子们做小买卖。男孩子倒也罢了,倘看见女孩子做小买卖,我就想起凤兰来了,心里很不安宁。去年八月,在五台山上喝茶,我宁喝一个老太太的,不喝一个小姑娘的。不是她的茶贵,我实在是不忍心看她笑嘻嘻地服侍我。她太像凤兰了⋯⋯

康志刚的小说《枯井》,唤醒了我许多记忆,真是不容易!

忘了是谁说过的一句话,文学作品,应该去写那些"人人心中皆有,人人口中皆无"的东西。人人心中皆有的事,我们写出来,读者才会感到亲切;人人口中皆无的话,我们写出来,才是新意。我看志刚的《枯井》,

就是选择了这样一个题材。

这篇小说，不仅题材好，写的也有情趣。从前的野井，现在的瓜地，巧妙地联系起来了，很含蓄。尤其是结尾，那两只从枯井里扑棱棱飞出来的灰色小鸟，更叫人惊喜。

志刚的小说，常有一些暖色，更有几分野趣，《风从园外吹来》《夏天》《黄昏的迷惑》，都是这样的作品。

他是想用自己的真诚和善意，填平生活中的那些"枯井"吧？

但是也有一些作品，写得过于晦涩，让我不知所云。我们是同乡，不客气，我曾向他提过"抗议"。

但也有人说，此乃新手法。

月亮在哪里？

不说可以，指指也行。

但是，你的手指，总得指天上，或是水中呀！

这篇《枯井》"指"得不错。

1992 年 6 月 27 日夜

多写一点儿　写好一点儿

我是县文化馆干部，业余时间也写一点儿东西。1977年以来，陆续在刊物上发表了一些反映农村生活的短篇小说。开始写作时，并没有想到为谁服务。甚至有一种偏见，认为作家们的作品，是作家们互相看的，农民谁看小说？我是从个人爱好出发学习创作的。

可是没有想到，我那几篇浅薄的东西发表以后，收到不少读者来信，大部分来自农村。给我印象最深的，是围场县三个农村青年的联名来信。信上说他们在劳动休息的时候，把我写的两个短篇小说读给社员们听，社员们很喜欢，有的说"写得很像咱村的事情"。他们的信很长，很有感情，最后好像下命令似的，要我以后多写一点儿，并且要我指导他们学习创作。

读了那些热情的来信，我很高兴。农民需要我的劳动。他们希望自己的生活在文艺作品中得到反映，更希望文艺作品起到帮助他们改造自己生活的作用。我还看到农村知识青年当中，跃跃欲试者，大有人在，他们有深厚的生活基础，饱满的政治热情，他们更需要大批的文艺读物，提高自己的文学修养。我想我们文艺工作者，应该满足他们的要求。

农民需要文艺作品，并不是"饥不择食"。有一件事我永远不会忘记。1972年，我们县粮食产量过了"长江"，领导上要我写剧本。那时搞创作，讲究"三结合"，领导出思想，群众出生活，作者出技巧。我带着领导出的思想，到乡下找"生活"。一位农民朋友看见我说：

"你又来干什么？"

"写剧本。"

"写什么剧本？"

"过了'长江'怎么办。"

他想了一下，说："我晓得你那剧本了！"

"我还没写，你就晓得了？"

"大队长说：'咱们差不多了！'支书说：'差远哩！'是不是这一套？"

他猜对了。领导出的思想，我的初步构思，就是这样的。我被他弄得哭笑不得。

这样的"作品"拿出来，农民会喜欢吗？显然不能。他们厌弃那些公式化、概念化的东西。那种脱离生活、主观臆造、图解政策的创作方法，实在不足取。我们给农民写作品，应该像他们交公粮那样，拿最好的。中央转发的《意见》明确提出，应该创作出更多反映农村新人新事的好作品，要做到这一点儿，不管是专业还是业余作者只有到生活中去，不但要了解他们真实的思想情绪，还要了解他们的欣赏兴趣。

写作《取经》的体会

1976年11月，粉碎"四人帮"不久，我在一个村庄参加了县委召开的农田基本建设现场大会，并在工地生活了一个时期。我亲身感受到了广大人民群众对"四人帮"的深仇大恨，和他们大干社会主义的豪迈情怀，产生了反映这一伟大斗争的强烈愿望。

写什么好呢？"四害"横行的时候，我们这里主要是受他们的思想干扰。当时我想，写思想斗争不如写直接斗争更解气，譬如写"四人帮"派来了特派员什么的。可是又一想，那样写法，别人可能写得很好，我却不行，因为那对于我只是一个概念，自己没有那样的生活体会，"强扭的瓜不甜"。想来想去，觉得还是写自己所熟悉的生活，自己所熟悉的人物，有把握些。

正在酝酿写作的时候，毛主席的光辉著作《论十大关系》发表了。"有些人对任何事物都不加分析，完全以'风'为准。今天刮北风，他是北风派；明天刮西风，他是西风派；后来又刮北风，他又是北风派。"毛主席这段话，好像探照灯，照亮了我记忆中的许多人物，使我比较清晰地看见了他们的面目、特征和意义。

我曾接触过这样一位干部，他善于审时度势，说话言利嘴能，很有一些水平。可是日子一长，我觉得他的"水平"高得令人生气。在农业学大寨运动中，村子里出现了不少好人好事，确实很值得歌颂，但他却把这些好人好事当成了赶行情的商品广告。1975年冬，他说这些好人好事是贯彻全国农业学大寨会议精神的结果；1976年春，又说这些好人好事是反击什么风的成绩——难怪群众管他叫作"活眼皮"。

还有这样一位干部，他们村的革命生产本来搞得不错，可是后来听到一点儿风声，他便自己批判起自己"埋头生产，不抓革命"，并且"闻风而动"起来，抽调大批劳力，脱离生产，蹦蹦跳跳。结果呢，群众怨声载道，地里苗哭草笑……

与此同时，那些真正可尊敬的人们，也成群结队地活跃在我的眼前了。我记得，有段时间大搞"政治冲击一切"的时候，我们有一个村子里的支部书记勇敢地提出了自己的怀疑。当然他受到了一些压力。他却没有屈服，愤然离开村子，参观了大寨；回来以后，他便用大寨的经验抵制了那一套。1974年夏天，江青要人们学这个学那个，名曰"抓意识形态领域的革命"，又一个村子里的支部书记公开说："好好学大寨，什么都有了！"意思是说，难道大寨不抓意识形态领域的革命吗？我还记得，那年秋，一个生产队由于排除了"四人帮"的干扰，夺得了大丰收，当人们夸赞玉米长得好时，那个生产队的老队长却把头一仰，幽默中透露着极大的蔑视，辛辣地讽刺："别看玉米大，路线不对头！"在社员们欢快的笑声中我受到了深刻的教育。同时也看到，群众在用各种不同的方式揭露着、抨击着"四人帮"的倒行逆施。他们并不都是"怒目圆睁""牙齿咬得咯咯响"呀……

我回忆着，思考着，倏然，从这些各式各样的人物中间，跳出了"李黑牛"和"王清智"——《取经》中的两个主要人物的形象来。有了典型人物，还要有典型事件。我又想起一个真实的故事来。前几年，有个大队菌肥生产搞得很好，不少单位到他们那里学技术、要菌苗。后来由于思想上出了毛病，他们停止了菌肥生产。两年后，当县委要求大搞菌肥生产时，他们只得到另一个村子寻找菌苗。那个村的干部对他们说："人们的菌苗，当初是你们给的。"他们听了，触动很大。我觉得在我搜集的一些故事里，这一个比较适合表现《取经》的主题。于是，经过改造后，我把它安排在农田基本建设上，写成了《取经》这篇小说。

说了半天，只是过程，体会是什么呢？说起来，有两点感触较深。

一位朋友问我，《取经》写了多长时间？我觉得不好回答。要说动笔写，不过五六天，可是翻开我的日记本，1971年就有了一些人物的影子。

还有一位朋友说："你掌握这方面的材料不少，可以写个中篇，怎么只写了个六千字的短篇呢？"我想，假如用可以盖一座楼房的材料盖几间平房，哪做檩，哪做梁，任你挑，任你拣，那平房一定盖得好；反之，假如用可以盖几间平房的材料盖一座楼房，那楼房肯定盖不成，你若硬要盖，东拼西凑，也盖不好。当然，这只是一个比喻，不是主张少慢差费。何况我掌握的材料远远盖不起一座"楼房"，就是"平房"，不是也盖得很粗陋吗？

这几句大实话，就算是体会吧。

创作《花市》的前前后后

我是怎样发现这个题材的呢？当然说起来话就长了，但还得长话短说，记得在七十年代末全国短篇小说评奖时有一篇小说是散文题材的小说，作者是一位很有影响的作家从维熙，在当时这篇作品给我留下了很深的印象。

一次，沧州的《无名文学》来了一位编辑，他说他们刊物设有一个"作家辅导"专栏，希望我能写一篇如何从生活到艺术的文章。同时还给我提出了几个题目：一、生活和艺术的关系；二、生活感受和艺术感受；三、生活真实和艺术真实；四、艺术想象问题（包括构思、想象、虚构）。这是个大课题，今天不准备全面地讲，刚才王老师提出希望能结合我写的《花市》谈些体会。

《花市》是个短篇，是在1981年春天写的。我有个毛病，写了两篇之后，总喜欢放在自己的床下压它一段时间，让它降降温，过一阶段，再拿出来修改。直到10月份《河北文学》一位姓张的编辑来约稿，我把《花市》给了他。另一篇《醒酒》，我留给了保定的《莲池》。给《莲池》的《醒酒》没听见有什么动静。给《河北文学》的《花市》可热闹起来。先是四川人民出版社选入他们出版的《小说佳作选》，随后中央人民广播电台，山东、山西、河北等省、市电台都广播了这篇小说。《河北文学》接二连三发了三篇评论文章。据说，当时著名作家从维熙在北京医院养病，发高烧39℃，看了《河北文学》发表的《花市》后，高兴地从床上跳下来，高烧立即退了下去。（众笑）（可见一篇佳作之影响，在一定的背景下，能起到不可估量的作用——笔者加）1981年，河北省小说评奖，《花市》为当选作品。

1981年春天，我有个老朋友名叫曹仲连，他在集上卖花，其中有一盆令箭荷花，竟开了四朵花。这就使我在生活中有了令人感受较深的地方。作为一名作家都有个习惯，回家后想用文字描绘一番。

第二次集上，真的来了两个老头儿。其中一位问曹："掌柜的，多少钱？"曹说："别问，问也不买。二十五元怎么样？"老头儿没有说话，扭头便走了，生活上便有这么一点点触动。

当天晚上，我在床上边抽烟，边思考，就是睡不着，后来拿起笔，铺开纸，当天晚上便写出来了，大约有四千多字。

这篇小说有三个方面是真实的：一、确实有花市，过去没有；二、农民开始养花种草了；三、花草盆景历来属于上层有钱的消闲阶级，不属于劳动人民。不真实的地方是：一、五十多岁的老头儿曹仲连改成只有二十多岁的姑娘蒋小玉；二、老头儿没有买花，可写成老头儿买走了；三、没有出现一个干部，也没有讨价、抬价的场面，可文章中却出现了。

回过头来想一想，那么这篇小说是真的呢，还是假的呢？我们的回答当然是真实的。这里涉及了一个理论问题：生活真实与艺术真实的问题。艺术真实应是更集中，更强烈，更本质的东西。以前农民有了钱，首先要买粮食吃；现在农民竟买起花草来。

艺术作品不在于反映，而在于创作。作品是作家的精神劳动。作家的劳动是无情的劳动，是不惜任何代价的劳动，需要最大限度的献身精神，这对作家来说也是最宝贵的品质。

一个人在读一篇小说时，首先要看，这篇小说反映了什么？人民群众不是只需要反映。为什么有了摄影,人民还需要美术呢?摄影不是美术。这个问题与评论家有关。尤其在极"左"路线时,只讲生活,不能讲创作。但是只讲生活不可能解决创作问题,正如种地只有土地是不够的。

《花市》中人物(曹仲连)为了追求意境,我将曹改成了小姑娘,原因是想用抒情的散文手法来写。

《花市》的开头写花市的场景。

《花市》的结尾描写卖花姑娘。

我们可以想一想,这样写比写戴眼镜的老头儿是不是有了诗情画意。孙犁说:"生活不能胶滞生活。"艺术的魅力在于想象,力量的魅力在于真实。符合生活的真实的艺术,需要结合自己的作品,才能大胆地进行创作。

联系到我自己,我从小生活在县城的小圈子内,没有工厂方面的生活来培养自己的艺术想象。创作当然需要技巧,虚构就是一个大的技巧。魏巍一再说:"生活一定要老实,创作时一定要不老实。"李白的《北风行》描写北方的寒冷时说:"燕山雪花大如席。"鲁迅说:"说燕山还是有一点儿老实的,如果说是广州那就成了笑话了。"

那么到底什么是艺术真实和生活真实呢?

想象的天地是多么广阔。其实要达到艺术的真实,主要是避免两个倾向,一曰太过,二曰不及。太过则违背了生活逻辑,使人读了不自然。《正定文艺》有篇小说,文笔不错,前半截写得很好,后半截有些做作,不自然,违背了生活真实。相反,《菜店的俩老李》写了两种人的不同思想,让人看了舒服,恰到火候,生活真实与艺术真实俱佳。

我们还拿《花市》来说,如果让姑娘来发扬风格,来一段铺垫,行不行?姑娘赶集是来做买卖的,不是来发扬风格的时候。"吃红萝卜,尿大脬,不长膘"。前半截姑娘与老头几分利必争。(大山读《花市》原文)

关于灵感问题。我写东西都有一些灵感。《花市》就是由灵感而拣来的一篇小说。《小果》也是，八个出版社都刊印了。《人民文学》创刊三十一周年"短篇小说选"也选了。灵感不是唯心主义，苦思冥想不是灵感，是绝对写不出好作品来的。外界对作家有触动，或是有一个生活的火花闪到作家的脑海中，便可信手拈来，使作家产生了创作欲望。过去只能谈生活，不能谈灵感，"瓜菜代年代，绝对不会有花市"。周总理说："长期积累，偶然得之。"

我认为偶然便是灵感，这两则在艺术上都需要。我绝不会产生有关空军的灵感，因为我长这么大还没有坐过飞机。郑板桥有一首诗："十日不能动一笔，闭门静坐苦思索。忽然兴致风雨来，笔飞墨走精灵出。"这是清代大画家郑板桥的题画诗。郑的窗户无有窗棂，窗前植竹，日光照之，将竹影照在窗纸上。待到他兴致来时方可画竹子，但画不出摩托车。（众笑）

在创作方面，不但文艺创作有灵感，科学创作也有灵感。英国科学家瓦特看见水壶开了，发明了蒸汽机，这也是灵感，灵感多的是高产作家，灵感少的是低产作家。灵感与一个人的心情都有关系。

要培养灵感，首先要培养自己的艺术感受能力。现代画家黄胄先生画小毛驴就有灵感。怎样才能培养这样的感受力呢？要求大家多读一些书。中国的、外国的、古典的、现代的，因为这些书都是被人们肯定后流传下来的。读第一遍可以得到艺术的享受，读第二遍不妨用研究的眼光读。要保持新鲜感，一个麻木不仁的人，是不会有什么创作的。我们中国有个好传统，就是有德者必有言，有言者必以德，很重视文与德的关系。

有同志们问，写长篇的好，还是写短篇的好？这要看本人的条件和生活积累了。初学者当然是写短篇好，这好比骑自行车，不驮货、不载人，当然行走自如。载上点儿货物就不那么轻松了。现在有些人，包括有了些名望的作家，本人连个短篇都写不好，偏要去写洋洋几十万字的巨篇，结果，刚出版的书就成了处理品，或是成了包装纸，岂不是一害读者，二害自己？

可惜！可悲！我国一年要出版几百部长篇小说，如果说找优秀作品，按百分之一计算，不算多吧？一百部有一部，几百部总该有几部吧，可是很难发现一部很有影响的长篇。新中国成立之后的《青春之歌》《红旗谱》《林海雪原》《铁道游击队》，至今还在读者手中流传着，这是为什么？很值得我们深思。最后我想引用徐悲鸿大师的两句话与大家共勉之："下笔不灵看飞燕，行文无序看花开。"

（此文系 1984 年 10 月 28 日贾大山在正定县业余作者创作座谈会上的演讲。王京瑞根据录音整理）

金色的种子

公社春来早。小农场里，春色更好。新盖的场房，新垒的猪舍，新栽的毛白杨和泡桐树，一切景物都染上了鲜红的早霞。田野上，平整土地的姑娘们，说着笑着，正闹竞赛呢。东头那块平整好了的土地，潮润润的，又暄又匀，两个小伙子吆喝着大马，正扶犁开沟，准备播种了。那个挥着钢锨砸坷垃的，就是王志新同志。

他今年二十九岁了，是三角村大队党支部委员，又是技术员，还包着一个生产队。不管工作多忙多累，他老是红光满面，欢欢的、亮亮的两只大眼，充满着信心和乐观。他像一株沐浴着春天的阳光、旺盛勃发的毛白杨。

"快播种了吧？志新。"我走到他跟前问。

"快啦。"他放下手里的钢锨，兴致勃勃地谈起他们的种植计划：这边是麦棉间作，搞品种对比试验；这边制种，春茬种豌豆，夏茬种高粱；南头那块，试验自己创造的杂交玉米新品种；北头种花生，学习、推广新技术，争取亩产八百斤。他捧起一捧新鲜的泥土，蛮有把握地说："别看这地赖，我们有扎扎实实的措施。就说肥料吧，每亩七方灰土粪，一千斤马粪，还有磷肥、自制菌肥。灰土粪挂碱性，上到这沙地里，劲头大，又起暄，可是好物件儿。再加上新的管理技术，嘿，五月里你来吧，那时再看，黄一块，绿一块，豌豆开花了，满眼尽是丰收景啊！"我听得入了迷，不住赞叹："在农业学大寨的路上，你们连年高产，今年更上一层楼了！"

一提高产，志新脸上的笑容突然消失了，问我："去年我们粮食亩产一千二百五十斤，棉花亩产一百九十七斤，你说高吗？"

"确实不低了！"

"可是，你不晓得呀！我们一九六五年就粮过千、棉过百啦！"他耸着眉，严肃地说，"一九六五年到一九七一年，整整七年了。七年啊！我们的增产幅度简直是打秋千哩！就在我们打秋千的时候，去年，全县粮棉产量一跃跨'长江'了！这消息，震动着俺村两千多口子人的心啊！"他越说越激动，绘声绘色地谈起当时那振奋人心的情景：

"咱县跨'长江'啦！全村的人们，欢欣鼓舞，奔走相告。大家聚拢在一起，畅谈着全县农业学大寨的大好形势，算着自己的一笔账……大家越谈越兴奋，越算越着急，有的终于憋不住了，拉着干部们说：'……八斤呀！全县过了"江"，我们粮食亩产只比去年增了八斤呀！'"

"一连几夜，大队办公室的灯光一直亮到后半夜。党支部一班人，热烈地讨论着，每个人的心里像是翻腾的潮水：过去，光看我们自己的产量，觉得也不错；抬头看看全县人民的脚步，看看全国人民的脚步，看看世界革命的脚步呢，我们走得不是太慢了吗？贡献不是太少了吗？"

"于是，党支部遵照毛主席'路线是个纲，纲举目张'的指示，开门整风，发动干部、群众总结经验，找差距，定措施，展开了一场轰轰烈烈的大讨论：'我看，去年是上了骗子的当了！关起门来搞空头政治，深入实际少了，没实行面对面的领导。''我看是背上先进的包袱了！''是呀，比如种子吧……'"

"的确，种子很重要。去年为了换种，两名支委到山东、山西、河南、天津，整整跑了一个月。当时，有些同志主张建立自己的小农场，因地制宜，培育、繁殖优良品种。可是，有人认为，办农场要另建核算单位，太麻烦了，没有建立。正是由于没有抓好种子这一环，去年种玉米，盲目地采用了一种没有经过试验的外来种子，只知道它成熟早，腾茬早，适合间作套种，而不知道它抗病力差，成熟之前容易立枯旱死。结果浆没灌满，就普遍发生了'大斑病'，影响了产量。"

"学大寨，比自己，路线分析会越开越生动，问题越提越尖锐：大寨有自己的种子田，我们为什么建立不起自己的小农场？山沟里办得到的事情，平原上为什么办不到？过去我们也曾自己育种，为什么成了先进单位就要伸手向外？支委们反复思索着这些问题，度过了多少个不眠的夜晚！通过重新学习毛主席关于反骄破满和自力更生、艰苦奋斗的伟大教导，认识统一了：学不到大寨精神，就不会有大寨的种子；走自力更生的道路，还是伸手向外，是两条路线斗争的反映。于是，广大干部、群众，口诛笔伐，批判骄傲自满思想，批判'生产到顶论'和懒汉懦夫世界观，革命大批判的烈火，燃遍整个村庄……"

志新停了一下，吸了一口清凉的空气，激情洋溢地说："这个小农场，就是在去年喜庆丰收的锣鼓声里，找差距找出来的呀！"

我说："今年，再不用到处换种子了。"

"是呀，是呀，"志新意味深长地说，"我们得到了大寨的种子了！"

"什么种子？"

他微笑着，没有直接回答我的问题，却谈起他们建场时的情景。去年上冻时，同志们冒着刺骨的寒风，在月亮地儿里拉砖、运土、平窑坑、盖房子、垒猪舍，一切靠自力更生。每天清早，顶着星星找肥源，汗水结成了冰花，没人叫苦，大风大雪挡不住。他指着一个年岁最小的姑娘说："你看，那是雷莲莲，才十七岁了。冬天拉砖，手磨得直浸血，我们强迫她休息。可是，黑夜她又上阵来了，你猜她说啥？'手磨破了，黑夜看不见就不疼啦!'"

干活的姑娘们,听见我们的谈话了,乱逗小莲莲,发出一阵欢快的笑声……

我咀嚼着志新那句话,心里豁然开朗了,这大寨的种子就是自力更生、艰苦奋斗,这是一颗金色的种子。这颗金色的种子,早已播在广大干部、群众的心里了,并已深深地扎根,茁壮地生长,正在开花、结果。

贾大山
文学作品全集典藏版

报告文学

敢为天下先

——记正定电子元件厂厂长张士龙

在我们这个古老的县城里,我有许多友人,他们当中,有打鞋掌的,有焊铁壶的,也有磨剪子抢菜刀的,令人喜悦的是,到了八十年代,我的友人中出现了一个被人们誉为"古城新星"的企业家,那便是全国电视机电感行业中的著名厂家——正定电子元件厂厂长张士龙。

张士龙1940年生,河北正定县人。他三岁丧父,母亲把他抚养成人,供他上了中学。1959年,初中还没毕业,因家境贫寒,他便辍学入伍了。1982年复员后,县里分配工作时,他选择了正定电子元件厂,担任了副厂长。他在部队从事无线电技术和管理工作二十三年,他想把自己学到的知识,用于发展家乡的电子工业。

正定电子元件厂始建于1972年,原来是个"小作坊"式的工厂。1978年到1981年,虽然实现了"三年三大步",但是由于他们生产的分立式行输出变压器产品落后,缺乏竞争力,1982年实现利润从上年的三十六万元下降到十七点五万元,下降了近百分之五十!

面对这种形势,全厂上下心急如焚,一双双焦虑的眼睛注视着张士龙。那时候,老书记病故了,他兼任了支部书记。

焦虑归焦虑,张士龙却很平静。他知道,商品经济的浪潮猛烈地冲击着每一个工厂,同时也冲击着传统的自然经济、产品经济观念,他的工厂也不可幸免。他深入车间了解产品，静默观察市场形势，他要为正定电子元件厂寻找一条振兴之路……

那时候，我还不认识张士龙，但我不断听到关于他的一些传说和消息。

1983年3月的一天上午，张士龙坐在办公室里。刚刚在日记本上写下"他山之石"几个字。外面狂风大作，刮得天昏地暗。突然，院子里一声响，刮掉两块标语牌。他走出办公室，去捡标语牌，嗖地一下，他的帽子被刮飞了，他望着飘飘而去的帽子，似乎给人一种预感："莫非'乌纱帽'要被刮去了？"

真是一种巧合，没过多久，有人承包了这个工厂，他被调走了。理由是：张士龙精明过人，恐怕不好领导。

1983年10月，他又回来了，担任了厂长，原因是：在他离开工厂七个月内，这里的领导班子换了四次，发生失火事故三起，五名青年因偷盗被捕入狱——治厂需要精明人。

张士龙当了厂长，有人高兴，也有人担心，一天，一位深得前任厂长信任的科长找到他说：

"厂长，我想辞职。"

"理由？"张士龙问。

"我文化低。"

"不，我是中技毕业。"

"我，能力差……"

张士龙烛幽洞隐，微微一笑，说：

"如果一定要辞，那就等到明天吧！"

第二天，在全厂大会上，张士龙宣布了他的用人原则：

"用才不用派，用人之长，容人之短，理解万岁，合作成功！"

他这么说了，也这么做了。他以自己真诚坦荡的胸怀，赢得了人心，恢复了正常的生产秩序。

1984年春节前的一天晚上，我到一位友人家做客，一个中等身材、面容清瘦的中年人也在座。友人介绍，这便是张士龙。他听说了我的名字，彬彬有礼地站起来，双手抱拳说："久仰，久仰。"他说，他读过我的小说，又说我的小说写得平易自然，有一种清新淡远的意境。接着，他用简洁的语言，叙述了我的一篇小说的细节。

我惊奇地望着他，一下子被他征服了。他的谈吐举止，不像一个厂长，倒像一个文人，谦和而又持重，唯有那一双明亮的大眼睛，忽悠忽悠的，显得很机敏，仿佛安装着电感件似的。

叙谈中，我才知道他是一个博学的人。他在部队上不仅学到了电子技术，而且攻读了大量的文、史、哲书籍。他十分崇敬被列宁称为"中国十一世纪的改革家"的王安石，虽然他的结果是悲剧。

那天晚上，我们喝了几杯酒，谈得很投机，他最热衷的话题，自然是他的工厂。他说，面对激烈的市场竞争，他们迫切的任务不是"内部挖潜"，而是产品的更新换代，这是大势所定。他又告诉我，他们1982年开始设计研制的一体化行输出变压器，虽然已经通过了鉴定，但是工艺不行，形不成生产能力。

他断言正定电子元件厂只有走"引进"的道路——引进先进的设备和技术，才能寻到"柳暗花明"的境地。

我知道，引进设备和技术，要和外国人打交道，需要巨额投资。

这在正定县的历史上是没有先例的。我问：

"引进一套设备，需要投资多少？"

"大约四百万。"

"你们的固定资产是多少？"

"一百二十万。"

"这，有没有风险呢？"

"有，但也不大。"他说，"经过多方调查，我们引进'一体化行输出变压器生产线'。行输出变压器是我们的主力产品，占百分之六十的经济效益。另外，我们调查分析了同行业引进设备的优缺点，认准了我们将要引进的这条生产线，具有一定的先进性、完整性，有了这两个依据，就行了。至于别的风险，事在人为，如果一点儿风险也不想担，那就不要办工厂了，那就打鞋掌去、焊铁壶去、磨剪子抢菜刀去。吴起说得对：'用兵之害，犹豫最大；三军之灾，生于狐疑'——干！"

他举起酒杯，一饮而尽了。

他很健谈，也很善谈。他从吴子治兵，谈到洋人治厂；他从家乡的古塔、名刹，谈到日本的"东芝"、"松下"；又从当前的"改革、开放、搞活"，谈到孔子、孟子、庄子。夜深了，他带着微微的醉意，竟然开了老子一个玩笑：

"老子又写《道德真经》，又当'道德天尊'，他自己出了风头，为什么偏偏教导我们'不敢为天下先'呢？这位老人家，言行不一致，太不公平了啊！"

说罢，仰头大笑！张士龙喝了酒，笑声是很响亮的。从他的笑声中，我感到他那单薄瘦弱的身体里，正聚积着一种即将爆发的力量。

果然，刚过春节，他便"爆发"了——

1984年2月，经过紧张的商务谈判，他与日本BOK公司签订了"FBT生产线引进合同"；

1984年7月，他带领六名技术人员，飞抵日本；

1984年9月，他们回来了，带着新的技术，新的眼界；

1984年12月，引进生产线正式投产了！

那些日子，他像一道闪电，他像一个旋风，神奇地工作着。在安装、调试、投产阶段,日方估计设备到了中国新港之后,至少需要两个月才能运到工厂。而张士龙只用了三天时间,就把设备全部运回。日本人大为震惊。投产后,他一面推广日本的技术和管理经验,一面根据厂情,创造了一套因地制宜的管理方法,建立了质量保证体系。同时,他以求贤若渴的心情,先后从河北、四川、贵州等地招来一批技术人才和管理人才,安排到关键岗位,委以重任。

这是一套完整的做法,一个凝聚着集体智慧、决定工厂命运的方针,叫"内招外引"。

1986年春节,正定电子元件厂的大院里整整放了两个小时的鞭炮。过去的一年,引进生产线新增利润四百二十八万元,一年收回了投资;全年实现利润五百零一万元,比上年翻了两番!人们称赞张士龙,称赞他们的领导班子,但是也有这样的议论:

"张士龙时运好,这一回碰对了。"

"元件厂依靠外汇过日子,这怕不保险吧?"

"这样的工厂,说好就好,说垮就垮……"

张士龙无心研究人们的动机,新春伊始,他在日记本上写下了这样的语句:

志不可满,乐不可极

不均衡就是潜力

"洋鸡"不吃"洋米"

质量——信誉

…………

这一年,他两次拍板,又用七十一万美元补充引进了一些关键设备,使 FBT 单班生产能力翻了一番，由原来的六十四万只提高到一百五十万只。同时，成立了技术攻关小组，经过反复的工艺试验，成功地解决了材料国产化问题。为了保证产品质量，他不惜一年二点三万元的损失，规定每天切割两只产品，检验质量合格率。因此，他们的产品不仅占领了北方市场，而且打入了南方十多个城市……

1988年春节，正定电子元件厂的大院里又响起了欢乐的鞭炮声。过去的一年，他们的总产值达到三千八百万元，实现利润九百万元，全员劳动生产率八点七万元，人均创利二点三万元。又被评为石家庄市"明星企业"，部、省、市"双文明建设先进集体"。并且，他们还兼并了两个工厂，成立了一分厂，二分厂，当年的"小作坊"变成上千人的中型企业了！

一时间，张士龙的价值也变了，得到许多荣誉："正定县优秀共产党员""正定县工业企业家""石家庄市劳动模范"；有人说他是"元件厂的乔厂长"，有人说他是"正定县的马胜利"……

一天晚上，他到我家闲坐，我想用李白的一句诗称赞他：

"大贤虎变愚不测，当年颇似寻常人。"谁知"大贤虎变愚不测"一句刚出口，他便接了下句"而今仍是寻常人"，说完，我笑了，他板着脸却不笑，坐在沙发里闭目休息。

他太累了，当时，各科室正在实行聘任制，他一定处在各种人事纠葛的旋涡里……

"科室实行聘任制，大概裁下多少人去？"我问。

"一个也不裁。"他说，"个别特聘人员，我们通过征求本人意见，重新安排他们工作。"

"据说，凡是企业家，都有一副铁手腕儿，你呢？"

"我也有一副铁手腕儿，我们整个领导班子都有一副铁手腕儿。"他忽然振作起来，"我们的铁手腕儿，不是用来惩罚人的，而是用来培养人、改造人的。你还记得吧，1983年被捕的五名工人，有四名回厂了，现在都变成'先进生产者'了！"

我发现，他谈到这些情况，比谈到工厂的经济效益还要高兴！他说，大千世界，物不齐，人也不齐；设备技术可以引进，人是不能引进的。我们只能采取切实的措施，给人们创造一个自我完善的环境。这些年，他们不仅重视职工的思想教育工作，并且鼓励职工上"五大"，工资、奖金照发，还设立了奖学金。1987年河北省电视中专班招生，全县考取了二十九名学员，他们厂就占二十六名……

那天晚上，我像研究一种新产品一样，认真地回忆着、琢磨着张士龙。我和他相识四年了，他向我展示了多少耐人寻味的东西？他向往外国的先进技术，他又坚信自己的能力；他治厂犹如治军，他对人又像春雨；他的办公桌上一边放着洋人的企业管理理论书籍，一边放着从我那里借去的《诗经》《周易》……我觉得，他不是"乔厂长"，也不是"马厂长"，他就是他自己——一个植根深厚的民族文化土壤里，既能吸收一切，又能挣脱一切，志气和平而又不断进取的实干家。

1988年6月，正定电子元件厂半年实现八百万元利润的时候，顺利通过了国家二级企业验收，中央人民广播电台刚刚广播了这个消息，张士龙就病了，住到了医院里。

一天，我到医院去看他，我说："士龙，祝贺你，县办工厂升为国家二级企业的，你们是全国第一家。可谓'天下先'矣！"

"行了，吃个桃儿吧。"他轻轻笑了一下，拿出几个桃儿让我吃。

他更瘦了，脸色有些苍白，说话的声音很低，他怕打扰同室病友，约我到医院隔壁的隆兴寺里散步去。

我们坐在隆兴寺里的古松底下，他望着我说：

"钱赚多了，一切就都好了吗？我们是一俊遮百丑啊！"

他说，他们在管理方面，还存在着不少问题。今年4月，一体化车间组装产品，型号错了三百多只，管理人员才发现；又说，最近企业管理办公室的一位姑娘，因为发奖金，竟和她的主任大吵大闹，还要请调工作。谈到这里，他两手一摊，苦笑着说：

"你看，问题发生在我们企业管理办公室里，这不是讽刺么？"

"那么，以后你想怎么做？"我问。

"以后的事，以后再说吧。"他闭着眼睛想了一下说，"英国人是一边做一边说，日本人是做了也不说。我们取个中庸之道吧，做了再说。"

我约他深谈一次，他答应了。

可是，我到医院找了他几次，都扑了空。

一天，石家庄市煤矿机械厂把他请走了，洽谈联合的事情；

一天，厂里把他叫走了，研究职工住房问题；

一天，分厂的同志把他接走了，讨论一个引进项目……

他像一道闪电，他像一个旋风！后来我才知道，他的日记本上又出现了这样的语句：

> 三年抓管理
> 产值一个亿
> 设备引进国内，产品打出国外
> 行百里半于九十
> ……

贾大山
文学作品全集典藏版

剧本

半 篮 苹 果

（河北梆子）

人　　物：钱好、爱莲、六嫂。

时　　间：秋天。

地　　点：果园里。

【幕启。钱好上。

钱　好　（唱）大沙滩上栽果树，

　　　　　　　果树长大结果木。

　　　　　　　卖了果木是收入，

　　　　　　　收入越多集体越富足。

　　（白）老汉，钱好。大队派我看守果园，人们议论不少："钱好钱好，为人老好，他能看住这果园子？"哎，没有金刚钻，哪敢做瓷器活，钱好自有我钱好的办法。上任三天了，果园里倒也平安无事，不过今天也不能大意呀！

　　　　　（唱）青枝绿叶三百亩，

　　　　　　　全凭社员下辛苦。

　　　　　　　棵棵都是摇钱树，

　　　　　　　小心看守不能马虎。

【爱莲拿提包上。

爱　莲　（唱）陈书记下乡来检查生产，

　　　　　　　　跑前跑后忙坏爱莲。

　　　　（白）钱大伯！

钱　好　爱莲，有事吗？

爱　莲　今天下午两点钟，公社的陈书记要来咱们村检查生产……

钱　好　好啊，你不在村里接待，到果园里干什么来了？

爱　莲　钱大伯，今天这天可是好热呀！

钱　好　天热？（打量爱莲，警觉地）到树下凉快凉快！

爱　莲　天热可是口渴呀！

钱　好　多烧开水！

爱　莲　我的意思，你当真不明白？

钱　好　不明白。

爱　莲　钱大伯！

　　　　（唱）咱村的苹果品种好，

　　　　　　　　白龙、金冠、黄香蕉。

　　　　　　　　上下级关系很重要，

　　　　　　　　咱怎能让他白来一遭。

钱　好　我明白了，你是让我摘点儿苹果，招待招待老陈同志？

爱　莲　摘多摘少，总得有那么个意思！

钱　好　行啊，行啊！

　　　　（唱）咱村的苹果品种好，

　　　　　　　　零售价钱也不高。

　　　　　　　　一斤苹果卖两毛，

　　　　　　　先向会计把钱交。

　　　　　　　会计开来发货票，

　　　　　　　他开多少摘多少。

爱　莲　怎么，老陈同志吃几个苹果还要拿钱？

钱　好　谁吃苹果不拿钱呀？

爱　莲　这不是我向你布置的吗？

钱　好　咱不是刚刚定了制度吗？

　　　　（从口袋里取出《果园制度》）

爱　莲　制度是死的，人是活的，咱们不能让它束缚住手脚，懂吗？

钱　好　一知半解。

爱　莲　你呀，思想僵化！

钱　好　可不是，还得学习。

爱　莲　别愣着啦，老陈同志两点钟到，我一会儿来取。老陈同志可是爱吃苹果！（把提包塞到老钱怀里，下）

钱　好　（自言自语地）老陈同志爱吃苹果，哪一位同志不爱吃苹果？人家老陈同志一个月六十多块钱的薪水，吃不起个零嘴儿吗？嘿，爱莲呐，一遇到这种事，你的积极性就来了！

　　　（唱）爱莲做事欠考虑，

　　　　　　这话根本不该提。

　　　　　　不依你，你是大队副书记，

　　　　　　若依你，果园不是俺家的。

　　　　　　左思右想无主意……

　　（猛一抬头）啊，又来了一个！（细看）哎呀，她一路走一路摘，（喊）喂……（大声）不行，公事公办，罚她！

　　　（接唱）她不拿钱我不依！（躲于树后）

【六嫂挑饭担上。

六　嫂　（唱）肩挑着小饭罐走得忙,

　　　　　　　六嫂我送罢饭回村庄。

　　　　　　　十里沙滩风光好,

　　　　　　　满眼绿来满怀香。

　　　　　　　一排排果树枝叶旺,

　　　　　　　一串串果子叶下藏。

　　　　　　　六嫂我眼花缭乱心里痒,

　　　　　　　一路上眼忙手也忙。

　　　　（抬手摘下一个苹果,放下饭担,把苹果放在竹篮里面）嘻,不少啦。（欲挑饭担）慢着,如今是钱大伯看守果园,新官上任三把火,可别让他逮住!（四下观望）

【钱好从树后出,揭去竹篮上的手巾,饭罐上的碟子,查点苹果的数目。

六　嫂　他不在。（去挑饭担,撞在钱好身上）啊!钱大伯……

钱　好　老六家,你真下得去手啊!

六　嫂　我……哎,一看见那水灵灵的苹果,我的私字又冒尖啦,又抬头啦,我检讨,我认错,苹果归公,以后改过!（把苹果倒在树下的筐里）钱大伯,我的态度不错吧?

钱　好　不错,你的态度一贯不错。（从口袋里取出《果园制度》递过去）这是果园里的制度,念念!

六　嫂　我不识字!

钱　好　那你听着。（念）一、保护果树,人人有责;二、果园里禁止放牧;三、凡偷苹果者……

六　嫂　哟,听这意思,要罚我?

钱　好　拿钱吧!

六　嫂　当真要罚?

钱　好　这是制度。

六　嫂　果真要罚?

钱　好　我身不由己呀!

六　嫂　我要是不认罚呢?

钱　好　什么,不认罚?

六　嫂　怎么着?

钱　好　我给你说好话。

六　嫂　说好话我也不认罚!

　　钱　好　哎呀老六家,(乞求地)你不能不认罚呀!这是大家定的制度,这也是我的职责。前有车,后有辙,放过你一人,果园里可就乱了!老六家,拿钱拿钱,只当我栽了个跟头,死啦,只当你给我烧了纸啦,哈哈哈哈……拿钱。

　　六　嫂　钱大伯,你算了吧!多少年来,果园里就是这么个混乱地方。苹果一熟,这个吃,那个要,你管得住谁呀?

钱　好　可也是……

　　六　嫂　如今的事,睁一只眼闭一只眼,算啦!你老人家想吃,你也吃;你老人家想拿,你也拿。脸皮薄摸不着,脸皮厚吃个够,来来来,我给你老人家也摘几个吧!

钱　好　(急忙阻拦)哎哎哎,我的牙口不好,咬不动!

六　嫂　摘几个吧。

　　钱　好　谢谢,谢谢!老六家,你说的那些倒也不假,不过那是从前的事了。如今,党有党规,国有国法,我寻思,咱们这果园里,也不能总是白吃白拿吧？

六　嫂　你管得住？

钱　好　不敢说，我试试！

六　嫂　你看，那边又来了一个，你管得住吗？

钱　好　在哪儿？

六　嫂　在那儿！

【钱好四下观望，六嫂乘机挑起饭担。

六　嫂　钱大伯，再见啦！（欲下）

钱　好　哎，老六家！（拉住担绳）

【爱莲上。

钱　好　（旁白）巧了！

爱　莲　六嫂，送饭去了？

六　嫂　哦哦，走累了，我想在这儿凉快凉快……

爱莲、六嫂　（旁白）怎么偏偏碰上她啦？

六　嫂　爱莲，你忙啊？

爱　莲　我，我到那边看了看棉花生长情况，也想在这凉快凉快。钱大伯……

钱　好　我转了半天啦，也想凉快凉快。

爱莲、六嫂　（同时）那，咱们就都凉快凉快吧！

钱　好　好啊，凉快凉快！

　　　　　　（唱）日过午树成荫秋风阵阵，

　　　　　　　　　果园内静悄悄鸦雀不闻。

　　　　　　　　　那一旁坐的是她六嫂，

　　　　　那一旁站的是我们领导人。
　　　　　她六嫂脸色变心神不稳,
　　　　　爱莲的真情话也难出唇。
　　　　　看起来,为官做事不清正,
　　　　　看见百姓也怕三分。
　　　　　老汉我假意不闻不问,
　　　　　且看她怎样把话说明。

爱　莲　六嫂,今天下午,不上工啦?

六　嫂　上工。

爱　莲　那,天可不早啦!

六　嫂　可不是,天不早啦,该上工啦。(挑饭担)钱大伯,你们歇着,我该走啦!

钱　好　慢!(拦住)

　　　　(唱"搭调")老六家你不能走……

六　嫂　(乞求地)钱大伯,我……

钱　好　(接唱)你,你……你再凉快凉快吧!

爱　莲　哎!

　　　　(唱)钱大伯分明是消磨时间。

六　嫂　(唱)只恐怕我的事被她看穿。

爱　莲　(唱)陈书记快进村不能拖延。

　　　　(拿起提包,暗示钱好)钱好大伯!

钱　好　哦,我倒忘了!

爱　莲　准备好了吗?

钱　好　就在树下。

爱　莲　我去装,你和六嫂说话……

钱　好　千万不能让她看见!

爱　莲　小声点儿!

钱　好　嗯,注意影响。

【爱莲去装苹果。

六　嫂　钱大伯,你们在谈什么?

钱　好　我们……嘿嘿!

　　　　（唱）我们什么也不曾谈。

　　　　　　你千万莫往树下看……

六　嫂　我偏要看!（绕到树下去看）

爱　莲　（装好苹果）钱大伯,就这些?

钱　好　就这些。

爱　莲　太少了,我到那边再挑几个去!（欲下）

六　嫂　钱大伯!

【爱莲站住。

六　嫂　她那苹果多少钱一斤呀?

钱　好　咳……老六家,

　　　　（接唱）那些苹果不要钱。

六　嫂　不要钱?

钱　好　今天下午,陈书记要来咱们村检查生产……

六　嫂　又要招待招待,是吧?

爱　莲　六嫂,这也是人之常情啊!

六　嫂　那么,我呢?

钱　好　你……

六　嫂　你还罚不罚呀？

钱　好　当然要罚！

　　　　（唱）偷摘苹果要罚款，

　　　　　　　执行制度定从严！

六　嫂　你得了吧！

　　　　（唱）不提制度不生气，

　　　　　　　提起制度气冲天。

　　　　　　我摘苹果要罚款，

　　　　　　　你看她，到果园，任意挑、任意拣，拣拣挑挑、挑挑拣拣，

　　　　　　哪个敢阻拦？

　　　　　　　为什么那制度单把我来管？

钱　好　（唱）只因为你是民来她是官！

爱　莲　钱大伯，这是怎么回事？

六　嫂　钱好大伯，你说吧！我什么都不怕啦！

钱　好　老六家送饭回来，偷了半篮苹果，被我扣了。

爱　莲　六嫂，老毛病又犯啦？

钱　好　爱莲，你看怎么处理吧？

爱　莲　苹果归公！

钱　好　已经归公了。

爱　莲　照章罚款！

钱　好　罚多少？

爱　莲　她偷了多少？

钱　好　没查清楚。

爱　莲　查！苹果呢？

钱　好　她倒在树下了！

爱　莲　啊？（看手提包）这些苹果……

六　嫂　是我偷的！

钱　好　是我扣的。

爱　莲　哎呀，（不觉把提包放在地上）那我怎么能拿走呢？

六　嫂　那怕什么，摘的、扣的，都能吃，一样的味儿！

钱　好　是啊，拿去吧！这些苹果，吃在老六家肚里，那叫偷；吃在陈书记肚里呢，就算归公啦，哈哈哈……拿去吧！（提起提包，捧在爱莲面前）

爱　莲　（唱）钱大伯笑哈哈言语辛辣，

六　嫂　她目光灼灼锋口利牙。

这苹果若拿走影响太大……

钱　好　没关系，老陈同志爱吃苹果，让他也高兴高兴！

爱　莲　拿得？

钱　好　拿得，拿去吧！

【爱莲欲走。

钱　好　老六家，你也走吧！

爱　莲　（站住）钱大伯，拿不得……

钱　好　拿不得，你就倒下！

爱　莲　钱大伯，只此一回，下不为例……（欲走）

钱　好　老六家，走吧。

六　嫂　我也下不为例！

爱　莲　（一震，站住，下定决心）不！

　　　　（接唱）这些苹果不能拿！

　　　　　　一人高兴千人骂，

　　　　　　　今后何以服大家，

　　　　　　　干部不搞特殊化，

　　　　　　　定什么制度立什么法？

　　　　　　　这些苹果倒树下。

　　　　　（倒下苹果）钱大伯！

　　　　　　　支委会上我深刻检查。（下）

钱　好　爱莲，不送，哈哈哈……

六　嫂　钱大伯，我算服了你啦！

　　　　（唱）钱大伯可算是笑面包拯。

钱　好　不敢当，不敢当！

六　嫂　（唱）几句话将爱莲打发回村。

钱　好　那是她觉悟高，认识快。

六　嫂　（唱）干部们知廉耻行为端正，

六　嫂　我也不是无赖刁民。

　　　　（掏钱）给！

钱　好　什么？

六　嫂　罚款呀！

钱　好　这钱拿得甘心？

六　嫂　甘心！

钱　好　情愿？

六　嫂　情愿！

钱　好　痛快？

六　嫂　痛快！

钱　好　交给会计。

六　嫂　哎！（挑饭担）

钱　好　正是：正人先正己。

六　嫂　下梁看上梁。

钱　好　老六家，今天可得谢谢你呀！

六　嫂　谢我什么？

钱　好　谢你帮忙。

六　嫂　这种忙啊，以后我再也不帮啦！

钱　好　但愿如此，哈哈哈……

【六嫂下。

钱　好　保护果树，人人有责；白吃白拿者，免开尊口哇，哈哈哈……

【幕闭，剧终】

（该剧创作于 20 世纪 80 年代初期）

比翼双飞

（河北梆子）

人　物：田大娘、冬生、李二婶、秋兰。

时　间：秋末的一天上午。

地　点：田大娘家院内。

布　景：篱笆，石凳，房檐树影。

【幕启。李二婶上。

李二婶　（唱）人望高来水流低，

　　　　　　　秋兰儿找了个好女婿。

　　　　　　　思想进步人品好，

　　　　　　　根红苗正百里挑一，

　　　　　　　唯有一件不如意，

　　　　　　　他至今还在农村里。

　　　　　　　满怀心事找他去……

　　（进院）冬生，冬生！（发现石凳上的月琴）哎，人呢？

　　（接唱）定是治沙到村西！

【冬生戴垫肩，兴冲冲地上。

冬　生　二婶！

李二婶　冬生！

冬　生　你歇着！（进屋拿气管，复上）

李二婶　冬生，干什么去？

冬　生　村西治沙工地上，展开大竞赛，我们小车队要气管哪！（欲下）

李二婶　（夺过气管，扔到地上，拿起月琴）你忘啦？还不快练！

冬　生　（不接）社员们都在大干，我玩琴，这合适吗？

李二婶　你和秋兰快要结婚啦，她在城里，你在乡下，这合适吗？

冬　生　这……

李二婶　快练吧！（指月琴）这里面又有工作，又有……

冬　生　二婶，我……

李二婶　你得向秋兰看齐呀！

　　　　（唱）秋兰自从进工厂，

　　　　　　　奖状得了好几张。

　　　　　　　依我看，她将来转正有希望，

　　　　　　　你长在农村不相当！

冬　生　（唱）二婶快别这么讲，

　　　　　　　今后我不再虚度时光。（摘下垫肩，接过月琴）

李二婶　好孩子！

　　　　（唱）有一天你能把班儿上，

　　　　　　　我给你做一身新新鲜鲜、漂漂亮亮的"的确良"。

　　　　　　　到那时——

　　　　　　　春天不挨风沙打，

　　　　　　　夏天不晒大太阳，

　　　　　　不抢秋也不夺麦,

　　　　　　冬天省得战沙荒。

　　　　　　看戏有戏院,洗澡有澡堂,

　　　　　　你俩一结婚,都吃商品粮。

　　　　　　亲戚朋友问起我,

　　　　　　我就说,闺女女婿都把那工人当!（笑）哈哈哈哈!

　　冬　　生　可是……俺娘是个劳动模范,她常说……

　　李二婶　她说什么?你三哥在天津工作,是她送走的。如今为什么要把你窝憋在沙窝里?练吧,只要练好了,招工的时候,扣戳儿跑腿找大队,我包着!

　　冬　　生　（感激地）二婶!你真是我的……这气管……

　　李二婶　（拿起气管）你只管练去吧!

　　冬　　生　哎!（进屋）

　　李二婶　我给他们送去,别耽误了干活!（下）

【田大娘扛铁锹上。

　　田大娘　（唱）社员们战沙滩人人奋勇,

　　　　　　为什么冬生儿又回家中?

【屋内传来琴声,田大娘皱起眉头。

　　田大娘　冬生!

【冬生怀抱月琴上。

　　冬　　生　娘!

【田大娘目光严厉,冬生低头。

田大娘　为什么不上工?

冬　生　娘,二婶她……

田大娘　我问你为什么不上工?

冬　生　……

田大娘　冬生!自从华主席党中央给咱除了"四害",你看看社员们是个什么心气儿,什么劲儿头!棉花还在地里开着,玉米还在场上垛着,治理大沙窝的工程就开始啦!男的、女的、老的、少的,人人上阵,个个争先,党支部制订了远景规划,修改了增产指标,可你……

【李二婶上,听见话尾,乐颠颠地跑进院里。

李二婶　(急切地)嫂子!有指标啦?要多少?要男的还是要女的?咱冬生符合不符合条件?

田大娘　你这是说什么呀,他二婶!

李二婶　你不是说指标吗?

田大娘　我是说增产指标!

李二婶　(失望地)我当有了招工指标呢!

田大娘　你呀,平常开会学习不多,学会的名词儿倒不少哇!什么"招工指标""招工条件""迁移证""商品粮",你全学会啦!

李二婶　这是我一块心病呀,嫂子!

　　　　　　(唱)冬生秋兰订了亲,
　　　　　　　　年岁不小该结婚。
　　　　　　　　怎奈是——
　　　　　　　　冬生在家拉锄把,
　　　　　　　　秋兰在外当工人。

田大娘　（唱）秋兰做工我如意，
　　　　　　　冬生种地我称心，
　　　　　　　工作不同不要紧，
　　　　　　　思想一致情意真。

李二婶　（唱）凤凰要占梧桐树，
　　　　　　　燕子搭窝攀高门，
　　　　　　　冬生长期在乡下，
　　　　　　　门不当户不对难成亲！

田大娘　他二婶！
　　　　（唱）旧社会咱两家一同受苦，
　　　　　　　新社会咱两家一齐翻身。
　　　　　　　我看门当户也对，
　　　　　　　只怕是门当户对不一心！

李二婶　一心，一心！
　　　　（唱）一个女婿半个子，
　　　　　　　秋兰冬生我一样亲。
　　　　　　　做个梦也盼他把城进……

田大娘　进城？
李二婶　找个合适的地方！
田大娘　有哇！
李二婶　到哪儿去？
田大娘　（接唱）战沙窝最需要他们年轻人！
李二婶　嫂子！
　　　　（唱）常言说人往高处走，
田大娘　（唱）难道说天下农民是低处人？

李二婶　（唱）咱的孩子咱疼爱,

田大娘　（唱）疼爱错了误终身。

李二婶　（唱）难道说我对孩子有歹意?

田大娘　（唱）我看你是思想糊涂是非不分!

李二婶　你……

冬　生　（不耐烦地）算啦!二婶,她不管,俺自己努力!

田大娘　（指月琴）把那玩意儿放下!

冬　生　……

田大娘　放下!

冬　生　……

【田大娘一把夺过月琴。

李二婶　哎哎哎,慢点儿,那是孩子的饭碗子!

田大娘　什么?

冬　生　练好月琴,就能找到工作!

【田大娘气愤地把月琴摔到石凳上。

冬　生　啊!

李二婶　冬生娘!你这是摔打孩子,还是摔打我呀?今儿个咱们把话挑明吧,这门亲事……

田大娘　是成是散,由孩子们自己做主!

李二婶　当娘的也得拿个意见!

田大娘　那我听你一句话!

李二婶　好!这门亲事,是成是散,等你家冬生有了工作再说吧!

田大娘　（庄重地）现在,他有工作!（拿起铁锹）冬生,给!（把铁锹扔给冬生）工作去！

【冬生看看李二婶，扔锹。

田大娘　（气极）好小子！（拿起笤帚欲打冬生，又慢慢放下，沉痛地）你……

冬　生　娘！你打我也行，骂我也行，今儿个我要说说心里话！

田大娘　你说！

冬　生　我三哥在天津工作，是你把他送走的。我也是你生的，也是你养的，为什么要把我死死地拴在农村里？

李二婶　糊涂！

冬　生　偏心！

李二婶　一辈子落孩子的埋怨！（下）

田大娘　（触动心事，深沉地）冬生，你问得好哇！娘送走的不只你三哥，还有你大哥、二哥……

冬　生　我大哥、二哥……

田大娘　（刚强地）他们，听党的话，知娘的心，为国家，为人民，冲锋陷阵，英勇献身！可你……唉！

　　　　　　（唱）冬生儿休要把娘怨恨，娘生你、养你、疼你、
　　　　　　　　　爱你，你不知娘的心。
　　　　　　　　　提起了以往事热血翻滚，
　　　　　　　　　战斗中娘送走三个亲人。
　　　　　　　　　你大哥当八路我为儿戴花，
　　　　　　　　　打伏击杀鬼子牺牲在马家坟。
　　　　　　　　　你二哥上前线我为儿牵马，
　　　　　　　　　夺大桥拿车站阵亡在石门。

　　　　你三哥到朝鲜也是娘送，

　　　　负重伤立大功才转业天津。

　　　　想起他们娘高兴，

　　　　想起他们力满身。

　　　　国家用人娘送子，

　　　　前线上没有断过咱田家的人。

　　　　现如今，华主席党中央大治天下，

　　　　儿应为现代化贡献青春。

　　　　学大寨办农业全党重任，

　　　　广积粮才能够抵御外寇造福人民。

　　　　娘认准农业就是第一线，

　　　　教子务农我铁了心。

　　　　为什么你身在农村心在外，

　　　　为什么庄稼人看不起庄稼人？

　　　　似这样，大寨红旗谁来举？

　　　　似这样，谁来建设新农村？

　　　　党发号令你不上阵，

　　　　哪像咱贫农的后代，革命的子孙？

　　　　想起了死去的孩儿我不掉泪，

　　　　看见你这般模样儿，叫娘伤心！

冬　生　娘！（搀扶田大娘进屋，复上。）

　　　（唱）俺的娘讲传统把我教训，

　　　　言语冷心肠热道理更深。

　　　　为革命种庄稼情通理顺，（拿起铁锹）

　　　　只怕二婶要退婚。

冬生低头暗思想……

秋兰是个共青团员,只要她不变心……对!

(接唱)进城去找秋兰认真谈谈心!(进屋)

【静场

秋　兰　(内唱)艳阳高照秋风爽,(背行李上)

　　　　各行各业支农忙。

　　　　小分队扎营沙滩上,

　　　　工农合力绣春光。

【田大娘挎竹篮上。

田大娘　秋兰!

秋　兰　大娘!(放下行李)

田大娘　同志们呢?

秋　兰　到工地上去啦。大娘,你怎么知道同志们来啦?

田大娘　(玩笑地)我呀,能掐会算。农活一当紧,工厂准来人,一来一大群!哈哈哈……闺女,我给你大伯送点儿饭去,回来再说话。

秋　兰　大娘,我去吧!

田大娘　不用啦,我交给你个任务!

秋　兰　什么任务?

【田大娘指指屋里。

秋　兰　冬生叫您生气啦?

田大娘　可不是。你娘也跟我抓破脸啦,她说……

秋　兰　她说什么?

田大娘　"凤凰要占梧桐树，燕子搭窝攀高门"。冬生要是在城里找不到工作，你俩的事……

秋　兰　（生气地）我去找她！（欲下）

田大娘　（拦住）秋兰！

秋　兰　对这种思想不能客气！

田大娘　你娘也是个庄稼人，叫我看，农业的重要性她不是不懂，咱要耐住性子，对症下药，让她自己回头。

秋　兰　让她自己回头？

田大娘　错误思想可不怕嗓门儿大呀！你歇歇，我去啦。（下）

秋　兰　（自语）让她自己回头……

　　　　（唱）田大娘老模范胸怀宽大，

　　　　　　低下头暗埋怨糊涂的妈妈。

　　　　　　我在村时你夸冬生千条好，

　　　　　　为什么我一进城你就嫌弃他？

　　　　　　革命工作论贵贱，

　　　　　　工农岂不分了家？

　　　　　　心头火气强按下……

　　　　（思索，走至窗前）对！说服俺娘还需要他。

　　　　（大声地）冬生，出来！

【冬生上。

冬　生　（惊喜地）秋兰！

【秋兰坐在行李上，不理睬。

冬　生　我正想找你！

秋　兰　有事?

冬　生　问你一句话!

秋　兰　说吧。

冬　生　你做工,我种地,咱俩的事是成是散?

秋　兰　(立起)像你这样……

冬　生　痛快点儿!

秋　兰　散!

冬　生　好吧!(拿起铁锹,气冲冲地)从今以后,咱们井水归井,河水归河!(欲下)

【秋兰拦住,二人对视,秋兰失笑。

冬　生　哼,还笑!

秋　兰　愿意。

冬　生　闪开!

秋　兰　就不!

冬　生　你跟你娘的思想一样!

秋　兰　你跟你娘的思想不一样!

冬　生　我,我就是打一辈子光棍儿,也不受这种窝囊气!

秋　兰　一心大干社会主义的人,打不了光棍儿,受不了气!

冬　生　(一愣)怎么,你……

秋　兰　我不是商品,价钱可涨可落!

冬　生　那……嘿嘿,成啦!

秋　兰　不一定!

冬　生　为什么?

秋　兰　凭你这种思想,我还得考虑考虑!

冬　生　秋兰!

　　　　（唱）俺娘刚才对俺讲，

　　　　　　　喜工厌农不应当。

　　　　　　　党的需要是理想，

　　　　　　　干哪行就要爱哪行。

　　　　　　　俺的思想没问题，

　　　　　　　关健是你娘的思想不健康!

秋　兰　（唱）俺娘的思想跟不上，

　　　　　　　咱们应该把她帮。

　　　　　　　为什么你向她妥协投降?

冬　生　这……

　　　　（接唱）都怪我意志不坚强。

　　　　　　　冬生今日立志向，

　　　　　　　学大寨定要把劳动英雄当!

秋　兰　不再乱想啦?

冬　生　不啦，为了建设新农村，我要当个长期工!

秋　兰　长期工?（有所悟地点头）

冬　生　在农村干一辈子!

秋　兰　冬生，有啦!

冬　生　有了什么?

秋　兰　说服俺娘的办法!

冬　生　什么办法?

秋　兰　我送给你的那支钢笔呢?

冬　生　在屋里。

秋　兰　拿去!

冬　生　干什么？

秋　兰　退婚！

冬　生　（不解地）秋兰，你这是搞的什么名堂？

秋　兰　（与冬生耳语）……

冬　生　（点头）好。我去找二婶！

秋　兰　我去搬大娘！（下）

【冬生进屋拿钢笔上。

【李二婶拿日记本上。

李二婶　这是你给秋兰的日记本，给。（塞到冬生手里）等你有了工作再说吧！

冬　生　这是秋兰给我的钢笔，给。（塞到李二婶手里）等她成了正式工人再说吧！

李二婶　正式工人？

冬　生　是呀，俺娘给俺找到工作啦！

李二婶　真的？

冬　生　行李都打好啦！

李二婶　什么工？

冬　生　长期工！

李二婶　带户口？

冬　生　当然！

【李二婶急忙夺回日记本，眉开眼笑。

李二婶　冬生，等你上班的时候，我给你……

冬　生　（故意把脸一沉）二婶！

　　　　　（唱）冬生今天就把班上，

　　　　　　　　不用你做"的确良"！

李二婶　做，做，一定做，这是二婶的心意！

冬　生　（唱）从今后——

　　　　　　　　春天不挨风沙打，

　　　　　　　　夏天不晒大太阳，

　　　　　　　　不抢秋也不夺麦，

　　　　　　　　冬生去吃商品粮！

李二婶　哈哈哈……等你一上班，你俩就结婚！

冬　生　二婶！

　　　　　（唱）亲事暂且放一放……

李二婶　为什么？

冬　生　（唱）俺俩的条件不相当！

李二婶　怎么不相当？秋兰也有工作！

冬　生　什么工作？她人在城，户口在乡！

　　　　　（唱）冬生成了"梧桐树"，

　　　　　　　　娶一个庄稼女着的什么慌？

李二婶　（愣住）怎么，你要……

冬　生　退婚！

李二婶　你，你再考虑考虑！

冬　生　我早考虑好啦！

【田大娘、秋兰暗上，秋兰藏在树后。

李二婶　（气极）好……好……好小子！退……退……退就退！俺闺女不赖着你！（欲走）

冬　生　日记本!

李二婶　给你,给你,给你!(把日记本摔到地上)

(唱)听一言不由得我火冒三丈!

田大娘　他二婶!

李二婶　冬生娘!

(接唱)冬生说话太荒唐。

庄稼女,怎么样?

哪一行也离不了这一行!

田大娘　他二婶,这话你说得对呵!

(唱)春天都怕风沙打,

哪有夏天麦子黄?

夏天都怕日头晒,

哪有秋天五谷香?

不抢秋也不夺麦,

全国就要闹饥荒。

天上下雪又下雨,

就是不下商品粮!

八亿人民齐治国,

谁不吃饭穿衣裳?

李二婶　是呀,是呀,凡是吃五谷杂粮长大的人,有什么理由看不起咱庄稼人呀?

田大娘　有的人哪,说起农业的重要性,她也懂,可就是不愿意让自己的孩子务农。他二婶,你说这是为什么?

李二婶　(指冬生)他呀,思想低,私心大,无非是嫌乡里苦一点儿,累一点儿,条件差一点儿!

田大娘　眼下，城里乡里是有一些差别。咱们治沙治碱，打井开渠，添牲口，买机器，不就是为了一年一年，一步一步地消灭这个差别吗？要是因为条件差，就把孩子们打发走，剩下你、我，一些老头子、老婆子，庄稼种不好，粮食打不来，不但消灭不了城乡差别，日久天长，那不就把乡里、城里，咱穷人的江山全毁啦？

李二婶　（一震）……

田大娘　这种人哪，说话清楚，办事糊涂，私字一冒尖，就不怕坏江山！

李二婶　（沉思）嫂子，这些道理，你不跟冬生去讲，怎么老冲我说呀？

田大娘　我看是你拖着孩子的后腿儿！

李二婶　我？嫂子，是谁给他找了个长期工？

田大娘　是他自己！

李二婶　他自己？

冬　生　我找的是治沙工！

李二婶　治沙工？

田大娘　对！靠山吃山，靠河吃河。咱们沙窝里的人，就要跟沙窝要粮食、要棉花，要资金、要机器，要农业现代化！

　　　　（唱）县委今年作规划，
　　　　　　　农田建设全党抓。
　　　　　　　治理河滩十万亩，
　　　　　　　沙窝遍开大寨花。
　　　　　　　旧日薄沙地，实现园田化，
　　　　　　　能浇又能排，旱涝全不怕。
　　　　　　　机器耕、机器种、机器收、机器打，
　　　　　　　年年尽长好庄稼；
　　　　　　　农林牧副齐发展，

养猪、养鸡、又养鸭；

干鲜水果树上挂，

满塘鲤鱼翻金花。

幸福前景美如画，

靠咱双手建设它！

李二婶 嫂子，你想的比我深，看的比我远哪！有这些话，咱俩说说就行啦，为什么要让孩子给我使这一手？

田大娘 这可不是我的后台！

李二婶 谁的后台？

秋 兰 我！

李二婶 秋兰！你……

秋 兰 县委发号令，各行齐支农！

田大娘 你听听！孩子是支农的，咱是务农的，务农的不爱农，有什么脸面见支农的？

李二婶 嫂子，别说啦，我明白啦。秋兰好好做工，冬生好好种地，我……

田大娘 你怎么样啊？

李二婶 （拿起铁锹）上工地！

田大娘 好！冬生，拿上琴，休息的时候做宣传！

合 走！

【冬生戴垫肩、拿月琴，秋兰背起行李，众"亮相"。

【幕闭，剧终】

（原载《河北群众文艺》1978年第3期）

年 头 岁 尾

（河北梆子）

人　物：王有福、王二婶。
时　间：旧历年底。
地　点：王有福家院内。

【院内支一水磨。王二婶在音乐中从屋里出，到门口瞭望。
王二婶　他怎么还不回来呀！
　　　　（唱）儿他爹清早去进城，
　　　　　　　这时不见回家中；
　　　　　　　年终岁尽心不静，
　　　　　　　只怕误了大事情。（下）
王有福　走哇！（拿年货上）
　　　　（唱）云开雪化日过午，
　　　　　　　大街上来了我王有福。
　　　　　　　集上割来牛羊肉，
　　　　（数板）烟酒糖茶也买足；
　　　　　　　炮打灯，满天响，
　　　　　　　王家也要放爆竹。

年货办齐忙赶路,

（接唱）快快回家磨豆腐。

（白）大栓娘!

【王二婶端一盆豆豁儿上。

王二婶　大栓爹,你可回来了,年货办齐了吗?

王有福　办齐啦,哈哈哈……

王二婶　你别吃饭,也别喝水,先去办一件大事!

王有福　扫房子?

王二婶　不慌。

王有福　糊窗户?

王二婶　不忙。

王有福　磨豆腐?

王二婶　唉,你呀——

（搭调）你这个不晓得操心的人哪!

（唱）大栓年过二十五,

二栓也该娶媳妇。

三间茅屋怎么住?

日思夜想我愁难除!

王有福　别发愁,别发愁,如今咱缸里有粮,手中有钱,愁什么?

（唱）银行存着一千五,

大缸小缸米粮足。

如今劳动能致富,

何愁没有新房屋?

（白）过了年,咱就买砖、买木料,盖!

王二婶　你在哪儿盖？在半天空里盖吗？

王有福　这……

王二婶　（小声地）明年春天，大队又要发放宅基地了！

王有福　咱不是已经写了申请吗？

王二婶　申请，申请，你申请了多少年啦，为什么哪一次发放宅基地也没有你？那天咱大哥怎么说的？

王有福　他说……他说咱们差一道手续。

王二婶　什么手续？

王有福　（作饮酒状，笑）……

王二婶　是啊，别人请，咱也请！

王有福　今天就请？

王二婶　先去挂号。

王有福　挂号？

王二婶　到了正月，这家请那家叫，干部们就更忙了，咱不提前挂号，轮得着咱吗？

王有福　别人请了，咱再请。

王二婶　傻子！请干部喝酒，就和种地施化肥一样，得看时机。明年春天发放宅基地，正月里就得请。等麦子黄了梢儿，你再施化肥，那还使得上劲儿吗？

王有福　（稍一想）不用，今年不用请。

王二婶　怎么不用请？

王有福　你想啊，往年的支书是王小雨，今年的支书是张老雷，他们两个可不一样。

王二婶　怎么不一样？

王有福　一个是造反派，一个是走资派……

王二婶　造反派，走资派，都爱喝酒，去吧！

王有福　（为难地）大栓娘，我活了这么大年岁，哪办过这种事？

王二婶　活到老，学到老，慢慢儿锻炼！

王有福　大栓娘，别慌，慢慢等着吧，来来来，磨豆腐……

王二婶　噢，你娶了媳妇，就不管孩子们啦？你不慌，孩子们慌，快去！

王有福　那，那好吗？

王二婶　那有什么不好？你说，像咱这样人家，该不该给块宅基地？

王有福　该，该。

王二婶　这不得啦！不该办的事，吃点儿喝点儿办成了，那是用酒瓶子破坏党的政策；该办的事呢，吃点儿喝点儿办成了，那是用酒瓶子维护党的政策。咱是用酒瓶子维护党的政策，你怕什么？

王有福　照你这么说，咱正大光明？

王二婶　光明正大！

王有福　（整衣）施点儿化肥，我试试去！（出门）

王二婶　回来！见了支书，你知道怎么说话？

王有福　我就说："支书，走哇，到我们家里……"（作饮酒状，笑）

王二婶　傻子，你没吃过猪肉，也没见过猪走吗？请干部喝酒，不能明说，人家忌讳，只能说："到我们家里坐坐。"

王有福　到我们家里坐坐？

王二婶　记住了吗？

王有福　那干坐着有什么意思？

王二婶　这是规矩！

王有福　嗯，到我们家里坐坐……（出门）

王二婶　回来！酒席宴前，干部们若问你有什么事，你怎么说？

王有福　你当我是三岁的孩子？咱不是要块宅基地吗？

王二婶　傻子，酒席宴前不兴谈问题，人家问你，你就说："没事，什么事也没有。"

王有福　什么事也没有，咱凭什么请他们？

王二婶　心到神知。

王有福　这也是规矩？

王二婶　记住！

王有福　没事，什么事也没有……（出门）

王二婶　回来回来，带上烟！（拿香烟）

王有福　我不吸烟。

王二婶　谁叫你吸，看见干部，未曾说话先敬烟，记住了吗？

王有福　唉！

王二婶　怎么啦？

王有福　（搭调）难哪！

（唱）王有福临行仰天叹，

笑无声哭无泪有苦难言。

怨爹娘没留下宽房大院，

谁叫我又生下大栓和二栓。

羞答答去把支书见。

王二婶　见了支书，大大方方的，喜喜欢欢的，别那么缩着脖子拱着肩，和小鬼儿一样！

王有福　知道了。

（唱）出门来还得要强作笑颜。（下）

王二婶　（唱）儿他爹请客人愁容满面，

二婶我在家中坐立不安。

客人不来心里盼，

客人来了心里烦。

似这样真真假假、假假真真办的什么宴？

只因为庄户人家办事难！

我这里等消息暗自盘算。

（鸡叫声）

（白）芦花鸡下蛋了，（收蛋）

那宴席还需要筹划一番。（拿年货下）

【王有福上

王有福 （唱）大队里召开支委会，

怎么去的我怎么回。

（白）慢着，我出的工夫太短了，回得家去，大栓娘又得埋怨我不会办事，骂我傻子。我先在厕所里蹲一会儿，工夫差不多了，我再回去……

【王二婶怒上。

王二婶 大栓爹！

王有福 （笑）大队里正在开会，我……

王二婶 你把瓦罐里那些鸡蛋，弄到哪去啦？

王有福 什么？

王二婶 鸡蛋！

王有福 年菜都快做好了，要鸡蛋干什么？

王二婶 年菜、年菜，你有几样年菜？我想用那些鸡蛋，请大哥做碗"鸳鸯蛋"，凑个八八的席面呢！

王有福 算了吧，庄稼人喝酒，有什么吃什么。

王二婶 什么有什么吃什么？你说得倒轻巧！那年冬天孩子他舅舅请

干部，酒没好酒、菜没好菜，人家筷子没摸他的就走了，后来在社员大会上吆喝他拉拢腐蚀干部，差点儿把他舅舅臊死，你忘啦？

王有福　哎呀，你怎么不早说呀？快过年了，咱爹咱娘不吃荤，我把那些鸡蛋送到咱爹院里去了！

王二婶　啊，你呀，你呀，成事不足，败事有余。

　　（唱）傻子你把大事坏，

　　　　　人情世故不明白，

　　　　　没有一桌八八的菜，

　　　　　咱家的宴席怎么开？

　　　　　爹呀娘呀，急死了我，

　　　　　你快快把它拿回来！

（白）我留那些鸡蛋是办事用的，你让你爹你娘吃了，顶蛋用？我问你，办事要紧，行孝要紧？！

王有福　（好恼）

　　（唱）你嘴尖舌快好厉害，

　　　　　辱骂二老不应该，

　　　　　怒火中烧我气难耐。

（脱鞋）

王二婶　你要干什么？

王有福　我，我什么也不干。（穿鞋）

王二婶　你要打我，是吧？打吧，你把我打死，我心里倒干净，打呀？

王有福　我为什么打你呀？你说话难听，那是因为你心里着急；你心里着急，还不是为了孩子们吗？大栓娘，别着急，我能把那些鸡蛋送去，我就不能把那些鸡蛋拿回来吗？（下）

王二婶　快去！

王有福　你等着。

　　　　（唱）见了爹娘口难开。

【音乐起,王有福出门。

王有福　大栓娘啊,大栓娘,你心里只有孩子,没有爹娘啊!

王二婶　（唱）儿他爹出门去埋怨一声,

　　　　二婶的心腹话可说与谁听?

　　　　心事重磨子沉慢慢摇动,

　　　　是思念是埋怨如在梦中。

　　　　当年的村长、区长我见过,

　　　　县长、社长也来过家中,

　　　　暴雨里看房屋疼爱百姓,

　　　　扶人危急他们清正廉明。

　　　　不料想几十年一场噩梦,

　　　　大批斗、大破大立,立来立去,立了个喝酒的风!

　　　　多少事情靠酒宴?

　　　　多少人家叹不平?

　　　　醉酒的人们几时醒?

　　　　这样的宴席何日终?

　　　　庄户人家仰首等,

　　但愿得新春里,降春雨、刮春风,该禁的禁、该行的行,大官小官为百姓,弊绝风清。

　　　　想到此我心里一阵高兴,

　　　　手中的磨儿快如风。

【王有福含笑上。

王有福　（唱）走一步来笑一声，

老王头上照吉星！

（进院，笑）哈哈哈……

王二婶　你傻笑什么？

王有福　大栓娘！

（搭调）咱爹咱娘福气大，该他们吃那些鸡蛋哪！

王二婶　你没去拿？

王有福　你听着——

（唱）刚才去把爹娘见，

遇见一个人，站在大街前。

王二婶　谁？

王有福　张老雷。

王二婶　噢，你遇见支书啦？请他，请他！

王有福　请啦，请啦。

王二婶　他来吗？

王有福　来，来！

王二婶　哪天来？

王有福　（唱）除夕夜他来咱家守岁饮酒。

王二婶　好啊，谢他赏脸！

王有福　不过，他有个条件。

王二婶　什么条件？

王有福　（唱）他邀我也到他家饮酒畅谈。

王二婶　你答应他了吗？

王有福　礼尚往来，咱能不识抬举？

王二婶　傻子，咱请人家喝酒，是为了办事，你到人家干什么去？

王有福　哎，喝酒说喝酒，办事说办事。土改的时候，你请谁来？共产党没有分给你房子？一九六三年发了大水，你请谁来，共产党没有给你救济粮，没有给你救济款？

王二婶　那是过去，现在……

王有福　现在，共产党还是共产党！

　　　　（唱）共产党为人民真心一片，

　　　　　　　为吃请休要做共产党的官！

王二婶　这是他说的？

王有福　我有这个胆量吗？

王二婶　那，宅基地的事，你提来吗？

王有福　提啦，提啦。

王二婶　他怎么说？

王有福　唉！

　　　　（唱）未开言他那里一声长叹。

王二婶　他叹什么呢？

王有福　"有福啊，你也这样不相信我吗？想我张老雷受磨难的时候，乡亲们同情我、保护我，偷偷地落泪。大家把我保出来，难道是为了让我去喝他们的酒吗？不说党性、原则，我张老雷总得有点儿记性吧？"

　　　　（唱）句句都是那肺腑之言！

王二婶　话倒是几句好话，那宅基地的事，怎么办？

王有福　（唱）老支书呵呵笑，叫我抬头观看。

王二婶　看什么？

王有福　（唱）三道大红榜在墙上粘！

王二婶　那第一道大红榜上——

王有福　写的是明年该领结婚证的青年男女的名字；

王二婶　那第二道大红榜上——

王有福　写的是明年该生娃娃的妇女们的名字；

王二婶　那第三道大红榜上呢？

王有福　写的是刚刚批给宅基地的社员们的名字！

王二婶　噢，明年该办的事，今年都公布啦？

王有福　这叫安民告示！

王二婶　那第三道大红榜上，有咱家的名字吗？

王有福　嘿嘿，大栓娘！

　　　　（唱）我心口怦怦跳仔细观看，

　　　　　　　王有福的大名，就端端正正、正正端端写在上边！

王二婶　真的？

王有福　这还有假？

王二婶　（唱）听他言不由得我心慌气短。（后仰）

王有福　哎哎哎，你这是怎么啦？

王二婶　哎哟，喜欢死我了！

　　　　（唱）只觉得天高地也宽！

　　　　　　　天天等来年年盼，

　　　　　　　三道红榜去忧烦。

　　　　　　　那好酒送到爹娘院，明天再买几挂鞭。

　　　　　　　这才是啊——

　　　　　　　抬头见喜愁云散，

　　　　（锁板）万象更新又一年！

王有福　哈哈哈，大栓娘，这党的政策，不用酒瓶子维护吧？

王二婶　不用，不用，天下不平事，自有操心人！

王有福　年前三道大红榜,你没有见过吧?

王二婶　没有,没有,从前只贴大字报,不贴大红榜!

王有福　这走资派和造反派大不一样吧?

王二婶　那、那得看谁。

王有福　哈哈哈……磨豆腐!

【幕闭,剧终】

（该剧创作于 1982 年 10 月）